或る女

有島武郎著

新潮社版

4548

目次

或《あ》る女

"Not till the sun excludes you, do I exclude you,
Not till the waters refuse to glisten for you, and
the leaves to rustle for you, do my words refuse
to glisten and rustle for you."

——Walt Whitman——

*

太陽があなたを見放さないうちは、私もあなたを見放しにはしない、水があなたのために輝くのを拒み、而《そう》して
木の葉があなたのためにひらめくのを拒まない間は、私の言葉もあなたのために輝きひらめくことを拒みはしない。

——有島武郎 訳——

前編

一

新橋*を渡る時、発車を知らせる二番目の鈴《ベル》が、霧とまではいえない九月の朝の、煙った空気に包まれて聞えて来た。葉子*は平気でそれを聞いたが車夫は宙を飛んだ。そして車が、鶴屋という町の角の宿屋を曲って、いつでも人馬の群がるあの共同井戸のあたりを駈《か》けぬける時、停車場の入口の大戸*を閉めようとする駅夫と争いながら、八分《ぶ》がた閉りかかった戸の所に突立ってこっちを見戍《みまも》っている青年の姿を見た。

「まあおそくなって済みませんでした事……まだ間に合いますかしら」

と葉子が云《い》いながら階段を昇ると、青年は粗末な麦稈《むぎわら》帽子を一寸《ちょっと》脱いで、黙ったまま青い切符*を渡した。

「おや何故《なぜ》一等になさらなかったの。そうしないといけない訳があるから代えて下さいましな」

と云おうとしたけれども、火がつくばかりに駅夫がせき立てるので、葉子は黙ったまま青年とならんで小刻みな足どりで、たった一つだけ開いている改札口へと急いだ。

改札はこの二人の乗客を苦々しげに見やりながら、左手を延《のば》して待っていた。二人がてんでんに切符を出そうとする時、

「若奥様、これをお忘れになりました」

と云いながら、羽被《はっぴ》の紺の香《にお》いの高くするさっきの車夫が、薄い大柄《おおがら》なセル*の膝掛《ひざかけ》を肩にかけたまま慌《あわ》てたように追駈けて来て、オリーブ色の絹ハンケチに包んだ小さな物を渡そうとした。

「早く早く、早くしないと出っちまいますよ」

改札が堪《たま》らなくなって癇癪声《かんしゃくごえ》をふり立てた。

青年の前で「若奥様」と呼ばれたのと、改札ががみがみ怒鳴り立てたので、針のように鋭い神経はすぐ彼女をあまのじゃくにした。葉子は今まで急ぎ気味であった歩みをぴったり止めてしまって、落付いた顔付きで、車夫の方に向きなおった。

「そう御苦労よ。家に帰ったらね、今日は帰りが遅くなるかも知れませんから、お嬢さんたちだけで校友会にいらっしゃいってそう云っておくれ。それから横浜の近江屋《おうみや》――西洋小間物屋の近江屋が来たら、今日こっちから出かけたからって云うようにってね」

車夫はきょときょとと改札と葉子とをかたみがわりに見やりながら、自分が汽車に

でも乗りおくれるように慌てていた。改札の顔は段々険しくなって、あわや通路を閉めてしまおうとした時、葉子はするするとその方に近よって、

「どうも済みませんでした事」

といって切符をさし出しながら、改札の眼の先きで花が咲いたように微笑《ほほえ》んで見せた。改札は馬鹿になったような顔付きをしながら、それでもおめおめと切符に孔《あな》を入れた。プラットフォームでは、駅員も見送人も、立っている限りの人々は二人の方に眼を向けていた。それを全く気付きもしないような物腰で、葉子は親しげに青年と肩を比《なら》べて、しずしずと歩きながら、車夫の届けた包物《つつみもの》の中には何があるか中《あ》ててみろとか、横浜のように自分の心を牽《ひ》く町はないとか、切符を一緒にしまっておいてくれろとか云って、音楽者のようにデリケートなその指先きで、わざとらしく幾度か青年の手に触れる機会を求めた。列車の中からはある限りの顔が二人を見迎え見送るので、青年が物慣れない処女のように羞《はに》かんで、しかも自分ながら自分を怒っているのが葉子には面白く眺《なが》めやられた。

　一番近い二等車の昇降口の所に立っていた車掌は右の手をポッケットに突込んで、靴《くつ》の爪先《つまさ》きで待遠しそうに敷石を敲《たた》いていたが、葉子がデッキ*に足を踏み入れると、いきなり耳を劈《つんざ》くばかりに呼子を鳴らした。そして青年（青年は名を古藤*といった）

が葉子に続いて飛び乗った時には、機関車の応笛が前方で朝の町の賑《にぎ》やかなさざめきを破って響き渡った。

葉子は四角なガラスを箝《は》めた入口の繰戸を古藤が勢よく開けるのを待って、中に這《は》入《い》ろうとして、八分通りつまった両側の乗客に稲妻のように鋭く眼を走らしたが、左側の中央近く新聞を見入った、瘦《や》せた中年の男に視線がとまると、はっと立ちすくむ程驚いた。然《しか》しその驚きは瞬《また》く暇もない中《うち》に、顔からも脚からも消え失《う》せて、葉子は悪びれもせず、取りすましもせず、自信ある女優が喜劇の舞台にでも現われるように、軽い微笑を右の頰《ほお》だけに浮べながら、古藤に続いて入口に近い右側の空席に腰を下ろすと、あでやかに青年を見返りながら、小指を何んとも云えない好い形に折り曲げた左手で、鬢《びん》の後れ毛をかき撫《な》でる序《ついで》に、地味に装って来た黒のリボンに触って見た。青年の前に座を取っていた四十三四の脂《あぶら》ぎった商人体《てい》の男は、あたふたと立上って自分の後ろのシェード*を下ろして、折ふし横ざしに葉子に照りつける朝の光線を遮《さえぎ》った。

紺の飛白《かすり》に書生下駄《げた》*をつっかけた青年に対して、素性が知れぬほど顔にも姿にも複雑な表情を湛《たた》えたこの女性の対照は、幼ない少女の注意をすら牽かずにはおかなかった。乗客一同の視線は綾《あや》をなして二人の上に乱れ飛んだ。葉子は自分が青年の不思議な対照になっているという感じを快く迎えてでもいるように、青年に対して殊更《ことさら》親しげな態度を見せた。

品川*を過ぎて短いトンネルを汽車が出ようとする時、葉子はきびしく自分を見据《みす》える眼を眉《まゆ》のあたりに感じて徐《おもむ》ろにその方を見かえった。それは葉子が思った通り、新聞に見入っているかの痩せた男だった。男の名は木部《きべ》孤筇《こきょう》*と云った。葉子が車内に足を踏み入れた時、誰《だ》れよりも先きに葉子に眼をつけたのはこの男であったが、誰れよりも先に眼を外《そ》らしたのもこの男で、すぐ新聞を目八分にさし上げて、それに読み入って素知らぬふりをしたのに葉子は気がついていた。そして葉子に対する乗客の好奇心が衰え始めた頃《ころ》になって、彼れは本気に葉子を見詰め始めたのだ。葉子は予《あらかじ》めこの刹那《せつな》に対する態度を決めていたから慌ても騒ぎもしなかった。眼を鈴のように大きく張って、親しい媚《こ》びの色を浮べながら、黙ったままで軽く点頭《うなず》こうと、少し肩と顔とをそっちにひねって、心持ち上向き加減になった時、稲妻のように彼女の心に響いたのは、男がその好意に応じて微笑みかわす様子のないと云う事だった。実際男の一文字眉は深くひそんで、その両眼は一際《ひときわ》鋭さを増して見えた。それを見て取ると葉子の心の中はかっとなったが、笑みかまけた眸《ひとみ》はそのままで、するすると男の顔を通り越して、左側の古藤の血気のいい頬のあたりに落ちた。古藤は繰戸のガラス越しに、切割りの崕《がけ》を眺めてつくねんとしていた。

「又何か考えていらっしゃるのね」

葉子は痩せた木部にこれ見よがしと云う物腰で華やかに云った。

古藤はあまりはずんだ葉子の声にひかされて、まんじり*とその顔を見守った。その青年の単純な明らさまな心に、自分の笑顔の奥の苦い渋い色が見抜かれはしないかと、葉子は思わずたじろいだ程だった。

「何にも考えていやしないが、蔭《かげ》になった崕の色が、余りに奇麗だもんで……紫に見えるでしょう。もう秋がかって来たんですよ」

青年は何も思っていはしなかったのだ。

「本当にね」

葉子は単純に応じて、もう一度ちらっと木部を見た。痩せた木部の眼は前と同じに鋭く輝いていた。葉子は正面に向き直ると共に、その男の眸の下で、悒鬱《ゆううつ》な険しい色を引きしめた口のあたりに漲《みなぎ》らした。木部はそれを見て自分の態度を後悔すべき筈《はず》である。

二

葉子は木部が魂を打ちこんだ初恋の的だった。それは丁度日清《にっしん》戦争*が終局を告げて、国民一般は誰れ彼れの差別なく、この戦争に関係のあった事柄や人物やに事実以上の好奇心をそそられていた頃であったが、木部は二十五という若い齢《とし》で、ある大新聞社*の従軍記者になって支那に渡り、月並みな通信文の多い中に、際立って観察の飛び離れた心力のゆらいだ文章*を発表して、天才記者という名を博して目出度《めでた》く凱旋《がいせん》したのであった。その頃女流基督《キリスト》教徒の先覚者として、基督教婦人同盟の副会長をしていた葉子の母*は、木部の属していた新聞社の社長と親しい交際のあった関係から、ある日その社の従軍記者を自宅に招いて慰労の会食を催した。その席で、小柄で白皙《はくせき》*で、詩吟の声の悲壮な、感情の熱烈なこの少壮従軍記者は始めて葉子を見たのだった。

葉子はその時十九だったが、既に幾人もの男に恋をし向けられて、その囲みを手際よく繰りぬけながら、自分の若い心を楽しませて行くタクト*は十分に持っていた。十五の時に、袴《はかま》を紐《ひも》で締める代りに尾錠《びじょう》*で締める工夫をして、一時女学生界の流行を風《ふう》靡《び》したのも彼女である。その紅《あか》い唇《くちびる》を吸わして首席を占めたんだと、厳格で通っている米国人の老校長に、思いもよらぬ浮名を負わせたのも彼女である。上野の音楽学校に這入ってヴァイオリンの稽古《けいこ》を始めてから二ケ月程の間にめきめき上達して、教師や生徒の舌を捲《ま》かした時、ケーベル博士*一人は渋い顔をした。そしてある日「お前の

く「それを聞く」と不愛想に云って退《の》けた。それを聞く

と「そうで御座いますか」と無造作に云いながら、ヴァイオリンを窓の外に抛《ほう》りなげて、そのまま学校を退学してしまったのも彼女である。基督教婦人同盟の事業に奔走し、社会では男勝りのしっかり者という評判を取り、家内では趣味の高いそして意志の弱い良人《おっと》を全く無視して振舞ったその母の最も深い隠れた弱点を、拇指《ぼし》と食指との間にちゃんと押えて、一歩もひけを取らなかったのも彼女である。葉子の眼には凡《すべ》ての人が、殊に男が底の底まで見すかせるようだった。葉子はそれまで多くの男を可なり近くまで潜《くぐ》り込ませて置いて、もう一歩という所でつき放した。恋の始めにはいつでも女性が祭り上げられていて、ある機会を絶頂に男性が突然女性を踏み躙《にじ》るという事を直覚のように知っていた葉子は、どの男に対しても自分との関係の絶頂が何処《どこ》にあるかを見ぬいていて、そこに来かかると情容赦もなくその男を振捨ててしまった。そうして捨てられた多くの男は、葉子を恨むよりも自分達の獣性を恥じるように見えた。そして彼等は等しく葉子を見誤っていた事を悔いるように見えた。何故というと彼等は一人として葉子に対して怨恨《えんこん》を抱いたり、憤怒《ふんぬ》を漏らしたりするものはなかったから。そして少しひがんだ者達は自分の愚を認めるよりも葉子を年不相当にませた女と見る方が勝手だったから。

それは恋によろしい若葉の六月のある夕方だった。日本橋の釘店《くぎだな》＊にある葉子の家には七八人の若い従軍記者がまだ戦塵《せんじん》の抜けきらないような風をして集って来た。十九でいながら十七にも十六にも見れば見られるような華奢《きゃしゃ》な可憐《かれん》な姿をした葉子が、慎しみの中にも才走しった面影《おもかげ》を見せて二人の妹と共に給仕に立った。そして強《し》いられるままに、ケーベル博士から罵《ののし》られたヴァイオリンの一手も奏《かな》でたりした。木部の全霊はただ一眼《ひとめ》でこの美しい才気の漲り溢《あふ》れた葉子の容姿に吸い込まれてしまった。葉子も不思議にこの小柄な青年に興味を感じた。そして運命は不思議な悪戯《いたずら》をするものだ。木部はその性格ばかりでなく、容貌《ようぼう》——骨細な、顔の造作の整った、天才風に蒼《あお》白《じろ》い滑らかな皮膚の、よく見ると他の部分の繊麗な割合に下顎骨《かがくこつ》の発達した——まで何所《どこ》か葉子のそれに似ていたから、自意識の極度に強い葉子は、自分の姿を木部に見付け出したように思って、一種の好奇心を挑発《ちょうはつ》せられずにはいなかった。木部は燃え易《やす》い心に葉子を焼くようにかき抱いて、葉子は又才走った頭に木部の面影を軽く宿して、その一夜の饗宴《きょうえん》はさりげなく終りを告げた。

木部の記者としての評判は破天荒といってもよかった。苟《いやしく》も文学を解するものは木部を知らないものはなかった。人々は木部が成熟した思想を提《ひっさ》げて世の中に出て来る時の華々しさを噂《うわさ》し合った。殊に日清戦役という、その当時の日本にしては絶大な背景を背負っているので、この年少記者はある人々からは英雄《ヒーロー》の一人とさえして崇拝された。この木部が度々葉子の家を訪れるようになった。その感傷的な、同時に何所《どこ》か大望に燃え立ったようなこの青年の活気は、家中の人々の心を捕えないでは置かなかった。殊に葉子の母が前から木部を知っていて、非常に有為多望な青年だと讃《ほ》めそやしたり、公衆の前で自分の子とも弟ともつかぬ態度で木部をもてあつかったりするのを見ると、葉子は胸の中でせせら笑った。そして心を許して木部に好意を見せ始めた。木部の熱意が見る見る抑えがたく募り出したのは勿論《もちろん》の事である。

かの六月の夜が過ぎてから程もなく木部と葉子とは恋という言葉で見られねばならぬような間柄になっていた。こう云う場合葉子がどれ程恋の場面を技巧化し芸術化するに巧みであったかは云うに及ばない。木部は寝ても起きても夢の中にあるように見えた。二十五というその頃まで、熱心な信者で、清教徒風*の誇りを唯一《ゆいいつ》の立場としていた木部がこの初恋に於《おい》てどれ程真剣になっていたかは想像する事が出来る。葉子は思いもかけず木部の火のような情熱に焼かれようとする自分を見出《みいだ》す事が屢々《しばしば》だった。

その中《うち》に二人の間柄はすぐ葉子の母に感づかれた。葉子に対して兼ねてからある事では一種の敵意を持ってさえいるように見えるその母が、この事件に対して嫉妬《しっと》とも思われる程厳重な故障を持ち出したのは、不思議でないと云うべき境を通り越していた。世故《せこ》に慣れ切って、落付き払った中年の婦人が、心の底の動揺に刺戟《しげき》されてたくらみ出すと見える残虐《ざんぎゃく》な譎計《わるだくみ》は、年若い二人の急所をそろそろと窺《うかが》いよって、腸《はらわた》も通れとつき刺してくる。それを払いかねて木部が命限りに藻掻《もが》くのを見ると、葉子の心に純粋な同情と、男に対する無条件的な捨身な態度が生れ始めた。葉子は自分で造り出した自分の穽《おとしあな》に他愛《たわい》もなく酔い始めた。葉子はこんな眼もくらむような晴れ晴れしいものを見た事がなかった。女の本能が生れて始めて芽をふき始めた。そして解剖刀《メス》のような日頃の批判力は鉛のように鈍ってしまった。葉子の母が暴力では及ばないのを悟って、すかしつなだめつ、良人までを道具につかったり、木部の尊信する牧師を方便にしたりして、あらん限りの智力を搾《しぼ》った懐柔策も、何んの甲斐《かい》もなく、冷静な思慮深い作戦計画を根気よく続ければ続ける程、葉子は木部を後ろにかばいながら、健気《けなげ》にもか弱い女の手一つで戦った。そして木部の全身全霊を爪《つめ》の先き想《おも》いの果てまで自分のものにしなければ、死んでも死ねない様子が見えたので、母もとうとう我《が》を折った。そして五ケ月の恐ろしい試練の後に、両親の立会わない小さな結婚の式が、秋のある午後*、木部の下宿の一間で取行《とりおこな》われた。そして母に対する勝利の分捕《ぶんどり》品《ひん》として、木部は葉子一人のものとなった。

　木部はすぐ葉山*に小さな隠れ家《が》のような家を見付け出して、二人は睦《むつ》まじくそこに移り住む事になった。葉子の恋は然《しか》しながらそろそろと冷え始めるのに二週間以上を要しなかった。彼女は競争すべからぬ関係の競争者に対して見事に勝利を得てしまった。日清戦争というものの光も太陽が西に沈む度毎《たびごと》に減じて行った。それ等はそれとして一番葉子を失望させたのは同棲《どうせい》後始めて男というものの裏を返えして見た事だった。葉子を確実に占領したという意識に裏書きされた木部は、今までおくびにも葉子に見せなかった女々しい弱点を露骨に現わし始めた。後ろから見た木部*は葉子には取り所のない平凡な気の弱い精力の足りない男に過ぎなかった。筆一本握る事もせずに朝から晩まで葉子に膠着《こうちゃく》し、感傷的な癖に恐ろしく我儘《わがまま》で、今日々々の生活にさえ事欠きながら、万事を葉子の肩になげかけてそれが当然な事でもあるような鈍感なお坊ちゃん染《じ》みた生活のしかたが葉子の鋭い神経をいらいらさせ出した。始めの中は葉子もそれを木部の詩人らしい無邪気さからだと思って見た。そしてせっせせっせと世話女房らしく切り廻《ま》わす事に興味をつないで見た。然し心の底の恐ろしく物質的な葉子にどうしてこんな辛棒がいつまでも続こうぞ。結婚前までは葉子の方から迫って見たにも係《かかわ》らず、崇高と見えるまでに極端な潔癖屋だった彼れであったのに、思いもかけぬ貪婪《どんらん》な陋劣《ろうれつ》な情慾《じょうよく》の持主で、しかもその慾求を貧弱な体質で表わそうとするのに出《で》喰《く》わすと、葉子は今まで自分でも気が附かずにいた自分を鏡で見せつけられたような不快を感ぜずにはいられなかった。夕食を済ますと葉子はいつでも不満と失望とでいらいらしながら夜を迎えねばならなかった。木部の葉子に対する愛着が募れば募る程、葉子は一生が暗らくなりまさるように思った。こうして死ぬために生れて来たのではない筈だ。そう葉子はくさくさしながら思い始めた。その心持ちが又木部に響いた。木部は段々看視の眼を以《もっ》て葉子の一挙一動を注意するようになって来た。同棲してから半ケ月もたたない中に、木部はややもすると高圧的に葉子の自由を束縛するような態度を取るようになった。木部の愛情は骨に沁《し》みる程知り抜きながら、鈍っていた葉子の批判力は又磨《みが》きをかけられた。その鋭くなった批判力で見ると、自分と似寄った姿なり性格なりを木部に見出すという事は、自然が巧妙な皮肉をやっているようなものだった。自分もあんな事を想いあんな事を云うのかと思うと、葉子の自尊心は思う存分に傷《きずつ》けられた。

外の原因もある。然しこれだけで十分だった。二人が一緒になってから二ケ月目に、葉子は突然失踪《しっそう》して*、父の親友で、所謂《いわゆる》物事のよく解《わか》る高山という医者*の病室に閉じ籠《こも》らしてもらって、三日ばかりは食う物も食わずに、浅ましくも男の為《た》めに眼のくらんだ自分の不覚を泣き悔んだ。木部が狂気のようになって、ようやく葉子の隠れ場所を見つけて会いに来た時は、葉子は冷静な態度でしらじらしく面会した。そして「あなたの将来のお為めに屹度《きっと》なりませんから」と何気なげに云って退《の》けた。木部がその言葉に骨を刺すような諷刺《ふうし》を見出しかねているのを見ると、葉子は白く揃《そろ》った美しい歯を見せて声を出して笑った。

葉子と木部との間柄《あいだがら》はこんな他愛もない場面を区切りにしてはかなくも破れてしまった。木部はあらんかぎりの手段を用いて、なだめたり、すかしたり、強迫までして見たが凡ては全く無益だった。一旦《いったん》木部から離れた葉子の心は、何者も触れた事のない処女のそれのようにさえ見えた。

それから普通の期間を過ぎて葉子は木部の子を分娩《ぶんべん》したが、固《もと》よりその事を木部に知らせなかったばかりでなく、母にさえある他の男によって生んだ子だと告白した。然《しか》し実際葉子はその後、母にその告白を信じさす程の生活を敢《あえ》てしていたのだった。母は眼敏《めざと》くもその赤坊に木部の面影を探り出して、基督信徒にあるまじき悪意をこの憐《あわ》れな赤坊に加えようとした。赤坊は女中部屋に運ばれたまま祖母の膝《ひざ》には一度も乗らなかった。意地の弱い葉子の父だけは孫の可哀《かわい》さからそっと赤坊を葉子の乳母の家に引取るようにしてやった。そしてそのみじめな赤坊は乳母の手一つに育てられて定子*という六歳の童女になった。

その後葉子の父は死んだ。母も死んだ。* 木部は葉子と別れてから、狂瀾《きょうらん》のような生活に身を任せた。衆議院議員の候補*に立っても見たり、純文学に指を染めて*も見たり、旅僧のような放浪生活*も送ったり、妻を持ち子を成し*、酒に耽《ふけ》り、雑誌の発行*も企てた。そしてその凡てに一々不満を感ずるばかりだった。そして葉子が久し振りで汽車の中で出遇《であ》った今は、妻子を里に返えしてしまって、ある由緒《ゆいしょ》ある堂上華族の寄食者*となって、これと云ってする仕事もなく、胸の中だけには色々な空想を浮べたり消したりして、兎角《とかく》回想に耽り易い日送りをしている時だった。

三

その木部の眼は執念《しゅうね》くもつきまつわった。然し葉子はそっちを見向こうともしなかった。そして二等の切符でもかまわないから何故《なぜ》一等に乗らなかったのだろう。こう云う事が屹度あると思ったからこそ、乗り込む時もそう云おうとしたのだのに、気が利《き》かないっちゃないと思うと、近頃になく起きぬけから冴《さ》え冴《ざ》えしていた気分が、沈みかけた秋の日のように陰ったり滅入《めい》ったりし出して、冷たい血がポンプにでもかけられたように脳の透間《すきま》という透間をかたく閉ざした。たまらなくなって向いの窓から景色でも見ようとすると、そこにはシェードが下ろしてあって、例の四十三四の男が厚い唇をゆるく開けたままで、馬鹿な顔をしながらまじまじと葉子を見やっていた。葉子はむっとしてその男の額から鼻にかけたあたりを、遠慮もなく発矢《はっし》と眼で鞭《むちう》った。商人は、本当に鞭《むちうた》れた人が泣き出す前にするように、笑うような、はにかんだような不思議な顔のゆがめ方をして、さすがに顔を背けてしまった。その意気地のない様子がまた葉子の心をいらいらさせた。右に眼を移せば三四人先きに木部がいた。その鋭い小さな眼は依然として葉子を見守っていた。葉子は震えを覚えるばかりに激昂《げっこう》した神経を両手に集めて、その両手を握り合せて膝の上のハンケチの包みを押えながら、下駄《げた》の先きをじっと見入ってしまった。今は車内の人が申合せて侮辱でもしているように葉子には思えた。古藤が隣座《となりざ》にいるのさえ一種の苦痛だった。その瞑想《めいそう》的な無邪気な態度が、葉子の内部的経験や苦悶《くもん》と少しも縁が続いていないで、二人の間には金《こん》輪際《りんざい》理解が成立ち得ないと思うと、彼女は特別に毛色の変った自分の境界にそっと窺い寄ろうとする探偵をこの青年に見出すように思って、その五分刈りにした地蔵頭までが顧るにも足りない木の屑《はし》*か何んぞのように見えた。

瘦《や》せた木部の小さな輝いた眼は、依然として葉子を見詰めていた。

何故木部はかほどまで自分を侮辱するのだろう。彼れは今でも自分を女とあなどっている。小《ちっ》ぽけな才力を今でも頼んでいる。女よりも浅ましい熱情を鼻にかけて、今でも自分の運命に差出がましく立入ろうとしている。あの自信のない臆病《おくびょう》な男に自分はさっき媚《こび》を見せようとしたのだ。そして彼れは自分がこれ程まで誇りを捨てて与えようとした特別の好意を眦《まなじり》を反《か》えして退《しりぞ》けたのだ。

痩せた木部の小さな眼は依然として葉子を見つめていた。

この時突然けたたましい笑声が何か熱心に話し合っていた二人の中年の紳士の口から起った。その笑声と葉子と何んの関係もない事は葉子にも分り切っていた。然し彼女はそれを聞くと、もう慾《よく》にも我慢がし切れなくなった。そして右の手を深々と帯の間にさし込んだまま立上りざま、

「汽車に酔ったんでしょうかしらん、頭痛がするの」

と捨てるように古藤に云い残して、いきなり繰戸を開けてデッキに出た。

大分高くなった日の光がぱっと大森田圃《たんぼ》*に照り亙《わた》って、海が笑いながら光るのが、並木の向うに広過ぎる位一どきに眼に這入《はい》るので、軽い瞑眩《めまい》をさえ覚える程だった。鉄の手欄《てすり》にすがって振り向くと古藤が続いて出て来たのを知った。その顔には心配そうな驚きの色が明らさまに現われていた。

「ひどく痛むんですか」

「ええ可なりひどく」

と答えたが面倒だと思って、

「いいから這入っていて下さい。大袈裟《おおげさ》に見えるといやですから……大丈夫危なかありませんとも……」

と云い足した。古藤は強いてとめようとはしなかった。そして、

「それじゃ這入っているが本当に危《あぶの》う御座んすよ……用があったら呼んで下さいよ」

とだけ云って素直に這入って行った。

「Simpleton!」*

葉子は心の中でこうつぶやくと、焼き捨てたように古藤の事なんぞは忘れてしまって、手欄に臂《ひじ》をついたまま放心して晩夏の景色をつつむ引き締った空気に顔をなぶらした。木部の事も思わない。緑や藍《あい》や黄色の外、これと云って輪廓《りんかく》のはっきりした自然の姿も眼に映らない。唯《ただ》涼しい風が習々《そよそよ》と鬢《びん》の毛をそよがして通るのを快いと思っていた。汽車は目まぐるしい程の快速力で走っていた。葉子の心は唯渾沌《こんとん》と暗らく固まった物の周りを飽きる事もなく幾度も幾度も左から右に、右から左に廻っていた。こうして葉子に取っては永い時間が過ぎ去ったと思われる頃《ころ》、突然頭の中を引掻《ひっか》きまわすような激しい音を立てて汽車は六郷川《ろくごう》*の鉄橋を渡り始めた。葉子は思わずぎょっとして夢からさめたように前を見ると、釣橋《つりばし》の鉄材が蛛手《くもで》になって上を下へと飛び跳《はね》

るので、葉子は思わずデッキのパンネル*に身を退《ひ》いて、両袖《りょうそで》で顔を押えて物を念じるようにした。

そうやって気を静めようと眼をつぶっている中《うち》に、睫《まつげ》を通し袖を通して木部の顔と殊《こと》にその輝く小さな両眼とがまざまざと想像に浮び上って来た。葉子の神経は磁石に吸い寄せられた砂鉄のように、堅くこの一つの幻像の上に集注して、車内にあった時と同様な緊張した恐ろしい状態に返った。停車場に近づいた汽車は段々と歩度をゆるめていた。田圃のここかしこに、俗悪な色で塗り立てた大きな広告看板が連ねて建ててあった。葉子は袖を顔から放して、気持ちの悪い幻像を払いのけるように、一つ一つその看板を見迎え見送っていた。所々に火が燃えるようにその看板は眼に映って木部の姿はまたおぼろになって行った。その看板の一つに、長い黒髪を下げた姫が経巻を持っているのがあった。その胸に書かれた「中将湯」*という文字を、何気なしに一字ずつ読み下すと、彼女は突然私生児の定子の事を思い出した。そしてその父なる木部の姿は、かかる乱雑な聯想《れんそう》の中心となって、又まざまざと焼きつくように現われ出た。

その現われ出た木部の顔を、謂《い》わば心の中の眼で見つめている中に、段々とその鼻の下から鬚《ひげ》が消え失せて行って、輝く眸《ひとみ》の色は優しい肉感的な温みを持ち出して来た。

汽車は徐々に進行をゆるめていた。稍《やや》荒れ始めた三十男の皮膚の沢《つや》は、神経的な青年の蒼白《あおじろ》い膚《はだ》の色となって、黒く光った軟かい頭《つむり》の毛が際立《きわだ》って白い額を撫《な》でている、それさえがはっきり見え始めた。列車は既に川崎停車場のプラットフォーム＊に這入って来た。葉子の頭の中では、汽車が止り切る前に仕事をし遂《おお》さねばならぬという風に、今見たばかりの木部の姿がどんどん若やいで行った。そして列車が動かなくなった時、葉子はその人の傍《そば》にでもいるように恍惚《うっとり》とした顔付きで、思わず識《し》らず左手を上げて――小指をやさしく折り曲げて――軟かい鬢の後れ毛をかき上げていた。これは葉子が人の注意を牽《ひ》こうとする時にはいつでもする姿態《しな》である。

この時繰戸がけたたましく開いたと思うと、中から二三人の乗客がどやどやと現われ出て来た。

しかもその最後から、涼しい色合のインバネス＊を羽織った木部が続くのを感付いて、葉子の心臓は思わずはっと処女の血を盛ったように時めいた。木部が葉子の前まで来てすれすれにその側《そば》を通り抜けようとした時、二人の眼はもう一度しみじみと出遇った。木部の眼は好意を込めた微笑に浸たされて、葉子の出ようによっては、直《す》ぐにも物を云い出しそうに唇《くちびる》さえ震えていた。葉子も今まで続けていた回想の惰力に引かされて、思わず微笑《ほほえ》みかけたのであったが、その瞬間燕返《つばめがえ》しに、見も知りもせぬ路傍の人に与えるような、冷刻な驕慢《きょうまん》な光をその眸から射出したので、木部の微笑は哀れにも枝を離れた枯葉のように、二人の間を空《むな》しくひらめいて消えてしまった。葉子は木部のあわて方を見ると、車内で彼れから受けた侮辱に可なり小気味よく酬《むく》い得たという誇りを感じて、胸の中がややすがすがしくなった。木部は痩せたその右肩を癖のように怒らしながら、急ぎ足に濶歩《かっぽ》して改札口の所に近づいたが、切符を懐中から出す為めに立止った時、深い悲しみの色を眉《まゆ》の間に漲《みなぎ》らしながら、振返ってじっと葉子の横顔に眼を注いだ。葉子はそれを知りながら固より侮蔑《ぶべつ》の一瞥《いちべつ》をも与えなかった。

木部が改札口を出て姿が隠れようとした時、今度は葉子の眼がじっとその後姿を逐《お》いかけた。木部が見えなくなった後も、葉子の視線はそこを離れようとはしなかった。そしてその眼には淋《さび》しく涙がたまっていた。

「又会う事があるだろうか」

葉子はそぞろに不思議な悲哀を覚えながら心の中でそう云っていたのだった。

四

列車が川崎駅を発すると、葉子はまた手欄《てすり》に倚《よ》りかかりながら木部の事を色々と思いめぐらした。稍《やや》色づいた田圃の先きに松並木が見えて、その間から低く海の光る、平凡な五十三次《つぎ》風な景色が、電柱で句読を打ちながら、空洞《うつろ》のような葉子の眼の前で閉じたり開いたりした。赤蜻蛉《あかとんぼ》も飛びかわす時節で、その群れが、燧石《ひうちいし》から打出される火花のように、赤い印象を眼の底に残して乱れあった。何時《いつ》見ても新開地じみて見える神奈川*を過ぎて、汽車が横浜の停車場*に近づいた頃には、八時を過ぎた太陽*の光が、紅葉坂《もみじざか》*の桜並木を黄色く見せる程に暑く照らしていた。

煤煙《ばいえん》で真黒にすすけた煉瓦《れんが》壁《かべ》の蔭《かげ》に汽車が停《とま》ると、中から一番先きに出て来たのは、右手にかのオリーブ色の包物を持った古藤だった。葉子はパラゾルを杖《つえ》に弱々しくデッキを降りて、古藤に助けられながら改札口を出たが、ゆるゆる歩いている間に乗客は先きを越してしまって、二人は一番あとになっていた。客を取りおくれた十四五人の停車場附きの車夫が、待合部屋の前にかたまりながら、やつれて見える葉子に眼をつけて何かと噂《うわさ》し合うのが二人の耳にも這入った。「むすめ」*「らしゃめん」*というような言葉さえそのはしたない言葉の中には交っていた。開港場のがさつな卑《いや》しい調子はすぐ葉子の神経にびりびりと感じて来た。

何しろ葉子は早く落付く所を見付け出したがった。古藤は停車場の前方の川*添いにある休憩所まで走って行って見たが、帰って来るとぶりぶりして、駅夫のあがりらしい茶店の主人は古藤の書生っぽ姿をいかにも馬鹿にしたような断り方をしたといった。

二人は仕方なくうるさく附き纏《まと》わる車夫を追い払いながら、潮の香の漂った濁った小さな運河*を渡って、ある狭い穢《きたな》い町*の中程にある一軒の小さな旅人宿に這入って行った。横浜という所には似もつかぬような古風な外構えで、美濃紙《みのがみ》のくすぶり返った置《おき》行灯《あんどん》には太い筆付きで相模屋《さがみや》と書いてあった。葉子は何んとなくその行灯に興味を牽《ひ》かれてしまっていた。悪戯《いたずら》好きなその心は、嘉永頃の浦賀*にでもあればありそうなこの旅籠屋《はたごや》に足を休めるのを恐ろしく面白く思った。店にしゃがんで番頭と何か話しているあばずれたような女中までが眼に留った。そして葉子が態《てい》よく物を云おうとしていると、古藤がいきなり取りかまわない調子で、

「何処《どこ》か静かな部屋に案内して下さい」

と不愛想に先きを越してしまった。

「へいへい、どうぞこちらへ」

女中は二人をまじまじと見やりながら、客の前もかまわず、番頭と眼を見合せて、蔑《さげす》んだらしい笑いを漏らして案内に立った。

ぎしぎしと板ぎしみのする真黒な狭い階子《はしご》段《だん》を上って、西に突当った六畳程の狭い部屋に案内して、突立ったままで荒っぽく二人を不思議そうに女中は見比べるのだっ

た。油じみた襟元《えりもと》を思い出させるような、西に出窓のある薄汚い部屋の中を女中をひっくるめて睨《にら》み廻《まわ》しながら古藤は、

「外部《そと》よりひどい……何所《どこ》か他所《よそ》にしましょうか」

と葉子を見返った。葉子はそれには耳も仮《か》さずに、思慮深い貴女《きじょ》のような物腰で女中の方に向いて云った。

「隣室《となり》も明いていますか……そう。夜までは何所も明いている……そう。お前さんがここの世話をしておいで？……なら余《ほか》の部屋も序《ついで》に見せておもらいしましょうかしらん」

　女中はもう葉子には軽蔑の色は見せなかった。そして心得顔に次ぎの部屋との間《あい》の襖《ふすま》を明ける間に、葉子は手早く大きな銀貨*を紙に包んで、

「少し加減が悪いし、又色々お世話になるだろうから」

と云いながら、それを女中に渡した。そしてずっと並んだ五つの部屋を一つ一つ見て廻って、掛軸、花瓶《かびん》、団扇《うちわ》さし、小屏風《こびょうぶ》、机と云うようなものを、自分の好みに任せてあてがわれた部屋のとすっかり取りかえて、隅《すみ》から隅まで奇麗に掃除をさせた。そして古藤を正座に据《す》えて小ざっぱりした座蒲団《ざぶとん》に坐《すわ》ると、にっこり微笑みながら、

「これなら半日位我慢が出来ましょう」

と云った。

「僕はどんな所でも平気なんですがね」

古藤はこう答えて、葉子の微笑を追いながら安心したらしく、

「気分はもうなおりましたね」

と附け加えた。

「ええ」

と葉子は何げなく微笑を続けようとしたが、その瞬間につと思い返して眉をひそめた。葉子には仮病を続ける必要があったのをつい忘れようとしたのだった。それで、

「ですけれどもまだこんななんですの。こら動悸《どうき》が」

と云いながら、地味な風通《ふうつう》の単衣物《ひとえもの》*の中にかくれた華やかな襦袢《じゅばん》の袖をひらめかして、右手を力なげに前に出した。そしてそれと同時に呼吸をぐっとつめて、心臓と覚しいあたりに烈《はげ》しく力をこめた。古藤はすき通るように白い手頸《てくび》を暫《しば》らく撫《な》で廻していたが、脈所《みゃくどころ》に探りあてると急に驚いて眼を見張った。

「どうしたんです、え、ひどく不規則じゃありませんか……痛むのは頭ばかりですか」

「いいえお腹《なか》も痛みはじめたんですの」

「どんな風に」

「ぎゅっと錐《きり》でももむように……よくこれがあるんで困ってしまうんですのよ」

古藤は静かに葉子の手を離して、大きな眼で深々と葉子をみつめた。

「医者を呼ばなくっても我慢が出来ますか」

葉子は苦しげに微笑んで見せた。

「あなただったら屹度《きっと》出来ないでしょうよ。……慣れっこですから堪《こら》えて見ますわ。その代りあなた永田さん……永田さん、ね、郵船会社の支店長の……あすこに行って船の切符の事を相談して来ていただけないでしょうか。御迷惑ですわね。それでもそんな事まで御願しちゃあ……宜《よ》う御座んす、私、車でそろそろ行きますから」

古藤は、女というものはこれ程の健康の変調をよくもこうまで我慢をするものだと云うような顔をして、勿論《もちろん》自分が行って見ると云い張った。

実はその日、葉子は身のまわりの小道具や化粧品を調えかたがた、米国行きの船の切符を買う為《た》めに古藤を連れてここに来たのだった。葉子はその頃既に米国にいるある若い学士と許嫁《いいなずけ》の間柄《あいだがら》になっていた。新橋で車夫が若奥様と呼んだのも、この事が出入りのものの間に公然と知れわたっていたからの事だった。

それは葉子が私生子を設けてから暫らく後の事だった。ある冬の夜、葉子の母の親《おや》

*佐《さ》が何かの用でその良人《おっと》の書斎に行こうと階子段を昇りかけると、上から小間使いがまっしぐらに駈《か》け下りて来て、危く親佐に打突《ぶっ》かろうとしてその側をすりぬけながら、何か意味の分らない事を早口に云って走り去った。その島田髷《しまだまげ》や帯の乱れた後姿が、嘲弄《ちょうろう》の言葉のように眼をうつと、親佐は唇を噛《か》みしめたが、足音だけはしとやかに階子段を上って、いつもに似ず書斎の戸の前に立ち止って、しわぶきを一つして、それから規則正しく間をおいて三度戸をノックした。

　こう云う事があってから五日とたたぬ中に、葉子の家庭即《すなわ》ち早月《さつき》家は砂の上の塔のように脆《もろ》くも崩れてしまった。親佐は殊《こと》に冷静な底気味悪い態度で夫婦の別居を主張した。そして日頃の柔和に似ず、傷《きずつ》いた牡牛《おうし》のように元通りの生活を恢復《かいふく》しようとひしめく良人や、中に這入《はい》って色々云いなそうとした親類達の言葉を、きっぱりと却《しりぞ》けてしまって、良人を釘店《くぎだな》のだだっ広い住宅にたった一人残したまま、葉子ともに三人の娘を連れて、親佐は仙台に立退《たちの》いてしまった。木部の友人等が葉子の不人情を怒って、木部のとめるのも聴かずに、社会から葬《ほうむ》ってしまえとひしめいているのを葉子は聞き知っていたから、普段ならば一も二もなく父を庇《かば》って母に楯《たて》をつくべき所を、素直に母のする通りになって、葉子は母と共に仙台に埋もれに行った。母は母で、自分の家庭から葉子のような娘の出た事を、出来るだけ世間に知られまいとした。女子教育とか、家庭の薫陶《くんとう》とかいう事を折ある毎《ごと》に口にしていた親佐は、その言葉に対して虚偽と云う利子を払わねばならなかった。一方を揉《も》み消す為めには一方にどんと火の手を挙げる必要がある。早月母子《おやこ》が東京を去ると間もなく、ある新聞は早月ドクトルの女性に関するふしだらを書き立てて、それにつけての親佐の苦心と貞操とを吹聴《ふいちょう》した序《ついで》に、親佐が東京を去るようになったのは、熱烈な信仰から来る義憤と、愛児を父の悪感化から救おうとする母らしい努力に基くものだ。その為めに彼女は基督《キリスト》教婦人同盟の副会長という顕要な位置さえ擲《な》げ棄《す》てたのだと書き添えた。

仙台に於《お》ける早月親佐は暫らくの間は深く沈黙を守っていたが、見る見る周囲に人を集めて華々しく活動をし始めた。その客間は若い信者や、慈善家や、芸術家達のサロンとなって、そこからリバイバル*や、慈善市や、音楽会というようなものが形を取って生れ出た。殊に親佐が仙台支部長として働き出した基督教婦人同盟の運動は、その当時野火《のび》のような勢で全国に拡《ひろ》がり始めた赤十字社の勢力にもおさおさ劣らない程の盛況を呈した。知事令夫人も、名だたる素封家*の奥さん達もその集会には列席した。そして三ケ年の月日は早月親佐を仙台にはなくてならぬ名物の一つにしてしまった。

性質が母親と何所か似過ぎている為めか、似たように見えて一調子違っている為めか、それとも自分を慎しむ為めであったか、はたの人には判らなかったが、兎《と》に角《かく》葉子はそんな華やかな氛囲気《ふんいき》に包まれながら、不思議な程沈黙を守って、碌々《ろくろく》晴れの座などには姿を現わさないでいた。それにも拘《かかわ》らず親佐の客間に吸い寄せられる若い人々の多数は葉子に吸い寄せられているのだった。葉子の控目なしおらしい様子がいやが上にも人の噂を引く種となって、葉子という名は、多才で、情緒の細やかな、美しい薄命児を誰《だ》れにでも思い起させた。彼女の立すぐれた眉目形《みめかたち》は花柳の人達をさえ羨《うらやま》しがらせた。そして色々な風聞が、清教徒風に質素な早月の侘住居《わびずまい》の周囲を霞《かすみ》のように取《と》り捲《ま》き始めた。

突然小さな仙台市は雷にでも打たれたようにある朝の新聞記事に注意を向けた。それはその新聞の商売敵《がたき》である或《あ》る新聞の社主であり主筆である某が、親佐と葉子との二人に同時に慇懃《いんぎん》を通じているという、*全紙に亙《わた》った不倫極《きわま》る記事だった。誰れも意外なような顔をしながら心の中ではそれを信じようとした。

この日髪の毛の濃い、口の大きい、色白な一人の青年を乗せた人力車が、仙台の町中を忙《せわ》しく駈け廻ったのを注意した人は恐らくなかったろうが、その青年は名を木村*といって、日頃から快活な活動好きな人として知られた男で、その熱心な奔走の結果、翌日の新聞紙の広告欄には、二段抜きで知事令夫人以下十四五名の貴婦人の連名で、早月親佐の冤罪《えんざい》が雪《すす》がれる事になった。この稀有《けう》な大袈裟《おおげさ》な広告が又小さな仙台の市中をどよめき亙らした。然し木村の熱心も口弁も葉子の名を広告の中に入れる事は出来なかった。

こんな騒ぎが持上ってから早月親佐の仙台に於ける今までの声望は急に無くなってしまった。その頃丁度東京に居残っていた早月が病気に罹《かか》って薬に親しむ身となったので、それをしおに親佐は子供を連れて仙台を切上げる事になった。

木村はその後すぐ早月母子を逐って東京に出て来た。そして毎日入りびたるように早月家に出入して、殊に親佐の気に入るようになった。親佐が病気になって危篤《きとく》に陥った時、木村は一生の願いとして葉子との結婚を申し出た。親佐はやはり母だった。死期を前に控えて、一番気にせずにいられないものは、葉子の将来だった。木村ならばあの我儘《わがまま》な、男を男とも思わぬ葉子に仕えるようにして行く事が出来ると思った。そして基督教婦人同盟の会長をしている五十川《いそがわ》女史*に後事を托《たく》して死んだ。この五十川女史のまあまあと云うような不思議な曖昧《あいまい》な切盛りで、木村は、何所か不確実ではあるが、兎も角葉子を妻とし得る保障を握ったのだった。

五

郵船会社の永田は夕方でなければ会社から退《ひ》けまいと云うので、葉子は宿屋に西洋物店のものを呼んで必要な買物をする事になった。古藤はそんなら其所《そこ》らをほっつき歩いて来ると云って、例の麦稈《むぎわら》帽子を帽子掛けから取って立上った。葉子は思い出したように肩越しに振返って、

「あなた先刻《さっき》パラゾルは骨が五本のがいいと仰有《おっしゃ》ってね」

と云った。古藤は冷淡な調子で、

「そういったようでしたね」

と答えながら、何か他の事でも考えているらしかった。

「まあそんなに呆《とぼ》けて……何故《なぜ》五本のがお好き？」

「僕が好きと云うんじゃないけれども、あなたは何んでも人と違ったものが好きなんだと思ったんですよ」

「何所までも人をおからかいなさる……ひどい事……行っていらっしゃいまし」

と情を抑えるように云って向き直ってしまった。古藤が縁側に出ると又突然呼びとめた。障子にはっきり立姿をうつしたまま、

「何んです」

と云って古藤は立戻る様子がなかった。葉子は悪戯者《いたずらもの》らしい笑いを口のあたりに浮べ

ていた。

「あなたは木村と学校が同じでいらしったのね」

「そうですよ級は木村の……木村君の方が二つも上でしたがね」

「あなたはあの人をどうお思いになって」

まるで少女のような無邪気な調子だった。古藤は微笑《ほほえ》んだらしい語気で、

「そんな事はもうあなたの方が委《くわ》しい筈《はず》じゃありませんか……心《しん》のいい活動家ですよ」

「あなたは？」

葉子はぽんと高飛車に出た。そしてにやりとしながらがっくりと顔を上向きにはねて、床の間の一蝶《いっちょう》*のひどい偽物《まがいもの》を見やっていた。古藤が咄嗟《とっさ》の返事に窮して、少しむっとした様子で答え渋っているのを見て取ると、葉子は今度は声の調子を落して、如《い》何《か》にも頼りないという風に、

「日盛りは暑いから何所ぞでお休みなさいましね。……なるたけ早く帰って来て下さいまし、もしかして、病気でも悪くなると、こんな所で心細う御座んすから……よくって」

古藤は何か平凡な返事をして、縁板を踏みならしながら出て行ってしまった。

朝の中《うち》だけからっと破ったように晴れ亙っていた空は、午後から曇り始めて、真白な雲が太陽の面を撫《な》でて通る度毎に暑気は薄れて、空一面が灰色にかき曇る頃《ころ》には、膚寒《はださむ》く思うほどに初秋の気候は激変していた。時雨《しぐれ》らしく照ったり降ったりしていた雨の脚も、やがてじめじめと降り続いて、煮しめたような穢《きたな》い部屋の中は殊更ら湿《しとり》が強く来るように思えた。葉子は居留地*の方にある外国人相手の洋服屋や小間物屋などを呼び寄せて、思い切った贅沢《ぜいたく》な買物をした。買物をして見ると葉子は自分の財布のすぐ貧しくなって行くのを怖《おそ》れないではいられなかった。葉子の父は日本橋では一かどの門戸を張った医師で、収入も相当にはあったけれども、理財の道に全く暗いのと、妻の親佐が婦人同盟の事業にばかり奔走していて、その並々ならぬ才能を少しも家の事に用いなかった為め、その死後には借金こそ残れ、遺産と云っては憐《あわ》れな程しかなかった。葉子は二人の妹を抱えながらこの苦しい境遇を切り抜けて来た。それは葉子であればこそし遂《おお》せて来たようなものだった。誰れにも貧乏らしい気色《けしき》は露ほども見せないでいながら、葉子は始終貨幣一枚々々の重さを計って支払いするような注意をしていた。それだのに眼の前に異国情調の豊かな贅沢品を見ると、彼女の貪慾《どんよく》は甘いものを見た子供のようになって、前後も忘れて懐中にありったけの買物をしてしまったのだ。使をやって正金《しょうきん》銀行*で換えた金貨は今鋳出《いだ》されたような光を放って懐中の底にころがっていたが、それをどうする事も出来なかった。葉子の心は急に暗くなった。戸外の天気もその心持ちに合槌《あいづち》を打つように見えた。古藤はうまく永田から切符を貰《もら》う事が出来るだろうか。葉子自身が行き得ない程葉子に対して反感を持っている永田が、あの単純なタクトのない古藤をどんな風に扱かったろう。永田の口から古藤は色々な葉子の過去を聞かされはしなかったろうか。そんな事を思うと葉子は悒鬱《ゆううつ》が生み出す反抗的な気分になって、湯をわかさせて入浴し、寝床をしかせ、最上等の三鞭酒《シャンペン》を取りよせて、したたかそれを飲むと前後も知らず眠ってしまった。

夜になったら泊客があるかも知れないと女中の云った五つの部屋は矢張り空《から》のままで、日がとっぷりと暮れてしまった。女中がランプを持って来た物音に葉子はようやく眼を覚まして、仰向いたまま、煤《すす》けた天井に描かれたランプの丸い光輪をぼんやりと眺《なが》めていた。

その時じたっじたっと濡《ぬ》れた足で階子段《はしごだん》を昇って来る古藤の足音が聞えた。古藤は何かに腹を立てているらしい足どりでずかずかと縁側を伝って来たが、ふと立止ると大きな声で帳場の方に怒鳴った。

「早く雨戸を閉めないか……病人がいるんじゃないか。……」

「この寒いのに何んだってあなたも云い付けないんです」

今度はこう葉子に云いながら、建付けの悪い障子を開けていきなり中に這入ろうとしたが、その瞬間にはっと驚いたような顔をして立ちすくんでしまった。

香水や、化粧品や、酒の香をごっちゃにした暖いいきれがいきなり古藤に迫ったらしかった。ランプがほの暗いので、部屋の隅々《すみずみ》までは見えないが、光りの照り渡る限りは、雑多に置きならべられたなまめかしい女の服地や、帽子や、造花や、鳥の羽根や、小道具などで、足の踏みたて場もないまでになっていた。その一方に床の間を背にして、郡内《ぐんない》の布団*の上に搔巻《かいまき》を脇《わき》の下から羽織った、今起きかえったばかりの葉子が、派手な長襦袢《ながじゅばん》一つで、東欧羅巴《ヨーロッパ》の嬪宮《ひんきゅう》の人のように、片臂《かたひじ》をついたまま横になっていた。そして入浴と酒とでほんのりほてった顔を仰向けて、大きな眼を夢のように見開いてじっと古藤を見た。その枕許《まくらもと》には三鞭酒の瓶《びん》が本式に氷の中につけてあって、飲みさしのコップや、華奢《きゃしゃ》な紙入れや、かのオリーブ色の包物を、しごきの赤が火の蛇《くちなわ》のように取巻いて、その端が指輪の二つ箝《はま》った大理石のような葉子の手に弄《もてあそ》ばれていた。

「お遅う御座んした事。お待たされなすったんでしょう。……さ、お這入りなさいまし。そんなもの足ででもどけて頂戴《ちょうだい》。散らかしちまって」

この音楽のようなすべすべした調子の声を聞くと、古藤は始めて illusion から目覚めた風で這入って来た。葉子は左手を二の腕がのぞき出るまでずっと延して、そこにあるものを一払いに払いのけると、花壇の土を掘り起したように汚い畳が半畳ばかり現われ出た。古藤は自分の帽子を部屋の隅にぶちなげて置いて、払い残された細形の金鎖を片付けると、どっかと胡坐《あぐら》をかいて正面から葉子を見すえながら、

「行って来ました。船の切符もたしかに受取って来ました」

と云って懐《ふところ》ろの中を探りにかかった。葉子は一寸《ちょっと》改って、

「ほんとに難有《ありがと》う御座いました」

と頭を下げたが、忽《たちま》ち roguish* な眼付きをして、

「まあそんな事は何《いず》れあとで、ね、……何しろお寒かったでしょう、さ」

と云いながら飲み残りの酒を盆の上に無造作に捨てて、二三度左手をふって滴《しずく》を切ってから、コップを古藤にさしつけた。古藤の眼は何かに激昂《げっこう》しているように輝いていた。

「僕は飲みません」

「おや何故」

「飲みたくないから飲まないんです」

この角《かど》ばった返答は男を手もなくあやし慣れている葉子にも意外だった。それでそ

の後の言葉をどう継ごうかと、一寸躊《ためら》って古藤の顔を見やっていると、古藤はたたみかけて口を切った。

「永田ってのはあれはあなたの知人ですか。思い切って尊大な人間ですね。君のような人間から金を受取る理由はないが、兎に角あずかって置いて、いずれ直接あなたに手紙で云ってあげるから、早く帰れって云うんです、頭から。失敬な奴《やつ》だ」

　葉子はこの言葉に乗じて気まずい心持ちを変えようと思った。そして驀地《まっしぐら》に何か云い出そうとすると、古藤はおっかぶせるように言葉を続けて、

「あなたは一体まだ腹が痛むんですか」

ときっぱり云って堅く坐《すわ》り直した。然《しか》しその時に葉子の陣立ては既に出来上っていた。始めの微笑みをそのままに、

「ええ、少しはよくなりましてよ」

と云った。古藤は短兵急《たんぺいきゅう》に、

「それにしても中々元気ですね」

とたたみかけた。

「それはお薬にこれを少しいただいたからでしょうよ」

と三鞭酒を指した。

正面からはね返されて古藤は黙ってしまった。然し葉子も勢に乗って追い迫るような事はしなかった。矢頃《やごろ》*を計ってから語気をかえてずっと下手《したて》になって、

「妙にお思いになったでしょうね。悪う御座いましてね。こんな所に来ていて、お酒なんか飲むのは本当に悪いと思ったんですけれども、気分がふさいで来ると、私にはこれより外にお薬はないんですもの。先刻《さっき》のように苦しくなって来ると私はいつでもお湯を熱めにして浴《はい》ってから、お酒を飲み過ぎる位飲んで寝るんですの。そうすると」

と云って、一寸云いよどんで見せて、

「十分か二十分ぐっすり寝入るんですのよ……痛みも何も忘れてしまっていい心持ちに……。それから急に頭がかっと痛んで来ますの。そしてそれと一緒に気が滅入り出して、もうもうどうしていいか分らなくなって、子供のように泣きつづけると、その中に又眠たくなって一寝入りしますのよ。そうするとその後はいくらかさっぱりするんです。……父や母が死んでしまってから、頼みもしないのに親類達から余計な世話をやかれたり、他人力《ひとぢから》なんぞを的《あて》にせずに妹二人を育てて行かなければならないと思ったりすると、私のような他人様《ひとさま》と違って風変りな、……そら、五本の骨*でしょう」

と淋《さび》しく笑った。

「それですものどうぞ堪忍《かんにん》して頂戴。思いきり泣きたい時でも知らん顔をして笑って通していると、こんな私みたいな気まぐれ者になるんです。気まぐれでもしなければ生きて行けなくなるんです。男の方にはこの心持ちはお分りにはならないかも知れないけれども」

こう云ってる中に葉子は、ふと木部との恋が果敢《はか》なく破れた時の、我れにもなく身に沁《し》み亙《わた》る淋しみや、死ぬまで日蔭者《ひかげもの》であらねばならぬ私生子の定子の事や、計らずも今日まのあたり見た木部の、心《しん》からやつれた面影《おもかげ》などを思い起した。そして更らに、母の死んだ夜、日頃は見向きもしなかった親類達が寄集って来て、早月家には毛の末程も同情のない心で、早月家の善後策について、さも重大らしく勝手気儘な事を親切ごかしにしゃべり散らすのを聞かされた時、どうにでもなれと云う気になって、暴れ抜いた事が、自分にさえ悲しい思い出となって、葉子の頭の中を矢のように早くひらめき通った。葉子の顔には人に譲ってはいない自信の色が現われ始めた。

「母の初七日《しょなぬか》*の時もね、私はたて続けにビールを何杯飲みましたろう。何んでも瓶がそこいらにごろごろ転がりました。そして仕舞には何が何んだか夢中になって、宅に出入するお医者さんの膝《ひざ》を枕《まくら》に、泣寝入りに寝入って、夜中をあなた二時間の余も寝続けてしまいましたわ。親類の人達はそれを見ると一人帰り二人帰りして、相談も何も目茶苦茶になったんですって。母の写真を前に置いといて、私はそんな事までする人間ですの。お呆《あき》れになったでしょうね。いやな奴でしょう。あなたのような方から御覧になったら、さぞいやな気がなさいましょうねえ」

「ええ」

と古藤は眼も動かさずにぶっきらぼうに答えた。

「それでもあなた」

と葉子は切なさそうに半ば起き上って、

「外面《うわつら》だけで人のする事を何んとか仰有《おっしゃ》るのは少し惨酷《ざんこく》ですわ。……いいえね」

と古藤の何か云い出そうとするのを遮《さえぎ》って、今度はきっと坐り直った。

「私は泣き事を云って他人様《ひとさま》にも泣いて頂こうなんて、そんな事はこれんばかりも思やしませんとも……なるなら何所《どこ》かに大砲《おおづつ》のような大きな力の強い人がいて、その人が真剣に怒って、葉子のような人非人《にんぴにん》はこうしてやるぞと云って、私を押えつけて心臓でも頭でも摧《くだ》けて飛んでしまう程折檻《せっかん》をしてくれたらと思うんですの。どの人もどの人もちゃんと自分を忘れないで、いい加減に怒ったりいい加減に泣いたりしているんですからねえ。何んだってこう生温《なまぬる》いんでしょう。

義一さん（葉子が古藤をこう名で呼んだのはこの時が始めてだった）あなたが今朝、

心《しん》の正直な何んとかだと仰有った木村に縁づくようになったのもその晩の事です。五十川が親類中に賛成さして、晴れがましくも私を皆んなの前に引出しておいて、罪人にでも云うように宣告してしまったのです。私が一口でも云おうとすれば、五十川の云うには母の遺言ですって。死人に口なし。ほんとに木村はあなたが仰有ったような人間ね。仙台であんな事があったでしょう。あの時知事の奥さんはじめ母の方は何んとかしようが娘の方は保証が出来ないと仰有ったんですとさ」

云い知らぬ侮蔑《ぶべつ》の色が葉子の顔に漲《みなぎ》った。

「ところが木村は自分の考えを押し通しもしないで、おめおめと新聞には母だけの名を出してあの広告をしたんですの。

母だけがいい人になれば誰《だ》れだって私を……そうでしょう。その挙句に木村はしゃあしゃあと私を妻にしたいんですって。義一さん、男ってそれでいいものなんですか。まあね物の譬《たと》えがですわ。それとも言葉では何んと云っても無駄《むだ》だから、実行的に私の潔白を立ててやろうとでも云うんでしょうか」

そう云って激昂し切った葉子は噛《か》み捨てるように甲高《かんだか》くほほと笑った。

「一体私は一寸した事で好き嫌《きら》いの出来る悪い質《たち》なんですからね。と云って私はあなたのような生《き》一本でもありませんのよ。

母の遺言だから木村と夫婦になれ。早く身を堅めて地道《じみち》に暮さなければ母の名誉を汚す事になる。妹だって裸かでお嫁入りも出来まいといわれれば、私立派に木村の妻になって御覧に入れます。その代り木村が少しつらいだけ。

こんな事をあなたの前で云ってはさぞ気を悪るくなさるでしょうが、真直《まっすぐ》なあなただと思いますから、私もその気で何もかも打明けて申してしまいますのよ。私の性質や境遇はよく御存じですわね。こんな性質でこんな境遇にいる私がこう考えるのに若《も》し間違いがあったら、どうか遠慮なく仰有って下さい。

ああいやだった事。義一さん、私こんな事はおくびにも出さずに今の今までしっかり胸にしまって我慢していたのですけれども、今日はどうしたんでしょう、何んだか遠い旅にでも出たような淋しい気になってしまって……」

弓弦《ゆづる》を切って放したように言葉を消して葉子は俯向《うつむ》いてしまった。日は何時《いつ》の間にかとっぷりと暮れていた。じめじめと降り続く秋雨に湿《しと》った夜風が細々と通《かよ》って来て、湿気でたるんだ障子紙をそっと煽《あお》って通った。古藤は葉子の顔を見るのを避けるように、そこらに散らばった服地や帽子などを眺め廻して、何んと返答をしていいのか、云うべき事は腹にあるけれども言葉には現わせない風だった。部屋は息気《いき》苦しい程しんとなった。

葉子は自分の言葉から、その時の有様から、妙にやる瀬ない淋しい気分になっていた。強い男の手で思う存分両肩でも抱きすくめて欲しいような頼りなさを感じた。そして横腹に深々と手をやって、さし込む痛みを堪《こら》えるらしい姿をしていた。古藤はやや暫《しば》らくしてから何か決心したらしくまともに葉子を見ようとしたが、葉子の切なさそうな哀れな様子を見ると、驚いた顔付きをして我れ知らず葉子の方にいざり寄った。葉子はすかさず豹《ひょう》のように滑らかに身を起して逸早《いちはや》くもしっかり古藤のさし出す手を握っていた。そして、

「義一さん」

と震えを帯びていった声は存分に涙に濡《ぬ》れているように響いた。古藤は声をわななかして、

「木村はそんな人間じゃありませんよ」

とだけ云って黙ってしまった。

駄目だったと葉子はその途端に思った。葉子の心持ちと古藤の心持ちとはちぐはぐになっているのだ。何んという響きの悪い心だろうと葉子はそれをさげすんだ。然し様子にはそんな心持ちは少しも見せないで、頭から肩へかけてのなよやかな線を風の前のてっせん*の蔓《つる》のように震わせながら、二三度深々とうなずいて見せた。

暫らくしてから葉子は顔を上げたが、涙は少しも眼に溜《たま》ってはいなかった。そしていとしい弟でもいたわるように布団から立ち上りざま、

「済みませんでした事、義一さん、あなた御飯はまだでしたのね」

と云いながら、腹の痛むのを堪《こら》えるような姿で古藤の前を通りぬけた。湯でほんのりと赤らんだ素足に古藤の眼が鋭くちらっと宿ったのを感じながら、障子を細目に開けて手をならした。

葉子はその晩不思議に悪魔じみた誘惑を古藤に感じた。童貞で無経験で恋の戯《たわむ》れには何んの面白味もなさそうな古藤、木村に対してと云わず、友達に対して堅苦しい義務観念の強い古藤、そう云う男に対して葉子は今まで何んの興味をも感じなかったばかりか、働きのない没情漢《わからずや》と見限って、口先きばかりで人間並みのあしらいをしていたのだ。然しその晩葉子はこの少年のような心を持って肉の熟した古藤に罪を犯させて見たくって堪《たま》らなくなった。一夜の中《うち》に木村とは顔も合わせる事の出来ない人間にして見たくって堪らなくなった。古藤の童貞を破る手を他の女に任せるのが妬《ねた》ましくて堪らなくなった。幾枚も皮を被《かぶ》った古藤の心のどん底に隠れている慾念を葉子の蠱惑力《チャーム》で掘起して見たくって堪らなくなった。

気取《けどら》れない範囲で葉子があらん限りの謎《なぞ》を与えたにも拘《かかわ》らず、古藤が堅くなってし

まってそれに応ずる気色のないのを見ると葉子は益《ますます》いらだった。そしてその晩は腹が痛んでどうしても東京に帰れないから、いやでも横浜に宿ってくれと云い出した。然し古藤は頑《がん》として聴かなかった。そして自分で出かけて行って、品もあろう事か真赤な毛布を一枚買って帰って来た。葉子はとうとう我《が》を折って最終列車*で東京に帰る事にした。

一等の客車には二人の外に乗客はなかった。葉子はふとした出来心から古藤を陥《おとしい》れようとした目論見《もくろみ》に失敗して、自分の征服力に対するかすかな失望と、存分の不快を感じていた。客車の中では又色々と話そうといって置きながら、汽車が動き出すとすぐ、古藤の膝《ひざ》の側《そば》で毛布にくるまったまま新橋まで寝通してしまった。

新橋に着いてから古藤が船の切符を葉子に渡して人力車を二台傭《やと》って、その一つに乗ると、葉子はそれにかけよって懐中から取り出した紙入れを古藤の膝に放り出して、左の鬢《びん》をやさしくかき上げながら、

「今日のお立替えをどうぞその中から……明日は屹度《きっと》いらしって下さいましね……お待ち申しますことよ……左様なら」

と云って自分ももう一つの車に乗った。葉子の紙入れの中には正金銀行から受取った五十円金貨*八枚が這入《はい》っている。そして葉子は古藤がそれをくずして立替を取る気遣

いのないのを承知していた。

六

葉子が米国に出発する九月二十五日は明日に迫った。* 二百二十日の荒れそこねたその年の天気は、何時《いつ》までたっても定らないで、気違日和《きちがいびより》とも云《い》うべき照り降りの乱雑な空合《そらあい》が続き通していた。

葉子はその朝暗い中《うち》に床を離れて、蔵の蔭になった自分の小部屋に這入って、前々から片付けかけていた衣類の始末をし始めた。模様や縞《しま》の派手なのは片端からほどいて丸めて、次ぎの妹の愛子にやるようにと片隅《かたすみ》に重ねたが、その中には十三になる末の妹の貞世《さだよ》に着せても似合わしそうな大柄《おおがら》なものもあった。葉子は手早くそれをえり分けて見た。そして今度は船に持ち込む四季の晴衣《はれぎ》を、床の間の前にある真黒に古ぼけたトランクの処《ところ》まで持って行って、蓋《ふた》を開けようとしたが、不図《ふと》その蓋の真中に書いてあるY・K・という白文字を見て忙《せ》わしく手を控えた。これは昨日古藤が油絵具と画筆とを持って来て、書いてくれたので、乾き切らないテレビンの香がまだかすかに残っていた。古藤は、葉子・早月の頭文字Y・S・と書いてくれと折入って葉子の頼んだのを笑いながら退けて、葉子・木村の頭文字Y・K・と書く前に、S・K・とある字をナイフの先きで叮嚀《ていねい》に削ったのだった。S・K・とは木村貞一のイニシャルで、そのトランクは木村の父*が欧米を漫遊した時使ったものなのだ。その古い色を見ると、木村の父の太っ腹な鋭い性格と、波瀾《はらん》の多い生涯《しょうがい》の極印《ごくいん》がすわっているように見えた。木村はそれを葉子の用にと残して行ったのだった。木村の面影はふと葉子の頭の中を抜けて通った。空想で木村を描く事は、木村と顔を見合わす時ほどの厭《いと》わしい思いを葉子に起させなかった。黒い髪の毛をぴったりと奇麗に分けて、怜《さ》かしい中《なか》高《だか》の細面《ほそおもて》に、健康らしい薔薇色《ばらいろ》を帯びた容貌《ようぼう》や、甘過ぎる位人情に溺《おぼ》れ易《やす》い殉情的な性格は、葉子に一種のなつかしさをさえ感ぜしめた。然《しか》し実際顔と顔とを向い合せると、二人は妙に会話さえはずまなくなるのだった。その怜かしいのが厭《い》やだった。柔和なのが気に障った。殉情的な癖に恐ろしく勘定高いのがたまらなかった。青年らしく土俵際《ぎわ》まで踏み込んで事業を楽しむという父に似た性格さえ小ましゃくれて見えた。殊《こと》に東京生れと云ってもいい位都慣れた言葉や身のこなしの間に、ふと東北の郷土の香を嗅《か》ぎ出した時には噛んで捨てたいような反感に襲われた。葉子の心は今、おぼろげな回想から、実際膝つき合せた時に厭やだと思った印象に移って行った。そして手に持った晴衣をトランクに入れるのを控えてしまった。長くなり始めた夜もその頃には漸《ようや》く白み始めて、蠟燭《ろうそく》の黄色い焔《ほのお》が光の亡骸《なきがら》のように、ゆるぎもせずに灯《とも》っていた。夜の間静まっていた西風が思い出したように障子にぶつかって、釘店《くぎだな》の狭い通りを、河岸《かし》で仕出しをした若い者が、大きな掛声でがらがらと車を牽《ひ》きながら通るのが聞え出した。葉子は今日一日に眼まぐるしい程ある沢山の用事を一寸《ちょっと》胸の中で数えて見て、大急ぎで其所《そこ》等を片付けて、錠を下ろすものには錠を下ろし切って、雨戸を一枚繰って、そこから射し込む光で大きな手文庫からぎっしりつまった男文字の手紙を引出すと風呂敷に包み込んだ。そしてそれを抱えて手燭《てしょく》を吹き消しながら部屋を出ようとすると、廊下に叔母が突立っていた。

「もう起きたんですね……片付いたかい」

と挨拶《あいさつ》してまだ何か云いたそうであった。両親を失ってからこの叔母夫婦と、六歳になる白痴の一人息子とが移って来て同居する事になったのだ。葉子の母が、どこか重々しくって男々《おお》しい風采《ふうさい》をしていたのに引かえ、叔母は髪の毛の薄い、何所までも貧相に見える女だった。葉子の眼はその帯しろ裸《はだ》かな*、肉の薄い胸のあたりをちらっとかすめた。

「おやお早う御座います……荒方片付きました」

と云ってそのまま二階に行こうとすると、叔母は爪《つめ》に一杯垢《あか》のたまった両手をもやも

やと胸の所でふりながら、遮るように立ちはだかって、

「あのお前さんが片付ける時にと思っていたんだがね、明日のお見送りに私は着て行くものが無いんだよ。お母さんのもので間に合うのは無いだろうかしらん。明日だけ借《かり》れば後はちゃんと始末をして置くんだから一寸見ておくれでないか」

葉子は又かと思った。働きのない良人《おっと》に連れ添って、十五年の間丸帯一つ買って貰《もら》えなかった叔母の訓練のない弱い性格が、こうさもしくなるのを憐《あわ》れまないでもなかったが、物怯《ものお》じしながら、それでいて、慾にかかると図々しい、人の隙《すき》ばかりつけねらう仕打ちを見ると、虫唾《むしず》が走る程憎かった。然しこんな思いをするのも今日だけだと思って部屋の中に案内した。叔母は空々しく気の毒だとか済まないとか云い続けながら錠を下ろした簞笥《たんす》を一々開けさせて、色々と勝手に好みを云った末に、りゅうとした一揃《ひとそろ》えを借《かり》る事にして、それから葉子の衣類までを兎《と》や角《かく》云いながら去りがてにいじくり廻《まわ》した。台所からは味噌汁《みそしる》の香がして、白痴の子がだらしなく泣き続ける声と、叔父が叔母を呼び立てる声とがすがすがしい朝の空気を濁すように聞えて来た。葉子は叔母にいい加減な返事をしながらその声に耳を傾けていた。そして早月家の最後の離散という事をしみじみと感じたのであった。電話は、ある銀行の重役をしている親類がいい加減な口実を作って只《ただ》持って行ってしまった。父の書斎道具や骨董品《こっとうひん》は

蔵書と一緒に糶売《せりう》りをされたが、売上げ代はとうとう葉子の手には這入らなかった。住居は住居で、葉子の洋行後には、両親の死後何かに尽力したという親類の某が、二束三文で譲受《ゆずりう》ける事に親族会議で決ってしまった。少しばかりある株券と地所とは愛子と貞世との教育費に充《あ》てる名義で某々が保管する事になった。そんな勝手放題なまねをされるのを葉子は見向きもしないで黙っていた。若し葉子が素直な女だったら、却《かえっ》て食い残しという程の遺産はあてがわれていたに違いない。然し親族会議では葉子を手におえない女だとして、他所《よそ》に嫁入って行くのをいい事に、遺産の事には一切関係させない相談をした位は葉子は疾《と》うに感付いていた。自分の財産となればなるべきものを一部分だけあてがわれて黙って引込んでいる葉子ではなかった。それかと云って長女ではあるが、女の身として全財産に対する要求をする事の無益なのも知っていた。で、「犬にやる積りでいよう」と臍《ほぞ》を堅めてかかったのだった。今、後に残ったものは何がある。切廻しよく見かけを派手にしている割合に、不足勝ちな三人の姉妹の衣類諸道具が少しばかりあるだけだ。それを叔母は容赦もなくそこまで切込んで来ているのだ。白紙のようなはかない寂しさと、「裸かになるなら綺麗《きれい》さっぱり裸かになって見せよう」という火のような反抗心とが、無茶苦茶に葉子の胸を冷やしたり焼いたりした。葉子はこんな心持ちになって、先程の手紙の包を抱えて立上りながら、俯《うつむ》向いて手ざわりのいい絹物を撫《な》で廻している叔母を見下ろした。

「それじゃ私はまだ外《ほか》に用がありますししますから錠を下ろさずにおきますよ。御緩《ごゆっく》り御覧なさいまし。そこにかためてあるのは私が持って行くんですし、ここにあるのは愛と貞にやるのですから別になすっておいて下さい」

と云い捨てて、ずんずん部屋を出た。往来には砂埃《すなぼこり》が立つらしく風が吹き始めていた。

二階に上って見ると、父の書斎であった十六畳の隣りの六畳に、愛子と貞世とが抱き合って眠っていた。葉子は自分の寝床を手早くたたみながら愛子を呼び起した。愛子は驚いたように大きな美しい眼を開くと半分夢中で飛び起きた。葉子はいきなり厳重な調子で、

「あなたは明日から私の代りをしないじゃならないんですよ。朝寝坊なんぞしていてどうするの。あなたがぐずぐずしていると貞《さあ》ちゃんが可哀《かわい》そうですよ。早く身じまいをして下のお掃除でもなさいまし」

と睨《にら》みつけた。愛子は羊のように柔和な眼を眩《まば》ゆそうにして、姉を窃《ぬす》み見ながら、着物を着かえて下に降りて行った。葉子は何んとなく性《しょう》の合わないこの妹が、階子段《はしごだん》を降り切ったのを聞きすまして、そっと貞世の方に近づいた。面《おも》ざしの葉子によく似た十三の少女は、汗じみた顔には下げ髪がねばり附いて、頰《ほお》は熱でもあるように上気し

ている。それを見ると葉子は骨肉のいとしさに思わず微笑《ほほえ》ませられて、その寝床にいざり寄って、その童女を羽がいに軽く抱きすくめた。そしてしみじみとその寝顔に眺《なが》め入った。貞世の軽い呼吸は軽く葉子の胸に伝わって来た。その呼吸が一つ伝わる度に、葉子の心は妙に滅入って行った。同じ胎《はら》を借りてこの世に生れ出た二人の胸には、ひたと共鳴する不思議な響が潜んでいた。葉子は吸い取られるようにその響に心を集めていたが、果ては寂しい、唯《ただ》寂しい涙がほろほろと留度《とめど》なく流れ出るのだった。

一家の離散を知らぬ顔で、女の身空を唯独り米国の果てまでさすらって行くのを葉子は格別何んとも思っていなかった。振分髪《ふりわけがみ》の時分から、飽くまで意地の強い眼はしの利《き》く性質を思うままに増長さして、ぐんぐんと世の中を傍眼《わきめ》もふらず押通して二十五になった今、こんな時にふと過去を振返って見ると、いつの間にかあたり前の女の生活をすりぬけて、たった一人見も知らぬ野末に立っているような思いをせずにはいられなかった。女学校や音楽学校で、葉子の強い個性に引きつけられて、理想の人ででもあるように近寄って来た少女達は、葉子におどおどしい同性の恋を捧《ささ》げながら、葉子に inspire されて、我れ知らず大胆な奔放な振舞いをするようになった。その頃「国民文学」*や「文学界」*に旗挙げをして、新しい思想運動を興そうとした血気なロマンティックな青年達に歌の心を授けた女の多くは、大方葉子から血脈を引いた少女等であった。倫理学者や、教育家や、家庭の主権者などもその頃から猜疑《さいぎ》の眼を見張って少女国を監視し出した。葉子の多感な心は、自分でも知らない革命的とも云うべき衝動の為《ため》に的《あて》もなく揺ぎ始めた。葉子は他人を笑いながら、そして自分をさげすみながら、真暗な大きな力に引きずられて、不思議な道に自覚なく迷い入って、仕舞には驀《まっしぐ》らに走り出した。誰《だ》れも葉子の行く道のしるべをする人もなく、他の正しい道を教えてくれる人もなかった。偶《たま》ま大きな声で呼び留める人があるかと思えば、裏表の見えすいたぺてんにかけて、昔のままの女であらせようとするものばかりだった。葉子はその頃から何所《どこ》か外国に生れていればよかったと思うようになった。あの自由らしく見える女の生活、男と立ち並んで自分を立てて行く事の出来る女の生活……古い良心が自分の心をさいなむたびに、葉子は外国人の良心というものを見たく思った。葉子は心の奥底でひそかに芸者を羨《うらや》みもした。日本で女が女らしく生きているのは芸者だけではないかとさえ思った。こんな心持ちで年を取って行く間に葉子は勿論《もちろん》何度も躓《つまず》いてころんだ。そして独りで膝《ひざ》の塵《ちり》を払わなければならなかった。こんな生活を続けて二十五になった今、ふと今まで歩いて来た道を振返って見ると、一所に葉子と走っていた少女達は、疾《と》うの昔に尋常な女になり済していて、小さく見える程遠くの方から、憐れむようなさげすむような顔付きをして葉子の姿を眺めていた。葉子はもと来た道に引き返す事はもう出来なかった。出来たところで引き返そうとする気は微《み》塵《じん》もなかった。「勝手にするがいい」そう思って葉子は又訳もなく不思議な暗い力に引張られた。こう云うはめになった今、米国にいようが日本にいようが少しばかりの財産があろうが無かろうが、そんな事は些《さ》細《さい》な話だった。境遇でも変ったら何か起るかも知れない。元のままかも知れない。勝手になれ。葉子を心の底から動かしそうなものは一つも身近かには見当らなかった。

然し一つあった。葉子の涙は唯訳もなくほろほろと流れた。貞世は何事も知らずに罪なく眠りつづけていた。同じ胎《はら》を借りてこの世に生れ出た二人の胸には、ひたと共鳴する不思議な響が潜んでいた。葉子は吸い取られるようにその響に心を集めていたが、この子もやがては自分が通って来たような道を歩くのかと思うと、自分を憐れむとも妹を憐れむとも知れない切ない心に先立たれて、思わずぎゅっと貞世を抱きしめながら物を云おうとした。然し何を云い得ようぞ。喉《のど》もふさがってしまっていた。貞世は抱きしめられたので始めて大きく眼を開いた。そして暫《しば》らくの間、涙に濡《ぬ》れた姉の顔をまじまじと眺めていたが、やがて黙ったまま小さい袖《そで》でその涙を拭《ぬぐ》い始めた。葉子の涙は新しく湧《わ》き返った。貞世は痛ましそうに姉の涙を拭いつづけた。そして仕舞にはその袖を自分の顔に押しあてて何か云い云いしゃくり上げながら泣き出してしまった。

七

葉子はその朝横浜の郵船会社の永田から手紙を受取った。漢学者らしい風格の上手な字で唐紙牋《とうしせん》*に書かれた文句には、自分は故早月氏には格別の交誼《こうぎ》を受けていたが、貴女《あなた》に対しても同様の交際を続ける必要のないのを遺憾に思う。明晩（即《すなわ》ちその夜）のお招きにも出席しかねる、と剣もほろろに書き連ねて、追伸に、先日貴女から一言の紹介もなく訪問して来た素性の知れぬ青年の持参した金は要らないからお返しする。良人の定った女の行動は、申すまでもないが慎しむが上にも殊に慎しむべきものだと私共は聞き及んでいる、ときっぱり書いて、その金額だけの為替が同封してあった。葉子が古藤を連れて横浜に行ったのも、仮病をつかって宿屋に引籠《ひきこも》ったのも、実を云うと船商売をする人には珍らしい厳格なこの永田に会う面倒を避ける為めだった。葉子は小さく舌打ちして、為替ごと手紙を引裂こうとしたが、ふと思い返して、丹念に墨をすりおろして一字々々考えて書いたような手紙だけずたずたに破いて屑籠《くずかご》に突込んだ。

葉子は地味な晴行衣《よそいき》に寝衣を着かえて二階を降りた。朝食は喰《た》べる気がなかった。妹達の顔を見るのも気づまりだった。

姉妹三人のいる二階の、隅から隅まできちんと小綺麗に片付いているのに引かえて、叔母一家の住まう下座敷は変に油ぎって汚れていた。白痴の児《こ》が赤坊同様なので、東の縁に干してある襁褓《むつき》から立つ塩臭い匂《におい》や、畳の上に踏みにじられたまま こびりついている飯粒などが、すぐ葉子の神経をいらいらさせた。玄関に出て見ると、そこには叔父が、襟《えり》の真黒に汗じんだ白い飛白《かすり》を薄寒そうに着て、白痴の子を膝の上に乗せながら、朝っぱらから柿《かき》をむいてあてがっていた。その柿の皮があかあかと紙屑とごったになって敷石の上に散っていた。葉子は叔父に一寸挨拶《あいさつ》をして草履を探しながら、

「愛さん一寸ここにお出《い》で。玄関が御覧、あんなに汚れているからね、綺麗に掃除しておいて頂戴《ちょうだい》よ。――今夜はお客様もあるんだのに……」

と駈《か》けて来た愛子にわざとつんけんいうと、叔父は神経の遠くの方であてこすられたのを感じた風で、

「おお、それは俺《わ》しがしたんじゃで、俺しが掃除しとく。構《かも》うて下さるな、おいお俊――お俊というに、何しとるぞい」

とのろまらしく呼び立てた。帯しろ裸かの叔母がそこにやって来て、又くだらぬ口《くち》

論《いさかい》をするのだと思うと、泥《どろ》の中でいがみ合う豚か何ぞを思い出して、葉子は踵《かかと》の塵を払わんばかりにそこそこ家を出た。細い釘店の往来は場所柄だけに門並《かどなみ》綺麗に掃除されて、打水をした上を、気のきいた風体の男女が忙しそうに往《ゆ》き来していた。葉子は抜け毛の丸めたのや、巻煙草《まきたばこ》の袋の千切れたのが散らばって箒《ほうき》の目一つない自分の家の前を眼をつぶって駆けぬけたい程の思いをして、ついそばの日本銀行に這入《はい》ってありったけの預金を引出した。そしてその前の車屋で始終乗りつけの一番立派な人力車を仕立てさして、その足で買物に出かけた。妹達に買い残しておくべき衣服地や、外国人向きの土産品や、新しいどっしりしたトランクなどを買入れると引出した金はいくらも残ってはいなかった。そして午後の日がやや傾きかかった頃、大塚窪《くぼ》町に住む内田という母の友人を訪れた。内田は熱心な基督《キリスト》教の伝道者として、憎む人からは蛇蝎《だかつ》のように憎まれるし、好きな人からは予言者のように崇拝されている天才肌《はだ》の人だった。葉子は五つ六つの頃母に連れられて、よくその家に出入りしたが、人を恐れずにぐんぐん思った事を可愛らしい口許《くちもと》から云い出す葉子の様子が、始終人から距《へだ》てをおかれつけた内田を喜ばしたので、葉子が来ると内田は、何か心のこだわった時でも機嫌《きげん》を直して、窄《せま》った眉根《まゆね》を少しは開きながら、「又子猿《こざる》が来たな」といって、そのつやつやしたおかっぱを撫で廻したりなぞした。その中《うち》母が基督教婦人同盟の事業に関係して、忽《たちま》ちの中にその牛耳《ぎゅうじ》を握り、外国宣教師だとか、貴婦人だとかを引入れて、政略がましく事業の拡張に奔走するようになると、内田はすぐ機嫌を損じて早月親佐を責めて、基督の精神を無視した俗悪な態度だと息捲《いきま》いたが、親佐が一向それに取合う様子がないので、両家の間は見る見る疎々《うとうと》しいものになってしまった。それでも内田は葉子だけには不思議に愛着を持っていたと見えて、よく葉子の噂《うわさ》をして、「子猿」だけは引取って子供同様に育ててやってもいいなぞと云ったりした。内田は離縁した最初の妻が連れて行ってしまったたった一人の娘にいつまでも未練を持っているらしかった。どこでもいいその娘に似たらしい所のある少女を見ると内田は日頃の自分を忘れたように甘々しい顔付きをした。人が恐れる割合に葉子には内田が恐ろしく思えなかったばかりか、その峻烈《しゅんれつ》な性格の奥にとじこめられて小さく澱《よど》んだ愛情に触れると、ありきたりの人間からは得られないようななつかしみを感ずる事があった。葉子は母に黙って時々内田を訪れた。内田は葉子が来るとどんな忙しい時でも自分の部屋に通して笑い話などをした。時には二人だけで郊外の静かな並木道などを散歩したりした。ある時内田はもう娘らしく成長した葉子の手を堅く握って、「お前は神様以外の私の唯一人の道伴《みちづ》れだ」などと云った。葉子は不思議な甘い心持ちでその言葉を聞いた。その記憶は永く忘れ得なかった。

それがあの木部との結婚問題＊が持上ると、内田は否応《いやおう》なしにある日葉子を自分の家に呼びつけた。そして恋人の変心を詰《なじ》り責める嫉妬《しっと》深い男のように、火と涙とを眼から迸《ほとばし》らせて、打ちもすえかねぬまでに狂い怒った。その時ばかりは葉子も心から激昂《げっこう》させられた。「誰れがもうこんな我儘《わがまま》な人の所に来てやるものか」そう思いながら、生垣《いけがき》の多い、家並《やな》みの疎《まば》らな、轍《わだち》の跡の滅入《めい》りこんだ小石川の往来を歩き歩き、憤怒《ふんぬ》の歯ぎしりを止めかねた。それは夕闇《ゆうやみ》の催した晩秋だった。然しそれと同時に何んだか大切なものを取落したような、自分をこの世につり上げている糸の一つがぷつんと切れたような不思議な淋《さび》しさの胸に逼《せま》るのをどうする事も出来なかった。

「基督に水をやったサマリヤの女＊の事も思うから、この上お前には何も云うまい――他人《ひと》の失望も神の失望もちっとは考えて見るがいい、……罪だぞ、恐ろしい罪だぞ」

そんな事があってから五年を過ぎた今日、郵便局に行って、永田から来た為替を引出して、定子を預ってくれている乳母の家に持って行こうと思った時、葉子は紙幣の束を算《かぞ》えながら、不図内田の最後の言葉を思い出したのだった。物のない所に物を探るような心持ちで葉子は人力車を大塚の方に走らした。

五年経《た》っても昔のままの構えで、まばらにさし代えた屋根板と、めっきり延びた垣添いの桐《きり》の木とが目立つばかりだった。砂きしみのする格子戸《こうしど》を開けて、帯前を整えながら出て来た柔和な細君と顔を合せた時は、さすがに懐旧の情が二人の胸を騒がせた。細君は思わず知らず「まあどうぞ」と云ったが、その瞬間にはっと躊《ためら》ったような様子になって、急いで内田の書斎に這入って行った。暫らくすると嘆息しながら物を云うような内田の声が途切れ途切れに聞えた。「上げるのは勝手だが俺《お》れは会う事はないじゃないか」と云ったかと思うと、はげしい音をたてて読みさしの書物をぱたんと閉じる音がした。葉子は自分の爪先《つまさき》を見詰めながら下唇《したくちびる》をかんでいた。

やがて細君がおどおどしながら立現われて、先《ま》ずと葉子を茶の間に招じ入れた。それと入れ代りに、書斎では内田が椅子《いす》を離れた音がして、やがて内田はずかずかと格子戸を開けて出て行ってしまった。

葉子は思わずふらふらっと立ち上ろうとするのを、何気ない顔でじっと堪《こら》えた。せめては雷のような激しいその怒りの声に打たれたかった。あわよくば自分も思い切り云いたい事を云って退《の》けたかった。何所に行っても取りあいもせず、鼻であしらい、鼻であしらわれ慣れた葉子には、何か真味な力で打摧《うちくだ》かれるなり、打摧くなりして見たかった。それだったのに思い入って内田の所に来て見れば、内田は世の常の人々よりも一層冷やかに酷《むご》く思われた。

「こんな事を云っては失礼ですけれどもね葉子さん、あなたの事を色々に云って来る人があるもんですからね、あの通りの性質でしょう。どうも私には何んとも云いなだめようがないのですよ。内田があなたをお上げ申したのが不思議な程だと私思いますの。この頃《ごろ》は殊更《ことさ》ら誰れにも云われないようなごたごたが家の内にあるもんですから、余計むしゃくしゃしていて、本当に私どうしたらいいかと思う事がありますの」

意地も生地《きじ》も内田の強烈な性格の為めに存分に打砕かれた細君は、上品な顔立てに中世紀の尼にでも見るような思い諦《あきら》めた表情を浮べて、捨身の生活のどん底にひそむ淋しい不足をほのめかした。自分より年下で、しかも良人《おっと》から散々悪評を投げられている筈《はず》の葉子に対してまで、すぐ心が砕けてしまって、張りのない言葉で同情を求めるかと思うと、葉子は自分の事のように歯痒《はがゆ》かった。眉と口とのあたりに酷《むご》たらしい軽《けい》蔑《べつ》の影がまざまざと浮び上るのを感じながら、それをどうする事も出来なかった。葉子は急に青味を増した顔で細君を見やったが、その顔は世故《せこ》に慣れ切った三十女のようだった。（葉子は思うままに自分の年を五つも上にしたり下にしたりする不思議な力を持っていた。感情次第でその表情は役者の技巧のように変った）

「歯痒くはいらっしゃらなくって」

と切り返すように内田の細君の言葉をひったくって、

「私だったらどうでしょう。すぐおじさんと喧嘩《けんか》して出てしまいますわ。それは私、おじさんを偉い方だとは思っていますが、私こんなに生れついたんですからどうしようもありませんわ。一から十まで仰有《おっしゃ》る事をはいはいと聞《き》いてはいられませんわ。おじさんもあんまりでいらっしゃいますのね、あなたみたいな方にそう笠《かさ》にかからずとも、私でもお相手になされればいいのに……でもあなたがいらっしゃればこそおじさんもあやってお仕事がお出来になるんですのね。私だけは除《の》け物ですけれども、世の中は中々よくいっていますわ。……あ、それでも私はもう見放されてしまったんですものね、いう事はありゃしません。本当にあなたがいらっしゃるのでおじさんはお仕合せですわ。あなたは辛棒なさる方。おじさんは我儘でお通しになる方。尤《もっと》もおじさんにはそれが神様のお思召《おぼしめ》しなんでしょうけれどもね。……私も神様のお思召しか何んかで我儘で通す女なんですからおじさんとはどうしても茶碗《ちゃわん》と茶碗ですわ。それでも男は良う御座んすのね我儘が通るんですもの。女の我儘は通すより仕方がないんですから本当に情なくなりますのね。何も前世の約束なんでしょうよ……」

内田の細君は自分より遥《はる》か年下の葉子の言葉をしみじみと聞いているらしかった。

葉子は葉子でしみじみと細君の身なりを見ないではいられなかった。一昨日あたり結ったままの束髪*だった。癖のない濃い髪には薪の灰らしい灰がたかっていた。糊気《のりけ》のぬけ切った単衣《ひとえ》も物淋しかった。その柄《がら》の細かい所には里の母の着古しというような香《にお》いがした。由緒《ゆいしょ》ある京都の士族に生れたその人の皮膚は美しかった。それが尚更《なおさ》らその人を憐《あわ》れにして見せた。

「他人の事なぞ考えていられやしない」、暫らくすると葉子は捨鉢《すてばち》にこんな事を思った。そして急にはずんだ調子になって、

「私明日《あす》亜米利加《アメリカ》に発《た》ちますの、独りで」

と突拍子もなく云った。余りの不意に細君は眼を見張って顔を挙げた。

「まあ本当に」

「はあ本当に……しかも木村の所に行くようになりましたの。木村、御存じでしょう」

細君がうなずいてなお仔細《しさい》を聞こうとすると、葉子は事もなげに遮《さえぎ》って、

「だから今日はお暇乞《いとまご》いの積りでしたの。それでもそんな事はどうでも好う御座いますわ。おじさんがお帰りになったら宜《よろ》しく仰有って下さいまし、葉子はどんな人間になり下るかも知れませんって……あなたどうぞお体をお大事に。太郎さんはまだ学校で御座いますか。大きくおなりでしょうね。何ぞ持って上ればよかったのに、用がこんなもんですから」

と云いながら両手で大きな輪を作って見せて、若々しくほほえみながら立上った。

玄関に送って出た細君の眼には涙がたまっていた。それを見ると、人はよく無意味な涙を流すものだと葉子は思った。けれどもあの涙も内田が無理無体にしぼり出させるようなものだと思い直すと、心臓の鼓動が止る程葉子の心はかっとなった。そして唇を震わしながら、

「もう一言《ひとこと》おじさんに仰有って下さいまし。七度を七十倍*はなさらずとも、せめて三度位は人の尤《とが》も許して上げて下さいましって。……尤もこれはあなたのお為《た》めに申しますの。私は誰れにあやまっていただくのもいやですし、誰れにあやまるのもいやな性分なんですから、おじさんに許して頂こうとは頭《てん》から思ってなどいはしませんの。それも序《つい》でに仰有って下さいまし」

口のはたに戯談《じょうだん》らしく微笑を見せながら、そう云っている中に、大濤《おおなみ》がどすんどすんと横隔膜につきあたるような心地がして、鼻血でも出そうに鼻の孔《あな》が塞《ふさが》った。門を出る時も唇はなお口惜《くや》しそうに震えていた。日は植物園*の森の上に舂《うすづ》いて、暮方近い空気の中に、今朝から吹出していた風はなぎた。葉子は今の心と、今朝早く風の吹き始めた頃に、土蔵わきの小部屋で荷造りをした時の心とを較《くら》べて見て、自分ながら同じ心とは思い得なかった。そして門を出て左に曲ろうとして不図道傍《みちばた》の捨石にけつまずいて、はっと眼が覚めたようにあたりを見廻した。矢張り二十五の葉子である。い

いえ昔たしかに一度けつまずいた事があった。そう思って葉子は迷信家のようにもう一度振返って捨石を見た。その時に日は……矢張り植物園の森のあの辺にあった。そして道の暗さもこの位だった。自分はその時内田の奥さんに内田の悪口をいって、ペテロと基督との間に取交わされた寛恕《かんじょ》に対する問答を例に引いた。いいえそれは今日した事だった。今日意味のない涙を奥さんがこぼしたように、その時も奥さんは意味のない涙をこぼした。その時にも自分は二十五……そんな事はない。そんな事のあろう筈がない……変な……。それにしてもあの捨石には覚えがある。あれは昔からあすこにちゃんとあった。こう思い続けて来ると、葉子は、いつか母と遊びに来た時、何か怒ってその捨石に噛付《かじりつ》いて動かなかった事をまざまざと心に浮べた。その時は大きな石だと思っていたのにこれんぼっちの石なのか。母が当惑して立った姿がはっきり眼先きに現われた。と思うとやがてその輪廓《りんかく》が輝き出して、眼も向けられない程耀《かがや》いたが、すっと惜気もなく消えてしまって、葉子は自分の体が中有《ちゅうう》*から、どっしり大地に下り立ったような感じを受けた。同時に鼻血がどくどく口から顎《あご》を伝って胸の合せ目をよごした。驚いてハンケチを袂《たもと》から探り出そうとした時、

「どうかなさりましたか」

という声に驚かされて、葉子は始めて自分の後に人力車がついて来ていたのに気が付

いた。見ると捨石のある所はもう八九町後ろになっていた。

「鼻血なの」

と応《こた》えながら葉子は始めてのようにあたりを見た。そこには紺暖簾《こんのれん》を所せまくかけ渡した紙屋の小店があった。葉子は取りあえずそこに這入って、人目を避けながら顔を洗わして貰《もら》おうとした。

四十恰好《かっこう》の克明らしい内儀《かみ》さんがわが事のように金盥《かなだらい》に水を移して持って来てくれた。葉子はそれで白粉気《おしろいけ》のない顔を思う存分に冷した。そして少し人心地がついたので、帯の間から懐中鏡を取り出して顔を直そうとすると、鏡がいつの間にか真二つに破《わ》れていた。先刻《さっき》けつまずいた拍子に破れたのか知らんと思って見たが、それ位で破れる筈はない。怒りに任せて胸がかっとなった時破れたのだろうか。何んだかそうらしくも思えた。それとも明日の船出の不吉を告げる何かの業《わざ》かも知れない。木村との行末の破滅を知らせる悪い辻占《つじうら》かも知れない。又そう思うと葉子は襟元《えりもと》に凍った針でも刺されるように、ぞくぞくとわけの分らない身慄《みぶる》いをした。一体自分はどうなって行くのだろう。葉子はこれまでの見窮《みきわ》められない不思議な自分の運命を思うにつけ、これから先の運命が空恐ろしく心に描かれた。葉子は不安な悒鬱《ゆううつ》な眼付をして店を見廻した。帳場に坐《すわ》り込んだ内儀さんの膝《ひざ》に凭《もた》れて、七つほどの少女が、じっと葉子の眼を迎えて葉子を見詰めていた。痩《や》せぎすで、痛々しいほど眼の大きな、その癖黒眼の小さな、青白い顔が、薄暗い店の奥から、香料や石鹼《せっけん》の香につつまれて、ぼんやり浮き出たように見えるのが、何か鏡の破れたのと縁でもあるらしく眺《なが》められた。葉子の心は全く普段の落付きを失ってしまったようにわくわくして、立っても坐ってもいられないようになった。馬鹿なと思いながら怖いものにでも追いすがられるようだった。

暫らくの間葉子はこの奇怪な心の動揺の為に店を立ち去る事もしないで佇《たたず》んでいたが、ふとどうにでもなれという捨鉢な気になって元気を取直しながら、いくらかの礼をしてそこを出た。出るには出たがもう車に乗る気にもなれなかった。これから定子に会いに行ってよそながら別れを惜しもうと思っていたその心組みさえ物憂《ものう》かった。定子に会った所がどうなるものか。自分の事すら次ぎの瞬間には取りとめもないものを、他人の事――それはよし自分の血を分けた大切な独子《ひとりご》であろうとも――などを考えるだけが馬鹿な事だと思った。そしてもう一度そこの店から巻紙を買って、硯箱《すずりばこ》を借りて、男恥《おとこはずか》しい筆跡で、出発前にもう一度乳母を訪れる積りだったが、それが出来なくなったから、この後とも定子を宜しく頼む。当座の費用として金を少し送っておくという意味を簡単に認《したた》めて、永田から送ってよこした為替の金を封入して、その店を出た。そしていきなりそこに待ち合わしていた人力車の上の膝掛をはぐって、蹴込《けこ》みに打付けてある鑑札にしっかり眼を通しておいて、

「私はこれから歩いて行くから、この手紙をここへ届けておくれ、返事はいらないのだから……お金ですよ、少しどっさりあるから大事にしてね」

と車夫に云いつけた。車夫は碌《ろく》に見知りもないものに大金を渡して平気でいる女の顔を今更らのようにきょときょとと見やりながら空俥《からぐるま》を引いて立去った。大八車が続けさまに田舎に向いて帰って行く小石川の夕暮の中を、葉子は傘《かさ》を杖《つえ》にしながら思いに耽《ふけ》って歩いて行った。

こもった哀愁が、発しない酒のように、葉子の顳顬《こめかみ》をちかちかと痛めた。葉子は人力車の行衛《ゆくえ》を見失っていた。そして自分では真直《まっすぐ》に釘店の方に急ぐつもりでいた。ところが実際は眼に見えぬ力で人力車に結び付けられでもしたように、知らず知らず人力車の通ったとおりの道を歩いて、はっと気がついた時には何時《いつ》の間にか、乳母が住む下谷《したや》池《いけ》の端《はた》*の或《あ》る曲角に来て立っていた。

そこで葉子はぎょっとして立停《たちどま》ってしまった。短くなりまさった日は本郷の高台に隠れて、往来には厨《くりや》の煙とも夕靄《ゆうもや》ともつかぬ薄い霧がただよって、街頭のランプの灯《ひ》が殊に赤くちらほらちらちらほらと点《とも》っていた。通り慣れたこの界隈《かいわい》の空気は特別な親し

みを以《もっ》て葉子の皮膚を撫《な》でた。心よりも肉体の方が余計に定子のいる所に牽《ひ》き付けられるようにさえ思えた。葉子の唇は暖い桃の皮のような定子の頬《ほお》の膚《はだ》ざわりにあこがれた。葉子の手はもうめれんすの*弾力のある軟い触感を感じていた。葉子の膝はふうわりとした軽い重みを覚えていた。耳には子供のアクセントが焼き付いた。眼には、曲角の朽ちかかった黒板塀《くろいたべい》を透《とお》して、木部から稟《う》けた笑窪《えくぼ》の出来る笑顔が否応《いやおう》なしに吸付て来た。……乳房はくすむったかった。葉子は思わず片頬に微笑を浮べてあたりを偸《ぬす》むように見廻わした。と丁度そこを通りかかった内儀さんが、何かを前掛けの下に隠しながらじっと葉子の立姿を振り返ってまで見て通るのに気がついた。

葉子は悪事でも働いていた人のように、急に笑顔を引込めてしまった。そしてこそこそとそこを立退いて不忍《しのばず》の池に出た。そして過去も未来も持たない人のように、池の端につくねんと突立ったまま、池の中の蓮《はす》の実の一つに眼を定めて、身動きもせずに小半時《こはんとき》*立ち尽していた。

八

日の光がとっぷりと隠れてしまって、往来の灯ばかりが足許《あしもと》の便りとなる頃、葉子は熱病患者のように濁り切った頭をもてあまして、車に揺られる度毎《たびごと》に眉《まゆ》を痛々しく顰《しか》めながら、釘店に帰って来た。

玄関には色々の足駄《あしだ》や靴《くつ》が列《なら》べてあったが、流行を作ろう、少くとも流行に遅れまいという華やかな心を誇るらしい履物《はきもの》と云っては一つも見当らなかった。自分の草履を始末しながら、葉子はすぐに二階の客間の模様を想像して、自分の為めに親戚《しんせき》や知人が寄って別れを惜しむというその席に顔を出すのが、自分自身を馬鹿にし切ったことのようにしか思われなかった。こんな位なら定子の所にでもいる方が余程増しだった。こんな事のある筈だったのをどうして又忘れていたものだろう。何所《どこ》にいるのもいやだ。木部の家を出て、二度とは帰るまいと決心した時のような心持ちで拾いかけた草履をたたきに戻そうとしたその途端に、

「姉さんもういや……いや」

と云いながら、身を震わして矢庭《やにわ》に胸に抱きついて来て、乳の間の窪みに顔を埋めながら、成人《おとな》のするような泣きじゃくりをして、

「もう行っちゃいやですと云うのに」

とからく言葉を続けたのは貞世だった。葉子は石のように立ちすくんでしまった。貞世は朝から不機嫌《ふきげん》になって誰《だ》れの云う事も耳には入れずに、自分の帰るのばかりを待

ちこがれていたに違いないのだ。葉子は機械的に貞世に引張られて階子段《はしごだん》を昇って行った。

階子段を昇り切って見ると客間はしんとしていて、五十川女史の祈禱《きとう》の声だけがおごそかに聞えていた。葉子と貞世とは恋人のように抱き合いながら、アーメンと云う声の一座の人々から挙げられるのを待って室に這入《はい》った。列座の人々はまだ殊勝らしく頭を首垂《うなだ》れている中に、正座近くすえられた古藤だけは昂然《こうぜん》と眼を見開いて、襖《ふすま》を開けた葉子がしとやかに這入って来るのを見戍《みまも》っていた。

葉子は古藤に一寸《ちょっと》眼で挨拶《あいさつ》をして置いて、貞世を抱いたまま末座に膝をついて、一同に遅刻の詫《わ》びをしようとしていると、主人座に坐り込んでいる叔父が、我子でもたしなめるように威儀を作って、

「何んたら遅い事じゃ。今日はお前の送別会じゃぞい。……皆さんにいこうお待たせするが済まんから、今五十川さんに祈禱をお頼み申して、箸《はし》を取って頂こうと思った所であった……一体何所を……」

面と向っては、葉子に口小言一つ云い切らぬ器量なしの叔父が、場所も折もあろうにこんな場合に見せびらかしをしようとする。葉子はそっちに見向きもせず、叔父の言葉を全く無視した態度で急に晴やかな色を顔に浮べながら、

「ようこそ皆様……遅くなりまして。つい行かなければならない所が二つ三つありましたもんですから……」

と誰れにともなく云っておいて、するすると立上って、釘店の往来に向いた大きな窓を後ろにした自分の席に着いて、妹の愛子と自分との間に割込んでくる貞世の頭を撫でながら、自分の上にばかり注がれる満座の視線を小うるさそうに払い除《の》けた。そして片方の手で大分乱れた鬢《びん》のほつれをかき上げて、葉子の視線は人もなげに古藤の方に走った。

「暫《しばら》くでしたのね……とうとう明朝《あした》になりましてよ。木村に持って行くものは一緒にお持ちになって？……そう」

と軽い調子で云ったので、五十川女史と叔父とが切出そうとした言葉は、物の見事に遮ぎられてしまった。葉子は古藤にそれだけの事を云うと、今度は当の敵とも云うべき五十川女史に振向いて、

「小母さま、今日途中でそれはおかしな事がありましたのよ。こうなんですの」

と云いながら男女を併せて八人程居列んだ親類達にずっと眼を配って、

「車で駈《か》け通ったんですから前も後もよくは解《わか》らないんですけれども、大時計の角の所*を広小路**に出ようとしたら、その角に大変な人だかりですの。何んだと思って見て

見ますとね、禁酒会の大道演説で、大きな旗が二三本立っていて、急拵《きゅうごしら》えのテーブルに突立って、夢中になって演説している人があるんですの。それだけなら何も別に珍らしいという事はないんですけれども、その演説をしている人が……誰れだとお思いになって……山脇さんですの」

一同の顔には思わず知らず驚きの色が現われて、葉子の言葉に耳を聳《そばだ》てていた。先刻しかつめらしい顔をした叔父はもう白痴のように口を開けたままで薄笑いを漏しながら葉子を見つめていた。

「それが又ね、いつもの通りに金時のように頸筋《くびすじ》まで真赤ですの。『諸君』とか何とか云って大手を振り立てて饒舌《しゃべ》っているのを、肝心の禁酒会員達は呆気《あっけ》に取られて、黙ったまま引きさがって見ているんですから、見物人がわいわいと面白がってたかっているのも全く尤《もっと》もですわ。その中に、あ、叔父さん、箸をおつけになるように皆様に仰有《おっしゃ》って下さいまし」

叔父が慌《あわ》てて口の締りをして仏頂面《ぶっちょうづら》に立帰って、何か云おうとすると、葉子は又それには頓着《とんじゃく》なく五十川女史の方に向いて、

「あのお肩の凝りはすっかりお治りになりまして」

と云ったので、五十川女史の答えようとする言葉と、叔父の云い出そうとする言葉は

気まずくも鉢合《はちあわ》せになって、二人は所在なげに黙ってしまった。座敷は、底の方に気味の悪い暗流を潜めながら造り笑いをし合っているような不快な気分に満された。葉子は「さあ来い」と胸の中で身構えをしていた。五十川女史の側《そば》に坐って、神経質らしく眉をきらめかす中老の官吏は、射るようないまいましげな眼光を時々葉子に浴せかけていたが、いたたまれない様子で一寸居住いをなおすと、ぎくしゃくした調子で口を切った。

「葉子さん、あなたもいよいよ身の堅まる瀬戸際《せとぎわ》まで漕《こ》ぎ付けたんだが……」

葉子は隙《すき》を見せたら切り返すからと云わんばかりな緊張した、同時に物を物ともしない風でその男の眼を迎えた。

「何しろ私共早月家の親類に取ってはこんな目出度い事は先《ま》ずない。無いには無いがこれからがあなたに頼み所だ。どうぞ一つ私共の顔を立てて、今度こそは立派な奥さんになっておもらいしたいが如何《いかが》です。木村君は私もよく知っとるが、信仰も堅いし、仕事も珍らしくはきはき出来るし、若いに似合わぬ物の分かった仁《じん》だ。こんなことまで比較に持ち出すのはどうか知らないが、木部氏のような実行力の伴わない夢想家は、私などは始めから不賛成だった。今度のはじたい段が違う。葉子さんが木部氏の所から逃げ帰って来た時には、私もけしからんと云った実は一人だが、今になって見ると葉子さんはさすがに眼が高かった。出て来ておいて誠によかった。いまに見なさい木村という仁なりゃ、立派に成功して、第一流の実業家に成上るにきまっている。これからは何んと云っても信用と金だ。官界に出ないのならどうしても実業界に行かなければうそだ。擲身《てきしん》報国*は官吏たるものの一特権だが、木村さんのような真面目《まじめ》な信者にしこたま金を造って貰わんじゃ、神の道を日本に伝え拡《ひろ》げるにしてからが容易な事じゃありませんよ。あなたも小さい時から米国に渡って新聞記者の修業をすると口癖のように妙な事を云ったもんだが（ここで一座の人は何んの意味もなく高く笑った。恐らくは余りしかつめらしい空気を打破って、何んとかそこに余裕《ゆとり》をつける積りが皆んなに起ったのだろうけれども、葉子に取ってはそれがそうは響かなかった。その心持ちは解っても、そんな事で葉子の心をはぐらかそうとする彼等の浅はかさがぐっと癪《しゃく》に障った）新聞記者は兎《と》も角《かく》も……じゃない、そんなものになられては困り切るが（ここで一座はまた訳もなく馬鹿らしく笑った）米国行の願はたしかに叶《かな》ったのだ。葉子さんも御満足に違いなかろう。後の事は私共がたしかに引受けたから心配は無用にして、身をしめて妹さん方のしめしにもなる程の奮発を頼みます……ええと、財産の方の処分は私と田中さんとで間違いなく固めるし、愛子さんと貞世さんのお世話は、五十川さん、あなたにお願いしようじゃありませんか、御迷惑ですが。如何《いかが》でしょう皆さん（そう云って彼れは一座を見亙《みわた》した。予《あらかじ》め申し合せが出来ていたらしく一同は待ち設けたように点頭《うなず》いて見せた）。どうじゃろう葉子さん」

葉子は乞食《こじき》の嘆願を聞く女王のような心持ちで、○○局長と云われるこの男の云う事を聞いていたが財産の事などはどうでもいいとして、妹達の事が話題に上ると共に、五十川女史を向うに廻して詰問《きつもん》のような対話を始めた。何んと云っても五十川女史はその晩そこに集った人々の中では一番年配でもあったし、一番憚《はば》かられているのを葉子は知っていた。五十川女史が四角を思い出させるような頑丈《がんじょう》な骨組みで、がっしりと正座に居直って、葉子を子供あしらいにしようとするのを見て取ると、葉子の心は逸《はや》り熱した。

「いいえ、我儘《わがまま》だとばかりお思いになっては困ります。私は御承知のような生れで御座いますし、これまでも度々御心配をかけて来ておりますから、人様同様に見ていただこうとはこれっぱかりも思ってはおりません」

と云って葉子は指の間になぶっていた楊枝《ようじ》を老女史の前にふいと投げた。

「然《しか》し愛子も貞世も妹で御座います。現在私の妹で御座います。口幅ったいと思召《おぼしめ》すかも知れませんが、この二人だけは私縦令《たとい》米国におりましても立派に手塩にかけて御覧に入れますから、どうかお構いなさらずに下さいまし。それは赤坂学院*も立派な学校には違い御座いますまい。現在私も小母さまのお世話であすこで育てていただいたのですから、悪くは申したくは御座いませんが、私のような人間が皆様のお気に入らないとすれば……それは生れつきも御座いましょうとも、御座いましょうけれども、私を育て上げたのはあの学校で御座いますからねえ。何しろ現在居て見た上で、私この二人をあすこに入れる気にはなれません。女というものをあの学校では一体何んと見ているのでござんすかしらん……」

　こう云っている中に葉子の心には火のような回想の憤怒が燃え上った。葉子はその学校の寄宿舎で一箇の中性動物として取扱われたのを忘れる事が出来ない。やさしく、愛らしく、しおらしく、生れたままの美しい好意と欲念との命ずるままに、おぼろげながら神というものを恋しかけた十二三歳頃の葉子に、学校は祈禱と、節慾と、殺情とを強制的にたたき込もうとした。十四の夏が秋に移ろうとした頃、葉子は不図思い立って、美しい四寸幅程の角帯のようなものを絹糸で編みはじめた。藍《あい》の地に白で十字架と日月《じつげつ》とをあしらった模様だった。物事に耽《ふけ》り易《やす》い葉子は身も魂も打込んでその仕事に夢中になった。それを造り上げた上でどうして神様の御手に届けよう、と云うような事は固《もと》より考えもせずに、早く造り上げてお喜ばせ申そうとのみあせって、仕舞には夜の目も碌々《ろくろく》合わさなくなった。二週間に余る苦心の末にそれはあらかた出来上った。藍の地に簡単に白で模様を抜くだけならさしたる事でもないが、葉子は他人のまだしなかった試みを加えようとして、模様の周囲に藍と白とを組合せにした小さな笹縁《ささべり》*のようなものを浮上げて編み込んだり、ひどく伸び縮みがして模様が歪形《いびつ》にならないように、目立たないようにカタン糸を編み込んで見たりした。出来上りが近づくと葉子は片時も編針を休めてはいられなかった。ある時聖書の講義の講座でそっと机の下で仕事を続けていると、運悪くも教師に見付けられた。教師は頻《しき》りにその用途を問いただしたが、恥じ易い乙女心にどうしてこの夢よりも果敢《はか》ない目論見《もくろみ》を白状する事が出来よう。教師はその帯の色合から推して、それは男向きの品物に違いないと決めてしまった。そして葉子の心は早熟の恋を追うものだと断定した。そして恋というものを生来知らぬげな四十五六の醜い容貌《ようぼう》の舎監は、葉子を監禁同様にして置いて、暇さえあればその帯の持主たるべき人の名を迫り問うた。

葉子はふと心の眼を開いた。そしてその心はそれ以来峰から峰を飛んだ。十五の春には葉子はもう十も年上な立派な恋人を持っていた。葉子はその青年を思うさま翻弄《ほんろう》した。青年は間もなく自殺同様な死方をした。一度生血の味をしめた虎《とら》の子のような渇慾《かつよく》が葉子の心を打ちのめすようになったのはそれからの事である。

「古藤さん愛と貞とはあなたに願いますわ。誰れがどんな事を云おうと、赤坂学院には入れないで下さいまし。私昨日田島さんの塾《じゅく》に行って、田島さんにお会い申してよっくお頼みして来ましたから、少し片付いたら憚《はばか》り様《さま》ですがあなた御自身で二人を連れていらしって下さい。愛さんも貞ちゃんも分りましたろう。田島さんの塾に這入るとね、姉さんと一緒にいた時のような訳には行きませんよ……」

「姉さんてば……自分でばかり物を仰有って」

と、いきなり恨めしそうに、貞世は姉の膝を揺《ゆす》りながらその言葉を遮《さえぎ》った。

「さっきから何度書いたか分らないのに平気でほんとにひどいわ」

一座の人々から妙な子だという風に眺められているのにも頓着なく、貞世は姉の方に向いて膝の上にしなだれかかりながら、姉の左手を長い袖《そで》の下に入れて、その掌《てのひら》に食指で仮名を一字ずつ書いて手の掌《ひら》で拭《ふ》き消すようにした。葉子は黙って、書いては消し書いては消しする字を辿《たど》って見ると、

「ネーサマハイイコダカラ『アメリカ』ニイッテハイケマセンヨヨヨヨ」

と読まれた。葉子の胸は我れ知らず熱くなったが、強いて笑《し》いにまぎらしながら、

「まあ聞きわけのない児《こ》だこと、仕方がない。今になってそんな事を云ったって仕方がないじゃないの」

こたしなめ諭すように云うと、

「仕方があるわ」

と貞世は大きな眼で姉を見上げながら、

「お嫁に行かなければよろしいじゃないの」

と云って、くるりと首を廻して一同を見亙した。貞世の可愛い眼は「そうでしょう」と訴えているように見えた。それを見ると一同は唯《ただ》何んと云う事もなく思い遣《や》りのない笑い方をした。叔父は殊《こと》に大きなとんきょな声で高々と笑った。先刻から黙ったままで俯向《うつむ》いて淋しく坐《すわ》っていた愛子は、沈んだ恨めしそうな眼でじっと叔父を睨《にら》めたと思うと、忽《たちま》ち湧《わ》くように涙をほろほろと流して、それを両袖で拭《ぬぐ》いもやらず立上ってその部屋をかけ出した。階子《はしご》段《だん》の処《ところ》で丁度下から上って来た叔母と行き遇《あ》ったけはいがして、二人が何か云い争うらしい声が聞えて来た。

一座は又白け亙った。

「叔父さんにも申上げておきます」

と沈黙を破った葉子の声が妙に殺気を帯びて響いた。

「これまで何かとお世話様になって有難う御座いましたけれども、この家もたたんでしまう事になれば、妹たちも今申した通り塾に入れてしまいますし、この後はこれと云って大して御厄介《ごやっかい》はかけない積りで御座います。赤の他人の古藤さんにこんな事を願ってはほんとに済みませんけれども、木村の親友でいらっしゃるのですから、近い他人ですわね。古藤さん、あなた貧乏籤《びんぼうくじ》を背負い込んだと思召して、どうか二人を見てやって下さいましな。いいでしょう。こう親類の前ではっきり申しておきますから、ちっとも御遠慮なさらずに、いいとお思いになったようになさって下さいまし。あちらへ着いたら私又屹度《きっと》どうとも致しますから。屹度そんなに永い間御迷惑はかけませんから。いかが、引受けて下さいまして？」

古藤は少し躊躇《ちゅうちょ》する風で五十川女史を見やりながら、

「あなたは先刻《さっき》から赤坂学院の方がいいと仰有るように伺っていますが、葉子さんの云われる通りにして差支《さしつか》えないのですか。念の為めに伺っておきたいのですが」

と尋ねた。葉子は又あんな余計な事を云うと思いながらいらいらした。五十川女史は日頃の円滑な人ずれのした調子に似ず、何かにひどく激昂した様子で、

「私は亡《な》くなった親佐さんのお考えはこうもあろうかと思った所を申したまでですから、それを葉子さんが悪いと仰有るなら、その上兎や角云いともないのですが、親佐さんは堅い昔風な信仰を持った方ですから、田島さんの塾は前から嫌《きら》いでね……宜《よろ》しゅう御座いましょうそうなされば。私は兎に角赤坂学院が一番だと何所までも思っとるだけです」

と云いながら、見下げるように葉子の胸のあたりをまじまじと眺めた。葉子は貞世を抱いたまましゃんと胸をそらして眼の前の壁の方に顔を向けていた、例えばばらばらと放《な》げられるつぶてを避けようともせずに突立つ人のように。

古藤は何か自分一人で合点したと思うと、堅く腕組みをしてこれも自分の前の眼八分の所をじっと見詰めた。

一座の気分はほとほと動きが取れなくなった。その間で一番早く機嫌《きげん》を直して相好《そうごう》を変えたのは五十川女史だった。子供を相手にして腹を立てた、それを年甲斐《としがい》ないとでも思ったように、気を変えてきさくに立ち仕度をしながら、

「皆さんいかがもうお暇《いとま》に致しましたら……お別れする前にもう一度お祈りをして」

「お祈りを私のようなものの為めになさって下さるのは御無用に願います」

葉子は和らぎかけた人々の気分には更らに頓着なく、壁に向けていた眼を貞世に落して、いつの間にか寝入ったその人の艶々《つやつや》しい顔を撫《な》でさすりながらきっぱりと云い放った。

人々は思い思いな別れを告げて帰って行った。葉子は貞世がいつの間にか膝《ひざ》の上で寝てしまったのを口実にして人々を見送りには立たなかった。

最後の客が帰って行った後でも、叔父叔母は二階を片付けには上って来なかった。

挨拶《あいさつ》一つしようともしなかった。葉子は窓の方に頭を向けて、煉瓦《れんが》の通り*の上にぼうっと立つ灯《ひ》の照り返しを見やりながら、夜風にほてった顔を冷やさせて、貞世を抱いたまま黙って坐り続けていた。間遠《まどお》に日本橋を渡る鉄道馬車*の音が聞えるばかりで、釘店の人通りは淋しい程疎《まば》らになっていた。

姿は見せずに、何所《どこ》かの隅《すみ》で愛子がまだ泣き続けて鼻をかんだりする音が聞えていた。

「愛さん……貞《さあ》ちゃんが寝ましたからね、一寸《ちょっと》お床を敷いてやって頂戴《ちょうだい》な」

我れながら驚く程やさしく愛子に口をきく自分を葉子は見出《みいだ》した。性《しょう》が合わないと云うのか、気が合わないというのか、普通愛子の顔さえ見れば葉子の気分は崩されてしまうのだった。愛子が何事につけても猫《ねこ》のように従順で少しも情というものを見せないのが殊更憎かった。然しその夜だけは不思議にもやさしい口をきいた。葉子はそれを意外に思った。愛子がいつものように素直に立上って、鼻をすりながら黙って床を取っている間に葉子は折々往来の方から振返って、愛子のしとやかな足音や、綿を薄く入れた夏蒲団《なつぶとん》の畳に触れるささやかな音を見入りでもするようにその方に眼を定めた。そうかと思うと又今更らのように、食い荒らされた食物や、敷いたままになっている座蒲団のきたならしく散らかった客間をまじまじと見亙した。父の書棚《しょだな》のあった部分の壁だけが四角に濃い色をしていた。そのすぐ側《そば》に西洋暦が昔のままにかけてあった。七月十六日から先きは剝《は》がされずに残っていた。*

「姉さま敷けました」

暫《しば》くしてから、愛子がこうかすかに隣りで云った。葉子は、

「そう御苦労さまよ」

と又しとやかに応《こた》えながら、貞世を抱きかかえて立ち上ろうとすると、又頭がぐらぐらっとして、夥《おびただ》しい鼻血が貞世の胸の合せ目に流れ落ちた。

九

底光りのする雲母色《きららいろ》の雨雲が縫目なしにどんよりと重く空一杯にはだかって、本牧《ほんもく》*の沖合まで東京湾の海は物凄《ものすご》いような草色に、小さく波の立騒ぐ九月二十五日の午後であった。昨日の風が凪《な》いでから、気温は急に夏らしい蒸暑さに返って、横浜の市街は、疫病《えきびょう》にかかって弱り切った労働者が、そぼふる雨の中にぐったりと喘《あえ》いでいるように見えた。

靴の先きで甲板をこつこつと敲《たた》いて、俯向いてそれを眺《なが》めながら、帯の間に手をさ

し込んで、木村への伝言を古藤は独語《ひとりごと》のように葉子に云った。葉子はそれに耳を傾けるような様子はしていたけれども、本当はさして注意もせずに、丁度自分の眼の前に、沢山の見送人に囲まれて、応接に暇《いとま》もなげな田川法学博士*の眼尻《めじり》の下った顔と、その夫人の痩《や》せぎすな肩との描く微細な感情の表現を、批評家のような心で鋭く眺めやっていた。可なり広いプロメネード・デッキ*は田川家の家族と見送人とで縁日のように賑《にぎわ》っていた。葉子の見送りに来た筈《はず》の五十川女史は先刻から田川夫人*の側に付き切って、世話好きな、人の好い叔母さんというような態度で、見送人の半分がたを自分で引受けて挨拶《あいさつ》していた。葉子の方へは見向こうとする模様もなかった。葉子の叔母は葉子から二三間離れた所に、蜘蛛《くも》のような白痴の児を小婢《こおんな》に背負わして、自分は葉子から預った手鞄《てかばん》と袱紗《ふくさ》包みとを取落さんばかりにぶら下げたまま、花々しい田川家の家族や見送人の群を見て呆気《あっけ》に取られていた。葉子の乳母は、どんな大きな船でも船は船だというようにひどく臆病《おくびょう》そうな青い顔付きをして、サルン*の入口の戸の蔭《かげ》に佇《たたず》みながら、四角に畳んだ手拭《てぬぐい》を真赤になった眼の所に絶えず押しあてては、偸《ぬす》み見るように葉子を見やっていた。その他の人々はじみな一団になって、田川家の威光に圧せられたように隅の方にかたまっていた。

　葉子はかねて、五十川女史から、田川夫婦が同船するから船の中で紹介してやると云い聞かせられていた。田川と云えば、法曹界《ほうそうかい》では可なり名の聞えた割合に、何所《どこ》と云って取《とり》とめた特色もない政客ではあるが、その人の名は寧《むし》ろ夫人の噂《うわ》さの為めに世人の記憶に鮮かであった。感受力の鋭敏なそして何等かの意味で自分の敵に廻わさなければならない人に対して殊に注意深い葉子の頭には、その夫人の面影《おもかげ》は永い事宿題として考えられていた。葉子の頭に描かれた夫人は我の強い、情の恣《ほしいま》まな、野心の深い割合に手練《タクト》の露骨な、良人《おっと》を軽く見て稍《やや》ともすると笠《かさ》にかかりながら、それでいて良人から独立する事の到底出来ない、謂《い》わば心《しん》の弱い強がり家《や》ではないかしらんと云うのだった。葉子は今後ろ向きになった田川夫人の肩の様子を一目見たばかりで、辞書でも繰り当てたように、自分の想像の裏書きされたのを胸の中で微笑《ほほえ》まずにはいられなかった。

「何んだか話が混雑したようだけれども、それだけ云って置いて下さい」

ふと葉子は幻想《レヴェリー》から破れて、古藤の云うこれだけの言葉を捕えた。そして今まで古藤の口から出た伝言の文句は大抵聞き漏らしていた癖に、空々しげにもなくしんみりとした様子で、

「確かに……けれどもあなた後から手紙ででも詳しく書いてやって下さいましね。間違いでもしていると大変ですから」

と古藤を覗《のぞ》きこむようにして云った。古藤は思わず笑いを漏しながら、「間違うと大変ですから」と云う言葉を、時折り葉子の口から聞くチャームに満ちた子供らしい言葉の一つとでも思っているらしかった。そして、

「何、間違ったって大事はないけれども、……だが手紙は書いて、あなたの寝床《バース》の枕《まくら》の下に置いときましたから、部屋に行ったら何所にでもしまっておいて下さい。それから、それと一緒にもう一つ……」

と云いかけたが、

「何しろ忘れずに枕の下を見て下さい」

この時突然「田川法学博士万歳」という大きな声が、桟橋《さんばし》からデッキまでどよみ渡って聞えて来た。葉子と古藤とは話の腰を折られて互に不快な顔をしながら、手欄《てすり》から下の方を覗いて見ると、すぐ眼の下に、その頃人の少し集る所には何所にでも顔を出す轟《とどろき》という剣舞の師匠だか撃剣の師匠だかする頑丈《がんじょう》な男が、大きな五つ紋の黒羽織に白ぽい鰹魚縞《かつおじま》の袴《はかま》をはいて、桟橋の板を朴《ほお》の木下駄《きげた》で踏み鳴しながら、ここを先途《せんど》と喚《わめ》いていた。その声に応じて、デッキまでは昇って来ない壮士体の政客や某私立政*治学校の生徒が一斉《いっせい》に万歳を繰返した。デッキの上の外国船客は物珍らしさに逸早《いちはや》く、葉子が倚《よ》り掛っている手欄の方に押寄せて来たので、葉子は古藤を促して、急いで手

欄の折れ曲った角に身を引いた。田川夫婦も微笑みながらサルンから挨拶の為めに近づいて来た。葉子はそれを見ると、古藤の側に寄り添ったまま、左手をやさしく上げて、鬢《びん》のほつれをかき上げながら、頭を心持ち左にかしげてじっと田川の眼を見やった。田川は栈橋の方に気を取られて急ぎ足で手欄の方に歩いていたが、突然見えぬ力にぐっと引きつけられたように、葉子の方に振向いた。

田川夫人も思わず良人の向く方に頭を向けた。田川の威厳に乏しい眼にも鋭い光がきらめいては消え、更らにきらめいて消えたのを見すまして、葉子は始めて田川夫人の眼を迎えた。額の狭い、顎《あご》の固い夫人の顔は、軽蔑《けいべつ》と猜疑《さいぎ》の色を漲《みなぎ》らして葉子に向った。葉子は、名前だけを兼ねてから聞き知って慕っていた人を、今眼の前に見たように、恭《うやうや》しさと親しみとの交り合った表情でこれに応じた。そしてすぐそのそばから、夫人の前にも頓着《とんじゃく》なく、誘惑の眸《ひとみ》を凝らしてその良人の横顔をじっと見やるのだった。

「田川法学博士夫人万歳」「万歳」「万歳」

田川その人に対してよりも更らに声高《こわだか》な大歓呼が、栈橋にいて傘《かさ》を振り帽子を動かす人々の群れから起った。田川夫人は忙《せわ》しく葉子から眼を移して、群集に取っときの笑顔を見せながら、レースで笹縁《ささべり》を取ったハンケチを振らねばならなかった。田川のすぐ側に立って、胸に何か赤い花をさして型のいいフロックコートを着て、ほほえんでいた風流な若紳士は、桟橋の歓呼を引き取って、田川夫人の面前で帽子を高く挙げて万歳を叫んだ。デッキの上は又一しきりどよめき亙《わた》った。

やがて甲板の上は、こんな騒ぎの外に何んとなく忙しくなって来た。事務員や水夫達が、物せわしそうに人中を縫うてあちこちする間に、手を取り合わんばかりに近よって別れを惜しむ人々の群れがここにも彼所《かしこ》にも見え始めた。サルーン・デッキから見ると、三等客の見送人がボーイ長にせき立てられて続々舷門《げんもん》から降り始めた。それと入れ代りに、帽子、上衣《うわぎ》、ズボン、襟飾《えりかざり》、靴などの調和の少しも取れていない癖に、無闇《むやみ》に気取った洋装をした非番の下級船員達が、濡《ぬ》れた傘を光らしながら駈《か》けこんで来た。その騒ぎの間に、一種生臭いような暖かい蒸汽《じょうき》が甲板の人を取捲《とりま》いて、フォクスル*の方で今までやかましく荷物をまき上げていた扛重機《クレーン》の音が突然やむと、カーンとする程人々の耳は却《かえっ》て遠くなった。距《へだた》った所から互に呼びかわす水夫等の高い声は、この船にどんな大危険でも起ったかと思わせるような不安を播《ま》き散らした。親しい間《やや》の人達は別れの切なさに心がわくわくして碌《ろく》に口もきかず、義理一遍の見送人は、動ともするとまわりに気が取られて見送るべき人を見失う、そんな慌《あわただ》しい抜錨《ばつびょう》の間際《まぎわ》になった。葉子の前にも急に色々な人が寄集って来て、思い思いに別れの言葉を残して船を降り始めた。葉子はこんな混雑な間にも田川の眸が時々自分に向けられるのを意識して、その眸を驚かすようななまめいた姿体《ポーズ》や、頼りなげな表情を見せるのを忘れないで、言葉少なにそれらの人に挨拶した。叔父と叔母とは墓の穴まで無事に棺を運んだ人夫のように、通り一遍の事を云うと、預り物を葉子に渡して、手の塵《ちり》をはたかんばかりにすげなく、真先きに舷梯《げんてい》を降りて行った。葉子はちらっと叔母の後姿を見送って驚いた。今の今まで何処《どこ》とて似通う所の見えなかった叔母も、その姉なる葉子の母の着物を帯まで借りて着込んでいるのを見ると、はっと思う程姉にそっくりだった。葉子は何んと云う事なしにいやな心持ちがした。そしてこんな緊張した場合にこんなちょっとした事にまでこだわる自分を妙に思った。そう思う間もあらせず、今度は親類の人達が五六人ずつ、口々に小やかましく何か云って、憐《あわ》れむような妬《ねた》むような眼付きを投げ与えながら、幻影のように葉子の眼と記憶とから消えて行った。丸髷《まるまげ》に結ったり教師らしい地味な束髪に上げたりしている四人の学校友達も、今は葉子とはかけ隔った境界の言葉づかいをして、昔葉子に誓った言葉などは忘れてしまった裏切り者の空々しい涙を見せたりして、雨に濡らすまいと袂《たもと》を大事にかばいながら、傘にかくれてこれも舷梯を消えて行ってしまった。最後に物怯《ものお》じする様子の乳母が葉子の前に来て腰をかがめた。葉子はとうとう行き詰まる所まで来たような思いをしながら、振返って古藤をみると、古藤は依然として手欄《てすり》に身を寄せたまま、気抜けでもしたように、眼を据《す》えて自分の二三間先きをぼんやり眺めていた。

「義一さん、船の出るのも間が無さそうですからどうか此女《これ》……私の乳母ですの……の手を引いて下ろしてやって下さいましな。辷《すべ》りでもすると怖うござんすから」

と葉子に云われて古藤は始めて我れに帰った。そして独語《ひとりごと》のように、

「この船で僕も亜米利加《アメリカ》に行ってみたいなあ」

と呑気《のんき》な事を云った。

「どうか桟橋まで見てやって下さいましね。あなたもその中是非いらっしゃいましな……義一さん、それではこれでお別れ。本当に、本当に」

と云いながら葉子は何んとなく親しみを一番深くこの青年に感じて、大きな眼で古藤をじっと見た。古藤も今更らのように葉子をじっと見た。

「お礼の申しようもありません。この上のお願いです、どうぞ妹達を見てやって下さいまし。あんな人達にはどうしたって頼んではおけませんから。……左様なら」

「左様なら」

古藤は鸚鵡《おうむ》返《がえ》しに没義道《もぎどう》にこれだけ云って、ふいと手欄を離れて、麦稈《むぎわら》帽子を眼深《まぶ》かに被《かぶ》りながら、乳母に附添った。

葉子は階子《はしご》の上り口まで行って二人に傘をかざしてやって、一段々々遠ざかって行

く二人の姿を見送った。東京で別れを告げた愛子や貞世の姿が、雨に濡れた傘の辺を幻影となって見えたり隠れたりしたように思った。葉子は不思議な心の執着から定子にはとうとう会わないでしまった。愛子と貞世とは是非見送りがしたいと云うのを、葉子は叱《しか》りつけるように云ってとめてしまった。葉子が人力車で家を出ようとすると、何の気なしに愛子が前髪から抜いて鬢《びん》を掻《か》こうとした櫛《くし》が、脆《もろ》くもぽきりと折れた。それを見ると愛子は堪《こら》え堪えていた涙の堰《せき》を切って声を立てて泣き出した。貞世は始めから腹でも立てたように、燃えるような眼から止度《とめど》なく涙を流して、じっと葉子を見詰めてばかりいた。そんな痛々しい様子がその時まざまざと葉子の眼の前にちらついたのだ。一人ぽっちで遠い旅に鹿島立《かしまだ》って行く*自分というものがあじきなくも思いやられた。そんな心持ちになると忙しい間にも葉子はふと田川の方を振向いて見た。中学校の制服を着た二人の少年と、髪をお下げにして帯をおはさみにしめた少女とが、田川と夫人との間にからまって丁度告別をしている所だった。附添いの守《も》りの女が少女を抱き上げて、田川夫人の唇《くちびる》をその額に受けさしていた。葉子はそんな場面を見せつけられると、他人事《ひとごと》ながら自分が皮肉で鞭《むち》うたれるように思った。竜をも化して牝《めす》豚《ぶた》にするのは*母となる事だ。今の今まで焼くように定子の事を思っていた葉子は、田川夫人に対してすっかり反対の事を考えた。葉子はそのいまいましい光景から眼を移して舷梯の方を見た。然《しか》しそこにはもう乳母の姿も古藤の影もなかった。

　忽《たちま》ち船首の方からけたたましい銅鑼《どら》の音が響き始めた。船の上下は最後のどよめきに揺ぐように見えた。長い綱を引きずって行く水夫が帽子の落ちそうになるのを右の手で支えながら、あたりの空気に激しい動揺を起す程の勢いで急いで葉子の傍《そば》を通りぬけた。見送人は一斉に帽子を脱いで舷梯の方に集って行った。その際になって五十川女史ははたと葉子の事を思い出したらしく、田川夫人に何か云っておいて葉子のいる所にやって来た。

「いよいよお別れになったが、いつぞやお話しした田川の奥さんにおひきあわせしようから一寸」

　葉子は五十川女史の親切振りの犠牲になるのを承知しつつ、一種の好奇心に牽《ひ》かされて、その後について行こうとした。葉子に初めて物をいう田川の態度も見てやりたかった。その時、

「葉子さん」

と突然云って、葉子の肩に手をかけたものがあった。振返えると麦酒《ビール》の酔の匂《におい》がむせかえるように葉子の鼻を打って、眼の心《しん》まで紅《あか》くなった知らない若者の顔が近々と鼻先きにあらわれていた。はっと身を引く暇もなく、葉子の肩はびしょ濡れになった酔

どれの腕でがっしりと捲かれていた。

「葉子さん覚えていますか私を……あなたは私の命なんだ。命なんです」という中にも、その眼からはほろほろと煮えるような涙が流れて、まだうら若い滑かな頬《ほお》を伝った。膝《ひざ》から下がふらつくのを葉子にすがって危く支えながら、「結婚をなさるんですか……お目出度う……お目出度う……だがあなたが日本にいなくなると思うと……いたたまれない程心細いんだ……私は……」もう声さえ続かなかった。そして深々と息気《いき》をひいてしゃくり上げながら、葉子の肩に顔を伏せてさめざめと男泣きに泣き出した。

この不意な出来事はさすがに葉子を驚かしもし、きまりも悪くさせた。誰だとも、何時何所《いつどこ》で遇《あ》ったとも思い出す由《よし》がない。木部孤笻《こきょう》と別れてから、何と云う事なしに捨鉢《すてばち》な心地になって、誰れ彼れの差別もなく近寄って来る男達に対して勝手気儘《きまま》を振舞ったその間に、偶然に出遇って偶然に別れた人の中の一人でもあろうか。浅い心で弄《もてあそ》んで行った心の中にこの男の心もあったのであろうか。兎《と》に角《かく》葉子には少しも思い当る節がなかった。葉子はその男から離れたい一心に、手に持った手鞄《てかばん》と包物とを甲板の上に放りなげて、若者の手をやさしく振りほどこうとして見たが無益だった。親類や朋輩《ほうばい》達の事あれがしな眼が等しく葉子に注がれているのを葉子は痛い程身に感じていた。と同時に、男の涙が薄い単衣《ひとえ》の目を透《とお》して、葉子の膚《はだ》に沁《し》みこんで来るのを感じた。乱れたつやつやしい髪の匂もつい鼻の先きで葉子の心を動かそうとした。恥も外聞も忘れ果てて、大空の下ですすり泣く男の姿を見ていると、そこには微《かす》かな誇りのような気持が湧《わ》いて来た。不思議な憎しみといとしさがこんがらがって葉子の心の中で渦巻《うずま》いた。葉子は、

「さ、もう放して下さいまし、船が出ますから」

ときびしく云って置いて、噛《か》んで含めるように、

「誰れでも生きてる間は心細く暮すんですのよ」

とその耳許《みみもと》にささやいて見た。若者はよく解《わか》ったという風に深々とうなずいた。然し葉子を抱く手はきびしく震えこそすれ、ゆるみそうな様子は少しも見えなかった。

　物々しい銅鑼の響は左舷から右舷に廻って、又船首の方に聞えて行こうとしていた。船員も乗客も申し合したように葉子の方を見守っていた。先刻から手持無沙汰《ぶさた》そうに唯《ただ》立って成行を見ていた五十川女史は思い切って近寄って来て、若者を葉子から引離そうとしたが、若者はむずかる子供のように地だんだを踏んでますます葉子に寄り添うばかりだった。船首の方に群がって仕事をしながら、この様子を見守っていた水夫達は一斉に高く笑い声を立てた。そしてその中の一人はわざと船中に聞え亙るような

嚔《くさめ》をした。抜錨の時刻は一秒一秒に逼《せま》っていた。物笑いの的になっている、そう思うと葉子の心はいとしさから激しいいとわしさに変って行った。

「さ、お放し下さい、さ」

と極めて冷刻に云って、葉子は助けを求めるようにあたりを見廻した。田川博士の側にいて何か話をしていた一人の大兵《たいひょう》な船員がいたが、葉子の当惑し切った様子を見ると、いきなり大股《おおまた》に近づいて来て、

「どれ私が下までお連れしましょう」

と云うや否《いな》や、葉子の返事も待たずに若者を事もなく抱きすくめた。若者はこの乱暴にかっとなって怒り狂ったが、その船員は小さな荷物でも扱うように、若者の胴のあたりを右脇《わき》にかいこんで、易々《やすやす》と舷梯を降りて行った。五十川女史はあたふたと葉子に挨拶《あいさつ》もせずにその後に続いた。暫《しばら》くすると若者は桟橋の群集の間に船員の手から下ろされた。

けたたましい汽笛が突然鳴りはためいた。田川夫妻の見送人たちはこの声で活を入れられたようになって、どよめき渡りながら、田川夫妻の万歳をもう一度繰返した。若者を桟橋に連れて行ったかの巨大な船員は、大きな体軀《たいく》を猿《ましら》のように軽くもてあつかって、音も立てずに桟橋からしずしずと離れて行く船の上に唯一条の綱を伝って上

って来た。人々は又その早業《はやわざ》に驚いて眼を見張った。

葉子の眼は怒気を含んで手欄から暫らくの間かの若者を見据えていた。若者は狂気のように両手を拡《ひろ》げて船に駈け寄ろうとするのを、近所に居合せた三四人の人が慌《あわ》てて引留める、それを又すり抜けようとして組み伏せられてしまった。若者は組み伏せられたまま左の腕を口にあてがって思い切り噛みしばりながら泣き沈んだ。その牛の吽《うめ》き声のような泣き声が気疎《けうと》く船の上まで聞えて来た。見送人は思わず鳴りを静めてこの狂暴な若者に眼を注いだ。葉子も葉子で、姿も隠さず手欄に片手をかけたまま突立って、同じくこの若者を見据えていた。と云って葉子はその若者の上ばかりを思っているのではなかった。自分でも不思議だと思うような虚《うつ》ろな余裕がそこにはあった。古藤が若者の方には眼もくれずにじっと足許を見詰めているのにも気が付いていた。死んだ姉の晴着を借着していい心地になっているような叔母の姿も眼に映っていた。船の方に後ろを向けて（恐らくそれは悲しみからばかりではなかったろう。その若者の挙動が老いた心をひしいだに違いない）手拭をしっかりと両眼にあてている乳母も見逃してはいなかった。

何時の間に動いたともなく船は桟橋から遠ざかっていた。人の群れが黒蟻《くろあり》のように集ったそこの光景は、葉子の眼の前に展《ひら》けて行く大きな港の景色の中景になるまでに小さくなって行った。葉子の眼は葉子自身にも疑われるような事をしていた。その眼は小さくなった人影の中から乳母の姿を探り出そうとせず、一種のなつかしみを持つ横浜の市街を見納めに眺《なが》めようとせず、凝然として小さく蹲《うずくま》る若者ののらしい黒点を見詰めていた。若者の叫ぶ声が、桟橋の上で打振るハンケチの時々ぎらぎらと光る毎に、葉子の頭の上に張り渡された雨よけの帆布の端から余滴《したたり》がぽつりぽつりと葉子の顔を打つ度に、断続して聞えて来るように思われた。「葉子さんあなたは私を見殺しにするんですか……見殺しにするん……」

十

始めての旅客も物慣れた旅客も、抜錨したばかりの船の甲板に立っては、落付いた心でいる事が出来ないようだった。跡始末の為《た》めに忙しく右往左往する船員の邪魔になりながら、何がなしの昂奮《こうふん》にじっとしてはいられないような顔付きをして、乗客は一人残らず甲板に集って、今まで自分達が側近《そばちか》く見ていた桟橋《さんばし》の方に眼を向けていた。葉子もその様子だけでいうと、他の乗客と同じように見えた。葉子は他の乗客と同じように手欄《てすり》に倚《よ》りかかって、静かな春雨のように降っている雨の滴《しずく》に顔をなぶらせながら、波止場の方を眺めていたが、けれどもその眸《ひとみ》には何にも映ってはいなかった。その代り眼と脳との間と覚しいあたりを、親しい人や疎《うと》い人が、何か訳もなくせわしそうに現れ出て、銘々一番深い印象を与えるような動作をしては消えて行った。葉子の知覚は半分眠ったようにぼんやりして注意するともなくその姿に注意していた。そしてこの半睡の状態が破れでもしたら大変な事になると、心の何所《どこ》かの隅《すみ》では考えていた。その癖、それを物々しく恐れるでもなかった。身体《からだ》までが感覚的にしびれるような物うさを覚えた。

若者が現われた。（どうしてあの男はそれ程の因縁もないのに執念《しゅうね》く附きまつわるのだろうと葉子は他人事のように思った）その乱れた美しい髪の毛が、夕日とかがやく眩《まぶ》しい光の中で、ブロンドのようにきらめいた。嚙みしめたその左の腕から血がぽたぽたと滴《したた》っていた。その滴りが腕から離れて宙に飛ぶ毎《ごと》に、虹色《にじいろ》にきらきらと巴《ともえ》を描いて飛び跳《おど》った。

「……私を見捨てるん……」

葉子はその声をまざまざと聞いたと思った時、眼が覚めたようにふっと更《あらた》めて港を見渡した。そして、何の感じも起さない中に、熟睡から一寸《ちょっと》驚かされた赤児が、又他《た》愛《わい》なく眠りに落ちて行くように、再び夢とも現《うつつ》ともない心に帰って行った。港の景色は何時の間にか消えてしまって、自分で自分の腕にしがみ附いた若者の姿が、まざまざと現われ出た。葉子はそれを見ながらどうしてこんな変な心持ちになるのだろう。血の故《せい》とでも云うのだろうか。事によるとヒステリーに罹《かか》っているのではないか知らんなどと呑気《のんき》に自分の身の上を考えていた。云わば悠々閑々《ゆうゆうかんかん》と澄み亙《わた》った水の隣りに、薄紙一重《ひとえ》の界《さかい》も置かず、たぎり返って渦巻き流れる水がある。葉子の心はその静かな方の水に浮びながら、滝川《たきがわ》の中にもまれもまれて落ちて行く自分というものを他人事のように眺めやっているようなものだった。葉子は自分の冷淡さに呆《あき》れながら、それでもやっぱり驚きもせず、手欄によりかかってじっと立っていた。

「田川法学博士」

葉子は又ふと悪戯者《いたずらもの》らしくこんなことを思っていた。が、田川夫妻が自分と反対の舷の籐椅子《とういす》に腰かけて、世辞々々しく近寄って来る同船者と何か戯談口《じょうだんぐち》でもきいているると独りで決めると、安心でもしたように幻想は又かの若者に還《かえ》って行った。葉子はふと右の肩に暖みを覚えるように思った。そこには若者の熱い涙が浸《し》み込んでいるのだ。葉子は夢遊病者のような眼付きをして、やや頭を後ろに引きながら肩の所を見ようとすると、その瞬間、若者を船から桟橋に連れ出した船員の事がはっと思い出されて、今まで盲《めし》いていたような眼に、まざまざとその大きな黒い顔が映った。葉子はなお夢みるような眼を見開いたまま、船員の濃い眉《まゆ》から黒い口髭《くちひげ》のあたりを見守っていた。

船はもう可なり速力を早めて、霧のように降るともなく降る雨の中を走っていた。舷側《げんそく》から吐き出される捨水《すてみず》の音がざあざあと聞え出したので、遠い幻想の国から一足飛びに取って返した葉子は、夢ではなく、まがいもなく眼の前に立っている船員を見て、何んという事なしにぎょっと本当に驚いて立ちすくんだ。始めてアダムを見たイ*ブのように葉子はまじまじと珍らしくもない筈《はず》の一人の男を見やった。

「随分長い旅ですが、何、もうこれだけ日本が遠くなりましたんだ」

と云ってその船員は右手を延べて居留地の鼻*を指した。がっしりした肩をゆすって、勢よく水平に延ばしたその腕からは、強く烈《はげ》しく海上に生きる男の力が迸《ほとばし》った。葉子は黙ったまま軽くうなずいた。胸の下の所に不思議な肉体的な衝動をかすかに感じながら。

「お一人ですな」

塩がれた強い声がまたこう響いた。葉子は又黙ったまま軽くうなずいた。

船はやがて乗りたての船客の足許にかすかな不安を与える程に速力を早めて走り出した。葉子は船員から眼を移して海の方を見渡して見たが、自分の側に一人の男が立っているという、強い意識から起って来る不安はどうしても消す事が出来なかった。葉子にしてはそれは不思議な経験だった。こっちから何か物を云いかけて、この苦しい圧迫を打破ろうと思ってもそれが出来なかった。今何か物を云ったら屹度《きっと》ひどい不自然な物の云い方になるに決っている。そうかと云ってその船員には無頓着にもう一度前のような幻想に身を任せようとしても駄目《だめ》だった。神経が急にざわざわと騒ぎ立って、ぼーっと煙った霧雨の彼方《かなた》さえ見透せそうに眼がはっきりして、先程のおっかぶさるような暗愁は、いつの間にか果敢《はか》ない出来心の仕業としか考えられなかった。その船員は傍若無人に衣嚢《かくし》の中から何か書いた物を取出して、それを鉛筆でチェックしながら、時々思い出したように顔を引いて眉を顰《しか》めながら、襟《えり》の折返しについた汚《し》点《み》を、拇指《おやゆび》の爪《つめ》でごしごしと削っては弾《はじ》いていた。

葉子の神経はそこにいたたまれない程ちかちかと激しく働き出した。自分と自分との間にのそのそと遠慮もなく大胯《おおまた》で這入《はい》り込んで来る邪魔者でも避けるように、その船員から遠ざかろうとして、つと手欄から離れて自分の船室の方に階子《はしご》段《だん》を降りて行こうとした。

「何処《どこ》にお出《い》でです」

後ろから、葉子の頭から爪先《つまさ》きまでを小さなものででもあるように一目に籠《こ》めて見

やりながら、その船員はこう尋ねた。葉子は、

「船室まで参りますの」

と答えない訳には行かなかった。その声は葉子の目論見《もくろみ》に反して恐ろしくしとやかな響を立てていた。するとその男は大股で葉子とすれすれになるまで近づいて来て、

「船室《カビン》ならば永田さんからのお話もありましたし、お独旅《ひとりたび》のようでしたから、医務室の傍《わき》に移しておきました。御覧になった前の部屋より少し窮屈かも知れませんが、何かに御便利ですよ。御案内しましょう」

と云いながら葉子をすり抜けて先きに立った。何か芳醇《ほうじゅん》な酒のしみと葉巻煙草《シガー》との匂《におい》が、この男個有の膚の匂ででもあるように強く葉子の鼻をかすめた。葉子は、どしんどしんと狭い階子段を踏みしめながら降りて行くその男の太い頸《くび》から広い肩のあたりをじっと見やりながらその後に続いた。

二十四五脚の椅子が食卓に背を向けてずらっと列《なら》べてある食堂の中程から、横丁のような暗い廊下を一寸這入ると、右の戸に「医務室」と書いた頑丈《がんじょう》な真鍮《しんちゅう》の札がかかっていて、その向いの左の戸には「NO.12　早月葉子殿」と白墨で書いた漆塗りの札が下っていた。船員はつかつかとそこに這入って、いきなり勢よく医務室の戸をノックすると、高いダブル・カラー*の前だけを外して、上衣を脱ぎ捨てた船医らしい男が、

あたふたと細長いなま白い顔を突出したが、そこに葉子が立っているのを目ざとく見て取って、慌てて首を引込めてしまった。船員は大きな憚《はばか》りのない声で、

「おい十二番はすっかり掃除が出来たろうね」

と云うと、医務室の中からは女のような声で、

「さしておきましたよ。綺麗《きれい》になってる筈ですが、御覧なすって下さい。私は今一寸」

と船医は姿を見せずに答えた。

「こりゃ一体船医の私室《プライベート》なんですが、あなたの為めにお明け申すって云ってくれたもんですから、ボーイに掃除するように云いつけておきましたんです。ど、綺麗になっとるか知らん」

船員はそうつぶやきながら戸を開けて一わたり中を見廻わした。

「むむ、いいようです」

そして道を開いて、衣嚢《かくし》から「日本郵船会社絵島《えのしま》丸事務長勲六等倉地三吉」＊と書いた大きな名刺を出して葉子に渡しながら、

「私が事務長をしとります。御用があったら何んでもどうか」

葉子は又黙ったままうなずいてその大きな名刺を手に受けた。そして自分の部屋と

きめられたその部屋の高い閾《しきい》を越えようとすると、

「事務長さんはそこでしたか」

と尋ねながら田川博士がその夫人と打連れて廊下の中に立現れた。事務長が帽子を取って挨拶しようとしている間に、洋装の田川夫人は葉子を目指して、スカーツの絹ずれの音を立てながらつかつかと寄って来て眼鏡の奥から小さく光る眼でじろりと見やりながら、

「五十川さんが噂《うわさ》していらしった方はあなたね。何んとか仰有《おっしゃ》いましたねお名は」

と云った。この「何んとか仰有いましたね」という言葉が、名もないものを憐《あわれ》んで見てやるという腹を十分に見せていた。今まで事務長の前で、珍らしく受身になっていた葉子は、この言葉を聞くと強い衝動を受けたようになって我れに返った。どう云う態度で返事をしてやろうかという事が、一番に頭の中で二十日鼠《はつかねずみ》のように烈しく働いたが、葉子はすぐ腹を決めてひどく下手《したで》に尋常に出た。「あ」と驚いたような言葉を投げておいて、叮嚀《ていねい》に低くつむりを下げながら、

「こんな所まで……恐れ入ります。私早月葉《よう》と申しますが、旅には不慣れでおりますのに独旅で御座いますから……」

と云って、眸を稲妻のように田川に移して、

「御迷惑では御座いましょうが何分宜《よろ》しく願います」

と又つむりを下げた。田川はその言葉の終るのを待ち兼ねたように引取って、

「何不慣れは私の妻も同様ですよ。何しろこの船の中には女は二人ぎりだからお互です」

と余り滑らかに云って退《の》けたので、妻の前でも憚かるように今度は態度を改めながら事務長に向って、

「チャイニース・ステアレージ*には何人程いますか日本の女は」

と問いかけた。事務長は例の塩から声で、

「さあ、まだ帳簿も碌々《ろくろく》整理して見ませんから、しっかりとは判《わか》り兼ねますが、何しろこの頃《ごろ》は大分殖えました。三四十人も居ますか。奥さんここが医務室です。何しろ九月と云えば旧の二八月の八月*ですから、太平洋の方は暴け《し》る事もありますんだ。偶《たま》にはここにも御用が出来ますぞ。一寸船医も御紹介しておきますで」

「まあそんなに荒れますか」

と田川夫人は実際恐れたらしく、葉子を顧みながら少し色をかえた。事務長は事もなげに、

「暴けますんだ随分」

と今度は葉子の方をまともに見やって微笑《ほほえ》みながら、折から部屋を出て来た興録《こうろく》という船医を三人に引合わせた。

　田川夫妻を見送ってから葉子は自分の部屋に這入った。さらぬだに何所かじめじめするような船室《カビン》には、今日の雨の為めに蒸すような空気がこもっていて、汽船特有な西洋臭い匂が殊《こと》に強く鼻についた。帯の下になった葉子の胸から背にかけたあたりは汗がじんわり滲《にじ》み出たらしく、むしむしするような不愉快を感ずるので、狭苦しい寝台《バース》を取りつけたり、洗面台を据《す》えたりしてあるその間に、窮屈に積み重ねられた小荷物を見廻わしながら、帯を解き始めた。化粧鏡の附いた箪笥《たんす》の上には、果物の籠《かご》が一つと花束が二つ乗せてあった。葉子は襟前をくつろげながら、誰《だ》れからよこしたものかとその花束の一つを取上げると、その側から厚い紙切れのようなものが出て来た。手に取って見るとそれは手札形の写真だった。まだ女学校に通っているらしい、髪を束髪にした娘の半身像で、その裏には「興録さま。取残されたる千代より」としてあった。そんなものを興録が仕舞い忘れる筈がない。わざと忘れた風に見せて、葉子の心に好奇心なり軽い嫉妬《しっと》なりを煽《あお》り立てようとする、あまり手許《てもと》の見え透いたからくりだと思うと、葉子はさげすんだ心持ちで、犬にでもやるようにぽいとそれを床《ゆか》の上に放りなげた。一人の旅の婦人に対して船の中の男の心がどう云う風に動いているかをその写真一枚が語り貌《がお》だった。葉子は何んと云う事なしに小さな皮肉な笑を唇《くちびる》の所に浮べていた。

寝台の下に押《おし》こんである平べったいトランクを引出してその中から浴衣《ゆかた》を取り出していると、ノックもせずに突然戸を開けたものがあった。葉子は思わず羞恥《しゅうち》から顔を赤らめて、引出した華手《はで》な浴衣を楯《たて》に、しだらなく脱ぎかけた長襦袢《ながじゅばん》の姿をかくまいながら立上って振りかえって見るとそれは船医だった。華《はな》かな下着を浴衣の所々からのぞかせて、帯もなく細《ほっ》そりと途方に暮れたように身を斜《しゃ》にして立った葉子の姿は、男の眼にはほしいままな刺戟《しげき》だった。懇意ずくらしく戸もたたかなかった興録もさすがにどぎまぎして、這入ろうにも出ようにも所在に窮して、閾に片足を踏み入れたまま当惑そうに立っていた。

「飛んだ風をしていまして御免下さいまし。さ、お這入り遊ばせ。何ぞ御用でもいらっしゃいましたの」

と葉子は笑いかまけたように云った。興録はいよいよ度を失いながら、

「いいえ何、今でなくってもいいのですが、元のお部屋のお枕《まくら》の下にこの手紙が残っていましたのを、ボーイが届けて来ましたんで、早くさし上げておこうと思って実は何したんでしたが……」

と云いながら衣嚢《かくし》から二通の手紙を取出した。手早く受取って見ると、一つは古藤が木村に宛《あ》てたもの、一つは葉子にあてたものだった。興録はそれを手渡すと、一種の意味ありげな笑を眼だけに浮べて、顔だけはいかにも尤《もっと》もらしく葉子を見やっていた。自分のした事を葉子もしたと興録は思っているに違いない。葉子はそう推量すると、かの娘の写真を床の上から拾い上げた。そしてわざと裏を向けながら見向きもしないで、

「こんなものがここにも落ちておりましたの。お妹さんでいらっしゃいますか。お綺麗ですこと」

と云いながらそれをつき出した。

　興録は何か云い訳のような事を云って部屋を出て行った。と思うと暫《しば》らくして医務室の方から事務長のらしい大きな笑い声が聞えて来た。それを聞くと、事務長はまだそこにいたかと、葉子は我れにもなくはっとなって、思わず着かえかけた衣物《きもの》の衣紋《えもん》に左手をかけたまま、俯向《うつむ》き加減になって横眼をつかいながら耳をそばだてた。破裂するような事務長の笑声がまた聞えて来た。そして医務室の戸をさっと開けたらしく声が急に一倍大きくなって、

「Devil take it ! No tame creature then, eh ?*」

と乱暴に云う声が聞えたが、それと共にマッチを擦る音がして、やがて葉巻をくわえたままの口籠《くちごも》りのする言葉で、

「もうじき検疫船だ。準備はいいだろうな」

と云い残したまま事務長は船医の返事も待たずに行ってしまったらしかった。かすかな匂が葉子の部屋にも通《かよ》って来た。

葉子は聞耳をたてながらうなだれていた顔を上げると、正面をきって何と云う事なしに微笑を漏した。そしてすぐぎょっとしてあたりを見廻わしたが、我れに返って自分一人きりなのに安堵《あんど》して、いそいそと衣物を着かえ始めた。

十一

絵島丸が横浜を抜錨《ばつびょう》してからもう三日たった。東京湾を出抜けると、黒潮に乗って、金華山沖＊あたりからは航路を東北に向けて、驀直《まっしぐら》に緯度を上って行くので、気温は二日目あたりから目立って涼しくなって行った。陸の影は何時《いつ》の間にか船のどの舷から も眺《なが》める事は出来なくなっていた。背羽根の灰色な腹の白い海鳥が、時々思い出したように淋《さび》しい声で啼《な》きながら、船の周囲を群れ飛ぶ外には、生き物の影とては見る事

も出来ないようになっていた。重い冷たい潮霧《ガス》が野火《のび》の煙のように濛々《もうもう》と南に走って、それが秋らしい狭霧《さぎり》となって、船体を包むかと思うと、忽《たちま》ちからっと晴れた青空を船に残して消えて行ったりした。格別の風もないのに海面は色濃く波打ち騒いだ。三日目からは船の中に盛《さかん》にスティムが通り始めた。

葉子はこの三日というもの、一度も食堂に出ずに船室にばかり閉じ籠っていた。船に酔ったからではない。始めて遠い航海を試みる葉子にしては、それは不思議な位たやすい旅だった。普段以上に食慾《しょくよく》さえ増していた。神経に強い刺戟が与えられて、兎《と》角鬱結《かくうっけつ》し易《やす》かった血液も濃く重たいなりに滑らかに血管の中を循環し、海から来る一種の力が体の隅々《すみずみ》まで行き亙《わた》って、うずうずする程な活力を感じさせた。漏らし所のないその活気が運動もせずにいる葉子の体から心に伝って、一種の悒鬱《ゆううつ》に変るようにさえ思えた。

葉子はそれでも船室を出ようとはしなかった。生れてから始めて孤独に身を置いたような彼女は、子供のようにそれが楽しみたかったし、又船中で顔見知りの誰れ彼れが出来る前に、これまでの事、これからの事を心にしめて考えても見たいとも思った。然《しか》し葉子が三日の間船室に引籠り続けた心持ちにはもう少し違ったものもあった。葉子は自分が船客達から激しい好奇の眼で見られようとしているのを知っていた。立役《たてやく》は幕明きから舞台に出ているものではない。観客が待ちに待って、待ち草疲《くたぶ》れそうになった時分に、しずしずと乗出して、舞台の空気を思うさま動かさねばならぬのだ。葉子の胸の中にはこんな狡獪《ずるがしこ》いいたずらな心も潜んでいたのだ。

三日目の朝電灯が百合《ゆり》の花の萎《しぼ》むように消える頃葉子はふと深い眠りから蒸暑さを覚えて眼を覚ました。スティムの通って来るラディエターから、真空になった管の中に蒸汽の冷えた滴《したた》りが落ちて立てる激しい響が聞えて、部屋の中は軽く汗ばむ程暖まっていた。三日の間狭い部屋の中ばかりにいて坐《すわ》り疲れ寝疲れのした葉子は、狭苦しい寝台《バース》の中に窮屈に寝ちぢまった自分を見出すと、下になった半身に軽い痺《しび》れを覚えて、体を仰向けにした。そして一度開いた眼を閉じて、美しく円味を持った両の腕を頭の上に伸して、寝乱れた髪を弄《もてあそ》びながら、覚め際《ぎわ》の快い眠りに又静かに落ちて行った。が、程もなく本当に眼をさますと、大きく眼を見開いて、慌《あわ》てたように腰から上を起して、丁度眼通りの所にある一面に水気で曇った眼窓《めまど》を長い袖《そで》で押拭《おしぬぐ》って、ほてった頬《ほお》をひやひやするその窓ガラスに擦りつけながら外を見た。夜は本当には明け離れていないで、窓のむこうには光のない濃い灰色がどんよりと拡《ひろ》がっているばかりだった。そして自分の体がずっと高まってやがて又落ちて行くなと思わしい頃に、窓に近い舷にざあっとあたって砕けて行く波濤《はとう》が、単調な底力のある震動を船室に与えて、船は幽《かす》かに横にかしいだ。葉子は身動きもせずに眼にその灰色を眺めながら、嚙《か》みしめるように船の動揺を味わって見た。遠く遠く来たと云う旅情が、さすがにしみじみと感ぜられた。然し葉子の眼には女らしい涙は浮ばなかった。活気のずんずん恢復《かいふく》しつつあった彼女には何かパセティックな夢でも見ているような思いをさせた。

葉子はそうしたままで、過ぐる二日の間暇にまかせて思い続けた自分の過去を夢のように繰返していた。連絡のない終りのない絵巻が次ぎ次ぎに拡げられたり捲《ま》かれたりした。基督《キリスト》を恋い恋うて、夜も昼もやみがたく、十字架を編み込んだ美しい帯を作って献《ささ》げようという一心に、日課も何もそっちのけにして、指の先きがささくれるまで編針を動かした可憐《かれん》な少女もその幻想の中に現れ出た。寄宿舎の二階の窓近く大きな花を豊かに開いた木蘭《もくらん》の香までがそこいらに漂っているようだった。国分寺跡の、武蔵野の一角らしい櫟《くぬぎ》の林も現われた。すっかり少女のような無邪気な素直な心になってしまって、孤笻の膝《ひざ》に身も魂も投げかけながら、涙と共にささやかれる孤笻の耳うちのように震えた細い言葉を、唯《ただ》「はいはい」と夢心地にうなずいて飲み込んだ甘い場面*は、今の葉子とは違った人のようだった。そうかと思うと左岸の崕《がけ》の上から広瀬川を越えて青葉山を一面に見亙した仙台の景色*がするすると開け亙った。夏の日は北国の空にもあふれ輝いて、白い礫《こいし》の河原の間を真青に流れる川の中には、赤裸かな少年の群が赤々とした印象を眼に与えた。草を敷かんばかりに低くうずくまって、華やかな色合のパラゾルに日をよけながら、黙って思いに耽《ふ》ける一人の女――その時には彼女はどの意味からも女だった――何所《どこ》までも満足の得られない心で、段々と世間から埋もれて行かねばならないような境遇に押し込められようとする運命。確かに道を踏みちがえたとも思い、踏みちがえたのは誰がさした事だと神をすら詰《なじ》って見たいような思い。暗い産室も隠れてはいなかった。そこの恐ろしい沈黙の中から起る強い快い赤児の産声《うぶごえ》――やみがたい母性の意識――「我れ既に世に勝てり」*とでも云って見たい不思議な誇り――同時に重く胸を押えつける生の暗い急変。かかる時思いも設けず力強く迫って来る振捨てた男の執着。明日をも頼み難い命の夕闇《ゆうやみ》にさまよいながら、切れ切れな言葉で葉子と最後の妥協を結ぼうとする病床の母――その顔は葉子の幻想を断ち切る程の強さで現われ出た。思い入った決心を眉《まゆ》に集めて、日頃の楽天的な性情にも似ず、運命と取組むような真剣な顔付きで大事の結着を待つ木村の顔。母の死を憐れむとも悲しむとも知れない涙を眼には湛《たた》えながら、氷のように冷え切った心で、俯向いたまま口一つきかない葉子自身の姿……そんな幻像《まぼろし》が或《あるい》はつぎつぎに、或は折重って、灰色の霧の中に動き現われた。そして記憶は段々と過去から現在の方に近づいて来た。と、事務長の倉地の浅黒く日に焼けた顔とその広い肩とが思い出された。葉子は思いもかけないものを見出したようにはっとなると、その幻像は他愛《たわい》もなく消えて、記憶は又遠い過去に帰って行った。それが又段々現在の方に近づいて来たと思うと、最後には屹度《きっと》倉地の姿が現れ出た。

それが葉子をいらいらさせて、葉子は始めて夢現《ゆめうつつ》の境から本当に眼ざめて、うるさいものでも払いのけるように、眼窓から眼をそむけて寝台《バース》を離れた。葉子の神経は朝からひどく昂奮《こうふん》していた。スティムで存分に暖まって来た船室の中の空気は息気《いき》苦しい程だった。

船に乗ってから碌々運動もせずに、野菜気の尠《すく》ない物ばかりを貪《むさぼ》り喰《た》べたので、身内の血には激しい熱がこもって、毛の尖《さき》へまでも通うようだった。寝台《バース》から立上った葉子は瞑眩《めまい》を感ずる程に上気して、氷のような冷いものでもひしと抱きしめたい気持ちになった。で、ふらふらと洗面台の方に行って、ピッチャーの水をなみなみと陶器製の洗面盤にあけて、ずっぷり浸した手拭をゆるく絞って、ひやっとするのを構わず、胸をあけて、それを乳房と乳房との間にぐっとあてがって見た。強い烈《はげ》しい動悸《どうき》が押えている手の平へ突き返して来た。葉子はそうしたままで前の鏡に自分の顔を近付けて見た。まだ夜の気が薄暗くさまよっている中に、頬をほてらしながら深い呼吸をしている葉子の顔が、自分にすら物凄《ものすご》い程なまめかしく映っていた。葉子は物好きらしく自分の顔に訳のわからない微笑をすら湛えて見た。

それでもその中《うち》に葉子の不思議な心のどよめきは鎮《しず》まって行った。鎮まって行くにつれ、葉子は今までの引続きで又冥想《めいそう》的な気分に引入れられていた。然しその時はもう夢想家ではなかった。極《ごく》実際的な鋭い頭が針のように光って尖《とが》っていた。葉子は濡《ぬれ》手拭《てぬぐい》を洗面盤に放りなげておいて、静かに長椅子《ながいす》に腰をおろした。

笑い事ではない。一体自分はどうする積りでいるんだろう。そう葉子は出発以来の問いをもう一度自分に投げかけて見た。小さい時からまわりの人達に憚《はばか》られる程才はじけて、同じ年頃の女の子とはいつでも一調子違った行き方を、するでもなくして来なければならなかった自分は、生れる前から運命にでも咀《のろ》われているのだろうか。それかと云って葉子はなべての女の順々に通って行く道を通る事はどうしても出来なかった。通って見ようとした事は幾度あったか解《わか》らない。こうさえ行けばいいのだろうと通って来て見ると、いつでも飛んでもなく違った道を歩いている自分を見出《みいだ》してしまっていた。そして躓《つまず》いては倒れた。まわりの人達は手を取って葉子を起してやる仕方も知らないような顔をして唯馬鹿らしく侮笑《あざわら》っている。そんな風にしか葉子には思えなかった。幾度ものそんな苦い経験が葉子を片意地な、少しも人を頼ろうとしない女にしてしまった。そして葉子は謂《い》わば本能の向せるように向いてどんどん歩くより仕方がなかった。葉子は今更らのように自分のまわりを見廻して見た。何時《いつ》の間にか葉子は一番近しい筈《はず》の人達からもかけ離れて、たった一人で崖《がけ》の際に立っていた。そこで唯一つ葉子を崖の上に繋《つな》いでいる綱には木村との婚約という事があるだけだ。そこに踏みとどまればよし、さもなければ、世の中との縁はたちどころに切れてしまうのだ。世の中に活《い》きながら世の中との縁が切れてしまうのだ。木村との婚約で世の中は葉子に対して最後の和睦《わぼく》を示そうとしているのだ。葉子に取って、この最後の機会をも破り捨てようというのはさすがに容易ではなかった。木村という首枷《くびかせ》を受けないでは生活の保障が絶え果てなければならないのだから。葉子の懐中には百五十弗《ドル》の米貨*があるばかりだった。定子の養育費だけでも、米国に足を下すや否《いな》や、すぐに木村にたよらなければならないのは眼の前に分っていた。後詰《ごづ》め*となってくれる親類の一人もないのは勿論《もちろん》の事、ややともすれば親切ごかしに無いものまでせびり取ろうとする手合いが多いのだ。たまたま葉子の姉妹の内実を知って気の毒だと思っても、葉子ではと云うように手出しを控えるものばかりだった。木村——葉子には義理にも愛も恋も起り得ない木村ばかりが、葉子に対する唯一人の戦士なのだ。あわれな木村は葉子の蠱惑《チャーム》に陥ったばかりで、早月家の人々から否応《いやおう》なしにこの重い荷を背負わされてしまっているのだ。

どうしてやろう。

葉子は思い余ったその場遁《のが》れから、簞笥の上に興録から受取ったまま投げ捨てて置いた古藤の手紙を取上げて、白い西洋封筒の一端を美しい指の爪《つめ》で丹念に細く破り取って、手筋は立派ながらまだ何所かたどたどしい手跡でペンで走り書きした文句を読み下して見た。

「あなたはおさんどんになるという事を想像して見る事が出来ますか。おさんどんという仕事が女にあるという事を想像して見る事が出来ますか。僕はあなたを見る時は何時でもそう思って不思議な心持になってしまいます。一体世の中には人を使って、人から使われると云う事を全くしないでいいという人があるものでしょうか。そんな事が出来得るものでしょうか。僕はそれをあなたに考えていただきたいのです。

あなたは奇態な感じを与える人です。あなたのなさる事はどんな危険な事でも危険らしく見えません。行きづまった末にはこうという覚悟がちゃんと出来ているように思われるからでしょうか。

僕があなたに始めてお目に懸ったのは、この夏あなたが木村君と一緒に八幡《やわた》に避暑*をして居られた時ですから、あなたに就ては僕は何にも知らないと云っていい位です。僕は第一一般的に女と云うものについて何にも知りません。然し少しでもあなたを知っただけの心持から云うと、女の人と云うものは僕に取っては不思議な謎《なぞ》です。あなたは何所まで行ったら行きづまると思っているんです。あなたは既に木村君で行きづまっている人なんだと僕には思われるのです。結婚を承諾した以上はその良人《おっと》に行きづまるのが女の人の当然な道ではないのでしょうか。木村君で行きづまって下さい。木村君にあなたを全部与えて下さい。木村君の親友としてこれが僕の願いです。

全体同じ年齢でありながら、あなたからは僕などは子供に見えるのでしょうから、僕の云う事などは頓着なさらないかと思いますが、子供にも一つの直覚はあります。そして子供はきっ、ぱりした物の姿が見たいのです。あなたが木村君の妻になると約束した以上は、僕の云う事にも権威がある筈だと思います。

僕はそうは云いながら一面にはあなたが羨《うらやま》しいようにも、憎いようにも、可哀《かわい》そうなようにも思います。あなたのなさる事が僕の理性を裏切って奇怪な同情を喚《よ》び起すようにも思います。僕は心の底に起るこんな働きをも強《し》いて押しつぶして理窟《りくつ》一方に固まろうとは思いません。それほど僕は道学者ではない積りです。それだからと云って、今のままのあなたでは、僕にはあなたを敬親する気は起りません。木村君の妻としてあなたを敬親したいから、僕は敢《あえ》てこんな事を書きました。そういう時が来るようにしてほしいのです。木村君の事を――あなたを熱愛してあなたのみに希望をかけている木村君の事を考えると僕はこれだけの事を書かずにはいられなくなります。

古藤義一

木村葉子様」

それは葉子に取っては本当に子供っぽい言葉としか響かなかった。然し古藤は妙に葉子には苦手だった。今も古藤の手紙を読んで見ると、馬鹿々々しい事が云われているとは思いながらも、一番大事な急所を偶然のようにしっかり捕えているようにも感じられた。本当にこんな事をしていると、子供と見くびっている古藤にも憐《あわれ》まれるはめになりそうな気がしてならなかった。葉子は何んと云う事なく悒鬱になって古藤の手紙を巻きおさめもせず膝の上に置いたまま眼をすえて、じっと考えるともなく考えた。

それにしても、新しい教育を受け、新しい思想を好み、世事に疎《うと》いだけに、世の中の習俗からも飛び離れて自由でありげに見える古藤さえが、葉子が今立っている崖の際から先きには、葉子が足を踏み出すのを憎み恐れる様子を明かに見せているのだ。

結婚と云うものが一人の女に取って、どれ程生活という実際問題と結び付き、女がどれ程その束縛の下に悩んでいるかを考えて見る事さえしようとはしないのだ。そう葉子は思っても見た。

これから行こうとする米国という土地の生活も葉子はひとりでに色々と想像しないではいられなかった。米国の人達はどんな風に自分を迎え入れようとはするだろう。兎に角今までの狭い悩ましい過去と縁を切って、何の関《かかわ》りもない社会の中に乗り込むのは面白い。和服よりも遥《はる》かに洋服に適した葉子は、そこの交際社会でも風俗では米国人を笑わせない事が出来る。歓楽でも哀傷でもしっくりと実生活の中に織り込まれているような生活がそこにはあるに違いない。女のチャームというものが、習慣的な絆《きずな》から解き放されて、その力だけに働く事の出来る生活がそこにはあるに違いない。才能と力量さえあれば女でも男の手を借りずに自分を周りの人に認めさす事の出来る生活がそこにはあるに違いない。女でも胸を張って存分呼吸の出来る生活がそこにはあるに違いない。少くとも交際社会のどこかではそんな生活が女に許されているに違いない。葉子はそんな事を空想するとむずむずする程快活になった。そんな心持ちで古藤の言葉などを考えて見ると、まるで老人の繰言のようにしか見えなかった。葉子は長い黙想の中から活々《いきいき》と立上った。そして化粧をすます為《た》めに鏡の方に近付いた。

木村を良人にするのに何の屈託があろう。木村が自分の良人であるのは、自分が木村の妻であるという程に軽い事だ。木村という仮面……葉子は鏡を見ながらそう思って微笑《ほほえ》んだ。そして乱れかかる額際の髪を、振仰いで後ろに撫《な》でつけたり、両方の鬢《びん》を器用にかき上げたりして、良工が細工物でもするように楽しみながら元気よく朝化粧を終えた。濡れた手拭で、鏡に近づけた眼のまわりの白粉《おしろい》を拭い終ると、唇《くちびる》を開いて美しく揃《そろ》った歯並みを眺め、両方の手の指を壺《つぼ》の口のように一所《ひとところ》に集めて爪の掃除が行き届いているか確めた。見返ると船に乗る時着て来た単衣《ひとえ》のじみな衣物《きもの》は、世捨人のようにだらりと淋しく部屋の隅の帽子かけにかかったままになっていた。葉子は派手な袷《あわせ》をトランクの中から取出して寝衣《ねまき》と着かえながら、それに眼をやると、肩にしっかりとしがみ附いて泣きおめいたかの狂気じみた若者の事を思った。と、すぐその側《そば》から若者を小脇《こわき》に抱えた事務長の姿が思い出された。小雨の中を、外套《がいとう》も着ずに、小荷物でも運んで行ったように若者を桟橋《さんばし》の上に下《おろ》して、ちょっと五十川女史に挨拶《あいさつ》して船から投げた綱にすがるや否や、静かに岸から離れて行く船の甲板の上に軽々と上って来たその姿が、葉子の心をくすぐるように楽しませて思い出された。

夜はいつの間にか明け離れていた。眼窓の外は元のままに灰色はしているが、活々とした光が添い加って、甲板の上を毎朝規則正しく散歩する白髪の米人とその娘との跫音《あしおと》がこつこつ快活らしく聞えていた。化粧をすました葉子は長椅子にゆっくり腰をかけて、両脚を真直《まっすぐ》に揃えて長々と延したまま、うっとりと思うともなく事務長の事を思っていた。

その時突然ノックをしてボーイが珈琲《コーヒー》を持って這入《はい》って来た。葉子は何か悪い所でも見附けられたように一寸《ちょっと》ぎょっとして、延していた脚の膝を立てた。ボーイは何時ものように薄笑いをして一寸頭を下げて銀色の盆を畳椅子の上においた。そして今日も食事は矢張り船室に運ぼうかと尋ねた。

「今晩からは食堂にして下さい」

葉子は嬉《うれ》しい事でも云って聞かせるようにこう云った。ボーイは真面目臭《まじめくさ》って「はい」と云ったが、ちらりと葉子を上眼で見て、急ぐように部屋を出た。葉子はボーイが部屋を出てどんな風をしているかがはっきり見えるようだった。ボーイはすぐににこにこと不思議な笑いを漏しながら、ケーク・ウォークの足つき*で食堂の方に帰って行ったに違いない。程もなく、

「え、いよいよ御来迎《ごらいごう》？」

「来たね」

と云うような野卑な言葉が、ボーイらしい軽薄な調子で声高《こわだか》に取交わされるのを葉子

は聞いた。

　葉子はそんな事を耳にしながら矢張り事務長の事を思っていた。「三日も食堂に出ないでとじ籠《こも》っているのに何んという事務長だろう、一遍も見舞いに来ないとはあんまりひどい」こんな事を思っていた。そしてその一方では縁もゆかりもない馬のように唯頑丈《がんじょう》な一人の男が何んでこう思い出されるのだろうとも思っていた。

　葉子は軽い溜息《ためいき》をついて何気なく立ち上った。そして又長椅子に腰かける時には棚《たな》の上から事務長の名刺を持って来て眺めていた。「日本郵船会社絵島丸事務長勲六等倉地三吉」と明朝《ミンチョウ》ではっきり書いてある、葉子は片手で珈琲をすすりながら、名刺を裏返してその裏を眺めた。そして真白なその裏に何か長い文句でも書いてあるかのように、二重になる豊かな顎《あご》を襟《えり》の間に落して、少し眉をひそめながら、永い間まじろぎもせず見詰めていた。

十二

　その日の夕方、葉子は船に来てから始めて食堂に出た。着物は思い切って地味なくすんだのを選んだけれども、顔だけは存分に若くつくっていた。二十を越すや越さずに見える、眼の大きな、沈んだ表情の彼女の襟の藍鼠《あいねずみ》は、何んとなく見る人の心を痛くさせた。細長い食卓の一端に、カップ・ボードを後ろにして座を占めた事務長の右手には田川夫人がいて、その向いが田川博士、葉子の席は博士のすぐ隣りに取ってあった。その外《ほか》の船客も大概は既に卓に向っていた。葉子の跫音が聞えると、逸早《いちはや》く眼くばせをし合ったのはボーイ仲間で、その次にひどく落付かぬ様子をし出したのは、事務長と向い合って食卓の他の一端にいた鬚《ひげ》の白い亜米利加《アメリカ》人の船長であった。慌《あわ》てて席を立って、右手にナプキンを下げながら、自分の前を葉子に通らせて、顔を真赤にして座に返った。葉子はしとやかに人々の物数奇《ものずき》らしい視線を受け流しながら、ぐるっと食卓を廻《まわ》って自分の席まで行くと、田川博士は窃《ぬす》むように夫人の顔を一寸窺《うかが》っておいて、肥《ふと》った体をよけるようにして葉子を自分の隣りに坐《すわ》らせた。

坐り住いをただしている間、沢山の注視の中にも、葉子は田川夫人の冷い眸《ひとみ》の光を浴びているのを心地悪い程に感じた。やがてきちんと慎《つつ》ましく正面を向いて腰かけて、ナプキンを取上げながら、先《ま》ず第一に田川夫人の方に眼をやってそっと挨拶すると、今までの角々しい眼にもさすがに申訳程の笑みを見せて、夫人が何か云おうとした瞬間、その時までぎごちなく話を途切らしていた田川博士も事務長の方を向いて何か云おうとした所であったので、両方の言葉が気まずくぶつかりあって、夫婦は思わず同時に顔を見合せた。一座の人々も、日本人と云わず外国人と云わず、葉子に集めていた眸を田川夫妻の方に向けた。「失礼」と云ってひかえた博士に夫人は一寸頭を下げておいて、皆んなに聞える程はっきり澄んだ声で、

「とんと食堂にお出《い》でがなかったので、お案じ申しましたの。船にはお困りですか」

と云った。さすがに世慣れて才走ったその言葉は、人の上に立ちつけた重みを見せた。葉子はにこやかに黙ってうなずきながら、位を一段落《おと》して会釈《えしゃく》するのをそう不快には思わぬ位だった。二人の間の挨拶はそれなりで途切れてしまったので、田川博士は徐《おもむ》ろに事務長に向ってし続けていた話の糸目をつなごうとした。

「それから……その……」

然《しか》し話の糸口は思うように出て来なかった。事もなげに落付いた様子に見える博士の心の中に、軽い混乱が起っているのを、葉子はすぐ見て取った。思い通りに一座の気分を動揺させることが出来るという自信が裏書きされたように葉子は思ってそっと満足を感じていた。そしてボーイ長の指図でボーイ等が手器用に運んで来たポタージュを啜《すす》りながら、田川博士の方の話に耳を立てた。

葉子が食堂に現われて自分の視界に這入って来ると、臆面《おくめん》もなくじっと眼を定めてその顔を見やった後に、無頓着に食匙《スプーン》を動かしながら、時々食卓の客を見廻して気を

配っていた事務長は、下唇を返して鬚の先きを吸いながら、塩さびのした太い声で、

「それからモンロー主義*の本体は——」

と話の糸目を引張り出しておいて、まともに博士を打見やった。博士は少し面伏《おもぶ》せな様子で、

「そう、その話でしたな。モンロー主義もその主張は始めの中《うち》は、北米の独立諸洲に対して欧羅巴《ヨーロッパ》の干渉を拒むと云うだけのものであったのです。ところがその政策の内容は年と共に段々変っている。モンローの宣言は立派に文字になって残っているけれども、法律と云う訳ではなし、文章も融通がきくように出来ているので、取りようによっては、どうにでも伸縮する事が出来るのです。マッキンレー氏*などは随分極端にその意味を拡張しているらしい。尤《もっと》もこれにはクリーブランド*という人の先例もあるし、マッキンレー氏の下にはもう一人有力な黒幕がある筈だ。どうです斎藤君」

と二三人おいた斜向《はすか》いの若い男を顧みた。斎藤と呼ばれた、ワシントン公使館赴任の外交官補は、真赤になって、今まで葉子に向けていた眼を大急ぎで博士の方に外《そ》らして見たが、質問の要領をはっきり捕えそこねて、更らに赤くなって術《すべ》ない身振りをした。これ程な席にさえ嘗《かつ》て臨んだ習慣のないらしいその人の素性がその慌て方に十分に見え透いていた。博士は見下《みくだ》したような態度で暫時その青年のどぎまぎした様子を

見ていたが、返事を待ちかねて、事務長の方を向こうとした時、突然遥《はる》か遠い食卓の一端から、船長が顔を真赤にして、

「You mean Teddy* the roughrider ?」*

と云いながら子供のような笑顔を人々に見せた。船長の日本語の理解力をそれ程に思い設けていなかったらしい博士は、この不意打ちに今度は自分がまごついて、一寸返事をしかねていると、田川夫人がさそくにそれを引取って、

「Good hit for you, Mr. Captain !」*

と癖のない発音で云って退《の》けた。これを聞いた一座は、殊《こと》に外国人達は、椅子《いす》から乗り出すようにして夫人を見た。夫人はその時人の眼にはつきかねるほどの敏捷《すばしこ》さで葉子の方を窺った。葉子は眉《まゆ》一つ動かさずに、下を向いたままでスープを啜っていた。謹《つつ》しみ深く大匙《おおさじ》を持ちあつかいながら、葉子は自分に何か際立《きわだ》った印象を与えようとして、色々な真似《まね》を競い合っているような人々の様を心の中で笑っていた。実際葉子が姿を見せてから、食堂の空気は調子を変えていた。殊に若い人達の間には一種の重苦しい波動が伝わったらしく、物を云う時、彼等は知らず知らず激昂《げっこう》したような高い調子になっていた。殊に一番年若く見える一人の上品な青年――船長の隣座にいるので葉子は家柄《いえがら》の高い生れに違いないと思った――などは、葉子と一眼顔を見合わし

たが最後、震えんばかりに昂奮して顔を得上《えあ》げないでいた。それだのに事務長だけは、一向動かされた様子が見えぬばかりか、どうかした拍子に顔を合せた時でも、その臆面のない、人を人とも思わぬような熟視は、却《かえっ》て葉子の視線をたじろがした。人間を眺《なが》めあきたような気倦《けだ》るげなその眼は、濃い睫毛《まつげ》の間から insolent な光を放って人を射た。葉子はこうして思わず眸をたじろがす度毎《たびごと》に事務長に対して不思議な憎しみを覚えると共に、もう一度その憎むべき眼を見すえてその中に潜む不思議を存分に見窮《みきわ》めてやりたい心になった。葉子はそうした気分に促されて時々事務長の方に牽付《ひきつ》けられるように視線を送ったが、その度毎に葉子の眸は脆《もろ》くも手きびしく追い退《の》けられた。

こうして妙な気分が食卓の上に織りなされながらやがて食事は終った。一同が座を立つ時、物慣れた物腰で、椅子を引いてくれた田川博士にやさしく微笑を見せて礼をしながらも、葉子は矢張り事務長の挙動を仔細《しさい》に見る事に半ば気を奪われていた。

「少し甲板に出て御覧になりましな。寒くとも気分は晴々しますから。私も一寸部屋に帰ってショールを取って出て見ます」

こう葉子に云って田川夫人は良人《おっと》と共に自分の部屋の方に去って行った。

葉子も部屋に帰って見たが、今まで閉じ籠ってばかりいると左程にも思わなかったけれども、食堂程の広さの所からでもそこに来て見ると、息気《いき》づまりがしそうに狭苦しかった。で、葉子は長椅子の下から、木村の父が使い慣れた古トランク——その上に古藤が油絵具でY・K・と書いてくれた古トランクを引出して、その中から黒い駝《だ》鳥《ちょう》の羽のボアを取り出して、西洋臭いその匂《におい》を快く鼻に感じながら、深々と頸《くび》を捲《ま》いて甲板に出て行って見た。窮屈な階子段《はしごだん》をややよろよろしながら昇って、重い戸を開けようとすると外気の抵抗が中々激しくって押しもどされようとした。きりっと搾《しぼ》り上げたような寒さが、戸の隙《すき》から縦《ほしいまま》に細長く葉子を襲った。

甲板には外国人が五六人厚い外套にくるまって、堅いティークの床《ゆか》をかつかつと踏みならしながら、押黙って勢よく右往左往に散歩していた。田川夫人の姿はその辺にはまだ見出されなかった。塩気を含んだ冷い空気は、室内にのみ閉じ籠っていた葉子の肺を押拡《おしひろ》げて、頰《ほお》には血液がちくちくと軽く針をさすように皮膚に近く突進んで来るのが感ぜられた。葉子は散歩客には構わずに甲板を横ぎって船べりの手欄《てすり》によりかかりながら、波また波と果てしもなく連る水の堆積《たいせき》をはるばると眺めやった。折重った鈍色《にびいろ》の雲の彼方《かなた》に夕日の影は跡形もなく消え失《う》せて、闇《やみ》は重い不思議な瓦斯《ガス》のように力強く凡《すべ》ての物を押しひしゃげていた。雪をたっぷり含んだ空だけが、その闇と僅《わず》かに争って、南方には見られぬ暗い、燐《りん》のような、淋《さび》しい光を残していた。一種のテンポを取って高くなり低くなりする黒い波濤《はとう》の彼方には、更らに黒ずんだ波の穂が果てしもなく連っていた。船は思ったより激しく動揺していた。赤いガラスを箝《は》めた檣《しょう》燈《とう》が空高く、右から左、左から右へと広い角度を取って閃《ひらめ》いた。閃く度に船が横かしぎになって、重い水の抵抗を受けながら進んで行くのが、葉子の足から体に伝わって感ぜられた。

葉子はふらふらと船にゆり上げゆり下げられながら、まんじりともせずに、黒い波の峰と波の谷とが交《かわ》る交《がわ》る眼の前に現われるのを見つめていた。豊かな髪の毛を透《とお》して寒さがしんしんと頭の中に滲《し》みこむのが、始めの中は珍しくいい気持だったが、やがて痺《しび》れるような頭痛に変って行った。……と、急に、何所《どこ》をどう潜んで来たとも知れないいやな淋しさが盗風*のように葉子を襲った。船に乗ってから春の草のように萌《も》え出した元気はぽっきりと心《しん》を留められてしまった。顳顬《こめかみ》がじんじんと痛み出して、泣きつかれの後《あと》に似た不愉快な睡気《ねむけ》の中に、胸をついて嘔気《はきけ》さえ催して来た。葉子は慌ててあたりを見廻したが、もうそこいらには散歩の人足《ひとあし》も絶えていた。けれども葉子は船室に帰る気力もなく、右手でしっかりと額を押えて、手欄に顔を伏せながら念じるように眼をつぶって見たが、云いようのない淋しさはいや増すばかりだった。葉子はふと定子を懐妊していた時の烈《はげ》しい悪阻《つわり》の苦痛を思い出した。それは折から痛ましい回想だった。……定子……葉子はもうその笞《しもと》には堪えないと云うように頭を振って、気を紛らす為めに眼を開いて、留度《とめど》なく動く波の戯《たわむ》れを見ようとしたが、一眼見るやぐらぐらと眩暈《めまい》を感じて一たまりもなく又突伏してしまった。深い悲しい溜息が思わず出るのを留めようとしても甲斐《かい》がなかった。「船に酔ったのだ」と思った時にはもう体中は不快な嘔感《おうかん》の為めにわなわなと震えていた。

「嘔けばいい」

そう思って手欄から身を乗り出す瞬間、体中の力は腹から胸元に集って、背は思わずも激しく波打った。その後はもう夢のようだった。

暫《しば》らくしてから葉子は力が抜けたようになって、ハンケチで口許《くちもと》を拭《ぬぐ》いながら、頼りなくあたりを見廻した。甲板の上も波の上のように荒涼として人気がなかった。明るく灯《ひ》の光の漏れていた眼窓は残らずカーテンで蔽《おお》われて暗くなっていた。右にも左にも人はいない。そう思った心のゆるみにつけ込んだのか、胸の苦しみは又急によせ返して来た。葉子はもう一度手欄に乗り出してほろほろと熱い涙をこぼした。例えば高くつるした大石を切って落したように、過去というものが大きな一つの暗い悲しみとなって胸を打った。物心を覚えてから二十五の今日まで、張りつめ通した心の糸が、今こそ思い存分ゆるんだかと思われるその悲しい快さ。葉子はその空《むな》しい哀感にひたりながら、重ねた両手の上に額を乗せて手欄によりかかったまま重い呼吸をしながらほろほろと泣き続けた。一時性貧血を起した額は死人のように冷え切って、泣きながらも葉子はどうかするとふっと引入れられるように仮睡に陥ろうとした。そしてははっと何かに驚かされたように眼を開くと、また底の知れぬ哀感が何所からともなく襲い入った。悲しい快さ。葉子は小学校に通っている時分でも、泣きたい時には、人前では歯を喰《く》いしばっていて、人のいない所まで行って隠れて泣いた。涙を人に見せるというのは卑《いや》しい事にしか思えなかった。乞食が哀《あわれ》みを求めたり、老人が愚痴を云うのと同様に葉子には穢《けが》らわしく思えていた。然しその夜に限っては葉子は誰《だ》れの前でも素直な心で泣けるような気がした。誰れかの前でさめざめと泣いて見たいような気分にさえなっていた。しみじみと憐《あわれ》んでくれる人もありそうに思えた。そうした気持ちで葉子は小娘のように他愛《たわい》もなく泣きつづけていた。

その時甲板のかなたから靴《くつ》の音が聞えて来た。二人らしい跫音《あしおと》だった。その瞬間までは誰れの胸にでも抱きついてしみじみ泣けると思っていた葉子は、その音を聞きつけるとはっという間もなく、張りつめたいつものような心になってしまって、大急ぎで涙を押拭いながら、踵《くびす》を返して自分の部屋に戻ろうとした。が、その時はもう遅かった。洋服姿の田川夫妻がはっきりと見分けがつく程の距離に進みよっていたので、さすがに葉子もそれを見て見ぬふりでやり過す事は得しなかった。涙を拭い切ると、左手を挙げて髪のほつれをしなおしながらかき上げた時、二人はもうすぐ傍《そば》に近寄っていた。

「あらあなたでしたの。私共は少し用事が出来ておくれましたが、こんなにおそくまで室外《そと》にいらしってお寒くはありませんでしたか。気分はいかがです」

田川夫人は例の目下の者に云い慣れた言葉を器用に使いながら、はっきりとこう云って覗《のぞ》き込む様にした。夫妻はすぐ葉子が何をしていたかを感付いたらしい。葉子はそれをひどく不快に思った。

「急に寒い所に出ました故《せい》ですかしら、何んだか頭《つむり》がぐらぐら致しまして」

「お嘔《もど》しなさった……それはいけない」

田川博士は夫人の言葉を聞くと尤もと云う風に、二三度こっくりとうなずいた。厚外套にくるまった肥った博士と、暖かそうなスコッチの*裾長《すそなが》の服に、露西亜《ロシア》帽を眉際まで被《かぶ》った夫人との前に立つと、やさ形の葉子は背丈けこそ高いが、二人の娘ほどに眺められた。

「どうだ一緒に少し歩いて見ちゃ」

と田川博士が云うと、夫人は、

「好う御座いましょうよ、血液がよく循環して」

と応じて葉子に散歩を促した。葉子は已《や》むを得ず、かつかつと鳴る二人の靴の音と、自分の上草履の音とを淋しく聞きながら、夫人の側《そば》にひき添って甲板の上を歩き始めた。ギーイときしみながら船が大きくかしぐのにうまく中心を取りながら歩こうとすると、また不快な気持ちが胸先にこみ上げて来るのを葉子は強く押静めて事もなげに振舞おうとした。

博士は夫人との会話の途切れ目を捕えては、話を葉子に向けて慰め顔にあしらおうとしたが、いつでも夫人が葉子のすべき返事をひったくって物を云うので、折角の話は腰を折られた。葉子は然し結局それをいい事にして、自分の思いに耽《ふけ》りながら二人に続いた。暫く歩きなれて見ると、運動が出来た為《た》めか、段々嘔気は感ぜぬようになった。田川夫妻は自然に葉子を会話からのけものにして、二人の間で四方山《よもやま》の噂話《うわさばなし》を取交わし始めた。不思議な程に緊張した葉子の心は、それらの世間話には些《いささ》かの興味も持ち得ないで、寧《むし》ろその無意味に近い言葉の数々を、自分の冥想《めいそう》を妨げる騒音のようにうるさく思っていた。と、不図田川夫人が事務長と云ったのを小耳にはさんで、思わず針でも踏みつけたようにぎょっとして、黙想から取って返して聞耳を立てた。自分でも驚く程神経が騒ぎ立つのをどうする事も出来なかった。

「随分したたか者らしゅう御座いますわね」

そう夫人の云う声がした。

「そうらしいね」

博士の声には笑いがまじっていた。

「賭博《ばくち》が大の上手ですって」

「そうかねえ」

事務長の話はそれぎりで絶えてしまった。葉子は何んとなく物足らなくなって、又何か云い出すだろうと心待ちにしていたが、その先を続ける様子がないので、心残りを覚えながら、また自分の心に帰って行った。

暫くすると夫人がまた事務長の噂をし始めた。

「事務長の側に坐って食事をするのはどうも厭《い》やでなりませんの」

「そんなら早月さんに席を代って貰《もら》ったらいいでしょう」

葉子は闇の中で鋭く眼をかがやかしながら夫人の様子を窺った。

「でも夫婦がテーブルに列《なら》ぶって法はありませんわ……ねえ早月さん」

こう戯談《じょうだん》らしく夫人は云って、一寸《ちょっと》葉子の方を振向いて笑ったが、別にその返事を待つというでもなく、始めて葉子の存在に気付きでもしたように、色々と身の上などを探りを入れるらしく聞き始めた。田川博士も時々親切らしい言葉を添えた。葉子は始めの中こそ慎《つつ》ましやかに事実にさ程遠くない返事をしていたものの、話が段々深入りして行くにつれて、田川夫人と云う人は上流の貴夫人だと自分でも思っているらしいに似合わない思いやりのない人だと思い出した。それはあり内《うち》の質問だったかも知れない。けれども葉子にはそう思えた。縁もゆかりもない人の前で思うままな侮辱を加えられるとむっとせずにはいられなかった。知った所が何んにもならない話を、木村の事まで根ほり葉ほり問いただして一体何にしようという気なのだろう。老人でもあるならば、過ぎ去った昔を他人にくどくどと話して聞かせて、せめて慰むという事もあろう。「老人には過去を、若い人には未来を」という交際術の初歩すら心得ないがさつな人だ。自分ですらそっと手もつけないで済ませたい血なまぐさい身の上を……自分は老人ではない。葉子は田川夫人が意地にかかってこんな悪戯《わるさ》をするのだと思うと激しい敵意から唇《くちびる》をかんだ。

然しその時田川博士がサルーンから漏れて来る灯の光で時計を見て、八時十分前だから部屋に帰ろうと云い出したので、葉子は別に何も云わずにしまった。三人が階子段を降りかけた時、夫人は、葉子の気分には一向気付かぬらしく、——若《も》しそうでなければ気付きながらわざと気付かぬらしく振舞って、

「事務長はあなたのお部屋にも遊びに見えますか」

と突拍子もなくいきなり問いかけた。それを聞くと葉子の心は何んと云う事なしに理不尽な怒りに捕えられた。得意な皮肉でも思い存分に浴びせかけてやろうかと思ったが、胸をさすり下《おろ》してわざと落付いた調子で、

「いいえ、ちっとも、お見えになりませんが……」

と空々しく聞えるように答えた。夫人はまだ葉子の心持ちには少しも気付かぬ風で、

「おやそう。私の方へは度々いらして困りますのよ」

と小声で囁《ささや》いた。「何を生意気な」葉子は前後《あとさき》なしにこう心の中に叫んだが一言も口には出さなかった。敵意――嫉妬《しっと》とも云い代えられそうな――敵意がその瞬間からすっかり根を張った。その時夫人が振返って葉子の顔を見たならば、思わず博士を楯《たて》に取って恐れながら身をかわさずにはいられなかったろう、――そんな場合には葉子は固《もと》よりその瞬間に稲妻のようにすばしこく隔意のない顔を見せたには違いなかろうけれども。葉子は一言も云わずに黙礼したまま二人に別れて自分の部屋に帰った。

室内はむっとする程暑かった。葉子は嘔気をもう感じてはいなかったが、胸元が妙にしめつけられるように苦しいので、急いでボアをかいやって床《ゆか》の上に捨てたまま、投げるように長椅子に倒れかかった。

それは不思議だった。葉子の神経は時には自分でも持て余す程鋭く働いて、誰れも

気のつかない匂がたまらない程気になったり、人の着ている衣物《きもの》の色合が見ていられない程不調和で不愉快であったり、周囲の人が腑抜《ふぬ》けな木偶《でく》のように甲斐なく思われたり、静かに空を亙《わた》って行く雲の脚が瞑眩《めまい》がする程めまぐるしく見えたりして、我慢にもじっとしていられない事は絶えずあったけれども、その夜のように鋭く神経の尖《とが》って来た事は覚えがなかった。神経の末梢《まっしょう》がまるで大風に遇《あ》った梢《こずえ》のようにざわざわと音がするかとさえ思われた。葉子は脚と脚とをぎゅっとからみ合せてそれに力をこめながら、右手の指先きを四本揃《そろ》えてその爪先《つまさき》を、水晶のように固い美しい歯で一思いに激しく嚙《か》んで見たりした。悪寒《おかん》のような小刻みな身ぶるいが絶えず足の方から頭へと波動のように伝わった。寒いためにそうなるのか、暑い為めにそうなるのかよく分らなかった。そうしていらいらしながらトランクを開いたままで取散らした部屋の中をぼんやり見やっていた。眼はうるさく霞《かす》んでいた。ふと落散ったものの中に葉子は事務長の名刺があるのに眼をつけて、身をかがめてそれを拾い上げた。それを拾い上げると真二つに引裂いてまた床になげた。それはあまりに手答えなく裂けてしまった。葉子はまた何かもっとうんと手答のあるものを尋ねるように熱して輝く眼でまじまじとあたりを見廻していた。と、カーテンを引き忘れていた。恥しい様子を見られはしなかったかと思うと胸がどきんとしていきなり立ち上ろうとした拍子に、葉子は窓の外に人の顔を認めたように思った。田川博士のようでもあった。田川夫人のようでもあった。然《しか》しそんな筈《はず》はない、二人はもう部屋に帰っている。事務長……

葉子は思わず裸体を見られた女のように固くなって立ちすくんだ。激しい戦《おのの》きが襲って来た。そして何の思慮もなく床の上のボアを取って胸にあてがったが、次の瞬間にはトランクの中からショールを取出してボアと一緒にそれを抱えて、逃げる人のように、あたふたと部屋を出た。

船のゆらぐ毎《ごと》に木と木との擦れあう不快な音は、大方船客の寐《ね》しずまった夜の寂寞《せきばく》の中に際立って響いた。自動平衡器の中にともされた蠟燭《ろうそく》は壁板に奇怪な角度を取って、ゆるぎもせずにぼんやりと光っていた。

戸を開けて甲板に出ると、甲板のあなたは先刻のままの波又波の堆積だった。大煙筒から吐き出される煤煙《ばいえん》は真黒い天の河のように無月《むげつ》*の空を立割って水に近く斜めに流れていた。

十三

そこだけは星が光っていないので、雲のある所がようやく知れる位思い切って暗い夜だった。おっかぶさって来るかと見《み》上《あぐ》れば、眼のまわる程遠のいて見え、遠いと思って見れば、今にも頭を包みそうに近く逼《せま》ってる鋼色《はがねいろ》の沈黙した大空が、際限もない羽を垂れたように、同じ暗色の海原に続く所から波が湧《わ》いて、闇《やみ》の中をのたうちまろびながら見渡す限り喚《わめ》き騒いでいる。耳を澄して聞いていると水と水とが激しくぶつかり合う底の方に、

「おーい、おい、おい、おーい」

と云うかと思われる声ともつかない一種の奇怪な響が、舷《ふなべり》をめぐって叫ばれていた。

葉子は前後左右に大きく傾く甲板の上を、傾くままに身を斜めにして辛く重心を取りながら、よろけよろけブリッジに近いハッチの*物蔭《ものかげ》まで辿《たど》りついて、ショールで深々と頸《くび》から下を巻いて、白ペンキで塗った板囲《いたがこい》に身を寄せかけて立った。佇《たたず》んだ所は風下になっているが、頭の上では、檣《ほばしら》から垂れ下った索綱の類が風にしなってうなりを立て、アリウシャン群島近い高緯度の空気は、九月の末とは思われぬ程寒く霜を含んでいた。気負いに気負った葉子の肉体は然しさして寒いとは思わなかった。寒いとしても寧《むし》ろ快い寒さだった。もうどんどんと冷えて行く衣物《きもの》の裏に、心臓のはげしい鼓動につれて、乳房が冷たく触れたり離れたりするのが、なやましい気分を誘い出したりした。それに佇んでいるのに脚が爪先から段々に冷えて行って、やがて膝《ひざ》から下は

知覚を失い始めたので、気分は妙に上ずって来て、葉子の幼ない時からの癖である夢とも現《うつつ》とも知れない音楽的な錯覚に陥って行った。五体も心も不思議な熱を覚えながら、一種のリズムの中に揺り動かされるようになって行った。何を見るともなく凝然と見定めた眼の前に、無数の星が船の動揺につれて光のまたたきをしながら、ゆるいテンポを調えてゆらりゆらりと静かにおどると、帆綱の呻《うな》りが張り切ったバスの声となり、その間を「おーい、おい、おい、おーい……」と心の声とも波のうめきとも分らぬトレモロ*が流れ、盛り上り、くずれこむ波又波がテノルの役目を勤めた。声が形となり、形が声となり、それから一緒にもつれ合う姿を葉子は眼で聞いたり耳で見たりしていた。何の為めに夜寒《よさむ》を甲板に出て来たか葉子は忘れていた。夢遊病者のように葉子は蓦地《まっしぐら》にこの不思議な世界に落ちこんで行った。それでいて、葉子の心の一部分はいたましい程醒《さ》めきっていた。葉子は燕《つばめ》のようにその音楽的な夢幻界を翔《か》け上り潜《くぐ》りぬけて様々な事を考えていた。

屈辱、屈辱……屈辱――思索の壁は屈辱というちかちかと寒く光る色で一面に塗りつぶされていた。その表面に田川夫人や事務長や田川博士の姿が目まぐるしく音律に乗って動いた。葉子はうるさそうに頭の中にある手のようなもので無性に払い除《の》けようと試みたが無駄《むだ》だった。皮肉な横目をつかって青味を帯びた田川夫人の顔が、攪《か》き乱された水の中を、小さな泡《あわ》が逃げてでも行くように、ふらふらとゆらめきながら上の方に遠《とおざか》って行った。先《ま》ずよかったと思うと、事務長の insolent な眼付きが低い調子の伴音となって、じっと動かない中にも力ある震動をしながら、葉子の眼睛《ひとみ》の奥を網膜まで見透《みとお》す程ぎゅっと見据《みす》えていた。「何んで事務長や田川夫人なんぞがこんなに自分を煩《わずら》わすだろう。憎らしい。何んの因縁で……」葉子は自分をこう卑しみながらも、男の眼を迎え慣れた媚《こ》びの色を知らず知らず上瞼《うわまぶた》に集めてそれに応じようとする図端《とたん》、日に向って眼を閉じた時に綾《あや》をなして乱れ飛ぶあの不思議な種々な色の光体、それに似たものが繚乱《りょうらん》して心を取囲んだ。星はゆるいテンポでゆらりゆらりと静かにおどっている。「おーい、おい、おい、おーい」……葉子は思わずかっと腹を立てた。その憤《いきどお》りの膜の中に凡《すべ》ての幻影はすーっと吸い取られてしまった。と思うとその憤りすらが見る見るぼやけて、後には感激の更らにない死のような世界が果てしもなくどんよりと澱《よど》んだ。葉子は暫《しば》らくは気が遠くなって何事も弁《わきま》えないでいた。

やがて葉子はまた徐《おもむ》ろに意識の閾《しきい》に近づいて来ていた。

煙突の中の黒い煤《すす》の間を、横すじかいに休らいながら飛びながら、上って行く火の子のように、葉子の幻想は暗い記憶の洞穴の中を右左によろめきながら奥深く辿って行くのだった。自分でさえ驚くばかり底の底に又底のある迷路を恐る恐る伝って行くと、果てしもなく現われ出る人の顔の一番奥に、赤い衣物を裾長に着て、眩《まばゆ》い程に輝き亙った男の姿*が見え出した。葉子の心の周囲にそれまで響いていた音楽はその瞬間ぱったり静まってしまって、耳の底がかーんとする程空恐しい寂寞の中に、船の舳《へさき》の方で氷をたたき破るような寒い時鐘《ときがね》の音が聞えた。「カンカン、カンカン、カーン」……。葉子は何時の鐘だと考えて見る事もしないで、そこに現われた男の顔を見分けようとしたが、木村に似た容貌《ようぼう》がおぼろに浮んで来るだけで、どう見直して見てもはっきりした事はもどかしい程分らなかった。木村である筈はないんだがと葉子はいらいらしながら思った。「木村は私の良人《おっと》ではないか。その木村が赤い衣物を着ているという法があるものか。……可哀《かわい》そうに、木村はサンフランシスコから今頃《いまごろ》はシヤトルの方に来て、私の着くのを一日千秋の思いで待っているだろうに、私はこんな事をしてここで赤い衣物を着た男なんぞを見詰めている。千秋の思いで待つ？ それはそうだろう。けれども私が木村の妻になってしまったが最後、千秋の思いで私を待ったりした木村がどんな良人に変るかは知れ切っている。憎いのは男だ……木村でも倉地でも……又事務長なんぞを思い出している。そうだ、米国に着いたらもう少し落着いて考えた生き方をしよう。木村だって打てば響く位はする男だ。……彼地《あっち》に行って纏《まとま》った金が出来たら、何と云ってもかまわない定子を呼び寄せてやる。あ、定子の事なら木村は承知の上だったのに。それにしても木村が赤い衣物などを着ているのはあんまりおかしい……」。ふと葉子はもう一度赤い衣物の男を見た。事務長の顔が赤い衣物の上に似合わしく乗っていた。葉子はぎょっとした。そしてその顔をもっとはっきり見詰めたい為めに重い重い瞼を強《し》いて押開く努力をした。見ると葉子の前にはまさしく、角燈を持って焦茶色《こげちゃいろ》のマントを着た事務長が立っていた。そして、

「どうなさったんだ今頃こんな所に、……今夜はどうかしている……岡*さん、あなたの仲間がもう一人ここにいますよ」

と云いながら事務長は魂を得たように動き始めて、後ろの方を振返った。事務長の後ろには、食堂で葉子と一眼《ひとめ》顔を見合わすと、震えんばかりに昂奮《こうふん》して顔を得上げないでいた上品な彼《か》の青年が、真青な顔をして物に怯《お》じたように慎ましく立っていた。

眼はまざまざと開いていたけれども葉子はまだ夢心地だった。事務長のいるのに気付いた瞬間からまた聞え出した波濤《はとう》の音は、前のように音楽的な所は少しもなく、唯《ただ》物狂《ものぐるお》しい騒音となって船に迫っていた。然し葉子は今の境界が本当に現実の境界なのか、先刻不思議な音楽的の錯覚にひたっていた境界が夢幻の中の境界なのか、自分ながら少しも見界《みさかい》がつかない位ぼんやりしていた。そしてあの荒唐な奇怪な心のadventureを却《かえっ》てまざまざとした現実の出来事でもあるかのように思いなして、眼の前に見る酒に赤らんだ事務長の顔は妙に蠱惑《こわく》的な気味の悪い幻像となって葉子を脅《おびや》かそうとした。

「少し飲み過ぎた所に溜《た》めといた仕事を詰めてやったんで眠れん。で散歩の積りで甲板の見廻りに出ると岡さん」

と云いながらもう一度後ろを振返って、

「この岡さんがこの寒いに手欄《てすり》から体を乗出してぽかんと海を見とるんです。取押えてケビンに連れて行こうと思うとると、今度はあなたに出喰《でく》わす。物好きもあったもんですねえ。海を眺《なが》めて何が面白いかな。お寒かありませんか、ショールなんぞも落ちてしまった」

何所《どこ》の国訛《くになまり》とも判らぬ一種の調子が塩さびた声で操られるのが、事務長の人と為《な》りによくそぐって聞える。葉子はそんな事を思いながら事務長の言葉を聞き終ると、始めてはっきり眼がさめたように思った。そして簡単に、

「いいえ」

と答えながら上眼づかいに、夢の中からでも人を見るようにうっとりと事務長のしぶとそうな顔を見やった。そしてそのまま黙っていた。

　事務長は例の insolent な眼付きで葉子を一眼に見くるめながら、

「若い方は世話が焼ける……さあ行きましょう」

と強い語調で云って、からからと傍若無人に笑いながら葉子をせき立てた。海の波の荒涼たるおめきの中に聞くこの笑声は diabolic* なものだった。「若い方」……老成ぶった事を云うと葉子は思ったけれども、然し事務長にはそんな事を云う権利でもあるかのように葉子は皮肉な竹篦返《しっぺがえ》しもせずに、おとなしくショールを拾い上げて事務長の云うままにその後に続こうとして驚いた。ところが長い間そこに佇んでいたものと見えて、磁石で吸付けられたように、両脚は固く重くなって一寸も動きそうにはなかった。寒気の為めに感覚の痲痺《まひ》しかかった膝の関節は強いて曲げようとすると、筋を絶つ程の痛みを覚えた。不用意に歩き出そうとした葉子は、思わずのめり出さした上体を辛く後ろに支えて、情なげに立ちすくみながら、

「ま、一寸」

と呼びかけた。事務長の後に続こうとした岡と呼ばれた青年はこれを聞くと逸早《いちはや》く足を止めて葉子の方を振向いた。

「始めてお知合になったばかりですのに、すぐお心安だてをして本当に何んで御座いますが、一寸お肩を貸していただけませんでしょうか。何んですか足の先が凍ったよ

うになってしまって……」

と葉子は美しく顔をしかめて見せた。岡はそれらの言葉が拳《こぶし》となって続けさまに胸を打つとでも云ったように、暫らくの間どぎまぎ躊躇《ちゅうちょ》していたが、やがて思い切った風で、黙ったまま引返して来た。身の丈も肩幅も葉子とそう違わない程な華車《きゃしゃ》な体をわなわなと震わせているのが、肩に手をかけない中からよく知れた。事務長は振向きもしないで靴《くつ》の踵《かかと》をこつこつと鳴らしながら早二三間のかなたに遠ざかっていた。

鋭敏な馬の皮膚のようにだちだちと震える青年の肩におぶいかかりながら、葉子は黒い大きな事務長の後姿を仇《あだ》かたきでもあるかのように鋭く見詰めてそろそろと歩いた。西洋酒の芳醇《ほうじゅん》な甘い酒の香が、まだ酔から醒めきらない事務長の身のまわりを毒々しい靄《もや》となって取捲《とりま》いていた。放縦という事務長の心の蔵は今不用心に開かれている。あの無頓着《むとんじゃく》そうな肩のゆすりの蔭にすさまじい desire の火が激しく燃えている筈である。葉子は禁断の木の実を始めて喰いかいだ原人のような渇慾《かつよく》を我れにもなく煽《あお》りたてて、事務長の心の裏を引繰返《ひっくり》して縫目を見窮《みきわ》めようとばかりしていた。おまけに青年の肩に置いた葉子の手は、華車とは云いながら男性的な強い弾力を持つ筋肉の震えをまざまざと感ずるので、これら二人の男が与える奇怪な刺戟《しげき》はほしいままに絡《からま》りあって、恐ろしい心を葉子に起させた。木村……何をうるさい、余計な事を云わずと黙って見ているがいい。心の中を閃《ひらめ》き過ぎる断片的な影を葉子は枯葉のように払いのけながら、眼の前に見る蠱惑に溺《おぼ》れて行こうとのみした。口から喉《のど》は喘《あえ》ぎたい程に干からびて、岡の肩に乗せた手は、生理的な作用から冷たく堅くなっていた。そして熱をこめて潤《うる》んだ眼を見張って、事務長の後姿ばかりを見詰めながら、五体はふらふらと他愛《たわい》もなく岡の方に倚《よ》りそった。吐き出す息気《いき》は燃え立って岡の横顔を撫《な》でた。事務長は油断なく角燈で左右を照らしながら甲板の整頓《せいとん》に気を配って歩いている。

　葉子はいたわるように岡の耳に口をよせて、

「あなたはどちらまで」

と聞いて見た。その声はいつものように澄んではいなかった。そして気を許した女からばかり聞かれるような甘たるい親しさが籠《こも》っていた。岡の肩は感激の為《た》めに一入《ひとしお》震えた。頓《とみ》には返事もし得ないでいるようだったがやがて臆病《おくびょう》そうに、

「あなたは」

とだけ聞き返して熱心に葉子の返事を待つらしかった。

「シカゴ*まで参るつもりですの」

「僕も……私もそうです」

岡は待ち設けたように声を震わしながらきっぱりと答えた。

「シカゴの大学にでもいらっしゃいますの」

岡は非常に慌《あわ》てたようだった。何と返事をしたものか恐ろしく躊《ため》う風だったが、やがて曖昧《あいまい》に口の中で、

「ええ」

とだけつぶやいて黙ってしまった。そのおぼこさ……葉子は闇の中で眼をかがやかして微笑《ほほえ》んだ。そして岡を憐《あわ》れんだ。

然し青年を憐れむと同時に葉子の眼は稲妻のように事務長の後姿を斜めにかすめた。青年を憐れむ自分は事務長に憐れまれているのではないか。始終一歩ずつ上手《うわて》を行くような事務長が一種の憎しみを以《もっ》て眺められた。嘗《かつ》て味わった事のないこの憎しみの心を葉子はどうする事も出来なかった。

二人に別れて自分の船室に帰った葉子は殆《ほとん》ど delirium* の状態にあった。眼睛《ひとみ》は大きく開いたままで、盲目同様に部屋の中の物を見る事をしなかった。冷え切った手先はおどおどと両の袂《たもと》を掴《つか》んだり離したりしていた。葉子は夢中でショールとボアとをかなぐり捨て、もどかしげに帯だけほどくと、髪も解かずに寝台の上に倒れかかって、横になったまま羽根枕《まくら》を両手でひしと抱いて顔を伏せた。何故《なぜ》と知らぬ涙がその時堰《せき》を切ったように流れ出した。そして涙は後から後から後から漲《みなぎ》るようにシーツを湿《うるお》しながら、

充血した唇《くちびる》は恐ろしい笑いを湛《たた》えてわなわなと震えていた。

一時間程そうしている中に泣き疲れに疲れて、葉子はかけるものもかけずにそのまま深い眠りに陥って行った。けばけばしい電灯の光はその翌日の朝までこの媚《なまめ》かしくもふしだらな葉子の丸寝姿を画いたように照していた。

十四

何といっても船旅は単調だった。縦令《たとい》日々夜々に一瞬もやむ事なく姿を変える海の波と空の雲とはあっても、詩人でもないなべての船客は、それらに対して途方に暮れた倦怠《けんたい》の視線を投げるばかりだった。地上の生活からすっかり遮断《しゃだん》された船の中には、極《ごく》小さな事でも眼新しい事件の起る事のみが待ち設けられていた。そうした生活では葉子が自然に船客の注意の焦点となり、話題の提供者となったのは不思議もない。毎日々々凍りつくような濃霧の間を、東へ東へと心細く走り続ける小さな汽船の中の社会は、あらわには知れないながら、何か淋《さび》しい過去を持つらしい、妖艶《ようえん》な、若い葉子の一挙一動を、絶えず興味深くじっと見守るように見えた。

かの奇怪な心の動乱の一夜を過すと、その翌日から葉子はまた普段の通りに、如何《いか》にも足許《あしもと》があやうく見えながら少しも破綻《はたん》を示さず、動《やや》もすれば他人の勝手になりそうでいて、よそからは決して動かされない女になっていた。始めて食堂に出た時の慎しやかさに引きかえて、時には快活な少女のように晴れやかな顔付をして、船客等と言葉を交わしたりした。食堂に現われる時の葉子の服装だけでも、退屈に倦《う》ん じ果てた人々には、物好きな期待を与えた。ある時は葉子は謹《つつ》しみ深い深窓の婦人らしく上品に、ある時は素養の深い若いディレッタントのように高尚《こうしょう》に、又ある時は習俗から開放されたadventuressとも思われる放胆を示した。その極端な変化が一日の中に起って来ても、人々はさして怪しく思わなかった。それ程葉子の性格には複雑なものが潜んでいるのを感じさせた。絵島丸が横浜の桟橋《さんばし》に繫《つな》がれている間から、人々の注意の中心となっていた田川夫人を、海気にあって息気《いき》をふき返した人魚のような葉子の傍においで見ると、身分、閲歴、学殖、年齢などといういかめしい資格が、却て夫人を固い古ぼけた輪廓《りんかく》にはめこんで見せる結果になって、唯神体のない空虚な宮殿のような空いかめしい興なさを感じさせるばかりだった。女の本能の鋭さから田川夫人はすぐそれを感付いたらしかった。夫人の耳許に響いて来るのは葉子の噂《うわさ》ばかりで、夫人自身の評判は見る見る薄れて行った。ともすると田川博士までが、夫人の存在を忘れたような振舞をする、そう夫人を思わせる事があるらしかった。食堂の卓を挟《はさ》んで向い合う夫妻が他人同志のような顔をして互々《たがいたがい》に窃見《ぬすみみ》をするのを葉子がすばやく見て取った事などもあった。と云って今まで自分の子供でもあしらうように振舞っていた葉子に対して、今更ら夫人は改った態度も取りかねていた。よくも仮面を被《かぶ》って人を陥れたという女らしいひねくれた妬《ねた》みひがみが明らかに夫人の表情に読まれ出した。然《しか》し実際の処置としては、口惜しくても虫を殺して、自分を葉子まで引下げるか、葉子を自分まで引上げるより仕方がなかった。夫人の葉子に対する仕打ちは戸板を返えす*ように違って来た。葉子は知らん顔をして夫人のするがままに任せていた。葉子は固《もと》より夫人の慌てたこの処置が夫人には致命的な不利益であり、自分には都合のいい仕合せであるのを知っていたからだ。案の条田川夫人のこの譲歩は、夫人に何等かの同情なり尊敬なりが加えられる結果とならなかったばかりでなく、その勢力はますます下り坂になって、葉子は何時《いつ》の間にか田川夫人と対等で物を云い合っても少しも不思議とは思わせない程の高みに自分を持上げてしまっていた。落目になった夫人は年甲《としが》斐《い》もなくしどろもどろになっていた。恐ろしいほどやさしく親切に葉子をあしらうかと思えば、皮肉らしく馬鹿叮嚀《ていねい》に物を云いかけたり、或《あるい》は突然路傍の人に対するようなよそよそしさを装って見せたりした。死にかけた蛇《へび》ののたうち廻るを見やる蛇使いのように、葉子は冷やかにあざ笑いながら、夫人の心の葛藤《かっとう》を見やっていた。

単調な船旅に倦《あ》き果てて、したたか刺戟に餓《う》えた男の群れは、この二人の女性を中心にして知らず知らず渦巻《うずま》きのようにめぐっていた。田川夫人と葉子との暗闘は表面には少しも目に立たないで戦われていたのだけれども、それが男達に自然に刺戟を与えないではおかなかった。平らな水に偶然落ちて来た微風のひき起す小さな波紋ほどの変化でも、船の中では一かどの事件だった。男達は何故ともなく一種の緊張と興味とを感ずるように見えた。

田川夫人は微妙な女の本能と直覚とで、じりじりと葉子の心の隅々《すみずみ》を探り廻しているようだったが、遂《つい》にここぞと云う急所を摑んだらしく見えた。それまで事務長に対して見下したような叮嚀さを見せていた夫人は、見る見る態度を変えて、食卓でも二人は席が隣り合っているからという以上な親しげな会話を取交わすようになった。田川博士までが夫人の意を迎えて、何かにつけて事務長の室に繁《しげ》く出入りするばかりか、事務長は大抵の夜は田川夫妻の部屋に呼び迎えられた。田川博士は固より船の正客である。それを外《そ》らすような事務長ではない。倉地は船医の興録までを手伝わせて田川夫妻の旅情を慰めるように振舞った。田川博士の船室には夜おそくまで灯《ひ》がかがやいて、夫人の興ありげに高く笑う声が室外まで聞える事が珍らしくなかった。

葉子は田川夫人のこんな仕打を受けても、心の中で冷笑《あざわら》っているのみだった。既に自分が勝味になっているという自覚は、葉子に反動的な寛大な心を与えて、夫人が事務長を擄《とりこ》にしようとしている事などはてんで問題にはしまいとした。夫人は余計な見当違いをして、痛くもない腹を探っている。事務長がどうしたと云うのだ。母の胎《はら》を出るとそのまま何んの訓練も受けずに育ち上ったようなぶしつけな、動物性の勝った、どんな事をして来たのか、どんな事をするのか分らないような高《たか》が事務長に何んの興味があるものか。あんな人間に気を引かれる位なら、自分は疾《と》うに喜んで木村の愛になずいているのだ。見当違いもいい加減にするがいい。そう歯がみをしたい位な気分で思った。

　ある夕方葉子はいつもの通り散歩しようと甲板に出て見ると、遥《はる》か遠い手欄《てすり》の所に岡がたった一人しょんぼりと倚《よ》りかかって、海を見入っていた。葉子はいたずら者らしくそっと足音を盗んで、忍び忍び近付いて、いきなり岡と肩をすり合せるようにして立った。岡は不意に人が現われたので非常に驚いた風で、顔をそむけてその場を立去ろうとするのを、葉子は否応《いやおう》なしに手を握って引留《ひきと》めた。岡が逃げ隠れようとするのも道理、その顔には涙のあとがまざまざと残っていた。少年から青年になったばかりのような、内気らしい、小《こ》柄《がら》な岡の姿は、何もかも荒々しい船の中では殊更《ことさ》らデリケートな可《か》憐《れん》なものに見えた。葉子はいたずらばかりでなく、この青年に一種の淡々しい愛を覚えた。

「何を泣いてらしったの」

小首を存分傾けて、少女が少女に物を尋ねるように、肩に手を置きそえながら聞いて見た。

「僕……泣いていやしません」

岡は両方の頬《ほお》を紅《あか》く彩《いろど》って、こう云いながらくるりと体をそっぽうに向け換えようとした。それがどうしても少女のような仕草だった。抱きしめてやりたいようなその肉体と、肉体につつまれた心。葉子は更らにすり寄った。

「いいえいいえ泣いてらっしゃいましたわ」

岡は途方に暮れたように眼の下の海を眺めていたが、遁《のが》れる術《すべ》のないのを覚《さと》って、大ぴらにハンケチをズボンのポケットから出して眼を拭《ぬぐ》った。そして少し恨むような眼付をして始めてまともに葉子を見た。唇までが苺《いちご》のように紅くなっていた。青白い皮膚に箝《は》め込まれたその紅さを色彩に敏感な葉子は見逃す事が出来なかった。岡は何かしら非常に昂奮《こうふん》していた。その昂奮してぶるぶる震えるしなやかな手を葉子は手欄ごとじっと押えた。

「さ、これでお拭《ふ》き遊ばせ」

葉子の袂からは美しい香のこもった小さなリンネルのハンケチが取出された。

「持ってるんですから」

岡は恐縮したように自分のハンケチを顧みた。

「何をお泣きになって……まあ私ったら余計な事まで伺って」

「何いいんです……唯海を見たら何となく涙ぐんでしまったんです。体が弱いもんですから下らない事にまで感傷的になって困ります。……何んでもない……」

葉子はいかにも同情するように合《が》点《てん》々《が》々《てん》した。岡が葉子とこうして一緒にいるのをひどく嬉《うれ》しがっているのが葉子にはよく知れた。葉子はやがて自分のハンケチを手欄の上においたまま、

「私の部屋へもよろしかったらいらっしゃいまし。又ゆっくりお話しましょうね」

となつこく云ってそこを去った。

岡は決して葉子の部屋を訪れる事はしなかったけれども、この事のあって後は、二人はよく親しく話し合った。岡は人なじみの悪い、話の種のない、極初心《うぶ》な世慣れない青年だったけれども、葉子は僅《わず》かなタクトですぐ隔てを取去ってしまった。そして打解けて見ると彼れは上品な、どこまでも純粋な、そして慧《さ》かしい青年だった。若い女性にはそのはにかみやな所から今まで絶えて接していなかったので、葉子にはすが

り附くように親しんで来た。葉子も同性の恋をするような気持ちで岡を可愛がった。その頃《ころ》からだ事務長が岡に近附くようになったのは。岡は葉子と話をしない時はいつでも事務長と散歩などをしていた。然し事務長の親友とも思われる二三の船客に対しては口もきこうとはしなかった。岡は時々葉子に事務長の噂をして聞かした。そして表面はあれ程粗暴のように見えながら、考えの変った、年齢や位置などに隔《へだて》をおかない、親切な人だと云ったりした。もっと交際して見るといいとも云った。その度毎《たびごと》に葉子は激しく反対した。あんな人間を岡が話相手にするのは実際不思議な位だ。あの人の何所《どこ》に岡と共通するような優れた所があろうなどとからかった。

葉子に引付られたのは岡ばかりではなかった。午餐《ごさん》が済んで人々がサルンに集まる時などは団欒《だんらん》が大抵三つ位に分れて出来た。田川夫妻の周囲には一番多数の人が集った。外国人だけの団体から田川の方に来る人もあり、日本の政治家実業家連は勿論《もちろん》我れ先きにそこに馳《は》せ参じた。そこから段々細く糸のようにつながれて若い留学生とか学者とかいう連中が陣を取り、それから又段々太くつながれて、葉子と少年少女等の群れがいた。食堂で不意の質問に辟易《へきえき》した外交官補などは第一の連絡の綱となった。衆人の前では岡は遠慮するようにあまり葉子に親しむ様子は見せずに不即不離の態度を保っていた。遠慮会釈《えしゃく》なくそんな所で葉子に狃《な》れ親しむのは子供達だった。真白なモスリンの衣物《きもの》を着て赤い大きなリボンを装った少女達や、水兵服で身軽に装った少年達は葉子の周囲に花輪のように集った。葉子がそういう人達をかたみがわりに抱いたりかかえたりして、お伽話《とぎばなし》などして聞かせている様子は、船中の見ものだった。どうかするとサルンの人達は自分等の間の話題などは捨てておいてこの可憐な光景をうっとり見やっているような事もあった。

ただ一つこれらの群れからは全く没交渉な一団があった。それは事務長を中心にした三四人の群だった。いつでも部屋の一隅《いちぐう》の小さな卓を囲んで、その卓の上にはウイスキー用の小さなコップと水とが備えられていた。一番いい香《かおり》の煙草《たばこ》の烟《けむり》もそこから漂って来た。彼等は何かひそひそと語り合っては、時々傍若無人な高い笑声を立てた。そうかと思うとじっと田川の群れの会話に耳を傾けていて、遠くの方から突然皮肉の茶々を入れる事もあった。誰《だ》れ云うとなく人々はその一団を犬儒派*と呼びなした。彼等がどんな種類の人でどんな職業に従事しているかを知る者はなかった。岡などは本能的にその人達を忌《い》み嫌《きら》っていた。葉子も何かしら気のおける連中だと思った。そして表面は一向無頓着《むとんじゃく》に見えながら、自分に対して十分の観察と注意とを怠っていないのを感じていた。

どうしても然し葉子には、船にいる凡《すべ》ての人の中で事務長が一番気になった。そんな筈《はず》、理由のある筈はないと自分をたしなめて見ても何の甲斐もなかった。サルンで子供達と戯《たわむ》れている時でも、葉子は自分のして見せる蠱惑《こわく》的な姿態《しな》が何時でも暗々裡《あんあんり》に事務長の為めにされているのを意識しない訳には行かなかった。事務長がその場にいない時は、子供達をあやし楽しませる熱意さえ薄らぐのを覚えた。そんな時に小さい人達はきまってつまらなそうな顔をしたり欠伸《あくび》をしたりした。葉子はそうした様子を見ると更に興味を失った。そしてそのまま立って自分の部屋に帰ってしまうような事をした。それにも係《かかわ》らず事務長は嘗て葉子に特別な注意を払うような事はないらしく見えた。それが葉子を益《ますます》不快にした。夜など甲板の上を漫歩《そぞろある》きしている葉子が、田川博士の部屋の中から例の不遠慮な事務長の高笑いの声を漏れ聞いたりなぞすると、思わずかっとなって、鉄の壁すら射通しそうな鋭い瞳《ひとみ》を声のする方に送らずにはいられなかった。

　ある日の午後、それは雲行きの荒い寒い日だった。船客達は船の動揺に辟易して自分の船室に閉じこもるのが多かったので、サルンががら明きになっているのを幸い、葉子は岡を誘い出して、部屋の角になった所に折れ曲って据《す》えてあるモロッコ皮のディワン*に膝《ひざ》と膝を触れ合さんばかり寄り添って腰をかけて、トランプを弄《いじ》って遊んだ。岡は日頃そういう遊戯には少しも興味を持っていなかったが、葉子と二人きりでいられるのを非常に幸福に思うらしく、いつになく快活に札をひねくった。その細いしなやかな手からぶきっちょうに札が捨てられたり取られたりするのを葉子は面白いものに見やりながら、断続的に言葉を取交わした。

「あなたもシカゴにいらっしゃると仰有《おっしゃ》ってね、あの晩」

「ええ、云いました。……これで切ってもいいでしょう」

「あらそんなもので勿体《もったい》ない……もっと低いものはおありなさらない？……シカゴではシカゴ大学にいらっしゃるの？」

「これでいいでしょうか……よく分らないんです」

「よく分らないって、そりゃおかしゅう御座んすわね、そんな事お決めなさらずに米国《あっち》にいらっしゃるって」

「僕は……」

「これでいただきますよ……僕は……何」

「僕はねえ」

「ええ」

葉子はトランプを弄るのをやめて顔を上げた。岡は懺悔《ざんげ》でもする人のように、面を伏せて紅くなりながら札をいじくっていた。

「僕の本当に行く所はボストン*だったのです。そこに僕の家で学資をやってる書生がいて僕の監督をしてくれる事になっていたんですけれど……」

葉子は珍らしい事を聞くように岡に眼をすえた。岡は益云い憎そうに、

「あなたにお逢《あ》い申してから僕もシカゴに行きたくなってしまったんです」

と段々語尾を消してしまった。何んという可憐さ……葉子はさらに岡にすり寄った。岡は真剣になって顔まで青ざめて来た。

「お気に障ったら許して下さい……僕は唯……あなたのいらっしゃる所にいたいんです。どういう訳だか……」

もう岡は涙ぐんでいた。葉子は思わず岡の手を取ってやろうとした。

その瞬間にいきなり事務長が激しい勢《いきおい》でそこに這入《はい》って来た。そして葉子には眼もくれずに激しく岡を引立てるようにして散歩に連れ出してしまった。岡は唯々《いい》としてその後に随《したが》った。

葉子はかっとなって思わず座から立上った。そして思い存分事務長の無礼を責めようと身構えした。その時不意に一つの考えが葉子の頭をひらめき通った。「事務長は何所《どこ》かで自分達を見守っていたに違いない」。

突立ったままの葉子の顔に、乳房を見せつけられた子供のような微笑がほのかに浮

び上った。

十五

葉子はある朝思いがけなく早起きをした。米国に近づくにつれて緯度は段々下って行ったので、寒気も薄らいでいたけれども、何んと云っても秋立った空気は朝毎に冷え冷えと引《ひき》しまっていた。葉子は温室のような船室からこのきりっとした空気に触れようとして甲板に出て見た。右舷を廻って左舷に出ると計らずも眼の前に陸影を見つけ出して、思わず足を止めた。そこには十日ほど念頭から絶え果てていたようなものが海面から浅くもれ上って続いていた。葉子は好奇な眼をかがやかしながら、思わず一旦停《いったんと》めた足を動かして手欄《てすり》に近づいてそれを見亙《みわた》した。オレゴン松*がすくすくと白波の激しく嚙《か》みよせる岸辺まで密生したバンクーバー島の低い山波がそこにあった。物凄《ものすご》く底光りのする真青な遠洋の色は、いつの間にか乱れた波の物狂わしく立騒ぐ沿海の青灰色に変って、その先きに見える暗緑の樹林はどんよりとした雨空の下に荒涼として横《よこたわ》っていた。それは惨《みじ》めな姿だった。距《へだた》りの遠い故《せい》か船がいくら進んでも景色にはいささかの変化も起らないで、荒涼たるその景色は何時《いつ》までも眼の前に立続いていた。古綿に似た薄雲を漏れる朝日の光が力弱くそれを照す度毎に、煮え切らない影と光の変化がかすかに山と海とをなでて通るばかりだ。長い長い海洋の生活に慣れた葉子の眼には陸地の印象は寧《むし》ろ汚いものでも見るように不愉快だった。もう三日程すると船はいやでもシヤトル*の桟橋《さんばし》に繋《つな》がれるのだ。向うに見えるあの陸地の続きにシヤトルはある。あの松の林が切り倒されて少しばかりの平地となった所に、ここに一つ彼所《かしこ》に一つと云うように小屋が建ててあるが、その小屋の数が東に行くにつれて段々多くなって、仕舞には一かたまりの家屋が出来る。それがシヤトルであるに違いない。うら淋しく秋風の吹きわたるその小さな港町の桟橋に、野獣のような諸国の労働者が群がる処《ところ》に、この小さな絵島丸が疲れ切った船体を横える時、あの木村が例の眩《めまぐ》るしい機敏さで、亜米利加《アメリカ》風になり済したらしい物腰で、まわりの景色に釣合《つりあ》わない景気のいい顔をして、船梯子《ふなばしご》を上って来る様子までが葉子には見るように想像された。

「いやだいやだ。どうしても木村と一緒になるのはいやだ。私は東京に帰ってしまおう」

　葉子はだだっ子らしく今更らそんな事を本気に考えて見たりしていた。

水夫長と一人のボーイとが押並んで、靴《くつ》と草履との音をたてながらやって来た。そ

して葉子の傍《そば》まで来ると、葉子が振返ったので二人ながら慇懃《いんぎん》に、

「お早う御坐います」

と挨拶《あいさつ》した。その様子がいかにも親しい目上に対するような態度で、殊に水夫長は、

「御退屈で御坐いましたろう。それでもこれであと三日になりました。今度の航海には然《しか》しお蔭様《かげさま》で大助りをしまして。昨夕から際《きわ》だってよくなりましてね」

と附け加えた。

葉子は一等船客の間の話題の的であったばかりでなく、上級船員の間の噂《うわさ》の種であったばかりでなく、この長い航海中に何時の間にか下級船員の間にも不思議な勢力になっていた。航海の八日目かに、ある老年の水夫がフォクスルで仕事をしていた時、錨《いかり》の鎖に足先を挟《はさ》まれて骨を挫《くじ》いた。プロメネード・デッキで偶然それを見つけた葉子は、船医より早くその場に駆けつけた。結びっこぶのように丸まって、痛みの為《た》めに藻掻《もが》き苦しむその老人の後に引きそって、水夫部屋の入口までは沢山の船員や船客が物珍らしそうについて来たが、そこまで行くと船員ですらが中に這入るのを躊躇《ちゅうちょ》した。どんな秘密が潜んでいるか誰も知る人のないその内部は、船中では機関室よりも危険な一区域と見做《みな》されていただけに、その入口さえが一種人を脅《おびや》かすような薄気味悪さを持っていた。葉子は然しその老人の苦しみ藻掻く姿を見るとそんな事は手もな

く忘れてしまっていた。ひょっとすると邪魔物扱いにされてあの老人は殺されて了《しま》うかも知れない。あんな齢《とし》までこの海上の荒々しい労働に縛られているこの人には頼りになる縁者もいないのだろう。こんな思いやりが留度《とめど》もなく葉子の心を襲い立てるので、葉子はその老人に引ずられてでも行くようにどんどん水夫部屋の中に降りて行った。薄暗い腐敗した空気は蒸れ上るように人を襲って、蔭の中にうようよと蠢《うごめ》く群れの中からは太く錆《さ》びた声が投げかわされた。闇《やみ》に慣れた水夫達の眼は矢庭に葉子の姿を引捕《ひっとら》えたらしい。見る見る一種の昂奮が部屋の隅々《すみずみ》にまで充《み》ち溢《あふ》れて、それが奇怪な罵《ののし》りの声となって物凄く葉子に逼《せま》った。だぶだぶのズボン一つで、筋くれ立った厚みのある毛胸に一糸もつけない大男は、やおら人中から立上ると、ずかずか葉子に突きあたらんばかりにすれ違って、すれ違いざまに葉子の顔を孔《あな》の開くほど睨《にら》みつけて、聞くにたえない雑言を高々と罵って、自分の群れを笑わした。然し葉子は死にかけた子にかしずく母のように、そんな事には眼もくれずに老人の傍に引添って、臥安《ねやす》いように寝床を取りなおしてやったり、枕《まくら》をあてがってやったりして、なおもその場を去らなかった。そんなむさ苦しい汚ない処にいて老人がほったらかしておかれるのを見ると、葉子は何んと云う事なしに涙が後から後から流れてたまらなかった。葉子はそこを出て無理に船医の興録をそこに引張って来た。そして権威を持った人のように水夫長にはっきりした指図をして、始めて安心して悠々《ゆうゆう》とその部屋を出た。葉子の顔には自分のした事に対して子供のような喜びの色が浮んでいた。水夫達は暗い中にもそれを見遁《みのが》さなかったと見える。葉子が出て行く時には一人として葉子に雑言を抛《な》げつけるものがいなかった。それから水夫等は誰れ云うとなしに葉子の事を「姉御々々」と呼んで噂するようになった。その時の事を水夫長は葉子に感謝したのだ。

葉子はしんみに色々と病人の事を水夫長に聞きただした。実際水夫長に話かけられるまでは、葉子はそんな事は思い出しもしていなかったのだ。そして水夫長に思い出させられて見ると、急にその老水夫の事が心配になり出したのだった。足はとうとう不具になったらしいが痛みは大抵なくなったと水夫長がいうと葉子は始めて安心して、又陸の方に眼をやった。水夫長とボーイとの跫音《あしおと》は廊下の彼方《かなた》に遠ざかって消えてしまった。葉子の足許《あしもと》にはただかすかなエンジンの音と波が舷《ふなばた》を打つ音とが聞えるばかりだった。

葉子は又自分一人の心に帰ろうとして暫《しばら》くじっと単調な陸地に眼をやっていた。その時突然岡が立派な西洋絹の寝衣の上に厚い外套《がいとう》を着て葉子の方に近づいて来たのを、葉子は視覚の一端にちらりと捕えた。夜でも朝でも葉子が独りでいると、何所でどうしてそれを知るのか、何時の間にか岡が屹度《きっと》身近かに現れるのが常なので、葉子は待ち設けていたように振返って、朝の新しいやさしい微笑を与えてやった。

「朝はまだ随分冷えますね」

と云いながら、岡は少し人に慣《な》れた少女のように顔を赤くしながら葉子の傍に身を寄せた。葉子は黙ってほほ笑みながらその手を取って引寄せて、互に小さな声で軽い親しい会話を取り交わし始めた。

と、突然岡は大きな事でも思い出した様子で葉子の手をふりほどきながら、

「倉地さんがね、今日あなたに是非願いたい用があるって云ってましたよ」

と云った。葉子は、

「そう……」

と極《ご》軽《く》く受ける積りだったが、それが思わず息気《いき》苦しい程の調子になっているのに気がついた。

「何んでしょう、私になんぞ用って」

「何んだか私ちっとも知りませんが、話をして御覧なさい。あんなに見えているけれども親切な人ですよ」

「まだあなた瞞《だま》されていらっしゃるのね。あんな高慢ちきな乱暴な人私嫌いですわ。……でも先方《むこう》で会いたいと云うのなら会って上げてもいいから、ここにいらっしゃい

って、あなた今すぐいらしって呼んで来て下さいましな。会いたいなら会いたいようにするが好う御坐んすわ」

葉子は実際激しい言葉になっていた。

「まだ寝ていますよ」

「いいから構わないから起しておやりになればよござんすわ」

岡は自分に親しい人を親しい人に近づける機会が到来したのを誇り喜ぶ様子を見せて、いそいそと駈《か》けて行った。その後姿を見ると葉子は胸に時ならぬときめきを覚えて、眉《まゆ》の上の所にさっと熱い血の寄って来るのを感じた。それがまた憤《いきど》おろしかった。見上げると朝の空を今まで蔽《おお》うていた綿のような初秋の雲は所々ほころびて、洗いすました青空が眩《まば》ゆく切れ目切れ目に輝き出していた。青灰色に汚れていた雲そのものすらが見違えるように白く軽くなって美しい笹縁《ささべり》をつけていた。海は眼も綾《あや》な明暗をなして、単調な島影もさすがに頑固《がんこ》な沈黙ばかりを守りつづけてはいなかった。葉子の心は押えよう押えようとしても軽く華やかにばかりなって行った。決戦……と葉子はその勇み立つ心の底で叫んだ。木村の事などは遠の昔に頭の中からこそぎ取るように消えてしまって、その後にはただ何とはなしに子供らしい浮き浮きした冒険の念ばかりが働いていた。自分でも知らずにいたような weird* な激しい力が、想像も及ばぬ所にぐんぐんと葉子を引きずって行くのを、葉子は恐れながらも何所までも跟《つ》いて行こうとした。どんな事があっても自分がその中心になっていて、先方《むこう》を牽付《ひきつ》けてやろう。自分をはぐらかすような事はしまいという始終張切ってばかりいたこれまでの心持と、この時湧《わ》くが如《ごと》く持ち上って来た心持とは比べものにならなかった。あらん限りの重荷を洗いざらい思い切りよく放《な》げ棄《す》ててしまって、身も心も何か大きな力に任し切るその快さ心安さは葉子をすっかり夢心地にした。そんな心持の相違を比べて見る事さえ出来ない位だった。葉子は子供らしい期待に眼を輝かして岡の帰って来るのを待っていた。

「駄目《だめ》ですよ。床の中にいて戸も開けてくれずに、寝言みたいな事をいってるんですもの」

と云いながら岡は当惑顔で葉子の傍に現われた。

「あなたこそ駄目ね。ようござんすわ、私が自分で行って見てやるから」

　葉子にはそこにいる岡さえなかった。少し怪訝《けげん》そうに葉子のいつになくそわそわした様子を見守る青年をそこに捨てておいたまま葉子は嶮《けわ》しく細い階子段《はしごだん》を降りた。

　事務長の部屋は機関室と狭い暗い廊下一つを隔てた所にあって、日の目を見ていた葉子には手さぐりをして歩かねばならぬ程勝手がちがっていた。地震のように機械の震動が廊下の鉄壁に伝わって来て、むせ返りそうな生暖い蒸汽の匂《におい》と共に人を不愉快にした。葉子は鋸屑《おがくず》を塗りこめてざらざらと手触りのいやな壁を撫《な》でて進みながらようやく事務室の戸の前に来て、あたりを見廻して見て、ノックもせずにいきなりハンドルをひねった。ノックをする隙《ひま》もないようなせかせかした気分になっていた。戸は音も立てずに易々《やすやす》と開いた。「戸も開けてくれずに……」との岡の言葉から、てっきり鍵《かぎ》がかかっていると思っていた葉子にはそれが意外でもあり、あたり前にも思えた。然しその瞬間には葉子は我れ知らずはっとなった。ただ通りすがりの人にでも見付けられまいとする心が先きに立って、葉子は前後の弁《わきま》えもなく、殆《ほと》んど無意識に部屋に這入ると、同時にぱたんと音をさせて戸を閉めてしまった。

もう凡《すべ》ては後悔にはおそすぎた。岡の声で今寝床から起き上ったらしい事務長は、荒い棒縞《ぼうじま》のネルの筒袖《つつそで》一枚を着たままで、眼のはれぼったい顔をして、小山のような大きな五体を寝床にくねらして、突然這入って来た葉子をぎっと見守っていた。遠の昔に心の中は見《み》透《とお》し切っているような、それでいて言葉も碌々《ろくろく》交わさない程に無頓着《むとんじゃく》に見える男の前に立って、葉子はさすがに暫くは云《い》い出ずべき言葉もなかった。あせる気を押鎮《おししず》め押鎮め顔色を動かさないだけの沈着を持ち続けようと勉《つと》めたが、今までに覚えない惑乱の為めに、頭はぐらぐらとなって、無意味だと自分でさえ思われるような微笑を漏す愚かさをどうする事も出来なかった。倉地は葉子がその朝その部屋に来るのを前からちゃんと知り抜いてでもいたように落付き払って、朝の挨拶もせずに、

「さ、おかけなさい。ここが楽だ」

といつもの通りな少し見下ろした親しみのある言葉をかけて、昼間は長椅子《ながいす》代りに使う寝台の座を少し譲って待っている。葉子は敵意を含んでさえ見える様子で立ったまま、

「何か御用がおありになるそうで御座いますが……」

固くなりながら云って、ああ又見え透く事を云ってしまったとすぐ後悔した。事務長は葉子の言葉を追いかけるように、

「用は後で云います。まあおかけなさい」

と云ってすましていた。その言葉を聞くと葉子はその云いなり放題になるより仕方がなかった。「お前は結局はここに坐るようになるんだよ」と事務長は言葉の裏に未来を予知し切っているのが葉子の心を一種捨鉢《すてばち》なものにした。「坐ってやるものか」という習慣的な男に対する反抗心は唯訳もなくひしがれていた。葉子はつかつかと進みよって事務長と押並んで寝台に腰かけてしまった。

この一つの挙動が——この何んでもない一つの挙動が急に葉子の心を軽くしてくれ

た。葉子はその瞬間に大急ぎで今まで失いかけていたものを自分の方にたぐり戻した。そして事務長を流し眼に見やって、一寸《ちょっと》ほほえんだその微笑には、先刻の微笑の愚しさが潜んでいないのを信ずる事が出来た。葉子の性格の深みから湧き出る怖《おそ》ろしい自然さがまとまった姿を現わし始めた。

「何御用でいらっしゃいます」

そのわざとらしい造り声の中にかすかな親しみをこめて見せた言葉も、肉感的に厚みを帯びた、それでいて賢《さか》しげに締りのいい二つの唇《くちびる》にふさわしいものとなっていた。

「今日船が検疫所に着くんです、今日の午後に。ところが検疫医がこれなんだ」

事務長は朋輩《ほうばい》にでも打明けるように、大きな食指を鍵形にまげて、たぐるような恰《かっ》好《こう》をして見せた。葉子が一寸判じかねた顔付きをしていると、

「だから飲ましてやらんならんのですよ。それからポーカーにも負けてやらんならん。美人がいれば拝ましてもやらんならん」

となお手まねを続けながら、事務長は枕許においてある頑固《がんこ》なパイプを取上げて、指の先きで灰を押しつけて、吸い残りの煙草《たばこ》に火をつけた。

「船をさえ見ればそうした悪戯《わるさ》をしおるんだから、海坊主を見るような奴《やつ》です。そういうと頭のつるりとした水母《くらげ》じみた入道らしいが、実際は元気のいい意気な若い医者

でね。面白い奴だ一つ会って御覧。私でからがあんな所に年中置かれればああなるわさ」

と云って、右手に持ったパイプを膝頭《ひざがしら》に置き添えて、向き直ってまともに葉子を見た。然しその時葉子は倉地の言葉にはそれほど注意を払ってはいない様子を見せていた。丁度葉子の向側にある事務卓の上に飾られた何枚かの写真を物珍らしそうに眺《なが》めやって、右手の指先きを軽く器用に動かしながら、煙草の煙が紫色に顔をかすめるのを払っていた。自分を囮《おとり》にまで使おうとする無礼もあなたなればこそ何んとも云わずにいるのだという心を事務長もさすがに推《すい》したらしい。然しそれにも係《かかわ》らず事務長は云い訳け一つ云わず、一向平気なもので、綺麗《きれい》な飾紙のついた金口煙草*の小箱を手を延ばして棚《たな》から取上げながら、

「どうです一本」

と葉子の前にさし出した。葉子は自分が煙草をのむかのまぬかの問題を弾《はじ》き飛ばすように、

「あれはどなた？」

と写真の一つに眼を定めた。

「どれ」

「あれ」

葉子はそういったままで指さしはしない。

「どれ」

と事務長はもう一度云って、葉子の大きな眼をまじまじと見入ってからその視線を辿《たど》って、暫らく写真を見分けていたが、

「はああれか。あれはね私の妻子ですんだ。荊妻《けいさい》と豚児《とんじ》*共ですよ」

と云って高々と笑いかけたが、ふと笑いやんで、険しい眼で葉子をちらっと見た。

「まあそう。ちゃんと御写真をお飾りなすって、おやさしゅう御座んすわね」

葉子はしんなりと立上ってその写真の前に行った。物珍らしいものを見るという様子をしてはいたけれども、心の中には自分の敵がどんな獣物であるかを見極めてやるぞという激しい敵愾心《てきがいしん》が急に燃えあがっていた。前には芸者でもあったのか、それとも良人《おっと》の心を迎える為めにそう造ったのか、何所《どこ》か玄人《くろうと》じみた綺麗な丸髷《まるまげ》の女が着飾って、三人の少女を膝に抱いたり側《そば》に立たせたりして写っていた。葉子はそれを取り上げて孔《あな》の開くほどじっと見やりながら卓の前に立っていた。ぎごちない沈黙が暫くそこに続いた。

「お葉さん」

（事務長は始めて葉子をその姓で呼ばずにこう呼びかけた）突然震えを帯びた、低い、重い声が焼きつくように耳近く聞えたと思うと、葉子は倉地の大きな胸と太い腕とで身動きも出来ないように抱きすくめられていた。固《もと》より葉子はその朝倉地が野獣のようなassault*に出る事を直覚的に覚悟して、寧《むし》ろそれを期待して、そのassaultを、心ばかりでなく、肉体的な好奇心を以《もっ》て待ち受けていたのだったが、かくまで突然、何んの前触れもなく起って来ようとは思いも設けなかったので、女の本然の羞恥《しゅうち》から起る貞操の防衛に駆られて、熱し切ったような冷え切ったような血を一時に体内に感じながら、抱えられたまま、侮蔑《ぶべつ》を極めた表情を二つの眼に集めて、倉地の顔を斜めに見返した。その冷やかな眼の光は仮初《かりそ》めな男の心をたじろがす筈《はず》だった。事務長の顔は振返った葉子の顔に息気《いき》のかかる程の近さで、葉子を見入っていたが、葉子が与えた冷刻な眸《ひとみ》には眼もくれぬまで狂わしく熱していた。（葉子の感情を最も強く煽《あお》り立てるものは寝床を離れた朝の男の顔だった。一夜の休息に凡ての精気を十分に回復した健康な男の容貌《ようぼう》の中には、女の持つ総《すべ》てのものを投げ入れても惜しくないと思う程の力が籠《こも》っていると葉子は始終感ずるのだった）葉子は倉地に存分な軽侮の心持を見せつけながらも、その顔を鼻の先に見ると、男性というものの強烈な牽引《けんいん》の力を打込まれるように感ぜずにはいられなかった。息気せわしく吐く男の溜息《ためいき》は霰《あられ》のように葉子の顔を打った。火と燃え上らんばかりに男の体からは desire の焔《ほむら》がぐんぐん葉子の血脈にまで拡《ひろ》がって行った。葉子は我れにもなく異常な昂奮《こうふん》にがたがた震え始めた。

＊　　＊　　＊

ふと倉地の手がゆるんだので葉子は切って落されたようにふらふらとよろけながら、危く踏み止《とど》まって眼を開くと、倉地が部屋の戸に鍵をかけようとしている所だった。鍵が合わないので、

「糞《くそ》っ」

と後向きになってつぶやく倉地の声が最後の宣告のように絶望的に低く部屋の中に響いた。

倉地から離れた葉子は宛《さなが》ら母から離れた赤子のように、総ての力が急に何所かに消えてしまうのを感じた。後に残るものとては底のない、頼りない悲哀ばかりだった。今まで味《あじわ》って来た凡ての悲哀よりも更らに惨酷《ざんこく》な悲哀が、葉子の胸をかきむしって襲って来た。それは倉地のそこにいるのすら忘れさす位だった。葉子はいきなり寝床の上に丸まって倒れた。そして俯伏《うつぶ》しになったまま痙攣《けいれん》的に激しく泣き出した。倉地がその泣声に一寸躊《ため》らって立ったまま見ている間に、葉子は心の中で叫びに叫んだ。

「殺すなら殺すがいい。殺されたっていい。殺されたって憎みつづけてやるからいい。私は勝った。何んと云っても勝った。こんなに悲しいのを何故《なぜ》早く殺してはくれないのだ。この哀《かな》しみにいつまでも浸っていたい。早く死んでしまいたい。……」

十六

葉子は本当に死の間を彷《さまよ》い歩いたような不思議な、混乱した感情の狂いに泥酔《でいすい》して、事務長の部屋から足許《あしもと》も定まらずに自分の船室に戻って来たが、精も根も尽き果ててそのままソファの上に打倒《ぶったお》れた。眼の周りに薄黒い暈《かさ》の出来たその顔は鈍い鉛色をして、瞳孔《どうこう》は光に対して調節の力を失っていた。軽く開いたままの唇から漏れる歯並みまでが、光なく、唯《ただ》白く見やられて、死を聯想《れんそう》させるような醜い美しさが耳の附根まで漲《みなぎ》っていた。雪解時《ゆきげどき》の泉のように、あらん限りの感情が目まぐるしく湧き上っていたその胸には、底の方に暗い悲哀がこちんと澱《よど》んでいるばかりだった。

葉子はこんな不思議な心の状態から遁《のが》れ出ようと、思い出したように頭を働かして見たが、その努力は心にもなく微《かす》かな果敢《はか》ないものだった。そしてその不思議に混乱した心の状態も謂《い》わば堪《こら》え切れぬ程の切なさは持っていなかった。葉子はそんなにしてぼんやりと眼を覚ましそうになったり、意識の仮睡に陥ったりした。猛烈な胃痙攣を起した患者が、モルヒネの注射を受けて、間歇的《かんけつ》に起る痛みの為《た》めに無意識に顔をしかめながら、麻薬の恐ろしい力の下に、唯昏々《こんこん》と奇怪な仮睡に陥り込むように、葉子の心は無理無体な努力で時々驚いたように乱れさわぎながら、忽《たちま》ち物凄《ものすご》い沈滞の淵《ふち》深く落ちて行くのだった。葉子の意志は如何《いか》に手を延ばしても、もう心の落行く深みには届きかねた。頭の中は熱を持って、唯ぼーと黄色く煙っていた。その黄色い煙の中を時々紅《あか》い火や青い火がちかちかと神経をうずかして駆け通った。息気《いき》づまるような今朝の光景や、過去のあらゆる回想が、入り乱れて現われて来ても、葉子はそれに対して毛の末程も心を動かされはしなかった。それは遠い遠い木魂《こだま》のように虚《うつ》ろにかすかに響いては消えて行くばかりだった。過去の自分と今の自分とのこれほどな恐ろしい距《へだた》りを、葉子は恐れげもなく、成るがままに任せて置いて、重く澱んだ絶望的な悲哀に唯訳もなく何所までも引張られて行った。その先きには暗い忘却が待ち設けていた。涙で重った瞼《まぶた》は段々打開いたままの瞳《ひとみ》を蔽《おお》って行った。少し開いた唇の間からは、うめくような軽い鼾《いびき》が漏れ始めた。それを葉子はかすかに意識しながら、ソファの上に俯向きになったまま、何時《いつ》とはなしに夢もない深い眠りに陥っていた。

どの位眠っていたか分らない。突然葉子は心臓でも破裂しそうな驚きに打たれて、はっと眼を開いて頭を擡《もた》げた。ずきずきと頭の心《しん》が痛んで、部屋の中は火のように輝いて面《おもて》も向けられなかった。もう昼頃《ごろ》だなと気が付く中にも、雷とも思われる叫喚が船を震わして響き亙《わた》っていた。葉子はこの瞬間の不思議に胸をどきつかせながら聞耳を立てた。船のおののきとも自分のおののきとも知れぬ震動が、葉子の五体を木の葉のように弄《もてあそ》んだ。暫《しば》らくしてその叫喚がやや鎮まったので、葉子はようやく、横浜を出て以来絶えて用いられなかった汽笛の声である事を悟った。検疫所が近づいたのだなと思って、襟元《えりもと》をかき合せながら、静かにソファの上に膝を立てて、眼窓から外面《とのも》を覗《のぞ》いて見た。今朝までは雨雲に閉じられていた空も見違えるようにからっと晴れ亙って、紺青の色は日の光の為めに奥深く輝いていた。松が自然に美しく配置されて生え茂った岩がかった岸がすぐ眼の先きに見えて、海はいかにも入江らしく可憐《かれん》な漣《さざなみ》をつらね、その上を絵島丸は機関の動悸《どうき》を打ちながら徐《しず》かに走っていた。幾日の荒々しい海路からここに来て見るとさすがにそこには人間の隠れ場らしい静かさがあった。

岸の奥まった所に白い壁の小さな家屋が見られた。その傍《そば》には英国の国旗が微風に煽《あお》られて青空の中に動いていた。「あれが検疫官のいる所なのだ」そう思った意識の活動が始まるや否《いな》や、葉子の頭は始めて生れ代ったようにはっきりとなって行った。

そして頭がはっきりして来ると共に、今迄《いままで》切り放されていた凡ての過去があるべき姿を取って、明瞭《めいりょう》に現在の葉子と結び付いた。葉子は過去の回想が今見たばかりの景色からでも来たように驚いて、急いで眼窓から顔を引込めて、強敵に襲いかかられた孤軍のように、たじろぎながら又ソファの上に臥《ね》倒《たお》れた。頭の中は急に叢《むらが》り集る考えを整理する為に激しく働き出した。葉子はひとりでに両手で髪の毛の上から顳顬《こめかみ》の所を押えた。そして少し上眼をつかって鏡の方を見やりながら、今まで閉止していた乱想の寄せ来るままに機敏にそれを送り迎えようと身構えた。

　葉子は兎《と》に角《かく》恐ろしい崕《がけ》の際《きわ》まで来てしまった事を、そして殆ど無反省で、本能に引ずられるようにして、その中に飛び込んだ事を思わない訳には行かなかった。親類縁者に促されて、心にもない渡米を余儀なくされた時に自分で選んだ道——兎も角木村と一緒になろう。そして生れ代った積りで米国の社会に這入《はい》りこんで、自分が見付けあぐねていた自分というものを、探り出して見よう。女というものが日本とは違って考えられているらしい米国で、女としての自分がどんな位置に坐《すわ》る事が出来るか試して見よう。自分はどうしても生まるべきでない時代に、生まるべきでない所に生まれて来たのだ。自分の生まるべき時代と所とはどこか別にある*。そこでは自分は女王の座になおっても恥しくない程の力を持つ事が出来る筈なのだ。生きている中にそこを探し出したい。自分の周囲にまつわって来ながらいつの間にか自分を裏切って、何時どんな所にでも平気で生きていられるようになり果てた女達の鼻をあかさしてやろう。若い命を持った中《うち》にそれだけの事を是非してやろう。木村は自分のこの心の企みを助ける事の出来る男ではないが、自分の後に跟《つ》いて来られない程の男でもあるまい。葉子はそんな事も思っていた。日清戦争が起った頃から葉子位の年配の女が等しく感じ出した一種の不安、一種の幻滅――それを激しく感じた葉子は、謀叛人《むほんにん》のように知らず知らず自分の周りの少女達にある感情的な教唆《きょうさ》を与えていたのだが、自分自身ですらがどうしてこの大事な瀬戸際を乗抜けるのかは少しも解《わか》らなかった。その頃の葉子は事毎《ことごと》に自分の境遇が気に喰《く》わないでただいらいらしていた。その結果は唯思う儘《まま》を振舞って行くより仕方がなかった。自分はどんな物からも本当に訓練されてはいないんだ。そして自分にはどうにでも働く鋭い才能と、女の強味（弱味とも云わば云え）になるべき優れた肉体と激しい情緒とがあるのだ。そう葉子は知らず知らず自分を見ていた。そこから盲滅法《めくらめっぽう》に動いて行った。殊《こと》に時代の不思議な目覚めを経験した葉子に取っては恐しい敵は男だった。葉子はその為めに何度蹉《つまず》いたか知れない。然《しか》し世の中には本当に葉子を扶《たす》け起してくれる人がなかった。「私が悪ければ直すだけの事をして見せて御覧」葉子は世の中に向いてこう云い放ってやりたかった。女を全く奴隷《どれい》の境界に沈め果てた男はもう昔のアダムのように正直ではないんだ。女がじっとしている間は慇懃《いんぎん》にして見せるが、女が少しでも自分で立上ろうとすると、打って変って恐しい暴王になり上るのだ。女までがおめおめと男の手伝いをしている。葉子は女学校時代にしたたかその苦い杯を嘗《な》めさせられた。そして十八の時木部孤笻に対して、最初の恋愛らしい恋愛の情を傾けた時、葉子の心はもう処女の心ではなくなっていた。外界の圧迫に反抗するばかりに、一時火のように何物をも焼き尽して燃え上った仮初《かりそ》めの熱情は、圧迫のゆるむと共に脆《もろ》くも萎《な》えてしまって、葉子は冷静な批評家らしく自分の恋と恋の相手とを見た。どうして失望しないでいられよう。自分の一生がこの人に縛りつけられて萎《しな》びて行くのかと思う時、又色々な男に弄ばれかけて、却《かえっ》て男の心というものを裏返してとっくりと見極めたその心が、木部という、空想の上でこそ勇気も生彩もあれ、実生活に於《おい》ては見下げ果てた程貧弱で簡単な一書生の心と強《し》いて結びつかねばならぬと思った時、葉子は身震いする程失望して木部と別れてしまったのだ。

葉子の嘗めた凡ての経験は、男に束縛を受ける危険を思わせるものばかりだった。然し何んという自然の悪戯《いたずら》だろう。それと共に葉子は男というものなしには一刻も過されないものとなっていた。砒石《ひせき》の用法を謬《あやま》った患者が、その毒の恐ろしさを知りぬきながら、その力を借りなければ生きて行けないように、葉子は生の喜びの源を、まかり違えば生そのものを蝕《むしば》むべき男というものに求めずにはいられないディレンマに陥ってしまったのだ。

肉欲《にくよく》の牙《きば》を鳴らして集って来る男達に対して、（そう云う男達が集って来るのは本当は葉子自身がふり撒《ま》く香の為めだとは気付いていて）葉子は冷笑しながら蜘蛛《くも》のように網を張った。近づくものは一人残らずその美しい四手網《よつであみ》にからめ取った。葉子の心は知らず知らず残忍になっていた。唯あの妖力《ようりょく》*ある女郎蜘蛛のように、生きていたい要求から毎日その美しい網を四つ手に張った。そしてそれに近づきもし得ないで罵《ののし》り騒ぐ人達を、自分の生活とは関係のない木か石ででもあるように冷然と尻眼《しりめ》にかけた。

葉子は本当を云うと、必要に従うという外に何をすればいいのか分らなかった。

葉子に取っては、葉子の心持ちを少しも理解していない社会ほど愚かしげな醜いものはなかった。葉子の眼から見た親類という一群れは唯貪欲《どんよく》な賤民《せんみん》としか思えなかった。父は憐《あわ》れむべく影の薄い一人の男性に過ぎなかった。母は——母は一番葉子の身近かにいたと云っていい。それだけ葉子は母と両立し得ない仇敵《きゅうてき》のような感じを持った。母は新しい型にわが子を取入れる事を心得てはいたが、それを取扱う術《すべ》は知らなかった。葉子の性格が母の備えた型の中で驚くほどするすると成長した時に、母は自分以上の法力*を憎む魔女のように葉子の行く道に立ちはだかった。その結果二人の間には第三者から想像も出来ないような反目と衝突とが続いたのだった。葉子の性格はこの暗闘のお蔭《かげ》で曲折の面白さと醜さとを加えた。然し何んと云っても母は母だった。正面からは葉子のする事為《な》す事に批点を打ちながらも、心の底で一番よく葉子を理解してくれたに違いないと思うと、葉子は母に対して不思議ななつかしみを覚えるのだった。

母が死んでからは、葉子は全く孤独である事を深く感じた。そして始終張りつめた心持と、失望から湧《わ》き出る快活さとで、鳥が木から木に果実を探るように、人から人に歓楽を求めて歩いたが、何処《どこ》からともなく不意に襲って来る不安は葉子を底知れぬ悒鬱《ゆううつ》の沼に蹴落《けおと》した。自分は荒磯《あらいそ》に一本流れよった流木《ながれぎ》ではない。然しその流木よりも自分は孤独だ。自分は一ひら風に散って行く枯葉ではない。然しその枯葉より自分はうら淋《さび》しい。こんな生活より外にする生活はないのかしらん。一体何処に自分の生活をじっと見ていてくれる人があるのだろう。そう葉子はしみじみ思う事がないでもなかった。けれどもその結果はいつでも失敗だった。葉子はこうした淋しさに促されて、乳母の家を尋ねたり、突然大塚の内田に遇《あ》いに行ったりして見るが、そこを出て来る時には唯一入《ひとしお》の心の空《むな》しさが残るばかりだった。葉子は思い余って又淫《みだ》らな満足を求める為めに男の中に割って這入るのだった。然し男が葉子の眼の前で弱味を見せた瞬間に、葉子は驕慢《きょうまん》な女王のように、その捕擄《ほりょ》から面を背けて、その出来事を悪夢のように忌《い》み嫌《きら》った。冒険の獲物《えもの》はきまりきって取るにも足らないやくざものである事を葉子はしみじみ思わされた。

こんな絶望的な不安に攻めさいなめられながらも、その不安に駆り立てられて葉子は木村という降参人を兎も角その良人に選んで見た。葉子は自分が何んとかして木村にそりを合せる努力をしたならば、一生涯木村と連れ添って、普通の夫婦のような生活が出来ないものでもないと一時思うまでになっていた。然しそんなつぎはぎな考え方が、どうしていつまでも葉子の心の底を蝕む不安を医《いや》す事が出来よう。葉子が気を落付けて、米国に着いてからの生活を考えて見ると、こうあってこそと思い込むような生活には、木村は除《の》け物になるか、邪魔者になる外はないようにも思えた。木村と暮そう、そう決心して船に乗ったのではあったけれども、葉子の気分は始終ぐらつき通しにぐらついていたのだ。手足のちぎれた人形を玩具箱《おもちゃばこ》に仕舞ったものか、いっそ捨ててしまったものかと躊躇《ちゅうちょ》する少女の心に似たぞんざいな躊《ため》らい*を葉子はいつまでも持ち続けていた。

そういう時突然葉子の前に現われたのが倉地事務長だった。横浜の桟橋《さんばし》に繋《つな》がれた絵島丸の甲板の上で、始めて猛獣のようなこの男を見た時から、稲妻のように鋭く葉子はこの男の優越を感受した。世が世ならば、倉地は小さな汽船の事務長なんぞをしている男ではない。自分と同様に間違って境遇づけられて生まれて来た人間なのだ。葉子は自分の身につまされて倉地を憐れみもし畏《おそ》れもした。今まで誰《だ》れの前に出ても平気で自分の思う存分を振舞っていた葉子は、この男の前では思わず知らず心にもない矯飾《きょうしょく》を自分の性格の上にまで加えた。事務長の前では、葉子は不思議にも自分の思っているのと丁度反対の動作をしていた。無条件的な服従という事も事務長に対してだけは唯望ましい事にばかり思えた。この人に思う存分打ちのめされたら自分の命は始めて本当に燃え上るのだ。こんな不思議な、葉子にはあり得ない慾望すらが少しも不思議でなく受入れられた。その癖表面《うわべ》では事務長の存在をすら気が附かないように振舞った。殊に葉子の心を深く傷《きずつ》けたのは、事務長の物懶《ものう》げな無関心な態度だった。葉子がどれ程人の心を牽《ひ》きつける事を云った時でも、した時でも、事務長は冷然として見向こうともしなかった事だ。そういう態度に出られると、葉子は、自分の事は棚《たな》に上げておいて、激しく事務長を憎んだ。この憎しみの心が日一日と募って行くのを非常に恐れたけれども、どうしようもなかったのだ。

然し葉子はとうとう今朝の出来事に打突《ぶっつ》かってしまった。葉子は恐ろしい峠の際から目茶苦茶に飛び込んでしまった。葉子の眼の前で今まで住んでいた世界はがらっと変ってしまった。木村がどうした。米国がどうした。養って行かなければならない妹や定子がどうした。今まで葉子を襲い続けていた不安はどうした。人に犯されまいと身構えていたその自尊心はどうした。そんなものは木葉微塵《こっぱみじん》に無くなってしまっていた。倉地を得たらばどんな事でもする。どんな屈辱でも蜜《みつ》と思おう。倉地を自分独りに得さえすれば……。今まで知らなかった、捕擄の受くる蜜より甘い屈辱！

葉子の心はこんなに順序立っていた訳ではない。然し葉子は両手で頭を押えて鏡を見入りながらこんな心持を果てしもなく噛《か》みしめた。そして追想は多くの迷路を辿《たど》りぬいた末に、不思議な仮睡状態に陥る前まで進んで来た。葉子はソファを牝鹿《めじか》のように立上って、過去と未来とを絶ち切った現在刹那《せつな》の眩《くら》むばかりな変身に打《うち》ふるいながら微笑《ほほえ》んだ。

その時碌々《ろくろく》ノックもせずに事務長が這入って来た。葉子の唯ならぬ姿には頓着《とんじゃく》なく、

「もうすぐ検疫官がやって来るから、さっきの約束を頼みますよ。資本《もとで》*入らずで大役が勤まるんだ。女というものはいいものだな。や、然しあなたのは大分資本がかかっとるでしょうね。……頼みますよ」

と戯談《じょうだん》らしく云った。

「はあ」

葉子は何んの苦もなく親しみの限りをこめた返事をした。その一声の中には自分でも驚く程な蠱惑《こわく》の力が籠《こ》められていた。

事務長が出て行くと、葉子は子供のように足なみ軽く小さな船室の中を小跳《こおど》りして飛び廻った。そして飛び廻りながら、髪をほごしにかかって、時々鏡に映る自分の顔を見やりながら、堪《こ》らえ切れないように窃《ぬす》み笑いをした。

十七

事務長のさしがねはうまい坪*にはまった。検疫官は絵島丸の検疫事務をすっかり年老《と》った次位の医官に任せてしまって、自分は船長室で船長、事務長、葉子を相手に、話に花を咲かせながらトランプを弄《いじ》り通した。あたり前ならば、何とかかとか必ず苦情の持上るべき英国風の小やかましい検疫もあっさり済んで放蕩者《ほうとうもの》らしい血気盛りな検疫官は、船に来てから二時間そこそこで機嫌《きげん》よく帰って行く事になった。停《とま》るともなく進行を止めていた絵島丸は風のまにまに少しずつ方向を変えながら、二人の医官を乗せて行くモーター・ボートが舷側《げんそく》を離れるのを待っていた。折目正しい長めな紺の背広を着た検疫官はボートの舵座《かじざ》に立上って、手欄《てすり》から葉子と一緒に胸から上を乗出した船長となお戯談《じょうだん》を取交した。船梯子《ふなばしご》の下まで医官を見送った事務長は、物慣れた様子でポッケットからいくらかを水夫の手に掴《つか》ませておいて、上を向いて合図をすると、船梯子はきりきりと水平に捲上《まきあ》げられて行く、それを事もなげに身軽く駈け上って来た。検疫官の眼は事務長への挨拶《あいさつ》もそこそこに、思い切り派手な装いを凝した葉子の方に吸付けられるらしかった。葉子はその眼を迎えて情をこめた流眄《ながしめ》を送りかえした。検疫官がその忙しい間にも何かしきりに物を云おうとした時、けたたましい汽笛が一抹《いちまつ》の白煙を青空に揚げて鳴りはためき、船尾からはすさまじい推進機の震動が起り始めた。この慌《あわただ》しい船の別れを惜しむように、検疫官は帽子を取って振動かしながら、噪音《そうおん》にもみ消される言葉を続けていたが、固《もと》より葉子にはそれは聞えなかった。葉子はただにこにこと微笑みながら点頭《うなず》いて見せた。そして唯《ただ》一時の悪戯心《いたずらごころ》から髪に挿《さ》していた小さな造花を投げてやると、それがあわよく検疫官の肩に中《あた》って足許《あしもと》に辷《すべ》り落ちた。検疫官が片手に舵綱を操りながら、有頂天になってそれを拾おうとするのを見ると、船舷《ふなばた》に立ちならんで物珍らしげに陸地を見物していたステヤレージの男女の客は一斉《いっせい》に手をたたいてどよめいた。葉子はあたりを見廻した。西洋の婦人達は等しく葉子を見やって、その花々しい服装から、軽卒《かるはずみ》らしい挙動を苦々しく思うらしい顔付きをしていた。それらの外国人の中には田川夫人も交っていた。

検疫官は絵島丸が残して行った白沫《しぶき》の中で、腰をふらつかせながら、笑い興ずる群集にまで幾度も頭を下げた。群集は又思い出したように漫罵《まんば》を放って笑いどよめいた。それを聞くと日本語のよく解る白髪の船長は、いつものように顔を赤くして、気の毒そうに恥かしげな眼を葉子に送ったが、葉子がはしたない群集の言葉にも、苦々しげな船客の顔色にも、少しも頓着しない風で、微笑み続けながらモーター・ボートの方を見守っているのを見ると、未通女《おぼこ》らしく更らに真赤になってその場を外してしまった。

葉子は何事も屈托《くったく》なく唯面白かった。体中を擽《くすぐ》るような生の歓《よろこ》びから、ややもすると何んでもなく微笑が自然に浮び出ようとした。「今朝から私はこんなに生れ代りました御覧なさい」といって誰れにでも自分の喜びを披露《ひろう》したいような気分になっていた。検疫官の官舎の白い壁も、その方に向って走って行くモーター・ボートも見る見る遠ざかって小さな箱庭のようになった時、葉子は船長室での今日の思出笑《おもいだしわら》いをしながら、手欄を離れて心あてに事務長を眼で尋ねた。と、事務長は、遥《はる》か離れた船艙《せんそう》の出口に田川夫妻と鼎《かなえ》になって、何かむずかしい顔をしながら立話をしていた。いつもの葉子ならば三人の様子で何事が語られているか位はすぐ見て取るのだが、その日は唯浮々した無邪気な心ばかりが先に立って、誰れにでも好意のある言葉をかけて、同じ言葉で酬《むく》いられたい衝動に駆られながら、何んの気なしにそっちに足を向けようとして、ふと気がつくと、事務長が「来てはいけない」と激しく眼に物を言わせているのが覚《さと》れた。気が付いてよく見ると田川夫人の顔にはまがうかたなき悪意がひらめいていた。

「又おせっかいだな」

一秒の躊躇もなく男のような口調で葉子はこう小さくつぶやいた。「構うものか」そう思いながら葉子は事務長の眼使いにも無頓着に、快活な足どりでいそいそと田川夫妻の方に近づいて行った。それを事務長もどうすることも出来なかった。葉子は三人の前に来ると軽く腰をまげて後れ毛をかき上げながら顔中を蠱惑的な微笑みにして挨拶した。田川博士の頬《ほお》には逸早《いちはや》くそれに応ずる物やさしい表情が浮ぼうとしていた。

「あなたは随分な乱暴をなさる方ですのね」

いきなり震えを帯びた冷やかな言葉が田川夫人から葉子に容赦もなく放《な》げつけられた。それは底意地の悪い挑戦《ちょうせん》的な調子で震えていた。田川博士はこの咄嗟《とっさ》の気まずい場面を繕う為め何か言葉を入れてその不愉快な緊張をゆるめようとするらしかったが、夫人の悪意はせき立って募るばかりだった。然し夫人は口に出してはもう何んにも云わなかった。

女の間に起る不思議な心と心との交渉から、葉子は何んという事なく、事務長と自分との間に今朝起ったばかりの出来事を、輪廓《りんかく》だけではあるとしても田川夫人が感付いているなと直覚した。唯一言ではあったけれども、それは検疫官とトランプを弄《いじ》った事を責めるだけにしては、激し過ぎ、悪意が罩《こ》められ過ぎていることを直覚した。今の激しい言葉は、その事を深く根に持ちながら、検疫医に対する不謹慎な態度をたしなめる言葉のようにして使われているのを直覚した。葉子の心の隅《すみ》から隅までを、溜飲《りゅういん》の下るような小気味よさが小躍りしつつ走《は》せめぐった。葉子は何をそんなに事々しくたしなめられる事があるのだろうというような少ししゃあしゃあした無邪気な顔付きで、首をかしげながら夫人を見守った。

「航海中は兎《と》に角《かく》私葉子さんのお世話をお頼まれ申しているんですからね」

初めはしとやかに落付いて云う積りらしかったが、それが段々激して途切れ勝ちな言葉になって、夫人は仕舞には激動から息気《いき》をさえはずましていた。その瞬間に火のような夫人の瞳《ひとみ》と、皮肉に落付き払った葉子の瞳とが、ばったり出喰《でくわ》して小ぜり合いをしたが、又同時に蹴返すように離れて事務長の方に振り向けられた。

「御尤《ごもっと》もです」

事務長は虻《あぶ》に当惑した熊《くま》のような顔付きで、柄《がら》にもない謹慎を装いながらこう受け答えた。それから突然本気な表情に返って、

「私も事務長であって見れば、どのお客様に対しても責任があるのだで、御迷惑になるような事はせん積りですが」

ここで彼れは急に仮面を取去ったようににこにこし出した。

「そう無気《むき》になるが程の事でもないじゃありませんか。高が早月さんに一度か二度愛嬌《あいきょう》を云うていただいて、それで検疫の時間が二時間から違うのですもの。いつでもここで四時間の以上も無駄《むだ》をせにゃならんのですて」

田川夫人が益《ますます》せき込んで、矢継早《やつぎばや》にまくしかけようとするのを、事務長は事もなげに軽々とおっかぶせて、

「それにしてからがお話は如何《いかが》です部屋で伺いましょうか。外のお客様の手前もいかがです。博士、例の通り狭っこい所ですが、甲板ではゆっくりも出来ませんで、あそこでお茶でも入れましょう。早月さんあなたも如何です」

と笑い笑い云ってからくるりっと葉子の方に向き直って、田川夫妻には気が付かないように頓狂な顔を一寸《ちょっと》して見せた。

横浜で倉地の後に続いて船室への階子段《はしごだん》を下る時始めて嗅《か》ぎ覚えたウイスキーと葉巻とのまじり合ったような甘たるい一種の香が、この時幽《かす》かに葉子の鼻をかすめたと思った。それを嗅ぐと葉子は情熱のほむらが一時に煽《あお》り立てられて、人前では考えられもせぬような思いが、旋風《つむじかぜ》の如《ごと》く頭の中をこそいで通るのを覚えた。男にそれがどんな印象を与えるかを顧る暇もなく、田川夫妻の前ということも憚《はばか》らずに、自分では醜いに違いないと思うような微笑が、覚えず葉子の眉《まゆ》の間に浮び上った。事務長は又小むずかしい顔になって振返りながら、

「いかがです」

ともう一度田川夫妻を促した。然し田川博士は自分の妻の大人げないのを憐れむ物わかりのいい紳士という態度を見せて、態《てい》よく事務長にことわりを云って、夫人と一緒にそこを立去った。

「一寸いらっしゃい」

田川夫妻の姿が見えなくなると、事務長は碌々葉子を見むきもしないでこう云いながら先きに立った。葉子は小娘のようにいそいそとその後について、薄暗い階子段にかかると男におぶいかかるようにして小世話《こぜわ》しく降りて行った。そして機関室と船員室との間にある例の暗い廊下を通って、事務長が自分の部屋の戸を開けた時、ぱっと

明るくなった白い光の中に、nonchalant な diabolic な男の姿*を今更らのように一種の畏《おそ》れとなつかしさとを罩めて打眺《うちなが》めた。

部屋に這入《はい》ると事務長は、田川夫人の言葉でも思い出したらしく面倒臭さそうに吐息一つして、帳簿を事務卓の上に放りなげておいて、又戸から頭だけつき出して、

「ボーイ」と大きな声で呼び立てた。そして戸を閉めきると、始めてまともに葉子に向きなおった。そして腹をゆすり上げて続けさまに思う存分笑ってから、

「え」

と大きな声で、半分は物でも尋ねるように、半分は「どうだい」と云ったような調子でいって、脚を開いて akimbo をして突立ちながら、ちょいと無邪気に首をかしげて見せた。

そこにボーイが戸の後ろから顔だけ出した。

「シャンペンだ。船長の所にバーから持って来さしたのが二三本残ってるよ。十の字三つぞ（大至急という軍隊用語）。……何がおかしいかい」

事務長は葉子の方を向いたままこう云ったのであるが、実際その時ボーイは意味ありげににやにや薄笑いをしていた。

余りに事もなげな倉地の様子を見ていると葉子は自分の心の切なさに比べて、男の

心を恨めしいものに思わずにいられなくなった。今朝の記憶のまだ生々しい部屋の中を見るにつけても、激しく嵩《たか》ぶって来る情熱が妙にこじれて、いても立ってもいられないもどかしさが苦しく胸に逼《せま》るのだった。今まではまるきり眼中になかった田川夫人も、三等の女客の中で、処女とも妻ともつかぬ二人の二十女も、果ては事務長にまつわりつくあの小娘のような岡までが、写真で見た事務長の細君と一緒になって、苦しい敵意を葉子の心に煽り立てた。ボーイにまで笑いものにされて、男の皮を着たこの好色の野獣のなぶりものにされているのではないか。自分の身も心も唯一息にひしぎ潰《つぶ》すかと見えるあの恐しい力は、自分を征服すると共に凡《すべ》ての女に対しても同じ力で働くのではないか。その沢山の女の中の影の薄い一人の女として彼れは自分を扱っているのではないか。自分には何物にも代え難く思われる今朝の出来事があった後でも、ああ平気でいられるその呑気《のんき》さはどうしたものだろう。葉子は物心がついてから始終自分でも云い現わす事の出来ない何物かを逐《お》い求めていた。その何物かは葉子のすぐ手近かにありながら、しっかりと摑む事はどうしても出来ず、その癖いつでもその力の下に傀儡《かいらい》のように的《あて》もなく動かされていた。葉子は今朝の出来事以来何んとなく思い昂《あが》っていたのだ。それはその何物かが朧《おぼ》ろげながら形を取って手に触れたように思ったからだ。然しそれも今から思えば幻影に過ぎないらしくもある。自分に特別な注意も払っていなかったこの男の出来心に対して、こっちから進んで情をそそるような事をした自分は何んという事をしたのだろう。どうしたらこの取返しのつかない自分の破滅を救う事が出来るのだろうと思って来ると、一秒でもこのいまわしい記憶のさまよう部屋の中にはいたたまれないように思え出した。然し同時に事務長は断ちがたい執着となって葉子の胸の底にこびりついていた。この部屋をこのままで出て行くのは死ぬよりもつらい事だった。どうしてもはっきりと事務長の心を握るまでは……葉子は自分の心の矛盾に業《ごう》を煮やしながら、自分を蔑《さげす》み果てたような絶望的な怒りの色を唇《くちびる》のあたりに宿して、黙ったまま陰鬱《いんうつ》に立っていた。今までそわそわと小魔のように葉子の心を廻《めぐ》り躍っていた華やかな喜び——それは何所《どこ》に行ってしまったのだろう。

事務長はそれに気附いたのか気が附かないのか、やがて倚《よ》りかかりのない円い事務《じむ》榻《こしかけ》に尻《しり》をすえて、子供のような罪のない顔をしながら、葉子を見て軽く笑っていた。葉子はその顔を見て、恐ろしい大胆な悪事を赤児《あかご》同様の無邪気さで犯し得る質《たち》の男だと思った。葉子はこんな無自覚な状態にはとてもなっていられなかった。一足ずつ先きを越されているのか知らんという不安までが心の平衡をさらに狂わした。

「田川博士は馬鹿馬鹿で、田川の奥さんは悧口《りこう》馬鹿と云うんだ。はははははは」

そう云って笑って、事務長は膝頭《ひざがしら》をはっしと打った手をかえして、机の上にある葉巻をつまんだ。葉子は笑うよりも腹立たしく、腹立たしいよりも泣きたい位になっていた。唇をぶるぶると震わしながら涙でも溜《たま》ったように輝く眼は剣を持って、恨みをこめて事務長を見入ったが、事務長は無頓着に下を向いたまま、一心に葉巻に火をつけている。葉子は胸に抑えあまる恨みつらみを云い出すには、心があまりに震えて喉《のど》が乾き切っているので、下唇を噛《か》みしめたまま黙っていた。

倉地はそれを感付いているのだのにと葉子は置きざりにされたようなやり所のない淋《さび》しさを感じていた。

ボーイがシャンペンと酒盃《コップ》とを持って這入って来た。そして叮嚀《ていねい》にそれを事務卓の上に置いて、先刻のように意味ありげな微笑を漏しながら、そっと葉子を窃《ぬす》み見た。待ち構えていた葉子の眼は然しボーイを笑わしてはおかなかった。ボーイはぎょっとして飛んでもない事をしたという風に、すぐ慎しみ深い給仕らしく、そこそこに部屋を出て行った。

事務長は葉巻の煙に顔をしかめながら、シャンペンをついで盆を葉子の方にさし出した。葉子は黙って立ったまま手を延した。何をするにも心にもない作り事をしているようだった。この短い瞬間に今までの出来事でいい加減乱れていた心は、身の破滅がとうとう来てしまったのだという懼《おそ》ろしい予想に押しひしがれて、頭は氷で捲《ま》かれたように冷《つめた》く気《け》うとくなった。胸から喉許《のどもと》につきあげて来る冷いそして熱い球のようなものを雄々しく飲み込んでも飲み込んでも涙が動《やや》ともすると眼頭《めがしら》を熱く潤して来た。薄手の酒盃に泡《あわ》を立てて盛られた黄金色の酒は葉子の手の中で細かい漣《さざなみ》を立てた。葉子はそれを気取《けど》られまいと、強《し》いて左の手を軽くあげて鬢《びん》の毛をかき上げながら、洋盃《コップ》を事務長のと打ち合せたが、それをきっかけに願《がん》でもほどけたように今まで辛く持ちこたえていた自制は根こそぎ崩れてしまった。

事務長が洋盃を器用に唇にあてて、仰向き加減に飲みほす間、葉子は盃《さかずき》を手に持ったまま、ぐびりぐびりと動く男の喉を見つめていたが、いきなり自分の盃を飲まないまま盆の上にかえして、

「よくもあなたはそんなに平気でいらっしゃるのね」

と力を罩めるつもりで云ったその声はいくじなくも泣かんばかりに震えていた。そして堰《せき》を切ったように涙が流れ出ようとするのを糸切歯で噛みきるばかりに強いて喰《く》いとめた。

事務長は驚いたらしかった。眼を大きくして何か云おうとする中《うち》に、葉子の舌は自分でも思い設けなかった情熱を帯びて震えながら動いていた。

「知っています、知っていますとも……。あなたはほんとに……ひどい方ですのね。私何んにも知らないと思ってらっしゃるの。ええ、私は存じません、存じません、ほんとに……」

何を云う積りなのか自分でも分らなかった。唯激しい嫉妬《しっと》が頭をぐらぐらさせるばかりに嵩《こう》じて来るのを知っていた。男がある機会には手傷も負わないで自分から離れて行く……そういう忌々《いまいま》しい予想で取乱されていた。葉子は生来こんな惨《みじ》めな真暗な思いに捕えられた事がなかった。それは生命が見す見す自分から離れて行くのを見守る程惨めで真暗らだった。この人を自分から離れさす位なら殺して見せる、そう葉子は咄嗟《とっさ》に思いつめて見たりした。

葉子はもう我慢にもそこに立っていられなくなった。事務長に倒れかかりたい衝動を強いてじっと堪《こら》えながら、綺麗《きれい》に整えられた寝台にようやく腰を下ろした。美妙な曲線を長く描いて長閑《のど》かに開いた眉根は痛ましく眉間《みけん》に集って、急に痩《や》せたかと思う程細った鼻筋は恐ろしく感傷的な痛々しさをその顔に与えた。いつになく若々しく装った服装までが、皮肉な反語のように小股《こまた》の切れあがった痩せ形なその肉を痛ましく虐《しいた》げた。長い袖《そで》の下で両手の指を折れよとばかり組み合せて、何もかも裂いて捨てたいヒステリックな衝動を懸命に抑えながら、葉子は唾《つば》も飲みこめない程狂おしくなってしまっていた。

事務長は偶然に不思議を見つけた子供のような好奇な呆《あき》れた顔付をして、葉子の姿を見やっていたが、片方のスリッパを脱ぎ落した白足袋の足許から、やや乱れた束髪までをしげしげと見上げながら、

「どうしたんです」

と訝《いぶか》る如く聞いた。葉子はひったくるようにさそくに返事をしようとしたけれども、どうしてもそれが出来なかった。倉地はその様子を見ると今度は真面目《まじめ》になった。そして口の端まで持って行った葉巻をそのままトレイの上に置いて立上りながら、

「どうしたんです」

ともう一度聞きなおした。それと同時に、葉子も思いきり冷刻に、

「どうもしやしません」

という事が出来た。二人の言葉がもつれ返ったように、二人の不思議な感情ももつれ合った。もうこんな所にはいない、葉子はこの上の圧迫には堪えられなくなって、華やかな裾《すそ》を蹴《け》乱《みだ》しながら、驀地《まっしぐら》に戸口の方に走り出ようとした。事務長はその瞬間に葉子のなよやかな肩を遮《さえぎ》りとめた。葉子は遮られて是非なく事務卓の側《そば》に立ちすくんだが、誇りも恥も弱さも忘れてしまっていた。どうにでもなれ、殺すか死ぬかするの

だ、そんな事を思うばかりだった。こらえにこらえていた涙を流れるに任せながら、事務長の大きな手を肩に感じたままで、しゃくり上げて恨めしそうに立っていたが、手近かに飾ってある事務長の家族の写真を見ると、かっと気がのぼせて前後の弁《わきま》えもなく、それを引《ひっ》たくると共に両手にあらん限りの力を罩めて、人殺しでもするような気負いでずたずたに引裂いた。そして揉《も》みくたになった写真の屑《くず》を男の胸も透《とお》れと投げつけると、写真の中《あた》ったその所に噛みつきもしかねまじき狂乱の姿となって捨て身に武者ぶりついた。事務長は思わず身を退《ひ》いて両手を伸ばして走りよる葉子をせき止めようとしたが葉子は我れにもなく我武者にすり入って、男の胸に顔を伏せた。そして両手で肩の服地を爪《つめ》も立てよと掴《つか》みながら、暫《しばら》く歯を喰いしばって震えている中に、それが段々すすり泣きに変って行って、仕舞にはさめざめと声を立てて泣きはじめた。そして暫くは葉子の絶望的な泣声ばかりが部屋の中の静かさをかき乱して響いていた。

突然葉子は倉地の手を自分の背中に感じて、電気にでも触れたように驚いて飛び退《の》いた。倉地に泣きながらすがり付いた葉子が倉地からどんなものを受取らねばならぬかは知れ切っていたのに、優しい言葉でもかけて貰《もら》えるかの如く振舞った自分の矛盾に呆れて、恐ろしさに両手で顔を蔽《おお》いながら部屋の隅《すみ》に退《さが》って行った。倉地はすぐ近寄って来た。葉子は猫《ねこ》に見込まれた金糸雀《カナリヤ》のように身《み》悶《もだ》えしながら部屋の中を逃げにかかったが、事務長は手もなく追いすがって、葉子の二の腕を捕えて力まかせに引寄せた。葉子も本気にあらん限りの力を出してさからった。然《しか》しその時の倉地はもう普段の倉地ではなくなっていた。今朝写真を見ていた時、後《うしろ》から葉子を抱きしめたその倉地が目ざめていた。怒った野獣に見る狂暴な、防ぎようのない力が嵐《あらし》のように男の五体をさいなむらしく、倉地はその力の下に呻《うめ》きもがきながら、葉子に驀地《まっしぐら》に摑みかかった。

「又俺《お》れを馬鹿にしやがるな」

という言葉が喰いしばった歯の間から雷のように葉子の耳を打った。

ああこの言葉――このむき出しな有頂天な昂奮《こうふん》した言葉こそ葉子が男の口から確に聞こうと待ち設けた言葉だったのだ。葉子は乱暴な抱擁の中にそれを聞くと共に、心の隅に軽い余裕の出来たのを感じて自分というものが何所かの隅に頭を擡《もた》げかけたのを覚えた。倉地の取った態度に対して作為のある応対が出来そうにさえなった。葉子は前通りにすすり泣きを続けてはいたが、その涙の中にはもう偽りの滴《しずく》すら交っていた。

「いやです放して」

こう云った言葉も葉子にはどこか戯曲的な不自然な言葉だった。然し倉地は反対に葉子の一語一語に酔いしれて見えた。

「誰《だ》れが離すか」

事務長の言葉はみじめにもかすれ戦《おのの》いていた。葉子はどんどん失った所を取返して行くように思った。その癖その態度は反対に益《ますます》頼りなげなやる瀬ないものになっていた。倉地の広い胸と太い腕との間に羽がいに抱きしめられながら、小鳥のようにぶるぶると震えて、

「本当に離して下さいまし」

「いやだよ」

葉子は倉地の接吻《せっぷん》を右に左によけながら、更らに激しく啜《すす》り泣いた。倉地は致命傷を受けた獣のように呻いた。その腕には悪魔のような血の流れるのが葉子にも感ぜられた。葉子は程を見計っていた。そして男の張りつめた情欲《じょうよく》の糸が絶ち切れんばかりに緊張した時、葉子はふと泣きやんできっと倉地の顔を振仰いだ。その眼からは倉地が思いもかけなかった鋭い強い光が放たれていた。

「本当に放していただきます」

ときっぱり云って、葉子は機敏に一寸《ちょっと》ゆるんだ倉地の手をすりぬけた。そして逸早《いちはや》く部屋を横筋かいに戸口まで逃げのびて、ハンドルに手をかけながら、

「あなたは今朝この戸に鍵《かぎ》をおかけになって、……それは手籠《てご》めです……私……」と云って少し情に激して俯向《うつむ》いて又何か云い続けようとするらしかったが、突然戸を開けて出て行ってしまった。

取残された倉地は呆れて暫らく立っているようだったが、やがて英語で乱暴な呪咀《じゅそ》を口走りながら、いきなり部屋を出て葉子の後を追って来た。そして間もなく葉子の部屋の戸の所に来てノックした。葉子は鍵をかけたまま黙って答えないでいた。事務長はなお二三度ノックを続けていたが、いきなり何か大声で物を云いながら船医の興録の部屋に這入るのが聞えた。

葉子は興録が事務長のさしがねで何んとか云いに来るだろうと窃《ひそ》かに心待ちにしていた。ところが何んとも云って来ないばかりか、船医室からは時々あたりを憚《はばか》らない高笑いさえ聞えて、事務長は容易にその部屋を出て行きそうな気配もなかった。葉子は興奮に燃え立ついらいらした心でそこにいる事務長の姿を色々に想像していた。外の事は一つも頭の中には這入って来なかった。そしてつくづく自分の心の変りかたの激しさに驚かずにはいられなかった。「定子！　定子！」葉子は隣りにいる人を呼び出すような気で小さな声を出して見た。その最愛の名を声にまで出して見ても、その響の中には忘れていた夢を思い出した程の反応《こたえ》もなかった。どうすれば人の心というものはこんなにまで変り果てるものだろう。葉子は定子を憐《あわれ》むよりも、自分の心を憐れむ為《た》めに涙ぐんでしまった。そして何の気なしに小卓の前に腰をかけて、大切なものの中にしまっておいた、その頃《ころ》日本では珍らしいファウンテン・ペンを取出して、筆の動くままにそこにあった紙きれに字を書いて見た。

「女の弱き心につけ入り給《たま》うはあまりに酷《むご》き御心と唯《ただ》恨めしく存〽《ぞんじまいらせそろ》妾《わらわ》の運命はこの船に結ばれたる奇《く》しきえにしや候《そうら》いけん心がらとは申せ今は過去の凡《すべ》て未来の凡てを打捨てて唯眼の前の恥かしき思いに漂うばかりなる根なし草の身となり果てて〽《まいらせそろ》を事もなげに見やり給うが恨めしく恨めしく死」

と何んの工夫もなく、よく意味も解《わか》らないで一瀉千里《いっしゃせんり》に書き流して来たが、「死」という字に来ると、葉子はペンも折れよといらいらしくその上を塗り消した。思いのままを事務長に云ってやるのは、思う存分自分を弄《もてあそ》べと云ってやるのと同じ事だった。葉子は怒りに任せて余白を乱暴に徒《いたず》ら書きで汚していた。

と、突然船医の部屋から高々と倉地の笑声が聞えて来た。葉子は我れにもなく頭《つむり》を上げて、暫く聞耳を立ててから、そっと戸口に歩み寄ったが後はそれなり又静かになった。

葉子は恥かしげに座に戻った。そして紙の上に思い出すままに勝手な字を書いたり、形の知れない形を書いて見たりしながら、ずきんずきんと痛む額をぎゅっと肘《ひじ》をついた片手で押えて何んと云う事もなく考えつづけた。

念が届けば木村にも定子にも何んの用があろう。倉地の心さえ摑めば後は自分の意地一つだ。そうだ。念が届かなければ……念が届かなければ……届かなければあらゆるものに用が無くなるのだ。そうしたら美しく死のうねえ……どうして……私はどうして……けれども……葉子はいつの間にか純粋に感傷的になっていた。自分にもこんなおぼこな思いが潜んでいたかと思うと、抱いて撫《な》でさすってやりたい程自分が可愛《かわ》ゆくもあった。そして木部と別れて以来絶えて味わなかったこの甘い情緒に自分からほだされ溺《おぼ》れて、心中でもする人のような、恋に身をまかせる心安さにひたりながら小机に突伏してしまった。

やがて酔いつぶれた人のように頭《つむり》を擡げた時は、疾《とう》に日がかげって部屋の中には華やかに電灯がともっていた。

いきなり船医の部屋の戸が乱暴に開かれる音がした。葉子ははっと思った。その時葉子の部屋の戸にどたりと突きあたった人の気配がして、「早月さん」と濁って塩がれた事務長の声がした。葉子は身のすくむような衝動を受けて、思わず立ち上ってたじろぎながら部屋の隅に逃げかくれた。そして体中を耳のようにしていた。

「早月さんお願いだ。一寸開けて下さい」

葉子は手早く小机の上の紙を屑籠《くずかご》になげ棄《す》てて、ファウンテン・ペンを物蔭《ものかげ》に放りこんだ。そしてせかせかとあたりを見廻したが、慌《あわ》てながら眼窓のカーテンを閉め切った。そして又立ちすくんだ、自分の心の恐ろしさにまどいながら。

外部では握拳《にぎりこぶし》で続けさまに戸を敲《たた》いている。葉子はそわそわと裾前をかき合せて、肩越しに鏡を見やりながら涙を拭《ふ》いて眉《まゆ》を撫でつけた。

「早月さん‼」

葉子はやや暫《しば》し、いい、いつおいつ躊躇《ちゅうちょ》していたが、とうとう決心して、何か慌てくさって、鍵をがちがちやりながら戸を開けた。

事務長はひどく酔って這入って来た。どんなに飲んでも顔色もかえない程の強酒《ごうしゅ》な倉地が、こんなに酔うのは珍しい事だった。締め切った戸に仁王立《におうだ》ちによりかかって、冷然とした様子で離れて立つ葉子をまじまじと見すえながら、

「葉子さん、葉子さんが悪ければ早月さんだ。早月さん……僕のする事はするだけの覚悟があってするんですよ。僕はね、横浜以来あなたに惚《ほ》れていたんだ。それが分らないあなたじゃないでしょう。暴力？　暴力が何んだ。暴力は愚かな事《こ》った。殺したくなれば殺《し》しても進《し》んぜるよ」

葉子はその最後の言葉を聞くと眩暈《めまい》を感ずる程に有頂天になった。

「あなたに木村さんというのが附いてる位は、横浜の支店長から聞かされとるんだが、どんな人だか僕は勿論《もちろん》知りませんさ。知らんが僕の方があなたに深惚れしとる事だけは、この胸三寸でちゃんと知っとるんだ。それ、それが分らん？　僕は恥も何もさらけ出して云っとるんですよ。これでも分らんですか」

葉子は眼をかがやかしながら、その言葉を貪《むさぼ》った。嚙みしめた。そして呑《の》み込んだ。

こうして葉子に取っての運命的な一日は過ぎた。

十八

その夜船はビクトリヤ*に着いた。倉庫の立ちならんだ長い桟橋《さんばし》に"Car to the Town. Fare 15¢"と大きな白い看板に書いてあるのが夜目にもしるく葉子の眼窓《めまど》から見やられた。米国への上陸が禁ぜられている支那の苦力《クリー》がここから上陸するのと、相当の荷役とで、船の内外は急に騒々しくなった。事務長は忙しいと見えてその夜は遂《つい》に葉子の部屋に顔を見せなかった。そこいらが騒々しくなればなる程葉子は例えようのない平和を感じた。生れて以来、葉子は生に固着した不安からこれ程まで奇麗に遠ざかり得るものとは思いも設けていなかった。しかもそれが空疎《くうそ》な平和ではない。飛び立って躍りたい程の ecstasy を苦もなく押え得る強い力の潜んだ平和だった。凡ての事に飽き足った人のように、又二十五年に亙《わた》る長い苦しい戦に始めて勝って兜《かぶと》を脱いだ人のように、心にも肉にも快い疲労を覚えて、謂《い》わばその疲れを夢のように味いながら、なよなよとソファに身を寄せて灯火《あかり》を見つめていた。倉地がそこにいないのが浅い心残りだった。けれども何んと云っても心安かった。ともすれば微笑が唇《くちびる》の上を漣《さざなみ》のようにひらめき過ぎた。

けれどもその翌日から一等船客の葉子に対する態度は掌《てのひら》を返えしたように変ってしまった。一夜の間にこれほどの変化を惹起《ひきおこ》す事の出来る力を、葉子は田川夫人の外に想像し得なかった。田川夫人が世に時めく良人《おっと》を持って、人の眼に立つ交際をして、女盛りと云い条、もういくらか降《くだ》り坂であるのに引きかえて、どんな人の配偶にして見ても恥かしくない才能と容貌《ようぼう》とを持った若々しい葉子の便《たよ》りなげな身の上とが、二人に近づく男達に同情の軽重を起させるのは勿論だった。然し道徳はいつでも田川夫人のような立場にある人の利器で、夫人はまたそれを有利に使う事を忘れない種類の人であった。そして船客達の葉子に対する同情の底に潜む野心――はかない、野心とも云えない程の野心――もう一つ云い換ゆれば、葉子の記憶に親切な男として、勇悍《ゆうかん》な男として、美貌な男として残りたいと云う程な野心――に絶望の断定を与える事によって、その同情を引込めさせる事の出来るのも夫人は心得ていた。事務長が自己の勢力範囲から離れてしまった事も不快の一つだった。こんな事から事務長と葉子との関係は巧妙な手段で逸早《いちはや》く船中に伝えられたに違いない。その結果として葉子は忽《たちま》ち船中の社交から葬《ほうむ》られてしまった。少くとも田川夫人の前では、船客の大部分は葉子に対して疎々《よそよそ》しい態度をして見せるようになった。中にも一番憐れなのは岡だった。誰が何んと告げ口したのか知らないが、葉子が朝おそく眼を覚して甲板に出て見ると、毎時《いつ》ものように手欄《てすり》に倚《よ》りかかって、もう内海になった波の色を眺《なが》めていた彼れは、葉子の姿を認めるや否《いな》や、ふいとその場を外して、何所《どこ》へか影を隠してしまった。それからというもの、岡はまるで幽霊のようだった。船の中にいる事だけは確かだが、葉子がどうかしてその姿を見つけたと思うと、次ぎの瞬間にはもう見えなくなっていた。その癖葉子は思わぬ時に、岡が何所かで自分を見守っているのを確かに感ずる事が度々だった。葉子はその岡を憐れむ事すらもう忘れていた。

結句船の中の人達から度外視されるのを気安い事とまでは思わないでも、葉子はかかる結果には一向無頓着《いっこうむとんじゃく》だった。もう船は今日シヤトルに着くのだ。田川夫人やその外の船客達の所謂《いわゆる》「監視」の下に苦々しい思いをするのも今日限りだ。そう葉子は平気で考えていた。
然し船がシヤトルに着くという事は、葉子に外の不安を持ち来《きた》さずにはおかなかった。シカゴに行って半年か一年木村と連れ添う外はあるまいとも思った。然し木部の時でも二ケ月とは同棲《どうせい》していなかったとも思った。倉地と離れては一日でもいられそうにはなかった。然しこんな事を考えるには船がシヤトルに着いてからでも三日や四日の余裕はある。倉地はその事は第一に考えてくれているに違いない。葉子は今の平和を強《し》いてこんな問題でかき乱す事を欲しなかったばかりでなく迚《とて》も出来なかった。

葉子はその癖、船客と顔を合せるのが不快でならなかったので、事務長に頼んで船橋に上げてもらった。船は今瀬戸内《せとうち》のような狭い内海を動揺もなく進んでいた。船長はビクトリヤで傭《やと》い入れた水先案内と二人併《なら》んで立っていたが、葉子を見るといつもの通り顔を真赤にしながら帽子を取って挨拶《あいさつ》した。ビスマーク*のような顔をして、船長より一とがけも二たがけも大きい白髪の水先案内はふと振返ってじっと葉子を見たが、そのまま向き直って、

「Charmin' little lassie! wha' is that?」*

とスコットランド風な強い発音で船長に尋ねた。葉子には解らない積りで云ったのだ。船長が慌てて何かささやくと、老人はからからと笑って一寸《ちょっと》首を引込ませながら、も

う一度振返って葉子を見た。

その毒気なくからからと笑う声が、恐しく気に入ったばかりでなく、乾いて晴れ亙った秋の朝の空と何んとも云えない調和をしていると思いながら葉子は聞いた。そしてその老人の背中でも撫でてやりたいような気になった。船は小動《こゆる》ぎもせずに亜米利《アメリ》加《カ》松《まつ》の生え茂った大島小島の間を縫って、舷側に来てぶつかる漣の音も長閑《のど》かだった。そして昼近くになって一寸した岬《みさき》をくるりと船がかわすと、やがてポート・タウンセンド*に着いた。そこでは米国官憲の検査が型ばかりあるのだ。崩した崕《がけ》の土で埋め立てをして造った、桟橋まで小さな漁村で、四角な箱に窓を明けたような、生々しい一色のペンキで塗り立てた二三階建ての家並みが、嶮《けわ》しい斜面に沿うて高く低く立ち連って、岡の上には水上げの風車が、青空に白い羽根をゆるゆる動かしながら、かったんこっとんと呑気《のんき》らしく音を立てて廻っていた。鴎《かもめ》が群をなして猫《ねこ》に似た声で啼《な》きながら、船の周りを水に近く長閑に飛び廻るのを見るのも、葉子には絶えて久しい物珍しさだった。飴屋《あめや》の呼売りのような声さえ町の方から聞えて来た。葉子はチャート・ルーム*の壁に凭《もた》れかかって、ぽかぽかと射《さ》す秋の日の光を頭から浴びながら、静かな恵深《めぐみぶか》い心で、この小さな町の小さな生活の姿を眺めやった。そして十四日の航海の間に、いつの間にか海の心を心としていたのに気が付いた。放埒《ほうらつ》な、移り気な、想像も及ばぬパッションにのたうち廻って呻き悩むあの大海原――葉子は失われた楽園を慕い望むイブ*のように、静かに小さくうねる水の皺《しわ》を見やりながら、遥《はる》かな海の上の旅路を思いやった。

「早月さん一寸そこからでいい、顔を貸して下さい」

直ぐ下で事務長のこう云う声が聞えた。葉子は母に呼び立てられた少女のように、嬉《うれ》しさに心をときめかせながら、船橋の手欄から下を見下ろした。そこに事務長が立っていた。

「One more over there, look !*」

こう云いながら、米国の税関吏らしい人に葉子を指さして見せた。官吏は点頭《うなず》きながら手帳に何か書き入れた。

船は間もなくこの漁村を出発したが、出発すると間もなく事務長は船橋に昇って来た。

「Here we are ! Seattle is as good as reached now.*」

船長にともなく葉子にともなく云って置いて、水先案内と握手しながら、

「Thanks to you.」

と附け足した。そして三人で暫《しば》らく快活に四方山《よもやま》の話をしていたが、不図思い出した

ように葉子を顧みて、

「これから又当分は眼が廻る程忙しくなるで、その前に一寸御相談があるんだが、下に来てくれませんか」

と云った。葉子は船長に一寸挨拶を残して、すぐ事務長の後に続いた。階子段《はしごだん》を降《おり》る時でも、眼の先きに見える頑丈《がんじょう》な広い肩から一種の不安が抜け出て来て葉子に逼《せま》る事はもうなかった。自分の部屋の前まで来ると、事務長は葉子の肩に手をかけて戸を開けた。部屋の中には三四人の男が濃く立罩《たちこ》めた煙草《たばこ》の煙の中に所狭く立ったり腰かけたりしていた。そこには興録の顔も見えた。事務長は平気で葉子の肩に手をかけたまま這入《はい》って行った。

それは始終事務長や船医と一かたまりのグループを作って、サルンの小さな卓を囲んでウイスキーを傾けながら、時々他の船客の会話に無遠慮な皮肉や茶々を入れたりする連中だった。日本人が着るといかにも嫌味《いやみ》に見える亜米利加風の背広も、さして取ってつけたようには見えない程、太平洋を幾度も往来したらしい人達で、どんな職業に従事しているのか、そういう見分けには人一倍鋭敏な観察力を持っている葉子にすら見当がつかなかった。葉子が這入って行っても、彼等は格別自分達の名前を名乗るでもなく、一番安楽な椅子《いす》に腰かけていた男が、それを葉子に譲って、自分は二つに折れるように小さくなって、既に一人腰かけている寝台に曲りこむと、一同はその様子に声を立てて笑ったが、すぐ又前通り平気な顔をして勝手な口をきき始めた。それでも一座は事務長には一目置いているらしく、又事務長と葉子との関係も、事務長から残らず聞かされている様子だった。葉子はそう云う人達の間にあるのを結句気安く思った。彼等は葉子を下級船員の所謂《いわゆる》「姉御」扱いにしていた。

「向うに着いたらこれで悶着《もんちゃく》ものだぜ。田川の嬶《かかあ》め、あいつ、一味噌《ひとみそ》擦《す》らずにはおくまいて」

「因業《いんごう》な生れだなあ」

「何んでも正面から打突《ぶっ》かって、いさくさ云わず決めてしまう外はないよ」

などと彼等は戯談《じょうだん》ぶった口調で親身《しんみ》な心持ちを云い現わした。事務長は眉も動かさずに、机に倚りかかって黙っていた。葉子はこれらの言葉からそこに居合わす人々の性質や傾向を読み取ろうとしていた。興録の外に三人いた、その中の一人は甲斐絹《かいき》*のどてらを着ていた。

「このままこの船でお帰りなさるがいいね」

とそのどてらを着た中年の世渡り功者らしいのが葉子の顔を窺《うかが》い窺い云うと、事務長は少し屈托《くったく》らしい顔をして物懶《ものう》げに葉子を見やりながら、

「私もそう思うんだがどうだ」

と訊《たず》ねた。葉子は、

「さあ……」

と生返事をする外なかった。始めて口をきく幾人もの男の前で、とつかわ*物を云うのがさすがに臆劫《おっくう》だった。興録は事務長の意向を読んで取ると、分別ぶった顔をさし出して、

「それに限りますよ。あなた一つ病気におなりなさりゃ世話なしですさ。上陸したところが急に動くようにはなれない。又そういう体では検疫が兎《と》や角《かく》やかましいに違いないし、この間のように検疫所で真裸にされるような事でも起れば、国際問題だの何んだのって始末におえなくなる。それよりは出帆まで船に寝ていらっしゃる方がいいと、そこは私が大丈夫やりますよ。そしておいて船の出際《でぎわ》になって矢張りどうしてもいけないと云えばそれっ限《き》りのもんでさあ」

「なに、田川の奥さんが、木村って云うのに、味噌さえしこたま擦ってくれれば一番ええのだが」

と事務長は船医の言葉を無視した様子で、自分の思う通りをぶっきらぼうに云ってのけた。

木村はその位な事で葉子から手を引くようなはきはきした気象の男ではない。これまでも随分色々な噂《うわさ》が耳に這入った筈《はず》なのに「僕はあの女の欠陥も弱点も皆んな承知している。私生児のあるのも固《もと》より知っている。唯僕はクリスチャンである以上、何んとでもして葉子を救い上げる。救われた葉子を想像して見給《みたま》え。僕はその時一番理想的な better half を持ち得ると信じている」と云った事を聞いている。東北人のねんじりむっつりしたその気象が、葉子には第一我慢のし切れない嫌悪《けんお》の種だったのだ。

葉子は黙って皆んなの云う事を聞いている中《うち》に、興録の軍略が一番実際的だと考えた。そして忸《な》れ忸れしい調子で興録を見やりながら、

「興録さん、そう仰有《おっしゃ》れば私仮病じゃないんですの。この間中から診ていただこうかしらと幾度か思ったんですけれども、あんまり大袈裟《おおげさ》らしいんで我慢していたんですがどういうもんでしょう……少しは船に乗る前からでしたけれども……お腹《なか》のここが妙に時々痛むんですのよ」

と云うと、寝台に曲りこんだ男はそれを聞きながらにやりにやり笑い始めた。葉子は一寸《ちょっと》その男を睨《にら》むようにして一緒に笑った。

「まあ機《しお》の悪い時にこんな事を云うもんですから、痛い腹まで探られますわね……じゃ興録さん後程診ていただけて？」

事務長の相談というのはこんな他愛《たわい》もない事で済んでしまった。

二人きりになってから、

「では私これから本当の病人になりますからね」

葉子は一寸倉地の顔をつついて、その唇に触れた。そしてシヤトルの市街から起る煤煙《ばいえん》が遠くにぼんやり望まれるようになったので、葉子は自分の部屋に帰った。そして洋風の白い寝衣《ねまき》に着かえて、髪を長い編下げにして寝床に這入った。戯談のようにして興録に病気の話をしたものの、葉子は実際可なり長い以前から子宮を害しているらしかった。腰を冷やしたり、感情が激昂《げっこう》したりした後では、きっと収縮するような痛みを下腹部に感じていた。船に乗った当座は、暫くの間は忘れるようにこの不快な痛みから遠ざかる事が出来て、幾年ぶりかで申し所のない健康のよろこびを味《あじわ》ったのだったが、近頃は又段々痛みが激しくなるようになって来ていた。半身が痲痺《まひ》したり、頭が急にぼーっと遠くなる事も珍らしくなかった。葉子は寝床に這入ってから、軽い疼《いた》みのある所をそっと平手で擦《さす》りながら、船がシヤトルの波止場に着く時の有様を想像して見た。しておかなければならない事が数かぎりなくあるらしかったけれども、何をしておくという事もなかった。唯《ただ》何んでもいいせっせと手当り次第仕度をしておかなければ、それだけの心尽しを見せて置かなければ、目論見《もくろみ》通り首尾が運ばないように思ったので、一遍横になったものを又むくむくと起き上った。

先ず昨日着た派手な衣類がそのまま散らかっているのを畳んでトランクの中に仕舞いこんだ。臥《ね》る時まで着ていた着物は、わざと華やかな長襦袢《ながじゅばん》や裏地が見えるように衣紋竹《えもんだけ》に通して壁にかけた。事務長の置き忘れて行ったパイプや帳簿のようなものは叮嚀《ていねい》に引出しに隠した。古藤が木村と自分とに宛《あ》てて書いた二通の手紙を取り出して、古藤がしておいたように枕《まくら》の下に差しこんだ。鏡の前には二人の妹と木村との写真を飾った。それから大事な事を忘れていたのに気が付いて、廊下越しに興録を呼び出して薬瓶《くすりびん》や病床日記を調えるように頼んだ。興録の持って来た薬瓶から薬を半分がた痰《たん》壺《つぼ》に捨てた。日本から木村に持って行くように托された品々をトランクから取り分けた。その中からは故郷を思い出させるような色々な物が出て来た。香《におい》までが日本というものをほのかに心に触れさせた。

葉子は忙《せわ》しく働かしていた手を休めて、部屋の真中に立ってあたりを見廻して見た。萎《しぼ》んだ花束が取除《とりの》けられて無くなっているばかりで、あとは横浜を出た時の通りの部屋の姿になっていた。旧《ふる》い記憶が香《こう》のように染《し》みこんだそれらの物を見ると、葉子の心は我れにもなくふとぐらつきかけたが、涙もさそわずに淡く消えて行った。フォクスルで起重機の音がかすかに響いて来るだけで、葉子の部屋は妙に静かだった。葉子の心は風のない池か沼の面のように唯どんよりと澱《よど》んでいた。体は何の訳もなくだるく物懶《ものう》かった。

食堂の時計が引きしまった音で三時を打った。それを合図のように汽笛がすさまじく鳴り響いた。港に這入った合図をしているのだなと思った。と思うと今まで鈍く脈打つように見えていた胸が急に激しく騒ぎ動き出した。それが葉子の思いも設けぬ方向に動き出した。もうこの長い船旅も終ったのだ。十四五の時から新聞記者になる修業の為《た》めに来たい来たいと思っていた米国に着いたのだ。来たいとは思いながら本当に来ようとは夢にも思わなかった米国に着いたのだ。それだけの事で葉子の心はもうしみじみとしたものになっていた。木村は狂うような心を強いて押《お》しずめながら、船の着くのを埠頭《ふとう》に立って涙ぐみつつ待っているだろう。そう思いながら葉子の眼は木村や二人の妹の写真の方にさまよって行った。それと併《なら》べて写真を飾っておく事も出来ない定子の事までが、哀れ深く思いやられた。生活の保障をしてくれる父親もなく、膝《ひざ》に抱き上げて愛撫《あいぶ》してやる母親にもはぐれたあの子は今あの池《いけ》の端《はた》の淋《さび》しい小家で何をしているのだろう。笑っているかと想像して見るのも悲しかった。泣いているかと想像して見るのも憐《あわ》れだった。そして胸の中が急にわくわくとふさがって来て、堰《せ》きとめる暇もなく涙がはらはらと流れ出た。葉子は大急ぎで寝台の側《そば》に駈《か》けよって、枕許《まくらもと》においといたハンケチを拾い上げて眼頭《めがしら》に押あてた。素直な感傷的な涙が唯訳もなく後から後から流れた。この不意の感情の裏切りには然《しか》し引き入れられるような誘惑があった。段々底深く沈んで哀《かな》しくなって行くその思い、何んの思いとも定めかねた深い、侘《わび》しい、悲しい思い。恨みや怒りを綺《き》麗《れい》に拭《ぬぐ》い去って、諦《あきら》めきったように総《すべ》てのものを唯しみじみとなつかしく見せるその思い。いとしい定子、いとしい妹、いとしい父母、……何故《なぜ》こんななつかしい世に自分の心だけがこう哀しく一人《ひとり》坊《ぼっ》ちなのだろう。何故世の中は自分のようなものを憐れむ仕方を知らないのだろう。そんな感じの零細な断片がつぎつぎに涙に濡《ぬ》れて胸を引きしめながら通り過ぎた。葉子は知らず知らずそれらの感じにしっかりすがり附こうとしたけれども無益だった。感じと感じとの間には、星のない夜のような、波のない海のような、暗い深い際涯《はてし》のない悲哀が、愛憎の凡《すべ》てを唯一色に染めなして、どんよりと拡《ひろ》がっていた。生を呪《のろ》うよりも死が願われるような思いが逼るでもなく離れるでもなく、葉子の心にまつわり附いた。

葉子は果ては枕に顔を伏せて、本当に自分の為めにさめざめと泣き続けた。

こうして小《こ》半晌《はんとき》もたった時、船は桟橋《さんばし》に繋《つな》がれたと見えて、二度目の汽笛が鳴りはためいた。葉子は物懶げに頭を擡《もた》げて見た。ハンケチは涙の為めにしぼる程濡れて丸まっていた。水夫等が繋綱《つなぎづな》を受けたりやったりする音と、鋲釘《びょうくぎ》を打ちつけた靴《くつ》で甲板を歩き廻る音とが入り乱れて、頭の上は宛《さなが》ら火事場のような騒ぎだった。泣いて泣いて泣き尽した子供のようなぼんやりした取りとめのない心持で、葉子は何を思うともなくそれを聞いていた。

と突然戸外で事務長の、

「ここがお部屋です」

という声がした。それがまるで雷か何かのように恐ろしく聞えた。葉子は思わずぎょっとなった。準備をしておく積りでいながら何の準備も出来ていない事も思った。今の心持は平気で木村に会える心持ではなかった。おろおろしながら立ちは上ったが、立ち上ってもどうする事も出来ないのだと思うと、追いつめられた罪人のように、頭の毛を両手で押さえて、髪の毛をむしりながら、寝台の上にがばと伏さってしまった。

戸が開いた。

「戸が開いた」、葉子は自分自身に救いを求めるようにこう心の中で呻《うめ》いた。そして息気《いき》もとまる程身内がしゃちこばってしまっていた。

「早月さん木村さんが見えましたよ」

事務長の声だ。ああ事務長の声だ。事務長の声だ。葉子は身を震わせて壁の方に顔を向けた。……事務長の声だ……。

「葉子さん」

木村の声だ。今度は感情に震えた木村の声が聞えて来た。葉子は気が狂いそうだった。兎に角二人の顔を見る事はどうしても出来ない。葉子は二人に背《うし》ろを向け益《ます》益《ます》壁の方に藻掻《もが》きよりながら、涙の暇から狂人のように叫んだ。忽《たちま》ち高く忽ち低いその震え声は笑っているようにさえ聞えた。

「出て……お二人ともどうか出て……この部屋を……後生ですから今この部屋を……出て下さいまし……」

木村はひどく不安げに葉子に倚《よ》りそってその肩に手をかけた。木村の手を感ずると恐怖と嫌悪との為めに身をちぢめて壁に獅噛《しが》みついた。

「痛い……いけません……お腹が……早く出て……早く……」

事務長は木村を呼び寄せて何か暫くひそひそ話し合っているようだったが、二人ながら跫音《あしおと》を盗んでそっと部屋を出て行った。葉子はなおも息気も絶え絶えに、

「どうぞ出て……あっちに行って……」

と云いながら、いつまでも泣き続けた。

十九

暫らくの間食堂で事務長と通り一遍の話でもしているらしい木村が、頃《ころ》を見計って再度葉子の部屋の戸を敲《たた》いた時にも、葉子はまだ枕に顔を伏せて、不思議な感情の渦《うず》巻《まき》の中に心を浸していたが、木村が一人で這入《はい》って来たのに気付くと、始めて弱々しく横向きに寝なおって、二の腕まで袖口《そでくち》のまくれた真白な手をさし延べて、黙ったまま木村と握手した。木村は葉子の激しく泣いたのを見てから、堪《こら》え堪えていた感情が更らに嵩《こう》じたものか、涙をあふれんばかり眼頭にためて、厚ぼったい唇《くちびる》を震わせながら、痛々しげに葉子の顔付を見入って突立った。

葉子は、今まで続けていた沈黙の惰性で第一口をきくのが物懶《ものう》かったし、木村は何んと云い出したものか迷う様子で、二人の間には握手のまま意味深げな沈黙が取りかわされた。その沈黙は然し感傷的という程度であるには余りに長く続き過ぎたので、外界の刺戟《しげき》に応じて過敏なまでに満干《みちひ》の出来る葉子の感情は今まで浸っていた痛烈な動乱から一皮一皮平調に還《かえ》って、果てはその底に、こう嵩じては厭《いと》わしいと自分ですらが思うような冷かな皮肉が、そろそろ頭を持上げて来るのを感じた。握り合せたむずかゆいような手を引込めて、眼元まで蒲団《ふとん》を被《かぶ》って、そこから自分の前に立つ若い男の心の乱れを嘲笑《あざわら》って見たいような心にすらなっていた。永く続く沈黙が当然牽起《ひきおこ》す一種の圧迫を木村も感じてうろたえたらしく、何んとかして二人の間の気まずさを引裂くような、心の切なさを表わす適当の言葉を案じ求めているらしかったが、とうとう涙に潤った低い声で、もう一度、

「葉子さん」

と愛するものの名を呼んだ。それは先程呼ばれた時のそれに比べると、聞き違える程美しい声だった。葉子は、今まで、これ程切《せつ》な情を籠《こ》めて自分の名を呼ばれた事はないようにさえ思った。「葉子」という名に際立って伝奇的な色彩が添えられたようにも聞えた。で、葉子はわざと木村と握り合せた手に力をこめて、更らに何んとか言葉をつがせて見たくなった。その眼も木村の唇に励ましを与えていた。木村は急に弁力を回復して、

「一日千秋の思いとはこの事です」

とすらすらと滑らかに云って退《の》けた。それを聞くと葉子は見事期待に背負投げを喰《く》わされて、その場の滑稽《こっけい》に思わず吹き出そうとしたが、如何《いか》に事務長に対する恋に溺《おぼ》れ切った女心の残虐《ざんぎゃく》さからも、さすがに木村の他意ない誠実を笑い切る事は得しないで、

葉子は唯心の中で失望したように「あれだから嫌《い》やになっちまう」とくさくさしながら喞《かこ》った。

然しこの場合、木村と同様、葉子も恰好《かっこう》な空気を部屋の中に作る事に当惑せずにはいられなかった。事務長と別れて自分の部屋に閉じ籠《こも》ってから、心静かに考えて置こうとした木村に対する善後策も、思いよらぬ感情の狂いからそのままになってしまって、今になって見ると、葉子はどう木村をもてあつかって好いのか、はっきりした目論見は出来ていなかった。然し考えて見ると、木部孤笻《こきょう》と別れた時でも、葉子には格別これという謀略があった訳ではなく、唯その時々に我儘《わがまま》を振舞ったに過ぎなかったのだけれども、その結果は葉子が何か恐ろしく深い企《たくら》みと手練《てくだ》を示したかのように人に取られていた事も思った。何んとかして漕《こ》ぎ抜けられない事はあるまい。そう思って、先ず落付き払って木村に椅子《いす》をすすめた。木村が手近かにある畳椅子を取上げて寝台の側に来て坐《すわ》ると、葉子は又しなやかな手を木村の膝の上において、男の顔をしげしげと見やりながら、

「本当に暫らくでしたわね。少しおやつれになったようですわ」

と云って見た。木村は自分の感情に打負かされて身を震わしていた。そしてわくわくと流れ出る涙が見る見る眼から溢《あふ》れて、顔を伝って幾筋となく流れ落ちた。葉子は、

その涙の一雫《ひとしずく》が気まぐれにも、俯向《うつむ》いた男の鼻の先きに宿って、落ちそうで落ちないのを見やっていた。

「随分色々と苦労なすったろうと思って、気が気ではなかったんですけれども、私の方も御承知の通りでしょう。今度こっちに来るにつけても、それは困って、有りったけのものを払ったりして、漸《ようや》く間に合せた位だったもんですから……」

なお云おうとするのを木村は忙《せわ》しく打消すように遮《さえぎ》って、

「それは十分分っています」

と顔を上げた拍子に涙の雫がぽたりと鼻の先きからズボンの上に落ちたのを見た。葉子は、泣いた為めに妙に脹《は》れぼったく赤くなって、てらてらと光る木村の鼻の先きが急に気になり出して、悪いとは知りながらも、兎《と》もするとそこへばかり眼が行った。

木村は何からどう話し出していいか分らない様子だった。

「私の電報をビクトリヤで受取ったでしょうね」

などともてれ隠しのように云った。葉子は受取った覚えもない癖にいい加減に、

「ええ、難有《ありがと》う御座いました」

と答えておいた。そして一時《いっとき》も早くこんな息気づまるように圧迫して来る二人の間の心のもつれから逃れる術《すべ》はないかと思案していた。

「今始めて事務長から聞いたんですが、あなたが病気だったと云ってましたが、一体何所《どこ》が悪かったんです。さぞ困ったでしょうね。そんな事とはちっとも知らずに、今が今まで、祝福された、輝くようなあなたを迎えられるとばかり思っていたんです。あなたは本当に試練の受けつづけと云うもんですね。何所でした悪いのは」

葉子は、不用意にも女を捕えてじかづけに病気の種類を聞きただす男の心の粗雑さを忌みながら、当らずさわらず、前からあった胃病が、船の中で食物と気候との変った為めに、段々嵩じて来て起きられなくなったように云い繕った。木村は痛ましそうに眉《まゆ》を寄せながら聞いていた。

葉子はもうこんな程々な会話には堪え切れなくなって来た。木村の顔を見るにつけて思い出される仙台時代や、母の死というような事にも可なり悩まされるのをつらく思った。で、話の調子を変える為めに強《し》いていくらか快活を装って、

「それはそうとこちらの御事業はいかが」

と仕事とか様子とか云う代りに、わざと事業という言葉をつかってこう尋ねた。

木村の顔付は見る見る変った。そして胸のポッケットに覗《のぞ》かせてあった大きなリンネルのハンケチを取出して、器用に片手でそれをふわりと丸めておいて、ちんと鼻をかんでから、又器用にそれをポッケットに戻すと、

「駄目《だめ》です」

といかにも絶望的な調子で云ったが、その眼は既に笑っていた。桑港《サンフランシスコ》の領事が在留日本人の企業に対して全然冷淡で盲目であるという事、日本人間に嫉視《しっし》が激しいので、桑港での事業の目論見は予期以上の故障に遇《あ》って大体失敗に終った事、思い切った発展は矢張り想像通り米国の西部よりも中央、殊《こと》にシカゴを中心として計画されなければならぬという事、幸に、桑港で自分の話に乗ってくれるある手堅い独逸《ドイツ》人に取次ぎを頼んだという事、シヤトルでも相当の店を見出しかけているという事、シカゴに行ったら、そこで日本の名誉領事をしている可なりな鉄物商の店に先ず住み込んで米国に於《お》ける取引きの手心を呑《の》み込むと同時に、その人の資本の一部を動かして、日本との直取引《じかとりひき》を始める算段であるという事、シカゴの住居はもう決って、借りるべきフラット*の図面まで取寄せてあるという事、フラットは不経済のようだけれども部屋の明いた部分を又貸しをすれば、大して高いものにもつかず、住い便利は非常にいいという事……そう云う点にかけては、中々綿密に行き届いたもので、それをいかにも企業家らしい説服的な口調で順序よく述べて行った。会話の流れがこう変って来ると、葉子は始めて泥《どろ》の中から足を抜き上げたような気軽な心持になって、ずっと木村を見つめながら、聞くともなしにその話に聞き耳を立てていた。木村の容貌《ようぼう》は暫《しば》らくの間に見違える程 refine されて、元から白かったその皮膚は何か特殊な洗料で底光りのする程磨《みが》きがかけられて、日本人とは思えぬまで滑らかなのに、油で綺麗に分けた濃い黒髪は、西洋人の金髪には又見られぬような趣きのある対照をその白皙《はくせき》の皮膚に与えて、カラーとネックタイの関係にも人に気のつかぬ凝り方を見せていた。

「会いたてからこんな事を云うのは恥かしいですけれども、実際今度という今度は苦闘しました。ここまで迎えに来るにも碌々《ろくろく》旅費がない騒ぎでしょう」

と云ってさすがに苦しげに笑いにまぎらそうとした。その癖木村の胸にはどっしりと重そうな金鎖がかかって、両手の指には四つまで宝石入りの指輪がきらめいていた。葉子は木村の云う事を聞きながらその指に眼をつけていたが、四つの指輪の中に婚約の時取交した純金の指輪もまじっているのに気がつくと、自分の指にはそれを箝《は》めていなかったのを思い出して、何喰わぬ様子で木村の膝の上から手を引込めて顎《あご》まで蒲団を被ってしまった。木村は引込められた手に追いすがるように椅子を乗り出して、葉子の顔に近く自分の顔をさし出した。

「葉子さん」

「何？」

又 Love-scene か。そう思って葉子はうんざりしたけれども、すげなく顔を背ける訳にも行かず、やや当惑していると、折よく事務長が型ばかりのノックをして這入って来た。葉子は寝たまま、眼でいそいそと事務長を迎えながら、

「まあ好うこそ……先程は失礼。何んだか下らない事を考え出していたもんですから、つい我儘をしてしまって済みません……お忙しいでしょう」

と云うと、事務長はからかい半分の冗談をきっかけに、

「木村さんの顔を見るとえらい事を忘れていたに気がついたで。木村さんからあなたに電報が来とったのを、私ゃビクトリヤでのどさくさでころり忘れとったんだ。済まん事でした。こんな皺《しわ》になりくさった」

と云いながら、左のポッケットから折目に煙草《たばこ》の粉がはさまって揉《も》みくちゃになった電報紙を取出した。木村は先刻葉子がそれを見たと確かに云ったその言葉に対して、怪訝《けげん》な顔付きをしながら葉子を見た。些《さ》細《さい》な事ではあるが、それが事務長にも関係を持つ事だと思うと、葉子も一寸《ちょっと》どぎまぎせずにはいられなかった。然《しか》しそれは唯《ただ》一瞬間だった。

「倉地さん、あなたは今日少しどうかなすっていらっしゃるわ。それはその時ちゃんと拝見したじゃありませんか」

と云いながらすばやく眼くばせすると、事務長はすぐ何か訳があるのを気取《けど》ったらし

く、巧みに葉子にばつを合せた。

「何？　あなた見た？……おおそうそう……これは寝呆《ねぼ》け返っとるぞ、ははは」

そして互に顔を見合わせながら二人はしたたか笑った。木村は暫く二人をかたみがわりに見較《みくら》べていたが、これもやがて声を立てて笑い出した。木村の笑い出すのを見た二人は無性に可笑《おか》しくなってもう一度新しく笑いこけた。木村という大きな邪魔者を眼の前に据《す》えておきながら、互の感情が水のように苦もなく流れ通うのを二人は子供らしく楽しんだ。

然しこんな悪戯《いたずら》めいた事の為めに話しは一寸途切れてしまった。下らない事に二人から湧《わ》き出た少し仰山過ぎた笑いは、かすかながら木村の感情を害《そこ》ねたらしかった。葉子は、この場合、なお居残ろうとする事務長を遠ざけて、木村とさし向いになるのが得策だと思ったので、程もなく生真面目《きまじめ》な顔付きに帰って、枕の下を探って、そこに入れて置いた古藤の手紙を取出して木村に渡しながら、

「これをあなたに古藤さんから。古藤さんには随分お世話になりましてよ。でもあの方のぶまさ加減*ったら、それはじれったい程ね。愛や貞の学校の事もお頼みして来たんですけれども心許《こころもと》ないもんよ。きっと今頃は喧嘩腰《けんかごし》になって皆んなと談判でもしていらっしゃるでしょうよ。見えるようですわね」

と水を向けると、木村は始めて話の領分が自分の方に移って来たように、顔色をなおしながら、事務長をそっちのけにした態度で、葉子に対しては自分が第一の発言権を持っていると云わんばかりに、色々と話し出した。事務長は暫らく風向を見計って立っていたが突然部屋を出て行った。葉子はすばやくその顔色を窺《うかが》うと妙にけわしくなっていた。

「一寸《ちょっと》失礼」

木村の癖で、こんな時まで妙によそよそしく断って、古藤の手紙の封を切った。西洋罫紙《けいし》にペンで細かく書いた幾枚かの可なり厚いもので、それを木村が読み終るまでには暇がかかった。その間、葉子は仰向けになって、甲板で盛んに荷揚げしている人足等の騒ぎを聞きながら、やや暗くなりかけた光で木村の顔を見やっていた。少し眉根を寄せながら、手紙に読み耽《ふけ》る木村の表情には、時々苦痛や疑惑やの色が往《い》ったり来たりした。読み終ってからほっとした溜息《ためいき》と共に木村は手紙を葉子に渡して、

「こんな事を云ってよこしているんです。あなたに見せても構わないとあるから御覧なさい」

と云った。葉子は別に読みたくもなかったが、多少の好奇心も手伝うので兎に角眼を通して見た。

「僕は今度位不思議な経験を嘗《な》めた事はない。兄《けい》が去って後の葉子さんの一身に関して、責任を持つ事なんか、僕はしたいと思っても出来はしないが、若《も》し明白に云わせてくれるなら、兄はまだ葉子さんの心を全然占領したものとは思われない」

「僕は女の心には全く触れた事がないと云っていい程の人間だが、若し僕の事実だと思う事が不幸にして事実だとすると、葉子さんの恋には——若しそんなのが恋と云えるなら——大分余裕があると思うね」

「これが女の tact というものかと思ったような事があった。然し僕には解《わか》らん」

「僕は若い女の前に行くと変にどぎまぎしてしまって碌々物も云えなくなる。ところが葉子さんの前では全く異《ちが》った感じで物が云える。これは考えものだ」

「葉子さんという人は兄が云う通りに優れた天賦《てんぷ》を持った人のようにも実際思える。然しあの人は何所《どこ》か片輪じゃないかい」

「明白に云うと僕はああ云う人は一番嫌《きら》いだけれども、同時に又一番牽《ひ》き附けられる、僕はこの矛盾を解きほごして見たくって堪《たま》らない。僕の単純を許してくれ給《たま》え。葉子さんは今までの何所かで道を間違えたのじゃないか知らん。けれどもそれにしては余り平気だね」

「神は悪魔に何一つ与えなかったが Attraction だけは与えたのだ。こんな事も思う。……葉子さんの Attraction は何所から来るんだろう。失敬々々。僕は乱暴を云い過ぎてるようだ」

「時々は憎むべき人間だと思うが、時々は何んだか可哀《かわい》そうで可哀そうで堪らなくなる時がある。葉子さんがここを読んだら恐らく唾《つば》でも吐きかけたくなるだろう。あの人は可哀そうな人の癖に、可哀そうがられるのが嫌いらしいから」

「僕には結局葉子さんは何が何んだかちっとも分らない。僕は兄が彼女を選んだ自信に驚く。然しこうなった以上は、兄は全力を尽して彼女を理解してやらなければいけないと思う。どうか兄等の生活が最後の栄冠に至らん事を神に祈る」

こんな文句が断片的に葉子の心に沁《し》みて行った。葉子は激しい侮蔑《ぶべつ》を小鼻に見せて、手紙を木村に戻した。木村の顔にはその手紙を読み終えた葉子の心の中を見透《みとお》そうとあせるような表情が現われていた。

「こんな事を書かれてあなたどう思います」

葉子は事もなげにせせら笑った。

「どうも思いはしませんわ。でも古藤さんも手紙の上では一枚がた男を上げていますわね」

木村の意気込みは然しそんな事ではごまかされそうにはなかったので、葉子は面倒くさくなって少し険しい顔になった。

「古藤さんの仰有る事。あなたは私と約束なさった時から私を信じ私を理解して下さっていらっしゃるんでしょうね」

木村は恐ろしい力をこめて、

「それはそうですとも」

と答えた。

「そんならそれで何も云う事はないじゃありませんか。古藤さんなどの云う事——古藤さんなんぞに分られたら人間も末ですわ——でもあなたはやゝっぱり何所か私を疑っていらっしゃるのね」

「そうじゃない……」

「そうじゃない事があるもんですか。私は一旦《いったん》こうと決めたら何所までもそれで通すのが好き。それは生きてる人間ですもの、こっちの隅《すみ》あっちの隅と小さな事を捕えて尤《とが》めだてを始めたら際限はありませんさ。そんな馬鹿な事ったらありませんわ。私みたいな気随な我儘者はそんな風にされたら窮屈で窮屈で死んでしまうでしょうよ。私がこんなになったのも、つまり、皆んなで寄ってたかって私を疑い抜いたからです。あなたゞってやっぱりその一人かと思うと心細いもんですのね」

木村の眼は輝いた。

「葉子さんそれは疑い過ぎというもんです」

そして自分が米国に来てから嘗め尽した奮闘生活*もつまりは葉子というものがあればこそ出来たので、若し葉子がそれに同情と鼓舞とを与えてくれなかったら、その瞬間に精も根も枯れ果ててしまうに違いないという事を繰り返し繰り返し熱心に説いた。葉子はうそうそしく聞*いていたが、

「うまく仰有るわ」

と留《とど》めをさしておいて、暫らくしてから思い出したように、

「あなた田川の奥さんにお遇いなさって」

と尋ねた。木村はまだ遇わなかったと答えた。葉子は皮肉な表情をして、

「いまに屹度《きっと》お遇いになってよ。一緒にこの船でいらしったんですもの。そして五十川の小母《おば》さんが私の監督をお頼みになったんですもの。一度お遇いになったらあなたは屹度私なんぞ見向きもなさらなくなりますわ」

「どうしてです」

「まあお遇いなさって御覧なさいまし」

「何かあなた批難を受けるような事でもしたんですか」

「ええええ沢山しましたとも」

「田川夫人に？　あの賢夫人の批難を受けるとは、一体どんな事をしたんです」

葉子はさも愛想《あいそ》が尽きたという風に、

「あの賢夫人！」

と云いながら高々と笑った。二人の感情の糸は又も紏《もつ》れてしまった。

「そんなにあの奥さんにあなたの御信用があるのなら、私から申しておく方が早手廻しですわね」

と葉子は半分皮肉な半分真面目な態度で、横浜出航以来夫人から葉子が受けた暗々裡《あんあんり》の圧迫に尾鰭《おひれ》をつけて語って来て、事務長と自分との間に何か当り前でない関係でもあるような疑いを持っているらしいと云う事を、他人事《ひとごと》でも話すように冷静に述べて行った。その言葉の裏には、然し葉子に特有な火のような情熱が閃《ひらめ》いて、その眼は鋭く輝いたり涙ぐんだりしていた。木村は電火にでも打たれたように判断力を失って、一部始終をぼんやりと聞いていた。言葉だけにも何所までも冷静な調子を持たせ続けて葉子は凡《すべ》てを語り終ってから、

「同じ親切にも真底からのと、通り一遍のと二つありますわね。その二つがどうかしてぶつかり合うと、毎時《いつ》でも本当の親切の方が悪者扱いにされたり、邪魔者に見られ

るんだから面白う御座んすわ。横浜を出てから三日ばかり船に酔ってしまって、どうしましょうと思った時にも、御親切な奥さんは、わざと御遠慮なさってでしょうね、三度々々食堂にはお出になるのに、一度も私の方へはいらしって下さらないのに、事務長ったら幾度もお医者さんを連れて来るんですもの、奥さんのお疑いも尤《もっと》もと云えば尤もですの。それに私が胃病で寝込むようになってからは、船中のお客様がそれは同情して下さって、色々として下さるのが、奥さんには大のお気に入らなかったんですの。奥さんだけが私を親切にして下さって、外の方は皆んな寄ってたかって、奥さんを親切にして上げて下さる段取りにさえなれば、何もかも無事だったたんですけれどもね、中でも事務長の親切にして上げ方が一番足りなかったんでしょうよ」

と言葉を結んだ。木村は唇《くちびる》を噛《か》むようにして聞いていたが、いまいましげに、

「判《わか》りました判りました」

合点しながらつぶやいた。

葉子は額の生《は》え際《ぎわ》の短い毛を引張っては指に巻いて上眼で眺《なが》めながら、皮肉な微笑を唇のあたりに浮ばして、

「おわかりになった？　ふん、どうですかね」

と空嘯《そらうそぶ》いた。

木村は何を思ったかひどく感傷的な態度になっていた。

「私が悪かった。私は何所までもあなたを信ずる積りでいながら、……他人の言葉に多少とも信用をかけようとしていたのが悪かったのです。……考えて下さい、私は親類や友人の凡ての反対を犯して此所《ここ》まで来ているのです。もうあなたなしには私の生涯《しょうがい》は無意味です。私を信じて下さい。屹度十年を期して男になって見せますから……若しあなたの愛から私が離れなければならんような事があったら……私はそんな事を思うに堪えない……葉子さん」

木村はこう云いながら眼を輝してすり寄って来た。葉子はその思いつめたらしい態度に一種の恐怖を感ずる程だった。男の誇りも何も忘れ果て、捨て果てて、葉子の前に誓《ちかい》を立てている木村を、うまうま偽っているのだと思うと、葉子はさすがに針で突くような痛みを鋭く深く良心の一隅《いちぐう》に感ぜずにはいられなかった。然しそれよりもその瞬間に葉子の胸を押しひしぐように狭《せば》めたものは、底のない物凄《ものすご》い不安だった。木村とはどうしても連れ添う心はない。その木村に……葉子は溺《おぼ》れた人が岸辺を望むように事務長を思い浮べた。男というものの女に与える力を今更らに強く感じた。ここに事務長がいてくれたらどんなに自分の勇気は加わったろう。然し……どうにでもなれ。どうかしてこの大事な瀬戸を漕《こ》ぎぬけなければ浮ぶ瀬はない。葉子は大それた謀《む》反人《ほんにん》の心で木村のcaressを受くべき身構え心構えを案じていた。

二十

船の着いたその晩、田川夫妻は見舞の言葉も別れの言葉も残さずに、大勢の出迎人に囲まれて堂々と威儀を整えて上陸してしまった。その余の人々の中にはわざわざ葉子の部屋を訪ずれて来たものが数人はあったけれども、葉子は如何《いか》にも親しみをこめた別れの言葉を与えはしたが、後まで心に残る人とては一人もいなかった。その晩事務長が来て、狭っこいboudoir*のような船室で晩《おそ》くまでしめじめと打語った間に、葉子はふと二度程岡の事を思っていた。あんなに自分を慕っていはしたが岡も上陸してしまえば、詮方《せんかた》なくボストンの方に旅立つ用意をするだろう。そして頓《やが》て自分の事もいつとはなしに忘れてしまうだろう。それにしても何んという上品な美しい青年だったろう。こんな事をふと思ったのも然《しか》し束《つか》の間《ま》で、その追憶は心の戸を敲《たた》いたと思うと果敢《はか》なくも何所《どこ》かに消えてしまった。今は唯《ただ》木村という邪魔な考えが、もやもやと胸の中に立迷うばかりで、その奥には事務長の打勝ちがたい暗い力が、魔王のように小《こ》動《ゆる》ぎもせず蹲《うずくま》っているのみだった。

荷役の目まぐるしい騒ぎが二日続いた後の絵島丸は、泣きわめく遺族に取り囲まれた虚《うつ》ろな死骸《しがい》のように、がらんと静まり返って、騒々しい桟橋《さんばし》の雑鬧《ざっとう》の間に淋《さび》しく横《よこたわ》っている。

水夫が輪切りにした椰子《やし》の実で汚れた甲板の板を単調にごしごしごしごしと擦《こす》る音が、時というものをゆるゆる磨《す》り減らすやすりのように日がな日ねもす聞えていた。

葉子は早く早くここを切上げて日本に帰りたいという子供染《じ》みた考えの外には、おかしい程その外の興味を失ってしまって、他郷の風景に一瞥《いちべつ》を与える事も厭《いと》わしく、自分の部屋の中に籠《こも》り切って、ひたすら発船の日を待ち侘《わ》びた。尤も木村が毎日米国という香を鼻をつくばかり身の廻りに漂わせて、葉子を訪ずれて来るので、葉子はうっかり寝床を離れる事も出来なかった。

木村は来る度毎《たびごと》に是非米国の医者に健康診断を頼んで、大事なければ思切って検疫官の検疫を受けて、兎《と》も角《かく》も上陸するようにと勧めて見たが、葉子は何所までもいやを云い通すので、二人の間には時々危険な沈黙が続く事も珍しくなかった。葉子は然し何時《いつ》でも手際よくその場合々々を操って、それから甘い歓語を引き出すだけの機才を持ち合していたので、この一ケ月程見知らぬ人の間に立交って、貧乏の屈辱を存分に嘗め尽した木村は、見る見る温柔な葉子の言葉や表情に酔いしれるのだった。カリフォルニヤから来る水々しい葡萄《ぶどう》やバナナを器用な経木《きょうぎ》の小籃《こかご》に盛ったり、美しい花束を携えたりして、葉子の朝化粧がしまったかと思う頃《ころ》には木村が欠かさず尋ねて来た。そして毎日くどくどと興録に葉子の容態を聞き糺《ただ》した。興録はいい加減な事を云って一日延しに延しているので堪らなくなって木村が事務長に相談すると、事務長は興録よりも更らに要領を得ない受け答えをした。仕方なしに木村は途方に暮れて、又葉子に帰って来て泣きつくように上陸を迫るのであった。その毎日のいきさつを夜になると葉子は事務長と話し合って笑いの種にした。

葉子は何んと云う事なしに、木村を困らして見たい、いじめて見たいというような不思議な残酷な心を、木村に対して感ずるようになって行った。事務長と木村とを目の前に置いて、何も知らない木村を、事務長が一流のきびきびした悪辣《あくらつ》な手で思うさま翻弄《ほんろう》して見せるのを眺めて楽しむのが一種の痼疾《こしつ》のようになった。そして葉子は木村を通して自分の過去の凡てに血の滴《したた》る復讐《ふくしゅう》を敢《あ》えてしようとするのだった。そんな場合に、葉子はよく何所かでうろ覚えにしたクレオパトラの挿話《そうわ》を思い出していた。クレオパトラが自分の運命の窮迫したのを知って自殺を思い立った時、幾人も奴隷《どれい》を目の前に引出さして、それを毒蛇《どくじゃ》の餌食《えじき》にして、その幾人もの無辜《むこ》の人々が悶《もだ》えながら絶命するのを、眉《まゆ》も動かさずに見ていたという挿話を思い出していた。葉子には過去の凡ての呪咀《じゅそ》が木村の一身に集まっているようにも思いなされた。母の虐《しいた》げ、五十川女史の術数、近親の圧迫、社会の環視、女に対する男の窺覦《きゆ》、女の苟合《こうごう》などという葉子の敵を木村の一身におっかぶせて、それに女の心が企み出す残虐な仕打ちのあらん限りを瀉《そそ》ぎかけようとするのであった。

「あなたは丑《うし》の刻参りの藁《わら》人形よ*」

こんな事をどうかした拍子に面と向かって木村に云って、木村が怪訝《けげん》な顔でその意味を酌《く》みかねているのを見ると、葉子は自分にも訳の分らない涙を眼に一杯溜《た》めながらヒステリカルに笑い出すような事もあった。

木村を払い捨てる事によって、蛇《へび》が殻《から》を抜出ると同じに、自分の凡ての過去を葬《ほうむ》ってしまう事が出来るようにも思いなして見た。

葉子は又事務長に、どれ程木村が自分の思うままになっているかを見せつけようとする誘惑も感じていた。事務長の眼の前では随分乱暴な事を木村に云ったりさせたりした。時には事務長の方が見兼ねて二人の間をなだめにかかる事さえある位だった。

ある時木村の来ている葉子の部屋に事務長が来合せた事があった。葉子は枕許《まくらもと》の椅《い》子《す》に木村を腰かけさせて、東京を発《た》った時の様子を委《くわ》しく話して聞かせている所だったが、事務長を見るといきなり様子をかえて、さもさも木村を疎《うと》んじた風で、

「あなたは向うにいらしって頂戴《ちょうだい》」

と木村を向うのソファに行くように眼で指図して、事務長をその跡に坐《すわ》らせた。

「さ、あなたこちらへ」

と云って仰向けに寝たまま上眼をつかって見やりながら、

「いいお天気のようですことね。……あの時々ごーっと雷のような音のするのは何？……私うるさい」

「トロですよ」

「そう……お客様がたんとおありですってね」

「さあ少しは知っとるものがあるもんだで」

「ゆうべもその美しいお客がいらしったの？　とうとうお話にお見えにならなかったのね」

木村を前に置きながら、この無謀とさえ見える言葉を遠慮会釈《えしゃく》もなく云い出すのには、さすがの事務長もぎょっとしたらしく、返事も碌々《ろくろく》しないで木村の方に向いて、

「どうですマッキンレーは。驚いた事が持上りおったもんですね」

と話題を転じようとした。この船の航海中シヤトルに近くなったある日、当時の大統領マッキンレーは兇徒《きょうと》の短銃に斃《たお》れた＊ので、この事件は米国での噂《うわ》さの中心になって

いるのだった。木村はその当時の模様を委しく新聞紙や人の噂で知り合せていたので、乗気になってその話に身を入れようとするのを、葉子は膠《にべ》もなく遮《さえぎ》って、

「何んですねあなたは貴夫人の話の腰を折ったりして。そんなごまかし位ではだまされてはいませんよ。倉地さん、どんな美しい方です。亜米利加《アメリカ》生粋《きっすい》の人ってどんななんでしょうね。私、見たい。遇《あ》わして下さいましな今度来たら。ここに連れて来て下さるんですよ。他のものなんぞ何んにも見たくはないけれども、これぱかりは是非見とう御座んすわ。そこに行くとね、木村なんぞはそりゃあ野暮《やぼ》なもんですことよ」

と云って木村のいる方を遥《はる》かに下眼で見やりながら、

「木村さんどう？　こっちに入らしってからちっとは女のお友達がお出来になって？　Lady Friend というのが？」

「それが出来んで堪《たま》るか」

と事務長は木村の内行《ないこう》を見抜いて裏書きするように大きな声で云った。

「ところが出来ていたらお慰み、そうでしょう？　倉地さんまあこうなの。木村が私を貰《もら》いに来た時にはね。石のように堅く坐りこんでしまって、まるで命の取りやりでもし兼ねない談判の仕方ですのよ。その頃母は大病で臥《ふせ》っていましたの。何んとか母に仰有《おっしゃ》ってね、母に。私忘れちゃならない言葉がありましたわ。ええと……そうそう

（木村の口調を上手に真似《まね》ながら）『私若《も》し外の人に心を動かすような事がありましたら神様の前に罪人です』ですって……そういう調子ですもの」

木村は少し怒気をほのめかす顔付きをして遠くから葉子を見詰めたまま口もきかないでいた。事務長はからからと笑いながら、

「それじゃ木村さん今頃は神様の前にいいくら加減罪人になっとるでしょう」

と木村を見返えしたので、木村も已《や》むなく苦り切った笑いを浮べながら、

「已れを以《もっ》て人を計る筆法ですね」

と答えはしたが、葉子の言葉を皮肉と解して、人前でたしなめるにしては稍《やや》軽過ぎるし、冗談と見て笑ってしまうにしては確かに強過ぎるので、木村の顔色は妙にぎごちなくこだわってしまって何時までも晴れなかった。葉子は唇だけに軽い笑いを浮べながら、胆汁の漲《みなぎ》ったようなその顔を下眼で快げにまじまじと眺めやった。そして苦い清涼剤でも飲んだように胸のつかえを透かしていた。

やがて事務長が座を立つと、葉子は、眉をひそめて快からぬ顔をした木村を、強《し》いて又旧《もと》のように自分の側近《そばちか》く坐らせた。

「いやな奴《やつ》っちゃないの。あんな話でもしていないと、外に何んにも話の種のない人ですの……あなたさぞ御迷惑でしたろうね」

と云いながら、事務長にしたように上眼に媚《こび》を集めてじっと木村を見た。然し木村の感情はひどくほつれて容易に解ける様子はなかった。葉子を故意に威圧しようと企《たく》むわざとな改まり方も見えた。葉子は悪戯者《いたずらもの》らしく腹の中でくすくす笑いながら、木村の顔を好意をこめた眼付きで眺め続けた。木村の心の奥には何か云い出して見たい癖に、何んとなく腹の中が見透かされそうで、云い出しかねている物があるらしかったが、途切れ勝ちながら話が小半晌《こはんとき》も進んだ時、とてつもなく、

「事務長は、何んですか、夜になってまであなたの部屋に話しに来る事があるんですか」

とさりげなく尋ねようとするらしかったが、その語尾は我れにもなく震えていた。葉子は陥穽《わな》にかかった無智《むち》な獣を憫《あわれ》み笑うような微笑を唇に浮べながら、

「そんな事がされますものかこの小さな船の中で。考えても御覧なさいまし。さき程私が云ったのは、この頃は毎晩夜になると暇なので、あの人達が食堂に集って来て、酒を飲みながら大きな声で色んな下らない話をするんですの。それがよくここまで聞えるんです。それに昨夜《ゆうべ》あの人が来なかったからからかってやっただけなんですのよ。この頃は質《たち》の悪い女までが隊を組むようにしてどっさり船に来て、それは騒々しいんですの。……ほほほほあなたの苦労性ったらない」

木村は取りつく島を見失って二の句がつげないでいた。それを葉子は可愛《かわい》い眼を上げて、無邪気な顔をして見やりながら笑っていた。そして事務長が這入って来た時途切らした話の糸口を見事に忘れずに拾い上げて、東京を発つ時の模様を又仔細《しさい》に話しつづけた。

こうした風で葛藤《かっとう》は葉子の手一つで勝手に紛らされたりほごされたりした。

葉子は一人の男をしっかりと自分の把持《はじ》の中に置いて、それを猫《ねこ》が鼠《ねずみ》でも弄《な》ぶるように、勝手に弄ぶって楽しむのをやめる事が出来なかったと同時に、時々は木村の顔を一眼見たばかりで、虫唾《むしず》が走る程厭悪《えんお》の情に駆り立てられて、我れながらどうしていいか分らない事もあった。そんな時には唯一図《いちず》に腹痛を口実にして、一人になって、腹立ち紛れにあり合せたものを取って床の上に抛《ほう》ったりした。もう何もかも云ってしまおう。弄《もてあそ》ぶにも足らない木村を近づけておくには当らない事だ。何もかも明らかにして気分だけでもさっぱりしたいとそう思う事もあった。然し同時に葉子は戦術家の冷静さを以て、実際問題を勘定に入れる事も忘れはしなかった。事務長をしっかり自分の手の中に握るまでは、早計に木村を逃がしてはならない。「宿屋きめずに草鞋《わらじ》を脱ぐ」……母がこんな事を葉子の小さい時に教えてくれたのを思い出したりして、葉子は一人で苦笑いもした。

そうだ、まだ木村を逃がしてはならぬ。葉子は心の中に書き記してでも置くように、上眼を使いながらこんな事を思った。

またある時葉子の手許に米国の切手の貼《は》られた手紙が届いた事があった。葉子は船へなぞ宛《あ》てて手紙をよこす人はない筈《はず》だがと思って開いて見ようとしたが、又例の悪戯な心が動いて、わざと木村に開封させた。その内容がどんなものであるかの想像もつかないので、それを木村に読ませるのは、武器を相手に渡して置いて、自分は素手で格闘するようなものだった。葉子はそこに興味を持った。そしてどんな不意な難題が持上がるだろうかと、心をときめかせながら結果を待った。その手紙は葉子に簡単な挨拶《あいさつ》を残したまま上陸した岡から来たものだった。如何《いか》にも人柄《ひとがら》に不似合な下手な字体で、葉子がひょっとすると上陸を見合せてそのまま帰るという事を聞いたが、若しそうなったら自分も断然帰朝する。気違いじみた仕業とお笑いになるかも知れないが、自分にはどう考えて見てもそれより外に道はない。葉子に離れて路傍の人の間に伍《ご》したらそれこそ狂気になるばかりだろう。今まで打明けなかったが、自分は日本でも屈指な豪商の身内に一人子と生れながら、体が弱いのと母が継母である為《た》めに、父の慈悲から洋行する事になったが、自分には故国が慕われるばかりでなく、葉子のように親しみを覚えさしてくれた人はないので、葉子なしには一刻も外国の土に足を止《とど》めている事は出来ぬ。兄弟のない自分には葉子が前世からの姉とより思われぬ。自分を憐《あわれ》んで弟と思ってくれ。せめては葉子の声の聞える所顔の見える所にいるのを許してくれ。自分はそれだけの憐みを得たいばかりに、家族や後見人の譏《そし》りも何んとも思わずに帰国するのだ。事務長にもそれを許してくれるように頼んで貰いたい。という事が、少し甘い、然し真率な熱情をこめた文体で長々と書いてあったのだった。

葉子は木村が問うままに包まず岡との関係を話して聞かせた。木村は考え深くそれを聞いていたが、そんな人なら是非遇って話をして見たいと云い出した。自分より一段若いと見ると、かくばかり寛大になる木村を見て葉子は不快に思った。よし、それでは岡を通して倉地との関係を木村に知らせてやろう。そして木村が嫉妬《しっと》と憤怒《ふんぬ》とで真黒になって帰って来た時、それを思うまま操って又元の鞘《さや》に納めて見せよう。そう思って葉子は木村の云うままに任せて置いた。

次ぎの朝、木村は深い感激の色を漂《たた》えて船に来た。そして岡と会見した時の様子を委しく物語った。岡はオリエンタル・ホテル*の立派な一室にたった一人でいたが、そのホテルには田川夫妻も同宿なので、日本人の出入りがうるさいと云って困っていた。木村の訪問したというのを聞いて、ひどくなつかしそうな様子で出迎えて、兄でも敬うようにもてなして、稍落付いてから隠し立てなく真率に葉子に対する自分の憧憬《どうけい》の程を打明けたので、木村は自分の云おうとする告白を、他人の口からまざまざと聞くような切な情にほだされて、貰い泣きまでしてしまった。二人は互に相憐れむというようななつかしみを感じた。これを縁に木村は何所までも岡を弟とも思って親しむ積りだ。が、日本に帰る決心だけは思い止《とどま》るように勧めて置いたと云った。岡はさすがに育ちだけに事務長と葉子との間のいきさつを想像に任せてはしたなく木村に語る事はしなかったらしい。木村はその事に就いては何んとも云わなかった。葉子の期待は全く外れてしまった。役者下手な為めに折角の芝居が芝居にならずにしまった事を物足らなく思った。然しこの事があってから岡の事が時々葉子の頭に浮ぶようになった。女にしてもみまほしいかの華車《きゃしゃ》な青春の姿がどうかするといとしい思い出となって葉子の心の隅《すみ》に潜むようになった。

　船がシャトルに着いてから五六日経って、木村は田川夫妻にも面会する機会を造ったらしかった。その頃から木村は突然傍目《わきめ》にもそれと気が附く程考え深くなって、ともすると葉子の言葉すら聞き落して慌《あわ》てたりする事があった。そしてある時とうとう一人胸の中には納めていられなくなったと見えて、

「私にゃあなたが何故《なぜ》あんな人と近しくするか分りませんがね」

と事務長の事を噂のように云った。葉子は少し腹部に痛みを覚えるのを殊更《ことさら》誇張し

て脇腹《わきばら》を左手で押えて、眉をひそめながら聞いていたが、尤《もっと》もらしく幾度も点頭《うなず》いて、

「それは本当に仰有る通りですから何も好んで近づきたいとは思わないんですけれども、これまで随分世話になっていますしね、それにああ見えていて思いの外親切気のある人ですから、ボーイでも水夫でも怖がりながらなついていますわ。おまけに私お金まで借りていますもの」

とさも当惑したらしく云うと、

「あなたお金はなしですか」

木村は葉子の当惑さを自分の顔にも現していた。

「それはお話したじゃありませんか」

「困ったなあ」

木村は余程困り切ったらしく握った手を鼻の下にあてがって、下を向いたまま暫《しば》らく思案に暮れていたが、

「いくら程借りになっているんです」

「さあ診察料や滋養品で百円近くにもなっていますかしらん」

「あなたは金は全く無しですね」

木村は更らに繰返して云って溜息《ためいき》をついた。

葉子は物慣れぬ弟を教えいたわるように、

「それに万一私の病気がよくならないで、一先《ひとま》ず日本へでも帰るようになれば、なおなお帰りの船の中では世話にならなければならないでしょう。……でも大丈夫そんな事はないとは思いますけれども、先き先きまでの考えをつけておくのが旅にあれば一番大事ですもの」

木村はなおも握った手を鼻の下に置いたなり、何んにも云わず、身動きもせず考え込んでいた。

葉子は術《すべ》なさそうに木村のその顔を面白く思いながらまじまじと見やっていた。

木村はふと顔を上げてしげしげと葉子を見た。何かそこに字でも書いてありはしないかとそれを読むように。そして黙ったまま深々と歎息《たんそく》した。

「葉子さん。私は何から何まであなたを信じているのがいい事なのでしょうか。あなたの身の為めばかり思っても云う方がいいかとも思うんですが……」

「では仰有って下さいましな何んでも」

葉子の口は少し親しみを籠《こ》めて冗談らしく答えていたが、その眼からは木村を黙らせるだけの光が射られていた。軽はずみな事を苟《いやし》くも云って見るがいい、頭を下げさせないでは置かないから。そうその眼はたしかに云っていた。

木村は思わず自分の眼をたじろがして黙ってしまった。葉子は片意地にも眼で続けさまに木村の顔を鞭《むちう》った。木村はその笞《しもと》の一つ一つを感ずるようにどぎまぎした。

「さ、仰有って下さいまし……さ」

葉子はその言葉には何所までも好意と信頼とを罩《こ》めて見せた。木村は矢張り躊躇《ちゅうちょ》していた。葉子はいきなり手を延して木村を寝台に引きよせた。そして半分起き上ってその耳に近く口を寄せながら、

「あなたみたいに水臭い物の仰有り方をなさる方もないもんね。何んとでも思っていらっしゃる事を仰有って下さればいいじゃありませんか。……あ、痛い……いいえさして痛くもないの。何を思っていらっしゃるんだか仰有って下さいまし、ね、さ。何んでしょうねえ。伺いたい事ね。そんな他人行儀は……あ、あ、痛い、おお痛い……一寸此所《ちょっとここ》のところを押えて下さいまし。……さし込んで来たようで……あ、あ」

と云いながら、眼をつぶって、床の上に寝倒れると、木村の手を持ち添えて自分の脾腹《ひばら》を押えさして、つらそうに歯を噛《く》いしばってシーツに顔を埋めた。肩でつく息気がかすかに雪白のシーツを震わした。

木村はあたふたしながら、今までの言葉などはそっちのけにして介抱にかかった。

二十一

絵島丸はシヤトルに着いてから十二日目に纜《ともづな》を解いて帰航する筈になっていた。その出発があと三日になった十月十五日に、木村は、船医の興録から、葉子はどうしても一先ず帰国させる方が安全だという最後の宣告を下されてしまった。木村はその時にはもう大体覚悟を決めていた。帰ろうと思っている葉子の下心を朧《おぼ》ろげながら見て取って、それを飜《ひるが》えす事は出来ないと諦《あきら》めていた。運命に従順な羊のように、然し執《しゅう》念《ね》く将来の希望を命にして、現在の不満に服従しようとしていた。

緯度の高いシヤトルに冬の襲いかかって来る様はすさまじいものだった。海岸線に沿うて遥か遠くまで連続して見亙《みわた》されるロッキーの山々はもうたっぷりと雪がかかって、穏やかな夕空に現われ慣れた雲の峰も、古綿のように形の崩れた色の寒い霰雲《あられぐも》に変って、人をおびやかす白いものが、今にも地を払って降りおろして来るかと思われた。海沿いに生え揃《そろ》った亜米利加松《アメリカまつ》の翠《みどり》ばかりが毒々しい程黒ずんで眼に立つばかりで、濶葉樹《かつようじゅ》の類は、何時《いつ》の間にか、葉を払い落した枝先きを針のように鋭く空に向けていた。シヤトルの町並みがあると思われる辺からは——船の繋《つな》がれている処《ところ》から市街は見えなかった――急に煤煙《ばいえん》が立ち増さって、忙《せ》わしく冬仕度を整えながら、やがて北半球を包んで攻め寄せて来る真白な寒気に対して覚束《おぼつか》ない抵抗を用意するように見えた。ポッケットに両手をさし入れて、頭を縮め気味に、波止場の石畳を歩き廻《まわ》る人々の姿にも、不安と焦燥との窺《うかが》われる忙わしい自然の移り変りの中に、絵島丸は慌《あわ》ただしい発航の準備をし始めた。絞盤《こうばん》*の歯車のきしむ音が船首と船尾とからやかましく冴《さ》え返って聞え始めた。

木村はその日も朝から葉子を訪ずれて来た。殊に青白く見える顔付きは、何かわくわくと胸の中に煮え返る想《おもい》をまざまざと裏切って、見る人の憐れを誘う程だった。背水の陣と自分でも云っているように、亡父の財産をありったけ金に代えて、手っ払《ぱら》い*に日本の雑貨を買い入れて、こちらから通知書一つ出せば、何時でも日本から送ってよこすばかりにしてあるものの、手許《てもと》には些《いささ》かの銭も残ってはいなかった。葉子が来たならばと金の上にも心の上にもあてにしていたのが見事に外れてしまって、葉子が帰るにつけては、無けなしの所から又々何んとかしなければならないはめに立った木村は、二三日の中に、糠喜《ぬかよろこ》びも一時の間で、孤独と冬とに囲まれなければならなかったのだ。

葉子は木村が結局事務長にすがり寄って来る外に道のない事を察していた。

木村は果して事務長を葉子の部屋に呼び寄せてもらった。事務長はすぐやって来たが、服なども仕事着のままで何か余程せわしそうに見えた。木村はまあと云って倉地に椅子《いす》を与えて、今日は毎時《いつも》のすげない態度に似ず、折入って色々と葉子の身の上を頼んだ。事務長は始めの忙しそうだった様子に引かえて、どっしりと腰を据《す》えて正面から例の大きく木村を見やりながら、親身に耳を傾けた。木村の様子の方が却《かえっ》てそわそわしく眺《なが》めやられた。

木村は大きな紙入れを取出して、五十弗《ドル》の切手を葉子に手渡しした。

「何もかも御承知だから倉地さんの前で云う方が世話なしだと思いますが、何んと云ってもこれだけしか出来ないんです。こ、これです」

と云って淋《さび》しく笑いながら、両手を出して拡《ひろ》げて見せてから、チョッキをたたいた。胸にかかっていた重そうな金鎖も、四つまで箝《は》められていた指輪の三つまでも失《な》くなっていて、たった一つ婚約の指輪だけが貧乏臭く左の指にはまっているばかりだった。葉子はさすがに「まあ」と云った。

「葉子さん、私はどうにでもします。男一匹なりゃ何所《どこ》にころがり込んだからって、――そんな経験も面白い位のものですが、これんばかりじゃあなたが足りなかろうと思うと、面目もないんです。倉地さん、あなたにはこれまででさえいい加減世話をしていただいて何んとも済みませんですが私共二人はお打明け申した所、こう云うていたらくなんです。横浜へさえおとどけ下さればその先きは又どうにでもしますから、若《も》し旅費にでも不足しますようでしたら、御迷惑序《ついで》に何んとかしてやって頂く事は出来ないでしょうか」

　事務長は腕組みをしたまままじまじと木村の顔を見やりながら聞いていたが、

「あなたはちっとも持っとらんのですか」

と聞いた。木村はわざと快活に強《し》いて声高く笑いながら、

「綺麗《きれい》なもんです」

と又チョッキをたたくと、

「そりゃいかん。何、船賃なんぞ入《い》りますものか。東京で本店にお払いになればいいんじゃし、横浜の支店長も万事心得とられるんだで、御心配入りませんわ。そりゃあなたお持ちになるがいい。外国にいて文なしでは心細いもんですよ」

と例の塩辛声でやや不機嫌《ふきげん》らしく云った。その言葉には不思議に重々しい力が罩《こも》っていて、木村は暫らくかれこれと押問答をしていたが、結局事務長の親切を無にする事の気の毒さに、直《すぐ》な心からなお色々と旅中の世話を頼みながら、又大きな紙入れを取出して切手をたたみ込んでしまった。

「よしよしそれで何も云う事はなし。早月さんは俺《わ》しが引受けた」

と不敵な微笑を浮べながら、事務長は始めて葉子の方を見返った。

葉子は二人を眼の前に置いて、いつものように見比べながら二人の会話を聞いていた。当り前なら、葉子は大抵の場合、弱いものの味方をして見るのが常だった。どんな時でも、強いものがその強味を振りかざして弱い者を圧迫するのを見ると、葉子はかっとなって、理が非でも弱いものを勝たしてやりたがった。今の場合木村は単に弱者であるばかりでなく、その境遇も惨《みじ》めな程便りない苦しいものである事は存分に知り抜いていながら、木村に対しての同情は不思議にも湧《わ》いて来なかった。齢《とし》の若さ、姿のしなやかさ、境遇のゆたかさ、才能の華やかさというようなものを便りにする男達の蠱惑《こわく》の力は、事務長の前では吹けば飛ぶ塵《ちり》の如《ごと》く対照された。この男の前には、弱いものの哀れよりも醜さがさらけ出された。

何んという不幸な青年だろう。若い時に父親に死に別れてから、万事思いのままだった生活からいきなり不自由な浮世のどん底に放り出されながら、めげもせずにせっせと働いて、後指をさされないだけの世渡りをして、誰《だ》れからも働きのある行末頼母《たのも》しい人と思われながら、それでも心の中の淋しさを打消す為めに思い入った恋人は仇《あだ》し男に反《そむ》いてしまっている。それを又そうとも知らずに、その男の情けにすがって、消えるに決った約をのがすまいとしている。……葉子は強いて自分を説服するようにこう考えて見たが、少しも身にしみた感じは起って来ないで、動《やや》もすると笑い出したいような気にすらなっていた。

「よしよしそれで何も云う事はなし。早月さんは俺しが引受けた」

という声と不敵な微笑とがどやすように葉子の心の戸を打った時、葉子も思わず微笑を浮べてそれに応じようとした。が、その瞬間、眼ざとく木村の見ているのに気がついて、顔には笑いの影は微塵《みじん》も現わさなかった。

「俺しへの用はそれだけでしょう。じゃ忙《せわ》しいで行きますよ」

とぶっきらぼうに云って事務長が部屋を出て行ってしまうと、残った二人は妙にてれて、暫らくは互に顔を見合わすのも憚《はばか》って黙ったままでいた。

事務長が行ってしまうと葉子は急に力が落ちたように思った。今までの事がまるで芝居でも見て楽しんでいたようだった。木村のやる瀬ない心の中が急に葉子に逼《せま》って来た。葉子の眼には木村を憐れむとも自分を憐れむとも知れない涙がいつの間にか宿っていた。

木村は痛ましげに黙ったままで暫らく葉子を見やっていたが、

「葉子さん今になってそう泣いて貰《もら》っちゃ私が堪《たま》りませんよ。機嫌を直して下さい。

又いい日も廻《めぐ》って来るでしょうから。神を信ずるもの――そう云う信仰が今あなたにあるかどうか知らないが――お母さんがああいう堅い信者でありなさったし、あなたも仙台時分には確かに信仰を持っていられたと思いますが、こんな場合には尚更《なおさ》ら同じ神様から来る信仰と希望とを持って進んで行きたいものだと思いますよ。何事も神様は知っていられる……そこに私は撓《たゆ》まない希望をつないで行きます」

決心した所があるらしく力強い言葉でこう云った。何の希望！　葉子は木村の事については、木村の所謂《いわゆる》神様以上に木村の未来を知りぬいているのだ。木村の希望というのはやがて失望にそして絶望に終るだけのものだ。何の信仰！　何の希望！　木村は葉子が据えた道を――行きどまりの袋小路を――天使の昇り降りする雲の梯《かけはし》のようにも思っている。ああ何の信仰！

葉子はふと同じ眼を自分に向けて見た。木村を勝手気儘《きまま》にこづき廻す威力を備えた自分は又誰れに何者に勝手にされるのだろう。何所かで大きな手が情けもなく容赦もなく冷然と自分の運命を操っている。木村の希望が果敢《はか》なく断ち切れる前、自分の希望が逸早《いちはや》く断たれてしまわないとどうして保障する事が出来よう。木村は善人だ。自分は悪人だ。葉子はいつの間にか純な感情に捕えられていた。

「木村さん。あなたは屹度《きっと》、仕舞には屹度祝福をお受けになります……どんな事があっても失望なさっちゃいやですよ。あなたのような善い方が不幸にばかりお遇《あ》いになる訳がありませんわ。……私は生れるとから呪《のろ》われた女なんですもの。神、本当は神様を信ずるより……信ずるより憎む方が似合っているんです……ま、聞いて……でも私卑怯《ひきょう》はいやだから信じます……神様は私みたいなものをどうなさるか、しっかり眼を明いて最後まで見ています」

と云っている中に誰れにともなく口惜しさが胸一杯にこみ上げて来るのだった。

「あなたはそんな信仰はないと仰有《おっしゃ》るでしょうけれども……でも私にはこれが信仰です。立派な信仰ですもの」

と云ってきっぱり思い切ったように、火のように熱く眼に溜《たま》ったままで流れずにいる涙を、ハンケチでぎゅっと押拭《おしぬぐ》いながら、暗然と頭を垂れた木村に、

「もうやめましょうこんなお話。こんな事を云ってると、云えば云う程先きが暗くなるばかりです。ほんとに思い切って不仕合せな人はこんな事をつべこべと口になんぞ出しはしませんわ。ね、いや、あなたは自分の方から滅入《めい》ってしまって、私の云った事位で何んですねえ、男の癖に」

　木村は返事もせずに真青になって俯向《うつむ》いていた。

　そこに「御免なさい」と云うかと思うと、いきなり戸を開けて這入《はい》って来たものが

あった。木村も葉子も不意を打たれて気先きをくじかれながら、見ると、何日《いつ》ぞや錨綱《いかりづな》で足を怪我した時、葉子の世話になった老水夫だった。彼れはとうとう跛脚《びっこ》になっていた。そして水夫のような仕事には迚《とて》も役に立たないから、幸いオークランド＊に小農地を持って兎《と》や角《かく》暮しを立てている甥《おい》を尋ねて厄介《やっかい》になる事になったので、礼かたがた暇乞《いとまご》いに来たというのだった。葉子は紅《あか》くなった眼を少し恥かしげにまたたかせながら、色々と慰めた。

「何ねこう老いぼれちゃ、こんな稼業《かぎょう》をやってるがてんでうそなれど、事務長さんとボンスン（水夫長）とが可哀《かわい》そうだと云って使ってくれるで、いい気になったが罰あたったんだね」

と云って臆病《おくびょう》に笑った。葉子がこの老人を憐《あわれ》みいたわる様は傍目にもいじらしかった。日本には伝言を頼むような近親《みより》さえない身だというような事を聞く度に、葉子は泣き出しそうな顔をして合点々々していたが、仕舞には木村の止めるのも聞かず寝床から起き上って、木村の持って来た果物をありったけ籃《かご》につめて、

「陸《おか》に上ればいくらもあるんだろうけれども、これを持ってお出《い》で。そしてその中に果物でなく這入っているものがあったら、それもお前さんに上げたんだからね、人に取られたりしちゃいけませんよ」

と云ってそれを渡してやった。

老人が来てから葉子は夜が明けたように始めて晴れやかな普段の気分になった。そして例の悪戯《いたずら》らしいにこにこした愛嬌《あいきょう》を顔一面に湛《たた》えて、

「何んという気さくなんでしょう。私あんなお爺《じい》さんのお内儀《かみ》さんになって見たい……だからね、いいものを遣《や》っちまった」

きょとりとしてまじまじ木村のむっつりとした顔を見やる様子は大きな子供とより思えなかった。

「あなたから頂いたエンゲージ・リングね、あれをやりましてよ。だって何んにも無いんですもの」

何んとも云えない媚《こび》をつつむおとがいが二重になって、綺麗な歯並みが笑いの漣《さざなみ》のように唇《くちびる》の汀《みぎわ》に寄せたり返したりした。

木村は、葉子という女はどうしてこうむら気で上すべりがしてしまうのだろう、情けないと云うような表情を顔一面に漲《みなぎ》らして、何か云うべき言葉を胸の中で整えているようだったが、急に思い捨てたという風で、黙ったままほっと深い溜息《ためいき》をついた。

それを見ると今まで珍らしく押えつけられていた反抗心が又もや旋風のように葉子

の心に起った。「ねちねちさったらない」と胸の中をいらいらさせながら、序での事に少しいじめてやろうという企《たくら》みが頭を擡《もた》げた。然し顔は何処《どこ》までも前のままの無邪気さで、

「木村さんお土産を買って頂戴《ちょうだい》な。愛や貞もですけれども、親類達や古藤さんなんぞにも何かしないじゃ顔が向けられませんもの。今頃《いまごろ》は田川の奥さんの手紙が五十川の小母《おば》さんの所に着いて、東京では屹度大騒ぎをしているに違いありませんわ。発《た》つ時には世話を焼かせ、留守は留守で心配させ、ぽかんとしてお土産一つ持たずに帰って来るなんて、木村も一体木村じゃないかと云われるのが、私死ぬよりつらいから、少しは驚く程のものを買って頂戴。先程のお金で相当のものが買《と》れるでしょう」

木村は駄々児《だだっこ》をなだめるようにわざとおとなしく、

「それは宜《よろ》しい、買えとなら買いもしますが、私はあなたがあれを纏《まとま》ったまま持って帰ったらと思っているんです。大抵の人は横浜に着いてから土産を買うんですよ。その方が実際恰好《かっこう》ですからね。持ち合せもなしに東京に着きなさる事を思えば、土産なんかどうでもいいと思うんですがね」

「東京に着きさえすればお金はどうにでもしますけれども、お土産は……あなた横浜の仕入れものはすぐ知れますわ……御覧なさいあれを」

と云って棚《たな》の上にある帽子入れのボール箱に眼をやった。

「古藤さんに連れて頂いてあれを買った時は、随分吟味した積りでしたけれども、船に来てから見ている中にすぐ倦《あ》きてしまいましたの。それに田川の奥さんの洋服姿を見たら、我慢にも日本で買ったものを被《かぶ》ったり着たりする気にはなれませんわ」

そう云ってる中に木村は棚から箱をおろして中を覗《のぞ》いていたが、

「成程型はちっと古いようですね。だが品はこれならこっちでも上の部ですぜ」

「だからいやですわ。流行おくれとなると値段の張ったものほど見っともないんですもの」

暫《しば》らくしてから、

「でもあのお金はあなた御入用ですわね」

木村は慌《あわ》てて弁解的に、

「いいえあれはどの道あなたに上げる積りでいたんですから……」

と云うのを葉子は耳にも入れない風で、

「ほんとに馬鹿ね私は……思いやりも何んにもない事を申上げてしまって、どうしましょうねえ。……もう私どんな事があってもそのお金だけは頂きません事よ。こう云ったら誰れが何んと云ったって駄目《だめ》よ」

ときっぱり云い切ってしまった。木村は固《もと》より一度云い出したら後へは引かない葉子の日頃の性分を知り抜いていた。で、云わず語らずの中に、その金は品物にして持って帰らすより外に道のない事を観念したらしかった。

＊　＊　＊

その晩事務長が仕事を終えてから葉子の部屋に来ると、葉子は何か気に障《さ》えた風をして碌々《ろくろく》もてなしもしなかった。

「とうとう形《かた》がついた。十九日の朝の十時だよ出航は*」

と云う事務長の快活な言葉に返事もしなかった。男は怪訝《けげん》な顔付で見やっている。

「悪党」

と暫らくしてから、葉子は一言これだけ云って事務長を睨《にら》めた。

「何んだ？」

と尻上《しりあが》りに云って事務長は笑っていた。

「あなたみたいな残酷な人間は私始めて見た。木村を御覧なさい可哀そうに。あんなに手ひどくしなくったって……恐ろしい人ってあなたの事ね」

「何？」

と又事務長は尻上りに大きな声で云って寝床に近づいて来た。

「知りません」

と葉子はなお怒って見せようとしたが、いかにも刻みの荒い、単純な、他意のない男の顔を見ると、体の何所かが揺られる気がして来て、わざと引き締めて見せた唇の辺から思わずも笑いの影が潜み出た。

それを見ると事務長は苦い顔と笑った顔とを一緒にして、

「何んだい下らん」

と云って、電灯の近所に椅子をよせて、大きな長い脚を投げ出して、夕刊新聞を大きく開いて眼を通し始めた。

木村とは引きかえて事務長がこの部屋に来ると、部屋が小さく見える程だった。上向けた靴《くつ》の大きさには葉子は吹き出したい位だった。葉子は眼で撫《な》でたりさすったりするようにして、この大きな子供みたような暴君の頭から足の先きまでを見やっていた。ごわっごわっと時々新聞を折り返す音だけが聞えて、積荷が荒かた片付いた船室の夜は静かに更《ふ》けて行った。

葉子はそうしたままでふと木村を思いやった。

木村は銀行に寄って切手を現金に換えて、店の締らない中にいくらか買物をしてそれを小脇《こわき》に抱えながら、夕食もしたためずに、ジャクソン街にあるという日本人の旅店に帰り著《つ》く頃には、町々に灯《ひ》がともって、寒い靄《もや》と煙との間を労働者達が疲れた五体を引ずりながら歩いて行くのに沢山出遇っているだろう。小さなストーブに煙の多い石炭がぶしぶし燃えて、けばけばしい電灯の光だけが、鞭《むち》うつようにがらんとした部屋の薄穢《うすぎたな》さを煌々《こうこう》と照しているだろう。その光の下で、ぐらぐらする椅子に腰かけて、ストーブの火を見つめながら木村が考えている。暫らく考えてから淋しそうに見るともなく部屋の中を見廻して、又ストーブの火に眺め入るだろう。その中《うち》にあの涙の出易《でやす》い眼からは涙がほろほろと留度《とめど》もなく流れ出るに違いない。

事務長が音をたてて新聞を折り返した。

木村は膝頭《ひざがしら》に手を置いて、その手の中に顔を埋めて泣いている。祈っている。葉子は倉地から眼を放して、上眼を使いながら木村の祈《いのり》の声に耳を傾けようとした。途切れ途切れな切ない祈の声が涙にしめって確かに……確かに聞えて来る。葉子は眉《まゆ》を寄せて注意力を集注しながら、木村が本当にどう葉子を思っているかをはっきり見窮《みきわ》めようとしたが、どうしても思い浮べて見る事が出来なかった。

事務長がまた新聞を折り返す音を立てた。

葉子ははっとして淀《よど》みに支えられた木の葉が又流れ始めたようにすらすらと木村の

所作を想像した。それが段々岡の上に移って行った。哀れな岡！ 岡もまだ寐《ね》ないでいるだろう。木村なのか岡なのかいつまでもいつまでも寐ないで火の消えかかったストーブの前に蹲《うずくま》っているのは……更けるままにしみ込む寒さはそっと床を伝わって足の先きから這上《はいあが》って来る。男はそれにも気が付かぬ風で椅子の上にうなだれている。凡《すべ》ての人は眠っている時に、木村の葉子も事務長に抱かれて安々と眠っている時に……。

ここまで想像して来ると小説に読み耽《ふけ》っていた人が、ほっと溜息《ためいき》をしてばたんと書物をふせるように、葉子も何とはなく深い溜息をしてはっきりと事務長を見た。葉子の心は小説を読んだ時の通り無関心の pathos をかすかに感じているばかりだった。

「おやすみにならないの？」

と葉子は鈴のように涼しい小さい声で倉地に云って見た。大きな声をするのも憚《はばか》られる程あたりはしんと静まっていた。

「う」

と返事はしたが事務長は煙草《たばこ》をくゆらしたまま新聞を見続けていた。葉子も黙ってしまった。

やや暫らくしてから事務長もほっと溜息をして、

「どれ寐るかな」

と云いながら椅子から立って寝床に這入った。葉子は事務長の広い胸に巣喰《すく》うように丸まって少し震えていた。

やがて子供のようにすやすやと安らかな小さな鼾《いびき》が葉子の唇から漏れて来た。倉地は暗闇《くらやみ》の中で長い間まんじりともせず大きな眼を開いていたが、やがて、

「おい悪党」

と小さな声で呼びかけて見た。

然《しか》し葉子の規則正しく楽しげな寝息は露ほども乱れなかった。

真夜中に、恐ろしい夢を葉子は見た。よくは覚えていないが、葉子は殺してはいけないいけないと思いながら人殺しをしたのだった。一方の眼は尋常に眉の下にあるが、一方のは不思議にも眉の上にある、その男の額から黒血がどくどくと流れた。男は死んでも物凄《ものすご》くにやりにやりと笑い続けていた。その笑い声が木村々々と聞えた。始めの中は声が小さかったが段々大きくなって数も殖えて来た。その「木村々々」という数限りもない声がうざうざと葉子を取捲《とりま》き始めた。葉子は一心に手を振ってそこから遁《のが》れようとしたが手も足も動かなかった。

木村木村木村木村木村……*

木村木村木村木村……

木村木村木村……

木村木村……

木村……


ぞっとして寒気《さむけ》を覚えながら、葉子は闇の中に眼をさました。恐ろしい凶夢の名残りはど、ど、ど……と激しく高くうつ心臓に残っていた。葉子は恐怖におびえながら一心に暗い中をおどおどと手探りに探ると事務長の胸に触れた。

「あなた」

と小さい震え声で呼んで見たが男は深い眠りの中にあった。何んとも云えない気味悪さがこみ上げて来て、葉子は思い切り男の胸をゆすぶって見た。

然し男は材木のように感じなく熟睡していた。

後編

二十二

何処《どこ》かから菊の香がかすかに通《かよ》って来たように思って葉子は快い眠りから眼を覚ました。自分の側《そば》には、倉地が頭からすっぽりと蒲団《ふとん》を被《かぶ》って、鼾《いびき》も立てずに熟睡していた。料理屋を兼ねた旅館*のに似合わしい華手《はで》な縮緬《ちりめん》の夜具の上にはもう大分高くなったらしい秋の日の光が障子越しに射《さ》していた。葉子は往復一ケ月の余を船に乗り続けていたので、船脚の揺《ゆら》めきの名残りが残っていて、体がふらりふらりと揺れるような感じを失ってはいなかったが、広い畳の間に大きな軟い夜具をのべて、五体を思うまま延ばして、一晩ゆっくりと眠り通したその心地よさは格別だった。仰向けになって、寒からぬ程度に暖まった空気の中に両手を二の腕までむき出しにして、軟かい髪の毛に快い触覚を感じながら、何を思うともなく天井の木目《もくめ》を見やっているのも、珍らしい事のように快かった。

稍《やや》小半時《こはんとき》もそうしたままでいると、帳場でぼんぼん時計が九時を打った。三階にいるのだけれどもその音はほがらかに乾いた空気を伝って葉子の部屋まで響いて来た。

と、倉地がいきなり夜具をはね除《の》けて床の上に上体を立てて眼をこすった。

「九時だな今打ったのは」

と陸で聞くとおかしい程大きな塩がれ声で云った。どれ程熟睡していても、時間には鋭敏な船員らしい倉地の様子が何んの事はなく葉子を微笑《ほほえ》ました。

　倉地が立つと、葉子も床を出た。そしてその辺を片付けたり、煙草《たばこ》を吸ったりしている間に（葉子は船の中で煙草を吸う事を覚えてしまったのだった）倉地は手早く顔を洗って部屋に帰って来た。そして制服に着かえ始めた。葉子はいそいそとそれを手伝った。倉地特有な西洋風に甘ったるいような一種の匂《にお》いがその体にも服にもまつわっていた。それが不思議に何時《いつ》でも葉子の心をときめかした。

「もう飯を喰《く》っとる暇はない。又暫《しば》らくは忙《せわ》しいで木《こ》っ葉《ぱ》微塵《みじん》だ。今夜は晩《おそ》いかも知れんよ。俺れ達には天長節*も何もあったもんじゃない」

　そう云われて見ると葉子は今日が天長節なのを思い出した。葉子の心はなおなお寛《かん》濶《かつ》になった。

　倉地が部屋を出ると葉子は縁側に出て手欄《てすり》から下を覗《のぞ》いて見た。両側に桜並木のずっとならんだ紅葉坂《もみじざか》は急勾配《きゅうこうばい》をなして海岸の方に傾いている、そこを倉地の紺羅紗《こんらしゃ》の姿が勢《いきお》よく歩いて行くのが見えた。半分がた散り尽した桜の葉は真紅《しんく》に紅葉して、軒並みに掲げられた日章旗が、風のない空気の中に鮮やかに列《なら》んでいた。その間に英国の国旗が一本交って眺《なが》められるのも開港場らしい風情を添えていた。

遠く海の方を見ると税関の桟橋《さんばし》に繋《もや》われた四艘《そう》程の汽船の中に、葉子が乗って帰った絵島丸もまじっていた。真青に澄み亙《わた》った海に対して今日の祭日を祝賀する為《た》めに檣《ほばしら》から檣にかけわたされた小旗《こばた》が玩具《おもちゃ》のように眺められた。

葉子は長い航海の始終を一場の夢のように思いやった。その長旅の間に、自分の一身に起った大きな変化も自分の事のようではなかった。葉子は何がなしに希望に燃えた活々《いきいき》した心で手欄を離れた。部屋には小ざっぱりと身仕度をした女中が来て寝床を挙げていた。一間半の大床の間に飾られた大花活《はない》けには、菊の花が一抱え分も活けられていて、空気が動く度毎《ごと》に仙人じみた香を漂わした。その香を嗅《か》ぐと、ともするとまだ外国にいるのではないかと思われるような旅心が一気にくだけて、自分はもう確かに日本の土の上にいるのだと云う事がしっかり思わされた。

「いいお日和《ひより》ね。今夜あたりは忙しんでしょう」

と葉子は朝飯の膳《ぜん》に向いながら女中に云って見た。

「はい今夜は御宴会が二つばかり御座いましてね。でも浜の方《かた》でも外務省の夜会にいらっしゃる方も御座いますから、たんと込み合いは致しますまいけれども」

そう応《こた》えながら女中は、昨晩遅く着いて来た、一寸得体《ちょっとえたい》の知れないこの美しい婦人の素性を探ろうとするように注意深い眼をやった。葉子は葉子で「浜」と云う言葉などから、横浜と云う土地を形にして見るような気持ちがした。

短くなってはいても、何んにもする事なしに一日を暮らすかと思えば、その秋の一日の長さが葉子にはひどく気になり出した。明後日東京に帰るまでの間に、買物でも見て歩きたいのだけれども、土産物は木村が例の銀行切手を崩してあり余る程買って持たしてよこしたし、手許《てもと》には哀れな程より金は残っていなかった。一寸でもじっとしていられない葉子は、日本で着ようとは思わなかったので、西洋向きに註文《ちゅうもん》した華手過ぎるような綿入れに手を通しながら、とつ追いつ考えた。

「そうだ古藤に電話でもかけて見てやろう」

葉子はこれはいい思案だと思った。東京の方で親類達がどんな心持ちで自分を迎えようとしているか、古藤のような男に今度の事がどう響いているだろうか、これは単に慰みばかりではない、知っておかなければならない大事な事だった。そう葉子は思った。そして女中を呼んで東京に電話を繋《つな》ぐように頼んだ。

祭日であった故《せい》か電話は思いの外早く繋がった。葉子は少し悪戯《いたずら》らしい微笑を笑窪《えくぼ》の入るその美しい顔に軽く浮べながら、階段を足早やに降りて行った。今頃《いまごろ》になって漸《ようや》く床を離れたらしい男女の客がしどけない風をして廊下の此所彼所《ここかしこ》で葉子とすれ違った。葉子はそれらの人々には眼もくれずに帳場に行って電話室に飛び込むとぴっしりと戸をしめてしまった。そして受話器を手に取るが早いか、電話に口を寄せて、

「あなた義一さん？ ああそう。義一さんそれは滑稽《こっけい》なのよ」

と、ひとりでにすらすらと云ってしまって我れながら葉子ははっと思った。その時の浮々した軽い心持ちから云うと、葉子にはそう云うより以上に自然な言葉はなかったのだけれども、それでは余りに自分というものを明白にさらけ出していたのに気が付いたのだ。古藤は案の条答え渋っているらしかった。頓《とみ》には返事もしないで、ちゃんと聞えているらしいのに、唯《ただ》「何んです？」と聞き返して来た。葉子はすぐ東京の様子を飲み込んだように思った。

「そんな事どうでもよござんすわ。あなたお丈夫でしたの」

と云って見ると「ええ」とだけすげない返事が、機械を通してであるだけに殊更《ことさら》すげなく響いて来た。そして今度は古藤の方から、

「木村……木村君はどうしています。あなた会ったんですか」

とはっきり聞えて来た。葉子はすかさず、

「はあ会いましてよ。相変らず丈夫でいます。難有《ありがと》う。けれども本当に可哀《かわい》そうでし

たの。義一さん……聞えますか。明後日《あさって》私東京に帰りますわ。もう叔母の所には行けませんからね、あすこには行きたくありませんから……あのね、透矢町《すきや》のね、双鶴館《そうかくかん》*……つがいの鶴……そう、お分りになって？……双鶴館に行きますから、あなた来て下される？……でも是非聞いていただかなければならない事があるんですから……よくって？……そう是非どうぞ。明々後日《しあさって》の朝？　難有うきっとお待ち申していますから是非ですのよ」

葉子がそう云っている間、古藤の言葉は仕舞まで奥歯に物のはさまったように重かった。そして動《やや》ともすると葉子との会見を拒もうとする様子が見えた。若《も》し葉子の銀のように澄んだ涼しい声が、古藤を選んで哀訴するらしく響かなかったら、古藤は葉子の云う事を聞いてはいなかったかも知れないと思われる程だった。

朝から何事も忘れたように快かった葉子の気持ちはこの電話一つの為めに妙にこじれてしまった。東京に帰れば今度こそは中々容易ならざる反抗が待ちうけているとは十二分に覚悟して、その備えをしておいた積りではいたけれども、古藤の口うらから考えて見ると面とぶつかった実際は空想していたよりも重大であるのを思わずにはいられなかった。葉子は電話室を出ると今朝始めて顔を合わした内儀《おかみ》に帳場格子《ごうし》の中から挨拶《あいさつ》されて、部屋にも伺いに来ないで狃々《なれなれ》しく言葉をかけるその仕打ちにまで不快を感じながら、匆々《そうそう》三階に引上げた。

それからはもう本当に何んにもする事がなかった。唯倉地の帰って来るのばかりがいらいらする程待ちに待たれた。品川台場沖*あたりで打出す祝砲が幽《かす》かに腹にこたえるように響いて、子供等は往来でその頃頻《しき》りにはやった南京《ナンキン》花火をぱちぱちと鳴らしていた。天気がいいので女中達ははしゃぎ切った冗談などを云い云いあらゆる部屋を明け放して、仰山らしくはたきや箒《ほうき》の音を立てた。そして唯一人この旅館では居残っているらしい葉子の部屋を掃除せずに、いきなり縁側に雑巾《ぞうきん》をかけたりした。それが出て行けがしの仕打ちのように葉子には思えば思われた。

「何所《どこ》か掃除の済んだ部屋があるんでしょう。暫らくそこを貸して下さいな。そしてここも奇麗にして頂戴《ちょうだい》。部屋の掃除もしないで雑巾がけなぞしたって何んにもなりはしないわ」

と少し剣を持たせて云ってやると、今朝来たのとは違う、横浜生れらしい、悪ずれのした中年の女中は、始めて縁側から立上って小面倒そうに葉子を畳廊下一つを隔てた隣りの部屋に案内した。

今朝まで客がいたらしく、掃除は済んでいたけれども、火鉢《ひばち》だの、炭取りだの、古い新聞だのが、部屋の隅《すみ》にはまだ置いたままになっていた。明け放した障子から乾いた暖かい光線が畳の表三分ほどまで射しこんでいる、そこに膝《ひざ》を横崩しに座りながら、葉子は眼を細めて眩《まぶ》しい光線を避けつつ、自分の部屋を片付けている女中の気配に用心の気を配った。どんな所にいても大事な金目《かねめ》なものをくだらないものと一緒に放り出しておくのが葉子の癖だった。葉子はそこにいかにも伊達《だて》で寛濶な心を見せているようだったが、同時に下らない女中づれが出来心でも起しはしないかと思うと、細心に監視するのも忘れはしなかった。こうして隣りの部屋に気を配っていながらも、葉子は部屋の隅に規帳面に折りたたんである新聞を見ると、日本に帰ってからまだ新聞と云うものに眼を通さなかったのを思い出して、手に取り上げて見た。テレビン油のような香がぷんぷんするのでそれが今日の新聞である事がすぐ察せられた。果して第一面には「聖寿万歳」と肉太に書かれた見出しの下に貴顕の肖像が掲げられてあった。葉子は一ケ月の余も遠退《とおの》いていた新聞紙を物珍らしいものに思ってざっと眼をとおし始めた。

一面にはその年の六月に伊藤内閣と交迭《こうてつ》して出来た桂《かつら》内閣に対して色々な註文を提出した論文が掲げられて、海外通信には支那領土内に於《お》ける日露の経済的関係を説いたチリコフ伯の梗概《こうがい》などが見えていた。二面には富口という文学博士が「最近日本に於ける所謂《いわゆる》婦人の覚醒《かくせい》」と云う続き物の論文を載せていた。福田と云う女の社会主義

*者の事や、歌人として知られた与謝野晶子《よさのあきこ》女史*の事などの名が現われているのを葉子は注意した。然《しか》し今の葉子にはそれが不思議に自分とはかけ離れた事のように見えた。三面に来ると四号活字で書かれた木部《きべ》孤筇《こきょう》と云う字が眼に着いたので思わずそこを読んで見る葉子はあっと驚かされてしまった。

○某大汽船会社船中の大怪事*

　事務長と婦人船客との道ならぬ恋――

　船客は木部孤筇の先妻

こう云う大業《おおぎょう》な標題が先《ま》ず葉子の眼を小痛く射つけた。

「本邦にて最も重要なる位置にある某汽船会社の所有船○○丸の事務長は、先頃米国航路に勤務中、嘗《かつ》て木部孤筇に嫁《か》して程もなく姿を晦《くら》ましたる莫連《ばくれん》女某が一等船客として乗込みいたるをそそのかし、その女を米国に上陸せしめず窃《ひそ》かに連れ帰りたる怪事実あり。しかも某女と云えるは米国に先行せる婚約の夫まである身分のものなり。船客に対して最も重き責任を担《にな》うべき事務長にかかる不埒《ふらち》の挙動ありしは、事務長一個の失態のみならず、その汽船会社の体面にも影響する由々《ゆゆ》しき大事なり。事の仔細《しさい》は漏れなく本紙の探知したる所なれども、改悛《かいしゅん》の余地を与えん為め、暫らく発表を見合せおくべし。若しある期間を過ぎても、両人の醜行改まる模様なき時は、本紙は容赦なく詳細の記事を掲げて畜生道に陥りたる二人を懲戒し、併《あわ》せて汽船会社の責任を問う事とすべし。読者請う刮目《かつもく》してその時を待て」

葉子は下唇《したくちびる》を噛《か》みしめながらこの記事を読んだ。一体何新聞だろうと、その時まで気にも留めないでいた第一面を繰り戻して見ると、麗々と「報正新報」と書してあった。それを知ると葉子の全身は怒りの為めに爪《つめ》の先きまで青白くなって、抑えつけても抑えつけてもぶるぶると震え出した。「報正新報」と云えば田川法学博士の機関新聞だ。その新聞にこんな記事が現われるのは意外でもあり当然でもあった。田川夫人と云う女は何所《どこ》まで執念《しゅうね》く卑《いや》しい女なのだろう。田川夫人からの通信に違いないのだ。報正新報はこの通信を受けると、報道の先鞭《せんべん》をつけておく為めと、読者の好奇心を煽《あお》る為めとに、逸早《いちはや》くあれだけの記事を載せて、田川夫人から更らに委《くわ》しい消息の来るのを待っているのだろう。葉子は鋭くもこう推《すい》した。若しこれが外の新聞であったら、倉地の一身上の危機でもあるのだから、葉子はどんな秘密な運動をしても、この上の記事の発表は揉《も》み消さなければならないと胸を定めたに相違なかったけれども、田川夫人が悪意を籠《こ》めてさせている仕事だとして見ると、どの道書かずにはおくまいと思われた。郵船会社の方で高圧的な交渉でもすれば兎《と》に角《かく》、その外には道がない。くれぐれも憎い女は田川夫人だ……こう一図《いちず》に思いめぐらすと葉子は船の中での屈辱を今更らにまざまざと心に浮べた。

「お掃除が出来ました」

そう襖越《ふすまご》しに云いながら先刻の女中は顔も見せずにさっさと階下に降りて行ってしまった。葉子は結句それを気安い事にして、その新聞を持ったまま、自分の部屋に帰った。何所を掃除したのだと思われるような掃除の仕方で、はたきまでが違い棚《だな》の下におき忘られていた。過敏に規帳面で奇麗好きな葉子はもう堪《たま》らなかった。自分でてきぱきとそこいらを片付けて置いて、パラゾルと手携《てさ》げを取上げるが否《いな》やその宿を出た。

往来に出るとその旅館の女中が四五人早仕舞をして昼間の中を野毛山の大神宮＊の方にでも散歩に行くらしい後姿を見た。そそくさと朝の掃除を急いだ女中達の心も葉子には読めた。葉子はその女達を見送ると何んという事なしに淋《さび》しく思った。

帯の間に挟《はさ》んだままにしておいた新聞の切抜きが胸を焼くようだった。葉子は歩き歩きそれを引出して手携げに仕舞いかえた。旅館は出たが何所に行こうと云うあてもなかった葉子は俯向《うつむ》いて紅葉坂を下りながら、さしもしないパラゾルの石突きで霜解けになった土を一足々々突きさして歩いて行った。何時の間にかじめじめした薄汚ない狭い通りに来たと思うと、端なくもいつか古藤と一緒に上った相模屋《さがみや》の前を通っているのだった。「相模屋」と古めかしい字体で書いた置行灯《おきあんどん》の紙までがその時のままで煤《すす》けていた。葉子は見覚えられているのを恐れるように足早にその前を通りぬけた。

停車場前はすぐそこだった。もう十二時近い秋の日は華やかに照り満ちて、思ったより数多い群衆が運河にかけ渡したいくつかの橋を賑《にぎ》やかに往来していた。葉子は自分一人が皆んなから振向いて見られるように思いなした。それが当り前の時ならば、どれ程多くの人にじろじろと見られようとも度を失うような葉子ではなかったけれども、たった今忌々《いまいま》しい新聞の記事を見た葉子ではあり、いかにも西洋じみた野暮臭い綿入れを着ている葉子であった。服装に塵《ちり》ほどでも批点の打ちどころがあると気がひけてならない葉子としては、旅館を出て来たのが悲しい程後悔された。

葉子はとうとう税関波止場*の入口まで来てしまった。その入口の小さな煉瓦《れんが》造りの事務所には、年の若い監視補達が二重金釦《ぼたん》の背広に、海軍帽を被《かぶ》って事務を取っていたが、そこに近づく葉子の様子を見ると、昨日上陸した時から葉子を見知っているかのように、その飛び放れて華手造りな姿に眼を定めるらしかった。物好きなその人達は早くも新聞の記事を見て問題となっている女が自分に違いないと目星をつけているのではあるまいかと葉子は何事につけても愚痴っぽくひけ目になる自分を見出《みいだ》した。葉子は然しそうした風に見つめられながらもそこを立去る事が出来なかった。若しや倉地が昼飯でも喰《た》べにあの大きな五体を重々しく動かしながら船の方から出て来はしないかと心待ちがされたからだ。

葉子はそろそろと海岸通りをグランド・ホテル*の方に歩いて見た。倉地が出て来れば、倉地の方でも自分を見つけるだろうし、自分の方でも後ろに眼はないながら、出て来たのを感付いて見せるという自信を持ちながら、後ろも振向かずに段々波止場から遠ざかった。海沿いに立て連ねた石杭《いしぐい》を繋ぐ頑丈《がんじょう》な鉄鎖には、西洋人の子供達が犢《こうし》程な洋犬やあま*に附き添われて事もなげに遊び戯《たわむ》れていた。そして葉子を見ると心安立てに無邪気に微笑んで見せたりした。小さな可愛《かわい》い子供を見るとどんな時どんな場合でも、葉子は定子を思い出して、胸がしめつけられるようになって、すぐ涙ぐむのだった。この場合は殊更らそうだった。見ていられない程それらの子供達は悲しい姿に葉子の眼に映った。葉子はそこから避けるように足を返えして又税関の方に歩み近づいた。監視課の事務所の前を来たり往《い》ったりする人数は絡繹《らくえき》*として絶えなかったが、その中に事務長らしい姿は更らに見えなかった。葉子は絵島丸まで行って見る勇気もなく、そこを幾度もあちこちして監視補達の眼にかかるのもうるさかったので、すごすごと税関の表門を県庁の方に引返した。

二十三

その夕方倉地が埃《ほこり》にまぶれ汗にまびれて紅葉坂をすたすたと登って帰って来るまでも葉子は旅館の閾《しきい》を跨《また》がずに桜の並木の下などを徘徊《はいかい》して待っていた。さすがに十一月となると夕暮れを催した空は見る見る薄寒くなって風さえ吹き出している。一日の行楽に遊び疲れたらしい人の群れに交って不機嫌《ふきげん》そうに顔をしかめた倉地は真向に坂の頂上を見つめながら近づいて来た。それを見やると葉子は一時に力を恢復《かいふく》したようになって、すぐ跳《おど》り出して来る悪戯《いたずら》心のままに、一本の桜の木を楯《たて》に倉地をやり過しておいて、後ろから静かに近づいて手と手とが触れ合わんばかりに押列《おしなら》んだ。倉地はさすがに不意を喰《くら》ってまじまじと寒さの為《た》めに少し涙ぐんで見える大きな涼しい葉子の眼を見やりながら、「何所から湧《わ》いて出たんだ」と云わんばかりの顔付きをした。一つ船の中に朝となく夜となく一緒になって寝起きしていたものを、今日始めて半日の余も顔も見合わさずに過して来たのが思った以上に物淋しく、同時にこんな所で思いもかけず出遇《であ》ったが予想の外に満足であったらしい倉地の顔付きを見て取ると、葉子は何もかも忘れて唯嬉《うれ》しかった。その真黒に汚れた手をいきなり引摑《ひっつか》んで熱い唇で嚙みしめて労《いたわ》ってやりたい程だった。然し思いのままに寄添う事すら出来ない大道であるのをどうしよう。葉子はその切ない心を拗《す》ねて見せるより外なかった。

「私もうあの宿屋には泊りませんわ。人を馬鹿にしているんですもの。あなたお帰りになるなら勝手に独りで行らっしゃい」

「どうして……」

と云いながら倉地は当惑したように往来に立止ってしげしげと葉子を見なおすようにした。

「これじゃ（と云って埃に塗《まみ》れた両手を拡《ひろ》げ襟頸《えりくび》を抜き出すように延ばして見せて渋い顔をしながら）何所にも行けやせんわな」

「だからあなたはお帰りなさいましと云ってるじゃありませんか」

そう冒頭《まえおき》をして葉子は倉地と押並んでそろそろ歩きながら、女将《おかみ》の仕打ちから、女中のふしだらまで尾鰭《おひれ》をつけて讒訴《いいつ》けて、早く双鶴館に移って行きたいとせがみにせがんだ。倉地は何か思案するらしくそっぽを見い見い耳を傾けていたが、やがて旅館に近くなった頃もう一度立止って、

「今日双鶴館《あそこ》から電話で部屋の都合を知らしてよこす事になっていたがお前聞いたか……（葉子はそう吩咐《いいつ》けられながら今まですっかり忘れていたのを思い出して、少し

くれたように首を振った）……ええわ、じゃ電報を打ってから先きに行くがいい。俺《わ》しは荷物をして今夜後から行くで」

そう云われて見ると葉子は又一人だけ先きに行くのがいやでもあった。と云って荷物の始末には二人の中どちらか一人居残らねばならない。

「どうせ二人一緒に汽車に乗る訳にも行くまい」

倉地がこう云い足した時葉子は危く、では今日の報正新報を見たかと云おうとする所だったが、はっと思い返して喉《のど》の所で抑えてしまった。

「何んだ」

倉地は見かけの割りに恐ろしい程敏捷《びんしょう》に働く心で、顔にも現わさない葉子の躊躇《ちゅうちょ》を見て取ったらしくこう詰《なじ》るように尋ねたが、葉子が何んでもないと応えると、少しも拘泥《こうでい》せずに、それ以上を問い詰めようとはしなかった。

どうしても旅館に帰るのがいやだったので、非常な物足らなさを感じながら、葉子はそのままそこから倉地に別れる事にした。倉地は力の籠《こも》った眼で葉子をじっと見て一寸点頭《ちょっとうなず》くと後をも見ないでどんどんと旅館の方に濶歩《かっぽ》して行った。葉子は残り惜しくその後姿を見送っていたが、それに何んと云う事もない軽い誇りを感じて微《かす》かに微笑《ほほえ》みながら、倉地が登って来た坂道を一人で降《くだ》って行った。

停車場に着いた頃にはもう瓦斯《ガス》の灯《ひ》がそこらに点《とも》っていた。葉子は知った人に遇うのを極端に恐れ避けながら、汽車の出るすぐ前まで停車場前の茶店の一間《ひとま》に隠れていて一等室に飛び乗った。だだっ広いその客車には外務省の夜会に行くらしい三人の外国人が銘々、デコルテー*を着飾った婦人を介抱して乗っているだけだった。いつもの通りその人達は不思議に人を牽《ひ》き付ける葉子の姿に眼を欹《そばだ》てた。けれども葉子はもう左手の小指を器用に折曲げて、左の鬢《びん》のほつれ毛を美しくかき上げるあの嬌態《しな》をして見せる気は無くなっていた。室の隅に腰かけて、手携げとパラゾルとを膝に引きつけながら、たった一人その部屋の中にいるもののように鷹揚《おうよう》に構えていた。偶然顔を見合せても、葉子は張りのあるその眼を無邪気に（本当にそれは罪を知らない十六七の乙女の眼のように無邪気だった）大きく見開いて相手の視線をはにかみもせず迎えるばかりだった。先方の人達の年齢がどの位で容貌《ようぼう》がどんな風だなどという事も葉子は少しも注意してはいなかった。その心の中には唯倉地の姿ばかりが色々に描かれたり消されたりしていた。

列車が新橋に着くと葉子はしとやかに車を出たが、丁度そこに、唐桟《とうざん》*に角帯を締めた、箱丁《はこや》*とでも云えば云えそうな、気の利《き》いた若い者が電報を片手に持って、眼ざとく葉子に近づいた。それが双鶴館からの出迎えだった。

横浜にも増して見るものにつけて聯想《れんそう》の群がり起る光景、それから来る強い刺戟《しげき》……葉子は宿から廻わされた人力車の上から銀座通の夜の有様を見やりながら、危く幾度も泣き出そうとした。定子の住む同じ土地に帰って来たと思うだけでももう胸はわくわくした。愛子も貞世もどんな恐ろしい期待に震えながら自分の帰るのを待ち侘《わ》びているだろう。あの叔父叔母がどんな激しい言葉で自分をこの二人の妹に描いて見せているか。構うものか。何んとでも云うがいい。自分はどうあっても二人を自分の手に取り戻して見せる。こうと思い定めた上は指もささせはしないから見ているがい い。……ふと人力車が尾張町《おわりちょう》の角を左に曲ると暗い細い通りになった。*葉子は目指す旅館が近づいたのを知った。その旅館というのは、倉地が色沙汰《いろざた》でなく贔負《ひいき》にしていた芸者が或《あ》る財産家に落籍《ひか》されて開いた店だと云うので、倉地から予《あらかじ》め懸け合っておいたのだった。人力車がその店に近づくに従って葉子はその女将というのにふとした懸念《けねん》を持ち始めた。未知の女同志が出遇う前に感ずる一種の軽い敵愾心《てきがいしん》が葉子の心を暫《しば》らくは余の事柄《ことがら》から切り放した。葉子は車の中で衣紋《えもん》を気にしたり、束髪の形を直したりした。

昔の煉瓦建てをそのまま改造したと思われる漆喰《しっくい》塗りの頑丈な、角《かど》地面の一構えに来て、煌々《こうこう》と明るい入口の前に車夫が梶棒《かじぼう》を降ろすと、そこにはもう二三人の女の人達が走り出て待ち構えていた。葉子は裾前《すそまえ》をかばいながら車から降りて、そこに立ち併《なら》んだ人達の中からすぐ女将を見分ける事が出来た。背丈けが思い切って低く、顔形も整ってはいないが、三十女らしく分別の備った、きかん気らしい、垢《あか》ぬけのした人がそれに違いないと思った。葉子は思い設けた以上の好意をすぐその人に対して持つ事が出来たので、殊更ら快い親しみを持ち前の愛嬌《あいきょう》に添えながら、挨拶をしようとすると、その人は事もなげにそれを遮《さえぎ》って、

「いずれ御挨拶は後ほど、さぞお寒う御座いましてしょう。お二階へどうぞ」

と云って自分から先きに立った。居合せた女中達は眼はしを利かして色々と世話に立った。入口の突当りの壁には大きなぼんぼん時計が一つかかっているだけで何んにもなかった。その右手の頑丈な踏み心地のいい階子段《はしごだん》を上りつめると、他の部屋から廊下で切り放されて、十六畳と八畳*と六畳との部屋が鍵形《かぎがた》に続いていた。塵一つすえずにきちんと掃除が届いていて、三ケ所に置かれた鉄瓶《てつびん》から立つ湯気で部屋の中は軟かく暖まっていた。

「お座敷へと申す所ですが、御気散苦《ごきさく》にこちらでおくつろぎ下さいまし……三間ともとっては御座いますが」

そう云いながら女将は長火鉢の置いてある六畳の間へと案内した。

そこに坐《すわ》って一通りの挨拶を言葉少なに済ますと、女将は葉子の心を知り抜いているように、女中を連れて階下に降りて行ってしまった。葉子は本当に暫らくなりとも一人になって見たかったのだった。軽い暖かさを感ずるままに重い縮緬《ちりめん》の羽織を脱ぎ捨てて、ありたけの懐中物を帯の間から取出して見ると、凝りがちな肩も、重苦しく感じた胸もすがすがしくなって、可なり強い疲れを一時に感じながら、猫板《ねこいた》の上に肘《ひじ》を持たせて居住いを崩して凭《もた》れかかった。古びを帯びた蘆屋《あしや》釜《がま》から鳴りを立てて白く湯気の立つのも、奇麗にかきならされた灰の中に、堅そうな桜炭の火が白い被衣《かつぎ》の下でほんのりと赤らんでいるのも、精巧な用箪笥《ようだんす》の箝《は》め込まれた一間《いっけん》の壁に続いた器用な三尺床に、白菊を挿《さ》した唐津焼きの釣花《つりはない》活けがあるのも、幽《かす》かにたきこめられた沈《じん》香《こう》の匂《にお》いも、目のつんだ杉柾《すぎまさ》の天井板も、細っそりと磨《みが》きのかかった皮付きの柱も、葉子に取っては――重い、硬《こわ》い、堅い船室から漸《よう》く開放されて来た葉子に取ってはなつかしくばかり眺《なが》められた。ここそは屈強の避難所だと云うように葉子はつくづくとあたりを見廻した。そして部屋の隅《すみ》にある生漆《きうるし》を塗った桑の広蓋《ひろぶた》を引き寄せて、それに手携げや懐中物を入れ終ると、飽く事もなくその縁から底にかけての円味を持った微妙な手触りを愛《め》で慈《いつく》しんだ。

場所柄とてそこここからこの界隈《かいわい》に特有な楽器の声が聞えて来た。天長節であるだけに今日は殊更らそれが賑やかなのかも知れない。戸外にはぽくりやあずま下駄《げた》*の音が少し冴《さ》えて絶えずしていた。著飾《きかざ》った芸者達が磨き上げた顔をびりびりするような夜寒に惜しげもなく伝法に曝《さ》*らして、さすがに寒気に足を早めながら、招《よ》ばれた所に繰出して行くその様子が、まざまざと履物《はきもの》の音を聞いたばかりで葉子の想像には描かれるのだった。合乗りらしい人力車*の轍《わだち》の音も威勢よく響いて来た。葉子はもう一度これは屈強な避難所に来たものだと思った。この界隈では葉子は眦《まなじり》を反《かえ》して人から見られる事はあるまい。

　珍らしくあっさりした、魚の鮮《あたら》しい夕食を済ますと葉子は風呂をつかって、思い存分髪を洗った。足《た》しない船の中の淡水では洗っても洗ってもねちねちと垢の取り切れなかったものが、触れば手が切れる程さばさばと油が抜けて、葉子は頭の中まで軽くなるように思った。そこに女将も食事を終えて話相手になりに来た。

「大変お遅う御座いますこと、今夜の中にお帰りになるでしょうか」

　そう女将は葉子の思っている事を魁《さきが》けに云った。「さあ」と葉子もはっきりしない返事をしたが、小寒くなってきたので浴衣《ゆかた》を着かえようとすると、そこに袖《そで》だたみにしてある自分の衣物《きもの》につくづく愛想《あいそ》が尽きてしまった。この辺の女中に対してもそんなしつっこいけばけばしい柄の衣物は二度と着る気にはなれなかった。そうなると葉

子は遮二無二《しゃにむに》それが堪らなくなって来るのだ。葉子はうんざりした様子をして自分の衣物から女将に眼をやりながら、

「見て下さいこれを。この冬は米国にいるのだとばかり決めていたので、あんなものを作って見たんですけれども、我慢にももう着ていられなくなりましたわ。後生。あなたの所に何か普段着の明いたのでもないでしょうか」

「どうしてあなた。私はこれで御座んすもの」

と女将は剽軽《ひょうきん》にも気軽くちゃんと立上って自分の背丈けの低さを見せた。そして立ったままで暫らく考えていたが、踊りで仕込み抜いたような手つきではたと膝《ひざ》の上をたたいて、

「ようございます。私一つ倉地さんをびっくらさして上げますわ。私の妹分に当るのに柄と云い年恰好《としかっこう》と云い、失礼ながらあなた様とそっくりなのがいますから、それのを取寄せて見ましょう。あなた様は洗い髪でいらっしゃるなり……いかが、私がすっかり仕立てて差上げますわ」

この思い付きは葉子には強い誘惑だった。葉子は一も二もなく勇み立って承知した。

その晩十一時を過ぎた頃に、纏《まと》めた荷物を人力車四台に積み乗せて、倉地が双鶴館に着いて来た。葉子は女将の入れ智慧《ぢえ》でわざと玄関には出迎えなかった。葉子は悪戯

者らしく独笑《ひとりわら》いをしながら立膝をして見たが、それには自分ながら気がひけたので、右足を左の腿《もも》の上に積み乗せるようにしてその足先きをとんびにして坐って見た。丁度そこに可なり酔ったらしい様子で、倉地が女将の案内も待たずにずしんずしんという足どりで這入《はい》って来た。葉子と顔を見合わした瞬間には部屋を間違えたと思ったらしく、少し慌《あわ》てて身を引こうとしたが、直《す》ぐ櫛巻《くしま》きにして黒襟《くろえり》をかけたその女が葉子だったのに気が付くと、いつもの渋いように顔を崩して笑いながら、

「何んだ馬鹿をしくさって」

とほざくように云って、長火鉢《ながひばち》の向座《むかいざ》にどっかと胡坐《あぐら》をかいた。跟《つ》いて来た女将は立ったまま暫く二人を見較《みくら》べていたが、

「ようよう……変てこなお内裏雛《だいりびな》様」

と陽気にかけ声をして笑いこけるようにぺちゃんとそこに坐り込んだ。三人は声を立てて笑った。

と、女将は急に真面目《まじめ》に返って倉地に向い、

「こちらは今日の報正新報を……」

と云いかけるのを、葉子はすばやく眼で遮った。女将は危い土《ど》端場《たんば》で踏み止《とどま》った。倉地は酔眼を女将に向けながら、

「何」

と尻上《しりあが》りに問い返した。

「そう早耳を走らすと聾《つんぼ》と間違えられますとさ」

と女将は事もなげに受け流した。三人は又声を立てて笑った。

倉地と女将との間に一別以来の噂話《うわさばなし》が暫らくの間取交わされてから、今度は倉地が真面目になった。そして葉子に向ってぶっきらぼうに、

「お前もう寝ろ」

と云った。葉子は倉地と女将とを併べて一眼見たばかりで、二人の間の潔白なのを見て取っていたし、自分が寝て後の相談と云うても、今度の事件を上手に纏めようというについての相談だと云う事が呑《の》み込めていたので、素直に立ってその座を外した。

中の十畳を隔てた十六畳に二人の寝床は取ってあったが、二人の会話は折々可なりはっきり漏れて来た。葉子は別に疑いをかけると云うのではなかったが、矢張りじっと耳を傾けないではいられなかった。

何かの話の序《ついで》に入用な事が起ったのだろう、倉地は頻《しき》りに身のまわりを探って、何かを取り出そうとしている様子だったが、「あいつの手携げに入れたかしらん」という声がしたので葉子ははっと思った。あれには報正新報の切抜きが入れてあるのだ。

もう飛び出して行っても遅いと思って葉子は断念していた。やがて果して二人は切抜きを見つけ出した様子だった。

「何んだあいつも知っとったのか」

思わず少し高くなった倉地の声がこう聞えた。

「道理でさっき私がこの事を云いかけるとあの方が眼で留めたんですよ。矢張り先方《あちら》でもあなたに知らせまいとして。いじらしいじゃありませんか」

そう云う女将の声もした。そして二人は暫らく黙っていた。

葉子は寝床を出てその場に行こうかとも思った。然し今夜は二人に任せておく方がいいと思い返して蒲団《ふとん》を耳まで被《かぶ》った。そして大分夜が更《ふ》けてから倉地が寝に来るまで快い安眠に前後を忘れていた。

二十四

その次ぎの朝女将と話をしたり、呉服屋を呼んだりしたので、日が可なり高くなるまで宿にいた葉子は、いやいやながら例のけばけばしい綿入れを着て、羽織だけは女将が借りてくれた、妹分という人の烏羽黒《からすはぐろ》の縮緬の紋付きにして旅館を出た。倉地は昨夜の夜更《よふか》しにも係《かかわ》らずその朝早く横浜の方に出懸けた後だった。今日も空は菊日和《びより》とでも云う美しい晴れ方をしていた。

　葉子はわざと宿で車を頼んで貰《もら》わずに、煉瓦《れんが》通りに出てから綺麗《きれい》そうな辻待《つじま》ちを傭《やと》ってそれに乗った。そして池《いけ》の端《はた》の方に車を急がせた。定子を眼の前に置いて、その小さな手を撫《な》でたり、絹糸のような髪の毛を弄《もてあそ》ぶ事を思うと葉子の胸は我れにもなく唯《ただ》わくわくとせき込んで来た。眼鏡橋《めがねばし》*を渡ってから突当りの大時計は見えながら中々そこまで車が行かないのをもどかしく思った。膝の上に乗せた土産の翫具《おもちゃ》や小さな帽子などをやきもきしながらひねり廻したり、膝掛けの厚い地をぎゅっと握り締めたりして、逸《はや》る心を押鎮《おししず》めようとして見るけれどもそれをどうする事も出来なかった。車が漸く池の端に出ると葉子は右、左、と細い道筋の角々《かどかど》で指図した。そして岩崎の屋敷裏*にあたる小さな横町の曲り角で車を乗り捨てた。

　一ケ月の間来ないだけなのだけれども、葉子にはそれが一年にも二年にも思われたので、その界隈が少しも変化しないで元の通りなのが却《かえっ》て不思議なようだった。じめじめした小《こ》溝《みぞ》に沿うて根《ね》際《ぎわ》の腐れた黒板塀《べい》の立ってる小さな寺の境内《けいだい》*を突切って裏に廻ると、寺の貸地面にぽっつり立った一戸建ての小家が乳母の住む所だ。没義道《もぎどう》に頭を切り取られた高野《こうや》槙《まき》*が二本旧の姿で台所前に立っている、その二本に干竿《ほしざお》を渡して小さな襦袢《じゅばん》や、丸洗いにした胴着が暖かい日の光を受けてぶら下っているのを見ると葉子はもう堪《たま》らなくなった。涙がぽろぽろと他愛《たわい》もなく流れ落ちた。家の中では定子の声がしなかった。葉子は気を落着ける為めに案内を求めずに入口に立ったまま、そっと垣根《かきね》から庭を覗《のぞ》いて見ると、日あたりのいい縁側に定子がたった一人、葉子にはしごき帯を長く結んだ後姿を見せて、一心不乱にせっせと少しばかりの壊《こわ》れ瓶具をいじくり廻していた。何事にまれ真剣な様子を見せつけられると、――傍目《わきめ》もふらず畑を耕す農夫、踏切りに立って子を背負ったまま旗をかざす女房、汗をしとどに垂らしながら坂道に荷車を押す共稼《ともかせ》ぎの夫婦――訳もなく涙につまされる葉子は、定子のそうした姿を一眼見たばかりで、人間力ではどうする事も出来ない悲しい出来事にでも出遇《であ》ったように、しみじみと淋《さび》しい心持ちになってしまった。

「定ちゃん」

涙を声にしたように葉子は思わず呼んだ。定子が喫驚《びっくり》して後ろを振向いた時には、葉子は戸を開けて入口を駈《か》け上って定子の側《そば》にすり寄っていた。父に似たのだろう痛々しい程華車《きゃしゃ》作りな定子は、何所《どこ》にどうしてしまったのか、声も姿も消え果てた自分の母が突然側近くに現われたのに気を奪われた様子で、頓《とみ》には声も出さずに驚いて葉子を見守った。

「定ちゃんママだよ。よく丈夫でしたね。そしてよく一人でおとなにして……」

もう声が続かなかった。

「ママちゃん」

そう突然大きな声でいって定子は立上りざま台所の方に駈けて行った。

「婆《ばあ》やママちゃんが来たのよ」

と云う声がした。

「え！」

と驚くらしい婆やの声が裏庭から聞えた。と、慌てたように台所を上って、定子を横抱きにした婆やが、被っていた手拭《てぬぐい》を頭《つむり》から外しながら転がり込むようにして座敷に這入って来た。二人は向き合って坐ると両方とも涙ぐみながら無言で頭を下げた。

「ちょっと定ちゃんをこっちにお貸し」

暫らくしてから葉子は定子を婆やの膝から受取って自分の懐《ふとこ》ろに抱きしめた。

「お嬢さま……私にはもう何が何んだかちっとも分りませんが、私は唯もう口惜う御座います。……どうしてこう早くお帰りになったんで御座いますか……皆様の仰有《おっしゃ》る事を伺っているとあんまり業腹《ごうはら》で御座いますから……もう私は耳をふさいで居ります。あなたから伺った所がどうせこう年を取りますと腑《ふ》に落ちる気遣いは御座いません。

でもまあお体がどうかと思ってお案じ申して居りましたが、御丈夫で何よりで御座いました……何しろ定子様がお可哀《かわい》そうで……」

葉子に溺《おぼ》れ切った婆やの口からさも口惜そうにこうした言葉がつぶやかれるのを、葉子は淋しい心持ちで聞かねばならなかった。耄碌《もうろく》したと自分では云いながら、若い時に亭主に死別れて立派に後家を通して後指一本指されなかった昔気質《むかしかたぎ》のしっかり者だけに、親類達の蔭口《かげぐち》や噂で聞いた葉子の乱行には呆《あき》れ果てていながら、この世での唯一人の秘蔵物として葉子の頭から足の先きまでも自分の誇りにしている婆やの切ない心持ちは、ひしひしと葉子にも通じるのだった。婆やと定子……こんな純粋な愛情の中に取囲まれて、落着いた、しとやかな、そして安穏な一生を過すのも、葉子は望ましいと思わないではなかった。殊《こと》に婆やと定子とを眼の前に置いて、つつましやかな過不足のない生活を眺めると、葉子の心は知らず知らずなじんで行くのを覚えた。然《しか》し同時に倉地の事を一寸《ちょっと》でも思うと葉子の血は一時に湧《わ》き上った。平穏な、その代り死んだも同然な一生が何んだ。純粋な、その代り冷えもせず熱しもしない愛情が何んだ。生きる以上は生きてるらしく生きないでどうしよう。愛する以上は命と取り代えっこをする位に愛せずにはいられない。そうした衝動が自分でもどうする事も出来ない強い感情になって、葉子の心を本能的に煽《あお》ぎ立てるのだった。この奇怪な二つの矛盾が葉子の心の中には平気で両立しようとしていた。葉子は眼前の境界でその二つの矛盾を割合に困難もなく使い分ける不思議な心の広さを持っていた。ある時には極端に涙脆《もろ》く、ある時には極端に残虐《ざんぎゃく》だった。まるで二人の人が一つの肉体に宿っているかと自分ながら疑うような事もあった。それが時には忌々《いまいま》しかった、時には誇らしくもあった。

「定《さあ》ちゃま。よう御座いましたね、ママちゃんが早くお帰りになって。お立ちになってからでもお聞き分けよくママのマの字も仰有らなかったんですけれども、どうかするとこう、ぼんやり考えてでもいらっしゃるようなのがお可哀そうで、一時はお体でも悪くなりはしないかと思う程でした。こんなでも中々心は働いていらっしゃるんですからねえ」

と婆やは、葉子の膝の上に巣喰《すく》うように抱かれて、黙ったまま、澄んだ瞳《ひとみ》で母の顔を下から覗くようにしている定子と葉子とを見較べながら、述懐めいた事を云った。葉子は自分の頰《ほお》を、暖かい桃の膚《はだ》のように生毛《うぶげ》の生えた定子の頰にすりつけながら、それを聞いた。

「お前のその気象で分らないとお云いなら、くどくど云った所が無駄《むだ》かも知れないから、今度の事については私何んにも話すまいが、家の親類達の云う事なんぞは屹《きっ》と気にしないでおくれよ。今度の船には飛んでもない一人の奥さんが乗り合していてね、その人が一寸した気まぐれからある事無い事取りまぜてこっちに云ってよこしたので、事あれがしと待ち構えていた人達の耳に這入ったんだから、これから先きだってどんなひどい事を云われるか知れたもんじゃないんだよ。お前も知っての通り私は生れ落ちるとから旋毛曲《つむじ》りじゃあったけれども、あんなに周囲《まわり》からこづき廻されさえしなければこんなになりはしなかったのだよ。それは誰《だ》れよりもお前が知っておくれだわね。これからだって私は私なりに押通すよ。誰れが何んと云ったって構うもんですか。その積りでお前も私を見ていておくれ。広い世の中に私がどんな失策《しくじり》をしでかしても、心から思いやってくれるのは本当にお前だけだわ。……今度からは私もちょいちょい来るだろうけれども、この上ともこの子を頼みますよ。ね、定ちゃん。よく婆やの云う事を聞いていい子になって頂戴《ちょうだい》よ。ママちゃんは此所《ここ》にいる時でもいない時でも、いつでもあなたを大事に大事に思ってるんだからね。……さ、もうこんなむずかしいお話はよしてお昼のお仕度でもしましょうね。今日はママちゃんがおいしい御馳走《ごちそう》を作《こし》らえて上げるから定ちゃんもお手伝して頂戴ね」

そう云って葉子は気軽そうに立ち上って台所の方に定子と連れだった。婆やも立ち上りはしたがその顔は妙に冴《さ》えなかった。そして台所で働きながらも動《やや》ともすると内所で鼻をすっていた。

そこには葉山で木部孤笻と同棲《どうせい》していた時に使った調度が今だに古びを帯びて保存されたりしていた。定子を側においてそんなものを見るにつけ、少し感傷的になった葉子の心は涙に動こうとした。けれどもその日は何んと云っても近頃《ちかごろ》覚えない程しみじみとした楽しさだった。何事にでも器用な葉子は不足勝ちな台所道具を巧みに利用して、西洋風な料理と葉子とを三品ほど作った。定子はすっかり喜んでしまって、小さな手足をまめまめしく働かしながら、「はいはい」と云って庖丁《ほうちょう》をあっちに運んだり、皿をこっちに運んだりした。三人は楽しく昼飯の卓に就いた。そして夕方まで水入らずにゆっくり暮した。

その夜は妹達が学校から来る筈《はず》になっていたので葉子は婆やの勧める晩飯も断《ことわ》って夕方その家を出た。入口の所につくねんと立って婆やに両肩を支えられながら姿の消えるまで葉子を見送った定子の姿がいつまでもいつまでも葉子の心から離れなかった。夕闇《ゆうやみ》にまぎれた幌《ほろ》の中で葉子は幾度かハンケチを眼にあてた。

宿に着く頃には葉子の心持ちは変っていた。玄関に這入って見ると、女学校でなければ履かれないような安下駄の汚なくなったのが、お客や女中達の気取った履物の中に交って脱いであるのを見て、もう妹達が来て待っているのを知った。早速に出迎えに出た女将に、今夜は倉地が帰って来たら他所《よそ》の部屋で寝るように用意をしておいて貰いたいと頼んで、静々と二階に上って行った。

襖《ふすま》を開けて見ると二人の姉妹はぴったりとくっつき合って泣いていた。人の足音を姉のそれだとは十分に知りながら、愛子の方は泣き顔を見せるのが気まりが悪い風で、振向きもせずに一入《ひとしお》首垂《うなだ》れてしまったが、貞世の方は葉子の姿を一眼見るなり、跳《はね》るように立上って激しく泣きながら葉子の懐ろに飛びこんで来た。葉子も思わず飛び立つように貞世を迎えて、長火鉢の傍《そば》の自分の座に坐ると、貞世はその膝に突伏してすすり上げすすり上げ可憐《かれん》な背中に波を打たした。これ程までに自分の帰りを待ち佗《わ》びてもい、喜んでもくれるのかと思うと、骨肉の愛着からも、妹だけは少くとも自分の掌握の中にあるとの満足からも、葉子はこの上なく嬉《うれ》しかった。然し火鉢から遥《はる》か離れた向側に、恭《うやうや》しく居住いを正して、愛子がひそひそと泣きながら、規則正しくお辞儀をするのを見ると葉子はすぐ癪《しゃく》に障った。どうして自分はこの妹に対して優しくする事が出来ないのだろうとは思いつつも、葉子は愛子の所作を見ると一々気に障らないではいられないのだ。葉子の眼は意地悪く剣を持って冷やかに小柄《こがら》で堅肥《かたぶと》りな愛子を激しく見据《みす》えた。

「会いたてからつけつけ云うのも何んだけれども、何んですねえそのお辞儀のしかたは、他人行儀らしい。もっと打解けてくれたっていいじゃないの」

と云うと愛子は当惑したように黙ったまま眼を上げて葉子を見た。その眼は然し恐れても恨んでもいるらしくはなかった。小羊のような、睫毛《まつげ》の長い、形のいい大きな眼が、涙に美しく濡《ぬ》れて夕月のようにぽっかりと列《なら》んでいた。悲しい眼付のようだけれども、悲しいと云うのでもない。多恨*な眼だ。多情な眼でさえあるかも知れない。そう皮肉な批評家らしく葉子は愛子の眼を見て不快に思った。大多数の男はあんな眼で見られると、この上なく詩的な霊的な一瞥《いちべつ》を受取ったようにも思うのだろう。そんな事さえ素早く考えの中に附け加えた。貞世が広い帯をして来ているのに、愛子が少し古びた袴《はかま》をはいているのさえ蔑《さげすま》れた。

「そんな事はどうでもよう御座んすわ。さ、お夕飯にしましょうね」

葉子はやがて自分の妄念《もうねん》をかき払うようにこう云って、女中を呼んだ。

貞世は寵児《ペット》らしくすっかりはしゃぎ切っていた。二人が古藤に伴《つ》れられて始めて田島の塾《じゅく》に行った時の様子から、田島先生が非常に二人を可愛《かわい》がってくれる事から、部屋の事、食物の事、さすがに女の子らしく細かい事まで自分一人の興に乗じて談《かた》り続けた。愛子も言葉少なに要領を得た口をきいた。

「古藤さんが時々は来て下さるの？」

と聞いて見ると、貞世は不平らしく、

「いいえ、ちっとも」

「では御手紙は？」

「来てよ、ねえ愛姉さま。二人の所に同じ位ずつ来ますわ」

と、愛子は控え目らしく微笑《ほほえ》みながら上目越しに貞世を見て、

「貞ちゃんの方に余計来る癖に」

と何んでもない事で争ったりした。愛子は姉に向って、

「塾に入れて下さると古藤さんが私達に、もうこれ以上私のして上げる事はないと思うから、用がなければ来ません。その代り用があったら何時《いつ》でもそう云っておよこしなさいと仰有ったきりいらっしゃいませんのよ。そしてこちらでも古藤さんにお願いするような用は何んにもないんですもの」

と云った。葉子はそれを聞いて微笑みながら古藤が二人を塾に伴れて行った時の様子を想像して見た。例のように何所の玄関番かと思われる風体をして、髪を苅《か》る時の外剃《そ》らない顎鬚《あごひげ》を一二分程も延ばして、頑丈《がんじょう》な容貌《ようぼう》や体格に不似合な羞《はに》かんだ口弁《くちつき》で、田島という、男のような女学者と話をしている様子が見えるようだった。

　暫らくそんな表面的な噂話などに時を過ごしていたが、いつまでもそうはしていら

れない事を葉子は知っていた。この年齢の違った二人の妹に、どっちにも湛念《たんねん》の行く＊ように今の自分の立場を話して聞かせて、悪い結果をその幼ない心に残さないように仕向けるのはさすがに容易な事ではなかった。葉子は先刻から頻りにそれを案じていたのだ。

「これでも召し上がれ」

食事が済んでから葉子は米国から持って来たキャンディーを二人の前に置いて、自分は煙草を吸った。貞世は眼を丸くして姉のする事を見やっていた。

「姉さまそんなもの吸っていいの？」

と会釈《えしゃく》なく尋ねた。愛子も不思議そうな顔をしていた。

「ええこんな悪い癖がついてしまったの。けれども姉さんにはあなた方の考えても見られないような心配な事や困る事があるものだから、つい憂《う》さ晴らしにこんな事も覚えてしまったの。今夜はあなた方に判《わか》るように姉さんが話して上げて見るから、よく聞いて頂戴よ」

倉地の胸に抱かれながら、酔いしれたようにその頑丈な、日に焼けた、男性的な顔を見やる葉子の、乙女と云うよりももっと子供らしい様子は、二人の妹を前に置いていい、きちんと居住いを正した葉子の何所にも見出《みいだ》されなかった。その姿は三十前後の、十分分別のある、しっかりした一人の女性を思わせた。貞世もそう云う時の姉に対する手心を心得ていて、葉子から離れて真面目《まじめ》に坐《すわ》り直した。こんな時うっかりその威厳を冒かすような事でもすると、貞世にでも誰れにでも葉子は少しの容赦もしなかった。然し見た所はいかにも慇懃《いんぎん》に口を開いた。

「私が木村さんの所にお嫁に行くようになったのはよく知ってますね。米国に出懸《でかけ》るようになったのもその為《た》めだったのだけれどもね、もともと木村さんは私のように一度先にお嫁入りした人を貰うような方ではなかったんだしするから、本当は私どうしても心は進まなかったんですよ。でも約束だからちゃんと守って行くには行ったの。けれどもね先方《むこう》に着いて見ると私の体の具合がどうもよくなくって上陸は迚《とて》も出来なかったから仕方なしに又同じ船で帰るようになったの。木村さんは何所までも私をお嫁にして下さる積りだから、私もその気ではいるのだけれども、病気では仕方がないでしょう。それに恥しい事を打明けるようだけれども、木村さんにも私にも有り余るようなお金がないものだから、行きも帰りもその船の事務長という大切な役目の方にお世話にならなければならなかったのよ。その方が御親切にも私をここまで連れて帰って下さったばかりで、もう一度あなた方にも遇う事が出来たんだから、私はその倉地と云う方——倉はお倉の倉で、地は地球の地と書くの。三吉というお名前は貞ちゃんにも分るでしょう――その倉地さんには本当にお礼の申しようもない位なんですよ。愛さんなんかはその方の事で叔母さんなんぞから色々な事を聞かされて、姉さんを疑っていやしないかと思うけれども、それには又それで面倒な訳のある事なのだから、夢にも人のいう事なんぞをそのまま受取って貰っちゃ困りますよ。姉さんを信じておくれ、ね、よござんすか。私はお嫁なんぞに行かないでもいい、あなた方とこうしている程嬉しい事はないと思いますよ。木村さんの方にお金でも出来て、私の病気が治りさえすれば結婚するようになるかも知れないけれども、それは何時の事とも分らないし、それまでは私はこうしたままで、あなた方と一緒に何所かにお家《うち》を持って楽しく暮しましょうね。いいだろう貞ちゃん。もう寄宿なんぞにいなくってもよう御座んすよ」

「お姉さま私寄宿では夜になると本当に泣いてばかりいたのよ。愛姉さんはよくお寝になってても私は小さいから悲しかったんですもの」

そう貞世は白状するように云った。先刻まではいかにも楽しそうに云っていたその可憐な同じ唇《くちびる》から、こんな哀れな告白を聞くと葉子は一入しんみりした心持ちになった。

「私だってもよ。貞ちゃんは宵《よい》の口だけくすくす泣いても後はよく寝ていたわ。姉様、私は今まで貞ちゃんにも云わないでいましたけれども……皆んなが聞えよがしに姉様の事をかれこれ云いますのに、偶《たま》に悪いと思って貞ちゃんと叔母さんの所に行ったりなんぞすると、それは本当にひどい……ひどい事を仰有るので、どっちに行っても口惜しゅう御座いましたわ。古藤さんだってこの頃はお手紙さえ下さらないし……田島先生だけは私達二人を可哀そうがって下さいましたけれども……」

葉子の思いは胸の中で煮え返るようだった。

「もういい勘忍して下さいよ。姉さんが矢張り至らなかったんだから。お父さんがいらっしゃればお互にこんないやな眼には遇わないんだろうけれども（こう云う場合葉子はおくびにも母の名は出さなかった）親のない私達は肩身が狭いわね。まああなた方はそんなに泣いちゃ駄目。愛さん何んですねあなたから先きに立って。姉さんが帰った以上は姉さんに何んでも任して安心して勉強して下さいよ。そして世間の人を見返しておやり」

葉子は自分の心持ちを憤《いきどお》ろしく云い張っているのに気が付いた。何時の間にか自分までが激しく昂奮《こうふん》していた。

火鉢《ひばち》の火は何時か灰になって、夜寒が秘《ひそ》やかに三人の姉妹に這《は》いよっていた。もう少し睡気《ねむけ》を催して来た貞世は、泣いた後の渋い眼を手の甲でこすりながら、不思議そうに昂奮した青白い姉の顔を見やっていた。愛子は瓦斯《ガス》の灯《ひ》に顔を背けながらしくしくと泣き始めた。

葉子はもうそれを止めようとはしなかった。自分ですら声を出して泣いて見たいような衝動をつき返しつき返し水月《みぞおち》の所に感じながら、火鉢の中を見入ったまま細かく震えていた。

生れかわらなければ恢復《かいふく》しようのないような自分の越し方行く末が絶望的にはっきりと葉子の心を寒く引き締めていた。

それでも三人が十六畳に床を敷いて寝て大分たってから、横浜から帰って来た倉地が廊下を隔てた隣りの部屋に行くのを聞き知ると、葉子はすぐ起きかえって暫《しば》らく妹達の寝息を窺《うかが》っていたが、二人がいかにも無心に赤々とした頰《ほお》をしてよく寝入っているのを見窮《みきわ》めると、そっとどてらを引かけながらその部屋を脱け出した。

二十五

それから一日置いて次ぎの日に古藤から九時頃に来るがいいかと電話がかかって来た。葉子は十時過ぎにしてくれと返事をさせた。古藤に会うには倉地が横浜に行った後がいいと思ったからだ。

東京に帰ってから叔母と五十川《いそがわ》女史の所へは帰った事だけを知らせては置いたが、どっちからも訪問は元よりの事一言半句の挨拶《あいさつ》もなかった。責めて来るなり慰めて来るなり、何んとかしそうなものだ。余りと云えば人を踏みつけにした仕業《しわざ》だとは思ったけれども、葉子としては結句それが面倒がなくっていいとも思った。そんな人達に会っていさくさ口をきくよりも、古藤と話しさえすればその口裏から東京の人達の心持ちも大体は判《わか》る。積極的な自分の態度はその上で決めても遅くはないと思案した。

双鶴館の女将《おかみ》は本当に眼から鼻に抜けるように落度なく、葉子の影身になって葉子の為めに尽してくれた。その後ろには倉地がいて、あの如何《いか》にも疎大《そだい》らしく見えながら、人の気もつかないような綿密な所にまで気を配って、采配《さいはい》を振《ふる》っているのは判っていた。新聞記者などが何所をどうして探り出したか、始めの中は押強く葉子に面会を求めて来たのを、女将が手際《てぎわ》よく追い払ったので、近付きこそはしなかったが遠巻きにして葉子の挙動に注意している事などを、女将は眉《まゆ》をひそめながら話して聞かせたりした。木部の恋人であったという事がひどく記者達の興味を牽《ひ》いたように見えた。葉子は新聞記者と聞くと、震え上る程いやな感じを受けた。小さい時分に女記者になろうなどと人にも口外した覚えがある癖に、探訪などに来る人達の事を考えると一番賤しい種類の人間のように思わないではいられなかった。仙台で、新聞社の社長と親佐《さ》と葉子との間に起った事として不倫な捏造記事《ねつぞう》（葉子はその記事の中《うち》母に関しては親《おや》どの辺までが捏造であるか知らなかった。少くとも葉子に関しては捏造だった）が掲載されたばかりでなく、母の所謂冤罪《いわゆるえんざい》は堂々と新聞紙上で雪《すす》がれたが、自分のはとうとうそのままになってしまった、あの苦い経験などが益《ますます》葉子の考えを頑《かたく》なにした。

葉子が報正新報の記事を見た時も、それほど田川夫人が自分を迫害しようとするなら、こちらも何所かの新聞を手に入れて田川夫人に致命傷を与えてやろうかと云う（道徳を米の飯と同様に見て生きているような田川夫人に、その点に傷を与えて顔出しが出来ないようにするのは容易な事だと葉子は思った）企《たく》みを自分独りで考えた時でも、あの記者というものを手なずけるまでに自分を堕落させたくないばかりにその目論見《もくろみ》を思い止《とど》った程だった。

その朝も倉地と葉子とは女将を話相手に朝飯を食いながら新聞に出たあの奇怪な記事の話をして、葉子がとうにそれをちゃんと知っていた事などを談《かた》り合いながら笑ったりした。

「忙しいにかまけて、あれはあのままにして居ったが……一つは余り短兵急にこ、こっちから出しゃばると足許《あしもと》を見やがるで、……あれは何んとかせんと面倒だて」

と倉地はがらっと箸《はし》を膳《ぜん》に捨てながら、葉子から女将に眼をやった。

「そうですともさ。下らない、あなた。あれであなたの御職掌にでもけちが附いたら本当に馬鹿々々しゅう御座んすわ。報正新報社になら私御懇意の方も二人や三人はいらっしゃるから、何んなら私からそれとなくお話して見てもよう御座いますわ。私は又お二人とも今まであんまり平気でいらっしゃるんで、もう何んとかお話がついたのだとばかり思ってましたの」

と女将は怜《さか》しそうな眼に真味な色を見せてこう云った。倉地は無頓着《むとんじゃく》に「そうさな」と云ったきりだったが、葉子は二人の意見が略《ほぼ》一致したらしいのを見ると、いくら女将が巧みに立廻わってもそれを揉《も》み消す事は出来ないと云い出した。何故《なぜ》と云えばそれは田川夫人が何か葉子を深く意趣に思ってさせた事で、報正新報にそれが現れた訳は、その新聞が田川博士の機関新聞だからだと説明した。倉地は田川と新聞との関係を始めて知ったらしい様子で意外な顔付きをした。

「俺れは又興録の奴《やつ》……あいつはべらべらした奴で、右左のはっきりしない油断のならぬ男だから、あいつの仕事かとも思って見たが、成程それにしては記事の出かたが少し早過ぎるて」

そう云ってやおら立上りながら次ぎの間に着かえに行った。

女中が膳部を片付け終らぬ中に古藤が来たと云う案内があった。

　葉子は一寸《ちょっと》当惑した。誂《あつら》えておいた衣類がまだ出来ないのと、着具合がよくって、倉地からもしっくり似合うと讃《ほ》められるので、その朝も芸者のちょいちょい着らしい、黒繻子《くろじゅす》の襟《えり》の着いた、伝法な棒縞《ぼうじま》の身幅の狭い着物に、黒繻子と水色匹田《ひった》の昼夜帯《ちゅうやおび》*をしめて、どてらを引かけていたばかりでなく、髪まで矢張り櫛巻《くしま》きにしていたのだった。ええ、いい構うものか、どうせ鼻をあかさせるならのっけからあかさせてやろう、そう思って葉子はそのままの姿で古藤を待ち構えた。

　昔のままの姿で、古藤は旅館というよりも料理屋と云った風の家の様子に少し鼻じろみ*ながら這入《はい》って来た。そして飛び離れて風体の変った葉子を見ると、尚更《なおさ》ら勝手が違って、これがあの葉子なのかと云うように、驚きの色を隠し立てもせずに顔に現わしながら、じっとその姿を見た。

「まあ義一さん暫らく。お寒いのね。どうぞ火鉢によって下さいましな。一寸御免下さいよ」

　そう云って、葉子はあでやかに上体だけを後ろにひねって、広蓋《ひろぶた》から紋付きの羽織を引出して、坐ったままどてらと着直した。なまめかしい匂《におい》がその動作につれて密《こま》やかに部屋の中に動いた。葉子は自分の服装がどう古藤に印象しているかなどを考えても見ないようだった。十年も着慣れた普段着で昨日も会ったばかりの弟のように親しい人に向うようなとりなしをした。古藤は頓《とみ》には口もきけないように思い惑っているらしかった。多少垢《あか》になった薩摩絣《さつまがすり》*の衣物《きもの》を着て、観世撚《かんぜより》の羽《は》織紐《おりひも》にも、きちんとはいた袴にもその人の気質が明らかに書き記してあるようだった。

「こんなで大変変な所ですけれどもどうか気楽になさって下さいまし。それでないと何んだか改まってしまってお話がし憎くっていけませんから」

心置きない、そして古藤を信頼している様子を巧みにもそれとなく気取《けど》らせるような葉子の態度は段々古藤の心を静めて行くらしかった。古藤は自分の長所も短所も無自覚でいるような、その癖何所《どこ》かに鋭い光のある眼を挙げてまじまじと葉子を見始めた。

「何より先きにお礼。難有《ありがと》う御座いました妹達を。一昨日二人でここに来て大変喜んでいましたわ」

「何んにもしやしない、唯塾《ただじゅく》に連れて行って上げただけです。御丈夫ですか」

古藤はありのままをありのままに云った。そんな序曲的な会話を少し続けてから葉子は徐《おもむ》ろに探り知っておかなければならないような事柄《ことがら》に話題を向けて行った。

「今度こんなひょんな事で私亜米利加《アメリカ》に上陸もせずに帰って来る事になったんですが、

本当を仰有《おっしゃ》って下さいよ、あなたは一体私をどうお思いになって」

葉子は火鉢の縁に両肘《りょうひじ》をついて、両手の指先きを鼻の先きに集めて組んだりほどいたりしながら、古藤の顔に浮び出る凡《すべ》ての意味を読もうとした。

「ええ、本当を云いましょう」

そう決心するもののように古藤は云ってから一膝《ひとひざ》乗り出した。

「この十二月に兵隊に行かなければならないものだから、それまでに研究室の仕事を片付くものだけは片づけて置こうと思ったので、何もかも打捨てていましたから、この間横浜からあなたの電話を受けるまでは、あなたの帰って来られたのを知らないでいたんです。尤《もっと》も帰って来られるような話は何所かで聞いたようでしたが。そして何かそれには重大な訳があるに違いないとは思っていましたが。ところがあなたの電話を切ると間もなく木村君の手紙が届いて来たんです。それは多分絵島丸より一日か二日早く大北汽船会社*の船が着いた筈《はず》だから、それが持って来たんでしょう。ここに持って来ましたが、それを見て僕は驚いてしまったんです。随分長い手紙だから後で御覧になるなら置いて行きましょう。簡単に云うと（そう云って古藤はその手紙の必要な要点を心の中で整頓するらしく暫らく黙っていたが）木村君はあなたが帰るようになったのを非常に悲しんでいるようです。そしてあなた程不幸な運命に弄《もてあそ》ばれる人はない。又あなた程誤解を受ける人はない。誰《だ》れもあなたの複雑な性格を見窮めて、その底にある尊い点を拾い上げる人がないから、色々な風にあなたは誤解されている。あなたが帰るについては日本でも種々さまざまな風説が起る事だろうけれども、君だけはそれを信じてくれちゃ困る。それから……あなたは今でも僕の妻だ……病気に苦しめられながら、世の中の迫害を存分に受けなければならない憐《あわ》れむべき女だ。他人が何んと云おうと君だけは僕を信じて……若《も》しあなたを信ずる事が出来なければ僕を信じて、あなたを妹だと思ってあなたの為めに戦ってくれ……本当はもっと最大級の言葉が使ってあるのだけれども大体そんな事が書いてあったんです。それで……」

「それで？」

葉子は眼の前で、こんがらがった糸が静かにほごれて行くのを見つめるように、不思議な興味を感じながら、顔だけは打沈んでこう促した。

「それでですね。僕はその手紙に書いてある事とあなたの電話の『滑稽《こっけい》だった』と云う言葉とをどう結び付けて見たらいいか分らなくなってしまったんです。木村の手紙を見ない前でもあなたのあの電話の口調には……電話だった故《せい》かまるで呑気《のんき》な冗談口のようにしか聞えなかったものだから……本当を云うと可なり不快を感じていた所だったのです。思った通りを云いますから怒らないで聞いて下さい」

「何を怒りましょう。ようこそはっきり仰有って下さるわね。あれは私も後で本当に済まなかったと思いましたのよ。木村が思うように私は他人の誤解なんぞそんなに気にしてはいないの。小さい時から慣れっこになってるんですもの。だから皆さんが勝手なあて推量なぞをしているのが少しは癪《しゃく》にさわったけれども、滑稽に見えて仕方がなかったんですのよ。そこに以《もっ》て来て電話であなたのお声が聞えたもんだから、飛び立つように嬉《うれ》しくって思わずしらずあんな軽はずみな事を云ってしまいましたの。木村から頼まれて私の世話を見て下さった倉地という事務長の方もそれはきさくな親切な人じゃありますけれども、船で始めて知り合いになった方だから、お心安立てなんぞは出来ないでしょう。あなたのお声がした時には本当に敵の中から救い出されたように思ったんですもの……まあ然しそんな事は弁解するにも及びませんわ。それからどうなさって？」

古藤は例の厚い理想の被《かつぎ》の下から、深く隠された感情が時々きらきらとひらめくような眼を、少し物惰《ものだる》げに大きく見開いて葉子の顔をつれづれと見やった。初対面の時には人並み外れて遠慮勝ちだった癖に、少し慣れて来ると人を見徹《みとお》そうとするように凝視するその眼は、いつでも葉子に一種の不安を与えた。古藤の凝視にはずうずうしいと云う所は少しもなかった。又故意にそうするらしい様子も見えなかった。少し鈍と思われる程世事に疎《うと》く、事物の本当の姿を見て取る方法に暗らいながら、真正直に悪意なくそれをなし遂げようとするらしい眼付きだった。古藤なんぞに自分の秘密が何んで発《あば》かれてたまるものかと多寡《たか》をくりつつも、その物軟らかながらどんどん人の心の中に這入り込もうとするような眼付きに遇《あ》うと、何時か秘密のどん底を誤たず摑《つか》まれそうな気がしてならなかった。そうなるにしても然しそれまでには古藤は長い間忍耐して待たなければならないだろう、そう思って葉子は一面小気味よくも思った。

こんな眼で古藤は、明らかな疑いを示しつつ葉子を見ながら、更らに語り続けた所によれば、古藤は木村の手紙を読んでから思案に余って、その足ですぐ、まだ釘店《くぎだな》の家の留守番をしていた葉子の叔母の所を尋ねてその考えを尋ねて見ようとした所が、叔母は古藤の立場がどちらに同情を持っているか知れないので、うっかりした事は云われないと思ったか、何事も打明けずに、五十川女史に尋ねて貰《もら》いたいと逃げを張ったらしい。古藤は已《や》むなく又五十川女史を訪問した。女史とは築地のある教会堂の執事の部屋で会った。女史の云う所によると、十日程前に田川夫人の所から船中に於《お》ける葉子の不埒《ふらち》を詳細に知らしてよこした手紙が来て、自分としては葉子の独旅《ひとりたび》を保護し監督する事は迚《とて》も力に及ばないから、船から上陸する時も何んの挨拶もせずに別れてしまった。何んでも噂《うわさ》で聞くと病気だと云ってまだ船に残っているそうだが、万一そのまま帰国するようにでもなったら、葉子と事務長との関係は自分達が想像する以上に深くなっていると断定しても差支《さしつか》えない。折角依頼を受けてその責《せめ》を果さなかったのは誠に済まないが、自分達の力では手に余るのだから推恕《すいじょ》していただきたいと書いてあった。で、五十川女史は田川夫人がいい加減な捏造などする人でないのをよく知っているから、その手紙を重立った親類達に示して相談した結果、若し葉子が絵島丸で帰って来たら、回復の出来ない罪を犯したものとして、木村に手紙をやって破約を断行させ、一面には葉子に対して親類一同は絶縁する申合せをしたという事を聞かされた。そう古藤は語った。

「僕はこんな事を聞かされて途方に暮れてしまいました。あなたは先刻《さっき》から倉地というその事務長の事を平気で口にしているが、こっちではその人が問題になっているんです。今日でも僕はあなたにお会いするのがいいのか悪いのか散々迷いました。然し約束ではあるし、あなたから聞いたらもっと事柄もはっきりするかと思って、思い切って伺う事にしたんです。……あっちにたった一人いて五十川さんから恐ろしい手紙を受取らなければならない木村君を僕は心から気の毒に思うんです。若しあなたが誤解の中にいるんなら聞かせて下さい。僕はこんな重大な事を一方口《いっぽうぐち》で判断したくはありませんから」

と話を結んで古藤は悲しいような表情をして葉子を見つめた。小癪な事を云うもんだと葉子は心の中で思ったけれども、指先きで弄びながら少し振仰いだ顔はそのままに、憐れむような、からかうような色を微《かす》かに浮べて、

「ええ、それはお聞き下さればどんなにでもお話はしましょうとも。けれども天から私を信じて下さらないんならどれ程口を酸《すっぱ》くしてお話をしたって無駄《むだ》ね」

「お話を伺ってから信じられるものなら信じようとしているのです僕は」

「それはあなた方のなさる学問ならそれでよう御座んしょうよ。けれども人情ずくの事はそんなものじゃありませんわ。木村に対して疚《や》ましい事は致しませんと云ったってあなたが私を信じていて下さらなければ、それまでのものですし、倉地さんとはお友達というだけですと誓った所が、あなたが疑っていらっしゃれば何んの役にも立ちはしませんからね。……そうしたもんじゃなくって？」

「それじゃ五十川さんの言葉だけで僕にあなたを判断しろと仰有るんですか」

「そうね。……それでもよう御座いましょうよ。兎《と》に角《かく》それは私が御相談を受ける事柄じゃありませんわ」

そう云ってる葉子の顔は、言葉に似合わず何所までも優しく親しげだった。古藤はさすがに怜《さか》しく、こう縺《もつ》れて来た言葉を何所までも追おうとせずに黙ってしまった。

そして「何事も明らさまにしてしまう方が本当はいいのだがな」と云いたげな眼付きで、格別虐《しいた》げようとするでもなく、葉子が鼻の先きで組んだりほどいたりする手先きを見入った。そうしたままでやや暫らくの時が過ぎた。

十一時近いこの辺の町並は一番静かだった。葉子はふと雨樋《あまどい》を伝う雨垂れの音を聞いた。日本に帰ってから始めて空は時雨《しぐ》れていたのだ。部屋の中は盛んな鉄瓶《てつびん》の湯気でそう寒くはないけれども、戸外は薄ら寒い日和《ひより》になっているらしかった。葉子はぎごちない二人の間の沈黙を破りたいばかりに、ひょっと首を擡《もた》げて腰窓の方を見やりながら、

「おや何時《いつ》の間にか雨になりましたのね」

と云って見た。古藤はそれには答えもせずに、五分苅《が》りの地蔵頭を俯垂《うなだ》れて深々と溜《ため》息《いき》をした。

「僕はあなたを信じ切る事が出来ればどれ程幸《さいわい》だか知れないと思うんです。五十川さんなぞより僕はあなたと話している方がずっと気持ちがいいんです。それはあなたが同じ年頃《としごろ》で、……大変美しいという為《た》めばかりじゃないと（その時古藤はおぼこらしく顔を赤らめていた）思っています。五十川さんなぞは何んでも物を僻目《ひがめ》で見るから僕はいやなんです。けれどもあなたは……どうしてあなたはそんな気象でいながら

もっと大胆に物を打明けて下さらないんです。僕は何んと云ってもあなたを信ずる事が出来ません。こんな冷淡な事を云うのを許して下さい。然しこれにはあなたにも責《せめ》があると僕は思いますよ。……仕方がない僕は木村君に今日あなたと会ったこのままを云ってやります。僕にはどう判断のしようもありませんもの……然しお願いしますがねえ。木村君があなたから離れなければならないものなら、一刻でも早くそれを知るようにしてやって下さい。僕は木村君の心持ちを思うと苦しくなります」

「でも木村は、あなたに来たお手紙によると私を信じ切ってくれているのではないんですか」

そう葉子に云われて、古藤は又返す言葉もなく黙ってしまった。葉子は見る見る非常に昂奮して来たようだった。抑え抑えている葉子の気持ちが抑え切れなくなって激しく働き出して来ると、それは何時でも惻々《そくそく》として人に迫り人を圧した。顔色一つ変えないで元のままに親しみを込めて相手を見やりながら、胸の奥底の心持ちを伝えて来るその声は、不思議な力を電気のように感じて震えていた。

「それで結構。五十川の小母さんは始めからいやだいやだと云う私を無理に木村に添わせようとして置きながら、今になって私の口から一言の弁解も聞かずに、木村に離縁を勧めようと云う人なんですから、そりゃ私恨みもします。腹も立てます。ええ、私はそんな事をされて黙って引込んでいるような女じゃない積りですわ。けれどもあなたは初手《しょて》から私に疑いをお持ちになって、木村にも色々御忠告なさった方ですもの、木村にどんな事を云っておやりになろうとも私にはねっから不服はありませんことよ。……けれどもね、あなたが木村の一番大切な親友でいらっしゃると思えばこそ、私は人一倍あなたを頼りにして今日もわざわざこんな所まで御迷惑を願ったりして、……でもおかしいものね、木村はあなたも信じ私も信じ、私は木村も信じあなたも信じ、あなたは木村は信ずるけれども私を疑って……そ、まあ待って……疑ってはいらっしゃりません。そうです。けれども信ずる事が出来ないでいらっしゃるんですわね……こうなると私は倉地さんにでもおすがりして相談相手になっていただく外仕様がありません。いくら私娘の時から周囲《まわり》から責められ通しに責められていても、今だに女手一つで二人の妹まで背負って立つ事は出来ませんからね。……」

古藤は二重に折っていたような腰を立てて、少しせきこんで、

「それはあなたに不似合な言葉だと僕は思いますよ。若し倉地と云う人の為めにあなたが誤解を受けているのなら……」

そう云ってまだ言葉を切らない中《うち》に、もうとうに横浜に行ったと思われていた倉地が、和服のままで突然六畳の間に這入って来た。これは葉子にも意外だったので、葉

子は鋭く倉地に眼くばせしたが、倉地は無頓着だった。そして古藤のいるのなどは度外視した傍若無人さで、火鉢《ひばち》の向座にどっかと胡坐《あぐら》をかいた。古藤は倉地を一眼見るとすぐ倉地と悟ったらしかった。いつもの癖で古藤はすぐ極度に固くなった。中断された話の続きを持ち出しもしないで、黙ったまま少し伏眼になってひかえていた。倉地は古藤から顔の見えないのをいい事に、早く古藤を返えしてしまえと云うような顔付きを葉子にして見せた。葉子は訳は分らないままにその注意に従おうとした。で、古藤の黙ってしまったのをいい事に、倉地と古藤とを引き合せる事もせずに自分も黙ったまま静かに鉄瓶の湯を土瓶に移して、茶を二人に勧めて自分も悠々《ゆうゆう》と飲んだりしていた。

突然古藤は居住いをなおして、

「もう僕は帰ります。お話は中途ですけれども何んだか僕は今日はこれでお暇《いとま》がしたくなりました。あとは必要があったら手紙で書きます」

そう云って葉子にだけ挨拶《あいさつ》して座を立った。葉子は例の芸者のような姿のままで古藤を玄関まで送り出した。

「失礼しましてね、本当に今日は。もう一度でよう御座いますから是非お会いになって下さいましな。一生の御願いですから、ね」

と耳打ちするように囁《ささや》いたが古藤は何んとも答えず、雨の降り出したのに傘《かさ》も借りずに出て行った。

「あなたったらまずいじゃありませんか、何んだってあんな幕に顔をお出しなさるの」

こう詰《なじ》るように云って葉子が座につくと、倉地は飲み終った茶碗《ちゃわん》を猫板《ねこいた》の上にとんと音をたてて伏せながら、

「あの男はお前、馬鹿にしてかかっているが、話を聞いていると妙に粘り強い所があるぞ。馬鹿もあの位真直《まっすぐ》に馬鹿だと油断の出来ないものなのだ。も少し話を続けていて見ろ、お前の遣繰《やりく》りでは間に合わなくなるから。一体何んでお前はあんな男をかまいつける必要があるんか、解《わか》らないじゃないか。木村にでも未練があれば知らない事」

こう云って不敵に笑いながら押付けるように葉子を見た。葉子はぎくりと釘《くぎ》を打たれたように思った。倉地をしっかり握るまでは木村を離してはいけないと思っている胸算用を倉地に偶然に云い当てられたように思ったからだ。然し倉地が本当に葉子を安心させる為めには、しなければならない大事な事が少くとも一つ残っている。それは倉地が葉子と表向き結婚の出来るだけの始末をして見せる事だ。手取早く云えばそ

の妻を離縁する事だ。それまではどうしても木村をのがしてはならない。そればかりではない、若し新聞の記事などが問題になって、倉地が事務長の位置を失うような事にでもなれば、少し気の毒だけれども木村を自分の鎖から解き放さずにおくのが何かにつけて便宜でもある。葉子は然し前の理由はおくびにも出さずに後の理由を巧みに倉地に告げようと思った。

「今日は雨になったで出かけるのが大儀だ。昼には湯豆腐でもやって寝てくれようか」

そう云って早くも倉地がそこに横になろうとするのを葉子は強《し》いて起き返えらした。

二十六

「水戸とかでお座敷に出ていた人だそうですが、倉地さんに落籍《ひか》されてからもう七八年にもなりましょうか、それは穏当ないい奥さんで、*迚《とて》も商売をしていた人のようではありません。尤《もっと》も水戸の士族のお娘御《むすめご》で出るが早いか倉地さんの所にいらっしゃるようになったんだそうですからその筈《はず》でもありますが、ちっとも擦《す》れていらっしゃらないでいて、気もお附きにはなるし、しとやかでもあり、……」

ある晩双鶴館の女将《おかみ》が話に来て四方山《よもやま》の噂《うわさ》の序《ついで》に倉地の妻の様子を語ったその言葉は、はっきりと葉子の心に焼きついていた。葉子はそれが優れた人であると聞かされれば聞かされる程妬《ねた》ましさを増すのだった。自分の眼の前には大きな障碍物《しょうがいぶつ》が真暗に立ふさがっているのを感じた。嫌悪《けんお》の情にかきむしられて前後の事も考えずに別れてしまったのではあったけれども、仮にも恋らしいものを感じた木部に対して葉子が抱く不思議な情緒、――普段は何事もなかったように忘れ果ててはいるものの、思いも寄らないきっかけに、不図《ふと》胸を引き締めて捲《ま》き起って来る不思議な情緒、――一種の絶望的なノスタルジア――それを葉子は倉地にも倉地の妻にも寄せて考えて見る事の出来る不幸を持っていた。又自分の生んだ子供に対する執着。それを男も女も同じ程度に厳しく感ずるものかどうかは知らない。然《しか》しながら葉子自身の実感から云うと、何んと云っても例えようもなくその愛着は深かった。葉子は定子を見ると知らぬ間に木部に対して恋に等しいような強い感情を動かしているのに気が附く事が屢《しばしば》だった。木部との愛着の結果定子が生れるようになったのではなく、定子というものがこの世に生れ出る為めに、木部と葉子とは愛着の羈《きずな》に繋《つな》がれたのだとさえ考えられもした。葉子は又自分の父がどれ程葉子を溺愛《できあい》してくれたかをも思って見た。葉子の経験から云うと、両親共いなくなってしまった今、慕わしさなつかしさを余計感じさせるものは、格別これと云って情愛の徴《しるし》を見せはしなかったが、始終軟かい眼色で自分達を見守ってくれていた父の方だった。それから思うと男と云うものも自分の生ませた子供に対しては女に譲らぬ執着を持ち得るものに相違ない。こんな過去の甘い回想までが今は葉子の心を鞭《むちう》つ笞《しもと》となった。しかも倉地の妻と子とはこの東京にちゃんと住んでいる。倉地は毎日のようにその人達に遇《あ》っているのに相違ないのだ。

思う男を何所《どこ》から何所まで自分のものにして、自分のものにしたと云う証拠を握るまでは、心が責めて責めて責めぬかれるような恋愛の残虐《ざんぎゃく》な力に葉子は昼となく夜となく打ちのめされた。船の中での何事も打任せ切ったような心易《こころやす》い気分は他人事《ひとごと》のように、遠い昔の事のように悲しく思いやられるばかりだった。どうしてこれほどまでに自分というものの落付き所を見失ってしまったのだろう。そう思う下から、こうしては一刻もいられない。早く早くする事だけをして仕舞わなければ、取り返しがつかなくなる。何所からどう手をつければいいのだ。敵を斃《たお》さなければ、敵は自分を斃すのだ。何の躊躇《ちゅうちょ》。何の思案。倉地が去った人達に未練を残すようならば自分の恋は石や瓦《かわら》と同様だ。自分の心で何もかも過去は一際焼き尽して見せる。木部もない、定子もない。まして木村もない。皆んな捨てる、皆んな忘れる。その代り倉地にも過去という過去を悉皆《すっかり》忘れさせずにおくものか。それ程の蠱惑《こわく》の力と情熱の炎とが自分にあるかないか見ているがいい。そうした一図な熱意が身をこがすように燃え立った。葉子は新聞記者の来襲を恐れて宿にとじ籠《こも》ったまま、火鉢《ひばち》の前に坐《すわ》って、倉地の不在の時はこんな妄想《もうそう》に身も心もかきむしられていた。段々募って来るような腰の痛み。肩の凝り。そんなものさえ葉子の心をますます焦立《いらだ》たせた。

殊《こと》に倉地の帰りのおそい晩などは、葉子は座にも居たたまれなかった。倉地の居間になっている十畳の間《ま》に行って、そこに倉地の面影《おもかげ》を少しでも忍ぼうとした。船の中での倉地との楽しい思い出は少しも浮んで来ずに、どんな構えとも想像は出来ないが、兎に角倉地の住居のある部屋に、三人の娘達に取り捲かれて、美しい妻にかしずかれて杯を干している倉地ばかりが想像に浮んだ。そこに脱ぎ捨ててある倉地の普段着は益々《ますます》葉子の想像を擅《ほしいま》まにさせた。いつでも葉子の情熱を引摑《ひっつか》んでゆすぶり立てるような倉地特有な膚《はだ》の香、芳醇《ほうじゅん》な酒や煙草《たばこ》から香《にお》い出るようなその香を葉子は衣類をかき寄せて、それに顔を埋めながら、痲痺《まひ》して行くような気持で嗅《か》ぎに嗅いだ。その香の一番奥に、中年の男に特有なふけのような不快な香、他人のであったなら葉子は一たまりもなく鼻を掩《おお》うような不快な香を嗅ぎつけると、葉子は肉体的にも一種の陶酔を感じて来るのだった。その倉地が妻や娘達に取捲かれて楽しく一夕を過している。そう思うとあり合せるものを取って打毀《ぶちこわ》すか、摑んで引き裂きたいような衝動が訳もなく嵩《こう》じて来るのだった。

それでも倉地が帰って来ると、それは夜おそくなってからであっても葉子は唯《ただ》子供のように幸福だった。それまでの不安や焦燥は何所にか行ってしまって、悪夢から幸福な世界に目覚めたように幸福だった。葉子はすぐ走って行って倉地の胸に他愛《たわい》なく抱かれた。倉地も葉子を自分の胸に引き締めた。葉子は広い厚い胸に抱かれながら、単調な宿屋の生活の一日中に起った些細《ささい》な事までを、その表情の裕《ゆた》かな、鈴のような涼しい声で、自分を楽しませているものの如《ごと》く語った。倉地は倉地でその声に酔いしれて見えた。二人の幸福は何所に絶頂があるのか判《わか》らなかった。二人だけで世界は完全だった。葉子のする事は一つ一つ倉地の心がするように見えた。倉地のこうありたいと思う事は葉子が予《あらかじ》めそうあらせていた。倉地のしたいと思う事は、葉子がちゃんと仕遂げていた。茶碗の置き場所まで、着物の仕舞所まで、倉地は自分の手でした通りを葉子がしているのを見出《みいだ》しているようだった。

「然し倉地は妻や娘達をどうするのだろう」

こんな事をそんな幸福の最中にも葉子は考えない事もなかった。然し倉地の顔を見ると、そんな事は思うも恥かしいような些細な事に思われた。葉子は倉地の中にすっかり融《と》け込んだ自分を見出すのみだった。定子までも犠牲にして倉地をその妻子から切り放そうなど云うたくらみは余りに馬鹿らしい取越苦労であるのを思わせられた。

「そうだ生まれてからこのかた私が求めていたものはとうとう来ようとしている。然しこんな事がこう手近かにあろうとは本当に思いもよらなかった。私みたいな馬鹿はない。この幸福の頂上が今だと誰《だ》れか教えてくれる人があったら、私はその瞬間に喜んで死ぬ。こんな幸福を見てから下り坂にまで生きているのはいやだ。それにしてもこんな幸福でさえが何時かは下り坂になる時があるのだろうか」

そんな事を葉子は幸福に浸り切った夢心地の中に考えた。

葉子が東京に着いてから一週間目に、宿の女将の周旋で、芝の紅葉館*と道一つ隔てた苔香園《たいこうえん》*という薔薇《ばら》専門の植木屋の裏にあたる二階建*の家を借りる事になった。それは元紅葉館の女中だった人がある豪商の妾《めかけ》になったについて、その豪商という人が建ててあてがった一構えだった。双鶴館の女将はその女と懇意の間だったが、女に子供が幾人か出来て少し手狭過ぎるので他所《よそ》に移転しようかと云っていたのを聞き知っていたので、女将の方で適当な家を探し出してその女を移らせ、その跡を葉子が借りる事に取計らってくれたのだった。倉地が先きに行って中の様子を見て来て、杉林の為めに少し日当りはよくないが、当分の隠れ家としては屈強だと云ったので、直ぐさまそこに移る事に決めたのだった。誰れにも知れないように引越さねばならぬというので、荷物を小別けして持ち出すのにも、女将は自分の女中達にまで、それが倉地の本宅に運ばれるものだと云って知らせた。運搬人は凡《すべ》て芝の方から頼んで来た。そして荷物があらかた片付いた所で、ある夜遅く、しかもびしょびしょと吹き降りのする寒い雨風の折を選んで葉子は幌車《ほろぐるま》に乗った。葉子としてはそれ程の警戒をするには当らないと思ったけれども、女将がどうしても聴かなかった。安全な所に送り込むまでは一旦《いったん》お引受けした手前、気が済まないと云い張った。

葉子が誂《あつら》えておいた仕立おろしの衣類を着かえているとそこに女将も来合せて脱ぎ返しの世話を見た。襟《えり》の合せ目をピンで留めながら葉子が着がえを終えて座につくのを見て、女将は嬉《うれ》しそうに揉《も》み手をしながら、

「これであすこに大丈夫着いて下さりさえすれば私は重荷が一つ降りると申すものです。然しこれからがあなたは御大抵じゃ御座いませんね。あちらの奥様の事など思いますと、どちらにどうお仕向けをしていいやら私には判らなくなります。あなたのお心持ちも私は身にしみてお察し申しますが、何処《どこ》から見ても批点の打ち所のない奥様のお身の上も私には御不憫《ごふびん》で涙がこぼれてしまうんで御座いますよ。でね、これからの事についちゃ私はこう決めました。何んでも出来ます事ならと申上げたいんで御座いますけれども、私には心底《しんそこ》をお打明け申しました所、どちら様にも義理が立ちませ

んから、薄情でも今日かぎりこのお話には手をひかせていただきます。……どうか悪くお取りになりませんようにね……どうも私はこんなでいながら甲斐性《かいしょう》が御座いませんで……」

そう云いながら女将は口を切った時の嬉しげな様子にも似ず、襦袢《じゅばん》の袖《そで》を引出す隙《ひま》もなく眼に涙を一杯ためてしまっていた。葉子にはそれが恨めしくも憎くもなかった。唯何となく親身な切なさが自分の胸にもこみ上げて来た。

「悪く取るどころですか。世の中の人が一人でもあなたのような心持ちで見てくれたら、私はその前に泣きながら頭を下げて難有《ありがと》う御座いますと云う事でしょうよ。これまでのあなたのお心尽しで私はもう十分。又いつか御恩返しの出来る事もありましょう。……それではこれで御免下さいまし。お妹御にもどうか着物のお礼をくれぐれもよろしく」

少し泣声になってそう云いながら、葉子は女将とその妹分にあたるという人に礼心に置いて行こうとする米国製の二つの手携《てさげ》をしまいこんだ違い棚《だな》を一寸《ちょっと》見やってそのまま座を立った。

雨風の為めに夜は賑《にぎ》やかな往来もさすがに人通りが絶え絶えだった。車に乗ろうとして空を見上げると、雲はそう濃くはかかっていないと見えて、新月の光が朧《おぼ》ろに空を明るくしている中を嵐《あらし》模様の雲が恐ろしい勢で走っていた。部屋の中の暖かさに引きかえて、湿気を十分に含んだ風は裾前《すそまえ》を煽《あお》ってぞくぞくと膚に逼《せま》った。ばたばたと風に弄《なぶ》られる前幌を車夫がかけようとしている隙《すき》から、女将がみずみずしい丸髷《まるまげ》を雨にも風にも思うまま打たせながら、女中のさしかざそうとする雨傘《あまがさ》の蔭《かげ》に隠れようともせず、何か車夫に云い聞かせているのが大事らしく見やられた。車夫が梶棒《かじぼう》を挙げようとする時女将が祝儀袋をその手に渡すのが見えた。

「左様なら」

「お大事に」

憚《はばか》るように車の内外《うちそと》から声が交わされた。幌にのしかかって来る風に抵抗しながら車は闇《やみ》の中を動き出した。

向い風がうなりを立てて吹きつけて来ると、車夫は思わず車を煽らせて足を止める程だった。この四五日火鉢の前ばかりにいた葉子に取っては身を切るかと思われるような寒さが、厚い膝《ひざ》かけの目まで通して襲って来た。葉子は先程女将の言葉を聞いた時には左程とも思っていなかったが、少し程立った今になって見ると、それがひしひしと身に応《こた》えるのを感じ出した。自分はひょっとするとあざむかれている、弄《もてあそ》びものにされている。倉地は矢張り何所までもあの妻子と別れる気はないのだ。唯長い航海中の気まぐれから、出来心に自分を征服して見ようと企てたばかりなのだ。この恋のいきさつが葉子から持ち出されたものであるだけに、こんな心持ちになって来ると、葉子は矢も楯《たて》もたまらず自分にひけ目を覚えた。幸福――自分が夢想していた幸福がとうとう来たと誇りがに喜んだその喜びはさもしい糠喜《ぬかよろこ》びに過ぎなかったらしい。倉地は船の中でと同様の喜びでまだ葉子を喜んではいる。それに疑《うたがい》を入れよう余地はない。けれども美しい貞節な妻と可憐《かれん》な娘を三人まで持っている倉地の心がいつまで葉子に牽《ひ》かされているか、それを誰れが語り得よう、葉子の心は幌の中に吹きこむ風の寒さと共に冷えて行った。世の中から奇麗に離れてしまった孤独な魂がたった一つそこには見出されるようにも思えた。何所に嬉しさがある、楽しさがある。自分は又一つの今までに味わなかったような苦悩の中に身を投げ込もうとしているのだ。又うまうまと悪戯者《いたずらもの》の運命にしてやられたのだ。それにしてももうこの瀬戸際《せとぎわ》から引く事は出来ない。死ぬまで……そうだ死んでもこの苦しみに浸り切らずに置くものか。葉子には楽しさが苦しさなのか、苦しさが楽しさなのか、全く見界《みさかい》がつかなくなってしまっていた。魂を締め木にかけてその油でも搾《しぼ》りあげるような悶《もだ》えの中に已《や》むに已まれぬ執著《しゅうじゃく》を見出して我れながら驚くばかりだった。

ふと車が停《とま》って梶棒が卸されたので葉子ははっと夢心地から我れに返った。恐ろしい吹き降りになっていた。車夫が片足で梶棒を踏まえて、風で車のよろめくのを防ぎながら、前幌をはずしにかかると、真暗だった前方から幽《かす》かに光が漏れて来た。頭の上ではざあざあと降りしきる雨の中に、荒海の潮騒《しおざい》のような物凄《ものすご》い響が何か変事でも湧《わ》いて起りそうに聞えていた。葉子は車を出ると風に吹き飛ばされそうになりながら、髪や新調の着物の濡《ぬ》れるのもかまわず空を仰いで見た。漆を流したように雲で固く鎖《とざ》された雲の中に、漆よりも色濃くむらむらと立騒いでいるのは古い杉の木立ちだった。花壇らしい竹垣《たけがき》の中の灌木《かんぼく》の類は枝先きを地につけんばかりに吹き靡《なび》いて、枯葉が渦《うず》のようにばらばらと飛び廻《まわ》っていた。葉子は我れにもなくそこにべったり坐り込んでしまいたくなった。

「おい早く這入《はい》らんかよ、濡れてしまうじゃないか」

倉地がランプの灯《ひ》をかばいつつ家の中から怒鳴るのが風に吹きちぎられながら聞えて来た。倉地がそこにいると云う事さえ葉子には意外のようだった。大分離れた所でどたんと戸か何か外れたような音がしたと思うと、風はまた一しきりうなりを立てて杉叢《すぎむら》をこそいで通りぬけた。車夫は葉子を助けようにも梶棒を離れれば車をけし飛ばされるので、提灯《ちょうちん》の尻《しり》を風上の方に斜《しゃ》に向けて眼八分に上げながら何か大声に後ろから声をかけていた。葉子はすごすごとして玄関口に近づいた。一杯機嫌《きげん》で待ちあぐんだらしい倉地の顔の酒ほてりに似ず、葉子の顔は透き通る程青ざめていた。なよなよと先ず敷台に腰を下《おろ》して、十歩ばかり歩くだけで泥《どろ》になってしまった下駄《げた》を、足先で手伝いながら脱ぎ捨てて、ようやく板の間に立ち上ってから、虚《うつ》ろな眼で倉地の顔をじっと見入った。

「どうだった寒かったろう。まあこっちにお上り」

そう倉地は云って、そこに出合わしていた女中らしい人に手ランプを渡すと華車《きゃしゃ》な少し急な階子段《はしごだん》を昇って行った。葉子は吾妻《あずま》コートも脱がずにいい加減濡れたままで黙ってその後から跟《つ》いて行った。

二階の間は電灯で昼間より明るく葉子には思われた。戸という戸ががたぴしと鳴りはためいていた。板葺《いたぶ》きらしい屋根に一寸釘《くぎ》でも敲《たた》きつけるように雨が降りつけていた。座敷の中は暖かくいきれて、飲み食いする物が散らかっているようだった。葉子の注意の中にはそれだけの事が辛《かろ》うじて入って来た。そこに立ったままの倉地に葉子は吸いつけられるように身を投げかけて行った。倉地も迎え取るように葉子を抱いたと思うとそのままそこにどっかと胡坐《あぐら》をかいた。そして自分の火照《ほて》った頬《ほお》を葉子のにすり附けるとさすがに驚いたように、

「こりゃどうだ冷えたにも氷のようだ」

と云いながらその顔を見入ろうとした。然し葉子は無性に自分の顔を倉地の広い暖かい胸に埋めてしまった。なつかしみと憎しみとのもつれ合った、嘗《かつ》て経験しない激しい情緒がすぐに葉子の涙を誘い出した。ヒステリーのように間歇《かんけつ》的に牽き起る啜《すす》り泣きの声を噛《か》みしめても噛みしめても止める事が出来なかった。葉子はそうしたまま倉地の胸で息気《いき》を引き取る事が出来たらと思った。それとも自分の嘗《な》めているような魂の悶えの中に倉地を捲き込む事が出来たらばとも思った。

いそいそと世話女房らしく喜び勇んで二階に上って来る葉子を見出すだろうとばかり思っていたらしい倉地は、この理由も知れぬ葉子の狂体に驚いたらしかった。

「どうしたと云うんだな、え」

と低く力を罩《こ》めて云いながら、葉子を自分の胸から引き離そうとするけれども、葉子は唯無性にかぶりを振るばかりで、駄々児《だだっこ》のように、倉地の胸にしがみついた。出来るならその肉の厚い男らしい胸を噛み破って、血みどろになりながらその胸の中に顔を埋めこみたい――そう云うように葉子は倉地の着物を噛んだ。

徐《しず》かにではあるけれども倉地の心は段々葉子の心持ちに染められて行くようだった。葉子をかき抱く倉地の腕の力は静かに加わって行った。その息気づかいは荒くなって来た。葉子は気が遠くなるように思いながら、締め殺すほど引きしめてくれと念じていた。そして顔を伏せたまま涙の隙から切れ切れに叫ぶように声を放った。

「捨てないで頂戴《ちょうだい》とは云いません……捨てるなら捨てて下さってもよう御座んす……その代り……その代り……はっきり仰有《おっしゃ》って下さい、ね……私は唯引きずられて行くのがいやなんです……」

「何を云ってるんだお前は……」

倉地の噛んでふくめるような声が耳許《みみもと》近く葉子にこうささやいた。

「それだけは……それだけは誓って下さい……ごまかすのは私はいや……いやです」

「何を……何をごまかすかい」

「そんな言葉が私は嫌《きら》いです」

「葉子!」

倉地はもう熱情に燃えていた。然しそれは何時《いつ》でも葉子を抱いた時に倉地に起る野獣のような熱情とは少し違っていた。そこにはやさしく女の心をいたわるような影が見えた。葉子はそれを嬉しくも思い、物足らなくも思った。

葉子の心の中は倉地の妻の事を云い出そうとする熱意で一杯になっていた。その妻が貞淑な美しい女であると思えば思う程、その人が二人の間に挟《はさま》っているのが呪《のろ》わしかった。縦令《たとい》捨てられるまでも一度は倉地の心をその女から根こそぎ奪い取らなければ湛念《たんねん》が出来ないようなひた向きに狂暴な欲念が胸の中でははち切れそうに煮えくり返っていた。けれども葉子はどうしてもそれを口の端《は》に上せる事は出来なかった。その瞬間に自分に対する誇りが塵芥《ちりあくた》のように踏み躙《にじ》られるのを感じたからだ。葉子は自分ながら自分の心がじれったかった。倉地の方から一言もそれを云わないのが恨めしかった。倉地はそんな事は云うにも足らないと思っているのかも知れないが……いいえそんな事はない、そんな事のあろう筈《はず》はない。倉地は矢張り二股《ふたまた》かけて自分を愛しているのだ。男の心にはそんな淫《みだ》らな未練がある筈だ。男の心とは云うまい、自分も倉地に出遇《であ》うまでは、異性に対する自分の愛を勝手に三つにも四つにも裂いて見る事が出来たのだ。……葉子はここにも自分の暗い過去の経験の為《た》めに責めさいなまれた。進んで恋の擒《とりこ》となったものが当然陥らなければならない例えようのない程暗く深い疑惑は後から後から口実を作って葉子を襲うのだった。葉子の胸は言葉通りに張り裂けようとしていた。

然し葉子の心が傷《いた》めば傷むほど倉地の心は熱して見えた。倉地はどうして葉子がこんなに機嫌を悪くしているのかを思い迷っている様子だった。倉地はやがて強《し》いて葉子を自分の胸から引き放してその顔を強く見守った。

「何をそう理屈もなく泣いているのだ……お前は俺れを疑ぐっているな」

葉子は「疑わないでいられますか」と答えようとしたが、どうしてもそれは自分の面目にかけて口には出せなかった。葉子は涙に解けて漂うような眼を恨めしげに大きく開いて黙って倉地を見返した。

「今日俺れはとうとう本店から呼び出されたんだった。船の中での事をそれとなく聞き糺《ただ》そうとしおったから、俺れは残らず云って退《の》けたよ。新聞に俺れ達の事が出た時でもが、慌《あわ》てるがものはないと思っとったんだ。どうせ何時かは知れる事だ。知れる程なら、大っぴらで早いがいい位のものだ。近い中に会社の方は首になろうが、俺れは、葉子、それが満足なんだぞ。自分で自分の面《つら》に泥を塗って喜んでる俺れが馬鹿に見えような」

そう云ってから倉地は激しい力で再び葉子を自分の胸に引き寄せようとした。

葉子は然しそうはさせなかった。素早く倉地の膝から飛び退いて畳の上に顔を伏せた。倉地の言葉をそのまま信じて、素直に嬉しがって、心を涙に溶いて泣きたかった。然し万一倉地の言葉がその場遁《のが》れの勝手な造り事だったら……何故《なぜ》倉地は自分の妻や子供達の事を云っては聞かせてくれないのだ。葉子は訳けの解《わか》らない涙を泣くより術《すべ》がなかった。葉子は突伏したままでさめざめと泣き出した。

戸外の嵐は気勢を加えて、物凄《ものすさ》まじく更《ふ》けて行く夜を荒れ狂った。

「俺れの云うた事が解らんならまあ見とるがいいさ。俺れはくどい事は好かんからな」

そう云いながら倉地は自分を抑制しようとするように強いて落着いて、葉巻きを取り上げて煙草盆を引き寄せた。

葉子は心の中で自分の態度が倉地の気をまずくしているのをはらはらしながら思いやった。気をまずくするだけでもそれだけ倉地から離れそうなのがこの上なくつらかった。然し自分で自分をどうする事も出来なかった。

葉子は嵐の中に我れと我が身をさいなみながらさめざめと泣き続けた。

二十七

「何を私は考えていたんだろう。どうかして心が狂ってしまったんだ。こんな事はついぞない事だのに*」

葉子はその夜倉地と部屋を別にして床に就いた。倉地は階上に、葉子は階下に。絵島丸以来二人が離れて寝たのはその夜が始めてだった。倉地が真心をこめた様子でかれこれ云うのを、葉子はすげなく跳ねつけて、折角とってあった二階の寝床を、女中に下に運ばしてしまった。横になりはしたが何時までも寝付かれないで二時近くまで言葉通りに転輾《てんてん》反側しつつ、繰返し繰返し倉地の夫婦関係を種々に妄想《もうそう》したり、自分にまくしかかって来る将来の運命をひたすらに黒く塗って見たりしていた。それでも果ては頭も体も疲れ果てて夢ばかりな眠りに陥ってしまった。

うつらうつらとした眠りから、突然例えようのない淋《さび》しさにひしひしと襲われて、——それはその時見た夢がそんな暗示になったのか、それとも感覚的な不満が眼を覚ましたのか分らなかった——葉子は暗闇の中に眼を開いた。嵐の為めに電線に故障が出来たと見えて、眠る時には点《つ》け放しにしておいた灯が何所《どこ》も此所《ここ》も消えているらしかった。嵐は然し何時の間にか凪《な》ぎてしまって、嵐の後の晩秋の夜は殊更《ことさら》静かだった。山内《さんない》一面の杉森からは深山のような鬼気がしんしんと吐き出されるように思えた。蟋蟀《こおろぎ》が隣りの部屋の隅《すみ》でかすれがすれに声を立てていた。僅《わず》かなしかも浅い睡眠には過ぎなかったけれども葉子の頭は暁前《ぎょうぜん》の冷えを感じて冴《さ》え冴《ざ》えと澄んでいた。葉子は先ず自分がたった一人で寝ていた事を思った。倉地と関係がなかった頃《ころ》はいつでも一人で寝ていたのだが、好《よ》くもそんな事が永年に亙《わた》って出来たものだったと自分ながら不思議に思われる位、それは今の葉子を物足らなく心淋しくさせていた。こうして静かな心になって考えると倉地の葉子に対する愛情が誠実であるのを疑うべき余地は更らにかなかった。日本に帰ってから幾日にもならないけれども、今までは兎と角く倉地の熱意に少しも変りが起った所は見えなかった。如何に恋に眼がふさがっても、葉子はそれを見極める位の冷静な眼力は持っていた。そんな事は十分に知り抜いている癖に、おぞましくも昨夜のような馬鹿な真似をしてしまった自分が自分ながら不思議な位だった。どんなに情に激した時でも大抵は自分を見失うような事はしないで通して来た葉子にはそれがひどく恥かしかった。船の中にいる時にヒステリーになったのではないかと疑った事が二三度ある——それが本当だったのではないか知らんとも思われた。そして夜着にかけた洗い立てのキャリコの裏の冷え冷えするのをふくよかな頬に感じながら心の中で独語ひとりごちた。

「何を私は考えていたんだろう。どうかして心が狂ってしまったんだ。こんな事はついぞない事だのに」

そう云いながら葉子は肩だけ起き直って、枕頭まくらもとの水を手さぐりでしたたか飲みほした。氷のように冷え切った水が喉許のどもとを静かに流れ下って胃の腑ふに拡ひろがるまではっきりと感じられた。酒も飲まないのだけれども、酔後の水と同様に、胃の腑に味覚が出来て舌の知らない味を味い得たと思う程快く感じた。それほど胸の中は熱を持っていたに違いない。けれども脚の方は反対に恐ろしく冷えを感じた。少しその位置を動かすと白さをそのままな寒い感じがシーツから逼《せま》って来るのだった。葉子は又きびしく倉地の胸を思った。それは寒さと愛着とから葉子を追い立てて二階に走らせようとする程だった。然し葉子は既にそれをじっと耐えるだけの冷静さを恢復《かいふく》していた。倉地の妻に対する処置は昨夜のようであっては手際よくは成し遂げられぬ。もっと冷めたい智慧《ちえ》に力を借りなければならぬ――こう思い定めながら暁の白むのを知らずに又眠りに誘われて行った。

翌日葉子はそれでも倉地より先きに眼を覚まして手早く着がえをした。自分で板戸を繰り開けて見ると、縁先きには、枯れた花壇の草や灌木が風の為めに吹き乱された小庭があって、その先きは杉、松、その他の喬木《きょうぼく》の茂みを隔てて苔香園《たいこうえん》の手広い庭が見やられていた。昨日までいた双鶴館《そうかくかん》の周囲とは全く違った、同じ東京の内とは思われないような静かな鄙《ひな》びた自然の姿が葉子の眼の前には見亙された。まだ晴れ切らない狭霧《さぎり》を罩めた空気を通して、杉の葉越しに射《さ》しこむ朝の日の光が、雨にしっとりと潤った庭の黒土の上に、真直な杉の幹を棒縞《ぼうじま》のような影にして落していた。色さまざまな桜の落葉が、日向《ひなた》では黄に紅に、日影では樺《かば》に紫に庭を彩《いろど》っていた。彩っていると云えば菊の花もあちこちにしつけられていた。然し一帯の趣味は葉子の喜ぶようなものではなかった。塵《ちり》一つさえない程、貧しく見える瀟洒《しょうしゃ》な趣味か、何所にでも金銀がそのまま捨ててあるような驕奢《きょうしゃ》な趣味でなければ満足が出来なかった。残ったのを捨てるのが惜しいとか勿体《もったい》ないとか云うような心持ちで、余計な石や植木などを入れ込んだらしい庭の造り方を見たりすると、すぐさまむしり取って眼にかからない所に投げ捨てたく思うのだった。その小庭を見ると葉子の心の中にはそれを自分の思うように造り変える計画がうずうずする程湧き上って来た。

それから葉子は家の中を隅から隅まで見て廻わった。昨日玄関口に葉子を出迎えた女中が、戸を繰る音を聞きつけて、逸早《いちはや》く葉子の所に飛んで来たのを案内に立てた。十八九の小綺麗《こぎれい》な娘で、きびきびした気象らしいのに、如何にも蓮葉《はすは》でない、主人を持てば主人思いに違いないのを葉子は一目で見貫《みぬ》いて、これはいい人だと思った。それは矢張り双鶴館の女将が周旋してよこした、宿に出入りの豆腐屋の娘だった。つや（彼女の名はつやと云った）は階子段下の玄関に続く六畳の茶の間から始めて、その隣りの床の間附きの十二畳、それから十二畳と廊下を隔てて玄関と併《なら》ぶ茶席風の六畳を案内し、廊下を通った突き当りにある思いの外手広い台所、風呂場を経て張り出しになっている六畳と四畳半（そこがこの家を建てた主人の居間となっていたらしく、凡《すべ》ての造作に特別な数奇《すき》が凝らしてあった）に行って、その雨戸を繰り明けて庭を見せた。そこの前栽《せんざい》は割合に荒れずにいて、眺《なが》めが美しかったが、葉子は垣根越しに苔香園の母屋《おもや》の下《しも》の便所らしい汚ない建物の屋根を見附けて困ったものがあると思った。その外には台所の側につやの四畳半の部屋が西向きについていた。女中部屋を除いた五つの部屋はいずれもなげし附きになって、三つまでは床の間さえあるのに、どうして集めたものか兎に角掛物なり置物なりがちゃんと飾られていた。家の造りや庭の様子などには可なりの註文《ちゅうもん》も相当の眼識も持ってはいたが、絵画や書の事になると葉子はおぞましくも鑑識の力がなかった。生れつき機敏に働く才気のお蔭《かげ》で、見たり聞いたりした所から、美術を愛好する人々と膝《ひざ》を併べても、兎に角余りぼろらしいぼろは出さなかったが、若い美術家などが讃《ほ》める作品を見ても何所が優れて何所に美しさがあるのか葉子には少しも見当のつかない事があった。絵と云わず字と云わず、文学的の作物などに対しても葉子の頭は憐《あわ》れな程通俗的であるのを葉子は自分で知っていた。然し葉子は自分の負けじ魂から自分の見方が凡俗だとは思いたくなかった。芸術家など云う連中には、骨董《こっとう》などをいじくって古味と云うようなものを難有《ありがた》がる風流人と共通したような気取りがある。その似而非《えせ》気取りを葉子は幸《さいわい》にも持ち合わしていないのだと決めていた。葉子はこの家に持ち込まれている幅物《ふくもの》を見て廻っても、本当の値打ちがどれ程のものだか更らに見当がつかなかった。唯《ただ》あるべき所にそういう物のある事を満足に思った。

つやの部屋のきちんと手際よく片付いているのや、二三日空家になっていたのにも係《かかわ》らず、台所が綺麗に拭《ふ》き掃除がされていて、布巾《ふきん》などが清々《すがすが》しくからからに乾かして懸けてあったりするのは一々葉子の眼を快く刺戟《しげき》した。思ったより住まい勝手のいい家と、はきはきした清潔好きな女中とを得た事が先ず葉子の寝起きの心持ちをすがすがしくさせた。

葉子はつやの汲《く》んで出した丁度いい加減の湯で顔を洗って、軽く化粧をした。昨夜の事などは気にもかからない程心は軽かった。葉子はその軽い心を抱きながら静かに二階に上って行った。何とはなしに倉地に甘えたいような、詫《わ》びたいような気持ちでそっと襖《ふすま》を明けて見ると、あの強烈な倉地の膚《はだ》の香が暖かい空気に満たされて鼻をかすめて来た。葉子は我れにもなく駈《か》けよって、仰向けに熟睡している倉地の上に羽がいにのしかかった。

暗い中で倉地は眼覚めたらしかった。そして黙ったまま葉子の髪や着物から花弁のようにこぼれ落ちるなまめかしい香を夢心地に嗅《か》いでいるようだったが、やがて物惰《ものう》げに、

「もう起きたんか。何時だな」

と云った。まるで大きな子供のようなその無邪気さ。葉子は思わず自分の頬を倉地の

にすり附けると、寝起きの倉地の頰は火のように熱く感ぜられた。

「もう八時。……お起きにならないと横浜の方がおそくなるわ」

倉地は矢張り物惰げに、袖口《そでぐち》からにょきんと現われ出た太い腕を延べて、短い散切《ざんぎ》り頭をごしごしと掻《か》き廻しながら、

「横浜?……横浜にはもう用はないわい。何時首になるか知れない俺れがこの上の御奉公をしてたまるか。これも皆んなお前のお蔭だぞ。業《ごう》つくばり奴《め》」

と云っていきなり葉子の頸筋《くびすじ》を腕にまいて自分の胸に押しつけた。

暫《しば》らくして倉地は寝床を出たが、昨夜の事などはけろりと忘れてしまったように平気でいた。二人が始めて離れ離れに寝たのにも一言も云わないのがかすかに葉子を物足らなく思わせたけれども、葉子は胸が広々として何んと云う事もなく喜ばしくって堪《たま》らなかった。で、倉地を残して台所に下りた。自分で自分の食べるものを料理するという事にも嘗《かつ》てない物珍らしさと嬉《うれ》しさとを感じた。

畳一畳がた日の射しこむ茶の間の六畳で二人は朝餉《あさげ》の膳《ぜん》に向った。嘗ては葉山で木部と二人でこうした楽しい膳に向った事もあったが、その時の心持ちと今の心持ちとを比較する事も出来ないと葉子は思った。木部は自分でのこのこと台所まで出かけて来て、長い自炊の経験などを得意げに話して聞かせながら、自分で米を磨《と》いだり、火

を燃《た》きつけたりした。その当座は葉子もそれを楽しいと思わないではなかった。然し暫らくの中にそんな事をする木部の心持ちがさもしくも思われて来た。おまけに木部は一日々々と物臭さになって、自分では手を下しもせずに、邪魔になる所に突立ったまま指図がましい事を云ったり、葉子には何等の感興も起させない長詩を例の御自慢の美しい声で朗々と吟じたりした。葉子はそんな眼に遇うと軽蔑《けいべつ》し切った冷やかな眸《ひとみ》でじろりと見返えしてやりたいような気になった。倉地は始めからそんな事はてんでしなかった。大きな駄々児のように、顔を洗うといきなり膳の前に胡座《あぐら》をかいて、葉子が作って出したものを片端からむしゃむしゃと綺麗に片付けて行った。これが木部だったら、出す物の一つ一つに知ったか振りの講釈をつけて、葉子の腕前を感傷的に賞《ほ》めちぎって、可なり沢山を喰《く》わずに残してしまうだろう。そう思いながら葉子は眼で撫《な》でさするようにして倉地が一心に箸《はし》を動かすのを見守らずにはいられなかった。

やがて箸と茶碗《ちゃわん》とをからりと放《な》げ捨てると、倉地は所在無さそうに葉巻をふかして暫らくそこらを眺め廻していたが、いきなり立ち上って尻《しり》っぱしょりをしながら裸足《はだし》のまま庭に飛んで降りた。そしてハーキュリース*が針仕事でもするようなぶきっちょうな様子で、狭い庭を歩き廻りながら片隅から片附け出した。まだびしゃびしゃするような土の上に大きな足跡が縦横に印された。まだ枯れ果てない菊や萩《はぎ》などが雑草と一緒くたに情けも容赦もなく根こぎにされるのを見るとさすがの葉子もはらはらした。そして縁際にしゃがんで柱に凭《もた》れながら、時には余りのおかしさに高く声を挙げて笑いこけずにはいられなかった。

倉地は少し働き疲れると苔香園の方を窺《うかが》ったり、台所の方に気を配ったりしておいて、大急ぎで葉子のいる所に寄って来た。そして泥《どろ》になった手を後ろに廻して、上体を前に折り曲げて、葉子の鼻の先きに自分の顔を突き出してお壺口《つぼぐち》をした。葉子も悪戯《いたずら》らしく周囲に眼を配ってその顔を両手に挟みながら自分の唇《くちびる》を与えてやった。倉地は勇み立つようにして又土の上にしゃがみこんだ。

倉地はこうして一日働き続けた。日がかげる頃になって葉子も一緒に庭に出て見た。唯乱暴な、しょう事なしの悪戯仕事とのみ思われたものが、片附いて見ると何所から何所まで要領を得ているのを発見するのだった。葉子が気にしていた便所の屋根の前には、庭の隅にあった椎《しい》の木が移してあったりした。玄関前の両側の花壇の牡丹《ぼたん》には、藁《わら》で器用に霜囲いさえしつらえてあった。

こんな淋しい杉森の中の家にも、時々紅葉館の方から音曲の音がくぐもるように聞えて来たり、苔香園から薔薇《ばら》の香りが風の具合でほんのりと香って来たりした。ここにこうして倉地と住み続ける喜ばしい期待はひと向きに葉子の心を奪ってしまった。

平凡な人妻となり、子を生み、葉子の姿を魔物か何かのように冷笑《あざわら》おうとする、葉子の旧友達に対して、嘗て葉子が抱いていた火のような憤《いきどお》りの心、腐っても死んでもあんな真似はして見せるものかと誓うように心であざけったその葉子は、洋行前の自分というものを何所かに置き忘れたように、そんな事は思いも出さないで、旧友達の通って来た道筋にひた走りに走り込もうとしていた。

二十八

こんな夢のような楽しさが他愛《たわい》もなく一週間程は何んの故障も牽《ひ》き起さずに続いた。歓楽に耽溺《たんでき》し易《やす》い、従って何時でも現在を一番楽しく過ごすのを生れながら本能としている葉子は、こんな有頂天な境界から一歩でも踏み出す事を極端に憎んだ。葉子が帰ってから一度しか会う事の出来ない妹達が、休日にかけて頻《しき》りに遊びに来たいと訴え来るのを、病気だとか、家の中が片附かないとか、口実を設けて拒んでしまった。木村からも古藤の所か五十川女史の所かに宛《あ》てて便りが来ているには相違ないと思ったけれども、五十川女史は固《もと》より古藤の所にさえ住所が知らしてないので、それを廻送してよこす事も出来ないのを葉子は知っていた。定子――この名は時々葉子の心を未練がましくさせないではなかった。然《しか》し葉子は何時でも思い捨てるようにその名を心の中から振り落そうと努めた。倉地の妻の事は何かの拍子につけて心を打った。この瞬間だけは葉子の胸は呼吸も出来ない位引締められた。それでも葉子は現在目前の歓楽をそんな心痛で破らせまいとした。そしてその為めには倉地にあらん限りの媚《こ》びと親切とを捧《ささ》げて、倉地から同じ程度の愛撫《あいぶ》を貪《むさぼ》ろうとした。そうする事が自然にこの難題に解決をつける導火線《みちび》にもなると思った。

倉地も葉子に譲らない程の執着を以《もっ》て葉子が捧げる杯から歓楽を飲み飽きようとするらしかった。不休の活動を命としているような倉地ではあったけれども、この家に移って来てから、家を明けるような事は一度もなかった。それは倉地自身が告白するように破天荒な事だったらしい。二人は、初めて恋を知った少年少女が世間も義理も忘れ果てて、生命さえ忘れ果てて肉体を破ってまでも魂を一つに溶かしたいとあせる、*それと同じ熱情を捧げ合って互々《たがいたがい》を楽しんだ。楽しんだと云うよりも苦しんだ。その苦しみを楽しんだ。倉地はこの家に移って以来新聞も配達させなかった。郵便だけは移転通知をして置いたので倉地の手許《てもと》に届いたけれども、倉地はその表書きさえ眼を通そうとはしなかった。毎日の郵便はつやの手によって束にされて、葉子が自分の部屋に定めた玄関側の六畳の違い棚《だな》に空《むな》しく積み重ねられた。葉子の手許には妹達からの外には一枚の葉書さえ来なかった。それほど世間から自分達を切り放しているのを二人とも苦痛とは思わなかった。苦痛どころではない、それが幸いであり誇りであった。門には「木村」とだけ書いた小さい門札が出してあった。木村と云う平凡な姓は二人の楽しい巣を世間に発《あば》くような事はないと倉地が云い出したのだった。

然しこんな生活を倉地に永い間要求するのは無理だと云う事を葉子は遂に感付かねばならなかった。ある夕食の後倉地は二階の一間で葉子を力強く膝の上に抱き取って、甘い私語《ささやき》を取り交わしていた時、葉子が情に激して倉地に与えた熱い接吻《せっぷん》の後にすぐ、倉地が思わず出た欠伸《あくび》をじっと噛《か》み殺したのを逸早く見て取ると、葉子はこの種の歓楽が既に峠を越した事を知った。その夜は葉子には不幸な一夜だった。辛《かろ》うじて築き上げた永遠の城塞《じょうさい》が、果敢《はか》なくも瞬時の蜃気楼《しんきろう》のように見る見る崩れて行くのを感じて、倉地の胸に抱かれながら殆《ほと》んど一夜を眠らずに通してしまった。

それでも翌日になると葉子は快活になっていた。殊更ら快活に振舞おうとしていたには違いないけれども、葉子の倉地に対する溺愛《できあい》は葉子をして殆んど自然に近い容易さを以てそれをさせるに十分だった。

「今日は私の部屋で面白い事して遊びましょう。いらっしゃいな」

そう云って少女が少女を誘うように牡牛《おうし》のように大きな倉地を誘った。倉地は煙ったい顔をしながら、それでもその後から跟《つ》いて来た。

部屋はさすがに葉子のものであるだけ、何所となく女性的な軟味《やわらかみ》を持っていた。東向きの腰高窓には、もう冬といっていい十一月末の日が熱のない強い光を射つけて、亜米利加《アメリカ》から買って帰った上等の香水をふりかけた匂《にお》い玉から幽《かす》かながら極めて上品な芳芬《ほうふん》を静かに部屋の中にまき散らしていた。葉子はその匂い玉の下っている壁際《かべぎわ》の柱の下に、自分にあてがわれたきらびやかな縮緬《ちりめん》の座布団を移して、それに倉地を坐《すわ》らせておいて、違い棚から郵便の束をいくつとなく取下ろして来た。

「さあ今朝は岩戸の隙《すき》*から世の中を覗《のぞ》いて見るのよ。それも面白いでしょう」

と云いながら倉地に寄り添った。倉地は幾十通とある郵便物を見たばかりでいい加減げんなりした様子だったが、段々と興味を催して来たらしく、日の順に一つの束からほどき始めた。

如何につまらない事務用の通信でも、交通遮断《しゃだん》の孤島か、障壁で高く囲まれた美しい牢獄《ろうごく》に閉じこもっていたような二人に取っては予想以上の気散じだった。倉地も葉子もあり触れた文句にまで思い存分の批評を加えた。こう云う時の葉子はその迸《ほとばし》るような暖かい才気の為めに世にすぐれて面白味の多い女になった。口を銜《つ》いて出る言葉々々がどれもこれも絢爛《けんらん》な色彩に包まれていた。二日目の所には岡から来た手紙が現われ出た。船の中での礼を述べて、とうとう葉子と同じ船で帰って来てしまった為めに、家元では相変らずの薄志弱行と人毎《ひとごと》に思われるのが彼れを深く責める事や、葉子に手紙を出したいと思ってあらゆる手がかりを尋ねたけれども、どうしても解《わか》らないので会社で聞き合せて事務長の住所を知り得たからこの手紙を出すと云う事や、自分は唯々葉子を姉と思って尊敬もし慕いもしているのだから、せめてその心を通わすだけの自由が与えて貰《もら》いたいと云う事だのが、思い入った調子で、下手な字体で書いてあった。葉子は忘却の廃趾《はいし》の中から、生々《なまなま》とした少年の大理石像を掘りあてた人のように面白がった。

「私が愛子の年頃《としごろ》だったらこの人と心中位しているかも知れませんね。あんな心を持った人でも少し齢《とし》を取ると男はあなたみたいになっちまうのね」

「あなたとは何んだ」

「あなたみたいな悪党に」

「それはお門《かど》が違うだろう」

「違いませんとも……御同様にと云う方がいいわ。私は心だけあなたに来て、体はあの人に遣《や》るとほんとはよかったんだが……」

「馬鹿！　俺れは心なんぞに用はないわい」

「じゃ心の方をあの人にやろうかしらん」

「そうしてくれ。お前にはいくつも心がある筈《はず》だから、有りったけくれてしまえ」

「でも可哀《かわい》そうだから一番小さそうなのを一つだけあなたの分に残して置きましょうよ」

そう云って二人は笑った。倉地は返事を出す方に岡のその手紙を仕分けた。葉子はそれを見て軽い好奇心が湧《わ》くのを覚えた。宛名《あてな》は倉地だったけれども、その中からは木村沢山の中からは古藤のも出て来た。宛名は倉地だったけれども、その中からは木村から葉子に送られた分厚な手紙だけが封じられていた。それと同時な木村の手紙が後から二本まで現われ出た。葉子は倉地の見ている前で、その凡《すべ》てを読まない中にずたずたに引裂いてしまった。

「馬鹿な事をするじゃない。読んで見ると面白かったに」

葉子を占領し切った自信を誇りがな微笑に見せながら倉地はこう云った。

「読むと折角の昼御飯がおいしくなくなりますもの」

そう云って葉子は胸糞《むなくそ》の悪いような顔付きをして見せた。二人は又他愛なく笑った。

報正新報社からのもあった。それを見ると倉地は、一時は揉消《もみけ》しをしようと思っていわたりを附けたりしたのでこんなものが来ているのだがもう用はなくなったので見るには及ばないと云って、今度は倉地が封のままに引裂いてしまった。葉子はふと自分が木村の手紙を裂いた心持ちを倉地のそれにあてはめて見たりした。然しその疑問もすぐ過ぎ去ってしまった。

やがて郵船会社から宛てられた江戸川紙*の大きな封書が現われ出た。倉地は一寸眉《ちょっとまゆ》に皺《しわ》をよせて少し躊躇《ちゅうちょ》した風だったが、それを葉子の手に渡して葉子に開封させようとした。何の気なしにそれを受取った葉子は魔がさしたようにはっと思った。とうとう倉地は自分の為めに……葉子は少し顔色を変えながら封を切って中から卒業証書のような紙を二枚と、書記が丁寧に書いたらしい書簡一封とを探り出した。

果してそれは免職と、退職慰労との会社の辞令だった。手紙には退職慰労金の受取方に関する注意が事々しい行書で書いてあるのだった。葉子は何んと云っていいか分らなかった。こんな恋の戯《たわむ》れの中から斯程《かほど》な打撃を受けようとは夢にも思ってはいなかったのだ。倉地がここに着いた翌日葉子に云って聞かせた言葉は本当の事だったのか。これ程までに倉地は真身《しんみ》になってくれていたのか。葉子は辞令を膝の上に置いたまま下を向いて黙ってしまった。眼がしらの所が非常に熱い感じを得たと思った、鼻の奥が暖かく塞《ふさ》がって来た。泣いている場合ではないと思いながらも、葉子は泣かずにはいられないのを知り抜いていた。

「本当に私が悪う御座いました……許して下さいまし……（そう云う中に葉子はもう泣き始めていた）……私はもう日蔭の妾《めかけ》としてでも囲い者としてでもそれで十分に満足します。ええ、それで本当によう御座んす。私は嬉しい……」

倉地は今更ら何を云うと云うような平気な顔で葉子の泣くのを見守っていたが、

「妾も囲い者もあるかな、俺れには女はお前一人より無いんだからな。離縁状は横浜の土を踏むと一緒に嬶《かかあ》に向けてぶっ飛ばしてあるんだ」

と云って胡坐の膝で貧乏ゆすりをし始めた。さすがの葉子も息気《いき》をつめて、泣きやんで、呆《あき》れて倉地の顔を見た。

「葉子、俺れが木村以上にお前に深惚《ふかぼ》れしているといつか船の中で云って聞かせた事があったな。俺れはこれでいざとなると心にもない事は云わない積りだよ。双鶴館にいる間も俺れは幾日も浜には行きはしなんだのだ。大抵は家内の親類達との談判で頭を悩ませられていたんだ。だが大抵蒐《けり》がついたから、俺れは少しばかり手廻りの荷物だけ持って一足先きにここに越して来たのだ。……もうこれでええや。気がすっぱりしたわ。これには双鶴館のお内儀《かみ》も驚きくさるだろうて……」

会社の辞令ですっかり倉地の心持ちをどん底から感じ得た葉子は、この上倉地の妻の事を疑うべき力は消え果てていた。葉子の顔は涙に濡《ぬ》れひたりながらそれを拭《ふ》き取りもせず、倉地にすり寄って、その両肩に手をかけて、ぴったりと横顔を胸にあてた。夜となく昼となく思い悩みぬいた事が既に解決されたので、葉子は喜んでも喜んでも喜び足りないように思った。自分も倉地と同様に胸の中がすっきりすべき筈だった。けれどもそうは行かなかった。葉子はいつの間にか去られた倉地の妻その人のような淋《さび》しい悲しい自分になっているのを発見した。

倉地はいとしくってならぬようにエボニー色*の雲のように真黒にふっくりと乱れた葉子の髪の毛をやさしく撫《な》で廻した。そして毎時《いつ》もに似ずしんみりした調子になって、

「とうとう俺れも埋れ木になってしまった。これから地面の下で湿気を喰いながら生きて行くより外にはない。……俺れは負け惜しみを云うは嫌《きら》いだ。こうしている今でも俺れは家内や娘達の事を思うと不憫《ふびん》に思うさ。それがない事なら俺れは人間じゃないからな。……だが俺れはこれでいい。満足この上なしだ。……自分ながら俺れは馬鹿になり腐ったらしいて」

そう云って葉子の首を固くかき抱いた。葉子は倉地の言葉を酒のように酔い心地に呑《の》み込みながら「あなただけにそうはさせておきませんよ。私だって定子を見事に捨てて見せますからね」と心の中で頭を下げつつ幾度も詫《わ》びるように繰り返していた。それが又自分で自分を泣かせる暗示となった。倉地の胸に横たえられた葉子の顔は、

綿入れと襦袢《じゅばん》とを通して倉地の胸を暖かく侵す程熱していた。倉地の眼も珍らしく曇っていた。そして泣き入る葉子を大事そうにかかえたまま、倉地は上体を前後に揺《ゆす》ぶって、赤子でも寝かしつけるようにした。戸外では又東京の初冬に特有な風が吹き出たらしく、杉森がごうごうと鳴りを立てて、枯葉が明るい障子に飛鳥のような影を見せながら、からからと音を立てて乾いた紙にぶつかった。それは埃立《ほこりだ》った、寒い東京の街路を思わせた。けれども部屋の中は暖かだった。葉子は部屋の中が暖かなのか寒いのかさえ解らなかった。唯自分の心が幸福に淋しさに燃え爛れているのを知っていた。唯このままで永遠は過ぎよかし。唯このままで眠りのような死の淵《ふち》に陥れよかし。とうとう倉地の心と全く融《と》け合った自分の心を見出《みいだ》した時、葉子の魂の願《ねがい》は生きようという事よりも死のうと云う事だった。葉子はその悲しい願の中に勇み甘んじて溺《おぼ》れて行った。

二十九

この事があってから又暫らくの間、倉地は葉子と唯《ただ》二人の孤独に没頭する興味を新らしくしたように見えた。そして葉子が家の中をいやが上にも整頓《せいとん》して、倉地の為《た》めに住み心地のいい巣を造る間に、倉地は天気さえよければ庭に出て、葉子の逍遥《しょうよう》を楽しませる為めに精魂を尽した。何時《いつ》苔香園との話をつけたものか、庭の隅《すみ》に小さな木戸を作って、その花園の母屋《おもや》からずっと離れた小逕《こみち》に通い得る仕掛けをしたりした。二人は時々その木戸をぬけて目立たないように、広々とした苔香園の庭の中をさまよった。店の人達は二人の心を察するように、成るべく二人から遠ざかるように勉《つと》めてくれた。十二月の薔薇の花園は淋しい廃園の姿を目の前に拡《ひろ》げていた。可憐《かれん》な花を開いて可憐な匂《におい》を放つ癖にこの灌木《かんぼく》は何所《どこ》か強い執着を持つ植木だった。寒さにも霜にもめげず、その枝の先きにはまだ裏咲きの小さな花を咲かせようと藻掻《もが》いているらしかった。種々な色の蕾《つぼみ》が大方葉の散り尽した梢《こずえ》にまで残っていた。然しその花弁は存分に霜に虐《しいた》げられて、黄色に変色して互に膠着《こうちゃく》して、恵み深い日の目に遇《あ》っても開きようがなくなっていた。そんな間を二人は静かな豊かな心でさまよった。風のない夕暮れなどには苔香園の表門を抜けて、紅葉館前のだらだら坂を東照宮*の方まで散歩するような事もあった。冬の夕方の事とて人通りは稀《ま》れで二人が彷《さまよ》う道としてはこの上もなかった。葉子はたまたま行き遇う女の人達の衣裳《いしょう》を物珍らしく眺《なが》めやった。それがどんなに粗末な不恰好《ぶかっこう》な、いでたちであろうとも、女は自分以外の女の服装を眺めなければ満足出来ないものだと葉子は思いながらそれを倉地に云って見たりした。つやの髪から衣服までを毎日のように変えて装わしていた自分の心持ちにも葉子は新しい発見をしたように思った。本当は二人だけの孤独に苦しみ始めたのは倉地だけではなかったのか。ある時にはその淋しい坂道の上下から、立派な馬車や抱え車が続々坂の中段を目ざして集まるのに遇う事があった。坂の中段から紅葉館の下に当る辺に導かれた広い道の奥からは、能楽のはやしの音が床《ゆか》しげに漏れて来た。二人は能楽堂*での能の催しが終りに近づいているのを知った。同時にそんな事を見たのでその日が日曜日である事にも気が付いた位二人の生活は世間からかけ離れていた。

こうした楽しい孤独も然しながら永遠には続き得ない事を、続かしていてはならない事を鋭い葉子の神経は眼ざとく覚《さと》って行った。ある日倉地が例のように庭に出て土いじりに精を出している間に、葉子は悪事でも働くような心持ちで、つやに云いつけて反古紙《ほごがみ》を集めた箱を自分の部屋に持って来さして、いつか読みもしないで破ってしまった木村からの手紙を選《え》り出そうとする自分を見出していた。色々な形に寸断された厚い西洋紙の断片が木村の書いた文句の断片をいくつもいくつも葉子の眼に曝《さら》し出した。暫らくの間葉子は引きつけられるようにそう云う紙片を手当り次第に手に取り上げて読み耽《ふけ》った。半成の画が美しいように断簡には云い知れぬ情緒が見出された。その中に正《まさ》しく織り込まれた葉子の過去が多少の力を集めて葉子に逼《せま》って来るようにさえ思え出した。葉子は我れにもなくその思い出に浸って行った。然しそれは長い時が過ぎる前に壊れてしまった。葉子はすぐ現実に取って返していた。そして凡ての過去に嘔気《はきけ》のような不快を感じて箱ごと台所に持って行くとつやに命じて裏庭でその全部を焼き捨てさせてしまった。

然しこの時も葉子は自分の心で倉地の心を思いやった。そしてそれがどうしてもい徴候でない事を知った。それればかりではない。二人は霞《かすみ》を喰《く》って生きる仙人《せんにん》のようにしては生きていられないのだ。職業を失った倉地には、口にこそ出さないが、この問題は遠からず大きな問題として胸に忍ばせてあるのに違いない。事務長位の給料で余財が出来ているとは考えられない。まして倉地のように身分不相応な金遣いをしていた男にはなおの事だ。その点だけから見てもこの孤独は破られなければならぬ。そしてそれは結局二人の為めにいい事であるに相違ない。葉子はそう思った。

或晩それは倉地の方から切り出された。長い夜を所在なさそうに読みもしない書物などをいじくっていたが、ふと思い出したように、

「葉子。一つお前の妹達を家に呼ぼうじゃないか……それからお前の子供って云うのも是非ここで育てたいもんだな。俺れも急に三人まで子を失《な》くしたら淋しくってならんから……」

飛び立つような思いを葉子は逸早《いちはや》くも見事に胸の中で押鎮《おししず》めてしまった。そして、

「そうですね」

と如何《いか》にも興味なげに云ってゆっくりゝゝゝ倉地の顔を見た。

「それよりあなたのお子さんを一人なり二人なり来て貰ったらいかが。……私奥さんの事を思うといつでも泣きます（葉子はそう云いながらもう涙を一杯に眼にためていた）。けれど私は生きてる間は奥さんを呼び戻して上げて下さいなんて……そんな偽善者じみた事は云いません。私にはそんな心持ちは微塵《みじん》もありませんもの。お気の毒なという事と、二人がこうなってしまったという事とは別物ですものねえ。せめては奥さんが私を呪《のろ》い殺そうとでもして下されば少しは気持ちがいいんだけれども、しとやかにしてお里に帰っていらっしゃると思うとつい身につまされてしまいます。だからと云って私は自分が命を放《な》げ出して築き上げた幸福を人に上げる気にはなれません。あなたが私をお捨てになるまではね、喜んで私は私を通すんです。……けれどもお子さんなら私本当にちっとも構いはしない事よ。どうお呼び寄せになっては？」

「馬鹿な。今更らそんな事が出来てたまるか」

倉地は嚙んで捨てるようにそう云って横を向いてしまった。本当を云うと倉地の妻の事を云った時には葉子は心の中をそのまま云っていたのだ。その娘達の事を云った

時にはまざまざとした虚言《うそ》をついていたのだ。葉子の熱意は倉地の妻を香《にお》わせるものは凡て憎かった。倉地の家の方から持ち運ばれた調度すら憎かった。況《ま》してその子が咀わしくなくってどうしよう。葉子は単に倉地の心を引いて見たいばかりに怖々《こわごわ》ながら心にもない事を云って見たのだった。倉地の噛んで捨てるような言葉は葉子を満足させた。同時に少し強過ぎるような語調が懸念でもあった。倉地の心底をすっかり見て取ったという自信を得た積りでいながら、葉子の心は何かの機《おり》につけてこうぐらついた。

「私が是非というんだから構わないじゃありませんか」

「そんな負け惜しみを云わんで、妹達なり定子なりを呼び寄せようや」

そう云って倉地は葉子の心を隅々まで見抜いてるように、大きく葉子を包みこむように見やりながら、いつもの少し渋いような顔をして微笑《ほほえ》んだ。

葉子はいい潮時を見計って巧みにも不承々々そうに倉地の言葉に折れた。そして田島の塾《じゅく》からいよいよ妹達二人を呼び寄せる事にした。同時に倉地はその近所に下宿するのを余儀なくされた。*それは葉子が倉地との関係をまだ妹達に打明けてなかったからだ。それはもう少し先きに適当な時機を見計って知らせる方がいいという葉子の意見だった。倉地にもそれに不服はなかった。そして朝から晩まで一緒に寝起きをするよりは、離れた所に住んでいて、気の向いた時に遇う方がどれ程二人の間の戯れの心を満足させるか知れないのを、二人は暫らくの間の言葉通りの同棲《どうせい》の結果として認めていた。倉地は生活を支えて行く上にも必要であるし、不休の活動力を放射するにも必要なので解職になって以来何か事業の事を時々思い耽っているようだったが、いよいよ計画が立ったのでそれに着手する為めには、当座の所、人々の出入に葉子の顔を見られない所で事務を取るのを便宜としたらしかった。その為めにも倉地が暫らくなりとも別居する必要があった。

葉子の立場は段々と固まって来た。十二月の末に試験が済むと、妹達は田島の塾から少しばかりの荷物を持って帰って来た。殊《こと》に貞世の喜びと云ってはなかった。二人は葉子の部屋だった六畳の腰窓の前に小さな二つの机を並べた。今まで何んとなく遠慮勝ちだったたつやも生れ代ったように快活なはきはきした少女になった。唯愛子だけは少しも嬉《うれ》しさを見せないで、唯慎しみ深く素直だった。

「愛姉さん嬉しいわねえ」

貞世は勝ち誇るものの如《ごと》く、縁側の柱に倚《よ》りかかって凝《じっ》と冬枯れの庭を見詰めている姉の肩に手をかけながら倚り添った。愛子は一所《ひとところ》を瞬《また》きもしないで見詰めながら、

「ええ」

と歯切れ悪く答えるのだった。貞世はじれったそうに愛子の肩をゆすりながら、

「でもちっとも嬉しそうじゃないわ」

と責めるように云った。

「でも嬉しいんですもの」

愛子の答えは冷然としていた。十畳の座敷に持ち込まれた行李《こうり》を明けて、汚れ物などを選り分けていた葉子はその様子をちらと見たばかりで腹が立った。然《しか》し来たばかりのものをたしなめるでもないと思って虫を殺した。

「何んて静かな所でしょう。塾よりも屹度《きっと》静かなよ。でもこんなに森があっちゃ夜になったら淋しいわねえ。私ひとりでお便所に行けるかしらん。……愛姉さん、そら、あすこに木戸があるわ。屹度隣りのお庭に行けるのよ。あのお庭に行ってもいいのお姉様。誰《だ》れのお家《うち》むこうは？……」

貞世は眼に這入《はい》るものはどれも珍らしいと云うように独りでしゃべっては、葉子にとも愛子にともなく質問を連発した。そこが薔薇《ばら》の花園であるのを葉子から聞かされると、貞世は愛子を誘って庭下駄《にわげた》をつっかけた。愛子も貞世に続いてそっちの方に出かける様子だった。

その物音を聞くと葉子はもう我慢が出来なかった。

「愛さんお待ち。お前さん方のものがまだ片附いてはいませんよ。遊び廻るのは始末をしてからになさいな」

愛子は従順に姉の言葉に従って、その美しい眼を伏せながら座敷の中に這入って来た。

それでもその夜の夕食は珍らしく賑《にぎ》やかだった。貞世がはしゃぎ切って、胸一杯のものを前後も連絡もなくしゃべり立てるので愛子さえも思わずにやりと笑ったり、自分の事を容赦なく云われたりすると恥かしそうに顔を赤らめたりした。

貞世は嬉しさに疲れ果てて夜の浅い中《うち》に寝床に這入った。明るい電灯の下に葉子と愛子と向い合うと、久しく遇わないでいた骨肉の人々の間にのみ感ぜられる淡い心置きを感じた。葉子は愛子にだけは倉地の事を少し具体的に知らしておく方がいいと思って、話のきっかけに少し言葉を改めた。

「まだあなた方にお引き合せがしてないけれども倉地って云う方ね、絵島丸の事務長の……(愛子は従順に落着いてうなずいて見せた)……あの方が今木村さんに成りかわって私の世話を見ていて下さるのよ。木村さんからお頼まれなさったものだから、迷惑そうにもなく、こんないい家まで見付けて下さったの。木村さんは米国で色々事業を企てていらっしゃるんだけれども、どうもお仕事がうまく行かないで、お金が注《つ》ぎ込みにばかりなっていて、迚《とて》もこっちには送って下されないの、私の家はあなたも知っての通りでしょう。どうしても暫らくの間は御迷惑でも倉地さんに万事を見ていただかなければならないのだから、あなたもその積りでいて頂戴《ちょうだい》よ。ちょくちょくここにも来て下さるからね。それにつけて世間では何かくだらない噂《うわさ》をしているに違いないが、愛さんの塾なんかでは何んにもお聞きではなかったかい」

「いいえ、私達に面と向って何か仰有《おっしゃ》る方は一人もありませんわ。でも」

と愛子は例の多恨らしい美しい眼を上眼に使って葉子を窃《ぬす》み見るようにしながら、

「でも何しろあんな新聞が出たもんですから」

「どんな新聞?」

「あらお姉様御存じなしなの。報正新報に続き物でお姉様とその倉地という方の事が長く出ていましたのよ」

「へーえ」

葉子は自分の無智に呆れるような声を出してしまった。それは実際思いもかけぬと云うよりは、ありそうな事ではあるが今の今まで知らずにいた、それに葉子は呆れたのだった。然しそれは愛子の眼に自分を非常に無辜《むこ》らしく見せただけの利益はあった。

さすがの愛子も驚いたらしい眼をして姉の驚いた顔を見やった。

「何時《いつ》？」

「今月の始め頃《ころ》でしたかしらん。だもんですから皆さん方の間では大変な評判らしいんですの。今度も塾を出て来年から姉の所から通いますと田島先生に申上げたら、先生も家の親類達に手紙や何んかで大分お聞き合せになったようですのよ。そして今日私達を自分のお部屋にお呼びになって『私はお前さん方を塾から出したくはないけれども、塾に居続ける気はないか』と仰有るのよ。でも私達は何んだか塾にいるのが肩身が……どうしてもいやになったもんですから、無理にお願いして帰って来てしまいましたの」

愛子は普段の無口に似ずこう云う事を話す時にはちゃんと筋目が立っていた。葉子には愛子の沈んだような態度がすっかり読めた。葉子の憤怒は見る見るその血相を変えさせた。田川夫人という人は何所まで自分に対して執念を寄せようとするのだろう。それにしても夫人の友達には五十川と云う人もある筈《はず》だ。若《も》し五十川の小母さんが本当に自身の改悛《かいしゅん》を望んでいてくれるなら、その記事の中止なり訂正なりを夫、田川の手を経てさせる事は出来る筈なのだ。田島さんも何んとかしてくれようがありそうなものだ。そんな事を妹達に云う位なら何故《なぜ》自分に一言忠告でもしてはくれないのだ。

（ここで葉子は帰朝以来妹達を預ってもらった礼をしに行っていなかった自分を顧み

た。然し事情がそれを許さないのだろう位は察してくれてもよさそうなものだと思った）それほど自分はもう世間から見くびられ除《の》け者にされているのだ。葉子は何かたたき附けるものでもあれば、そして世間と云うものが何か形を備えたものであれば、力の限り得物をたたきつけてやりたかった。葉子は小刻みに震えながら、言葉だけはしとやかに、

「古藤さんは」

「たまにお便りを下さいます」

「あなた方も上げるの」

「ええたまに」

「新聞の事を何か云って来たかい」

「何んにも」

「ここの番地は知らせて上げて」

「いいえ」

「何故」

「お姉様の御迷惑になりはしないかと思って」

この小娘はもう皆んな知っている、と葉子は一種の怖《おそ》れと警戒とを以《もっ》て考えた。何

事も心得ながら白々《しらじら》しく無邪気を装っているらしいこの妹が敵の間諜《かんちょう》のようにも思えた。

「今夜はもうお休み。疲れたでしょう」

葉子は冷然として、灯《ひ》の下に俯向《うつむ》いてきちんと坐《すわ》っている妹を尻眼《しりめ》にかけた。愛子はしとやかに頭を下げて従順に座を立って行った。

その夜十一時頃倉地が下宿の方から通《かよ》って来た。裏庭をぐるっと廻って、毎夜戸じまりをせずにおく張出しの六畳の間から上って来る音が、じれながら鉄瓶《てつびん》の湯気を見ている葉子の神経にすぐ通じた。葉子はすぐ立ち上って猫《ねこ》のように足音を盗みながら急いでそっちに行った。丁度敷居を上ろうとしていた倉地は暗い中に葉子の近づく気配を知って、いつもの通り、立上りざまに葉子を抱擁《ほうよう》しようとした。然し葉子はそうはさせなかった。そして急いで戸を締め切ってから、電灯のスイッチをひねった。火の気のない部屋の中は急に明るくなったけれども身を刺すように寒かった。倉地の顔は酒に酔っているように赤かった。

「どうした顔色がよくないぞ」

倉地は訝《いぶか》るように葉子の顔をまじまじと見やりながらそう云った。

「待って下さい、今私ここに火鉢《ひばち》を持って来ますから。妹達が寝ばなだからあすこでは起こすといけませんから」

　そう云いながら葉子は手あぶりに火をついで持って来た。そして酒肴《しゅこう》もそこにとと
のえた。

「色が悪い筈……今夜はまたすっかり向腹《むかっぱら》が立ったんですもの。私達の事が報正新報に皆んな出てしまったのを御存じ？」

「知っとるとも」

　倉地は不思議でもないという顔をして眼をしばだたいた。

「田川の奥さんという人は本当にひどい人ね」

　葉子は歯を噛《か》みくだくように鳴らしながら云った。

「全くあれは放図《ほうず》のない悧巧《りこう》馬鹿だ」

　そう吐き捨てるように云いながら倉地の語る所によると、倉地は葉子に、屹度その中《うち》掲載される報正新報の記事を見せまい為に引越して来た当座わざと新聞はどれも購読しなかったが、倉地だけの耳へはある男（それは絵島丸の中で葉子の身の上を相談した時、甲斐絹《かいき》のどてらを着て寝床の中に二つに折れ込んでいたその男であるのが後で知れた。その男は名を正井と云った）からつやの取次ぎで内秘に知らされていたのだそうだ。郵船会社はこの記事が出る前から倉地の為めに又会社自身の為めに、極力

揉《も》み消しをしたのだけれども、新聞社では一向応ずる色がなかった。それから考えるとそれは当時新聞社の慣用手段の懐金《ふところがね》を貪《むさぼ》ろうという目論見《もくろみ》ばかりから来たのでない事だけは明らかになった。あんな記事が現われてはもう会社としても黙ってはいられなくなって、大急ぎで詮議《せんぎ》をした結果、倉地と船医の興録とが処分される事になったと云うのだ。

「田川の嬶《かかあ》の悪戯《いたずら》に決っとる。馬鹿に口惜《くや》しかったと見えるて。……がこうなりゃ結局パッとなった方がいいわい。皆んな知っとるだけ一々申訳けを云わずと済む。お前はまたまだそれしきの事にくよくよしとるんか。馬鹿な。……それより妹達は来とるんか。寝顔にでもお目に懸っておこうよ。写真――船の中にあったね――で見ても可愛らしい子達だったが……」

二人はやおらその部屋を出た。そして十畳と茶の間との隔《へだて》の襖《ふすま》をそっと明けると、二人の姉妹は向い合って別々の寝床にすやすやと眠っていた。緑色の笠《かさ》のかかった、電灯の光は海の底のように部屋の中を思わせた。

「あっちは」

「愛子」

「こっちは」

「貞世」

葉子は心窃《ひそ》かに、世にも艶《つや》やかなこの少女二人を妹に持つ事に誇りを感じて暖かい心になっていた。そして静かに膝《ひざ》をついて、切り下げにした貞世の前髪をそっと撫《な》であげて倉地に見せた。倉地は声を殺すのに少なからず難儀な風で、

「そうやるとこっちは、貞世は、お前によく似とるわい。……愛子は、ふむ、これは又素的な美人じゃないか。俺れはこんなのは見た事がない……お前の二の舞でもせにゃ結構だが……」

そう云いながら倉地は愛子の顔ほどもあるような大きな手をさし出して、そうしたい誘惑を退《しりぞ》けかねるように、紅椿《べにつばき》のような紅《あか》いその唇《くちびる》に触れて見た。

その瞬間に葉子はぎょっとした。倉地の手が愛子の唇に触れた時の様子から、葉子は明らかに愛子がまだ目覚めていて、寝たふりをしているのを感付いたと思ったからだ。葉子は大急ぎで倉地に目くばせしてそっとその部屋を出た。

三十

「僕が毎日――毎日とは云わず毎時間貴女《あなた》に筆を執らないのは執りたくないから執

らないのではありません。僕は一日貴女に書き続けていてもなお飽き足らないのです。それは今の僕の境界《きょうがい》では許されない事です。僕は朝から晩まで機械の如く働かねばなりませんから。

貴女が米国を離れてからこの手紙は多分七回目の手紙として貴女に受け取られると思います。然し僕の手紙はいつまでも暇を窃んで少しずつ書いているのですから、僕から云うと日に二度も三度も貴女にあてて書いてる訳になるのです。然し貴女はあの後一回の音信も恵んでは下さらない。

僕は繰り返し繰り返し云います。縦令《たとい》貴女にどんな過失どんな誤謬《ごびゅう》があろうとも、それを耐え忍び、それを許す事に於《お》いては主基督《キリスト》以上の忍耐力を持っているのを僕は自ら信じています。誤解しては困ります。僕が如何《いか》なる人に対してもかかる力を持っていると云うのではないのです。唯貴女に対してです。貴女は何時《いつ》でも僕の品性を尊く導いてくれます。僕は貴女によって人がどれ程愛し得るかを学びました。貴女によって世間で云う堕落とか罪悪とか云う者がどれ程まで寛容の余裕があるかを学びました。そしてその寛容によって、寛容する人自身がどれ程品性を陶冶《とうや》されるかを学びました。僕は又自分の愛を成就《じょうじゅ》する為めにはどれ程の勇者になり得るかを学びました。これほどまでに僕を神の眼に高めて下さった貴女が、僕から万一にも失われると云うのは想像が出来ません。神がそんな試練を人の子に下される残虐《ざんぎゃく》はなさらないのを僕は信じています。そんな試練に堪えるのは人力以上ですから。今の僕から貴女が奪われると云うのは神が奪われるのと同じ事です。貴女は神だとは云いますまい。然し貴女を通してのみ僕は神を拝む事が出来るのです。

時々僕は自分で自分を憐《あわれ》んでしまう事があります。自分自身だけの力と信仰とで凡《すべ》てのものを見る事が出来たらどれ程幸福で自由だろうと考えると、貴女を煩《わずら》わさなければ一歩を踏み出す力をも感じ得ない自分の束縛を咀《のろ》いたくもなります。同時にそれ程慕わしい束縛は他にない事を知るのです。束縛のない所に自由はないと云った意味で貴女の束縛は僕の自由です。

貴女は——一旦《いったん》僕に手を与えて下さると約束なさった貴女は、遂《つい》に僕を見捨てようとして居られるのですか。どうして一回の音信も恵んでは下さらないのです。然し僕は信じて疑いません。世に若し真理があるならば、そして真理が最後の勝利者ならば貴女は必ず僕に還《かえ》って下さるに違いないと。何故なれば僕は誓います。——主よこの僕《しもべ》を見守り給《たま》え——僕は貴女を愛して以来断じて他の異性に心を動かさなかった事を。この誠意が貴女によって認められない訳はないと思います。

貴女は従来暗いいくつかの過去を持っています。それが知らず知らず貴女の向上心を躊躇《ちゅうちょ》させ、貴女を稍《やや》絶望的にしているのではないのですか、若しそうなら貴女は全然誤謬に陥っていると思います。凡ての救いは思い切ってその中から飛び出す外にはないのでしょう。そこに停滞しているのはそれだけ貴女の暗い過去を暗くするばかりです。貴女は僕に信頼を置いて下さる事は出来ないのでしょうか。人類の中に少くも一人、貴女の凡ての罪を喜んで忘れようと両手を拡《ひろ》げて待ち設けているもののあるのを信じて下さる事は出来ないでしょうか。

こんな下らない理屈はもうやめましょう。

昨夜書いた手紙に続けて書きます。今朝ハミルトン氏*の所から至急に来いという電話がかかりました。シカゴの冬は予期以上に寒いです。仙台どころの比ではありません。雪は少しもないけれども、イリー湖*を多湖地方から渡って来る風は身を切るようでした。僕は外套《がいとう》の上に又大外套を重ね着していながら、風に向いた皮膚に沁《し》み透《とお》る風の寒さを感じました。ハミルトン氏の用と云うのは来年聖《セント》ルイスに開催される大規模な博覧会*の協議の為め急にそこに赴くようになったから同行しろと云うのでした。僕は旅行の用意は何等していなかったが、ここにアメリカニズムがあるのだと思ってそのまま同行する事にしました。自分の部屋の戸に鍵《かぎ》もかけずに飛び出したのですからバビコック博士の奥さんは驚いているでしょう。然しさすがに米国です。着のみ着のままでここまで来ても何一つ不自由を感じません。鎌倉あたりまで行くのにも膝かけから旅カバンまで用意しなければならないのですから、日本の文明はまだ中々のものです。僕達はこの地に着くと、停車場内の化粧室で髭《ひげ》を剃《そ》り、靴《くつ》を磨《みが》かせ、夜会に出ても恥しくない仕度が出来てしまいました。そしてすぐ協議会に出席しました。貴女も知って居らるる通り独逸《ドイツ》人のあの辺に於《お》ける勢力は偉いものです。博覧会が開けたら、我々は米国に対してよりも寧《むし》ろこれらの独逸人に対して緊褌《きんこん》一番する必要があります。ランチの時僕はハミルトン氏に例の日本に買い占めてあるキモノその他の話をもう一度しました。＊博覧会を前に控えているのでハミルトン氏も今度は乗気になってくれまして、高島屋と連絡をつけておく為めに兎《と》に角《かく》品物を取寄せて自分の店で捌《さば》かして見ようと云ってくれました、これで僕の財政は非常に余裕が出来る訳です。今まで店がなかったばかりに、取り寄せても荷厄介《にやっかい》だったものですが、ハミルトン氏の店で取扱ってくれれば相当に売れるのは分っています。そうなったら今までと違って貴女の方にも足りないながら仕送りをして上げる事が出来ましょう。早速電報を打って一番早い船便で取り寄せる事にしましたから不日着荷する事と思っています。

今は夜も大分更《ふ》けました。ハミルトン氏は今夜も饗応《きょうおう》に呼ばれて出かけました。

大嫌《だいきら》いなテーブルスピーチになやまされているのでしょう。ハミルトン氏は実にシャープなビジネスマンライキな人です。そして熱心な正統派の信仰を持った慈善家です。僕は殊《こと》の外信頼され重宝がられています。そこから僕のライフ・キャリヤアを踏み出すのは大なる利益です。僕の前途には確かに光明が見え出して来ました。貴女に書く事は底止《ていし》なく書く事です。然し明日の奮闘的生活（これは大統領ルーズベルトの著書の "Strenuous Life"*を訳して見た言葉です。今この言葉は当地の流行語になっています）に備える為めに筆を止めねばなりません。この手紙は貴女にも喜びを分けていただく事が出来るかと思います。

昨日聖ルイスから帰って来たら、手紙が可なり多数届いていました。郵便局の前を通るにつけ、郵便函《ばこ》を見るにつけ、脚夫に行き遇《あ》うにつけ、僕は貴女を聯想《れんそう》しない事はありません。自分の机の上に来信を見出《みいだ》した時は猶更《なおさら》の事です。僕は手紙の束の間をかき分けて貴女の手蹟《しゅせき》を見出そうと勉《つと》めました。然し僕は又絶望に近い失望に打たれなければなりませんでした。僕は失望はしましょう。然し絶望はしません。出来ません葉子さん、信じて下さい。僕はロングフェロー*のエヴァンジェリンの忍耐と謙遜《けんそん》*とを以て貴女が僕の心を本当に汲《く》み取って下さる時を待っています。然し手紙の束の中からは僅《わず》かに僕を失望から救う為めに古藤君と岡君との手紙が見出されました。古藤君の手紙は兵営に行く五日前に書かれたものでした。未《いま》だに貴女の居所を知る事が出来ないので、僕の手紙は矢張り倉地氏にあてて廻送していると書いてあります。古藤君はそうした手続きを取るのを甚《はなは》だしく不快に思っているようです。岡君は人に漏し得ない家庭内の紛擾《ふんじょう》や周囲から受ける誤解を、岡君らしく過敏に考え過ぎて弱い体質を益々弱くしているようです。書いてある事には所々僕の持つ常識では判断しかねるような所があります。貴女から何時か必ず消息が来るのを信じ切って、その時を唯一つの救いとして待っています。その時の感謝と喜悦とを想像で描き出して、小説でも読むように書いてあります。僕は岡君の手紙を読むと、毎時《いつ》でも僕自身の心がそのまま書き現わされているように思って涙を感じます。

何故貴女は自分をそれ程まで韜晦《とうかい》*して居られるのか、それには深い訳がある事と思いますけれども、僕にはどちらの方面から考えても想像がつきません。日本からの消息はどんな消息も待ち遠しい。然しそれを見終った僕は屹度《きっと》憂鬱《ゆううつ》に襲われます。僕に若し信仰が与えられていなかったら、僕は今どうなっていたかを知りません。

前の手紙との間に三日が経《た》ちました。僕はバビコック博士夫婦と今夜ライシアム座*にウエルシ嬢*の演じたトルストイ*の「復活*」を見物しました。そこには基督教徒として眼を背けなければならないような場面がないではなかったけれども、終りの方に近づいて行っての荘厳さは見物人の凡てを捕捉《ほそく》してしまいました。ウエルシ嬢の演じた女主人公は真に迫り過ぎている位でした。貴女が若しまだ「復活」を読んで居られないのなら僕は是非それをお勧めします。僕はトルストイの「懺悔《ざんげ》*」をK氏の邦文訳で日本にいる時読んだだけですが、あの芝居を見てから、暇があったらもっと深く色々研究したいと思うようになりました。日本ではトルストイの著書はまだ多くの人に知られていないと思いますが、少くとも「復活」だけは丸善からでも取寄せて読んでいただきたい、貴女を啓発する事が必ず多いのは請合いますから。僕等は等しく神の前に罪人です。然しその罪を悔い改める事によって等しく選ばれた神の僕《しもべ》となり得るのです。この道の外には人の子の生活を天国に結び付ける道は考えられません。神を敬い人を愛する心の萎《な》えてしまわない中にお互に光を仰ごうではありませんか。

葉子さん、貴女の心に空虚なり汚点なりがあっても万望《どうぞ》絶望しないで下さいよ。貴女をそのままに喜んで受け入れて、――苦しみがあれば貴女と共に苦しみ、貴女に悲しみがあれば貴女と共に悲しむものがここに一人*いる事を忘れないで下さい。

僕は戦って見せます。どんなに貴女が傷《きずつ》いていても、僕は貴女を庇《かば》って勇ましくこの人世を戦って見せます。僕の前に事業が、そして後ろに貴女があれば、僕は神の最も小さい僕《しもべ》として人類の祝福の為めに一生を献《ささ》げます。嗚呼《ああ》、筆も言語も遂に無益です。火と熱する誠意と祈《いのり》とを籠《こ》めて僕はここにこの手紙を封じます。この手紙が倉地氏の手から貴女に届いたら、倉地氏にも宜《よろ》しく伝えて下さい。倉地氏に迷惑をおかけした金銭上の事については前便に書いておきましたから見て下さったと思います。願わくは神我等と共に在《おわ》し給《たま》わん事を。

明治三十四年十二月十三日」

倉地は事業の為めに奔走しているのでその夜は年越しに来ないと下宿から知らせて来た。妹達は除夜の鐘を聞くまでは寝ないなどと云っていたが何時の間にか睡《ね》むくなったと見えて、余り静かなので二階に行って見ると、二人とも寝床に這入《はい》っていた。つやには暇が出してあった。葉子に内所で報正新報を倉地に取り次いだのは、縦令《たとい》葉子に無益な心配をさせない為めだと云う倉地の注意があった為めであるにもせよ、葉子の心持ちを損じもし不安にもした。つやが葉子に対しても素直な敬愛の情を抱いていたのは葉子もよく心得ていた。前にも書いたように葉子は一眼見た時からつやが好きだった。台所などをさせずに、小間使いとして手廻りの用事でもさせたら顔容《かおかたち》と云い、性質と云い、取り廻しと云いこれ程理想的な少女はないと思う程だった。つやにも葉子の心持ちはすぐ通じたらしく、つやはこの家の為めに蔭日向《かげひなた》なくせっせと働いたのだった。けれども新聞の小さな出来事一つが葉子を不安にしてしまった。倉地が双鶴館の女将《おかみ》に対しても気の毒がるのを構わず、妹達に働かせるのが却《かえっ》ていいからとの口実の許《もと》に暇をやってしまったのだった。で勝手の方にも人気《ひとけ》はなかった。

葉子は何を原因ともなくその頃《ころ》気分がいらいらし勝ちで寝付きも悪かったので、ぞくぞく沁《し》み込んで来るような寒さにも係《かかわ》らず、火鉢の側《そば》にいた。そして所在ないままにその日倉地の下宿から届けて来た木村の手紙を読んで見る気になったのだ。

葉子は猫板に片肘《かたひじ》を持たせながら、必要もない程高価だと思われる厚い書牋紙《しょせんし》に大きな字で書き綴《つづ》ってある木村の手紙を一枚々々読み進んだ。大人びたようで子供っぽい、そうかと思うと感情の高潮を示したと思われる所も妙に打算的な所が離れ切らないと葉子に思わせるような内容だった。葉子は一々精読するのが面倒なので行から行に飛び越えながら読んで行った。そして日附けの所まで来ても格別な情緒を誘われはしなかった。然し葉子はこの以前倉地の見ている前でしたようにずたずたに引裂いて捨ててしまう事はしなかった。しなかったどころではない、その中には葉子を考えさせるものが含まれていた。木村は遠からずハミルトンとか云う日本の名誉領事をしている人の手から、日本を去る前に思い切ってして行った放資の回収をして貰《もら》えるのだ。不即不離の関係を破らずに別れた自分のやり方は矢張り図に中《あた》っていたと思った。「宿屋きめずに草鞋《わらじ》を脱」ぐ馬鹿をしない必要はもうない、倉地の愛は確かに自分の手に握り得たから。然し口にこそ出しはしないが、倉地は金の上では可なりに苦しんでいるに違いない。倉地の事業と云うのは日本中の開港場にいる水先案内業者の組合を作って、その実権を自分の手に握ろうとするのらしかったが、それが仕上るのは短い日月には出来る事ではなさそうだった。殊に時節が時節がら正月にかかっているから、そう云うものの設立には一番不便な時らしくも思われた。木村を利用してやろう。

然し葉子の心の底には何所《どこ》かに痛みを覚えた。散々木村を苦しめ抜いた揚句に、なおあの根の正直な人間をたぶらかしてなけなしの金を搾《しぼ》り取るのは俗に云う「つつもたせ*」の所業と違ってはいない。そう思うと葉子は自分の堕落を痛く感ぜずにはいられなかった。けれども現在の葉子に一番大事なものは倉地と云う情人の外にはなかった。心の痛みを感じながらも倉地の事を思うとなお心が痛かった。彼れは妻子を犠牲に供し、自分の職業を犠牲に供し、社会上の名誉を犠牲に供してまで葉子の愛に溺《おぼ》れ、葉子の存在に生きようとしてくれているのだ。それを思うと葉子は倉地の為めには何んでもして見せてやりたかった。時によると我れにもなく侵して来る涙ぐましい感じをじっと堪えて、定子に会いに行かずにいるのも、そうする事が何か宗教上の願《がん》がけで、倉地の愛を繋《つな》ぎとめる禁厭《まじない》のように思えるからしている事だった。木村にだって何時かは物質上の償い目に対して物質上の返礼だけはする事が出来るだろう。自分のする事は「つつもたせ」とは形が似ているだけだ。やってやれ。そう葉子は決心した。読むでもなく読まぬでもなく手に持って眺《なが》めていた手紙の最後の一枚を葉子は無意識のようにぽたりと膝の上に落した。そしてそのままじっと鉄瓶《てつびん》から立つ湯気が電灯の光の中に多様な渦紋を描いては消え描いては消えするのを見つめていた。

暫らくしてから葉子は物憂《ものう》げに深い吐息を一つして、上体をひねって棚の上から手文庫を取り下ろした。そして筆を噛《か》みながら又上眼でじっと何か考えるらしかった。と、急に生きかえったようにはきはきなって、上等の支那墨*を眼の三つまで這入った真円《まんまる》い硯《すずり》にすり下ろした。そして軽く麝香《じゃこう》の香の漂うなかで男の字のような健筆で、精巧な雁皮紙《がんぴし》*の巻紙に、一気に、次ぎのように認《したた》めた。

「書けばきりが御座いません。伺えばきりが御座いません。だから書きも致しませんでした。あなたのお手紙も今日いただいたものまでは拝見せずにずたずたに破って捨ててしまいました。その心をお察し下さいまし。

噂《うわ》さにもお聞きとは存じますが、私は見事に社会的に殺されてしまいました。どうして私がこの上あなたの妻と名乗れましょう。自業自得と世の中では申します。私も確かにそう存じています。けれども親類、縁者、友達にまで突き放されて、二人の妹を抱えて見ますと、私は眼もくらんで仕舞います。倉地さんだけがどう云う御縁かお見捨てなく私共三人をお世話下さっています。こうして私は何所まで沈んで行く事で御座いましょう。本当に自業自得で御座います。

今日拝見したお手紙も本当は読まずに裂いてしまうので御座いましたけれども……私の居所を誰方《どなた》にもお知らせしない訳などは申し上げるまでも御座いますまい。

この手紙はあなたに差上げる最後のものかとも思われます。お大事にお過し遊ばしませ。蔭ながら御成功を祈り上げます。

唯今除夜の鐘が鳴ります。

大晦日《おおみそか》の夜　　　　　　　葉　より」

木　村　様

葉子はそれを日本風の状袋に収めて、毛筆で器用に表記を書いた。書き終ると急にいらいらし出して、い、い、いきなり両手に握って一と思いに引き裂こうとしたが、思い返して捨てるようにそれを畳の上に放《な》げ出すと、我れにもなく冷やかな微笑が口尻《くちじり》をかすかに引きつらした。

葉子の胸をどきんとさせる程高く、すぐ最寄りにある増上寺の除夜の鐘が鳴り出した。遠くから何所の寺のとも知れない鐘の声がそれに応ずるように聞えて来た。その音に引入れられて耳を澄ますと夜の沈黙《しじま》の中にも声はあった。十二時を打つぼんぼん時計、「かるた」を読み上げるらしいはしゃいだ声、何に驚いてか夜啼《よな》きをする鶏……葉子はそんな響きを探り出すと、人の生きているというのが恐ろしい程不思議に思われ出した。

急に寒さを覚えて葉子は寝仕度に立ち上った。

三十一

寒い明治三十五年の正月が来て、愛子達の冬期休暇も終りに近づいた。葉子は妹達を再び田島塾《じゅく》の方に帰してやる気にはなれなかった。田島という人に対して反感を抱いたばかりではない。妹達を再び預かって貰う事になれば葉子は当然挨拶《あいさつ》に行って来《く》べき義務を感じたけれども、どう云うものかそれが憚《はばか》られて出来なかった。横浜の支店長の永田とか、この田島とか、葉子には自分ながら訳の分らない苦手の人があった。その人達が格別偉い人だとも、恐ろしい人だとも思うのではなかったけれども、どう云うものかその前に出る事に気が引けた。葉子は又妹達が不言不語《いわずかたらず》の中《うち》に生徒達から受けねばならぬ迫害を思うと不憫《ふびん》でもあった。で、毎日通学するには遠すぎると云う理由の下にそこをやめて、飯倉にある幽蘭女学校＊というのに通わせる事にした。

二人が学校に通い出すようになると、倉地は朝から葉子の所で退校時間まで過すようになった。倉地の腹心の仲間たちもちょいちょい出入した。殊に正井という男は倉地の影のように倉地のいる所には必ず居た。例の水先案内業者組合の設立について正井が一番働いているらしかった。正井と云う男は、一見放漫なように見えていて、剃刀《かみそり》のように目端《めはし》の利《き》く人だった。その人が玄関から這入ったら、そのあとに行って見ると履物《はきもの》は一つ残らず揃《そろ》えてあって、傘《かさ》は傘で一隅《いちぐう》にちゃんと集めてあった。葉子も及ばない素早さで花瓶の花の萎《しお》れかけたのや、茶や菓子の足しなくなったのを見て取って、翌日は忘れずにそれを買い調えて来た。無口の癖に何所かに愛嬌《あいきょう》があるかと思うと、馬鹿笑いをしている最中に不思議に陰険な眼付きをちらつかせたりした。葉子はその人を観察すればする程その正体が分らないように思った。それは葉子をもどかしくさせる程だった。時々葉子は倉地がこの男と組合設立の相談以外の秘密らしい話合いをしているのに感付いたが、それはどうしても明確に知る事が出来なかった。倉地に聞いて見ても、倉地は例の呑気《のんき》な態度で事もなげに話題を外《そ》らしてしまった。

葉子は然《しか》し何んと云っても自分が望み得る幸福の絶頂に近かい所にいた。倉地を喜ばせる事が自分を喜ばせる事であり、自分を喜ばせる事が倉地を喜ばせる事である、そうした作為のない調和は葉子の心をしとやかに快活にした。何にでも自分がしようとさえ思えば適応し得る葉子に取っては、抜目のない世話女房になる位の事は何んでもなかった。妹達もこの姉を無二のものとして、姉のしてくれる事は一も二もなく正しいものと思うらしかった。始終葉子から継子《ままこ》あつかいにされている愛子さえ、葉子の前には唯《ただ》従順なしとやかな少女だった。愛子としても少くとも一つはどうしてもその姉に感謝しなければならない事があった。それは年齢のお蔭もある。愛子は今年で十六になっていた。然し葉子がいなかったら、愛子はこれ程美しくはなれなかったに違いない。二三週間の中に愛子は山から掘り出されたばかりのルビーと磨《みが》きをかけ上げたルビーと程に変っていた。小肥《こぶと》りで背丈けは姉よりも遥《はる》かに低いが、ぴちぴちと締った肉付きと、抜け上るほど白い艶《つや》のある皮膚とはいい均整を保って、短くはあるが類のない程肉感的な手足の指の先き細な処《ところ》に利点を見せていた。むっくりと牛乳色の皮膚に包まれた地蔵肩*の上に据《す》えられたその顔は又葉子の苦心に十二分に酬《むく》いるものだった。葉子が頸際《くびぎわ》を剃《そ》ってやるとそこに新しい美が生れ出た。髪を自分の意匠通りに束ねてやるとそこに新しい蠱惑《こわく》が湧《わ》き上った。葉子は愛子を美しくする事に、成功した作品に対する芸術家と同様の誇りと喜びとを感じた。暗い処にいて明るい方に振向いた時などの愛子の卵形の顔形は美の神ビーナスをさえ妬《ねた》ます事が出来たろう。顔の輪廓《りんかく》と、稍《やや》額際を狭くするまでに厚く生え揃った黒漆《こくしつ》の髪とは闇《やみ》の中に溶けこむようにぼかされて、前からのみ来る光線の為《た》めに鼻筋は、希臘《ギリシャ》人のそれに見るような、規則正しく細長い前面の平面を際立たせ、潤い切った大きな二つの瞳《ひとみ》と、締って厚い上下の唇《くちびる》とは、皮膚を切り破って現われ出た二対《つい》の魂のようになまなましい感じで見る人を打った。愛子はそうした時に一番美しいように、闇の中に淋《さび》しく独りでいて、その多恨な眼でじっと明るみを見詰めているような少女だった。

　葉子は倉地が葉子の為めにして見せた大きな英断に酬いる為めに、定子を自分の愛《あい》撫《ぶ》の胸から裂いて捨てようと思いきわめながらも、どうしてもそれが出来ないでいた。あれから一度も訪れこそしないが、時折り金を送ってやる事と、乳母から安否を知らさせる事だけは続けていた。乳母の手紙は何時《いつ》でも恨みつらみで満されていた。日本に帰って来て下さった甲斐《かい》が何処《どこ》にある。親がなくて子が子らしく育つものか育たぬものか一寸《ちょっと》でも考えて見て貰いたい。乳母も段々年を取って行く身だ。麻疹《はしか》にかかって定子は毎日々々ママの名を呼び続けている、その声が葉子の耳に聞えないのが不思議だ。こんな事が消息の度毎《たびごと》にたどたどしく書き連ねてあった。葉子はいても立っても堪《たま》らないような事があった。けれどもそんな時には倉地の事を思った。一寸倉地の事を思っただけで、歯を喰《く》いしばりながらも、苔香園の表門からそっと家を抜け出る誘惑に打勝った。

倉地の方から手紙を出すのは忘れたと見えて、岡はまだ訪れては来なかった。木村にあれほど切な心持ちを書き送った位だから、葉子の住所さえ分れば尋ねて来ない筈《はず》はないのだが、倉地にはそんな事はもう念頭に無くなってしまったらしい。誰《だ》れも来るなと願っていた葉子もこの頃になって見ると、ふと岡の事などを思い出す事があった。横浜を立つ時に葉子にかじり附いて離れなかった青年を思い出す事なぞもあった。然しこう云う事がある度毎に倉地の心の動き方をも屹度《きっと》推察した。そしては何時でも願をかけるようにそんな事は夢にも思い出すまいと心に誓った。

倉地が一向に無頓着《むとんじゃく》なので、葉子はまだ籍を移してはいなかった。尤《もっと》も倉地の先妻が果して籍を抜いているかどうかも知らなかった。それを知ろうと求めるのは葉子の誇りが許さなかった。凡《すべ》てそう云う習慣を天から考えの中に入れていない倉地に対して今更らそんな形式事を迫るのは、自分の度胸を見透されるという上からもつらかった。その誇りという心持ちも、度胸を見透されるという恐れも、本当を云うと葉子が何所までも倉地に対してひけ目になっているのを語るに過ぎないとは葉子自身存分に知り切っている癖に、それを勝手に踏み躙《にじ》って、自分の思う通りを倉地にして退《の》けさす不敵さを持つ事はどうしても出来なかった。それなのに葉子は動《やや》ともすると倉地の先妻の事が気になった。倉地の下宿の方に遊びに行く時でも、その近所で人妻らしい人の往来するのを見かけると葉子の眼は知らず識《し》らず熟視の為めにかがやいた。一度も顔は合せないが、僅《わず》かな時間の写真の記憶から、屹度その人を見分けて見せると葉子は自信していた。葉子は何処を歩いても嘗《かつ》てそんな人を見かけた事はなかった。それが又妙に裏切られているような感じを与える事もあった。

航海の初期に於《お》ける批点の打ち処のないような健康の意識はその後葉子にはもう帰って来なかった。寒気が募るにつれて下腹部が鈍痛を覚えるばかりでなく、腰の後ろの方に冷たい石でも釣《つ》り下げてあるような、重苦しい気分を感ずるようになった。日本に帰ってから足の冷え出すのも知った。血管の中には血の代りに文火《とろび》でも流れているのではないかと思う位寒気に対して平気だった葉子が、床の中で倉地に足のひどく冷えるのを注意されたりすると不思議に思った。肩の凝るのは幼少の時からの痼疾《こしつ》だったがそれが近頃になって殊更ら激しくなった。葉子はちょいちょい按摩《あんま》を呼んだりした。腹部の痛みが月経と関係があるのを気付いて、葉子は婦人病であるに相違ないとは思った。然しそうでもないと思うような事が葉子の胸の中にはあった。若しや懐妊では……葉子は喜びに胸を躍らせてそう思っても見た。牝豚《めすぶた》のように幾人も子を生むのは迚《と》ても耐えられない。然し一人はどうあっても生みたいものだと葉子は祈るように願っていたのだ。定子の事から考えると自分には案外子運があるのかも知れないとも思った。然し前の懐妊の経験と今度の徴候とは色々な点で全く違ったものだった。

一月の末になって木村からは果して金を送って来た。葉子は倉地が潤沢につけ届けする金よりもこの金を使う事に寧《むし》ろ心安さを覚えた。葉子はすぐ思い切った散財をしてみたい誘惑に駆り立てられた。

ある日当りのいい日に倉地とさし向いで酒を飲んでいると苔香園の方から藪鶯《やぶうぐいす》の啼く声が聞えた。葉子は軽く酒ほてりのした顔を挙げて倉地を見やりながら、耳では鶯の啼き続けるのを注意した。

「春が来ますわ」

「早いもんだな」

「何処かへ行きましょうか」――

「まだ寒いよ」

「そうねえ……組合の方は」――

「うむあれが片付いたら出かけようわい。いい加減くさくさしおった」

そう云って倉地はさも面倒そうに杯の酒を一煽《ひとあお》りに煽りつけた。

葉子はすぐその仕事がうまく運んでいないのを感付いた。それにしてもあの毎月の多額な金は何処から来るのだろう。そうちらっと思いながら素早く話を他にそらした。

三十二

それは二月初旬のある日の昼頃だった。からっと晴れた朝の天気に引かえて、朝日が暫らく東向きの窓に射《さ》す間もなく、空は薄曇りに曇って西風がゴウゴウと杉森にあたって物凄《ものすご》い音を立て始めた。何処にか春をほのめかすような日が来たりした後なので、殊更ら世の中が暗澹《あんたん》と見えた。雪でもまくしかけて来そうに底冷えがするので、葉子は茶の間に置炬燵《おきごたつ》を持ち出して、倉地の着代えをそれにかけたりした。土曜だから妹達は早退《はやび》けだと知りつつも倉地は物臭さそうに外出の仕度にかからないで、どてらを引かけたまま火鉢《ひばち》の側にうずくまっていた。葉子は食器を台所の方に運びながら、来たり行ったりする序《ついで》に倉地と物を云った。台所に行った葉子に茶の間から大きな声で倉地が云いかけた。

「おいお葉（倉地は何時の間にか葉子をこう呼ぶようになっていた）俺れは今日は二

人に対面して、これから勝手に出這入《ではい》りの出来るようにするぞ」

葉子は布巾《ふきん》を持って台所の方からいそいそと茶の間に帰って来た。

「何んだってまた今日……」

そう云ってつき膝《ひざ》をしながらちゃぶ台を拭《ぬぐ》った。

「いつまでもこうしているが気づまりでようないからよ」

「そうねえ」

葉子はそのままそこに坐《すわ》り込んで布巾をちゃぶ台にあてがったまま考えた。本当はこれは疾《とう》に葉子の方から云い出すべき事だったのだ。妹達のいない隙《すき》か、寝てからの暇を窺《うかが》って、倉地と会うのは、始めの中こそあいびきのような興味を起させないでもないと思ったのと、葉子は自分の通って来たような道はどうしても妹達には通らせたくない所から、自分の裏面を窺わせまいと云う心持ちとで、今までついずるずるに妹達を倉地に近づかせないで置いたのだったが、倉地の言葉を聞いて見ると、そうしておくのが少し延び過ぎたと気が附いた。又新しい局面を二人の間に開いて行くにもこれは悪い事ではない。葉子は決心した。

「じゃ今日にしましょう。……それにしても着物だけは着代えていて下さいましな」

「よし来た」

と倉地はにこにこしながらすぐ立ち上った。葉子は倉地の後ろから着物を羽織っておいて羽がいに抱きながら、今更らに倉地の巌丈《がんじょう》な雄々しい体格を自分の胸に感じつつ、

「それは二人ともいい子よ。可愛がってやって下さいましよ。……けれどもね、木村とのあの事だけはまだ内証よ。いい折を見つけて、私から上手に云って聞かせるまでは知らん振りをしてね……よくって……あなたはうっかりするとあけすけに物を云ったりなさるから……今度だけは用心して頂戴《ちょうだい》」

「馬鹿だなどうせ知れる事を」

「でもそれはいけません……是非」

葉子は後ろから背延びをしてそっと倉地の後頸を吸った。そして二人は顔を見合わせて微笑《ほほえ》みかわした。

その瞬間に勢よく玄関の格子戸《こうしど》ががらっと開いて「おお寒い」と云う貞世の声が疳《かん》高《だか》く聞えた。時間でもないので葉子は思わずぎょっとして倉地から飛び離れた。次いで玄関口の障子が開いた。貞世は茶の間に駈け込んで来るらしかった。

「お姉様雪が降って来てよ」

そう云っていきなり茶の間の襖《ふすま》を開けたのは貞世だった。

「おやそう……寒かったでしょう」

とでも云って迎えてくれる姉を期待していたらしい貞世は、置炬燵に這入って胡坐《あぐら》をかいている途方もなく大きな男を姉の外《ほか》に見附けたので、驚いたように大きな眼を見張ったが、そのますぐに玄関に取って返した。

「愛姉さんお客様よ」

と声をつぶすように云うのが聞えた。倉地と葉子とは顔を見合わして又微笑みかわした。

「ここにお下駄《げた》があるじゃありませんか」

そう落付いていう愛子の声が聞えて、やがて二人は静かに這入って来た。そして愛子はしとやかに貞世はぺちゃんと坐って、声を揃えて「唯今」と云いながら辞儀をした。愛子の年頃の時、厳格な宗教学校で無理強《むりじ》いに男の子のような無趣味な服装をさせられた、それに復讐《ふくしゅう》するような気で葉子の装わした愛子の身なりはすぐ人の眼を牽《ひ》いた。お下げをやめさせて、束髪にさせた項《うなじ》とたぼ*の所には、その頃米国での流行そのままに、蝶結《ちょうむす》びの大きな黒いリボンがとめられていた。古代紫の紬地《つむぎじ》の着物に、カシミヤの袴《はかま》を裾短《すそみじ》かにはいて、その袴は以前葉子が発明した例の尾錠《びじょう》どめになっていた。貞世の髪は又思い切って短くおかっぱに切りつめて、横の方に真紅のリボンが結んであった。それがこの才はじけた童女を、膝まで位な、わざと短かく仕立てた袴と共に可憐《かれん》にもいたずらいたずらしく見せた。二人は寒さの為めに頬《ほお》を真紅にして、眼を少し涙ぐましていた。それが殊更ら二人に別々な可憐な趣を添えていた。

葉子は少し改まって二人を火鉢の座から見やりながら、

「お帰りなさい。今日はいつもより早かったのね。……お部屋に行ってお包みをおいて袴を取っていらっしゃい、その上でゆっくりお話する事があるから……」

二人の部屋からは貞世が独りではしゃいでいる声が暫《しば》らくしていたが、やがて愛子は広い帯を普段着と着かえた上にしめて、貞世は袴をぬいだだけで帰って来た。

「さあここにいらっしゃい。（そう云って葉子は妹達を自分の身近かに坐らせた）このお方がいつか双鶴館でお噂《うわさ》した倉地さんなのよ。今まででも時々いらしったんだけれども遂にお目に懸る折りがなかったわね。これが愛子これが貞世です」

そう云いながら葉子は倉地の方を向くともうくすぐったいような顔付きをせずにはいられなかった。倉地は渋い笑を笑いながら案外真面目《まじめ》に、

「お初に（と云って一寸頭を下げた）二人とも美しいねえ」

そう云って貞世の顔をちょっと見てからじっと眼を愛子にさだめた。愛子は格別恥じる様子もなくその柔和な多恨な眼を大きく見開いてまんじりと倉地を見やっていた。それは男女の区別を知らぬ無邪気な眼とも見えた。先天的に男というものを知りぬい

てその心を試みようとする淫婦《いんぷ》の眼とも見られない事はなかった。それほどその眼は奇怪な無表情の表情を持っていた。

「始めてお目に懸るが、愛子さんおいくつ」

倉地はなお愛子を見やりながらこう尋ねた。

「私始めてでは御座いません。……いつぞやお目に懸りました」

愛子は静かに眼を伏せてはっきりと無表情な声でこう云った。愛子があの年頃で男の前にはっきりああ受け答えが出来るのは葉子にも意外だった。葉子は思わず愛子を見た。

「はて、何所《どこ》でね」

倉地もいぶかしげにこう問い返した。愛子は下を向いたまま口をつぐんでしまった。そこにはかすかながら憎悪の影がひらめいて過ぎたようだった。葉子はそれを見逃がさなかった。

「寝顔を見せた時に矢張り彼女《あれ》は眼を覚していたのだな。それを云うのかしらん」とも思った。倉地の顔にも思いかけず一寸どぎまぎしたらしい表情が浮んだのを葉子は見た。「なあに……」激しく葉子は自分で自分を打消した。

貞世は無邪気にも、この熊のような大きな男が親しみ易《やす》い遊び相手と見て取ったらしい。貞世がその日学校で見聞きして来た事などを例の通り残らず姉に報告しようと、何んでも構わず、何んでも隠さず、云ってのけるのに倉地が興に入って合槌《あいづち》を打つので、ここに移って来てから客の味を全く忘れていた貞世は嬉《うれ》しがって倉地を相手にしようとした。倉地は散々貞世と戯《たわむ》れて、昼近く立って行った。

葉子は朝食がおそかったからと云って、妹達だけが昼食の膳《ぜん》についた。

「倉地さんは今、ある会社をお立てになるので色々御相談事があるのだけれども、下宿では周りがやかましくって困ると仰有《おっしゃ》るから、これからいつでもここで御用をなさるように云ったから、屹度これからもちょくちょくいらっしゃるだろうが、貞ちゃん、今日のように遊びのお相手にばかりしていては駄目よ。その代り英語なんぞで分らない事があったら何んでもお聞きするといい、姉さんより色々の事をよく知っていらっしゃるから……それから愛さんは、これから倉地さんのお客様も見えるだろうから、そんな時には一々姉さんの指図を待たないではきはきお世話をして上げるのよ」

と葉子は予《あらかじ》め二人に釘《くぎ》をさした。

妹達が食事を終って二人で後始末をしていると又玄関の格子が静かに開く音がした。

貞世は葉子の所に飛んで来た。

「お姉様又お客様よ。今日は随分沢山いらっしゃるわね。誰れでしょう」

と物珍らしそうに玄関の方に注意の耳をそばだてた。葉子も誰れだろうと訝った。やや暫らくして静かに案内を求める男の声がした。それを聞くと貞世は姉から離れて駈《か》け出して行った。愛子が襷《たすき》を外しながら台所から出て来た時分には、貞世はもう一枚の名刺を持って葉子の所に取って返していた。金縁のついた高価らしい名刺の表には岡一《はじめ》と記してあった。

「まあ珍しい」

葉子は思わず声を立てて貞世と共に玄関に走り出た。そこには処女のように美しく小柄《こがら》な岡が雪のかかった傘《かさ》をつぼめて、外套《がいとう》の滴《したた》りを紅をさしたように赤らんだ指の先きではじきながら、女のようにはにかんで立っていた。

「いい所でしょう。お出《い》でには少しお寒かったかも知れないけれども、今日はほんとにいい折柄でしたわ。隣りに見えるのが有名な苔香園、あすこの森の中が紅葉館、この杉の森が私大好きですの。今日は雪が積って猶更《なおさ》ら綺麗《きれい》ですわ」

葉子は岡を二階に案内して、そこの硝子戸《ガラスど》越しにあちこちの雪景色を誇りがに指呼《しこ》して見せた。岡は言葉少なながら、ちかちかと眩《まぶ》しい印象を眼に残して、降《ふ》り下り降り煽《あお》る雪の向うに隠見する山内の木立ちの姿を嘆賞した。

「それにしてもどうしてあなたはここを……倉地から手紙でも行きましたか」

岡は神秘的に微笑んで葉子を顧みながら「いいえ」と云った。

「そりゃおかしい事……それではどうして」

縁側から座敷へ戻りながら徐《おもむろ》に、

「お知らせがないもんで上っては屹度いけないとは思いましたけれども、こんな雪の日ならお客もなかろうからひょっとかすると会って下さるかとも思って……」

そう云い出しで岡が語る所によれば、岡の従妹《いとこ》に当る人が幽蘭女学校に通学していて、正月の学期から早月《さつき》と云う姉妹の美しい生徒が来て、それは芝山内の裏坂に美人屋敷と云って界隈《かいわい》で有名な家の三人姉妹の中の二人であると云う事や、一番の姉に当る人が報正新報で噂を立てられた優れた美貌《びぼう》の持主だと云う事やが、早くも口さがない生徒間の評判になっているのを何かの折りに話したのですぐ思い当ったけれども、一日々々と訪問を躊躇《ちゅうちょ》していたのだとの事だった。葉子は今更らに世間の案外に狭いのを思った。愛子と云わず貞世の上にも、自分の行跡がどんな影響を与えるかも考えずにはいられなかった。そこに貞世が、愛子が調えた茶器をあぶなっかしい手附きで、眼八分に持って来た。貞世はこの日淋《さび》しい家の内に幾人も客を迎える物珍らしさに有頂天になっていたようだった。満面に偽りのない愛嬌《あいきょう》を見せながら、丁寧にぺっちゃんとお辞儀をした。そして顔にたれかかる黒髪を振り仰いで頭を振って後ろにさばきながら、岡を無邪気に見やって、姉の方に寄り添うと大きな声で「どなた」と聞いた。

「一緒にお引き合せしますからね、愛さんにもお出《いで》なさいと云っていらっしゃい」

二人だけが座に落付くと岡は涙ぐましいような顔をしてじっと手あぶりの中を見込んでいた。葉子の思いなしかその顔にもすこしやつれが見えるようだった。普通の男ならば多分左程にも思わないに違いない家の中のいさくさなどに繊細過ぎる神経をなやまして、それにつけても葉子の慰撫《いぶ》を殊更らにあこがれていたらしい様子は、そんな事については一言も云わないが、岡の顔にははっきりと描かれているようだった。

「そんなにせいたっていやよ貞ちゃんは。せっかちな人ねえ」

そう穏かにたしなめるらしい愛子の声が階下でした。

「でもそんなにおしゃれしなくったっていいわ。お姉様が早くって仰有ってよ」

無遠慮にこう云う貞世の声もはっきり聞えた。葉子はほほえみながら岡を暖かく見やった。岡もさすがに笑いを宿した顔を上げたが、葉子と見交わすと急に頰をぽっと赤くして眼を障子の方に外らしてしまった。手あぶりの縁に置かれた手の先きが幽《かす》かに震うのを葉子は見のがさなかった。

やがて妹達二人が葉子の後ろに現われた。葉子は坐ったまま手を後ろに廻《まわ》して、

「そんな人のお尻《しり》の所に坐って、もっとこっちにお出なさいな。……これが妹達ですの。どうかお友達にして下さいまし。お船で御一緒だった岡一様。……愛さんあなたお知り申していないの……あの失礼ですが何んと仰有いますの、お従妹御《いとこご》さんのお名前は」

と岡に尋ねた。岡は言葉通りに神経を転倒させていた。それはこの青年を非常に醜く且《か》つ美しくして見せた。急いで坐り直した居住いをすぐ意味もなく崩して、それを又非常に後悔したらしい顔付きを見せたりした。

「は？」

「あの私共の噂さをなさったそのお嬢様のお名前は」

「あの矢張り岡と云います」

「岡さんならお顔は存じ上げておりますわ。一つ上の級にいらっしゃいます」

愛子は少しも騒がずに、倉地に対した時と同じ調子でじっと岡を見やりながら即座にこう答えた。その眼は相変らず淫蕩《いんとう》と見える程極端に純潔だった。純潔と見える程極端に淫蕩だった。岡は怖《お》じながらもその眼から自分の眼を外らす事が出来ないようにまともに愛子を見て見る見る耳たぶまでを真赤にしていた。葉子はそれを気取《けど》ると愛子に対して一段の憎しみを感ぜずにはいられなかった。

「倉地さんは……」

岡は一路の逃げ路《みち》をようやく求め出したように葉子に眼を転じた。

「倉地さん？　たった今お帰りになったばかり惜しい事をしましてねえ。でもあなたこれからはちょくちょくいらしって下さいますわね。倉地さんもすぐお近所にお住いですから何時《いつ》か御一所に御飯でもいただきましょう。私日本に帰ってからこの家にお客様をお上げするのは今日が始めてですのよ。ねえ貞ちゃん。……本当によく来て下さいました事。私とうから来ていただきたくって仕様がなかったんですけれども、倉地さんから何んとか云って上げて下さるだろうと、それぱかりを待っていたのですよ。私からお手紙を上げるのはいけませんもの（そこで葉子は解《わか》って下さるでしょうと云うような優しい眼付を強い表情を添えて岡に送った）。木村からの手紙であなたの事は委《くわ》しく伺っていましたわ。色々お苦しい事がおありになるんですってね」

岡はその頃になってようやく自分を恢復《かいふく》したようだった。しどろもどろになった考えや言葉も稍《やや》整って見えた。愛子は一度しげしげと岡を見てしまってからは、決して二度とはその方を向かずに、眼を畳の上に伏せてじっと千里も離れた事でも考えている様子だった。

「私の意気地のないのが何よりもいけないんです。親類の者達は何んと云っても私を実業の方面に入れて父の事業を嗣《つ》がせようとするんです。それは多分本当にいい事なんでしょう。けれども私にはどうしてもそう云う事が判《わか》らないから困ります。少しでも判れば、どうせこんなに病身で何も出来ませんから、母はじめ皆んなの云う事を聴きたいんですけれども……私は時々乞食《こじき》にでもなって仕舞たいような気がします。皆んなの主人思いな眼で見つめられていると、私は皆んなに済まなくなって、何故《なぜ》自分みたいな屑《くず》な人間を惜しんでいてくれるのだろうとよくそう思います……こんな事今まで誰《だ》れにも云いはしませんけれども。突然日本に帰って来たりなぞしてから私は内々監視までされるようになりました。……私のような家に生れると友達というものは一人も出来ませんし、皆んなとは表面だけで物を云っていなければならないんですから……心が淋しくって仕方がありません」

そう云って岡はすがるように葉子を見やった。岡が少し震えを帯びた、汚れっ気の塵《ちり》ほどもない声の調子を落してしんみりと物を云う様子には自《おのずか》らな気高い淋しみがあった。戸障子をきしませながら雪を吹きまく戸外の荒々しい自然の姿に比べては殊更《ことさら》らそれが目立った。葉子には岡のような消極的な心持ちは少しも分らなかった。然《しか》しあれでいて、米国くんだりから乗って行った船で帰って来る所なぞには、粘り強い意力が潜んでいるようにも思えた。平凡な青年なら出来ても出来なくとも周囲のものに煽《おだ》てあげられれば疑いもせずに父の遺業を嗣ぐ真似《まね》をして喜んでいるだろう。それがどうしても出来ないと云う所にも何所か違った所があるのではないか。葉子はそう思うと何の理解もなくこの青年を取捲《とりま》いて唯《ただ》わいわい騒ぎ立てている人達が馬鹿々々しくも見えた。それにしても何故もっとはきはきとそんな下らない障碍《しょうがい》位打破ってしまわないのだろう。自分ならその財産を使ってから、「こうすればいいのかい」とでも云って、囲《まわ》りで世話を焼いた人間達を胸のすき切るまで思い存分笑ってやるのに。そう思うと岡の煮え切らないような態度が歯がゆくもあった。然し何んと云っても抱きしめたい程可憐なのは岡の繊美な淋しそうな姿だった。岡は上手に入れられた甘露を啜《すす》り終った茶碗《ちゃわん》を手の先きに据《す》えて綿密にその作りを賞翫《しょうがん》していた。

「御覚《おおぼえ》になるようなものじゃ御座いません事よ」

岡は悪い事でもしていたように顔を赤くしてそれを下においた。彼れはいい加減な世辞は云えないらしかった。

岡は始めて来た家に長居するのは失礼だと来た時から思っていて、機会ある毎に座を立とうとするらしかったが、葉子はそう云う岡の遠慮に感付けば感付く程巧みにも凡《すべ》ての機会を岡に与えなかった。

「もう少しお待ちになると雪が小降りになりますわ。今、こないだ印度《インド》から来た紅茶を入れて見ますから召上って見て頂戴《ちょうだい》。普段いいものを召上りつけていらっしゃるんだから、鑑定をしていただきますわ。一寸《ちょっと》、……ほんの一寸待っていらしって頂戴よ」

そう云う風にいって岡を引き止めた。始めの間こそ倉地に対してのようにはなつかなかった貞世も段々と岡と口をきくようになって、仕舞には岡の穏やかな問に対して思いのままを可愛《かわい》らしく語って聞かせたり、話題に窮して岡が黙ってしまうと貞世の方から無邪気な事を聞き糺《ただ》して、岡をほほえましたりした。何んと云っても岡は美しい三人の姉妹が（その中《うち》愛子だけは他の二人とは全く違った態度で）心を籠《こ》めて親しんで来るその好意には敵し兼ねて見えた。盛んに火を起した暖かい部屋の中の空気にこもる若い女達の髪からとも、懐《ふとこ》ろからとも、膚《はだ》からとも知れぬ柔軟な香りだけでも去りがたい思いをさせたに違いなかった。何時の間にか岡はすっかり腰を落着けて、云いようなく快く胸の中のわだかまりを一掃したように見えた。

それからと云うもの、岡は美人屋敷と噂さされる葉子の隠れ家に折々出入するようになった。倉地とも顔を合わせて、互に快く船の中での思い出し話などをした。岡の眼の上には葉子の眼が義眼《いれめ》されていた。葉子のよしと見るものは岡もよしと見た。葉子の憎むものは岡も無条件で憎んだ。唯一つその例外となっているのは愛子というものらしかった。勿論《もちろん》葉子とて性格的にはどうしても愛子と納《い》れ合わなかったが、骨肉の情として矢張り互に云いようのない執着を感じあっていた。然し岡は愛子に対しては心からの愛着を持ち出すようになっている事が知れた。
兎《と》に角《かく》岡の加わった事が美人屋敷の彩《いろど》りを多様にした。三人の姉妹は時折り倉地、岡に伴われて苔香園の表門の方から三田の通りなどに散歩に出た。人々はそのきらびやかな群れに物好きな眼をかがやかした。

三十三

岡に住所を知らせてから、すぐそれが古藤に通じたと見えて、二月に這入《はい》ってからの木村の消息は、倉地の手を経ずに直接葉子にあてて古藤から廻送されるようになった。古藤は然し頑固《がんこ》にもその中に一言も自分の消息を封じ込んでよこすような事はしなかった。古藤を近づかせる事は一面木村と葉子との関係を断絶さす機会を早める恐れがないでもなかったが、あの古藤の単純な心をうまく操りさえすれば、古藤を自分の方になずけてしまい、従って木村に不安を起させない方便になると思った。葉子は例のいたずら心から古藤を手なずける興味をそそられないでもなかった。然しそれを実行に移すまでにその興味は嵩《こう》じては来なかったのでそのままにしておいた。

木村の仕事は思いの外都合よく運んで行くらしかった。「日本に於《お》ける未来のピーボデー*」という標題に木村の肖像まで入れて、ハミルトン氏配下の敏腕家の一人として、又品性の高潔な公共心の厚い好箇《こうこ》の青年実業家として、やがては日本に於《おい》て、米国に於けるピーボデーと同様の名声を贏《か》ち得べき約束にあるものと賞讃《しょうさん》したシカゴ・トリビューン*の「青年実業家評判記」の切抜きなどを封入して来た。思いの外巨額の為替をちょいちょい送ってよこして、倉地氏に支払うべき金額の全体を知らせてくれたら、どう工面しても必ず送付するから、一日も早く倉地氏の保護から独立して世評の誤謬《ごびゅう》を実行的に訂正し、併《あわ》せて自分に対する葉子の真情を証明してほしいなどと云ってよこした。葉子は——倉地に溺《おぼ》れ切っている葉子は鼻の先きでせせら笑った。

それに反して倉地の仕事の方はいつまでも目鼻がつかないらしかった。倉地の云う所によれば日本だけの水先案内業者の組合と云っても、東洋の諸港や西部米国の沿岸にあるそれらの組合とも交渉をつけて連絡を取る必要があるのに、日本の移民問題が米国の西部諸州でやかましくなり、排日熱が過度に煽動《せんどう》され出したので*、何事も米国人との交渉は思うように行かずにその点で行きなやんでいるとの事だった。そう云えば米国人らしい外国人が屢々《しばしば》倉地の下宿に出入するのを葉子は気がついていた。或時《あるとき》はそれが公使館の館員ででもあるかと思うような、礼装をして見事な馬車に乗った紳士である事もあり、或時はズボンの折目もつけない程だらしの無い風をした人相のよくない男でもあった。

兎に角二月に這入ってから倉地の様子が少しずつ荒《すさ》んで来たらしいのが目立つようになった。酒の量も著しく増して来た。正井が嚙《か》み付くように怒鳴られている事もあった。然し葉子に対しては倉地は前にも勝《まさ》って溺愛《できあい》の度を加え、あらゆる愛情の証拠を摑《つか》むまでは執拗《しつよう》に葉子を虐《しいた》げるようになった。葉子は眼もくらむ火酒を煽《あお》りつけるようにその虐げを喜んで迎えた。

ある夜葉子は妹達が就寝してから倉地の下宿を訪れた。倉地はたった一人で淋しそうにソウダ・ビスケットを肴《さかな》にウイスキーを飲んでいた。チャブ台の周囲には書類や港湾の地図やが乱暴に散らけてあって、台の上の虚《から》のコップから察すると正井か誰《い》か、今客が帰った所らしかった。襖《ふすま》を明けて葉子の這入って来たのを見ると倉地は毎時《つ》もになく一寸嶮《けわ》しい眼付きをして書類に眼をやったが、そこにあるものを猿臂《えんぴ》を延ばして引寄せて忙《せ》わしく一まとめにして床の間に移すと、自分の隣りに座布団を敷いて、それに座れと顎《あご》を突き出して合図した。そして激しく手を鳴した。

「コップと炭酸水を持って来い」

用を聞きに来た女中にこう云い附けておいて、激しく葉子をまともに見た。

「葉ちゃん（これはその頃倉地が葉子を呼ぶ名前だった。妹達の前で葉子と呼び捨てにも出来ないので倉地は暫《しば》らくの間お葉さんお葉さんと呼んでいたが、葉子が貞世を貞ちゃんと呼ぶのから思いついたと見えて、三人を葉ちゃん、愛ちゃん、貞ちゃんと呼ぶようになった。そして差向いの時にも葉子をそう呼ぶのだった）は木村に貢《みつ》がれているな。白状しっちまえ」

「それがどうして？」

葉子は左の片肘《かたひじ》をちゃぶ台について、その指先きで、鬢《びん》のほつれをかき上げながら、平気な顔で正面から倉地を見返えした。

「どうしてがあるか。俺れは赤の他人に俺れの女を養わす程腑抜《ふぬ》けではないんだ」

「まあ気の小さい」

葉子はなおも動じなかった。そこに婢《おんな》が這入って来たので話の腰が折られた。二人は暫らく黙っていた。

「俺れはこれから竹柴《たけしば》へ行く。な、行こう」

「だって明朝困りますわ。私が留守だと妹達が学校に行けないもの」

「一筆書いて学校なんざあ休んで留守をしろと云ってやれい」

葉子は勿論一寸そんな事を云って見ただけだった。妹達の学校に行った後でも、苔香園の婆《ばあ》さんに言葉をかけておいて家を明ける事は常始終《つねしじゅう》だった。殊にその夜は木村の事について倉地に合点させておくのが必要だと思ったので云い出された時から一緒する下心ではあったのだ。葉子はそこにあったペンを取上げて紙切れに走り書きをした。倉地が急病になったので介抱の為《た》めに今夜はここで泊る。明日の朝学校の時刻までに帰って来なかったら、戸締りをして出懸けていい。そういう意味を書いた。その間に倉地は手早く着代えをして、書類を大きな支那鞄《かばん》*に突込んで錠を下してから、綿密に開くか開かないかを調べた。そして考えこむように俯向《うつむ》いて上眼をしながら、両手を懐ろにさし込んで鍵《かぎ》を腹帯《はらおび》らしい所に仕舞い込んだ。

九時過ぎ十時近くなってから二人は連れ立って下宿を出た。増上寺前に来てから車を傭《やと》った。満月に近い月*がもう大分寒空高くこうこうとかかっていた。

二人を迎えた竹柴館*の女中は倉地を心得ていて、すぐ庭先きに離れになっている二間ばかりの一軒に案内した。風はないけれども月の白さでひどく冷え込んだような晩だった。葉子は足の先きが氷で包まれた程感覚を失っているのを覚えた。倉地の浴した後で、熱目な塩湯にゆっくり浸ったのでようやく人心地がついて戻って来た時には、素早い女中の働きで酒肴《しゅこう》が調えられていた。葉子が倉地と遠出らしい事をしたのはこれが始めてなので、旅先きにいるような気分が妙に二人を親しみ合わせた。況《ま》してや座敷に続く芝生のはずれの石垣《いしがき》には海の波が来て静かに音を立てていた。空には月が冴《さ》えていた。妹達に取捲かれたり、下宿人の眼をかねたりしていなければならなかった二人はくつろいだ姿と心とで火鉢《ひばち》に倚《よ》り添った。世の中は二人きりのようだった。いつの間にか良人《おっと》とばかり倉地を考え慣れてしまった葉子は、ここに再び情人を見出したように思った。そして何とはなく倉地をじらしてじらしてじらし抜いた揚げ句に、その反動から来る蜜《みつ》のような歓語を思い切り味いたい衝動に駆られていた。そしてそれが又倉地の要求でもある事を本能的に感じていた。

「いいわねえ。何故もっと早くこんな所に来なかったでしょう。すっかり苦労も何も忘れてしまいましたわ」

葉子はすべすべとほてって少しこわばるような頰《ほお》を撫《な》でながら、とろけるように倉地を見た。もう大分酒の気のまわった倉地は、女の肉感をそそり立てるような匂《におい》を部屋中に撒《ま》き散らす葉巻をふかしながら、葉子を尻目《しりめ》にかけた。

「それは結構。だが俺れにはさっきの話が喉《のど》につかえて残っとるて。胸糞《むなくそ》が悪いぞ」

葉子は呆《あき》れたように倉地を見た。

「木村の事?」

「お前は俺れの金を心任せに使う気にはなれないんか」

「足りませんもの」

「足りなきゃ何故云わん」

「云わなくったって木村がよこすんだからいいじゃありませんか」

「馬鹿！」

倉地は右の肩を小山のように聳《そび》やかして、上体を斜に構えながら葉子を睨《にら》みつけた。

葉子はその眼の前で海から出る夏の月のように微笑《ほほえ》んで見せた。

「木村は葉ちゃんに惚《ほ》れとるんだよ」

「そして葉ちゃんは嫌《きら》ってるんですわね」

「冗談は措《お》いてくれ。……俺りゃ真剣で云っとるんだ。俺れ達は木村に用はない筈《はず》だ。俺れは用のないものは片っ端から捨てるのが立て前だ。嬶《かかあ》だろうが子だろうが……見ろ俺れを……よく見ろ。お前はまだこの俺れを疑っとるんだな。後釜《あとがま》には木村を何時でもなおせるように喰《く》い残しをしとるんだな」

「そんな事はありませんわ」

「では何んで手紙の遣《や》り取りなどし居るんだ」

「お金が欲しいからなの」

葉子は平気な顔をして又話をあとに戻した。そして独酌で杯を傾けた。倉地は少し吃《ども》る程怒りが募っていた。

「それが悪いと云っとるのが解らないか……俺れの面《つら》に泥《どろ》を塗りこくっとる……こっちに来い（そう云いながら倉地は葉子の手を取って自分の膝《ひざ》の上に葉子の上体をたくし込んだ）。云え、隠さずに。今になって木村に未練が出て来おったんだろう。女と云うはそうしたもんだ。木村に行きたくば行け、今行け。俺れのようなやくざを構っとると芽は出やせんから。……お前には太《ふ》て腐れがいっちよく似合っとるよ……但《ただ》し俺れをだましにかかると見当違いだぞ」

そう云いながら倉地は葉子を突放すようにした。葉子はそれでも少しも平静を失ってはいなかった。あでやかに微笑みながら、

「あなたもあんまり分らない……」

と云いながら今度は葉子の方から倉地の膝に後向きに凭《もた》れかかった。倉地はそれを退《の》けようとはしなかった。

「何が分らんかい」

暫らくしてから、倉地は葉子の肩越しに杯を取上げながらこう尋ねた。葉子には返事がなかった。又暫らくの沈黙の時間が過ぎた。倉地がもう一度何か云おうとした時、

葉子は何時の間にかしくしくと泣いていた。倉地はこの不意打ちに思わずはっとしたようだった。

「何故木村から送らせるのが悪いんです」

葉子は涙を気取《けど》らせまいとするように、然し打沈んだ調子でこう云い出した。

「あなたの御様子でお心持ちが読めない私だとお思いになって？ 私故《ゆえ》に会社をお引きになってから、どれ程暮し向きに苦しんでいらっしゃるか……その位は馬鹿でも私にはちゃんと響いています。それでもしみったれた事をするのはあなたもお嫌い、私も嫌い……私は思うようにお金をつかってはいました。いましたけれども……心では泣いてたんです。あなたの為めならどんな事でも喜んでしよう……そうこの頃思ったんです。それから木村にとうとう手紙を書きました。私が木村を何んと思ってるか、今更らそんな事をお疑いになるのあなたは。そんな水臭い廻わし気をなさるからつい口惜しくなっちまいます。……そんな私だか私ではないか……（そこで葉子は倉地から離れてきちんと坐《すわ》り直して袂《たもと》で顔を被《おお》うてしまった）泥棒をしろと仰有《おっしゃ》る方がまだ増しです……あなたお一人でくよくよなさって……お金の出所を……暮し向きが張り過ぎるなら張り過ぎると……何故相談に乗らせては下さらないの……矢張りあなたは私を真身《しんみ》には思っていらっしゃらないのね……」

倉地は一度は眼を張って驚いたようだったが、やがて事もなげに笑い出した。

「そんな事を思っとったのか。馬鹿だなあお前は。御好意は感謝します……全く。然しなんぼ痩《や》せても枯れても、俺れは女の子の二人や三人養うに事は欠かんよ。月に三百や四百の金が手廻らんようなら首をくって死んで見せる。お前をまで相談に乗せるような事はいらんのだよ。そんな蔭《かげ》にまわった心配事はせん事にしようや。この呑《のん》気《き》坊の俺れまでがいらん気を揉《も》ませられるで……」

「そりゃ虚言《うそ》です」

葉子は顔を被うたままきっぱりと矢継早に云い放った。倉地は黙ってしまった。葉子もそのまま暫らくは何んとも云《い》い出でなかった。

母家《おもや》の方で十二を打つ柱時計の声が幽《かす》かに聞えて来た。寒さもしんしんと募っていたには相違なかった。然し葉子はその何《いず》れをも心の戸の中までは感じなかった。始めは一種の企《たく》らみから狂言でもするような気でかかったのだったけれども、こうなると葉子は何時の間にか自分で自分の情に溺れてしまっていた。木村を犠牲にしてまでも倉地に溺れ込んで行く自分が憐《あわれ》まれもした。倉地が費用の出所をついぞ打明けて相談してくれないのが恨みがましく思われもした。知らず識《し》らずの中にどれ程葉子は倉地に喰い込み、倉地に喰い込まれていたかをしみじみと今更らに思った。どうなろうとどうあろうと倉地から離れる事はもう出来ない。倉地から離れる位なら自分は屹度《きっと》死んで見せる。倉地の胸に歯を立ててその心臓を噛み破ってしまいたいような狂暴な執念が葉子を底知れぬ悲しみへ誘い込んだ。

心の不思議な作用として倉地も葉子の心持ちは剳青《いれずみ》をされるように自分の胸に感じて行くらしかった。稍《やや》程経《た》ってから倉地は無感情のような鈍い声で云い出した。

「全くは俺れが悪かったのかも知れない。一時は全く金には弱り込んだ。然し俺れは早や世の中の底潮《そこしお》*にもぐり込んだ人間だと思うと度胸が据《す》わってしまい居った。毒も皿《さら》も喰ってくれよう、そう思って（倉地はあたりを憚《はばか》るように更らに声を落した）やり出した仕事があの組合の事よ。水先案内の奴等《やつら》は委《くわ》しい海図を自分で作って持っとる。要塞地《ようさいち》の様子も玄人《くろうと》以上ださ。それを集めにかかって見た。思うようには行かんが、食うだけの金は余る程出る」

葉子は思わずぎょっとして息気《いき》がつまった。近頃怪しげな外国人が倉地の所に出入するのも心当りになった。倉地は葉子が倉地の言葉を理解して驚いた様子を見ると、ほとほと悪魔のような顔をしてにやりと笑った。捨て鉢な不敵さと力とが漲《みなぎ》って見えた。

「愛想が尽きたか……」

　愛想が尽きた。葉子は自分自身に愛想が尽きようとしていた。葉子は自分の乗った船は毎時《いつ》でも合客諸共《もろとも》に転覆して沈んで底知れぬ泥土の中に深々と潜り込んで行く事を知った。売国奴、国賊、――或《あるい》はそう云う名が倉地の名に加えられるかも知れない……と思っただけで葉子は怖毛《おぞけ》を振《ふる》って、倉地から飛び退《の》こうとする衝動を感じた。ぎょっとした瞬間に唯《ただ》瞬間だけ感じた。次にどうかしてそんな恐ろしいはめから倉地を救い出さなければならないと云う殊勝な心にもなった。然し最後に落着いたのは、その深みに倉地を殊更《ことさ》ら突き落して見たい悪魔的な誘惑だった。それ程までの葉子に対する倉地の心尽しを、臆病《おくびょう》な驚きと躊躇《ちゅうちょ》とで迎える事によって、倉地に自分の心持ちの不徹底なのを見下げられはしないかと云う危惧《きぐ》よりも、倉地が自分の為めにどれ程の堕落でも汚辱でも甘んじて犯すか、それをさせて見て、満足しても満足しても満足し切らない自分の心の不足を満たしたかった。そこまで倉地を突き落すことは、それだけ二人の執着を強める事だとも思った。葉子は何事を犠牲に供しても灼熱《しゃくねつ》した二人の間の執着を続けるばかりでなく更らに強める術《すべ》を見出そうとした。倉地の告白を聞いて驚いた次ぎの瞬間には、葉子は意識こそせねこれだけの心持ちに働かれていた。

「そんな事で愛想が尽きてたまるものか」と鼻であしらうような心持ちに素早くも自分を落ち着けてしまった。驚きの表情はすぐ葉子の顔から消えて、妖婦《ようふ》にのみ見る極端に肉的な蠱惑《こわく》の微笑がそれに代って浮み出した。

「一寸驚かされはしましたわ。……いいわ、私だって何んでもしますわ」

倉地は葉子が不言不語《いわずかたらず》の中《うち》に感激しているのを感得していた。

「よしそれで話は分った。木村……木村からも搾《しぼ》り上げろ、構うものかい。人間並みに見られない俺れ達が人間並みに振舞っていてたまるかい。葉ちゃん……命」

「命！……命‼ 命‼!」

葉子は自分の激しい言葉に眼もくるめくような酔いを覚えながら、あらん限りの力を籠《こ》めて倉地を引き寄せた。膳《ぜん》の上のものが音を立てて覆《くつがえ》るのを聞いたようだったが、その後は色も音もない焰《ほのお》の天地だった。すさまじく焼け爛《ただ》れた肉の欲念が葉子の心を全く暗ましてしまった。天国か地獄かそれは知らない。しかも何もかも微塵《みじん》につき摧《くだ》いて、びりびりと震動する炎々たる焰に燃やし上げたこの有頂天の歓楽の外に世に何者があろう。葉子は倉地を引寄せた。倉地に於て今まで自分から離れていた葉子自身を引き寄せた。そして切るような痛みと、痛みからのみ来る奇怪な快感とを自分自身に感じて陶然と酔いしれながら、倉地の二の腕に歯を立てて、思い切り弾力性に富んだ熱したその肉を噛んだ。

その翌日十一時過ぎに葉子は地の底から掘り起されたように地球の上に眼を開いた。

倉地はまだ死んだもの同然にいぎたなく眠っていた。戸板の杉の赤みが鰹節《かつおぶし》の心《しん》のように半透明に真赤に光っているので、日が高いのも天気が美しく晴れているのも察せられた。甘酸《あまずっ》ぱく立罩《たちこ》った酒と煙草《たばこ》の余燻《よくん》の中に、隙間《すきま》漏《も》る光線が、透明に輝く飴色《あめいろ》の板となって縦に薄暗さの中を区切っていた。いつもならば真赤に充血して、精力に充《み》ち満ちて眠りながら働いているように見える倉地も、その朝は眼の周囲に死色をさえ注《さ》していた。むき出しにした腕には青筋が病的と思われる程高く飛び出て這《は》いずっていた。泳ぎ廻る者でもいるように頭の中がぐらぐらする葉子には、殺人者が兇行《きょうこう》から眼覚めて行った時のような底の知れない気味悪さが感ぜられた。葉子は密《ひそ》やかにその部屋を抜け出して戸外に出た。

降るような真昼の光線に遇《あ》うと、両眼は脳心の方に遮二無二《しゃにむに》引きつけられて堪《たま》らない痛さを感じた。乾いた空気は息気をとめる程喉を干からばした。葉子は思わずよろけて入口の下見板*に寄りかかって、打撲を避けるように両手で顔を隠して俯向いてしまった。

軈《やが》て葉子は人を避けながら芝生の先きの海際《うみぎわ》に出て見た。満月に近い頃の事とて潮は遠く退《ひ》いていた。蘆《あし》の枯葉が日を浴びて立つ沮洳地《そじょち》*のような平地が眼の前に拡《ひろ》がっていた。然し自然は少しも昔の姿を変えてはいなかった。自然も人も昨日のままの営みをしていた。葉子は不思議なものを見せつけられたように茫然《ぼうぜん》として潮干潟《しおひがた》の泥を見、鱗雲《うろこぐも》で飾られた青空を仰いだ。昨夜の事が真実ならこの景色は夢であらねばならぬ。この景色が真実なら昨夜の事は夢であらねばならぬ。二つが両立しよう筈はない。……葉子は茫然としてなお眼に這入って来るものを眺《なが》め続けた。

痲痺《まひ》し切ったような葉子の感覚は段々恢復《かいふく》して来た。それと共に眩瞑《めまい》を感ずる程の頭痛を先《ま》ず覚えた。次《つい》で後腰部に鈍重な疼《いた》みがむくむくと頭を擡《もた》げるのを覚えた。肩は石のように凝っていた。足は氷のように冷えていた。

昨夜の事は夢ではなかったのだ……そして今見るこの景色も夢ではあり得ない……それは余りに残酷だ、残酷だ。何故《なぜ》昨夜を界《さかい》にして、世の中は加留多《かるた》を裏返したように変っていてはくれなかったのだ。

この景色の何処《どこ》に自分は身を措《お》く事が出来よう。葉子は痛切に自分が落ち込んで行った深淵《しんえん》の深みを知った。そしてそこにしゃごんでしまって、苦がい涙を泣き始めた。懺悔《ざんげ》の門の堅く閉《とざ》された暗らい道*がただ一筋、葉子の心の眼には行く手に見やられるばかりだった。

三十四

兎《と》も角《かく》も一家の主《あるじ》となり、妹達を呼び迎えて、その教育に興味と責任とを持ち始めた葉子は、自然々々に妻らしく又母らしい本能に立帰って、倉地に対する情念にも何処か肉から精神に移ろうとする傾きが出来て来るのを感じた。それは楽しい無事とも考えれば考えられぬ事はなかった。然《しか》し葉子は明らかに倉地の心がそう云う状態の下には少しずつ硬《こわ》ばって行き冷えて行くのを感ぜずにはいられなかった。それが葉子には何よりも不満だった。倉地を選んだ葉子であって見れば、日が経《た》つに従って葉子にも倉地が感じ始めたと同様な物足らなさが感ぜられて行った。落着くのか冷えるのか、兎に角倉地の感情が白熱して働かないのを見せつけられる瞬間は深い淋《さび》しみを誘い起した。こんな事で自分の全我を投げ入れた恋の花を散ってしまわせてなるものか。自分の恋には絶頂があってはならない。自分にはまだどんな難路でも舞い狂いながら登って行く熱と力とがある。その熱と力とが続く限り、ぼんやり腰を据えて周囲の平凡な景色などを眺めて満足してはいられない。自分の眼には絶巓《ぜってん》のない絶巓ばかりが見えていたい。そうした衝動は小休《こや》みなく葉子の胸に蟠《わだかま》っていた。絵島丸の船室で倉地が見せてくれたような、何もかも無視した、神のように狂暴な熱心――それを繰返して行きたかった。

竹柴館の一夜は正《まさ》しくそれだった。その夜葉子は、次の朝になって自分が死んで見出されようとも満足だと思った。然し次の朝生きたままで眼を開くと、その場で死ぬ心持ちにはもうなれなかった。もっと嵩《こう》じた懽楽《かんらく》を追い試みようという慾念、そしてそれが出来そうな期待が葉子を未練にした。それからと云うもの葉子は忘我渾沌《こんとん》の懽喜に浸る為めには、凡《すべ》てを犠牲としても惜しまない心になっていた。そして倉地と葉子とは互々《たがいたがい》を楽しませそして牽《ひ》き寄せる為めにあらん限りの手段を試みた。葉子は自分の不可犯性（女が男に対して持つ一番強大な蠱惑物《こわくぶつ》）の凡てまで惜しみなく投げ出して、自分を倉地の眼に娼婦《しょうふ》以下のものに見せるとも悔いようとはしなくなった。二人は、傍眼には酸鼻だとさえ思わせるような肉慾の腐敗の末遠く、互に淫楽《いんらく》の実を互々から奪い合いながらずるずると壊《くず》れこんで行くのだった。

然し倉地は知らず、葉子に取ってはこの忌《いま》わしい腐敗の中にも一縷《いちる》の期待が潜んでいた。一度ぎゅっと摑《つか》み得たらもう動かないある物がその中に横《よこた》わっているに違いない、そう云う期待を心の隅《すみ》から拭《ぬぐ》い去る事が出来なかったのだった。それは倉地が葉子の蠱惑に全く迷わされてしまって再び自分を恢復し得ない時期があるだろうというそれだった。恋をしかけたもののひけめとして葉子は今まで、自分が倉地を愛する程倉地が自分を愛してはいないとばかり思った。それが何時《いつ》でも葉子の心を不安にし、自分というものの居据《いすわ》り所までぐらつかせた。どうかして倉地を痴呆《ちほう》のようにしてしまいたい。葉子はそれが為めにはある限りの手段を取って悔いなかったのだ。妻子を離縁させても、社会的に死なしてしまっても、まだまだ物足らなかった。竹柴館の夜に葉子は倉地を極印附きの兇状持ちにまでした事を知った。外界から切り離されるだけそれだけ倉地が自分の手に落ちるように思っていた葉子はそれを知って有頂天になった。そして倉地が忍ばねばならぬ屈辱を埋め合せる為めに葉子は倉地が欲すると思わしい激しい情慾《しょうじん》を提供しようとしたのだ。そしてそうする事によって、葉子自身が結局自己を銷尽して倉地の興味から離れつつある事には気附かなかったのだ。

兎にも角にも二人の関係は竹柴館の一夜から面目を改めた。葉子は再び妻から情熱の若々しい情人になって見えた。そう云う心の変化が葉子の肉体に及ぼす変化は驚くばかりだった。葉子は急に三つも四つも若やいだ。二十六の春を迎えた葉子はその頃の女としてはそろそろ老いの徴候をも見せる筈なのに、葉子は一つだけ年を若く取ったようだった。

ある天気のいい午後——それは梅の蕾《つぼみ》がもう少しずつふくらみかかった午後の事だ

ったが——葉子が縁側に倉地の肩に手をかけて立ち並びながら、うっとりと上気して雀《すずめ》の交るのを見ていた時、玄関に訪れた人の気配がした。

「誰れでしょう」

倉地は物惰《ものう》さそうに、

「岡だろう」

と云った。

「いいえ屹度正井さんよ」

「なあに岡だ」

「じゃ賭《か》けよ」

葉子はまるで少女のように甘ったれた口調で云って玄関に出て見た。倉地が云ったように岡だった。葉子は挨拶《あいさつ》も碌々《ろくろく》しないでいきなり岡の手をしっかりと取った。そして小さな声で、

「よくいらしってね。その間着《あいぎ》のよくお似合いになる事。春らしいいい色地ですわ。今倉地と賭けをしていたところ。早くお上り遊ばせ」

葉子は倉地にしていたように岡のやさ肩に手を廻してならびながら座敷に這入《はい》って来た。

「矢張りあなたの勝ちよ。あなたはあて事がお上手だから岡さんを譲って上げたらうまく中《あた》ったわ。今御褒美《ごほうび》を上げるからそこで見ていらっしゃいよ」

そう倉地に云うかと思うと、いきなり岡を抱きすくめてその頰《ほお》に強い接吻《せっぷん》を与えた。岡は少女のように恥《し》らって強いて葉子から離れようと藻搔《もが》いた。倉地は例の渋いように口許《くちもと》をねじって微笑《ほほえ》みながら、

「馬鹿！……この頃《ごろ》この女は少しどうかしとりますよ。岡さん、あなた一つ背中でもどやしてやって下さい。……まだ勉強か」

と云いながら葉子に天井を指《ゆびさ》して見せた。葉子は岡に背中を向けて「さあどやして頂《ちょう》戴《だい》」と云いながら、今度は天井を向いて、

「愛さん、貞ちゃん、岡さんがいらしってよ。お勉強が済んだら早く下りてお出で」

と澄んだ美しい声で蓮葉《はすは》に叫んだ。

「そうお」

と云う声がしてすぐ貞世が飛んで下りて来た。

「貞ちゃんは今勉強が済んだのか」

と倉地が聞くと貞世は平気な顔で、

「ええ今済んでよ」

と云った。そこにはすぐ華やかな笑いが破裂した。愛子は中々下に降りて来ようとはしなかった。それでも三人は親しくチャブ台を囲んで茶を飲んだ。その日岡は特別に何か云い出したそうにしている様子だったが、やがて、

「今日は私少しお願いがあるんですが皆様聴いて下さるでしょうか」

重苦しく云い出した。

「ええええあなたの仰有る事なら何んでも……ねえ貞ちゃん（とここまでは冗談らしく云ったが急に真面目《まじめ》になって）……何んでも仰有って下さいましな、そんな他人行儀をして下さると変ですわ」

と葉子が云った。

「倉地さんもいて下さるので却《かえっ》て云いよいと思いますが古藤さんをここにお連れしちゃいけないでしょうか。……木村さんから古藤さんの事は前から伺っていたんですが、私は初めてのお方にお会いするのが何んだか億劫《おっくう》な質《たち》なもので二つ前の日曜日までとうとうお手紙も上げないでいたら、その日突然古藤さんの方から尋ねて来て下さったんです。古藤さんも一度*お尋ねしなければいけないんだがと云っていなさいました。で私、今日は水曜日だから、用便外出の日だから、これから迎えに行って来たいと思うんです。いけないでしょうか」

葉子は倉地だけに顔が見えるように向き直って「自分に任せろ」と云う眼付きをしながら、

「いいわね」

と念を押した。倉地は秘密を伝える人のように顔色だけで「よし」と答えた。葉子はくるりと岡の方に向き直った。

「よう御座いますとも(葉子はそのようにアクセントを附けた)あなたにお迎いに行って頂いてはほんとに済みませんけれども、そうして下さると本当に結構。貞ちゃんもいいでしょう。又もう一人お友達が増えて……しかも珍らしい兵隊さんのお友達……」

「愛姉さんが岡さんに連れていらっしゃいってこの間そう云ったのよ」

と貞世は遠慮なく云った。

「そうそう愛子さんもそう仰有ってでしたね」

と岡は何所《どこ》までも上品な叮嚀《ていねい》な言葉で事の序《ついで》のように云った。

岡が家を出ると暫《しば》らくして倉地も座を立った。

「いいでしょう。うまくやって見せるわ。却って出入りさせる方がいいわ」

玄関に送り出してそう葉子は云った。

「どうかな彼奴《あいつ》、古藤の奴は少し骨張り過ぎてる……が悪かったら元々だ……兎に角今日俺れのいない方がよかろう」

そう云って倉地は出て行った。葉子は張出しになっている六畳の部屋を綺麗《きれい》に片付けて、火鉢《ひばち》の中に香を燃《た》きこめて、心静かに目論見《もくろみ》をめぐらしながら古藤の来るのを待った。暫らく会わない中に古藤は大分手硬《てご》わくなっているようにも思えた。そこを自分の才力で丸めるのが時に取っての興味のようにも思えた。若《も》し古藤を軟化すれば、木村との関係は今よりも繋《つな》ぎがよくなる……。

三十分程たった頃一つ木の兵営*から古藤は岡に伴われてやって来た。葉子は六畳にいて、貞世を取次ぎに出した。

「貞世さんだね。大きくなったね」

まるで前の古藤の声とは思われぬような大人びた黒ずんだ声がして、がちゃがちゃと佩剣《はいけん》を取るらしい音も聞えた。やがて岡の先きに立って恰好《かっこう》の悪い汚ない黒の軍服を着た古藤が、皮類の腐ったような香《にお》いをぷんぷんさせながら葉子のいる所に這入って来た。

葉子は他意なく好意を籠めた眼付きで、少女のように晴れやかに驚きながら古藤を見た。

「まあこれが古藤さん？　何んて怖い方になってお仕舞いなすったんでしょう。元の古藤さんはお額のお白い所だけにしか残っちゃいませんわ。がみがみと叱《しか》ったりなすっちゃいやです事よ。本当に暫らく。もう金輪際《こんりんざい》来ては下さらないものと諦《あきら》めていましたのに、よく……よくいらしって下さいました。岡さんのお手柄《てがら》ですわ……難有《ありがと》う御座いました」

と云って葉子はそこに併《なら》んで坐《すわ》った二人の青年をかたみ代りに見やりながら軽く挨拶した。

「さぞお辛いでしょうねえ。お湯は？　お召しにならない？　丁度沸いていますわ」

「大分臭さくってお気の毒ですが、一度や二度湯につかったってなおりはしませんから……まあ這入りません」

古藤は這入って来た時のしかつめらしい様子に引きかえて顔色を軟らがせられていた。葉子は心の中で相変らずの Simpleton だと思った。

「そうねえ何時まで門限は？……え、六時？　それじゃもういくらもありませんわね。じゃお湯はよしていただいてお話の方をたんとしましょうねえ。いかが軍隊生活は、お気に入って？」

「這入らなかった前以上に嫌《きら》いになりました」

「岡さんはどうなさったの」

「私はまだ猶予《ゆうよ》中ですが検査を受けたって屹度駄目《きっとだめ》です。不合格のような健康を持つと、私軍隊生活の出来るような人が羨《うらや》ましくってなりません。……体でも強くなったら私、もう少し心も強くなるんでしょうけれども……」

「そんな事はありませんねえ」

古藤は自分の経験から岡を説伏するようにそう云った。

「僕もその一人だが、鬼のような体格を持っていて、女のような弱虫が隊にいて見ると沢山いますよ。僕はこんな心でこんな体格を持っているのが先天的の二重生活を強いられるようで苦しいんです。これからも僕はこの矛盾の為めに屹度苦しむに違いない」

「何んですねお二人とも、妙な所で謙遜《けんそん》のしっこをなさるのね。岡さんだってそう弱くはないし、古藤さんと来たらそれは意志堅固……」

「そうなら僕は今日もここなんかには来やしません。木村君にもとうに決心をさせている筈《はず》なんです」

葉子の言葉を中途から奪って、古藤はしたたか自分自身を鞭《むち》つように激しくこう云った。葉子は何もかも解《わか》っている癖にしらを切って不思議そうな顔付きをして見せた。

「そうだ、思い切って云うだけの事は云ってしまいましょう。……岡君立たないで下さい。君がいて下さると却っていいんです」

そう云って古藤は葉子を暫らく熟視してから云い出す事を纏《まと》めようとするように下を向いた。岡も一寸《ちょっと》形を改めて葉子の方を窃《ぬす》み見るようにした。葉子は眉《まゆ》一つ動かさなかった。そして側《そば》にいる貞世に耳うちして、愛子を手伝って五時に夕食の食べられる用意をするように、そして三縁亭*から三皿程の料理を取寄せるように云いつけて座を外さした。古藤は躍るようにして部屋を出て行く貞世をそっと眼のはずれで見送っていたが、やがて徐《おもむ》ろに顔を挙げた。日に焼けた顔が更らに赤くなっていた。

「僕はね……（そう云っておいて古藤は又考えた）……あなたが、そんな事はないとあなたは云うでしょうが、あなたが倉地と云うその事務長の人の奥さんになられると云うのなら、それが悪いって思ってる訳じゃないんです。そんな事があるとすりゃそりゃ仕方のない事なんだ。……そしてですね、僕にもそりゃ解るようです。……解るって云うのは、あなたがそうなればなりそうな事だと、それが解るって云うんです。然しそれならそれでいいから、それを木村にはっきりと云ってやって下さい。そこなんだ僕の云わんとするのは。あなたは怒るかも知れませんが、僕は木村に幾度も葉子さんとはもう縁を切れって勧告しました。これまで僕があなたに黙ってそんな事をしていたのは悪かったからお断りをします（そう云って古藤は一寸誠実に頭を下げた。葉子も黙ったまま真面目に合点《うなず》いて見せた）。けれども木村からの返事は、それに対する返事はいつでも同一なんです。葉子から破約の事を申出て来るか、倉地という人との結婚を申出て来るまでは、自分は誰れの言葉よりも葉子の言葉と心とに信用をおく。親友であってもこの問題に就いては、君の勧告だけでは心は動かない。こうなんです。木村ってのはそんな男なんですよ（古藤の言葉は一寸曇ったがすぐ元のようになった）。それをあなたは黙っておくのは少し変だと思います」

「それで……」

葉子は少し座を乗り出して古藤を励ますように言葉を続けさせた。

「木村からは前からあなたの所に行ってよく事情を見てやってくれ、病気の事も心配でならないからと云って来てはいるんですが、僕は自分ながらどうしようもない妙な潔癖があるもんだからつい伺いおくれてしまったのです。成程あなたは先《せん》よりは痩《や》せましたね。そして顔の色もよくありませんね」

そう云いながら古藤はじっと葉子の顔を見やった。葉子は姉のように一段の高みから古藤の眼を迎えて鷹揚《おうよう》に微笑んでいた。云うだけ云わせて見よう、そう思って今度は岡の方に眼をやった。

「岡さん。あなた今古藤さんの仰有《おっしゃ》る事をすっかりお聞きになっていて下さいましたわね。あなたはこの頃失礼ながら家族の一人のようにこちらに遊びにお出《いで》下さるんですが、私をどうお思いになっていらっしゃるか、御遠慮なく古藤さんにお話しなすって下さいましな。決して御遠慮なく……私どんな事を伺っても決して決して何んとも思いは致しませんから」

それを聞くと岡はひどく当惑して顔を真赤にして処女のように羞恥《はに》かんだ。古藤の側に岡を置いて見るのは、青銅の花瓶《かびん》の側に咲きかけの桜を置いて見るようだった。葉子はふと心に浮んだその対比を自分ながら面白いと思った。そんな余裕を葉子は失わないでいた。

「私こう云う事柄には物を云う力はないように思いますから……」

「そう云わないで本当に思った事を云って見て下さい。僕は一徹ですからひどい思い間違いをしていないとも限りませんから。どうか聞かして下さい」

そう云って古藤も肩章越しに岡を顧みた。

「本当に何も云う事はないんですけれども……木村さんには私口に云えない程御同情していいます。木村さんのようないい方が今頃どんなに独りで淋しく思って居られるかと思いやっただけで私淋しくなってしまいます。けれども世の中には色々な運命があるのではないでしょうか。そして銘々は黙ってそれを耐えて行くより仕方がないように私思います。そこで無理をしようとすると凡ての事が悪くなるばかり……それは私だけの考えですけれども。私そう考えないと一刻も生きていられないような気がしてなりません。葉子さんと木村さんと倉地さんとの関係は私少しは知ってるようにも思いますけれども、よく考えて見ると却てちっとも知らないのかも知れませんねえ。私は自分自身が少しも解らないんですからお三人の事なども、分らない自分の、分らない想像だけの事だと思いたいんです。……古藤さんにはそこまではお話しませんでしたけれども、私自分の家の事情が大変苦しいので心を打開けるような人を持っていませんでしたが……、殊《こと》に母とか姉妹とか云う女の人に……葉子さんにお目にかかったら、何んでもなくそれが出来たんです。それで私は嬉《うれ》しかったんです。そして葉子さんが木村さんとどうしても気がお合いにならない、その事も失礼ですけれども今の所では私想像が違っていないようにも思います。けれどもその外の事は私何んとも自信を以《もっ》て云う事が出来ません。そんな所まで他人が想像をしたり口を出したりしていいものかどうかも私判《わか》りません。大変独善的に聞えるかも知れませんが、そんな気はなく、運命に出来るだけ従順にしていたいと思うと、私進んで物を云ったりしたりするのが恐ろしいと思います。……何んだか少しも役に立たない事を云ってしまいまして……

私矢張り力がありませんから、何も云わなかった方がよかったんですけれども……」

そう絶え入るように声を細めて岡は言葉を結ばぬ中に口をつぐんでしまった。その後には沈黙だけがふさわしいように口をつぐんでしまった。

実際その後には不思議な程しめやかな沈黙が続いた。たき込めた香の香《にお》いがかすかに動くだけだった。

「あんなに謙遜な岡君も（岡は慌《あわ》ててその賛辞らしい古藤の言葉を打消そうとしそうにしたが、古藤がどんどん言葉を続けるのでそのまま顔を赤くして黙ってしまった）あなたと木村とがどうしても折合わない事だけは少くとも認めているんです。そうでしょう」

葉子は美しい沈黙をがさつな手でかき乱された不快をかすかに物足らなく思うらしい表情をして、

「それは洋行する前、いつぞや横浜に一緒に行っていただいた時委《くわ》しくお話したじゃありませんか。それは私誰方《どなた》にでも申上げていた事ですわ」

「そんなら何故《なぜ》……その時は木村の外には保護者はいなかったから、あなたとしてはお妹さん達を育てて行く上にも自分を犠牲にして木村に行く気でお出でだったかも知れませんが何故……何故今になっても木村との関係をそのままにしておく必要があるんです」

岡は激しい言葉で自分が責められるかのようにはらはらしながら首を下げたり、葉子と古藤の顔とをかたみがわりに見やったりしていたが、とうとう居たたまれなくなったと見えて、静かに座を立って人のいない二階の方に行ってしまった。葉子は岡の心持ちを思いやって引き止めなかったし、古藤は、いて貰《もら》った所が何んの役にも立たないと思ったらしくこれも引き止めはしなかった。挿《さ》す花もない青銅の花瓶一つ……葉子は心の中で皮肉に微笑んだ。

「それより先きに伺わして頂戴な、倉地さんはどの位の程度で私達を保護していらっしゃるか御存じ？」

古藤はすぐぐっと詰ってしまった。然《しか》しすぐ盛り返して来た。

「僕は岡君と違ってブルジョアの家に生れなかったものですからデリカシーと云うような美徳を余り沢山持っていないようだから、失礼な事を云ったら許して下さい。倉地って人は妻子まで離縁した……しかも非常に貞節らしい奥さんまで離縁したと新聞に出ていました」

「そうね新聞には出ていましたわね。……よう御座いますわ、仮りにそうだとしたらそれが何か私と関係のある事だとでも仰有るの」

そう云いながら葉子は少し気に障《さ》えたらしく、炭取りを引寄せて火鉢に火をつぎ足した。桜炭*の火花が激しく飛んで二人の間に弾《はじ》けた。

「まあひどいこの炭は、水をかけずに持って来たと見えるのね。女ばかりの世帯だと思って出入りの御用聞きまで人を馬鹿にするんですのよ」

葉子はそう云い云い眉をひそめた。古藤は胸をつかれたようだった。

「僕は乱暴なもんだから……云い過ぎがあったら本当に許して下さい。僕は実際如何《いか》に親友だからと云って木村ばかりをいいようにと思ってる訳じゃないんですけれども、全くあの境遇には同情してしまうもんだから……僕はあなたも自分の立場さえはっきり云って下さればあなたの立場も理解が出来ると思うんだけれどもなあ。……僕は余り直線的過ぎるんでしょうか。僕は世の中を sun-clear* に見たいと思いますよ。出来ないもんでしょうか」

葉子は撫《な》でるような好意のほほえみを見せた。

「あなたが私本当に羨しゅう御座んすわ。平和な家庭にお育ちになって素直に何んでも御覧になれるのは難有《ありがた》い事なんですわ。そんな方ばかりが世の中にいらっしゃると面倒がなくなってそれはいいんですけれども、岡さんなんかはそれから見ると本当にお気の毒なんですの。私みたいなものをさえああして頼りにしていらっしゃるのを見るといじらしくって今日は倉地さんの見ている前でキスして上げっちまったの。……他人事《ひとごと》じゃありませんわね（葉子の顔はすぐ曇った）。あなたと同様はきはきした事の好きな私がこんなに意地をこじらしたり、人の気をかねたり、好んで誤解を買って出たりするようになってしまった、それを考えて御覧になって頂戴《ちょうだい》。あなたには今はお分りにならないかも知れませんけれども……それにしてももう五時。愛子に手料理を作らせておきましたから久振りで妹達にも会ってやって下さいまし、ね、いいでしょう」

古藤は急に固くなった。

「僕は帰ります。僕は木村にはっ、き、り、した報告も出来ない中に、こちらで御飯をいただいたりするのは何んだか気が尤《とが》めます。僕は本当を云うと遠くに離れてあなたを見ているそしてあなた自身を救って下さい。葉子さん頼みます、木村を救って下さい。どうしても嫌いになっちまうんですが、こうやってお話していると失礼な事を云ったり自分で怒ったりしながらも、あなたは自分でもあざむけないようなものを持って居られるのを感ずるように思うんです。境遇が悪いんだ屹度。僕は一生が大事だと思いますよ。来世《らいせ》があろうが過去世《かこせ》*があろうがこの一生が大事だと思いますよ。生き甲斐《がい》があったと思うように生きて行きたいと思いますよ。転んだって倒れたってそんな事を世間のようにかれこれくよくよせずに転んだら立って、倒れたら起き上って行きたいと思います。僕は少し人並み外れて馬鹿のようだけれども、馬鹿者でさえがそうして行きたいと思ってるんです」

古藤は眼に涙をためて痛ましげに葉子を見やった。その時電灯が急に部屋を明るくした。

「あなたは本当にどこか悪いようですね。早く治って下さい。それじゃ僕はこれで今日は御免を蒙《こうむ》ります。左様なら」

牝鹿《めじか》のように敏感な岡さえが一向注意しない葉子の健康状態を、鈍重らしい古藤が逸早《いちはや》く見て取って案じてくれるのを見ると、葉子はこの素朴《そぼく》な青年になつかし味を感ずるのだった。葉子は立って行く古藤の後ろから、

「愛さん貞ちゃん古藤さんがお帰りになるといけないから早く来ておとめ申しておくれ」

と叫んだ。玄関に出た古藤の所に台所口から貞世が飛んで来た。飛んで来はしたが、倉地に対してのようにすぐ躍りかかる事は得しないで、口もきかずに、少し恥かしげにそこに立ちすくんだ。その後から愛子が手拭《てぬぐい》を頭から取りながら急ぎ足で現われた。玄関のなげしの所に照り返しをつけて置いてあるランプの光をまともに受けた愛子の

顔を見ると、古藤は魅《みい》られたようにその美に打たれたらしく、目礼もせずにその立姿に眺め入った。愛子はにこりと左の口尻《くちじり》に笑窪《えくぼ》の出る微笑を見せて、右手の指先きが廊下の板にやっと触るほど膝《ひざ》を折って軽く頭を下げた。愛子の顔には羞恥《しゅうち》らしいものは少しも現われなかった。

「いけません、古藤さん。妹達が御恩返しの積りで一生懸命にしたんですから、おいしくはありませんが、是非、ね。貞ちゃんお前さんそのお帽子と剣とを持ってお逃げ」

葉子にそう云われて貞世はすばしこく帽子だけ取り上げてしまった。古藤はおめおめと居残る事になった。

葉子は倉地をも呼び迎えさせた。

十二畳の座敷にはこの家に珍らしく賑《にぎ》やかな食卓がしつらえられた。五人がおのおの座に就いて箸《はし》を取ろうとする所に倉地が這入《はい》って来た。

「さあいらっしゃいまし、今夜は賑やかですのよ。ここへどうぞ（そう云って古藤の隣りの座を眼で示した）。倉地さん、この方がいつもお噂《うわさ》をする木村の親友の古藤義一さんです。今日珍らしくいらしって下さいましたの。これが事務長をしていらしった倉地三吉さんです」

紹介された倉地は心置きない態度で古藤の傍《そば》に坐りながら、

「私はたしか双鶴館で一寸お目に懸ったように思うが御挨拶《ごあいさつ》もせず失敬しました。こちらには始終お世話になっとります。以後宜《よろ》しく」

と云った。古藤は正面から倉地をじっと見やりながら一寸頭を下げたきり物も云わなかった。倉地は軽々しく出した自分の今の言葉を不快に思ったらしく、苦り切って顔を正面に直したが、強《し》いて努力するように笑顔を作ってもう一度古藤を顧みた。

「あの時からすると見違えるように変られましたな。私も日清《にっしん》戦争の時は半分軍人のような生活をしたが、中々面白かったですよ。然し苦しい事も偶《たま》にはおありだろうな」

古藤は食卓を見やったまま、

「ええ」

とだけ答えた。倉地の我慢はそれまでだった。一座はその気分を感じて何んとなく白らけ渡った。葉子の手慣れた tact でもそれは中々一掃されなかった。岡はその気まずさを強烈な電気のように感じているらしかった。独り貞世だけははしゃぎ返った。

「このサラダは愛姉さんがお醋《す》とオリーブ油を間違って油を沢山かけたから屹度油っこくってよ」

愛子はおだやかに貞世を睨《にら》むようにして、

「貞ちゃんはひどい」

と云った。貞世は平気だった。

「その代り私が又お酢を後から入れたから酸《すっ》ぱ過ぎる所があるかも知れなくなってよ。も少し序《ついで》にお葉も入れればよかってねえ、愛姉さん」

皆んなは思わず笑った。古藤も笑うには笑った。然しその笑い声はすぐ鎮《しず》まってしまった。

やがて古藤が突然箸を措《お》いた。

「僕が悪い為めに折角の食卓を大変不愉快にしたようです、済みませんでした。僕はこれで失礼します」

葉子は慌てて、

「まあそんな事はちっともありません事よ。古藤さんそんな事を仰有らずに仕舞までいらしって頂戴どうぞ。皆んなで途中までお送りしますから」

ととめたが古藤はどうしても聴かなかった。人々は食事半ばで立ち上らねばならなかった。古藤は靴《くつ》を履いてから、帯皮を取り上げて剣をつると、洋服の皺《しわ》を延ばしながら、ちらっと愛子に鋭く眼をやった。始めから殆《ほと》んど物を云わなかった愛子は、この時も黙ったまま、多恨な柔和な眼を大きく見開いて、中座をして行く古藤を美しくたしなめるようにじっと見返していた。それを葉子の鋭い視覚は見逃がさなかった。

「古藤さん、あなたこれから屹度度々いらしって下さいましよ。まだまだ申上げる事が沢山残っていますし、妹達もお待ち申していますから、屹度ですことよ」

そう云って葉子も親しみを込めた眸《ひとみ》を送った。古藤はしゃちこ張った軍隊式の立礼をして、さくさくと砂利の上に靴の音を立てながら、夕闇《ゆうやみ》の催した杉森の下道の方へと消えて行った。

見送りに立たなかった倉地が座敷の方で独語《ひとりごと》のように誰《だ》れに向ってともなく「馬鹿！」と云うのが聞えた。

三十五

葉子と倉地とは竹柴館以来度々家を明けて小さな恋の冒険を楽しみ合うようになった。そう云う時に倉地の家に出入する外国人や正井などが同伴する事もあった。外国人は主《おも》に米国の人だったが、葉子は倉地がそう云う人達を同座させる意味を知って、その滑らかな英語と、誰れでも――殊に顔や手の表情に本能的な興味を持つ外国人を

——蠱惑《こわく》しないでは置かない華やかな応接振りとで、彼等を擒《とりこ》にする事に成功した。それは倉地の仕事を少なからず助けたに違いなかった。倉地の金まわりは益々潤沢になって行くらしかった。葉子一家は倉地と木村とから貢《みつ》がれる金で中流階級にはあり得ない程余裕のある生活が出来たのみならず、葉子は十分の仕送りを定子にして、なお余る金を女らしく毎月銀行に預け入れるまでになった。

然しそれと共に倉地は益《ますます》荒《すさ》んで行った。眼の光にさえ旧《もと》のように大海にのみ見る寛濶《かんかつ》な無頓着なそして恐ろしく力強い表情はなくなって、いらいらと宛《あ》てもなく燃えさかる石炭の火のような熱と不安とが見られるようになった。動《やや》ともすると倉地は突然訳もない事にきびしく腹を立てた。正井などは木葉微塵《こっぱみじん》に叱《しか》り飛ばされたりした。そう云う時の倉地は嵐《あらし》のような狂暴な威力を示した。

葉子も自分の健康が段々悪い方に向いて行くのを意識しないではいられなくなった。倉地の心が荒《すさ》めば荒む程葉子に対して要求するものは燃え爛《ただ》れる情熱の肉体だったが、葉子も亦《また》知らず識《し》らず自分をそれに適応させ、且《か》つは自分が倉地から同様な狂暴な愛撫《あいぶ》を受けたい欲念から、先きの事も後の事も考えずに、現在の可能の凡《すべ》てを尽して倉地の要求に応じて行った。脳も心臓も振り廻わして、ゆすぶって、敲《たた》きつけて、一気に猛火であぶり立てるような激情、魂ばかりになったような、肉ばかりになったような極端な神経の混乱、そしてその後に続く死滅と同然の倦怠疲労《けんたいひろう》。人間が有する生命力をどん底から験《た》めし試みるそう云う虐待《ぎゃくたい》が日に二度も三度も繰返された。そうしてその後では倉地の心は屹度《きっと》野獣のように更らに荒んでいた。葉子は不快極る病理的の憂鬱《ゆううつ》に襲われた。静かに鈍く生命を脅《おびや》かす腰部の痛み、二匹の小魔が肉と骨との間に這入り込んで、肉を肩にあてて骨を踏んばって、うんと力任せに反り上るかと思われる程の肩の凝り、段々鼓動を低くめて行って、呼吸を苦しくして、今働きを止めるかと危《あやぶ》むと、一時に耳にまで音が聞える位激しく動き出す不規則な心臓の動作、もやもやと火の霧で包まれたり、透明な氷の水で満されるような頭脳の狂い、……こう云う現象は日一日と生命に対する、そして人生に対する葉子の猜疑《さいぎ》を激しくした。

有頂天の溺楽《できらく》の後に襲って来る淋《さび》しいとも、悲しいとも、果敢《はか》ないとも形容の出来ないその空虚さは何よりも葉子につらかった。縦令《たとい》その場で命を絶ってもその空虚さは永遠に葉子を襲うもののようにも思われた。唯《ただ》これから遁《のが》れる唯一つの道は捨て鉢《ばち》になって、一時的のものだとは知り抜きながら、そしてその後には更らに苦しい空虚さが待ち伏せしているとは覚悟しながら、次ぎの溺楽を逐《お》う外はなかった。気分の荒んだ倉地も同じ葉子と同じ心で同じ事を求めていた。こうして二人は底止する所のない何所《いずこ》かへ手をつないで迷い込んで行った。

ある朝葉子は朝湯を使ってから、例の六畳で鏡台に向ったが一日々々に変って行くような自分の顔には唯驚くばかりだった。少し縦に長く見える鏡ではあるけれども、そこに映る姿は余りに細っていた。その代り眼は前にも増して大きく鈴を張って、化粧焼けとも思われぬ薄い紫色の色素がその周りに現われて来ていた。それが葉子の眼に例えば森林に囲まれた澄んだ湖のような深みと神秘とを添えるようにも見えた。鼻筋は痩《や》せ細って精神的な敏感さを際立《きわだ》たしていた。頰《ほお》の傷々《いたいた》しくこけた為《た》めに、葉子の顔に云うべからざる暖かみを与える笑窪《えくぼ》を失おうとしてはいたが、その代りにそこには悩ましく物思わしい張りを加えていた。唯葉子がどうしても弁護の出来ないのは益眼立って来た固い下顎《したあご》の輪廓《りんかく》だった。然し兎《と》にも角《かく》にも肉情の昂奮《こうふん》の結果が顔に妖《よう》凄《せい》な精神美を附け加えているのは不思議だった。葉子はこれまでの化粧法を全然改める必要をその朝になってしみじみと感じた。そして今まで着ていた衣類までが残らず気に喰《く》わなくなった。そうなると葉子は矢も盾もたまらなかった。

葉子は紅の交った紅粉《おしろい》を殆んど使わずに化粧をした。顎の両側と眼の囲《まわ》りとの紅粉をわざと薄く拭《ふ》き取った。枕《まくら》*を入れずに前髪を取って、束髪の髷《まげ》を思いきり下げて結って見た。鬢《びん》だけを少しふくらましたので顎の張ったのも眼立たず、顔の細くなったのもいくらか調節されて、そこには葉子自身が期待もしなかったような廃頽《はいたい》的な同時に神経質的な凄《すご》くも美しい一つの顔面が創造されていた。有り合わせのものの中から出来るだけ地味な一揃《ひとそろい》を選んでそれを着ると葉子はすぐ越後屋*に車を走らせた。

昼過ぎまで葉子は越後屋にいて註文《ちゅうもん》や買物に時を過した。衣服や身の周りのものの見立てについては葉子は天才と云ってよかった。自分でもその才能には自信を持っていた。従って思い存分の金を懐《ふとこ》ろに入れていて買物をする位興の多いものは葉子に取っては他になかった。越後屋を出る時には、感興と昂奮とに自分を傷めちぎった芸術家のようにへとへとに疲れ切っていた。

帰りついた玄関の靴脱ぎ石の上には岡の細長い華車《きやしや》な半靴が脱ぎ捨てられていた。葉子は自分の部屋に行って懐中物などを仕舞って、湯呑《ゆのみ》でなみなみと一杯の白湯《さゆ》を飲むと、すぐ二階に上って行った。自分の新しい化粧法がどんな風に岡の眼を刺戟《しげき》するか、葉子は子供らしくそれを試みて見たかったのだ。彼女は不意に岡の前に現われよう為に裏階子《うらばしご》からそっと登って行った。そして襖《ふすま》を開けるとそこに岡と愛子だけがいた。貞世は苔香園にでも行って遊んでいるのかそこには姿を見せなかった。

岡は詩集らしいものを開いて見ていた。そこにはなお二三冊の書物が散らばっていた。愛子は縁側に出て手欄《てすり》から庭を見下していた。然し葉子は不思議な本能から、階子段に足をかけた頃《ころ》には、二人は決して今のような位置に、今のような態度でいたのではないと云う事を直覚していた。二人が一人は本を読み、一人が縁に出ているのは、如何にも自然でありながら非常に不自然だった。

突然——それは本当に突然何所から飛び込んで来たのか知れない不快の念の為めに葉子の胸はかきむしられた。岡は葉子の姿を見ると、わざっと寛《くつろ》がせていたような姿勢を急に正して、読み耽《ふけ》っていたらしく見せた詩集を余りに惜しげもなく閉じてしまった。そしていつもより少し悒《な》れ悒れしく挨拶した。愛子は縁側から静かにこっちを振向いて平生《ふだん》と少しも変らない態度で、柔順に無表情に縁板の上に一寸《ちょっと》膝をついて挨拶した。然しその沈着にも係《かかわ》らず、葉子は愛子が今まで涙を眼にためていたのをつきとめた。岡も愛子も明らかに葉子の顔や髪の様子の変ったのに気附いていない位心に余裕のないのが明らかだった。

「貞ちゃんは」

と葉子は立ったままで尋ねて見た。二人は思わず慌《あわ》てて答えようとしたが、岡は愛子を窃《ぬす》み見るようにして控えた。

「隣りの庭に花を買いに行って貰《もら》いましたの」

そう愛子が少し下を向いて髻だけを葉子に見えるようにして素直に答えた。「ふふん」と葉子は腹の中でせせら笑った。そして始めてそこに坐って、じっと岡の眼を見

つめながら、

「何？　読んでいらしったのは」

と云って、そこにある四六細型の美しい表装の書物を取り上げて見た。黒髪を乱した妖艶《ようえん》な女の頭、矢で貫かれた心臓、その心臓からぽたぽた落ちる血の滴《したた》りが自《おのず》ら字になったように図案された「乱れ髪」*という標題——文字に親しむ事の大嫌《だいきら》いな葉子も噂さで聞いていた有名な鳳晶子《ほうあきこ》*の詩集だった。そこには「明星」*という文芸雑誌だの、春雨《しゅんう》*の「無花果《いちじく》」*だの、兆民居士《ちょうみんこじ》*の「一年有半」だのと云う新刊の書物も散らばっていた。

「まあ岡さんも中々のロマンティストね、こんなものを愛読なさるの」

と葉子は少し皮肉なものを口尻に見せながら尋ねて見た。岡は静かな調子で訂正するように、

「それは愛子さんのです。私今一寸拝見しただけです」

「これは」

と云って葉子は今度は「一年有半」を取上げた。

「それは岡さんが今日貸して下さいましたの。私判《わか》りそうもありませんわ」

愛子は姉の毒舌を予《あらかじ》め防ごうとするように。

「へえ、それじゃ岡さん、あなたは又大したリアリストね」

葉子は愛子を眼中にもおかない風でこう云った。去年の下半期の思想界を震撼《しんかん》したようなこの書物と続編とは倉地の貧しい書架の中にもあったのだ。そして葉子は面白く思いながらその中を時々拾い読みしていたのだった。

「何んだか私とはすっかり違った世界を見るようでいながら、自分の心持ちが残らず云ってあるようでもあるんで……私それが好きなんです。リアリストと云う訳ではありませんけれども……」

「でもこの本の皮肉は少し痩せ我慢ね。あなたのような方には一寸不似合ですわ」

「そうでしょうか」

岡は何とはなく今にでも腫物《はれもの》に触られるかのようにそわそわしていた。会話は少しもいつものようには弾まなかった。葉子はいらいらしながらもそれを顔には見せないで今度は愛子の方に槍先《やりさき》を向けた。

「愛さんお前こんな本をいつお買いだったの」

と云って見ると、愛子は少し躊《ため》らっている様子だったが、すぐに素直な落着きを見せて、

「買ったんじゃないんですの。古藤さんが送って下さいましたの」

と云った。葉子はさすがに驚いた。古藤はあの会食の晩、中座したっきり、この家に

は足踏みもしなかったのに……。葉子は少し激しい言葉になった。

「何んだって又こんな本を送っておよこしなさったんだろう。あなたお手紙でも上げたのね」

「ええ、……下さいましたから」

「どんなお手紙を」

愛子は少し俯《うつむ》向き加減に黙ってしまった、こう云う態度を取った時の愛子のしぶとさを葉子はよく知っていた。葉子の神経はびりびりと緊張して来た。

「持って来てお見せ」

そう厳格に云いながら、葉子はそこに岡のいる事も意識の中に加えていた。愛子は執拗《しつよう》に黙ったまま坐っていた。然し葉子がもう一度催促の言葉を出そうとすると、その瞬間に愛子はつと立ち上って部屋を出て行った。

葉子はその隙《すき》に岡の顔を見た。それはまだ無垢《むく》童貞の青年が不思議な戦慄《せんりつ》を胸の中に感じて、反感を催すか、牽《ひ》き付けられかしないではいられないような眼で岡を見た。岡は少女のように顔を赤めて、葉子の視線を受け切れないで眸をたじろがしつつ眼を伏せてしまった。葉子はいつまでもそのデリケートな横顔を注視《みつめ》つづけた。岡は唾《つば》を飲みこむのも憚《はばか》るような様子をしていた。

「岡さん」

そう葉子に呼ばれて、岡は已《や》むを得ずおずおず頭を上げた。葉子は今度は詰《な》じるようにその若々しい上品な岡を見詰めていた。

そこに愛子が白い西洋封筒を持って帰って来た。葉子は岡にそれを見せつけるように取り上げて、取るにも足らぬ軽いものでも扱うように飛び飛びに読んで見た。それには唯当り前な事だけが書いてあった。暫《しば》らく目で見た二人の大きくなって変ったのには驚いたとか、折角寄って作ってくれた御馳走《ごちそう》をすっかり賞味しない中《うち》に帰ったのは残念だが、自分の性分としてはあの上我慢が出来なかったのだから許してくれとか、人間は他人の見よう見真似《みまね》で育って行ったのでは駄目《だめ》だから、縦令どんな境遇にいても自分の見識を失ってはいけないとか、二人には倉地という人間だけはどうかして近づけさせたくないと思うとか、そして最後に、愛子さんは詠歌が中々上手だったがこの頃出来るか、出来るならそれを見せてほしい、軍隊生活の乾燥無味なのには堪えられないからとしてあった。そして宛名《あてな》は愛子、貞世の二人になっていた。

「馬鹿じゃないの愛さん、あなたこのお手紙でいい気になって、下手糞《へたくそ》なぬたでもお見せ申したんでしょう……いい気なものね……この御本と一緒にもお手紙が来た筈《はず》ね」

愛子はすぐ又立とうとした。然し葉子はそうはさせなかった。

「一本々々お手紙を取りに行ったり帰ったりしたんじゃ日が暮れますわ。……日が暮れると云えばもう暗らくなったわ。貞ちゃんは又何をしているだろう……あなた早く呼びに行って一緒にお夕飯の仕度をして頂戴」

愛子はそこにある書物を一と抱えに胸に抱いて、俯向くと愛らしく二重《ふたえ》になる頤《あご》で押さえて座を立って行った。それが如何《いか》にもしおしおと、細かい挙動の一つ一つで岡に哀訴するように見れば見なされた。「互いに見交わすような事をして見るがいい」そう葉子は心の中で二人をたしなめながら、二人に気を配った。岡も愛子も申合わしたように瞥視《べっし》もし合わなかった。けれども葉子は二人がせめては眼だけでも慰め合いたい願いに胸を震わしているのをはっきりと感ずるように思った。葉子の心はおぞましくも苦々しい猜疑の為めに苦しんだ。若さと若さとが互いにきびしく求め合って、葉子などを易々《やすやす》と袖《そで》にする*までにその情炎は嵩《こう》じていると思うと耐えられなかった。葉子は強いて自分を押鎮める為めに、帯の間から煙草《たばこ》入れを取出してゆっくり煙を吹いた。煙管《きせる》の先きが端なく火鉢にかざした岡の指先きに触れると電気のようなものが葉子に伝わるのを覚えた。若さ……若さ……。

そこには二人の間に暫らくぎこちない沈黙が続いた。岡が何を云えば愛子は泣いたんだろう。愛子は何を泣いて岡に訴えていたのだろう。葉子が数え切れぬ程経験した幾多の恋の場面の中から、激情的な色々の光景がつぎつぎに頭の中に描かれるのだった。もうそうした年齢が岡にも愛子にも来ているのだ。それに不思議はない。然しあれほど葉子にあこがれ溺《おぼ》れて、謂《い》わば恋以上の恋とも云うべきものを崇拝的に捧《ささ》げていた岡が、あの純直な上品なそして極めて内気な岡が、見る見る葉子の把持《はじ》から離れて、人もあろうに愛子——妹の愛子の方に移って行こうとしているらしいのを見なければならないのは何んと云う事だろう。愛子の涙——それは察する事が出来る。愛子は屹度涙ながらに葉子と倉地との間にこの頃募って行く奔放な放埒《ほうらつ》な醜行を訴えたに違いない。葉子の愛子と貞世とに対する偏頗《へんぱ》な愛憎と、愛子の上に加えられる御殿女中風な圧迫とを歎《なげ》いたに違いない。*しかもそれをあの女に特有な多恨らしい、冷やかな、淋しい表現法で、そして息気《いき》づまるような若さと若さとの共鳴の中に……。

勃然《ぼつぜん》として焼くような嫉妬《しっと》が葉子の胸の中に堅く凝《こご》りついて来た。葉子はすり寄っておどおどしている岡の手を力強く握りしめた。葉子の手は氷のように冷たかった。岡の手は火鉢にかざしてあった故《せい》か、珍らしく火照《ほて》って臆病《おくびょう》らしい油汗が掌《てのひら》にしとどに滲《し》み出ていた。

「あなたは私がお怖いの」

葉子はさりげなく岡の顔を覗《のぞ》き込むようにしてこう云った。

「そんな事……」

岡はしょう事なしに腹を据《す》えたように割合にしゃんとした声でこう云いながら、葉子の眼をゆっくり見やって、握られた手には少しも力を籠《こ》めようとはしなかった。葉子は裏切られたと思う不満の為めにもうそれ以上冷静を装ってはいられなかった。昔のように何所《どこ》までも自分を失わない、粘り気の強い、鋭い神経はもう葉子にはなかった。

「あなたは愛子を愛していて下さるのね。そうでしょう。私がここに来る前愛子はあんなに泣いて何を申上げていたの？……仰有《おっしゃ》って下さいな。愛子があなたのような方に愛していただけるのは勿体《もったい》ない位ですから、私喜ぶとも尤《とが》め立てなどはしません、屹度。だから仰有って頂戴。……いいえ、そんな事を仰有ってそれや駄目、私の眼はまだこれでも黒う御座んすから。……あなたそんな水臭いお仕向けを私になさろうと云うの？　まさかとは思いますがあなた私に仰有った事を忘れなさっちゃ困りますよ。私はこれでも真剣な事には真剣になる位の誠実はある積りです事よ。私あなたのお言葉は忘れてはおりませんわ。姉だと今でも思っていて下さるなら本当の事を仰有って下さい。愛子に対しては私は私だけの事をして御覧に入れますから……さ」

そう疳走《かんばし》った声で云いながら葉子は時々握っている岡の手をヒステリックに激しく振り動かした。泣いてはならぬと思えば思う程葉子の眼からは涙が流れた。宛《さなが》ら恋人に不実を責めるような熱意が思うざま湧《わ》き立って来た。仕舞には岡にもその心持ちが移って行ったようだった。そして右手を握った葉子の手の上に左の手を添えながら、上下から挟《はさ》むように押えて、岡は震え声で静かに云い出した。

「御存じじゃありませんか、私、恋の出来るような人間ではないのを。年こそ若う御座いますけれども心は妙にいじけて老いてしまっているんです。どうしても恋の遂げられないような女の方にでなければ私の恋は動きません。私を恋してくれる人があるとしたら、私、心が即座に冷えてしまうのです。一度自分の手に入れたら、どれ程尊いものでも大事なものでも、もう私には尊くも大事でもなくなって仕舞うんです。だから私、淋しいんです。何んにも持っていない、何んにも空《むな》しい……その癖そう知り抜きながら私、何か何所かにあるように思って掴《つか》む事の出来ないものに憬《あこが》れます。この心さえなくなれば淋しくってもそれでいいのだがなと思う程苦しくもあります。何にでも自分の理想をすぐあてはめて熱するような、そんな若い心が欲しくもありますけれども、そんなものは私には来はしません……春にでもなって来ると余計世の中は空しく見えて堪《たま》りません。それを先刻《さっき》ふと愛子さんに申上げたんです。そうしたら愛子さんがお泣きになったんです。私、あとですぐ悪いと思いました、人に云うような事じゃなかったのを……」

こう云う事を云う時の岡は云う言葉にも似ず冷酷とも思われる程唯淋しい顔になった。葉子には岡の言葉が解《わか》るようでもあり、妙にからんでも聞えた。そして一寸すかされたように気勢を殺《そ》がれたが、どんどん湧き上るように内部から襲い立てる力はすぐ葉子を理不尽にした。

「愛子がそんなお言葉で泣きましたって？　不思議ですわねえ。……それならそれでよう御座んす。……（ここで葉子は自分にも堪《こら》え切れずにさめざめと泣き出した）岡さん私も淋しい……淋しくって、淋しくって……」

「お察し申します」

岡は案外しんみりした言葉でそう云った。

「お判りになって？」

と葉子は泣きながら取すがるようにした。

「判ります。……あなたは堕落した天使*のような方です。御免下さい。船の中で始めてお眼にかかってから私、ちっとも心持ちが変ってはいないんです。あなたがいらっしゃるんで私、ようやく淋しさからのがれます」

「嘘《うそ》！……あなたはもう私に愛想《あいそ》をおつかしなのよ。私のように堕落したものは……」

葉子は岡の手を放して、とうとうハンケチを顔にあてた。

「そう云う意味で云った訳じゃないんですけれども……」

稍《やや》暫らく沈黙した後に、当惑し切ったように淋しく岡は独語《ひとりご》ちて又黙ってしまった。岡はどんなに淋しそうな時でも中々泣かなかった。それが彼れを一層淋しく見せた。

三月末の夕方の空はなごやかだった。庭先きの一重桜の梢《こずえ》には南に向いた方に白い花弁が何所からか飛んで来て粘着《くっつ》いたようにちらほら見え出していた。その先きには赤く霜枯れた杉森がゆるやかに暮れ初《そ》めて、光を含んだ青空が静かに流れるように漂っていた。苔香園の方から園丁が間遠に鋏《はさみ》をならす音が聞えるばかりだった。

若さから置いて行かれる……そうした淋しみが嫉妬に代ってひしひしと葉子を襲って来た。葉子はふと母の親佐《おやさ》を思った。葉子が木部との恋に深入りして行った時、それを見守っていた時の親佐を思った。親佐のその心を思った。自分の番が来た……その心持ちは堪らないものだった。と、突然定子の姿が何よりもなつかしいものとなって胸に逼《せま》って来た。葉子は自分にもその突然の聯想《れんそう》の経路は判らなかった。突然も余りに突然――然し葉子に逼るその心持ちは、更らに葉子を畳に突伏《つっぷ》して泣かせる程強いものだった。

玄関から人の這入《はい》って来る気配がした。葉子はすぐそれが倉地である事を感じた。葉子は倉地と思っただけで、不思議な憎悪を感じながらその動静に耳をすました。倉地は台所の方に行って愛子を呼んだようだった。二人の跫音《あしおと》が玄関の隣りの六畳の方に行った。そして暫らく静かだった。と思うと、

「いや」

と小さく退《の》けるように云う愛子の声が確かに聞えた。抱きすくめられて、もがきながら放たれた声らしかったが、その声の中には憎悪の影は明らかに薄かった。

葉子は雷に撃たれたように突然泣きやんで頭を挙げた。

すぐ倉地が階子段を昇って来る音が聞えた。

「私台所に参りますからね」

何も知らなかったらしい岡に、葉子は僅《わず》かにそれだけを云って、突然座を立って裏階子に急いだ。と、かけ違いに倉地は座敷に這入って来た。強い酒の香がすぐ部屋の空気を汚した。

「やあ春になり居った。桜が咲いたぜ。おい葉子」

いかにも気さくらしく塩がれた声でこう叫んだ倉地に対して、葉子は返事も出来な

い程昂奮していた。葉子は手に持ったハンケチを口に押込むように啣《くわ》えて、震える手で壁を細かく敲《たた》くようにしながら階子段を降りた。

葉子は頭の中に天地の壊《くず》れ落ちるような音を聞きながら、そのまま縁に出て庭下駄《にわげた》を履こうとあせったけれどもどうしても履けないので、跣足《はだし》のまま庭に出た。そして次の瞬間に自分を見出《みいだ》した時には何時《いつ》戸を開けたとも知らず物置小屋の中に這入っていた。

三十六

底のない悒鬱《ゆううつ》がともすると烈《はげ》しく葉子を襲うようになった。謂《い》われのない激怒がつまらない事にもふと頭を擡《もた》げて、葉子はそれを押鎮《おししず》める事が出来なくなった。春が来て、木の芽から畳の床に至るまで凡《すべ》てのものが膨らんで来た。愛子も貞世も見違えるように美しくなった。その肉体は細胞の一つ一つまで素早く春を嗅《か》ぎつけ、吸収し、飽満するように見えた。愛子はその圧迫に堪えないで春の来たのを恨むようなけだるさと淋しさとを見せた。貞世は生命そのものだった。秋から冬にかけてにょきにょきと延び上った細々した体には、春の精のような豊麗な脂肪がしめやかに沁《し》み亙《わた》って行くのが眼に見えた。葉子だけは春が来ても痩《や》せた。来るにつけて痩せた。ゴム毬《まり》の弧線のような肩は骨ばった輪廓《りんかく》を、薄着になった着物の下から覗《のぞ》かせて、潤沢な髪の毛の重みに堪えないように頸筋《くびすじ》も細々となった。痩せて悒鬱になった事から生じた別種の美——そう思って葉子が便《たよ》りにしていた美もそれは段々冴《さ》え増さって行く種類の美ではない事を気附かねばならなくなった。その美はその行手には夏がなかった。寒い冬のみが待ち構えていた。

歓楽ももう歓楽自身の歓楽は持たなくなった。歓楽の後には必ず病理的な苦痛が伴うようになった。或時《あるとき》にはそれを思う事すらが失望だった。それでも葉子は凡ての不自然な方法によって、今は振り返って見る過去にばかり眺《なが》められる歓楽の絶頂を幻影としてでも現在に描こうとした。そして倉地を自分の力の支配の下に繋《つな》ごうとした。健康が衰えて行けば行く程この焦燥の為《た》めに葉子の心は休まなかった。全盛期を過ぎた伎芸《ぎげい》の女にのみ見られるような、傷《いた》ましく廃頽《はいたい》した、腐菌の燐光《りんこう》を思わせる凄惨《せいさん》な蠱惑《こわく》*力を僅かな力として葉子は何所までも倉地を擒《とりこ》にしようとあせりにあせった。

然しそれは葉子の傷ましい自覚だった。美と健康との凡てを備えていた葉子には今の自分がそう自覚されたのだけれども、始めて葉子を見る第三者は、物凄《ものすご》い*程冴え切って見える女盛りの葉子の惑力に、日本には見られないようなコケットの典型を見出したろう。おまけに葉子は肉体の不足を極端に人目を牽《ひ》く衣服で補うようになっていた。その当時は日露の関係*も日米の関係*も嵐《あらし》の前のような暗い徴候を現わし出して、国人全体は一種の圧迫を感じ出していた。臥薪嘗胆《がしんしょうたん》*というような合い言葉が頻《しき》りと言論界には説かれていた。然しそれと同時に日清戦争を相当に遠い過去として眺め得るまでに、その戦役の重い負担から気のゆるんだ人々は、漸《ようや》く調整され始めた経済状態*の下で、生活の美装という事に傾いていた。自然主義*は思想生活の根柢《こんてい》となり、当時病天才の名を擅《ほしいま》まにした高山樗牛《ちょぎゅう》*等の一団はニイチェ*の思想を標榜《ひょうぼう》して「美的生活」とか「清盛論」と云うような大胆奔放な言説を以《もっ》て思想の維新を叫んでいた。風俗問題とか女子の服装問題とか云う議論が守旧派の人々の間には喧《かまびす》しく持ち出されている間に、その反対の傾向は、殻《から》を破った芥子《けし》の種のように四方八方に飛び散った。こうして何か今までの日本にはなかったようなものの出現を待ち設け見守っていた若い人々の眼には、葉子の姿は一つの天啓のように映ったに違いない。女優らしい女優を持たず*、カフェーらしいカフェーを持たない*当時の路上に葉子の姿は眩《まぶ》しいものの一つだ。葉子を見た人は男女を問わず眼を欹《そばだ》てた。

或朝葉子は装いを凝らして倉地の下宿に出かけた。倉地は寝ごみを襲われて眼を覚した。座敷の隅《すみ》には夜を更《ふ》かして楽しんだらしい酒肴《しゅこう》の残りが饐《す》えたようにかためて置いてあった。例の支那鞄《かばん》だけはちゃんと錠がおりて床の間の隅に片付けられていた。葉子は毎時《いつ》もの通り知らん振りをしながら、そこらに散らばっている手紙の差出人の名前に鋭い観察を与えるのだった。倉地は宿酔を不快がって頭を敲きながら寝床から半身を起すと、

「何んで今朝は又そんなにしゃれ込んで早くからやって来おったんだ」

とそっぽに向いて、欠伸《あくび》でもしながらのように云った。これが一ケ月前だったら、少くとも三ケ月前だったら、一夜の安眠に、あの逞《たく》ましい精力の全部を回復した倉地は、いきなり寝床の中から飛び出して来て、そうはさせまいとする葉子を否応《いやおう》なしに床の上に捩《ね》じ伏せていたに違いないのだ。葉子は傍目にもこせこせとうるさく見えるような敏捷《すばしこ》さでその辺に散らばっている物を、手紙は手紙、懐中物は懐中物、茶道具は茶道具とどんどん片付けながら、倉地の方も見ずに、

「昨日の約束じゃありませんか」

と不愛想につぶやいた。倉地はその言葉で始めて何か云ったのを、かすかに思い出した風で、

「何しろ俺《お》れは今日は忙しいで駄目《だめ》だよ」

と云って、ようやく伸びをしながら立ち上った。葉子はもう腹に据《す》えかねる程怒りを

発していた。

「怒ってしまってはいけない。これが倉地を冷淡にさせるのだ」――そう心の中には思いながらも、葉子の心にはどうしてもその云う事を聞かぬ悪戯《いたずら》好きな小悪魔がいるようだった。即座にその場を一人だけで飛び出して仕舞いたい衝動と、もっと巧みな手練《てくだ》でどうしても倉地をおびき出さなければいけないと云う冷静な思慮とが激しく戦い合った。葉子は暫《しば》らくの後に辛《かろ》うじてその二つの心持ちを混ぜ合せる事が出来た。

「それでは駄目ね……又にしましょうか。でも口惜《くや》しいわ、このいいお天気に……いけない、あなたの忙しいは嘘《うそ》ですわ。忙しい忙しいって云っときながらお酒ばかり飲んでいらっしゃるんだもの。ね、行きましょうよ。こら見て頂戴《ちょうだい》」

そう云いながら葉子は立ち上って、両手を左右に広く開いて、袂《たもと》が延びたまま両腕からすらりと垂れるようにして、稍《やや》剣を持った笑いを笑いながら倉地の方に近寄って行った。倉地もさすがに、今更らその美しさに見惚《みと》れるように葉子を見やった。天才が持つと称せられるあの青色をさえ帯びた乳白色の皮膚、それがやや浅黒くなって、眼の縁に憂《うれ》いの雲をかけたような薄紫の暈《かさ》、霞《かす》んで見えるだけにそっと刷《は》いた紅粉《おしろい》、際立《きわだ》って赤く彩《いろど》られた唇《くちびる》、黒い焔《ほのお》を上げて燃えるような眸《ひとみ》、後ろにさばいて束ねられた黒漆の髪、大きな西班牙《スペイン》風の玳瑁《たいまい》の飾り櫛《ぐし》*、くっきりと白く細い喉《のど》を攻めるようにきりっと重ね合わされた藤色《ふじいろ》の襟《えり》、胸の凹《へこ》みに一寸《ちょっと》覗かせた、燃えるような緋《ひ》の帯上の外は、濡《ぬ》れたかとばかり体にそぐって底光りのする紫紺色の袷《あわせ》、その下に慎《つつ》ましく潜んで消える程薄い紫色の足袋（こう云う色足袋は葉子が工夫し出した新しい試みの一つだった）、そう云うものが互々《たがいたがい》に溶け合って、長閑《のど》やかな朝の空気の中にぽっかりと、葉子と云う世にも稀《ま》れな程凄艶《せいえん》な一つの存在を浮き出さしていた。その存在の中から黒い焔を上げて燃えるような二つの眸が生きて動いて倉地をじっと見やっていた。

　倉地が物を云うか、身を動かすか、兎《と》に角《かく》次の動作に移ろうとするその前に、葉子は気味の悪い程滑らかな足取りで、倉地の眼の先きに立ってその胸の所に、両手をかけていた。

「もう私に愛想《あいそ》が尽きたら尽きたとはっきり云って下さい、ね。あなたは確かに冷淡におなりね。私は自分が憎う御座んす、自分に愛想を尽かしています。さあ云って下さい、……今……この場で、はっきり……でも死ねと仰有《おっしゃ》い、殺すと仰有い。私は喜んで……私はどんなにうれしいか知れないのに。……よう御座んすわ、何んでも私本当が知りたいんですから。さ、云って下さい。私どんなきつい言葉でも覚悟していますから。悪びれなんかしはしませんから……あなたは本当にひどい……」

葉子はそのまま倉地の胸に顔をあてた。そして始めの中《うち》はしゃやかにしめやかに泣いていたが、急に激しいヒステリー風な啜《すす》り泣きに変って、汚ないものにでも触れていたように倉地の熱気の強い胸許《むなもと》から飛びしざると、寝床の上にがばと突伏して激しく声を立てて泣き出した。

この咄嗟《とっさ》の激しい威脅に、近頃《ちかごろ》そう云う動作には慣れていた倉地だったけれども、慌《あわ》てて葉子に近づいてその肩に手をかけた。葉子はおびえるようにその手から飛び退《の》いた。そこには獣に見るような野性のままの取乱し方が美しい衣裳《いしょう》にまとわれて演ぜられた。葉子の歯も爪《つめ》も尖《とが》って見えた。体は激しい痙攣《けいれん》に襲われたように痛ましく震えおののいていた。憤怒と恐怖と嫌悪《けんお》とがもつれ合いいがみ合ってのた打ち廻るようだった。葉子は自分の五体が青空遠くかきさらわれて行くのを懸命に喰《く》い止める為めに蒲団《ふとん》でも畳でも爪の立ち歯の立つものに獅嚙《しが》みついた。倉地は何よりもその激しい泣声が隣近所の耳に這入るのを恥じるように背に手をやってなだめようとして見たけれども、その度毎《たびごと》に葉子は更らに泣き募って遁《のが》れようとばかりあせった。

「何を思い違いをしとる、これ」

倉地は喉笛を開けっ放した低い声で葉子の耳許にこう云って見たが、葉子は理不尽にも激しく頭を振るばかりだった。倉地は決心したように力任せにあらがう葉子を抱きすくめて、その口に手をあてた。

「ええ、殺すなら殺して下さい……下さいとも」

という狂気じみた声をしっと制しながら、その耳許にささやこうとすると、葉子は我れながら夢中であてがった倉地の手を骨も摧《くだ》けよと噛んだ。

「痛い……何しやがる」

　倉地はいきなり一方の手で葉子の細頸を取って自分の膝《ひざ》の上に乗せて締めつけた。葉子は呼吸が段々苦しくなって行くのをこの狂乱の中にも意識して快く思った。倉地の手で死んで行くのだなと思うとそれが何んとも云えず美しく心安かった。葉子の五体からはひとりでに力が抜けて行って、震えを立てて噛み合っていた歯がゆるんだ。その瞬間をすかさず倉地は噛まれていた手を振りほどくと、いきなり葉子の頬《ほお》げたをひしひしと五六度続けさまに平手で打った。葉子はそれがまた快かった。そのびりびりと神経の末梢《まっしょう》に答えて来る感覚の為めに体中に一種の陶酔を感ずるようにさえ思った。「もっとお打ちなさい」と云ってやりたかったけれども声は出なかった。その癖葉子の手は本能的に自分の頬を庇《かば》うように倉地の手の下るのを支えようとしていた。倉地は両肘《りょうひじ》まで使って、ばたばたと裾《すそ》を蹴《け》乱《みだ》して暴れる両脚の外には葉子を身動きも出来ないようにしてしまった。酒で心臓の昂奮《こうふん》し易くなった倉地の呼吸は霰《あられ》のようにせわしく葉子の顔にかかった。

「馬鹿が……静かに物を云えば判《わか》る事だに……俺れがお前を見捨てるか見捨てないか……静かに考えても見ろ、馬鹿が……恥曝《さら》しな真似《まね》をしやがって……顔を洗って出直して来い」

そう云って倉地は捨てるように葉子を寝床の上にどんと放り投げた。

葉子の力は使い尽されて泣き続ける気力さえないようだった。そしてそのまま昏々《こんこん》として眠るように仰向いたまま眼を閉じていた。倉地は肩で激しく息気《いき》をつきながら傷ましく取乱した葉子の姿をまんじりと眺めていた。

一時間程の後には葉子は然《しか》したった今牽起《ひきおこ》された乱脈騒ぎをけろりと忘れたもののように快活で無邪気になっていた。そして二人は楽しげに下宿から新橋駅に車を走らした。葉子が薄暗い婦人待合室*の色の剝《は》げたモロッコ皮のディバンに腰かけて、倉地が切符を買って来るのを待ってる間、そこに居合わせた貴婦人と云うような四五人の人達は、すぐ今までの話を捨ててしまって、こそこそと葉子に就いて私語《ささや》き交わすらしかった。高慢と云うのでもなく謙遜《けんそん》というのでもなく、極めて自然に落着いて真直《まっすぐ》に腰かけたまま、柄《え》の長い白の琥珀《こはく》のパラゾルの握りに手を乗せていながら、葉子にはその貴婦人達の中の一人がどうも見知越しの人らしく感ぜられた。或《あるい》は女学校にいた時に葉子を崇拝してその風俗をすら真似た連中の一人であるかとも思われた。葉子がどんな事を噂《うわさ》されているかは、その婦人に耳打ちされて、見るように見ないように葉子を窃《ぬす》み見る他の婦人達の眼色で想像された。

「お前達は呆《あき》れ返りながら心の中の何所《どこ》かで私を羨《うらや》んでいるのだろう。お前達の、その物怯《ものお》じしながらも金目をかけた派手作りな衣裳や化粧は、社会上の位置に恥じないだけの作りなのか、良人《おっと》の眼に快く見えよう為めなのか。それぱかりなのか。お前達を見る路傍の男達の眼は勘定に入れていないのか。……臆病卑怯《おくびょうひきょう》な偽善者共め！」

　葉子はそんな人間からは一段も二段も高い所にいるような気位を感じた。自分の扮粧《いでたち》がその人達のどれよりも立勝っている自信を十二分に持っていた。葉子は女王のように誇りの必要もないと云う自らの鷹揚《おうよう》を見せて坐《すわ》っていた。

　そこに一人の夫人が這入って来た。田川夫人——葉子はその影を見るか見ないかに見て取った。然し顔色一つ動かさなかった（倉地以外の人に対しては葉子はその時でも可なり勝《すぐ》れた自制力の持主だった）。田川夫人は元よりそこに葉子がいようなどとは思いもかけないので、葉子の方に一寸眼をやりながらも一向に気付かずに、

「お待たせ致しまして済みません」

と云いながら貴婦人等の方に近寄って行った。互の挨拶《あいさつ》が済むか済まない中に、一同

は田川夫人によりそってひそひそと私語《ささや》いた。葉子は静かに機会を待っていた。ぎょっとした風で、葉子に後ろを向けていた田川夫人は、肩越しに葉子の方を振返った。待ち設けていた葉子は今まで正面に向けていた顔をしとやかに向けかえて田川夫人と眼を見合わした。葉子の眼は憎むように笑っていた。田川夫人の眼は笑うように憎んでいた。「生意気な」……葉子は田川夫人が眼を外《そ》らさない中に、すっくと立って田川夫人の方に寄って行った。この不意打ちに度を失った夫人は（明らかに葉子が真紅《まっか》になって顔を伏せるとばかり思っていたらしく、居合せた婦人達もその様を見て、容《よう》貌《ぼう》でも服装でも自分等を蹴落そうとする葉子に対して溜飲《りゅういん》を下ろそうとしているらしかった）少し色を失って、そっぽを向こうとしたけれどももう遅かった。葉子は夫人の前に軽く頭を下げていた。夫人も已《や》むを得ず挨拶の真似をして、高飛車に出る積りらしく、

「あなたは誰方《どなた》？」

いかにも横柄《おうへい》に魁《さきが》けて口を切った。

「早《さ》月葉《つきよう》で御座います」

葉子は対等の態度で悪びれもせずこう受けた。

「絵島丸では色々お世話様になって難有《ありがと》う存じました。あのう……報正新報も拝見さ

せていただきました。(夫人の顔色が葉子の言葉一つ毎に変るのを葉子は珍らしいものでも見るようにまじまじと眺めながら)大層面白う御座いました事。よくあんなに委《くわ》しく御通信になりましてねえ、お忙しくいらっしゃいましたろうに。……倉地さんも折よくここに来合せていらっしゃいますから……今一寸切符を買いに……お連れ申しましょうか」

田川夫人は見る見る真青になってしまっていた。折返して云うべき言葉に窮してしまって、拙《つたな》くも、

「私はこんな所であなたとお話するのは存じがけません。御用でしたら宅へお出《いで》を願いましょう」

と云いつつ今にも倉地がそこに現われて来るかと只管《ひたすら》それを怖《おそ》れる風だった。葉子はわざと夫人の言葉を取り違えたように、

「いいえどう致しまして私こそ……一寸お待ち下さい直ぐ倉地さんをお呼び申して参りますから」

そう云ってどんどん待合所を出てしまった。後に残った田川夫人がその貴婦人達の前でどんな顔をして当惑したか、それを葉子は眼に見るように想像しながら悪戯者らしくほくそ笑んだ。丁度そこに倉地が切符を買って来かかっていた。

一等の客室には他に二三人の客がいるばかりだった。田川夫人以下の人達は誰《だ》れかの見送りか出迎えにでも来たのだと見えて、汽車が出るまで影も見せなかった。葉子は早速倉地に事の始終を話して聞かせた。そして二人は思い存分胸をすかして笑った。

「田川の奥さん可哀そうにまだあすこで今にもあなたが来るかともじもじしているでしょうよ、外の人達の手前ああ云われてこそこそと逃げ出す訳にも行かないし」

「俺れが一つ顔を出して見せれば又面白かったにな」

「今日は妙な人に遇《あ》って仕舞ったから又屹度《きっと》誰れかに遇いますよ。奇妙ねえ、お客様が来たとなると不思議にたて続くし……」

「不仕合せなんぞも来出《きだ》すと束になって来くさるて」

倉地は何か心ありげにこう云って渋い顔をしながらこの笑い話を結んだ。

葉子は今朝の発作の反動のように、田川夫人の事があってから唯何となく心が浮々して仕ようがなかった。若《も》しそこに客がいなかったら、葉子は子供のように単純な愛《あい》嬌者《きょうもの》になって、倉地に渋い顔ばかりはさせておかなかったろう。「どうして世の中には何所にでも他人の邪魔に来ましたと云わんばかりにこう沢山人がいるんだろう」と思ったりした。それすらが葉子には笑いの種となった。自分達の向座にしかつめらしい顔をして老年の夫婦者が坐っているのを、葉子は暫らくまじ、、まじ、、と見やっていたが、その人達のしかつめらしいのが無性にグロテスクな不思議なものに見え出して、とうとう我慢がし切れずに、ハンケチを口にあててきゅっきゅっと噴き出してしまった。

三十七

天心に近くぽつりと一つ白く湧《わ》き出た雲の色にも形にもそれと知られるような闌《たけな》わな春が、所々の別荘の建物の外には見渡すかぎり古く寂びれた鎌倉の谷々《やとやと》*にまで溢《あふ》れていた。重い砂土の白ばんだ道の上には落椿《おちつばき》が一重桜の花とまじって無残に落ち散っていた。桜の梢《こずえ》には紅味《あかみ》を持った若葉がきらきらと日に輝いて、浅い影を地に落した。名もない雑木までが美しかった。蛙《かえる》の声が眠《ね》むく田圃《たんぼ》の方から聞えて来た。休暇でない故《せい》か、思いの外に人の雑閙《ざっとう》もなく、時折り、同じ花簪《はなかんざし》を、女は髪に男は襟にさして先達《せんだつ》らしいのが紫の小旗を持った、遠い所から春を逐《お》って経めぐって来たらしい田舎の人達の群れが、酒の気も借らずにしめやかに話し合いながら通るのに行き遇う位のものだった。

倉地も汽車の中から自然に気分が晴れたと見えて、いかにも屈托《くったく》なくなって見えた。二人は停車場の附近にある或る小綺麗《こぎれい》な旅館を兼ねた料理屋で中食をしたためた。日《にっ》朝《ちょう》様*ともどんぶく様とも云う寺の屋根が庭先きに見えて、そこから眼病の祈禱《きとう》だと云う団扇太鼓《うちわだいこ》の音がどんぶくどんぶくと単調に聞えるような所だった。東の方はその名さながらの屏風《びょうぶ》山*が若葉で花よりも美しく装われて霞んでいた。短く美しく苅《か》り込まれた芝生の芝はまだ萌《も》えてはいなかったが、所疎《まば》らに立ち連った小松は緑をふきかけて、八重桜はのぼせたように花で首垂《うなだ》れていた。もう袷《あわせ》一枚になって、そこに食物を運んで来る女中は襟前を寛《くつろ》げながら夏が来たようだと云って笑ったりした。

「ここはいいわ。今日はここで宿《とま》りましょう」

　葉子は計画から計画で頭を一杯にしていた。そしてそこに用《い》らないものを預けて、江の島*の方まで車を走らした。

帰りには極楽寺《ごくらくじ》坂*の下で二人とも車を捨てて海岸に出た。もう日は稲村ヶ崎*の方に傾いて砂浜はやや暮れ初めていた。小坪の鼻*の崕《がけ》の上に若葉に包まれてたった一軒建てられた西洋人の白ペンキ塗りの別荘が、夕日を受けて緑色に染めたコケットの、髪の中のダイヤモンドのように輝いていた。その崕下の民家からは炊煙が夕靄《ゆうもや》と一緒になって海の方に棚引《たなび》いていた。波打際の砂はいい程に湿って葉子の吾妻下駄《あずまげた》の歯を吸った。二人は別荘から散歩に出て来たらしい幾組かの上品な男女の群れと出遇ったが、葉子は自分の容貌なり服装なりが、そのどの群れのどの人にも立ち勝っているのを意識して、軽い誇りと落付きを感じていた。倉地もそう云う女を自分の伴侶《はんりょ》とするのを強《あなが》ち無頓着《むとんじゃく》には思わぬらしかった。

「誰れかひょんな人に遇うだろうと思っていましたが甘《うま》く誰れにも遇わなかってね。向うの小坪の人家の見える所まで行きましょうね。そして光明寺*の桜を見て帰りましょう。そうすると丁度お腹《なか》がいい空《す》き具合になるわ」

倉地は何んとも答えなかったが、無論承知でいるらしかった。葉子はふと海の方を見て倉地に又口を切った。

「あれは海ね」

「仰《おお》せの通り」

倉地は葉子が時々途轍《とてつ》もなく判り切った事を少女みたいな無邪気さで云う、又それが始まったというように渋そうな笑いを片頬に浮べて見せた。

「私もう一度あの真中心《まっただなか》に乗り出して見たい」

「してどうするのだい」

倉地もさすがに長かった海の上の生活を遠く思いやるような顔をしながら云った。

「ただ乗り出して見たいの。どーっと見界《みさか》いもなく吹きまく風の中を、大波に思い存分揺られながら、転覆《ひっくりか》えりそうになっては立て直って切り抜けて行くあの船の上の事を思うと、胸がどきどきする程もう一度乗って見たくなりますわ。こんな所嫌《い》やねえ、住んで見ると」

そう云って葉子はパラゾルを開いたまま柄の先きで白い砂をざくざくと刺し通した。

「あの寒い晩の事、＊私が甲板の上で考え込んでいた時、あなたが灯《ひ》をぶら下げて岡さんを連れて、やっていらしったあの時の事などを私は訳もなく思い出しますわ。あの時私は海でなければ聞けないような音楽を聞いていましたわ。陸《おか》の上にはあんな音楽は聞こうと云ったってありやしない。おーい、おーい、おい、おい、おい、おーい……あれは何？」

「何んだそれは」

倉地は怪訝《けげん》な顔をして葉子を振返った。

「あの声」

「どの」

「海の声……人を呼ぶような……お互で呼び合うような」

「何んにも聞えやせんじゃないか」

「その時聞いたのよ……こんな浅い所では何が聞えますものか」

「俺れは永年海の上で暮したが、そんな声は一度だって聞いた事はないわ」

「そうお。不思議ね。音楽の耳のない人には聞えないのかしら。……確かに聞えましたよ、あの晩に……それは気味の悪いような物凄《ものすご》いような……謂《い》わばね、一緒になるべき筈《はず》なのに一緒になれなかった……その人達が幾億万と海の底に集っていて、銘々死にかけたような低い音でおーい、おーいと呼び立てる、それが一緒になってあんなぼんやりした大きな声になるかと思うようなそんな気味の悪い声なの……何所かで今でもその声が聞えるようよ」

「木村がやっているのだろう」

そう云って倉地は高々と笑った。葉子は妙に笑えなかった。そしてもう一度海の方を眺《なが》めやった。眼も届かないような遠くの方に、大島*が山の腰から下は夕靄にぼかされて無くなって、上の方だけがへの字を描いてぼんやりと空に浮んでいた。

二人は何時《いつ》か滑川《なめりがわ》*の川口の所まで来着いていた。稲瀬川*を渡る時、倉地は、横浜埠《ふ》頭《とう》で葉子にまつわる若者にしたように、葉子の上体を右手に軽々とかかえて、苦もなく細い流《ながれ》を跳《おど》り越してしまったが、滑川の方はそうは行かなかった。二人は川幅の狭そうな所を尋ねて段々上流の方に流れに沿うて上って行ったが、川幅は広くなって行くばかりだった。

「面倒臭い帰りましょうか」

大きな事を云いながら、光明寺までには半分道も来ない中に、下駄全体が滅入《めい》りこむような砂道で疲れ果てて仕舞った葉子はこう云い出した。

「あすこに橋が見える。兎に角あすこまで行って見ようや」

倉地はそう云って、海岸線に沿うてむっくり盛れ上った砂丘の方に続く砂道を昇り始めた。葉子は倉地に手を引かれて息気《いき》をせいせい云わせながら、筋肉が強直するように疲れた足を運んだ。自分の健康の衰退が今更らにはっきり思わせられるようなそれは疲れ方だった。今にも破裂するように心臓が鼓動した。

「一寸《ちょっと》待って弁慶蟹《べんけいがに》*を踏みつけそうで歩けやしませんわ」

そう葉子は申訳らしく云って幾度か足を停《と》めた。実際その辺には紅《あか》い甲良《こうら》を背負った小さな蟹がいかめしい鋏《はさみ》を上げて、ざわざわと音を立てる程夥《おびただ》しく横行していた。それが如何《いか》にも晩春の夕暮れらしかった。

砂丘を上り切ると材木座の方に続く道路に出た。葉子はどうも不思議な心持ちで、浜から見えていた乱橋《みだればし》*の方に行く気になれなかった。然し倉地がどんどんそっちに向いて歩き出すので、少しすねたようにその手に取りすがりながらもつれ合って人気《ひとけ》のないその橋の上まで来てしまった。

橋の手前の小さな掛茶屋には主人の婆《ばあ》さんが葭《よし》で囲った薄暗らい小部屋の中で、こそこそと店をたたむ仕度でもしているだけだった。

橋の上から見ると、滑川の水は軽く薄濁って、まだ芽を吹かない両岸の枯葦《かれあし》の根を静かに洗いながら音も立てずに流れていた。それが向うに行くと吸い込まれたように砂の盛れ上った後ろに隠れて、又その先きに光って現われて、穏やかなリズムを立てて寄せ返す海辺の波の中に溶けこむように注いでいた。

ふと葉子は眼の下の枯葦の中に動くものがあるのに気が付いて見ると、大きな麦稈《むぎわら》の海水帽を被《かぶ》って、杭《くい》に腰かけて、釣竿《つりざお》を握った男が、帽子の庇《ひさし》の下から眼を光らして葉子をじっと見つめているのだった。葉子は何の気なしにその男の顔を眺めた。

木部孤筇《こきょう》だった。

帽子の下に隠れている故《せい》か、その顔は一寸見忘れる位年がいっていた。そして服装からも、様子からも落魄《らくはく》というような一種の気分が漂っていた。木部の顔は仮面のように冷然としていたが、釣竿の先きは不注意にも水に浸って、釣糸が女の髪の毛を流したように水に浮いて軽く震えていた。

さすがの葉子も胸をどきんとさせて思わず身を退《しざ》らせた。「おーい、おい、おい、おい、おーい」……それがその瞬間に耳の底をすーっと通ってすーっと行衛《ゆくえ》も知らず過ぎ去った。怯《お》ず怯ずと倉地を窺《うかが》うと、倉地は何事も知らぬげに、暖かに暮れて行く青空を振仰いで眼一杯に眺めていた。

「帰りましょう」

葉子の声は震えていた。倉地は何んの気なしに葉子を顧みたが、

「寒くでもなったか、唇《くちびる》が白いぞ」

と云いながら欄干を離れた。二人がその男に後ろを見せて五六歩歩み出すと、

「一寸お待ち下さい」

と云う声が橋の下から聞えた。倉地は始めてそこに人のいたのに気が付いて、眉《まゆ》をひそめながら振り返った。ざわざわと葦を分けながら小路を登って来る跫音《あしおと》がして、ひょっこり眼の前に木部の姿が現われ出た。葉子はその時は然し凡《すべ》てに対する身構えを十分にしてしまっていた。

木部は少し馬鹿叮嚀《ていねい》な位に倉地に対して帽子を取ると、すぐ葉子に向いて、

「不思議な所でお目に懸りましたね、暫《しば》らく」

と云った。一年前の木部から想像してどんな激情的な口調で呼びかけられるかも知れないと危ぶんでいた葉子は、案外冷淡な木部の態度に安心もし、不安も感じた。木部はどうかすると居直るような事をしかねない男だと葉子は兼ねて思っていたからだ。木部然し木部という事を先方から云い出すまでは包めるだけ倉地には事実を包んで見よう

と思って、唯にこやかに、

「こんな所でお目に懸ろうとは……私も本当に驚いてしまいました。でもまあ本当にお珍らしい……唯今こちらの方にお住いで御座いますの？」

「住うという程もない……くすぶりこんでいますよハハハ」

と木部は虚《うつ》ろに笑って、鍔《つば》の広い帽子を書生っぽらしく阿弥陀《あみだ》に被った。と思うと又急いで取って、

「あんな所からいきなり飛び出して来てこう狃《な》れ狃れしく早月さんにお話をしかけて変にお思いでしょうが、僕は下らんやくざ者で、それでも元は早月家には色々御厄介《ごやっかい》になった男です。申上げる程の名もありませんから、まあ御覧の通りの奴《やっ》です。……どちらにお出でです」

と倉地に向いて云った。その小さな眼には勝《すぐ》れた才気と、敗《ま》け嫌《ぎら》いらしい気象とが迸《ほとばし》ってはいたけれども、じじむさい顎鬚《あごひげ》と、伸びるままに伸ばした髪の毛とで、葉子でなければその特長は見えないらしかった。倉地は何所の馬の骨かと思うような調子で、自分の名を名乗る事は固《もと》よりせずに、軽く帽子を取って見せただけだった。そして、

「光明寺の方へでも行って見ようかと思ったのだが、河が渡れんで……この橋を行っ

ても行かれますだろう」

三人は橋の方を振返った。真直な土堤道《どてみち》が白く山の際《きわ》の方まで続いていた。

「行けますがね、それは浜伝いの方が趣がありますよ。防風草《ぼうふう》＊でも摘みながらいらっしゃい。河も渡れます、御案内しましょう」

と云った。葉子は一時《いっとき》も早く木部から遁《のが》れたくもあったが、同時にしんみりと一別以来の事などを語り合って見たい気もした。いつか汽車の中で遇ってこれが最後の対面だろうと思った、あの時からすると木部はずっとさばけた男らしくなっていた。その服装がいかにも生活の不規則なのと窮迫しているのを思わせると、葉子は親身な同情にそそられるのを拒む事が出来なかった。

倉地は四五歩先立って、その後から葉子と木部とは間を隔てて並びながら、又弁慶蟹のうざうざいる砂道を浜の方に降りて行った。

「あなたの事は大抵噂《うわ》さや新聞で知っていましたよ……人間てものはおかしなもんですね。……私はあれから落伍者《らくごしゃ》です。何をして見ても成り立った事はありません。妻も子供も里に返してしまって今は一人でここに放浪しています。毎日釣をやってね……ああやって水の流れを見ていると、それでも晩飯の酒の肴《さかな》位なものは釣れて来ますよハハハハハハ」

木部は又虚ろに笑ったが、その笑いの響が傷口にでも答えたように急に黙ってしまった。砂に喰《く》いこむ二人の下駄の音だけが聞えた。

「然しこれでいて全くの孤独でもありませんよ。ついこの間から知り合いになった男だが、砂山の砂の中に酒を埋めておいて、ぶらりとやって来てそれを飲んで酔うのを楽しみにしているのと知り合いになりましてね……そいつの人生観《ライフ・フィロソフィー》が馬鹿に面白いんです。徹底した運命論者ですよ。酒を呑《の》んで運命論を吐くんです。まるで仙人ですよ」

倉地はどんどん歩いて二人の話声が耳に入らぬ位遠ざかった。葉子は木部の口から例の感傷的な言葉が今出るか今出るかと思って待っていたけれども、木部には些《いささ》かもそんな風はなかった。笑いばかりでなく、凡てに虚ろな感じがする程無感情に見えた。

「あなたは本当に今何をなさっていらっしゃいますの」

と葉子は少し木部に近よって尋ねた。木部は近寄られただけ葉子から遠退《とおの》いて又虚ろに笑った。

「何をするもんですか。人間に何が出来るもんですか。……もう春も末になりましたね」

途轍もない言葉を強《し》いてくっ附けて木部はそのよく光る眼で葉子を見た。そしてすすぐその眼を返えして、遠ざかった倉地をこめて遠く海と空との境目に眺め入った。

「私あなたとゆっくりお話がしてみたいと思いますが……」

こう葉子はしんみり窃《ぬす》むように云って見た。木部は少しもそれに心を動かされないように見えた。

「そう……それも面白いかな。……私はこれでも時折はあなたの幸福を祈ったりしていますよ、おかしなもんですね、ハハハハ（葉子がその言葉につけ入って何か云おうとするのを木部は悠々《ゆうゆう》とおっかぶせて）あれが、あすこに見えるのが大島です。ぽつんと一つ雲か何かのように見えるでしょう空に浮いて……大島って云う伊豆の先きの離れ島です。あれが私の釣をする所から正面に見えるんです。あれでいて、日によって色がさまざまに変ります。どうかすると噴煙がぽーっと見える事もありますよ」

又言葉がぽつんと切れて沈黙が続いた。足駄の音の外に波の音も段々と近く聞え出した。葉子は唯々胸が切なくなるのを覚えた。もう一度どうしてもゆっくり木部に遇いたい気になっていた。

「木部さん……あなたさぞ私を恨んでいらっしゃいましょうね。……けれども私あなたにどうしても申上げておきたい事がありますの。何んとかして一度私に会って下さいませんか？　その中《うち》に。私の番地は……」

「お会いしましょう『その中に』……その中にはいい言葉ですね……その中に……。話があるからと女に云われた時には、話を期待しないで抱擁か虚無かを覚悟しろって名言がありますぜハハハハハ」

「それは余りな仰有《おっしゃ》り方ですわ」

葉子は極めて冗談のように又極めて真面目《まじめ》のようにこう云って見た。

「余りか余りでないか……兎《と》に角《かく》名言には相違ありますまい、ハハハハハ」

木部は又虚ろに笑ったが、又痛い所にでも触れたように突然笑いやんだ。

倉地は波打際近くまで来ても渡れそうもないので遠くからこっちに振向いて、むずかしい顔をして立っていた。

「どれお二人に橋渡しをして上げましょうかな」

そう云って木部は川辺の葦《あし》を分けて暫らく姿を隠していたが、やがて小さな田舟に乗って竿をさして現われて来た。その時葉子は木部が釣道具を持っていないのに気がついた。

「あなた釣竿は」

「釣竿ですか……釣竿は水の上に浮いてるでしょう。いまにここまで流れて来るか……来ないか……」

そう応《こた》えて案外上手に舟を漕《こ》いだ。倉地は行き過ぎただけを忙《いそ》いで取って返して来た。そして三人は危かしく立ったまま舟に乗った。倉地は木部の前も構わず脇《わき》の下に手を入れて葉子を抱えた。木部は冷然として竿を取った。三突きほどで他愛《たわい》なく舟は向う岸に着いた。倉地が逸早《いちはや》く岸に飛び上って、手を延ばして葉子を助けようとした時、木部が葉子に手を貸していたので、葉子はすぐにそれを掴《つか》んだ。思い切り力を籠《こ》めた為《た》めか、木部の手が舟を漕いだ為めだったか、兎に角二人の手は握り合わされたまま小刻みに烈《はげ》しく震えた。

「やっ、どうも難有《ありがと》う」

倉地は葉子の上陸を助けてくれた木部にこう礼を云った。

木部は舟からは上らなかった。そして鍔広の帽子を取って、

「それじゃこれでお別れします」

と云った。

「暗らくなりましたから、お二人とも足許《あしもと》に気をおつけなさい。左様なら」

と附け加えた。

三人は相当の挨拶《あいさつ》を取交わして別れた。一町程来てから急に行手が明るくなったので、見ると光明寺裏の山の端に、夕月が濃い雲の切れ目から姿を見せたのだった。*葉

子は後ろを振返って見た。紫色に暮れた砂の上に木部が舟を葦間に漕ぎ返して行く姿が影絵のように黒く眺められた。葉子は白琥珀《しろこはく》のパラゾルをぱっと開いて、倉地にはいたずらに見えるように振り動かした。

三四町来てから倉地が今度は後ろを振返った。もうそこには木部の姿はなかった。葉子はパラゾルを畳もうとして思わず涙ぐんでしまっていた。

「あれは一体誰《だ》れだ」

「誰れだっていいじゃありませんか」

暗さにまぎれて倉地に涙は見せなかったが、葉子の言葉は痛ましく疳走《かんばし》っていた。

「ローマンスの沢山ある女はちがったものだな」

「ええ、その通り……あんな乞食《こじき》みたいな見っともない恋人も持った事があるのよ」

「さすがはお前だよ」

「だから愛想が尽きたでしょう」

突如として又云いようのない淋《さび》しさ、哀《かな》しさ、口惜《くや》しさが暴風のように襲って来た。又来たと思ってもそれはもう遅かった。砂の上に突伏して、今にも絶え入りそうに身もだえする葉子を、倉地は聞えぬ程度に舌打ちしながら介抱せねばならなかった。

その夜旅館に帰ってからも葉子はいつまでも眠らなかった。そこに来て働く女中達を一人々々突慳貪《つっけんどん》に厳しくたしなめた。仕舞には一人として寄りつくものが無くなって仕舞う位。倉地も始めの中はしぶしぶつき合っていたが、遂には勝手にするがいいと云わんばかりに座敷を代えて独りで寝てしまった。

春の夜は唯《ただ》、事もなくしめやかに更《ふ》けて行った。遠くから聞えて来る蛙《かえる》の鳴声の外には、日朝様の森あたりで啼《な》くらしい梟《ふくろう》の声がするばかりだった。葉子とは何んの関係もない夜鳥でありながら、その声には人を馬鹿にし切ったような、それでいて聞くに堪えない程淋しい響が潜んでいた。ほう、ほう……ほう、ほうほうと間遠に単調に同じ木の枝と思わしい所から聞えていた。人々が寝鎮《ねしず》まって見ると、憤怒の情は何時か消え果てて、云いようのない寂寞《せきばく》がその後に残った。

葉子のする事云う事は一つ一つ葉子を倉地から引き離そうとするものばかりだった。今夜も倉地が葉子から待ち望んでいたものを葉子は明らかに知っていた。しかも葉子は訳の分らない怒りに任せて自分の思うままを振舞った結果、倉地には不快極る失望を与えたに違いない。こうしたままで日がたつに従って、倉地は否応《いやおう》なしに更らに新しい性的興味の対象を求めるようになるのは目前の事だ。現に愛子はその候補者の一人として倉地の眼には映り始めているのではないか。葉子は倉地との関係を始めから考え辿《たど》って見るに連れて、どうしても間違った方向に深入りしたのを悔いないではいられなかった。然し倉地を手なずける為にはあの道を択《えら》ぶより仕方がなかったようにも思える。倉地の性格に欠点があるのだ。そうではない。倉地に愛を求めて行った自分の性格に欠点があるのだ。……そこまで理屈らしく理屈を辿って来て見ると、葉子は自分というものが踏みにじっても飽き足りない程いやな者に見えた。

「何故《なぜ》私は木部を捨て木村を苦しめなければならないのだろう。何故木部を捨てた時に私は心に望んでいるような道を驀地《まっしぐら》に進んで行く事が出来なかったのだろう。私を木村に強いて押附けた五十川の小母さんは悪い……私の恨みはどうしても消えるものか。……と云っておめおめとその策略に乗ってしまった私は何んという腑甲斐《ふがい》ない女だったのだろう。倉地にだけは私は失望したくないと思った。今までの凡ての失望をあの人で全部取返えしてまだ余り切るような喜びを持とうとしたのだった。私は倉地とは離れてはいられない人間だと確かに信じていた。そして私の持ってる凡てを……醜いものの凡てをも倉地に与えて悲しいとも思わなかったのだ。私は自分の命を倉地の胸にたたきつけた。それだのに今は何が残っている……何が残っている……。今夜かぎり私は倉地に見放されるのだ。この部屋を出て行ってしまった時の冷淡な倉地の顔！……私は行こう。これから行って倉地に詫《わ》びよう、奴隷《どれい》のように畳に頭をこすり附けて詫びよう……そうだ。……然し倉地が冷刻な顔をして私の心を見も返えらなかったら……私は生きてる間にそんな倉地の顔を見る勇気はない。……木部に詫びようか……木部は居所さえ知らそうとはしないのだもの……」

葉子は瘦《や》せた肩を痛ましく震わして、倉地から絶縁されてしまったもののように、淋しく哀しく涙の枯れるかと思うまで泣くのだった。静まり切った夜の空気の中に、時々鼻をかみながらすすり上げすすり上げ泣き伏す痛ましい声だけが聞えた。葉子は自分の声につまされて猶更《なおさ》ら悲哀から悲哀のどん底に沈んで行った。

稍《やや》暫らくしてから葉子は決心するように、手近かにあった硯箱《すずりばこ》と料紙とを引き寄せた。そして震える手先きを強いて繰りながら簡単な手紙を乳母にあてて書いた。それには乳母とも定子とも断然縁を切るから以後他人と思ってくれ。若《も》し自分が死んだらここに同封する手紙を木部の所に持って行くがいい。木部は屹度《きっと》どうしてでも定子を養ってくれるだろうからと云う意味だけを書いた。そして木部あての手紙には、

「定子はあなたの子です。その顔を一目御覧になったらすぐお分りになります。私は今まで意地からも定子は私一人の子で私一人のものとする積りでいました。けれども私が世にないものとなった今は、あなたはもう私の罪を許して下さるかとも思います。せめては定子を受け入れて下さいましょう。

葉子の死んだ後

憐れなる定子のママより

定子のお父様へ」

と書いた。涙は巻紙の上に留度《とめど》なく落ちて字をにじました。東京に帰ったら溜《た》めて置いた預金の全部を引出してそれを為替にして同封する為めに封を閉じなかった。

最後の犠牲……今までとつおいつ捨て兼ねていた最愛のものを最後の犠牲にして見たら、多分は倉地の心がもう一度自分に戻って来るかも知れない。葉子は荒神《あらがみ》*に最愛のものを生牲《いけにえ》として願いを聴いて貰《もら》おうとする太古の人のような必死な心になっていた。それは胸を張り裂くような犠牲だった。葉子は自分の眼からも英雄的に見えるこの決心に感激して又新しく泣き崩れた。

「どうか、どうか、……どうーか」

葉子は誰れにともなく手を合わして、一心に念じておいて、雄々しく涙を押拭《おしぬぐ》うと、そっと座を立って倉地の寝ている方へと忍びよった。廊下の明りは大半消されているので、硝子窓《ガラスまど》から朧《おぼ》ろにさし込む月の光が便りになった。廊下の半分がた燐《りん》の燃えたようなその光の中を、痩せ細って一層背丈けの伸びて見える葉子は、影が歩むように音もなく静かに歩みながら、そっと倉地の部屋の襖《ふすま》を開いて中に這入《はい》った。薄暗らく点《とも》った有明けの下に倉地は何事も知らぬげに快く眠っていた。葉子はそっとその枕許《まくらもと》に座を占めた。そして倉地の寝顔を見守った。

葉子の眼にはひとりでに涙が湧《わ》くように溢れ出て、厚ぼったいような感じになった唇は我れにもなくわなわなと震えて来た。葉子はそうしたままで黙ってなおも倉地を見続けていた。葉子の眼に溜《たま》った涙の為めに倉地の姿は見る見るにじんだように輪廓《りんかく》がぼやけてしまった。葉子は今更ら人が違ったように心が弱って、受け身にばかりならずにはいられなくなった自分が悲しかった。何んと云う情けない可哀《かわい》そうな事だろう。そう葉子はしみじみと思った。

段々葉子の涙はすすり泣きに代って行った。倉地が眠りの中でそれを感じたらしく、うるさそうに呻《うめ》き声を小さく立てて寝返りを打った。葉子はぎょっとして息気《いき》をつめた。

然しすぐすすり泣きは又帰って来た。葉子は何事も忘れ果てて、倉地の床の側《そば》にきちんと坐《すわ》ったままいつまでもいつまでも泣き続けていた。

三十八

「何をそう怯《お》ず怯ずしているのかい。そのボタンを後ろにはめてくれさえすればそれでいのだに」

倉地は倉地にしては特にやさしい声でこう云った、ワイシャツを着ようとしたまま葉子に背を向けて立ちながら。葉子は飛んでもない失策でもしたように、シャツの背部につけるカラーボタンを手に持ったまままおろおろしていた。

「ついシャツを仕替える時それだけ忘れてしまって……」

「云い訳なんぞはいいわい。早く頼む」

「はい」

葉子はしとやかにそう云って寄り添うように倉地に近寄ってそのボタンをボタン孔《あな》に入れようとしたが、糊《のり》が硬いのと、気おくれがしているので一寸《ちょっと》は這入りそうになかった。

「済みませんが一寸脱いで下さいましな」

「面倒だな、このままで出来ようが」

葉子はもう一度試みた。然《しか》し思うようには行かなかった。倉地はもう明らかにいらいらし出していた。

「駄目《だめ》か」

「まあ一寸」

「出せ、貸せ俺れに。何んでもない事だに」

　そう云ってくるりと振返って一寸葉子を睨《にら》みつけながら、ひったくるようにボタンを受取った。そして又葉子に後ろを向けて自分でそれを篏《は》めようとかかった。然し中々うまく行かなかった。見る見る倉地の手は烈しく震え出した。

「おい、手伝ってくれてもよかろうが」

　葉子が慌《あわ》てて手を出すと機《はず》みにボタンは畳の上に落ちてしまった。葉子がそれを拾おうとする間もなく、頭の上から倉地の声が雷のように鳴り響いた。

「馬鹿！　邪魔をしろと云いやせんぞ」

　葉子はそれでも何所《どこ》までも優しく出ようとした。

「御免下さいね、私お邪魔なんぞ……」

「邪魔よ。これで邪魔でなくて何んだ……ええ、そこじゃありやせんよ。そこに見えとるじゃないか」

　倉地は口を尖《とが》らして顎《あご》を突き出しながら、どしんと足を挙げて畳を踏み鳴らした。

　葉子はそれでも我慢した。そしてボタンを拾って立ち上ると倉地はもうワイシャツを脱ぎ捨てている所だった。

「胸糞《むなくそ》の悪い……おい日本服を出せ」

「襦袢《じゅばん》の襟《えり》がかけずにありますから……洋服で我慢して下さいましね」

葉子は自分が持っていると思う程の媚《こ》びをある限り眼に集めて歎願《たんがん》するようにこう云った。

「お前には頼まんまでよ……愛ちゃん」

倉地は大きな声で愛子を呼びながら階下の方に耳を澄ました。葉子はそれでも根《こん》かぎり我慢しようとした。階子《はしご》段《だん》をしとやかに昇って愛子がいつものように柔順に部屋に這入って来た。倉地は急に相好《そうごう》を崩してにこやかになっていた。

「愛ちゃん頼む、シャツにそのボタンをつけておくれ」

愛子は何事の起ったかを露知らぬような顔をして、男の肉感をそそるような堅肉《かたじし》の肉体を美しく折り曲げて、雪白のシャツを手に取り上げるのだった。葉子がちゃんと倉地にかしずいてそこにいるのを全く無視したようなずうずうしい態度が、ひがんでしまった葉子の眼には憎々しく映った。

「余計な事をおしでない」

葉子はとうとうかっとなって愛子をたしなめながらいきなり手にあるシャツをひったくってしまった。

「貴様は……俺れが愛ちゃんに頼んだに何故余計な事をしくさるんだ」

とそう云って威丈高になった倉地には葉子はもう眼もくれなかった。愛子ばかりが葉子の眼には見えていた。

「お前は下にいればそれでいい人間なんだよ。おさんどんの仕事も碌々《ろくろく》出来はしない癖に余計な所に出しゃばるもんじゃない事よ。……下に行ってお出《い》で」

愛子はこうまで姉にたしなめられても、逆うでもなく怒るでもなく、黙ったまま柔順に、多恨な眼で姉をじっと見て静々とその座を外してしまった。

こんなもつれ合ったいさかいがともすると葉子の家で繰返されるようになった。独りになって気が鎮まると葉子は心の底から自分の狂暴な振舞いを悔いた。そして気を取直した積りで何所までも愛子をいたわってやろうとした。愛子に愛情を見せる為めには義理にも貞世につらく当るのが当然だと思った。そして愛子の見ている前で、愛するものが愛する者を憎んだ時ばかりに見せる残虐《ざんぎゃく》な呵責《かしゃく》を貞世に与えたりした。葉子はそれが理不尽極まる事だとは知っていながら、そう偏頗《へんぱ》に傾いて来る自分の心持ちをどうする事も出来なかった。それのみならず葉子には自分の鬱憤《うっぷん》を漏らす為めの対象が是非一つ必要になって来た。人でなければ動物、動物でなければ草木、草木でなければ自分自身に何かなしに傷害を与えていなければ気が休まなくなった。庭の草などを摑《つか》んでいる時でも、ふと気が付くと葉子はしゃがんだまま一茎の名もない草をたった一本摘みとって、眼に涙を一杯溜めながら爪《つめ》の先きで寸々《ずたずた》に切り虐《さいな》んでいる自分を見出《みいだ》したりした。

同じ衝動は葉子を駆って倉地の抱擁に自分自身を思う存分虐《しいた》げようとした。そこには倉地の愛を少しでも多く自分に繋《つな》ぎたい欲求も手伝ってはいたけれども、倉地の手で極度の苦痛を感ずる事に不満足極る満足を見出そうとしていたのだ。精神も肉体も甚《はなはだ》しく病に蝕《むしば》まれた葉子は抱擁によっての有頂天な歓楽を味う資格を失ってから可なり久しかった。そこには唯地獄のような呵責があるばかりだった。凡《すべ》てが終ってから葉子に残るものは、嘔吐《おうと》を催すような肉体の苦痛と、強《し》いて自分を忘我に誘おうと藻掻《もが》きながら、それが裏切られて無益に終った、その後に襲って来る唾棄《だき》すべき倦怠《けんたい》ばかりだった。倉地が葉子のその悲惨な無感覚を分け前して例えようもない憎悪を感ずるのは勿論《もちろん》だった。葉子はそれを知ると更らに云い知れない便りなさを感じて又烈しく倉地に挑《いど》みかかるのだった。倉地は見る見る一歩々々葉子から離れて行った。そして益々《ますます》その気分は荒《すさ》んで行った。

「貴様は俺れに厭《あ》きたな。男でも作り居ったんだろう」

そう唾《つば》でも吐き捨てるように忌々《いまいま》しげに倉地があらわに云うような日も来た。

「どうすればいいんだろう」

そう云って額の所に手をやって頭痛を忍びながら葉子は独り苦しまねばならなかった。

或日《あるひ》葉子は思い切って窃《ひそ》かに医師を訪れた。医師は手もなく、葉子の凡ての悩みの原因は子宮後屈症と子宮内膜炎とを併発しているからだと云って聞かせた。葉子は余りに分り切った事を医師がさも知ったか振りに云って聞かせるようにも、又そののっぺりした白い顔が、恐ろしい運命が葉子に対して装うた仮面で、葉子はその言葉によって真暗らな行手を明らかに示されたようにも思った。そして怒りと失望とを抱きながらその家を出た。帰途葉子は本屋に立寄って婦人病に関する大部な医書を買い求めた。それは自分の病症に関する徹底的な智識を得よう為めだった。家に帰ると自分の部屋に閉じ籠《こも》ってすぐ大体を読んで見た。後屈症は外科手術を施して位置矯正《きょうせい》をする事によって、内膜炎は内膜炎を抉掻《けっそう》する事によって、それが器械的の発病である限り全治の見込みはあるが、位置矯正の場合などに施術者の不注意から子宮底に穿孔《せんこう》を生じた時などには、往々にして激烈な腹膜炎を結果する危険が伴わないでもないなどと書いてあった。葉子は倉地に事情を打明けて手術を受けようかとも思った。普段ならば常識がすぐそれを葉子にさせたに違いない。然し今はもう葉子の神経は極度に脆弱《ぜいじゃく》になって、あらぬ方向にばかり我れにもなく鋭く働くようになっていた。倉地は疑《うたがい》もなく自分の病気に愛想を尽かすだろう。縦令《たとい》そんな事はないとしても入院の期間に倉地の肉の要求が倉地を思わぬ方に連れて行かないとは誰れが保証出来よう。それは葉子の僻見《へきけん》であるかも知れない、然し若し愛子が倉地の注意を牽《ひ》いているとすれば、自分の留守の間に倉地が彼女に近づくのは唯一歩の事だ。愛子があの年であの無経験で、倉地のような野性と暴力とに興味を持たぬのは勿論、一種の厭悪《えんお》をさえ感じているのは察せられないではない。愛子は屹度《きっと》倉地を退けるだろう。然し倉地には恐ろしい無恥がある。そして一度倉地が女を已の力の下に取拉《とりひ》しいだら、如何《いか》なる女も二度と倉地から遁《のが》れる事の出来ないような奇怪の麻酔の力を持っている。思想とか礼儀とかに煩《わずら》わされない、無尽蔵に強烈で征服的な生のままな男性の力は如何な女をもその本能に立帰らせる魔術を持っている。しかもあの柔順らしく見える愛子は葉子に対して生れるとからの敵意を挟《はさ》んでいるのだ。どんな可能でも描いて見る事が出来る。そう思うと葉子は我が身で我が身を焼くような未練と嫉妬《しっと》の為めに前後も忘れてしまった。何んとかして倉地を縛り上げるまでは葉子は甘んじて今の苦痛に堪え忍ぼうとした。

その頃《ころ》からあの正井と云う男が倉地の留守を窺《うかが》っては葉子に会いに来るようになった。

「あいつは犬だった。危く手を噛《か》ませる所だった。どんな事があっても寄せ付けるではないぞ」

と倉地が葉子に云い聞かせてから一週間も経たない後に、ひょっこり正井が顔を見せた。中々のしゃれ者で、寸分の隙《すき》もない身なりをしていた男が、どこかに貧窮を香《にお》わすようになっていた。カラーには薄《う》っすり汗じみが出来て、ズボンの膝《ひざ》には焼けこげの小さな孔が明いたりしていた。葉子が上げる上げないも云わない中《うち》に、懇意ずくらしくどんどん玄関から上りこんで座敷に通った。そして高価らしい西洋菓子の美しい箱を葉子の眼の前に風呂敷から取り出した。

「折角お出下さいましたのに倉地さんは留守ですから、憚《はばか》りですが出直してお遊びにいらしって下さいまし。これはそれまでお預りおきを願いますわ」

そう云って葉子は顔には如何にも懇意を見せながら、言葉には二の句がつげない程の冷淡さと強さとを示してやった。然し正井はしゃあしゃあとして平気なものだった。ゆっくり内衣嚢《うちかくし》から巻煙草《まきたばこ》入れを取り出して、金口《きんぐち》を一本摘まみ取ると、炭の上に溜《たま》った灰を静かにかき除《の》けるようにして火をつけて、長閑《のど》かに香《かおり》のいい煙を座敷に漂わした。

「お留守ですか……それは却《かえっ》て好都合でした……もう夏らしくなって来ましたね、隣の薔薇《ばら》も咲き出すでしょう……遠いようだがまだ去年の事ですねえ、お互様に太平洋を往《い》ったり来たりしたのは……あの頃が面白《おもしろ》い盛りでしたよ。私達の仕事もまだ睨まれずにいたんでしたから……時に奥さん」

そう云って折入って相談でもするように正井は煙草盆を押退《おしの》けて膝を乗出すのだった。人を侮《あなど》ってかかって来ると思うと葉子はぐっと癪《しゃく》に障った。然し以前のような葉子はそこにはいなかった。若しそれが以前であったら、自分の才気と力量と美貌《びぼう》とに十分の自信を持つ葉子であったら、毛の末ほども自分を失う事なく、優婉《ゆうえん》に円滑に男を自分のかけた陥穽《わな》の中に陥《おとしい》れて、自縄自縛《じじょうじばく》の苦がい目に遇《あ》わせているに違いない。然し現在の葉子は他愛《たわい》もなく敵を手許《てもと》まで潜りこませてしまって唯いらいらとあせるだけだった。そう云う破目《はめ》になると葉子は存外力のない自分であるのを知らねばならなかった。

正井は膝を乗り出してから、暫《しば》らく黙って敏捷《びんしょう》に葉子の顔色を窺っていたが、これなら大丈夫と見極めをつけたらしく、

「少しばかりでいいんです、一つ融通して下さい」

と切り出した。

「そんな事を仰有《おっしゃ》ったって、私にどうしようもない位は御存じじゃありませんか。それや余人じゃなし、出来るものなら何んとか致しますけれども、姉妹三人がどうかこ

うかして倉地に養われている今日のような境界《きょうがい》では、私に何が出来ましょう。正井さんにも似合わない的違いを仰有るのね。倉地なら御相談にもなるでしょうから面と向ってお話下さいまし。中に這入ると私が困りますから」

葉子は取りつく島もないようにと嫌味《いやみ》な調子でずけずけとこう云った。正井はせせら笑うように微笑《ほほえ》んで金口の灰を静かに灰吹きに落した。

「もう少しざっくばらんに云って下さいよ昨日今日のお交際《つきあい》じゃなし。倉地さんとまずくなった位は御承知じゃありませんか。……知っていらしってそう云う口のききかたは少しひど過ぎますぜ、(ここで仮面を取ったように正井は不貞腐《ふてくさ》れた態度になった。然し言葉はどこまでも穏当だった。)嫌《きら》われたって私は何も倉地さんをどうしようのこうしようのと、そんな薄情な事はしない積りです。倉地さんに怪我《けが》があれば私だって同罪以上ですからね。……然し……一つ何んとかならないもんでしょうか」

葉子の怒りに昂奮《こうふん》した神経は正井のこの一言にすぐおびえてしまった。何もかも倉地の裏面を知り抜いてる筈《はず》の正井が、捨て鉢《ばち》になったら倉地の身の上にどんな災難が降りかからぬとも限らぬ。そんな事をさせては飛んだ事になるだろう。そんな事をさせては飛んだ事になる。葉子は益々弱身《よわみ》になった自分を救い出す術《すべ》に困《こう》じ果てていた。

「それを御承知で私の所にいらしったたって……縦令私に都合がついたとした所で、どうしようもありませんじゃないの。なんぼ私だっても、倉地と仲たがえをなさったあなたに倉地の金を何する……」

「だから倉地さんのものをおねだりはしませんさ。木村さんからもたんまり来ている筈じゃありませんか。その中から……たんとたあ云いませんから、窮境を助けると思ってどうか」

正井は葉子を男たらしと見くびった態度で、情夫を持ってる妾《めかけ》にでも逼《せま》るような図々しい顔色を見せた。こんな押問答の結果葉子はとうとう正井に三百円程の金をむざむざとせびり取られてしまった。葉子はその晩倉地が帰って来た時もそれを云い出す気力はなかった。貯金は全部定子の方に送ってしまって、葉子の手許にはいくらも残ってはいなかった。

それからと云うもの正井は一週間とおかずに葉子の所に来ては金をせびった。正井はその折々に、絵島丸のサルンの一隅《いちぐう》に陣取って酒と煙草とにひたりながら、何か知らんひそひそ話をしていた数人の人達――人を見貫《みぬ》く眼の鋭い葉子にもどうしてもその人達の職業を推察し得なかった数人の人達の仲間に倉地が這入って始め出した秘密な仕事の巨細《こさい》を漏した。正井が葉子を脅かす為《た》めに、その話には誇張が加えられている、そう思って聞いて見ても、葉子の胸をひやっとさせる事ばかりだった。倉地が日清戦争にも参加した事務長で、海軍の人達にも航海業者にも割合に広い交際がある所から、材料の蒐集者《しゅうしゅうしゃ》としてその仲間の牛耳《ぎゅうじ》を取るようになり、露国や米国に向って漏らした祖国の軍事上の秘密*は中々容易ならざるものらしかった。倉地の気分が荒んで行くのも尤《もっと》もだと思われるような事柄《ことがら》を数々葉子は聞かされた。葉子は仕舞には自分自身を護《まも》る為めにも正井の機嫌《きげん》を取り外してはならないと思うようになった。そして正井の言葉が一語々々思い出されて、夜なぞになると眠らせぬ程に葉子を苦しめた。葉子はまた一つの重い秘密を背負わなければならぬ自分を見出した。このつらい意識はすぐに又倉地に響くようだった。倉地は兎《と》もすると敵の間諜《かんちょう》ではないかと疑うような険しい眼で葉子を睨むようになった。そして二人の間には又一つの溝《みぞ》がふえた。

そればかりではなかった。正井に秘密な金を融通する為めには倉地からのあてがいだけでは迚《とて》も足りなかった。葉子はありもしない事を誠しやかに書き連ねて木村の方から送金させねばならなかった。倉地の為めなら兎にも角にも、倉地と自分の妹達とが豊かな生活を導く為めになら兎にも角にも、葉子は一種の獰悪《どうあく》な誇りを以《もっ》てそれをして、男の為めになら何事でもと云う捨鉢な満足を買い得ないではなかったが、その金が大抵正井の懐《ふとこ》ろに吸収されてしまうのだと思うと、いくら間接には倉地の為めだとは云え葉子の胸は痛かった。木村からは送金の度毎《たびごと》に相変らず長い消息が添えられて来た。木村の葉子に対する愛着は日を追うてまさるとも衰える様子は見えなかった。仕事の方にも手違いや誤算があって始めの見込み通りには成功とは云えないが、葉子の方に送る位の金はどうしてでも都合がつく位の信用は得ているから構わず云ってよこせとも書いてあった。こんな信実な愛情と熱意を絶えず示されるこの頃は葉子もさすがに自分のしている事が苦しくなって、思い切って木村に凡てを打開けて、関係を絶とうかと思い悩むような事が時々あった、その矢先きなので、葉子は胸に殊更《ことさ》ら痛みを覚えた。それが益《ますます》葉子の神経をいらだたせて、その病気にも影響した。そして花の五月が過ぎて、青葉の六月になろうとする頃には、葉子は痛ましく痩《や》せ細った、眼ばかりどぎつい純然たるヒステリー症*の女になっていた。

三十九

巡査の制服は一気に夏服になったけれども、その年の気候はひどく不順で*、その白服が羨《うらや》ましい程暑い時と、気の毒な程悪冷えのする日が入れ代り立ち代り続いた。従って晴雨も定めがたかった。それがどれ程葉子の健康にさし響いたか知れなかった。葉子は絶えず腰部の不愉快な鈍痛を覚ゆるにつけ、暑くて苦しい頭痛に悩まされるにつけ、何一つ身体《からだ》に中分の無かった十代の昔を思い忍んだ。晴雨寒暑というようなものがこれほど気分に影響するものとは思いも寄らなかった葉子は、寝起きの天気を何よりも気にするようになった。今日こそは一日気が晴れ晴れするだろうと思うような日は一日も無かった。今日も亦《また》つらい一日を過さねばならぬと云うその忌《いま》わしい予想だけでも葉子の気分を害なうには十分過ぎた。

五月の始め頃から葉子の家に通う倉地の足は段々遠退いて、時々何処《どこ》へとも知れぬ旅に出るようになった。それは倉地が葉子のしつっこい挑《いど》みと、激しい嫉妬と、理不尽な疳癖《かんぺき》の発作とを避けるばかりだとは葉子自身にさえ思えない節《ふし》があった。倉地の所謂《いわゆる》事業には何か可なり致命的な内場破《うちばわ》れが起って、倉地の力でもそれをどうする事も出来ないらしい事はおぼろげながら葉子にも判《わか》っていた。債権者であるか、商売仲間であるか、兎に角そう云う者を避ける為めに不意に倉地が姿を隠さねばならぬらしい事は確かだった。それにしても倉地の疎遠《そえん》は一向《ひたすら》に葉子には憎かった。

或時《あるとき》葉子は激しく倉地に迫ってその仕事の内容をすっかり打明けさせようとした。倉地の情人である葉子が倉地の身に大事が降りかかろうとしているのを知りながら、それに助力もし得ないと云う法はない、そう云って葉子はせがみにせがんだ。

「こればかりは女の知った事じゃないわい。俺れが喰《くら》い込んでもお前にはとばっちりが行くようにはしたくないで、打明けないのだ。何所《どこ》に行っても知らない知らないで一点張りに通すがいいぜ。……二度と聞きたいとせがんで見ろ、俺れはうそほんなしにお前とは手を切って見せるから」

その最後の言葉は倉地の平生に似合わない重苦しい響きを持っていた。葉子が息気《いき》をつめてそれ以上をどうしても迫る事が出来ないと断念する程重苦しいものだった。正井の言葉から判じても、それは女手などでは実際どうする事も出来ないものらしいので葉子はこれだけは断念して口をつぐむより仕方がなかった。

堕落と云われようと、不貞と云われようと、他人手《ひとで》を待っていては迚ても自分の思うような道は開けないと見切りをつけた本能的の衝動から、知らず識《し》らず自分で選び取った道の行手に眼も眩《くら》むような未来が見えたと有頂天になった絵島丸の上の出来事以来一年もたたない中に、葉子が命も名も捧《ささ》げてかかった新しい生活は見る見る土台から腐り出して、もう今は一陣の風さえ吹けば、さしもの高楼ももんどり打って地上に崩れてしまうと思いやると、葉子は屡々《しばしば》真剣に自殺を考えた。倉地が旅に出た留守に倉地の下宿に行って「急用あり直ぐ帰れ」という電報をその行く先きに打ってやる。そして自分は心静かに倉地の寝床の上で刃《やいば》に伏していよう。それは自分の一生の幕切れとしては、一番ふさわしい行為らしい。倉地の心にもまだ自分に対する愛情は燃えかすれながらも残っている。それがこの最後によって一時《いっとき》なりとも美しく燃え上るだろう。それでいい、それで自分は満足だ。そう心から涙ぐみながら思う事もあった。

実際倉地が留守の筈のある夜、葉子はふらふらと普段空想していたその心持ちに厳しく捕えられて前後も知らず家を飛び出した事があった。葉子の心は緊張し切って天気なのやら曇っているのやら、暑いのやら寒いのやら更らに差別がつかなかった。盛んに羽虫が飛びかわして往来の邪魔になるのをかすかに意識しながら、家を出てから小半町裏坂を下りて行ったが、不図自分の体が穢《よご》れていて、この三四日湯に這入《はい》らない事を思い出すと、死んだ後の醜さを恐れてそのまま家に取って返した。そして妹達だけが這入ったままになっている湯殿に忍んで行って、さめかけた風呂につかった。妹達は疾《とう》に寝入っていた。手拭掛《てぬぐいか》けの竹竿《たけざお》に濡《ぬ》れた手拭が二筋だけかかっているのを見ると、寝入っている二人の妹の事がひしひしと心に逼るようだった。葉子の決心は然しその位の事では動かなかった。簡単に身仕舞をして又家を出た。

倉地の下宿近くなった時、その下宿から急ぎ足で出て来る背丈の低い丸髷《まるまげ》の女がいた。夜の事ではあり、その辺は街灯の光も暗らいので、葉子にはさだかにそれと分らなかったが、どうも双鶴館の女将《おかみ》らしくもあった。葉子はかっとなって足早にその後をつけた。二人の間は半町とは離れていなかった。段々二人の間の距離がちぢまって行って、その女が街灯の下を通る時などに気を付けて見るとどうしても思った通りの女らしかった。さては今まであの女を真正直に信じていた自分はまんまと詐《いつわ》られていたのだったか。倉地の妻に対しても義理が立たないから、今夜以後葉子とも倉地の妻とも関係を絶つ。悪く思わないでくれと確かにそう云った、その義俠《ぎきょう》らしい口車にまんまと乗せられて、今まで殊勝な女だとばかり思っていた自分の愚かさはどうだ。葉子はそう思うと眼が廻《まわ》ってその場に倒れてしまいそうな口惜《くや》しさ恐ろしさを感じた。そして女の形を目がけてよろよろとなりながら駈《か》け出した。その時女はその辺に辻待《つじま》ちをしている車に乗ろうとする所だった。取遁《とりに》がしてなるものかと、葉子はひた走りに走ろうとした。然し足は思うようにはかどらなかった。さすがにその静けさを破って声を立てる事も憚られた。もう十間と云う位の所まで来た時車はがらがらと音を立てて砂利道を動きはじめた。葉子は息気せき切ってそれに追いつこうとあせったが、見る見るその距離は遠ざかって、葉子は杉森で囲まれた淋《さび》しい暗闇《くらやみ》の中にただ一人取残されていた。葉子は何んと云う事なくその辻車のいた処《ところ》まで行って見た。一台よりいなかったので飛び乗って後を追うべき車もなかった。葉子はぼんやりそこに立って、そこに字でも書き残してあるかのように、暗い地面をじっと見詰めていた。確かにあの女に違いなかった。背恰好《かっこう》と云い、髷の形と云い、小刻みな歩き振りと云い、……

あの女に違いなかった。旅行に出ると云った倉地は疑いもなくうそを使って下宿にくすぶっているに違いない。そしてあの女を仲人《なこうど》に立てて先妻とのよりを戻そうとしているに決っている。それに何の不思議があろう。永年連れ添った妻ではないか。可愛《かわい》い三人の娘の母ではないか。葉子と云うものに一日々々疎《うと》くなろうとする倉地ではないか。それに何の不思議があろう。……それにしても余りと云えば余りな仕打ちだ。何故《なぜ》それならそうと明らかに云ってはくれないのだ。云ってさえくれれば自分にだって恋する男に対しての女らしい覚悟はある。別れろとならば奇麗さっぱりと別れても見せる。……何んと云う踏みつけ方だ。何と云う恥曝《はじさ》らしだ。倉地の妻はおおそれた貞女振った顔を震わして、涙を流しながら、「それではお葉さんという方にお気の毒だから、私はもう亡《な》いものと思って下さいまし……」……見ていられぬ、聞いていられぬ。……葉子と云う女はどんな女だか、今夜こそは倉地にしっかり思い知らせてやる……。

葉子は酔ったもののようにふらふらした足どりでそこから引返した。そして下宿屋に来着いた時には、息気苦しさの為めに声も出ない位になっていた。下宿の女達は葉子を見ると「又あの気狂《きちが》いが来た」と云わんばかりの顔をして、その夜の葉子の殊更らに取りつめた顔色には注意を払う暇もなく、その場を外して姿を隠した。葉子はそんな事には気もかけずに物凄《ものすご》い笑顔で殊更らしく帳場にいる男に一寸《ちょっと》頭を下げて見せて、そのままふらふらと階子段《はしごだん》を昇って行った。ここが倉地の部屋だと云うその襖《ふすま》の前に立った時には、葉子は泣き声に気がついて驚いた程、我知らず啜《すす》り上げて泣いていた。身の破滅、恋の破滅は今夜の今、そう思って荒々しく襖を開いた。

　部屋の中には案外にも倉地はいなかった。隅《すみ》から隅まで片付いていて、倉地のあの強烈な膚《はだ》の香《にお》いも更らに残ってはいなかった。葉子は思わずふらふらとよろけて、泣きやんで、部屋の中に倒れこみながらあたりを見廻した。居るに違いないと独り決めをした自分の妄想《もうそう》が破れたと云う気は少しも起らないで、確かにいたものが突然溶けてしまうかどうかしたような気味の悪い不思議さに襲われた。葉子はすっかり気抜けがして、髪も衣紋《えもん》も取り乱したまま横坐《よこずわ》りに坐ったきりでぼんやりしていた。

　あたりは深山のようにしーんとしていた。唯《ただ》葉子の眼の前をうるさく行ったり来たりする黒い影のようなものがあった。葉子は何物と云う分別もなく始めは唯うるさいとのみ思っていたが、仕舞には堪《こ》らえかねて手を挙げて頻《しき》りにそれを追い払って見た。追い払っても追い払ってもそのうるさい黒い影は眼の前を立ち去ろうとはしなかった。……暫らくそうしている中に葉子は寒気がするほどぞっと怖《おそ》ろしくなって気がはっきりした。

急に周囲《あたり》には騒がしい下宿屋らしい雑音が聞え出した。葉子をうるさがらしたその黒い影は見る見る小さく遠ざかって、電灯の周囲をきりきりと舞い始めた。よく見るとそれは大きな黒い夜蛾《よが》だった。葉子は神がかりが離れたようにきょとんとなって、不思議そうに居住いを正して見た。

何処までが真実で、何処までが夢なんだろう……。

自分の家を出た、それに間違いはない。途中から取って返して風呂をつかった、……何んの為めに？　そんな馬鹿な事をする筈がない。でも妹達の手拭が二筋濡れて手拭かけの竹竿にかかっていた、（葉子はそう思いながら自分の顔を撫《な》でたり、手の甲を調べて見たりした。そして確かに湯に這入った事を知った。）それならそれでいい。それから双鶴館の女将の後をつけたのだったが、……あの辺から夢になったのか知らん。あすこにいる蛾をもやもやした黒い影のように思ったりしていた事から考えて見ると、いまいましさから自分は思わず背丈の低い女の幻影を見ていたのかも知れない。それにしてもいる筈の倉地がいないという法はないが……葉子はどうしても自分のして来た事にはっきり連絡をつけて考える事が出来なかった。

葉子は……自分の頭ではどう考えて見ようもなくなって、ベルを押して番頭に来て貰《もら》った。

「あのう、あとでこの蛾を追い出しておいて下さいな……それからね、さっき……と云ったところがどれ程前だか私にもはっきりしませんがね、ここに三十恰好の丸髷を結った女の人が見えましたか」

「こちら様には誰方《どなた》もお見えにはなりませんが……」

番頭は怪訝《けげん》な顔をしてこう答えた。

「こちら様だろうが何んだろうが、そんな事を聞くんじゃないの。この下宿屋からそんな女の人が出て行きましたか」

「左様……へ、一時間ばかり前ならお一人お帰りになりました」

「双鶴館のお内儀《かみ》さんでしょう」

図星をさされたろうと云わんばかりに葉子はわざと鷹揚《おうよう》な態度を見せてこう聞いて見た。

「いいえそうじゃ御座いません」

番頭は案外にもそうきっぱりと云い切ってしまった。

「それじゃ誰《だ》れ」

「兎に角他のお部屋にお出でなさったお客様で、手前共の商売上お名前までは申上げ兼ねますが」

葉子もこの上の問答の無益なのを知ってそのまま番頭を返えしてしまった。

葉子はもう何者も信用する事が出来なかった。本当に双鶴館の女将が来たのではないらしくもあり、番頭までが倉地とぐるになっていてしらじらしい虚言《うそ》を吐いたようにもあった。

何事も当てにはならない。何事もうそから出た誠だ。……葉子は本当に生きている事がいやになった。

……そこまで来て葉子は始めて自分が家を出て来た本当の目的が何んであるかに気付いた。凡《すべ》てに蹉《つまず》いて、凡てに見限られて、凡てを見限ろうとする、苦しみぬいた一つの魂が、虚無の世界の幻の中から消えて行くのだ。そこには何の未練も執着もない。嬉《うれ》しかった事も、悲しかった事も、悲しんだ事も、苦しんだ事も、畢竟《ひっきょう》は水の上に浮いた泡《あわ》がまたはじけて水に帰るようなものだ。倉地が、死骸《しがい》になった葉子を見て歎《なげ》こうが歎くまいが、その倉地さえ幻の影ではないか。双鶴館の女将だと思った人が、他人であったように、他人だと思ったその人が、案外双鶴館の女将であるかも知れないように、生きると云う事がそれ自身幻影でなくって何んであろう。葉子は覚め切ったような、眠りほうけているような意識の中でこう思った。しんしんと底も知らず澄み透《とお》った心が唯一つぎりぎりと死の方に働いて行った。葉子の眼には一雫《ひとしずく》の涙も宿ってはいなかった。妙に冴《さ》えて落付き払った眸《ひとみ》を静かに働かして、部屋の中を静かに見廻していたが、やがて夢遊病者のように立ち上って、戸棚《とだな》の中から倉地の寝具を引出して来て、それを部屋の真中に敷いた。そして暫らくの間その上に静かに坐って眼を瞑《つぶ》って見た。それから又立ち上って全く無感情な顔付きをしながら、もう一度戸棚に行って、倉地が始終身近かに備えている短銃をあちこちと尋ね求めた。仕舞にそれが本箱の引出しの中の幾通かの手紙と、書き損ねの書類と、四五枚の写真とがごっちゃに仕舞込んであるその中から現われ出た。葉子は妙に無関心な心持ちでそれを手に取った。そして恐ろしいものを取扱うようにそれを体から離して右手にぶら下げて寝床に帰った。その癖葉子は露程もその兇器《きょうき》に怖れを懐《いだ》いている訳ではなかった。寝床の真中に坐ってから短銃を膝《ひざ》の上に置いて手をかけたまま暫らく眺《なが》めていたが、やがてそれを取り上げると胸の所に持って来て鶏頭《けいとう》*を引上げた。

　きりっ

と歯切れのいい音を立てて弾筒が少し回転した。同時に葉子の全身は電気を感じたようにびりっと戦《おのの》いた。然《しか》し葉子の心は水が澄んだように揺がなかった。葉子はそうしたまま短銃を又膝の上に置いてじっと眺めていた。

　ふと葉子は唯一つ仕残した事のあるのに気が附いた。それが何んであるかを自分でもはっきりとは知らずに、謂《い》わば何物かの余儀ない命令に服従するように、又寝床から立上って戸棚の中の本箱の前に行って引出しを開けた。そしてそこにあった写真を丁寧に一枚ずつ取上げて静かに眺めるのだった。葉子は心窃《ひそ》かに何をしているんだろうと自分の動作《しうち》を怪しんでいた。

葉子はやがて一人の女の写真を見詰めている自分を見出《みいだ》した。長く長く見詰めていた。……その中に、白痴がどうかして段々真人間に還《かえ》る時はそうもあろうかと思われるように、葉子の心は静かに静かに自分で働くようになって行った。女の写真を見てどうするのだろうと思った。……それは倉地の妻の写真だった。早く死ななければいけないのだがと思った。一体その女は誰れだろうと思った。……それは倉地の妻の写真だった。そうだ倉地の妻の若い時の写真だ。成程美しい女だ。倉地は今でもこの女に未練を持っているだろうか。この妻には三人の可愛い娘があるのだ。「今でも時々思い出す」そう倉地の云った事がある。こんな写真が一体この部屋なんぞにあってはならないのだが。それは本当にならないのだ。倉地はまだこんなものを大事にしている。この女はいつまでも倉地に帰って来ようと待ち構えているのだ。そしてまだこの女は生きているのだ。それが幻なものか。生きているのだ、生きているのだ。……死なれるか、それで死なれるか、何が幻だ、何が虚無だ。この通りこの女は生きているではないか……危《あやう》く……危く自分は倉地を安堵《あんど》させる所だった。そしてこの女を……このまだ生《しょう》のあるこの女を喜ばせる所だった。

葉子は一刹那《せつな》の違いで死の界《さかい》から救い出された人のように、驚喜に近い表情を顔一面に漲《みなぎ》らして裂ける程眼を見張って、写真を持ったまま飛び上らんばかりに突立ったが、急に襲いかかる遺瀬《やるせ》ない嫉妬《しっと》の情と憤怒とに怖ろしい形相になって、歯がみをしながら、写真の一端を啣《くわ》えて、「いい……」と云いながら、総身の力をこめて真二つに裂くと、いきなり寝床の上にどうと倒れて、物凄い叫声を立てながら、涙も流さずに叫びに叫んだ。

店のものが慌《あわ》てて部屋に這入って来た時には、葉子はしおらしい様子をして、短銃を床の下に隠してしまって、しくしくと本当に泣いていた。

番頭は已《や》むを得ず、てれ隠しに、

「夢でも御覧になりましたか、大層なお声だったものですから、つい御案内も致さず飛び込んで仕舞いまして」

と云った。葉子は、

「ええ夢を見ました。あの黒い蛾が悪いんです。早く追い出して下さい」

そんな訳の分らない事を云って、漸《ようや》く涙を押拭った。

こう云う発作を繰返す度毎に、葉子の顔は暗らくばかりなって行った。葉子には、今まで自分が考えていた生活の外に、もう一つ不可思議な世界があるように思われて来た。そして動《やや》ともすればその両方の世界に出たり入ったりする自分を見出すのだった。二人の妹達は唯はらはらして姉の狂暴な振舞いを見守る外はなかった。倉地は愛子に刃物などに注意しろと云ったりした。

岡の来た時だけは、葉子の機嫌《きげん》は沈むような事はあっても狂暴になる事は絶えてなかったので、岡は妹達の言葉にさして重きを置いてはいないように見えた。

四十

六月のある夕方だった。もう誰彼時《たそがれどき》で、電灯が点《とも》って、その周囲に夥《おびただ》しく杉森の中から小さな羽虫が集ってうるさく飛び廻り、藪蚊《やぶか》がすさまじく鳴きたてて軒先きに蚊柱を立てている頃だった。暫《しば》らく目で来た倉地が、張出しの葉子の部屋で酒を飲んでいた。葉子は痩《や》せ細った肩を単衣物《ひとえもの》の下に尖《とが》らして、神経的に襟《えり》をぐっと掻《か》き合せて、きちんと膳《ぜん》の側《そば》に坐って、華車《きゃしゃ》な団扇《うちわ》で酒の香に寄りたかって来る蚊を追い払っていた。二人の間にはもう元のように滾々《こんこん》と泉の如《ごと》く湧《わ》き出る話題はなかった。偶《たま》に話が少し弾んだと思うと、どちらにか差しさわるような言葉が飛び出して、ぷつんと会話を杜絶《とだや》してしまった。

「貞ちゃん矢張り駄々《だだ》をこねるか」

一口酒を飲んで、溜息《ためいき》をつくように庭の方に向いて気を吐いた倉地は、自分で気分を引き立てながら思い出したように葉子の方を向いてこう尋ねた。

「ええ、仕様がなくなっちまいました。この四五日ったら殊更《ことさ》らひどいんですから」

「そうした時期もあるんだろう。まあたんといびらないで置くがいいよ」

「私時々本当に死にたくなっちまいます」

葉子は途轍《とてつ》もなく貞世の噂《うわさ》とは縁もゆかりもないこんなひょんな事を云った。

「そうだ俺れもそう思う事があるて。……落ち目になったら最後、人間は浮き上るが面倒になる。船でもが浸水し始めたら埒《らち》はあかんからな。……したが、俺れはまだもう一反《ひとそ》り反って見てくれる。死んだ気になって、やれん事は一つもないからな」

「本当ですわ」

そう云った葉子の眼はいらいらと輝いて、睨《にら》むように倉地を見た。

「正井の奴が来るそうじゃないか」

倉地はまた話題を転ずるようにこう云った。葉子がそうだとさえ云えば、倉地は割合に平気で受けて「困った奴《やつ》に見込まれたものだが、見込まれた以上は仕方がないから、空腹《ひもじ》がらないだけの仕向けをしてやるがいい」と云うに違いない事は、葉子によく分ってはいたけれども、今まで秘密にしていた事を何んとか云われやしないかとの気遣いの為めか、それとも倉地が秘密を持つのならこっちも秘密を持って見せるぞと云う腹になりたい為めか、自分にもはっきりとは判《わか》らない衝動に駆られて、何と云う事なしに、

「いいえ」

と答えてしまった。

「来ない？……それやお前いい加減じゃろう」

と倉地はたしなめるような調子になった。

「いいえ」

葉子は頑固《がんこ》に云い張ってそっぽを向いてしまった。

「おいその団扇を貸してくれ、煽《あお》がずにいては蚊でたまらん……来ない事があるものか」

「誰れからそんな馬鹿な事お聞きになって？」

「誰れからでもいいわさ」

葉子は倉地がまた歯に衣《きぬ》着せた物の云い方をするとかっと腹が立って返辞もしなかった。

「葉ちゃん。俺れは女の機嫌を取る為めに生れて来はせんぞ。いい加減を云って甘く見くびるとよくはないぜ」

葉子はそれでも返事をしなかった。倉地は葉子の拗《す》ね方に不快を催したらしかった。

「おい葉子！　正井は来るのか来んのか」

正井の来る来ないは大事ではないが、葉子の虚言を訂正させずには置かないと云うように、倉地は詰め寄せて厳しく問い迫った。葉子は庭の方にやっていた眼を返して不思議そうに倉地を見た。

「いいえと云ったらいいえとより云いようはありませんわ。あなたの『いいえ』と私の『いいえ』は『いいえ』が違いでもしますかしら」

「酒も何も飲めるか……俺れが暇を無理に作ってゆっくりくつろごうと思うて来れば、いらん事に角《かど》を立てて……何の薬になるかいそれが」

葉子はもう胸一杯悲しくなっていた。本当は倉地の前に突伏して、自分は病気で始終身体《からだ》が自由にならないのが倉地に気の毒だ。けれどもどうか捨てないで愛し続けてくれ。身体が駄目になっても心の続く限りは自分は倉地の情人でいたい。そうより出来ない。そこを憐《あわれ》んでせめては心の誠を捧《ささ》げさしてくれ。若《も》し倉地が明々地《あからさま》に云ってくれさえすれば、元の細君を呼び迎えてくれても構わない。そしてせめては自分を憐んでなり愛してくれ。そう歎願《たんがん》がしたかったのだ。倉地はそれに感激してくれるかも知れない。俺れはお前も愛するが去った妻も捨てるには忍びない。よく云ってくれた。それならお前の言葉に甘えて哀れな妻を呼び迎えよう。妻もさぞお前の黄金のような心には感ずるだろう。俺れは妻とは家庭を持とう。然しお前とは恋を持とう。そう云って涙ぐんでくれるかも知れない。若しそんな場面が起り得たら葉子はどれ程嬉しいだろう。葉子はその瞬間に、生れ代って、正しい生活が開けてくるのにと思った。それを考えただけで胸の中からは美しい涙が滲《にじ》み出すのだった。けれども、そんな馬鹿を云うものではない、俺れの愛しているのはお前一人だ。元の妻などに俺れが未練を持っていると思うのが間違いだ。病気があるのなら早速病院に這入るがいい、費用はいくらでも出してやるから。こう倉地が云わないとも限らない。それはありそうな事だ。その時葉子は自分の心を立割って誠を見せた言葉が、情けも容赦も思いやりもなく、踏み躙《にじ》られ穢《けが》されてしまうのを見なければならないのだ。それは地獄の苛責《かしゃく》よりも葉子には堪えがたい事だ。縦令《たとい》倉地が前の態度に出てくれる可能性が九十九あって、後の態度を採りそうな可能性が一つしかないとしても、葉子には思い切って歎願をして見る勇気が出ないのだ。倉地も倉地で同じような事を思って苦んでいるらしい。何んとかして元のような懸け隔てのない葉子を見出して、段々と陥って行く生活の窮境の中にも、せめては暫らくなりとも人間らしい心になりたいと思って、葉子に近づいて来ているのだ。それを何所までも知り抜きながら、そして身につまされて深い同情を感じながら、どうしても面と向うと殺したい程憎まないではいられない葉子の心は自分ながら悲しかった。

葉子は倉地の最後の一言でその急所に触れられたのだった。葉子は倉地の眼の前で見る見るしおれてしまった。泣くまいと気張りながら幾度も雄々しく涙を飲んだ。倉地は明らかに葉子の心を感じたらしく見えた。

「葉子! お前は何んでこの頃そう他所々々《よそよそ》しくしていなければならんのだ。え」

と云いながら葉子の手を取ろうとした。その瞬間に葉子の心は火のように怒っていた。

「他所々々しいのはあなたじゃありませんか」

そう知らず知らず云ってしまって、葉子は没義道《もぎどう》に手を引込めた。倉地を睨みつける眼からは熱い大粒の涙がぼろぼろとこぼれた。そして、

「ああ……あ、地獄だ地獄だ」

と心の中で絶望的に切なく叫んだ。

二人の間には又もや忌《いま》わしい沈黙が繰返された。

その時玄関に案内の声が聞えた。葉子はその声を聞いて古藤が来たのを知った。そして大急ぎで涙を押拭《おしぬぐ》った。二階から降りて来て取次ぎに立った愛子がやがて六畳の間に這入《はい》って来て、古藤が来たと告げた。

「二階にお通ししてお茶でも上げてお置き。何んだって今頃《いまごろ》……御飯時も構わないで……」

と面倒臭そうに云ったが、あれ以来来た事のない古藤に遇《あ》うのは、今のこの苦しい圧迫から遁《のが》れるだけでも都合がよかった。このまま続いたら又例の発作で倉地に愛想《あいそ》を尽かさせるような事を仕出かすにきまっていたから。

「私一寸《ちょっと》会って見ますからね、あなた構わないでいらっしゃい。木村の事も探っておきたいから」

そう云って葉子はその座を外した。倉地は返事一つせずに杯を取上げていた。

二階に行って見ると、古藤は例の軍服に上等兵の肩章を附けて、胡座《あぐら》をかきながら貞世と何か話をしていた。葉子は今まで泣き苦んでいたとは思えぬ程美しい機嫌になっていた。簡単な挨拶《あいさつ》を済ますと古藤は例の云うべき事から先きに云い始めた。

「御面倒ですがね、明日定期検閲なところが今度は室内の整頓《せいとん》なんです。ところが僕は整頓風呂敷を洗濯《せんたく》しておくのをすっかり忘れてしまってね。今特別に外出を伍長《ごちょう》*にそっと頼んで許して貰《もら》って、これだけ布を買って来たんですが、縁を縫ってくれる人がないんで弱って駈《か》けつけたんです。大急ぎでやっていただけないでしょうか」

「お易《やす》い御用ですともね。愛さん！」

大きく呼ぶと階下にいた愛子が平生に似合わず、あたふたと階子段《はしごだん》を昇って来た。葉子はふと又倉地を念頭に浮べていやな気持ちになった。然しその頃貞世から愛子に愛が移ったかと思われる程葉子は愛子を大事に取扱っていた。それは前にも書いた通り、強《し》いても他人に対する愛情を殺す事によって、倉地との愛がより緊《かた》く結ばれると云う迷信のような心の働きから起った事だった。愛しても愛し足りないような貞世につらく当って、どうしても気の合わない愛子を虫を殺して大事にして見たら、或《あるい》は倉地の心が変って来るかも知れないとそう葉子は何がなしに思うのだった。で、倉地と愛子との間にどんな奇怪な徴候を見つけ出そうとも、念にかけても葉子は愛子を責めまいと覚悟をしていた。

「愛さん古藤さんがね、大急ぎでこの縁を縫って貰いたいと仰有《おっしゃ》るんだから、あなたして上げて頂戴《ちょうだい》な。古藤さん、今下には倉地さんが来ていらっしゃるんですが、あなたはお嫌《きら》いねお遇いなさるのは……そう、じゃこちらでお話でもしますからどうぞ」

そう云って古藤を妹達の部屋の隣りに案内した。古藤は時計を見い見いせわしそうにしていた。

「木村から便りがありますか」

木村は葉子の良人《おっと》ではなく自分の親友だと云ったような風で、古藤はもう木村君とは云わなかった。葉子はこの前古藤が来た時からそれを気付いていたが、今日は殊更らその心持ちが目立って聞えた。葉子は度々来ると答えた。

「困っているようですね」

「ええ、少しはね」

「少しどころじゃないようですよ僕の所に来る手紙によると。何んでも来年に開かれる筈《はず》だった博覧会が来々年《さらいねん》に延びたので、木村は又この前以上の窮境に陥ったらしいのです。若い中《うち》だからいいようなもののあんな不運な男も少ない。金も送っては来ないでしょう」

何んと云うぶしつけな事を云う男だろうと葉子は思ったが、余り云う事にわだかまりがないので皮肉でも云ってやる気にはなれなかった。

「いいえ相変らず送ってくれますことよ」

「木村って云うのはそうした男なんだ」

古藤は半ば自分に云うように感激した調子でこう云ったが、平気で仕送りを受けているらしく物を云う葉子にはひどく反感を催したらしく、

「木村からの送金を受取った時、その金があなたの手を焼きただらかすようには思いませんか」

と激しく葉子をまともに見詰めながら云った。そして油で汚れたような赤い手で、せわしなく胸の真鍮釦《しんちゅうぼたん》をはめたり外したりした。

「何故《なぜ》ですの」

「木村は困り切ってるんですよ。……本当にあなた考えて御覧なさい……」

勢込んでなお云い募ろうとした古藤は、襖《ふすま》も明け開いたままの隣りの部屋に愛子達がいるのに気付いたらしく、

「あなたはこの前お眼にかかった時からすると、又ひどく痩せましたねえ」

と言葉を反らした。

「愛さんもう出来て？」

と葉子も調子をかえて愛子に遠くからこう尋ね、「いいえまだ少し」と愛子が云うのをしおに葉子はそちらに立った。貞世はひどくつまらなそうな顔をして、机に両肘《りょうひじ》を持たせたまま、ぼんやりと庭の方を見やって、三人の挙動などには眼もくれない風だ

った。垣根《かきね》添《ぞ》いの木の間からは、種々な色の薔薇《ばら》の花が夕闇《ゆうやみ》の中にもちらほらと見えていた。葉子はこの頃の貞世は本当に変だと思いながら、愛子の縫いかけの布を取上げて見た。それはまだ半分も縫い上げられてはいなかった。葉子の癇癪《かんしゃく》はぎりぎり募って来たけれども、強いて心を押鎮《おししず》めながら、

「これっぽっち……愛子さんどうしたと云うんだろう。どれ姉さんにお貸し、そしてあなたは……貞ちゃんも古藤さんの所に行ってお相手をしてお出《い》で……」

「僕は倉地さんに遇って来ます」

　突然後向きの古藤は畳に片手をついて肩越しに向き返りながらこう云った。そして葉子が返事をする暇もなく立上って階子段を降りて行こうとした。葉子はすばやく愛子に眼くばせして、下に案内して二人の用を足してやるようにと云った。愛子は急いで立って行った。

　葉子は縫い物をしながら多少の不安を感じた。あの何んの技巧もない古藤と、癇癪が募り出して自分ながら始末をしあぐねているような倉地とがまともに打突《ぶつ》かり合ったら、どんな事を仕出かすかも知れない。木村を手の中に丸めておく事も今日二人の会見の結果で駄目になるかも分らないと思った。然し木村と云えば、古藤の云う事などを聞いていると葉子もさすがにその心根を思いやらずにはいられなかった。葉子が

この頃倉地に対して持っているような気持ちからは、木村の立場や心持ちがあからさま過ぎる位想像が出来た。木村は恋するものの本能からとうに倉地と葉子との関係は了解しているのに違いないのだ。了解して一人ぽっちで苦しめるだけ苦しんでいるに違いないのだ。それにも係《かかわ》らずその善良な心から何所《どこ》までも葉子の言葉に信用を置いて、何時《いつ》かは自分の誠意が葉子の心に徹するのを、あり得べき事のように思って、苦しい一日々々を暮しているのに違いない。そして又落ち込もうとする窮境の中から血の出るような金を欠かさずに送ってよこす。それを思うと、古藤が云うようにその金が葉子の手を焼かないのは不思議と云っていい程だった。尤《もっと》も葉子であって見れば、木村に醜いエゴイズムを見出さない程呑気《のんき》ではなかった。木村が何所までも葉子の言葉を信用してかかっている点にも、血の出るような金を送ってよこす点にも、葉子が倉地に対して持っているよりはもっと冷静な功利的な打算が行われていると決める事が出来る程木村の心の裏を察していないではなかった。葉子の倉地に対する心持ちから考えると木村の葉子に対する心持ちにはまだ隙《すき》があると葉子は思った。葉子が若し木村であったら、どうしておめおめ米国三界*にい続けて、遠くから葉子の心を飜《ひるが》えす手段を講ずるような呑気な真似《まね》がして済ましていられよう。葉子が木村の立場にいたら、事業を捨てても、乞食《こじき》になっても、すぐ米国から帰って来ないじゃいられない筈だ。米国から葉子と一緒に日本に引返した岡の心の方がどれだけ素直で誠しやかだか知れやしない。そこには生活と云う問題もある。事業という事もある。岡は生活に対して懸念《けねん》などする必要はないし、事業と云うようなものはてんで持ってはいない。木村とは何んと云っても立場が違ってはいる。と云ったところで、木村の持つ生活問題なり事業なりが、葉子と一緒になってから後の事を顧慮してされている事だとして見ても、そんな気持ちでいる木村には、何んと云っても余裕があり過ぎると思わないではいられない物足りなさがあった。縦《よ》し真裸かになる程、職業から放れて無一文になっていてもいい、葉子の乗って帰って来た船に木村も乗って一緒に帰って来たら、葉子は或は木村を船の中で人知れず殺して海の中に投げ込んでいようとも、木村の記憶は哀《かな》しくなつかしいものとして死ぬまで葉子の胸に刻みつけられていたろうものを。……それはそうに相違ない。それにしても木村は気の毒な男だ。自分の愛しようとする人が他人に心を牽《ひ》かれている……それを発見する事だけで悲惨は十分だ。葉子は本当は、倉地は葉子以外の人に心を牽かれているとは思ってはいないのだ。唯少し葉子から離れて来たらしいと疑い始めただけだ。それだけでも葉子は既に熱鉄を呑《の》まされるような焦燥と嫉妬《しっと》とを感ずるのだから、木村の立場はさぞ苦しいだろう。……そう推察すると葉子は自分の余りと云えば余りに残虐《ざんぎゃく》な心に胸の中がちくちくと刺されるようになった。「金が手を焼くように思いはしませんか」との古藤の云った言葉が妙に耳に残った。

そう思い思い布の一方を手早く縫い終って、縫目を器用にしごきながら眼を挙げると、そこには貞世が先刻《さっき》のまま机に両肘をついて、たかって来る蚊も追わずにぼんやりと庭の向うを見続けていた。切り下げにした厚い黒漆の髪の毛の下に覗《のぞ》き出した耳《みみ》朶《たぶ》は霜焼けでもしたように赤くなって、それを見ただけでも、貞世は何か昂奮《こうふん》して向うを向きながら泣いているに違いなく思われた。覚えがないではない。葉子も貞世程の齢《とし》の時には何か知らず急に世の中が悲しく見える事があった。何事も唯明るく快く頼もしくのみ見えるその底からふっと悲しいものが胸を抉《えぐ》って湧《わ》き出る事があった。取分けて快活ではあったが、葉子は幼い時から妙な事に臆病《おくびょう》がる児《こ》だった。ある時家族中で北国の淋《さび》しい田舎の方に避暑に出かけた事があったが、ある晩がらんと客の空いた大きな旅籠屋《はたごや》に宿った時、枕《まくら》を並べて寝た人達の中で葉子は床の間に近い一番端しに寝かされたが、どうした加減でか気味が悪くて堪らなくなり出した。暗い床の間の軸物の中からか、置物の蔭《かげ》からか、得体《えたい》の分らないものが現われ出て来そうなような気がして、そう思い出すとぞくぞくと総身に震えが来て、迚《とて》も頭を枕につけてはいられなかった。で、眠りかかった父や母にせがんで、その二人の中に割りこまして貰おうと思ったけれども、父も母もそんなに大きくなって何を馬鹿を云うのだと云って少しも葉子の云う事を取り上げてはくれなかった。葉子は暫《しば》らく両親と争っている中に何時の間にか寝入ったと見えて、翌日眼を覚まして見ると、矢張り自分が気味の悪いと思った所に寝ていた自分を見出《みいだ》した。その夕方、同じ旅籠屋の二階の手摺《てすり》から少し荒れたような庭を何の気なしにじっと見入っていると、急に昨夜の事を思い出して葉子は悲しくなり出した。父にも母にも世の中の凡《すべ》てのものにも自分はどうかして見放されてしまったのだ。親切らしく云ってくれる人は皆んな自分に虚事《うそ》をしているのだ。いい加減の所で自分はどんと皆んなから突き放なされるような悲しい事になるに違いない。どうしてそれを今まで気附かずにいたのだろう。そうなった暁《あかつき》に一人でこの庭をこうして見守ったらどんなに悲しいだろう。小さいながらにそんな事を一人で思い耽《ふけ》っているともう留度《とめど》なく悲しくなって来て父が何んと云っても母が何んと云っても、自分の心を自分の涙にひたし切って泣いた事を覚えている。

葉子は貞世の後姿を見るにつけてふとその時の自分を思い出した。妙な心の働きから、その時の葉子が貞世になってそこに幻のように現われたのではないかとさえ疑った。これは葉子には始終ある癖だった。始めて起った事が、どうしても何時かの過去にそのまま起った事のように思われてならない事がよくあった。貞世の姿は貞世ではなかった。苔香園《たいこうえん》は苔香園ではなかった。美人屋敷は美人屋敷ではなかった。周囲だけが妙にもやもやして心《しん》の方だけが澄み切った水のようにはっきりしたその頭の中には、貞世のとも、幼い時の自分のとも区別のつかない果敢《はか》なさ悲しさがこみ上げるように湧いていた。葉子は暫らくは針の運びも忘れてしまって、電灯の光を背に負って夕闇に埋れて行く木立ちに眺《なが》め入った貞世の姿を、恐ろしさを感ずるまでになりながら見続けた。

「貞ちゃん」

とうとう黙っているのが無気味になって葉子は沈黙を破りたいばかりにこう呼んで見た。貞世は返事一つしなかった。……葉子はぞっとした。貞世はああしたままで通り魔にでも魅《みい》られて死んでいるのではないか。それとももう一度名前を呼んだら、線香の上に溜《たま》った灰が少しの風で崩れ落ちるように、声の響でほろほろとかき消すようにあのいたいけな姿は失《な》くなってしまうのではないだろうか。そしてその後には夕闇に包まれた苔香園の木立ちと、二階の縁側と、小さな机だけが残るのではないだろうか……普段の葉子ならば何んという馬鹿だろうと思うような事をおどしながら真《ま》面目《じめ》に考えていた。

その時階下で倉地のひどく激昂《げっこう》した声が聞えた。葉子ははっとして長い悪夢からでも覚めたように我れに帰った。そこにいるのは姿は元のままだが、矢張りまがう方なき貞世だった。葉子は慌《あわ》てて何時の間にか膝からずり落してあった白布を取り上げて、階下の方にきっと聞き耳を立てた。事態は大分大事らしかった。

「貞ちゃん。……貞ちゃん……」

葉子はそう云いながら立ち上って行って、貞世を後ろから羽がいに抱きしめてやろうとした。然しその瞬間に自分の胸の中に自然に出来上らしていた結願《けちがん》を思い出して、心を鬼にしながら、

「貞ちゃんと云ったらお返事をなさいな。何んの事です拗《す》ねたまねをして。台所に行ってあとのすすぎ返しでもしてお出で、勉強もしないでぼんやりばかりしていると毒ですよ」

「だってお姉様私苦しいんですもの」

「嘘《うそ》をお云い。この頃はあなた本当にいけなくなった事。我儘《わがまま》ばかししていると姉さんは聴きませんよ」

貞世は淋しそうな恨めしそうな顔を真赤にして葉子の方を振向いた。それを見ただけで葉子はすっかり打摧《うちくだ》かれていた。水月《みぞおち》のあたりをすっと氷の棒でも通るような心持ちがすると、喉《のど》の所はもう泣きかけていた。何んという心に自分はなってしまった

のだろう……葉子はその上その場にはいたたまれないで、急いで階下の方へ降りて行った。

倉地の声に交って古藤の声も激して聞えた。

四十一

階子《はしご》段《だん》の上り口には愛子が姉を呼びに行こうか行くまいかと思案するらしく立っていた。そこを通り抜けて自分の部屋に来て見ると、胸毛をあらわに襟《えり》を潤《ひろ》げて、セルの両袖《りょうそで》を高々とまくり上げた倉地が、胡坐《あぐら》をかいたまま、電灯の灯《ひ》の下に熟柿《じゅくし》のように赤くなってこっちを向いて威丈け高になっていた。古藤は軍服の膝《ひざ》をきちんと折って真直《まっすぐ》に固く坐《すわ》って、葉子には後ろを向けていた。それを見るともう葉子の神経はびりびりと逆立って自分ながらどうしようもない程荒れすさんで来ていた。「何もかもいやだ。どうでも勝手になるがいい」するとすぐ頭が重くかぶさって来て、腹部の鈍痛が鉛の大きな球のように腰を虐《しいた》げた。それは二重に葉子をいらいらさせた。

「あなた方は一体何をそんなに云い合っていらっしゃるの」

もうそこには葉子はタクトを用いる余裕さえ持っていなかった。始終腹の底に冷静さを失わないで、あらん限りの表情を勝手に操縦してどんな難関でも、葉子に特有な仕方で切り開いて行くそんな余裕はその場には迚も出て来なかった。

「何をと云ってこの古藤と云う青年は余り礼儀を弁《わきま》えんからよ。木村さんの親友々々と二言目には鼻にかけたような事を云わるるが、俺《わ》しも俺しで木村さんからは頼まれとるんだから、一人よがりの事は云うて貰《もら》わんでもがいいのだ。それをつべこべ碌々《ろくろく》あなたの世話も見ずにおきながら、云い立てなさるので、筋が違っていようと云って聞かせて上げた所だ。古藤さん、あなた失礼だが一体いくつです」

葉子に云って聞かせるでもなくそう云って、倉地は又古藤の方に向き直った。古藤はこの侮辱に対して口答えの言葉も出ないように激昂して黙っていた。

「答えるが恥しければ強《し》いても聞くまい。が、いずれ二十《はたち》は過ぎていられるのだろう。二十過ぎた男があなたのように礼儀も弁えずに他人《ひと》の生活の内輪にまで立入って物を云うは馬鹿の証拠ですよ。男が物を云うなら考えてから云うがいい」

そう云って倉地は言葉の激昂している割合に、又見かけのいかにも威丈け高かな割合に、十分の余裕を見せて、空嘯《そらうそぶ》くように打水をした庭の方を見ながら団扇《うちわ》をつかった。

古藤は暫らく黙っていてから後ろを振仰いで葉子を見やりつつ、

「葉子さん……まあ、す、坐って下さい」
と少しどもるように強いて穏やかに云った。葉子はその時始めて、我れにもなくそれまでそこに突立ったままぼんやりしていたのを知って、自分に嘗《かつ》てないようなとんきょな事をしていたのに気が附いた。そして自分ながらこの頃は本当に変だと思いながら二人の間に、出来るだけ気を落着けて座についた。古藤の顔を見るとやや青ざめて、顳顬《こめかみ》の所に太い筋を立てていた。葉子はその時分になって始めて少しずつ自分を恢復《かいふく》していた。

「古藤さん、倉地さんは少しお酒を召上った所だからこんな時むずかしいお話をなさるのはよくありませんでしたわ。何んですか知りませんけれども今夜はもうそのお話は綺麗《きれい》にやめましょう。如何《いかが》?……又ゆっくりね……あ、愛さん、あなたお二階に行って縫いかけを大急ぎで仕上げて置いて頂戴《ちょうだい》。姉さんがあらかたしてしまってあるけれども……」

そう云って先刻から逐一二人の争論を聴いていたらしい愛子を階上に追い上げた。

暫らくして古藤はようやく落着いて自分の言葉を見出したように、

「倉地さんに物を云ったのは僕が間違っていたかも知れません。じゃ倉地さんを前に置いてあなたに云わして下さい。お世辞でも何んでもなく、僕は始めからあなたには倉地さんなんかには無い誠実な所が、何所《どこ》かに隠れているように思っていたんです。僕の云う事をその誠実な所で判断して下さい」

「まあ今日はもういいじゃありませんか、ね。私、あなたの仰有ろうとする事はよっく分っていますわ。私決して仇《あだ》やおろそかには思っていません本当に。私だって考えてはいますわ。その中とっくり私の方から伺っていただきたいと思っていた位ですからそれまで……」

「今日聞いて下さい。軍隊生活をしていると三人でこうしてお話する機会はそうありそうにはありません。もう帰営の時間が逼《せま》っていますから、長くお話は出来ないけれども……それだから我慢して聞いて下さい」

それなら何んでも勝手に云って見るがいい、仕儀によっては黙ってはいないからという腹を、かすかに皮肉に開いた唇《くちびる》に見せて葉子は古藤に耳を仮《か》す態度を見せた。倉地は知らん振りをして庭の方を見続けていた。古藤は倉地を全く度外視したように葉子の方に向き直って、葉子の眼に自分の眼を定めた。率直な明らさまなその眼にはその場合にすら子供じみた羞恥《しゅうち》の色を湛《たた》えていた。例の如《ごと》く古藤は胸の金釦《きんぼたん》をはめたり外したりしながら、

「僕は今まで自分の因循*からあなたに対しても木村に対しても本当に友情らしい友情

を現わさなかったのを恥しく思います。僕はとうにもっとどうかしなければいけなかったんですけれども……木村、木村って木村の事ばかり云うようですけれども、木村の事を云うのはあなたの事を云うのも同じだと僕は思うんですが、あなたは今でも木村と結婚する気が確かにあるんですか無いんですか、倉地さんの前でそれをはっきり僕に聞かせて下さい。何事もそこから出発して行かなければこの話は畢竟《ひっきょう》まわりばかり廻る事になりますから。僕はあなたが木村と結婚する気はないと云われても決してそれをどうと云うんじゃありません。木村は気の毒です。あの男は表面はあんなに楽天的に見えていて、意志が強そうだけれども、随分涙っぽい方だから、その失望は思いやられます。けれどもそれだって仕方がない。第一始めから無理だったから……あなたのお話のようなら……。然し事情が事情だったとは云え、あなたは何故《なぜ》いやならいやと……そんな過去を云ったところが始らないからやめましょう。……葉子さん、誤解しては困りますよ、僕はあなたが間違っていると云う積りじゃないんですから。あなたは本当に自分を考えて見て、何所か間違っていると思った事はありませんか。他人の事を他人が判断する事なんかは出来ない事だけれども、僕はあなたが何所か不自然に見えていけないんです。*よく世の中では人生の事はそう単純に行くもんじゃないと云いますが、そしてあなたの生活なんぞを見ていると、それは極《ご》く外面的に見ているからそう見えるのかも知れないけれども、実際随分複雑らしく思われますが、そうあるべき事なんでしょうか。もっともっと clear に sun-clear に自分の力だけの事、徳だけの事をして暮せそうなものだと僕自身は思うんですがね……僕にもそうでなくなる時代が来るかも知らないけれども、今の僕としてはそうより考えられないんです。一時は混雑も来、不和も来、喧嘩《けんか》も来るかは知れないが、結局はそうするより仕方がないと思いますよ。あなたの事に付いても僕は前からそういう風にはっきり片付けてしまいたいとは思っていたんですけれど、姑息《こそく》な心からそれまでに行かずともいい結果が生れて来はしないかと思ったりして今日までどっち附かずで過して来たんです。然しもうこの以上僕には我慢が出来なくなりました。

倉地さんとあなたと結婚なさるならなさるで木村も断念《あきら》めるより外に道はありません。木村に取っては苦しい事だろうが、僕から考えるとどっち付かずで煩悶《はんもん》しているのよりどれだけいいか分りません。だから倉地さんに意向を伺おうとすれば、倉地さんは頭から僕を馬鹿にして話しを真身《しんみ》に受けては下さらないんです」

「馬鹿にされる方が悪いのよ」

倉地は庭の方から顔を返して、「どこまで馬鹿に出来上った男だろう」というように苦笑いをしながら古藤を見やって、又知らぬ顔に庭の方を向いてしまった。

「そりゃそうだ。馬鹿にされる僕は馬鹿だろう。然しあなたには……あなたには僕等が持ってる良心というものがないんだ。それだけは馬鹿でも僕には判《わか》る。あなたが馬鹿と云われるのと、僕が自分を馬鹿と思っているそれとは、意味が違いますよ」

「その通り、あなたは馬鹿だと思いながら、何所か心の隅《すみ》で『何馬鹿なものか』と思いよるし、私はあなたを嘘本《うそほん》なしに馬鹿と云うだけの相違があるよ」

「あなたは気の毒な人です」

古藤の眼には怒りと云うよりも、ある激しい感情の涙が薄く宿っていた。古藤の心の中の一番奥深い所が汚されないままで、ふと眼から覗《のぞ》き出したかと思われる程、その涙をためた眼は一種の力と清さとを持っていた。さすがの倉地もその一言には言葉を返す事なく、不思議そうに古藤の顔を見た。葉子も思わず一種改った気分になった。そこにはこれまで見慣れていた古藤はいなくなって、その代りに胡魔化《ごまか》しの利《き》かない強い力を持った一人の純潔な青年がひょっこり現われ出たように見えた。何を云うか、又いつものようなあり来《きた》りの道徳論を振廻わすと思いながら、一種の軽侮を以《もっ》て黙って聞いていた葉子は、この一言で、謂《い》わば古藤を壁際《かべぎわ》に思い存分押し附けていた倉地が手もなく弾《はじ》き返されたのを見た。言葉の上や仕打ちの上やで如何《いか》に高圧的に出て見ても、どうする事も出来ないような真実さが古藤から溢《あふ》れ出ていた。それに歯向うには真実で歯向う外はない。倉地はそれを持ち合わしているかどうか葉子には想像がつかなかった。その場合倉地は暫らく古藤の顔を不思議そうに見やった後、平気な顔をして膳《ぜん》から杯を取り上げて、飲み残して冷えた酒をてれかくしのように煽《あお》りつけた。葉子はこの時古藤とこんな調子で向い合っているのが恐ろしくってならなくなった。古藤の眼の前でひょっとすると今まで築いて来た生活が崩れてしまいそうな危惧《きぐ》をさえ感じた。で、そのまま黙って倉地の真似をするようだが、平気を装いつつ煙管《きせる》を取上げた。その場の仕打ちとしては拙《つた》ないやり方であるのを歯痒《はがゆ》くは思いながら。

古藤は暫らく言葉を途切らしていたが、又改って葉子の方に話しかけた。

「そう改まらないで下さい。いいですか。その代り思っただけの事をいい加減にしておかずに話し合わせて見て下さい。あなたと倉地さんとのこれまでの生活は、僕みたいな無経験なものにも、疑問として片付けておく事の出来ないような事実を感じさせるんです。それに対するあなたの弁解は詭弁《きべん》とより僕には響かなくなりました。僕の鈍い直覚ですらがそう考えるのです。だからこの際あなたと倉地さんとの関係を明らかにして、あなたから木村に偽りのない告白をして頂きたいんです。木村が一人で生活に苦しみながら例えようのない疑惑の中に藻掻《もが》いているのを少しでも想像して見たら……今のあなたにはそれを要求するのは無理かも知れないけれども……。第一こんな不安定な状態からあなたは愛子さんや貞世さんを救う義務があると思いますよ僕は。あなただけに限られずに、四方八方の人の心に響くというのは恐ろしい事だとは本当にあなたには思えませんかねえ。僕には側《そば》で見ているだけでも恐ろしいがなあ。人にはいつか総勘定をしなければならない時が来るんだ。いくら借りになっていてもびくともしないと云う自信もなくって、ずるずるべったりに無反省に借りばかり作っているのは考えて見ると不安じゃないでしょうか。葉子さん、あなたには美しい誠実があるんだ。僕はそれを知っています。木村にだけはどうした訳か別だけれども、あなたはびた一文でも借りをしていると思うと寝心地が悪いと云うような気象を持っているじゃありませんか。それに心の借金ならいくら借金をしていても平気でいられる訳はないと思いますよ。何故あなたは好んでそれを踏み躙《にじ》ろうとばかりしているんです。そんな情けない事ばかりしていては駄目《だめ》じゃありませんか。……僕ははっきり思う通りを云い現わし得ないけれども……云おうとしている事は分って下さるでしょう」

古藤は思い入った風で、油で汚れた手を幾度も真黒に日に焼けた眼頭の所に持って行った。蚊がぶんぶんと攻めかけて来るのも忘れたようだった。葉子は古藤の言葉をもうそれ以上は聞いていられなかった。折角そっとして置いた心のよどみが掻きまわされて、見まいとしていた穢《きたな》いものがぬらぬらと眼の前に浮出て来るようでもあった。

塗りつぶし塗りつぶししていた心の壁に罅《ひび》が入って、そこから面《おもて》も向けられない白い光がちらと射《さ》すようにも思った。もう然しそれは凡て余り遅い。葉子はそんな物を無視してかかる外に道がないと思った。胡魔化していけないと古藤の云った言葉はその瞬間にもすぐ葉子にきびしく答えたけれども、葉子は押し切ってそんな言葉をかなぐり捨てないではいられないと自分から諦《あきら》めた。

「よく分りました。あなたの仰有る事は何時でも私にはよく判りますわ。その中《うち》私屹《きっ》度《と》木村の方に手紙を出すから安心して下さいまし。この頃はあなたの方が木村以上に神経質になっていらっしゃるようだけれども、御親切はよく私にも分りますわ。倉地さんだってあなたのお心持ちは通じているに違いないんですけれども、あなたが……何んと云ったらいいでしょうねえ……あなたがあんまり真正面から仰有るもんだから、つい向腹《むかっぱら》をお立てなすったんでしょう。そうでしょう、ね、倉地さん。……こんないやなお話はこれだけにして妹達でも呼んで面白いお話でもしましょう」

「僕がもっと偉いと、云う事がもっと深く皆さんの心に這入《はい》るんですが、僕の云う事は本当の事だと思うんだけれども仕方がありません。それじゃ屹度木村に書いてやって下さい。僕自身は何も物数奇《ものずき》らしくその内容を知りたいとは思ってる訳じゃないんですから……」

古藤がまだ何か云おうとしている時に愛子が整頓風呂敷の出来上ったのを持って、二階から降りて来た。古藤は愛子からそれを受取ると思い出したように慌てて時計を見た。葉子はそれには頓着《とんじゃく》しないように、

「愛さんあれを古藤さんにお目に懸けよう。古藤さん一寸《ちょっと》待っていらしってね。今面白いものをお目に懸けるから。貞ちゃんは二階？　いないの？　何所に行ったんだろう……貞ちゃん！」

こう云って葉子が呼ぶと台所の方から貞世が打沈んだ顔をして泣いた後のように頬《ほお》を赤くして這入って来た。矢張り自分の云った言葉に従って一人ぽっちで台所に行ってすすぎ物をしていたのかと思うと、葉子はもう胸が逼って眼の中が熱くなるのだった。

「さあ二人でこの間学校で習って来たダンスをして古藤さんと倉地さんとにお目にお懸け。一寸コティロン*のようで又変っていますの。さ」

二人は十畳の座敷の方に立って行った。倉地はこれをきっかけにからっと快活になって、今までの事は忘れたように、古藤にも微笑を与えながら「それは面白かろう」と云いつつ後に続いた。愛子の姿を見ると古藤も釣《つ》り込まれる風に見えた。葉子は決してそれを見遁《みのが》さなかった。

可憐《かれん》な姿をした姉と妹とは十畳の電灯の下に向い合って立った。愛子はいつでもそうなようにこんな場合でもいかにも冷静だった。普通ならばその年頃の少女としては、遣《や》り所もない羞恥を感ずる筈《はず》であるのに、愛子は少し眼を伏せている外にはしらじらとしていた。きゃっきゃっと嬉《うれ》しがったり恥かしがったりする貞世はその夜はどうしたものかただ物憂《ものう》げにそこにしょんぼりと立った。その夜の二人は妙に無感情な一対《つい》の美しい踊り手だった。葉子が「一二三」と合図をすると、二人は両手を腰骨の所に置き添えて静かに回旋しながら舞い始めた。兵営の中ばかりにいて美しいものを全く見なかったらしい古藤は、暫らくは何事も忘れたように恍惚《こうこつ》として二人の描く曲線のさまざまに見とれていた。

と突然貞世が両袖を顔にあてたと思うと、急に舞いの輪から外《そ》れて、一散に玄関側の六畳に駈《か》け込んだ。六畳に達しない中に痛ましく啜《すす》り泣く声が聞え出した。古藤ははっと慌ててそっちに行こうとしたが、愛子が一人になっても、顔色も動かさずに踊り続けているのを見るとそのまま又立止った。愛子は自分の仕遂《しお》すべき務めを仕遂せる事に心を集める様子で舞いつづけた。

「愛さん一寸お待ち」

と云った葉子の声は低いながら帛《きぬ》を裂くように疳癖《かんぺき》らしい調子になっていた。別室に妹の駈け込んだのを見向きもしない愛子の不人情さを憤《いきどお》る怒りと、命ぜられた事を中途半端でやめてしまった貞世を憤る怒りとで葉子は自制が出来ない程慄《ふる》えていた。愛子は静かにそこに両手を腰から降ろして立ち止った。

「貞ちゃんなんですその失礼は。出ておいでなさい」

葉子は激しく隣室に向ってこう叫んだ。隣室から貞世のすすり泣く声が哀れにもまざまざと聞えて来るだけだった。抱きしめても抱きしめても飽き足らない程の愛着をそのまま裏返したような憎しみが、葉子の心を火のようにした。葉子は愛子に厳しく云いつけて貞世を六畳から呼び返さした。

やがてその六畳から出て来た愛子は、さすがに不安な面持《おもも》ちをしていた。苦しくって堪《たま》らないと云うから額に手をあてて見たら火のように熱いと云うのだ。

葉子は思わずぎょっとした。生れ落ちるとから病気一つせずに育って来た貞世は前から発熱していたのを自分で知らずにいたに違いない。気むずかしくなってから一週間位になるから、何かの熱病にかかったとすれば病気は可なり進んでいる筈だ。ひょっとすると貞世はもう死ぬ……それを葉子は直覚したように思った。眼の前で世界が急に暗らくなった。電灯の光も見えない程に頭の中が暗い渦巻《うずま》きで一杯になった。ええ、一層の事死んでくれ。この血祭りで倉地が自分にはっきり繋《つな》がれてしまわないと誰《だ》れが云えよう。人身《ひとみ》御《ご》供《くう》にしてしまおう。そう葉子は恐怖の絶頂にありながら妙にしんとした心持ちで思いめぐらした。そしてそこにぼんやりしたまま突立っていた。

いつの間に行ったのか、倉地と古藤とが六畳の間から首を出した。

「お葉さん……ありゃ泣いた為めばかりの熱じゃない。早く来て御覧」

倉地の慌てるような声が聞えた。

それを聞くと葉子は始めて事の真相が分ったように、夢から眼覚めたように、急に頭がはっきりして六畳の間に走り込んだ。貞世は一際背丈けが縮まったように小さく丸まって、坐蒲団《ざぶとん》に顔を埋めていた。膝をついて側《そば》によって後頸《うなじ》の所を触って見ると、気味の悪い程の熱が葉子の手に伝わって来た。

その瞬間に葉子の心はでんぐり返しを打った。いとしい貞世につらく当ったら、そして若《も》し貞世がその為めに命を落すような事でもあったら、倉地を大丈夫摑《つか》む事が出来ると何がなしに思い込んで、しかもそれを実行した迷信とも妄想《もうそう》とも例えようのない、狂気染《じ》みた結願《けちがん》が何んの苦もなくばらばらに崩れてしまって、その跡にはどうかして貞世を活《い》かしたいという素直な涙ぐましい願いばかりがしみじみと働いていた。自分の愛するものが死ぬか活きるかの境目に来たと思うと、生への執着と死への恐怖とが、今まで想像も及ばなかった強さでひしひしと感ぜられた。自分を八つ裂きにしても貞世の命は取りとめなくてはならぬ。若し貞世が死ねばそれは自分が殺したんだ。何も知らない、神のような少女を……葉子はあらぬことまで勝手に想像して勝手に苦しむ自分をたしなめる積りでいても、それ以上に種々な予想が激しく頭の中で働いた。

葉子は貞世の背を擦《さす》りながら、歎願《たんがん》するように哀恕《あいじょ》を乞《こ》うように古藤や倉地や愛子までを見まわした。それらの人々は何《いず》れも心痛げな顔色を見せていないではなかった。然《しか》し葉子から見るとそれは皆んな贋物《にせもの》だった。

やがて古藤は兵営への帰途医者を頼むといって帰って行った。葉子は、一人でも、どんな人でも貞世の身近から離れて行くのをつらく思った。そんな人達は多少でも貞世の生命を一緒に持って行ってしまうように思われてならなかった。

日はとっぷり暮れてしまったけれども何所《どこ》の戸締りもしないこの家に、古藤が云ってよこした医者がやって来た。そして貞世は明らかに腸チブス＊に罹《かか》っていると診断されてしまった。

四十二

「お姉様……行っちゃいやあ……」

まるで四つか五つの幼児のように頑是《がんぜ》なく我儘《わがまま》になってしまった貞世の声を聞き残しながら葉子は病室を出た。折からじめじめと降りつづいている五月雨《さみだれ》に、廊下には夜明けからの薄暗さがそのまま残っていた。白衣を着た看護婦が暗らいだだっ広い廊下を、上草履《うわぞうり》の大きな音をさせながら案内に立った。十日の余も、夜昼の見界《みさかい》もなく、帯も解かずに看護の手を尽した葉子は、どうかするとふらふらとなって、頭だけが五体から離れて何所ともなく漂って行くかとも思うような不思議な錯覚を感じながら、それでも緊張し切った心持ちになっていた。凡《すべ》ての音響、凡ての色彩が極度に誇張されてその感覚に触れて来た。貞世が腸チブスと診断されたその晩、葉子は担架に乗せられたその憐《あわ》れな小さな妹に附添ってこの大学病院の隔離室*に来てしまったのであるが、その時別れたなりで、倉地は一度も病院を尋ねては来なかったのだ。葉子は愛子一人が留守する山内《さんない》の家の方に、少し不安心ではあるけれどもいつか暇をやったつやを呼び寄せておこうと思って、宿許《やどもと》に云ってやると、つやはあれから看護婦を志願して京橋の方のある病院にいるという事が知れたので、已《や》むを得ず倉地の下宿から年を取った女中を一人頼んでいて貰《もら》う事にした。病院に来てからの十日——それは昨日から今日にかけての事のように短く思われもし、一日が一年に相当するかと疑われる程永くも感じられた。

その長く感じられる方の期間には、倉地と愛子との姿が不安と嫉妬《しっと》との対照となって葉子の心の眼に立ち現われた。葉子の家を預っているものは倉地の下宿から来た女だとすると、それは倉地の犬と云ってもよかった。そこに一人残された愛子……長い時間の間にどんな事でも起り得ずにいるものか。そう気を廻し出すと葉子は貞世の寝台の傍《そば》にいて、熱の為めに唇《くちびる》がかさかさになって、半分眼を開けたまま昏睡《こんすい》しているその小さな顔を見詰めている時でも、思わずかっとなってそこを飛出そうとするような衝動に駆り立てられるのだった。

然し又短く感じられる方の期間にはただ貞世ばかりがいた。末子として両親から嘗《な》める程溺愛《できあい》もされ、葉子の唯一《ゆいいつ》の寵児《ちょうじ》ともされ、健康で、快活で、無邪気で、我儘で、病気という事などはついぞ知らなかったその子は、引き続いて父を失い、母を失い、葉子の病的な呪咀《じゅそ》の犠牲となり、突然死病に取りつかれて、夢にも現《うつつ》にも思いもかけなかった死と向い合って、ひたすらに恐れおののいている、その姿は、千丈の谷底に続く崕《がけ》の際《きわ》に両手だけで垂下った人が、そこの土がぼろぼろと崩れ落ちる度毎《たびごと》に、懸命になって助けを求めて泣き叫びながら、少しでも手がかりのある物に獅噛《しが》み附こうとするのを見るのと異らなかった。しかもそんなはめに貞世を陥《おとしい》れてしまったのは結局自分に責任の大部分があると思うと、葉子はいとしさ悲しさで胸も腸《はらわた》も裂けるようになった。貞世が死ぬにしても、せめては自分だけは貞世を愛し抜いて死なせたかった。貞世を仮りにもいじめるとは……まるで天使のような心で自分を信じ切り愛し抜いてくれていた貞世を仮りにも没義道《もぎどう》に取り扱ったとは……葉子は自分ながら自分の心の埒《らち》なさ恐ろしさに悔いても悔いても及ばない悔を感じた。そこまで詮《せん》じつめて来ると、葉子には倉地もなかった。唯《ただ》命にかけても貞世を病気から救って、貞世が元通りにつやつやしい健康に帰った時、貞世を大事に大事に自分の胸にかき抱いてやって、「貞ちゃんお前はよくこそ治ってくれたね。姉さんを恨まないでおくれ。姉さんはもう今までの事を皆んな後悔して、これからはあなたをいつまでもいつまでも後生大事にしてあげますからね」

としみじみと泣きながら云ってやりたかった。ただそれだけの願いに固まってしまった。そうした心持ちになっていると、時間は唯矢のように飛んで過ぎた。死の方へ貞世を連れて行く時間は唯矢のように飛んで過ぎると思えた。

この奇怪な心の葛藤《かっとう》に加えて、葉子の健康はこの十日程の激しい昂奮《こうふん》と活動とでみじめにも害《そこな》い傷けられているらしかった。緊張の極点にいるような今の葉子には左程と思われないようにもあったが、貞世が死ぬか治るかして一息つく時が来たら、どうして肉体を支える事が出来ようかと危《あやぶ》まないではいられない予感が厳しく葉子を襲う瞬間は幾度もあった。

そうした苦しみの最中に珍らしく倉地が尋ねて来たのだった。丁度何もかも忘れて貞世の事ばかり気にしていた葉子は、この案内を聞くと、まるで生れ代ったようにその心は倉地で一杯になってしまった。

病室の中から叫びに叫ぶ貞世の声が廊下まで響いて聞えたけれども、葉子はそれには頓着していられない程無気になって看護婦の後を追った。歩きながら衣紋《えもん》を整えて、例の左手を挙げて鬢《びん》の毛を器用にかき上げながら、応接室の所まで来ると、そこはさすがに幾分か明るくなっていて、開戸の側の硝子窓《ガラスまど》の向うに頑丈な倉地と、思いもかけず岡の華車《きゃしゃ》な姿とが眺《なが》められた。

葉子は看護婦のいるのも岡のいるのも忘れたようにいいいきなり倉地に近づいて、その胸に自分の顔を埋めてしまった。何よりもかによりも長い長い間遇《あ》い得ずにいた倉地の胸は、数限りもない聯想《れんそう》に飾られて、凡ての疑惑や不快を一掃するに足る程なつかしかった。倉地の胸からは触れ慣れた衣《きぬ》ざわりと、強烈な膚《はだ》の匂《にお》いとが、葉子の病的に嵩《こう》じた感覚を乱酔さす程に伝わって来た。

「どうだ、ちっとはいいか」

「おおこの声だ、この声だ」……葉子はかく思いながら悲くなった。それは長い間闇《やみ》の中に閉《と》じこめられていたものが偶然灯《ひ》の光を見た時に胸を突いて湧《わ》き出て来るような悲しさだった。葉子は自分の立場を殊更《ことさ》ら憐れに描いて見たい衝動を感じた。

「駄目《だめ》です。貞世は、可哀《かわい》そうに死にます」

「馬鹿な……あなたにも似合わん、そう早う落胆する法があるものかい。どれ一つ見舞ってやろう」

そう云いながら倉地は先刻《さっき》からそこにいた看護婦の方に振向いた様子だった。そこに看護婦も岡もいるという事はちゃんと知っていながら、葉子は誰れもいないもののような心持ちで振舞っていたのを思うと、自分ながらこの頃《ごろ》は心が狂っているのではないかとさえ疑った。看護婦は倉地と葉子との対話振りで、この美しい婦人の素性を呑《の》み込んだと云うような顔をしていた。岡はさすがに慎《つつ》ましやかに心痛の色を顔に現わして椅子《いす》の背に手をかけたまま立っていた。

「ああ、岡さんあなたもわざわざお見舞下さって難有《ありがと》う御座いました」

葉子は少し挨拶《あいさつ》の機会をおくらしたと思いながらもやさしくこう云った。岡は頬を紅《あか》めたまま黙ってうなずいた。

「丁度今見えたもんだで御一緒したが、岡さんはここでお帰りを願ったがいいと思うが……（そう云って倉地は岡の方を見た）何しろ病気が病気ですから……」

「私、貞世さんに是非お会いしたいと思いますからどうかお許し下さい」
岡は思い入ったようにこう云って、丁度そこに看護婦が持って来た二枚の白い上っ張りの中《うち》少し古く見える一枚を取って倉地よりも先きに着始めた。葉子は岡を見るともう一つのたくらみを心の中で案じ出していた。岡を出来るだけ度々山内の家の方に遊びに行かせてやろう。それは倉地と愛子とが接触する機会をいくらかでも妨げる結果になるに違いない。岡と愛子とが互に愛し合うようになったら……なったとしてもそれは悪い結果という事は出来ない。岡は病身ではあるけれども地位もあれば金もある。それは愛子のみならず、自分の将来に取っても役に立つに相違ない。……とそう思うすぐその下から、どうしても虫の好かない愛子が、葉子の意志の下にすっかり繋《つな》ぎ附けられているような岡を偸《ぬす》んで行くのを見なければならないのが面憎《つらにく》くも妬《ねた》ましくもあった。

葉子は二人の男を案内しながら先きに立った。暗らい長い廊下の両側に立ち幷《なら》んだ病室の中からは、呼吸困難の中からかすれたような声でディフテリヤ*らしい幼児の泣き叫ぶのが聞えたりした。貞世の病室からは一人の看護婦が半ば身を乗り出して、部屋の中に向いて何か云いながら、頻《しき》りとこっちを眺めていた。貞世の何か云い募る言葉さえが葉子の耳に届いて来た。その瞬間にもう葉子はそこに倉地のいる事なども忘れて、急ぎ足でその方に走り近づいた。

「そらもう帰っていらっしゃいましたよ」

と云いながら顔を引込めた看護婦に続いて、飛び込むように病室に這入って見ると、貞世は乱暴にも寝台の上に起き上って、膝小僧《ひざこぞう》も露《あら》わになる程取乱した姿で、手を顔にあてたままおいおいと泣いていた。葉子は驚いて寝台に近寄った。

「何んと云うあなたは聞き訳のない……貞ちゃんその病気で、あなた、寝台から起き上ったりすると何時《いつ》までも治りはしませんよ。あなたの好きな倉地の小父《おじ》さんと岡さんがお見舞に来て下さったのですよ。はっきり分りますか、そら、そこを御覧、横になってから」

そう云い云い葉子は如何《いか》にも愛情に満ちた器用な手つきで軽く貞世を抱えて床の上に臥《ね》かしつけた。貞世の顔は今まで盛んな運動でもしていたように美しく活々《いきいき》と紅味《あかみ》がさして、房々した髪の毛は少しもつれて汗ばんで額際《ひたいぎわ》に粘りついていた。それは病気を思わせるよりも過剰の健康とでも云うべきものを思わせた。唯《ただ》その両眼と唇だけは明らかに尋常でなかった。すっかり充血したその眼は普段よりも大きくなって、二重瞼《ふたえまぶた》になっていた。その眸《ひとみ》は熱の為めに燃えて、おどおどと何者かを見詰めているようにも、何かを見出そうとして尋ねあぐんでいるようにも見えた。その様子は例えば葉子を見入っている時でも、葉子を貫いて葉子の後の方遥《はる》かの所にある或《あ》る者を見極めようとあらん限りの力を尽しているようだった。唇は上下ともからからになって、内紫《うちむらさき》という柑類《かんるい》*の実をむいて天日《てんぴ》に干したように乾いていた。それは見るもいたいたしかった。その唇の中から高熱の為めに一種の臭気が呼吸の度毎に吐き出される、その臭気が唇の著しいゆがめ方の為めに、眼に見えるようだった。貞世は葉子に注意されて物惰《ものう》げに少し眼をそらして倉地と岡とのいる方を見たが、それがどうしたんだというように、少しの興味も見せずに又葉子を見入りながらせっせと肩をゆすって苦しげな呼吸をつづけた。

「お姉さま……水……氷……もういっちゃいや……」

これだけ幽《かす》かに云うともう苦しそうに眼をつぶってほろほろと大粒の涙をこぼすのだった。

倉地は陰鬱《いんうつ》な雨脚で灰色になったガラス窓を背景にして突立ちながら、黙ったまま不安らしく首をかしげた。岡は日頃の滅多に泣かない性質に似ず、倉地の後ろにそっと引きそって涙ぐんでいた。葉子には後ろを振向いて見ないでもそれが眼に見るようにはっきり分った。貞世の事は自分一人で背負って立つ。余計な憐れみはかけて貰いたくない。そんないらいらしい反抗的な心持ちさえその場合起らずにはいなかった。

過ぐる十日というもの一度も見舞う事をせずにいて、今更らその由々しげな顔付きは何んだ。そう倉地にでも岡にでも云ってやりたい程葉子の心は棘々《とげとげ》しくなっていた。で、葉子は後ろを振向きもせずに、箸《はし》の先きにつけた脱脂綿を氷水の中に浸しては、貞世の口を拭《ぬぐ》っていた。

こうやってものの稍《やや》二十分が過ぎた。飾り気も何もない板張りの病室には段々夕暮の色が催して来た。五月雨はじめじめと小休《こや》みなく戸外では降りつづいていた。「お姉様治して頂戴《ちょうだい》よう」とか「苦しい……苦しいからお薬を下さい」とか「もう熱を計るのはいや」とか時々囈言《うわごと》のように云っては、葉子の手に噛《かじ》り附く貞世の姿は何時息気《いき》を引取るかも知れないと葉子に思わせた。

「ではもう帰りましょうか」

倉地が岡を促すようにこう云った。岡は倉地に対し葉子に対して少しの間返事を敢《あえ》てするのを憚《はばか》っている様子だったが、とうとう思い切って、倉地に向って云っていながら少し葉子に対して歎願するような調子で、

「私、今日は何んにも用がありませんから、こちらに残らしていただいて、葉子さんのお手伝いをしたいと思いますから、お先きにお帰り下さい」

と云った。岡はひどく意志が弱そうに見えながら一度思い入って云い出した事は、と

うとう仕《し》舉《おお》せずにはおかない事を、葉子も倉地も今までの経験から知っていた。葉子は結局それを許す外はないと思った。

「じゃ俺《わ》しはお先きするがお葉さん一寸《ちょっと》……」

と云って倉地は入口の方にしざって行った。折から貞世はすやすやと昏睡に陥っていたので、葉子はそっと自分の袖《そで》を捕えている貞世の手をほどいて、倉地の後から病室を出た。病室を出るとすぐ葉子はもう貞世を看護している葉子ではなかった。

葉子はすぐに倉地に引き添って肩をならべながら廊下を応接室の方に伝って行った。

「お前は随分と疲れとるよ。用心せんといかんぜ」

「大丈夫……こっちは大丈夫です。それにしてもあなたは……お忙しかったんでしょうね」

例えば自分の言葉は稜針《かどばり》*で、それを倉地の心臓に揉《も》み込むと云うような鋭い語気になってそう云った。

「全く忙しかった。あれから俺しはお前の家には一度もよう行かずにいるんだ」

そう云った倉地の返事には如何にもわだかまりがなかった。葉子の鋭い言葉にも少しも引けめを感じている風は見えなかった。葉子でさえが危くそれを信じようとする程だった。然しその瞬間に葉子は燕返《つばめがえ》しに自分に帰った。何をいい加減な……それは白々しさが少し過ぎている。この十日の間に、倉地に取ってはこの上もない機会の与えられた十日の間に、杉森の中の淋しい家にその足跡の印されなかった訳があるものか。……さらぬだに、病み果て疲れ果てた頭脳に、極度の緊張を加えた葉子は、ぐらぐらとよろけて足許が廊下の板に着いていないような憤怒《ふんぬ》に襲われた。

応接室まで来て上っ張りを脱ぐと、看護婦が噴霧器を持って来て倉地の身のまわりに消毒薬を振りかけた。その幽かな匂いがようやく葉子をはっきりした意識に返らした。葉子の健康が一日々々と云わず、一時間毎にもどんどん弱って行くのが身に沁《し》みて知れるにつけて、倉地の何所にも批点のないような頑丈な五体にも心にも、葉子は遣《や》り所のないひがみと憎しみを感じた。倉地に取っては葉子は段々と用のないものになって行きつつある。絶えず何か眼新しい冒険を求めているような倉地に取っては、葉子はもう散り際の花に過ぎない。

看護婦がその室を出ると、倉地は窓の所に寄って行って、衣嚢《かくし》の中から大きな鰐皮《わにがわ》のポッケットブックを取出して、*拾円札の可なりの束を引き出した。葉子はそのポッケットブックにも色々の記憶を持っていた。竹柴館で一夜を過したその朝にも、その後の度々のあいびきの後の支払いにも、葉子は倉地からそのポッケットブックを受取って、贅沢《ぜいたく》な支払いを心持ちよくしたのだった。そしてそんな記憶はもう二度とは繰返せそうもなく、何んとなく葉子には思えた。そんな事をさせてなるものかと思いながらも、葉子の心は妙に弱くなっていた。

「又足らなくなったらいつでも云ってよこすがいいから……俺れの方の仕事はどうも面白くなくなって来おった。正井の奴何か容易ならぬ悪戯《わるさ》をしおった様子もあるし、油断がならん。度々俺れがここに来るのも考え物だて」

紙幣を渡しながらこう云って倉地は応接室を出た。可なり濡《ぬ》れているらしい靴《くつ》を履いて、雨水で重そうになった洋傘《ようがさ》をばさばさ云わせながら開いて、倉地は軽い挨拶を残したまま夕闇の中に消えて行こうとした。間を置いて道側に点《とも》された電灯の灯が、濡れた青葉を辷《すべ》り落ちて泥濘《ぬかるみ》の中に燐《りん》のような光を漂わしていた。その中を段々南門の方に遠ざかって行く倉地を見送っていると葉子は迚《とて》もそのままそこに居残ってはいられなくなった。

誰《だ》れの履物とも知らずそこにあった吾妻下駄《あずまげた》をつっかけて葉子は雨の中を玄関から走り出て倉地の後を追った。そこにある広場には欅《けやき》や桜の木が疎《まば》らに立っていて、大規模な増築の為めの材料*が、煉瓦や石や、所々に積み上げてあった。東京の中央にこんな所があるかと思われる程物淋しく静かで、街灯の光の届く所だけに白く光って斜めに雨のそそぐのがほのかに見えるばかりだった。寒いとも暑いとも更らに感じなく過して来た葉子は、雨が襟脚《えりあし》に落ちたので初めて寒いと思った。関東に時々襲って来る時ならぬ冷え日でその日もあったらしい。葉子は軽く身震いしながら、一図に倉地の後を追った。稍十四五間も先きにいた倉地は跫音《あしおと》を聞きつけたと見えて立停《たちど》まって振返った。葉子が追い付いた時には、肩はいい加減濡れて、雨の滴《しずく》が前髪を伝って額に流れかかるまでになっていた。葉子は幽かな光にすかして、倉地が迷惑そうな顔付きで立っているのを知った。葉子は我れにもなく倉地が傘を持つ為めに水平に曲げたその腕にすがり付いた。

「先刻《さっき》のお金はお返しします。義理ずくで他人からしていただくんでは胸がつかえますから……」

倉地の腕の所で葉子のすがり付いた手はぶるぶると震えた。傘からは滴《したた》りが殊更ら繁《しげ》く落ちて、単衣《ひとえ》をぬけて葉子の肌《はだ》に滲み通った。葉子は、熱病患者が冷たいものに触れた時のような不快な悪寒を感じた。

「お前の神経は全く少しどうかしとるぜ。俺れの事を少しは思って見てくれてもよかろうが……疑うにもひがむにも程があっていい筈《はず》だ。俺れはこれまでにどんな不貞腐《ふてくさ》れをした。云えるなら云って見ろ」

さすがに倉地も気にさえているらしく見えた。

「云えないように上手に不貞腐れをなさるのじゃ、云おうたって云えやしませんわね。何故《なぜ》あなたははっきり葉子には厭《あ》きた、もう用がないとお云いになれないの。男らしくもない。さ、取って下さいましこれを」

葉子は紙幣の束をわなわなする手先きで倉地の胸の所に押しつけた。

「そしてちゃんと奥さんをお呼び戻しなさいまし。それで何もかも元通りになるんだから。憚りながら……」

「愛子は」と口許まで云いかけて、葉子は恐ろしさに息気を引いてしまった。倉地の細君の事まで云ったのはその夜が始めてだった。これほど露骨な嫉妬の言葉は、男の心を葉子から遠ざからすばかりだと知り抜いて慎しんでいた癖に、葉子は我れにもなく、がみがみと妹の事まで云って退《の》けようとする自分に呆《あき》れてしまった。

葉子がそこまで走り出て来たのは、別れる前にもう一度倉地の強い腕でその暖かく広い胸に抱かれたい為めだったのだ。倉地に悪たれ口をきいた瞬間でも葉子の願いはそこにあった。それにも拘《かかわ》らず口の上では全く反対に、倉地を自分からどんどん離れさすような事を云って退けているのだ。

葉子の言葉が募るにつれて、倉地は人目を憚るようにあたりを見廻わした。互々《たがいたがい》に殺し合いたい程の執着を感じながら、それを云い現わす事も信ずる事も出来ず、要もない猜疑《さいぎ》と不満とに遮《さえぎ》られて、見る見る路傍の人のように遠ざかって行かねばならぬ、——そのおそろしい運命を葉子は殊更ら痛切に感じた。倉地があたりを見廻わした——それだけの挙動が、機を見計っていきなりそこを逃げ出そうとするもののようにも思いなされた。葉子は倉地に対する憎悪の心を切ないまでに募らしながら、益《ますます》相手の腕に堅く寄り添った。

暫《しば》らくの沈黙の後、倉地はいきなり洋傘をそこにかなぐり捨てて、葉子の頭を右腕で巻きすくめようとした。葉子は本能的に激しくそれに逆《さか》った。そして紙幣の束を泥濘《ぬかるみ》の中に敲《たた》きつけた。そして二人は野獣のように争った。

「勝手にせい……馬鹿っ」

やがてそう激しく云い捨てると思うと、倉地は腕の力を急にゆるめて、洋傘を拾い上げるなり、後をも向かずに南門の方に向いてずんずんと歩き出した。憤怒と嫉妬《しっと》とに昂奮し切った葉子は躍起となってその後を追おうとしたが、脚は痺《しび》れたように動かなかった。唯段々遠ざかって行く後姿に対して、熱い涙が留度《とめど》なく流れ落ちるばかりだった。

しめやかな音を立てて雨は降りつづけていた。隔離病室のある限りの窓にはかんかんと灯が点って、白いカーテンが引いてあった。陰惨な病室にそう赤々と灯の点っているのは却《かえっ》てあたりを物すさまじくして見せた。

葉子は紙幣の束を拾い上げる外、術《すべ》のないのを知って、しおとそれを拾い上げた。貞世の入院料は何んと云ってもそれで仕払うより仕様がなかったから。云いようのない口惜涙《くやしなみだ》が更らに湧《わ》き返った。

四十三

その夜遅くまで岡は本当に忠実《まめ》やかに貞世の病床に附添って世話をしてくれた。口少なにしとやかによく気をつけて、貞世の欲する事を予《あらかじ》め知り抜いているような岡の看護振りは、通り一片な看護婦の働き振りとはまるで較《くら》べものにならなかった。葉子は看護婦を早く寝かしてしまって、岡と二人だけで夜の更けるまで氷嚢《ひょうのう》を取りかえたり、熱を計ったりした。

高熱の為めに貞世の意識は段々不明瞭《ふめいりょう》になって来ていた。退院して家に帰りたいとせがんで仕ようのない時は、そっと向きをかえて臥かしてから、「さあもうお家《うち》ですよ」と云うと、嬉《うれ》しそうに笑顔を漏らしたりした。それを見なければならぬ葉子は堪《たま》らなかった。どうかした拍子に、葉子は飛び上りそうに心が責められた。これで貞世が死んでしまったなら、どうして生き永らえていられよう。貞世をこんな苦しみに陥《おとしい》れたものは皆んな自分だ。自分が前通りに貞世に優しくさえしていたら、こんな死病は夢にも貞世を襲って来はしなかったのだ。人の心の報いは恐ろしい……そう思って来ると葉子は誰れに詫《わ》びようもない苦悩に息気《いき》づまった。

緑色の風呂敷で包んだ電灯の下に、氷嚢を幾つも頭と腹部とにあてがわれた貞世は、今にも絶え入るかと危《あやぶ》まれるような荒い息気づかいで夢現《ゆめうつつ》の間をさまようらしく、聞きとれない囈言《うわごと》を時々口走りながら、眠っていた。岡は部屋の隅《すみ》の方に慎ましく突立ったまま、緑色を透して来る電灯の光で殊更《ことさら》青白い顔色をして、じっと貞世を見守っていた。葉子は寝台に近く椅子《いす》を寄せて、貞世の顔を覗《のぞ》き込むようにしながら、貞世の為めに何かし続けていなければ、貞世の病気が益々重《おも》るという迷信のような心づかいから、要もないのに絶えず氷嚢の位置を取りかえてやったりなどしていた。

そして短い夜は段々に更《ふ》けて行った。葉子の眼からは絶えず涙がはふり落ちた。倉地と思いもかけない別れ方をしたその記憶が、ただ訳もなく葉子を涙ぐました。

と、ふっと葉子は山内《さんない》の家の有様を想像に浮べた。玄関側《わき》の六畳ででもあろうか、二階の子供の勉強部屋ででもあろうか、この夜更けを下宿から送られた老女が寝入った後、倉地と愛子とが話し続けているような事はないか。あの不思議に心の裏を決して他人に見せた事のない愛子が、倉地をどう思っているかそれは分らない。恐らくは倉地に対しては何の誘惑も感じてはいないだろう。然し倉地はああ云うしたたか者だ。愛子は骨に徹する怨恨《えんこん》を葉子に対して抱いている。その愛子が葉子に対して復讐《ふくしゅう》の機会を見出《みいだ》したとこの晩思い定めなかったと誰れが保証し得よう。そんな事はとうの昔に行われてしまっているのかも知れない。若《も》しそうなら、今頃《いまごろ》は、このしめやかな夜を……太陽が消えて失《な》くなったような寒さと闇《やみ》とが葉子の心に被《おお》いかぶさって来た。愛子一人位を指の間に握りつぶす事が出来ないと思っているのか……見ているがいい。葉子は苛立《いらだ》ち切って毒蛇《どくじゃ》のような殺気立った心になった。そして静かに岡の方を顧みた。

何か遠い方の物でも見つめているように少しぼんやりした眼付きで貞世を見守っていた岡は、葉子に振向かれると、その方に素早く眼を転じたが、その物凄《ものすご》い不気味さに脊髄《せきずい》まで襲われた風で、顔色をかえて眼をたじろがした。

「岡さん。私一生のお頼み……これからすぐ山内の家まで行って下さい。そして不用な荷物は今夜の中《うち》に皆んな倉地さんの下宿に送り返してしまって、私と愛子の普段使いの着物と道具とを持って、すぐここに引越して来るように愛子に云いつけて下さい。若し倉地さんが家に来ていたら、私から確かに返えしたといってこれを渡して下さい

(そう云って葉子は懐紙に拾円紙幣の束を包んで渡した)。何時までかかっても構わないから今夜の中にね。お頼みを聞いて下さって?」

何んでも葉子の云う事なら口返答をしない岡だけれどもこの常識を外れた葉子の言葉には当惑して見えた。岡は窓際に行ってカーテンの蔭《かげ》から戸外を透して見て、ポケットから巧緻《こうち》な浮彫を施した金時計を取出して時間を読んだりした。そして少し躊躇《ちゅうちょ》するように、

「それは少し無理だと私、思いますが……あれだけの荷物を片付けるのは……」

「無理だからこそあなたを見込んでお願いするんですわ。そうねえ、入用《いりよう》のない荷物を倉地さんの下宿に届けるのは何かも知れませんわね。じゃ構わないから置手紙を婆《ばあ》やというのに渡しておいて下さいまし。そして婆やに云いつけて明日でも倉地さんの所に運ばして下さいまし。それなら何もいさくさはないでしょう。それでもおいや? いかが?……よう御座います。それじゃもうよう御座います。あなたをこんなに晩《おそ》くまでお引きとめしておいて、又候《またぞろ》面倒なお願いをしようとするなんて私もどうかしていましたわ。……貞ちゃん何んでもないのよ。私今岡さんとお話していたんですよ。汽車の音でも何んでもないんだから、心配せずにお休み……どうして貞世はこんなに怖い事ばかり云うようになってしまったんでしょう。夜中などに一人で起きていて囈

言を聞くとぞーっとする程気味が悪くなりますのよ。あなたはどうぞもうお引取り下さいまし。私車屋をやりますから……」

「車屋をおやりになる位なら私行きます」

「でもあなたが倉地さんに何とか思われなさるようじゃお気の毒ですもの」

「私、倉地さんなんぞを憚って云っているのではありません」

「それはよく分っていますわ。でも私としてはそんな結果も考えて見てからお頼みするんでしたのに……」

　こう云う押問答の末に岡はとうとう愛子の迎えに行く事になってしまった。倉地がその夜は屹度《きっと》愛子の所にいるに違いないと思った葉子は、病院に泊るものと嵩《たか》をくっていた岡が突然真夜中に訪れて来たので倉地もさすがに慌《あわ》てずにはいられまい。それだけの狼狽《ろうばい》をさせるにしても快い事だと思っていた。葉子は宿直部屋に行って、しだらなく睡《ね》入《い》った当番の看護婦を呼び起して人力車を頼ました。

　岡は思い入った様子でそっと貞世の病室を出た。出る時に岡は持って来たパラフィン紙に包んである包みを開くと美しい花束だった。岡はそれをそっと貞世の枕許において出て行った。

　暫らくすると、しとしとと降る雨の中を、岡を乗せた人力車が走り去る音が幽《かす》かに聞えて、やがて遠くに消えてしまった。看護婦が激しく玄関の戸締りする音が響いて、その後は寂爾《ひっそり》と夜が更けた。遠くの部屋でジフテリヤに罹《かか》っている子供の泣く声が間遠に聞える外には、音という音は絶え果てていた。

葉子は唯一《ただ》人徒《いたず》らに昂奮《こうふん》して狂うような自分を見出した。不眠で過ごした夜が三日も四日も続いているのに拘《かかわ》らず、睡気《ねむけ》というものは少しも襲って来なかった。重石《おもし》を垂《つ》り下げたような腰部の鈍痛ばかりでなく、脚部は抜けるようにだるく冷え、肩は動かす度毎《たびごと》にめりめり音がするかと思う程固く凝り、頭の心《しん》は絶間なくぎりぎりと痛んで、そこから遣り所のない悲哀と癇癪《かんしゃく》とが滾々《こんこん》と湧《わ》いて出た。もう鏡は見まいと思う程顔はげっそりと肉がこけて、眼の周りの青黒い暈《かさ》は、さらぬだに大きい眼を殊更らにぎらぎらと大きく見せた。鏡を見まいと思いながら、葉子は折ある毎に帯の間から懐中鏡を出して自分の顔を見詰めないではいられなかった。

葉子は貞世の寝息を伺っていつものように鏡を取出した。そして顔を少し電灯の方に振向けてじっと自分を映して見た。夥《おびただ》しい毎日の抜毛で額際の著しく透いてしまったのが第一に気になった。少し振仰いで顔を映すと頬《ほお》のこけたのが左程に目立たないけれども、顎《あご》を引いて下俯《したうつむ》きになると、口と耳との間には縦に大きな溝《みぞ》のような凹《くぼ》みが出来て、下顎骨《かがくこつ》が目立っていかめしく現われ出ていた。長く見詰めている中には段々慣れて来て、自分の意識で強いて矯正《し　きょうせい》する為めに、痩《や》せた顔も左程とは思われなくなり出すが、ふと鏡に向った瞬間には、これが葉子々々と人々の眼を欹《そばだ》たした自分かと思う程醜かった。そうして鏡に向っている中に、葉子はその投影を自分以外のある他人の顔ではないかと疑い出した。自分の顔より映る筈がない。それだのにそこに映っているのは確かに誰れか見も知らぬ人の顔だ。苦痛に虐《しいた》げられ、悪意に歪《ゆが》められ、煩悩《ぼんのう》の為めに支離滅裂になった亡者《もうじゃ》の顔……葉子は背筋に一時に氷をあてられたようになって、身震いしながら思わず鏡を手から落した。

金属の床に触れる音が雷のように響いた。葉子は慌てて貞世を見やった。貞世は真赤に充血して熱の籠《こも》った眼をまんじりと開いて、さも不思議そうに中有《ちゅうう》を見やっていた。

「愛姉さん……遠くでピストルの音がしたようよ」

はっきりした声でこう云ったので、葉子が顔を近寄せて何か云おうとすると昏々《こんこん》として他愛もなく又眠りに陥るのだった。貞世の眠るのと共に、何んとも云えない無気味な死の脅かしが卒然として葉子を襲った。部屋の中にはそこら中に死の影が満ち満ちていた。眼の前の氷水を入れたコップ一つも次ぎの瞬間にはひとりでに倒れて壊れてしまいそうに見えた。物の影になって薄暗い部分は見る見る部屋中に拡《ひろ》がって、凡《すべ》てを冷たく暗らく包み終るかとも疑われた。死の影は最も濃く貞世の眼と口の周りに集っていた。そこには死が蛆《うじ》のようににょろにょろと蠢《うごめ》いているのが見えた。それよりも……それよりもその影はそろそろと葉子を眼がけて四方の壁から集り近づこうと犇《ひしめ》いているのだ。葉子は殆《ほと》んどその死の姿を見るように思った。頭の中がシーンと冷え通って冴《さ》え切った寒さがぞくぞくと四肢《しし》を震わした。

その時宿直室の掛時計が遠くの方で一時を打った。

若しこの音を聞かなかったら、葉子は恐ろしさのあまり自分の方から宿直室に駈け込んで行ったかも知れなかった。葉子はおびえながら耳を聳《そばだ》てた。宿直室の方から看護婦が草履をばたばたと引きずって来る音が聞えた。葉子はほっと息気《いき》をついた。そして慌てるように身を動かして、貞世の頭の氷嚢の溶け具合を験《しら》べて見たり、掻巻《かいま》きを整えてやったりした。海の底に一つ沈んでぎらっと光る貝殻《かいがら》のように、床の上で影の中に物凄く横《よこた》わっている鏡を取上げて懐《ふとこ》ろに入れた。そして一室々々と近づいて来る看護婦の跫音《あしおと》に耳を澄ましながら又考え続けた。

今度は山内の家の有様が宛《さなが》らまざまざと眼に見るように想像された。岡が夜更けにそこを訪れた時には倉地が確かにいたに違いない。そして毎時《いつも》の通り一種の粘り強さを以《もっ》て葉子の言伝《ことづ》てを取次ぐ岡に対して、激しい言葉でその理不尽な狂気染《じ》みた葉子の出来心を罵《ののし》ったに違いない。倉地と岡との間には暗々裡《あんあんり》に愛子に対する心の争闘が行われたろう。岡の差出す紙幣の束を怒りに任せて畳の上に敲《たた》きつける倉地の威丈け高な様子、少女にはあり得ない程の冷静さで他人事《ひとごと》のように二人の間のいきさつを伏眼ながらに見守る愛子の一種毒々しい妖艶《ようえん》さ。そう云う姿が宛ら眼の前に浮んで見えた。普段の葉子だったらその想像は葉子をその場にいるように昂奮《こうふん》させていたであろう。けれども死の恐怖に激しく襲われた葉子は何んとも云えない嫌悪《けんお》の情を以ての外にはその場面を想像する事が出来なかった。何んと云う浅間しい人の心だろう。結局は何もかも滅びて行くのに、永遠な灰色の沈黙の中に崩れ込んで仕舞うのに、目前の貪婪《どんらん》に心火《しんか》の限りを燃やして、*餓鬼同様に命を噛《か》み合うとは何んと云う浅間しい心だろう。しかもその醜い争いの種子を播《ま》いたのは葉子自身なのだ。そう思うと葉子は自分の心と肉体とが宛ら蛆虫のように汚なく見えた。……何の為めに今まで有って無いような妄執《もうしゅう》に苦しみ抜いてそれを生命そのもののように大事に考え抜いていた事か。それはまるで貞世が始終見ているらしい悪夢の一つよりも更らに果敢《はか》ないものではないか。……こうなると倉地さえが縁もゆかりもないもののように遠く考えられ出した。

葉子は凡てのものの空《むな》しさに呆れたような眼を挙げて今更らしく部屋の中を眺《なが》め廻した。何んの飾りもない、修道院の内部のような裸かな室内が却《かえっ》てすがすがしく見えた。岡の残した貞世の枕許《まくらもと》の花束だけが、そして恐らくは（自分では見えないけれども）これ程の忙しさの間にも自分を粉飾するのを忘れずにいる葉子自身がいかにも浮薄な便りないものだった。葉子はこうした心になると、熱に浮かされながら一歩々々何んの心のわだかまりもなく死に近づいて行く貞世の顔が神々《こうごう》しいものにさえ見えた。葉子は祈るような詫びるような心でしみじみと貞世を見入った。

やがて看護婦が貞世の部屋に這入《はい》って来た。形式一遍のお辞儀を睡《ねむ》そうにして、寝台の側に近寄ると、無頓着《むとんじゃく》な風に葉子が入れておいた検温器を出して灯《ひ》にすかして見てから、胸の氷嚢を取りかえにかかった。葉子は自分一人の手でそんな事をしてやりたいような愛着と神聖さとを貞世に感じながら看護婦を手伝った。

「貞ちゃん……さ、氷嚢を取りかえますからね……」

とやさしく云うと、囈言《うわごと》を云い続けていながら矢張り貞世はそれまで眠っていたらしく、痛々しいまで大きくなった眼を開いて、まじまじと意外な人でも見るように葉子を見るのだった。

「お姉様なの……何時《いつ》帰って来たの。お母様が先刻《さっき》いらしってよ……いやお姉様、病院いや帰る帰る……お母様お母様（そう云ってきょろきょろとあたりを見廻しながら）帰らして頂戴《ちょうだい》よう。お家に早く、お母様のいるお家に早く……」

葉子は思わず毛孔《けあな》が一本々々逆立つ程の寒気を感じた。嘗《かつ》て母と云う言葉も云わなかった貞世の口から思いもかけずこんな事を聞くと、その部屋のどこかにぼんやり立っている母が感ぜられるように思えた。その母の所に貞世は行きたがってあせっている。何と云う深い浅間しい骨肉の執着だろう。

看護婦が行ってしまうと又病室の中はしんとなってしまった。何んとも云えず可憐《かれん》な澄んだ音を立てて水溜《みずたま》りに落ちる雨垂れの音はなお絶間なく聞え続けていた。葉子は泣くにも泣かれないような心になって、苦しい呼吸をしながらもうつらうつらと生死の間を知らぬげに眠る貞世の顔を覗き込んでいた。

と、雨垂れの音に混って遠くの方に車の轍《わだち》の音を聞いたように思った。もう眼を覚して用事をする人もあるかと、何んだか違った世界の出来事のようにそれを聞いているると、その音は段々病室の方に近寄って来た。……愛子ではないか……葉子は愕然《がくぜん》として夢から覚めた人のようにきっとなって更らに耳を聳てた。

もうそこには死生を瞑想《めいそう》して自分の妄執の果敢なさをしみじみと思いやった葉子はいなかった。我執の為めに緊張し切ったその眼は怪しく輝いた。そして大急ぎで髪のほつれをかき上げて、鏡に顔を映しながら、あちこちと指先きで容子《ようす》を整えた。衣紋《えもん》もなおした。そしてまたじっと玄関の方に聞耳を立てた。

果して玄関の戸の開く音が聞えた。暫らく廊下がごたごたする様子だったが、やがて二三人の跫音が聞えて、貞世の病室の戸がしめやかに開かれた。葉子はそのしめやかさでそれは岡が開いたに違いない事を知った。やがて開かれた戸口から岡に一寸挨《ちょっとあい》拶《さつ》しながら愛子の顔が静かに現れた。葉子の眼は知らず知らずその何所《どこ》までも従順らしく伏目になった愛子の面に激しく注がれて、そこに書かれた凡てを一時に読み取ろうとした。小羊のように睫毛《まつげ》の長いやさしい愛子の眼は然《しか》し不思議にも葉子の鋭い眼光にさえ何物をも見せようとはしなかった。葉子はすぐいらいらして、何事も発《あば》かないではおくものかと心の中で自分自身に誓言を立てながら、

「倉地さんは」

と突然真正面から愛子にこう尋ねた。愛子は多恨な眼をはじめてまともに葉子の方に向けて、貞世の方にそれを外らしながら、又葉子を窃《ぬす》み見るようにした。そして倉地さんがどうしたと云うのか意味が読み取れないという風を見せながら返事をしなかった。生意気をして見るがいい……葉子はいらだっていた。

「小父《おじ》さんも一緒にいらしったかいと云うんだよ」

「いいえ」

愛子は無愛想な程無表情に一言《ひとこと》そう答えた。二人の間にはむずかしい沈黙が続いた。

葉子は坐れとさえ云ってやらなかった。一日々々と美しくなって行くような愛子は小肥りな体を慎《つつ》ましく整えて静かに立っていた。

そこに岡が小道具を両手に下げて玄関の方から帰って来た。外套《がいとう》をびっしょり雨に濡《ぬ》らしているのから見ても、この真夜中に岡がどれ程働いてくれたかが分っていた。葉子は然しそれには一言の挨拶もせずに、岡が道具を部屋の隅《すみ》におくが否《いな》や、

「倉地さんは何か云っていまして？」

と剣を言葉に持たせながら尋ねた。

「倉地さんはお出《いで》がありませんでした。で婆やに言伝てをしておいて、お入用の荷物だけ造って持って来ました。これはお返ししておきます」

そう云って衣嚢《かくし》の中から例の紙幣の束を取出して葉子に渡そうとした。

愛子だけならまだしも、岡までがとうとう自分を裏切ってしまった。二人が二人ながら見え透いた虚言《うそ》をよくもああしらじらしく云えたものだ。おおそれた弱虫共め。葉子は世の中が手ぐすね引いて自分一人を敵に廻しているように思った。

「へえ、そうですか。どうも御苦労さま。……愛さんお前はそこにそうぼんやり立ってる為めにここに呼ばれたと思っているの？　岡さんのその濡れた外套でも取っておあ上げなさいな。そして宿直室に行って看護婦にそう云ってお茶でも持ってお出で。あ

なたの大事な岡さんがこんなにおそくまで働いて下さったのに……さあ岡さんどうぞこの椅子に（と云って自分は立上った）……私が行って来るわ、愛さんも働いてさぞ疲れたろうから……よござんす、よござんすったら愛さん……」

自分の後を追おうとする愛子を刺し貫く程睨めつけておいて葉子は部屋を出た。そして火をかけられたようにかっと逆上しながら、ほろほろと口惜涙を流して暗い廊下を夢中で宿直室の方へ急いで行った。

四十四

敲《たた》きつけるようにして倉地に返して仕舞おうとした金は、矢張り手に持っている中に使い始めてしまった。葉子の性癖として何時でも出来るだけ豊かな快い夜昼《よるひる》を送るようにのみ傾いていたので、貞世の病院生活にも、誰《だ》れに見せてもひけを取らないだけの事を上辺《うわべ》ばかりでもしていたかった。夜具でも調度でも家にあるものの中で一番優れたものを選んで来て見ると、凡ての事までそれにふさわしいものを使わなければならなかった。葉子が専用の看護婦を二人も頼まなかったのは不思議なようだが、どう云うものか貞世の看護を何所までも自分一人でして退《の》けたかったのだ。その代り年とった女を二人傭《やと》って交代に病院に来さして、洗い物から食事の事までを賄《まかな》わした。葉子は迚《とて》も病院の食事では済ましていられなかった。材料のいい悪いは兎《と》に角《かく》、味は兎に角、何よりも穢《きたな》らしい感じがして箸《はし》もつける気になれなかったので、本郷通りにある或《ある》料理屋から日々入れさせる事にした。こんな塩梅《あんばい》で、費用は知れない所に思いの外かかった。葉子が倉地が持って来てくれた紙幣の束から仕払おうとした時は、いずれその中木村から送金があるだろうから、あり次第それから埋め合せをして、すぐその儘《まま》返そうと思っていたのだった。然し木村からは、六月になって以来一度も送金の通知は来なかった。葉子はそれだから猶更《なおさら》らの事もう来そうなものだと心待ちをしたのだった。それがいくら待っても来ないとなると已《や》むを得ず持ち合せた分から使って行かなければならなかった。まだまだと思っている中に束の厚みはどんどん減って行った。それが半分程減ると、葉子は全く返済の事などは忘れてしまったようになって、あるに任せて惜しげもなく仕払いをした。

七月に這入ってから気候は滅切り暑くなった。椎《しい》の樹《き》の古葉もすっかり散り尽して、松も新しい緑に代って、草も木も青い焔《ほのお》のようになった。長く寒く続いた五月雨《さみだれ》の名残りで、水蒸気が空気中に気味悪く飽和されて、さらぬだに急に堪え難く暑くなった気候を益《ます》々《ます》堪え難いものにした。葉子は自身の五体が、貞世の恢復《かいふく》をも待たずにずんずん崩れて行くのを感じない訳には行かなかった。それと共に勃発《ぼっぱつ》的に起って来るヒステリーはいよいよ募るばかりで、その発作に襲われたが最後、自分ながら気が違ったと思うような事が度々になった。葉子は心窃《ひそ》かに自分を恐れながら、日々の自分を見守る事を余儀なくされた。

葉子のヒステリーは誰れ彼れの見界《みさか》いなく破裂するようになったが殊《こと》に愛子に屈強の逃げ場を見出《みいだ》した。何んと云われても罵られても、打ち据《す》えられさえしても、屠所《としょ》の羊のように柔順に黙ったまま、葉子にはまどろしく見える位ゆっくり落着いて働く愛子を見せつけられると、葉子の癇癪は嵩《こう》じるばかりだった。あんな素直な殊勝気な風をしていながらしらじらしくも姉を欺《あざ》むいている。それが倉地との関係に於《お》いてであれ、岡との関係に於てであれ、ひょっとすると古藤との関係に於てであれ、愛子は葉子に打明けない秘密を持ち始めている筈《はず》だ。そう思うと葉子は無理にも平地に波瀾《はらん》が起して見たかった。殆んど毎日——それは愛子が病院に寝泊りするようになった為めだと葉子は自分決めに決めていた——幾時間かの間、見舞に来てくれる岡に対しても、葉子はもう元のような葉子ではなかった。どうかすると思いもかけない時に明白な皮肉が矢のように葉子の唇《くちびる》から岡に向って飛ばされた。岡は自分が恥じるように顔を紅《あか》らめながらも、上品な態度でそれを堪えた。それが又猶更ら葉子をいらつかす種になった。

もう来られそうもないと云いながら倉地も三日に一度位は病院を見舞うようになった。葉子はそれをも愛子故《ゆえ》と考えずにはいられなかった。そう激しい妄想に駆り立てられて来ると、どういう関係で倉地と自分とを繋《つな》いでおけばいいのか、どうした態度で倉地をもちあつかえばいいのか、葉子にはほとほと見当がつかなくなってしまった。親身にもちかけて見たり、よそよそしく取りなして見たり、その時の気分々々で勝手な無技巧な事をしていながらも、どうしても遁《のが》れ出る事の出来ないのは倉地に対するこちんと固まった深い執着だった。それは情なくも激しく強くなり増《まさ》るばかりだった。もう自分で自分の心根を憫然《びんぜん》に思ってそぞろに涙を流して、自らを慰めると云う余裕すらなくなってしまった。乾き切った火のようなものが息気苦しいまでに胸の中にぎっしりつまっているだけだった。

唯一人貞世だけは……死ぬか生きるか分らない貞世だけは、この姉を信じ切ってくれている……そう思うと葉子は前にも増した愛着をこの病児にだけは感じないでいられなかった。「貞世がいるばかりで自分は人殺しもしないでこうしていられるのだ」と葉子は心の中で独語《ひとりご》ちた。

けれどもある朝そのかすかな希望さえ破れねばならぬような事件がまくし上った。

その朝は暁から水が滴《したた》りそうに空が晴れて、珍らしくすがすがしい涼風が木の間から来て窓の白いカーテンをそっと撫《な》でて通るさわやかな天気だったので、夜通し貞世の寝台の傍に附添って、睡むくなるとそうしたままでうとうとと居睡《いねむり》しながら過して来た葉子も、思いの外頭の中が軽くなっていた。貞世もその晩はひどく熱に浮かされもせずに寝続けて、四時頃《ごろ》の体温は七度八分まで下っていた。緑色の風呂敷を通して来る光でそれを発見した葉子は飛び立つような喜びを感じた。入院してから七度台に熱の下ったのはその朝が始めてだったので、もう熱の剝離《はくり》期が来たのかと思うと、とうとう貞世の命は取り留めたという喜悦の情で涙ぐましいまでに胸は一杯になった。ようやく一心が届いた。自分の為めに病気になった貞世は、自分の力でなおった。そこから自分の運命は又新しく開けて行くかも知れない。屹度《きっと》開けて行く。もう一度心置きなくこの世に生きる時が来たら、それはどの位いい事だろう。今度こそは考え直して生きて見よう。もう自分も二十六だ。今までのような態度で暮してはいられない。倉地にも済まなかった。倉地があれ程ある限りのものを犠牲にして、しかもその事業と云っている仕事はどう考えて見ても思わしく行っていないらしいのに、自分達の暮し向きはまるでそんな事も考えないような寛潤《かんかつ》*なものだった。自分は決心さえすればどんな境遇にでも自分を箝《は》め込む事位出来る女だ。若《も》し今度家を持つようになったら凡てを妹達に云って聞かして、倉地と一緒になろう。そして木村とははっきり縁を切ろう。木村と云えば……そうして葉子は倉地と古藤とが云い合いをしたその晩の事を考え出した。古藤にあんな約束をしながら、貞世の病気に紛れていたと云う外に、てんで真相を告白する気がなかったので今までも何んの消息もしないでいた自分が尤《とが》められた。本当に木村にも済まなかった。今になってようやく長い間の木村の心の苦しさが想像される。若し貞世が退院するようになったら——そして退院するに決っているが——自分は何を措《お》いても木村に手紙を書く。そうしたらどれ程心が安くそして軽くなるか知れない。……葉子はもうそんな境界が来てしまったように考えて、誰れとでもその喜びを分ちたく思った。で、椅子《いす》にかけたまま右後ろを向いて見ると、床板の上に三畳畳を敷いた部屋の一隅《いちぐう》に愛子が他愛《たわい》もなくすやすやと眠っていた。うるさがるので貞世には蚊帳《かや》を垂《つ》ってなかったが、愛子の所には小さな白い西洋蚊帳が垂ってあった。その細かい目を通して見る愛子の顔は人形のように整って美しかった。その愛子をこれまで憎み通しに憎み、疑い通しに疑っていたのが、不思議を通り越して、奇怪な事にさえ思われた。葉子はにこにこしながら立って行って蚊帳の側によって、

「愛さん……愛さん」

そう可なり大きな声で呼びかけた。昨夜遅く枕に就いた愛子はやがてようやく睡そ

うに大きな眼を静かに開いて、姉が枕許にいるのに気がつくと、寝過しでもしたと思ったのか、慌《あわ》てるように半身を起して、そっと葉子を窃み見るようにした。日頃ならばそんな挙動をすぐ癇癪《かんしゃく》の種にする葉子も、その朝ばかりは可哀《かわい》そうな位に思っていた。

「愛さんお喜び、貞ちゃんの熱がとうとう七度台に下ってよ。一寸起きて来て御覧、それはいい顔をして寝ているから……静かにね」

「静かにね」と云いながら葉子の声は妙に弾んで高かった。愛子は柔順に起き上ってそっと蚊帳をくぐって出て、前を合せながら寝台の側に来た。

「ね？」

葉子は笑みかまけて愛子にこう呼びかけた。

「でも何んだか、大分に蒼白《あおじろ》く見えますわね」

と愛子が静かに云うのを葉子は忙《せ》わしく引《ひっ》たくって、

「それは電灯の風呂敷の故《せい》だわ……それに熱が取れれば病人は皆んな一度は却《かえっ》て悪くなったように見えるものなのよ。本当によかった。あなたも親身に世話してやったからよ」

そう云って葉子は右手で愛子の肩をやさしく抱いた。そんな事を愛子にしたのは葉子としては始めてだった。愛子は恐れをなしたように身をすぼめた。

　葉子は何んとなくじっとしてはいられなかった。子供らしく、早く貞世が眼を覚ませばいいと思った。そうしたら熱の下ったのを知らせて喜ばせてやるのにと思った。然しさすがにその小さな眠りを揺り覚ます事はし得ないで、頻《しき》りと部屋の中を片付け始めた。愛子が注意の上に注意をしてこそとの音もさせまいと気を遣っているのに、葉子がわざとするかとも思われる程騒々しく働く様は、日頃とはまるで反対だった。愛子は時々不思議そうな眼付きをしてそっと葉子の挙動を注意した。

　その中《うち》に夜がどんどん明け離れて、電灯の消えた瞬間は一寸部屋の中が暗らくなったが、夏の朝らしく見る見る中に白い光が窓から容赦なく流れ込んだ。昼になってからの暑さを予想させるような涼しさが青葉の軽い匂《におい》と共に部屋の中に充《み》ち溢《あふ》れた。愛子の着かえた大柄《おおがら》な白の飛白《かすり》も、赤いメリンスの帯も、葉子の眼を清々《すがすが》しく刺《し》戟《げき》した。

　葉子は自分で貞世の食事を作ってやる為めに宿直室の側にある小さな庖厨《ほうちゅう》に行って、洋食店から届けて来たソップを温めて塩で味をつけている間も、段々起き出て来る看護婦達に貞世の昨夜の経過を誇りがに話して聞かせた。病室に帰って見ると、愛子が既に目覚めた貞世に朝仕舞をさせていた。熱が下ったので機《き》嫌《げん》のよかるべき貞世は一層不機嫌になって見えた。愛子のする事一つ一つに故障を云い立てて、中々云う事を聞こうとはしなかった。熱の下ったのに連れて始めて貞世の意志が人間らしく働き出したのだと葉子は気が付いて、それも許さなければならない事だと、自分の事のように心で弁疏《べんそ》した。漸《ようや》く洗面が済んで、それから寝台の周囲を整頓するともう全く朝になっていた。今朝こそは貞世が屹度賞美しながら食事を取るだろうと葉子はいそいそと丈けの高い食卓を寝台の所に持って行った。

その時思いがけなくも朝がけに倉地が見舞いに来た。倉地も涼しげな単衣《ひとえ》に絽《ろ》の羽織*を羽織ったままだった。その強健な、物を物ともしない姿は夏の朝の気分と、しっくりそぐって見えたばかりでなく、その日に限って葉子は絵島丸の中で語り合った倉地を見出したように思って、その寛濶な様子がなつかしくのみ眺《なが》められた。倉地も勉《つと》めて葉子の立直った気分に同《どう》じているらしかった。それが葉子を一層快活にした。葉子は久振りでその銀の鈴のような澄み透った声で高調子に物を云いながら二言目には涼しく笑った。

「さ、貞ちゃん、姉さんが上手に味をつけて来て上げたからソップを召上れ。今朝は屹度おいしく食べられますよ。今までは熱で味も何もなかったわね、可哀そうに」

そう云って貞世の身近かに椅子を占めながら、糊《のり》の強いナフキンを枕《まくら》から喉《のど》にかけてあてがってやると、貞世の顔は愛子の云うようにひどく青味がかって見えた。小さな不安が葉子の頭をつきぬけた。葉子は清潔な銀の匙《さじ》に少しばかりソップをしゃくい上げて貞世の口許《くちもと》にあてがった。

「まずい」

貞世はちらっと姉を睨《にら》むように盗み見て、口にあるだけのソップを強《し》いて飲みこんだ。

「おやどうして」

「甘ったらしくって」

「そんな筈はないがねえ。どれそれじゃも少し塩を入れてあげますわ」

葉子は塩をたして見た。けれども貞世は美味《うま》いとは云わなかった。又一口飲み込むともういやだと云った。

「そう云わずとも少し召上れ、ね、折角姉さんが加減したんだから。第一食べないでいては弱ってしまいますよ」

そう促して見ても貞世は金輪際《こんりんざい》あとを食べようとはしなかった。

突然自分でも思いも寄らない憤怒が葉子に襲いかかった。自分がこれ程骨を折ってしてやったのに、義理にももう少しは食べてよさそうなものだ。何んと云う我儘な子だろう(葉子は貞世が味覚を恢復していて、流動食では満足しなくなったのを少しも考えに入れなかった)。

そうなるともう葉子は自分を統御する力を失ってしまっていた。血管の中の血が一時にかっと燃え立って、それが心臓に、そして心臓から頭に衝《つ》き進んで、頭蓋骨《ずがいこつ》はばりばりと音を立てて破れそうだった。日頃あれ程可愛《かわい》がってやっているのに、……憎さは一倍だった。貞世を見つめている中に、その痩《や》せ切った細首に鍬形《くわがた》にした両手をかけて、一思いにしめつけて、苦しみ悶《もが》く様子を見て、「そら見るがいい」と云い捨ててやりたい衝動がむずむずと湧いて来た。その頭の廻りにあてがわるべき両手の指は思わず知らず熊手のように折れ曲って、烈《はげ》しい力の為めに細かく震えた。葉子は兇《きょう》器《き》に変ったようなその手を人に見られるのが恐ろしかったので、茶碗《ちゃわん》と匙とを食卓にかえして、前垂れの下に隠してしまった。上瞼《うわまぶた》の一文字になった眼をきりっと据えてはたと貞世を睨みつけた。葉子の眼には貞世の外にその部屋のものは倉地から愛子に至るまですっかり見えなくなってしまっていた。

「食べないかい」

「食べないかい。食べなければ云々《うんぬん》」と小言を云って貞世を責める筈だったが、初句を出しただけで、自分の声の余りに激しい震えように言葉を切ってしまった。

「食べない……食べない……御飯でなくってはいやあだあ」

葉子の声の下からすぐこうした我儘な貞世のすねにすねた声が聞えたと葉子は思った。真黒な血潮がどっと心臓を破って脳天に衝き進んだと思った。眼の前で貞世の顔が三つにも四つにもなって泳いだ。その後には色も声も痺《しび》れ果ててしまったような暗黒の忘我が来た。

「お姉様……お姉様ひどい……いやあ……」

「葉ちゃん……あぶない……」

貞世と倉地の声とがもつれ合って、遠い所からのように聞えて来るのを、葉子は誰れかが何か貞世に乱暴をしているのだなと思ったり、この勢いで行かなければ貞世は殺せやしないと思ったりしていた。何時《いつ》の間にか葉子はただ一筋に貞世を殺そうとばかりあせっていたのだ。葉子は闇黒《あんこく》の中で何か自分に逆《さから》う力と根限りあらそいながら、物凄《ものすご》い程の力をふり搾《しぼ》って闘っているらしかった。何が何んだか解《わか》らなかった。その混乱の中に、或《あるい》は今自分は倉地の喉笛に針のようになった自分の十本の爪《つめ》を立てて、ねじり藻掻《もが》きながら争っているのではないかとも思った。それもやがて夢のようだった。遠ざかりながら人の声とも獣の声とも知れぬ音響が幽《かす》かに耳に残って、胸の所にさし込んで来る痛みを吐気のように感じた次ぎの瞬間には、葉子は昏々《こんこん》として熱も光も声もない物すさまじい暗黒の中に真逆様に浸って行った。

ふと葉子は擽《くす》むるようなものを耳の所に感じた。それが音響だと解るまでにはどの位の時間が経過したか知れない。兎に角葉子はがやがやと云う声を段々とはっきり聞くようになった。そしてぽっかり視力を恢復した。見ると葉子は依然として貞世の病室にいるのだった。愛子が後向きになって寝台の上にいる貞世を介抱していた。自分は……自分はと葉子は始めて自分を見廻わそうとしたが、身体は自由を失っていた。そこには倉地がいて葉子の頸根《くびね》っこに腕を廻して、膝《ひざ》の上に一方の足を乗せて、しっかりと抱きすくめていた。その足の重さが痛い程感じられ出した。やっぱり自分は倉地を死神の許《もと》へ追いこくろうとしていたのだなと思った。そこには白衣を着た医者も看護婦も見え出した。

　葉子はそれだけの事を見ると急に気のゆるむのを覚えた。そして涙がぽろぽろと出てしかたがなくなった。おかしな……どうしてこう涙が出るのだろうと怪しむ中に、やる瀬ない悲哀がどっとこみ上げて来た。底のないような淋《さび》しい悲哀……その中に葉子は悲哀とも睡《ねむ》さとも区別の出来ない重い力に圧せられて又知覚から物のない世界に落ち込んで行った。

　本当に葉子が眼を覚ました時には、真蒼《まっさお》に晴天の後の夕暮れが催している頃だった。葉子は部屋の隅《すみ》の三畳に蚊帳の中に横になって寝ていたのだった。そこには愛子の外に岡も来合せて貞世の世話をしていた。倉地はもういなかった。

　愛子の云う所によると、葉子は貞世にソップを飲まそうとして色々に云ったが、熱が下って急に食慾のついた貞世は飯でなければどうしても食べないと云って聴かなかったのを、葉子は涙を流さんばかりになって執念《しゅうね》くソップを飲ませようとした結果、貞世はそこにあったソップ皿を臥《ね》ていながらひっくり返してしまったのだった。そうすると葉子はいきなり立ち上って貞世の胸許を掴《つか》むなり寝台から引ずり下してこづき廻した。幸に居合した倉地が大事にならない中に葉子から貞世を取り放しはしたが、今度は葉子は倉地に死物狂いに喰《く》ってかかって、その中に激しい癪を起してしまったのだとの事だった。

　葉子の心は空《むな》しく痛んだ。何所《どこ》にとて取りつくものもないような空しさが心には残っているばかりだった。貞世の熱はすっかり元通りに昇ってしまって、ひどくおびえるらしい囈言《うわごと》を絶間なしに口走った。節々はひどく痛みを覚えながら、発作の過ぎ去った葉子は、普段通りになって起き上る事も出来るのだった。然《しか》し葉子は愛子や岡への手前直ぐ起き上るのも変だったのでその日はそのまま寝続けた。

　貞世は今度こそは死ぬ。とうとう自分の末路も来てしまった。そう思うと葉子はやる方なく悲しかった。縦令《たとい》貞世と自分とが幸いに生き残ったとしても、貞世は屹度永《えい》劫《ごう》自分を命の敵と怨《うら》むに違いない。

「死ぬに限る」

葉子は窓を通して青から藍《あい》に変って行きつつある初夏の夜の景色を眺めた。神秘的な穏かさと深さとは脳心に沁《し》み通るようだった。貞世の枕許には若い岡と愛子とが睦《むつま》じげに居たり立ったりして貞世の看護に余念なく見えた。その時の葉子にはそれは美しくさえ見えた。親切な岡、従順な愛子……二人が愛し合うのは当然でいい事らしい。

「どうせ凡《すべ》ては過ぎ去るのだ」

葉子は美しい不思議な幻影でも見るように、電気灯の緑の光の中に立つ二人の姿を、無常を見貫《みぬ》いた隠者のような心になって打眺めた。

四十五

この事があった日から五日経《た》ったけれども倉地はぱったり来なくなった。便りもよこさなかった。金も送っては来なかった。余りに変なので岡に頼んで下宿の方を調べて貰《もら》うと三日前に荷物の大部分を持って旅行に出ると云って姿を隠してしまったのだそうだ。倉地がいなくなると刑事だと云う男が二度か三度色々な事を尋ねに来たとも云っているそうだ。岡は倉地からの一通の手紙を持って帰って来た。葉子は直ぐに封を開いて見た。

「事重大となり姿を隠す。郵便では累《るい》を及ぼさん事を恐れ、これを主人に托《たく》しおく。金も当分は送れぬ。困ったら家財道具を売れ。その中《うち》には何んとかする。読後火中」とだけ認《したた》めて葉子への宛名《あてな》も自分の名も書いてはなかった。倉地の手蹟《しゅせき》には間違ない。然しあの発作以後益《ますます》ヒステリックに根性のひねくれてしまった葉子は、手紙を読んだ瞬間にこれは造り事だと思い込まないではいられなかった。とうとう倉地も自分の手から遁《のが》れてしまった。やる瀬ない恨みと憤《いきどお》りが眼も眩《くら》む程に頭の中を攪乱《かくらん》した。

岡と愛子とがすっかり打解けたようになって、岡が殆《ほと》んど入り浸りに病院に来て貞世の介抱をするのが葉子には見ていられなくなって来た。

「岡さん、もうあなたこれからここにはいらっしゃらないで下さいまし。こんな事になると御迷惑があなたに懸らないとも限りませんから。私達の事は私達がしますから。私はもう他人に頼りたくはなくなりました」

「そう仰有《おっしゃ》らずにどうか私をあなたのお側《そば》に置かして下さい。私、決して伝染なぞを恐れはしません」

岡は倉地の手紙を読んではいないのに葉子は気がついた。迷惑と云ったのを病気の伝染と思い込んでいるらしい。そうじゃない。岡が倉地の犬でないとどうして云えよう。倉地が岡を通して愛子と慇懃《いんぎん》を通わし合っていないと誰《だ》れが断言出来る。愛子は岡をたらし込む位は平気でする娘だ。葉子は自分の愛子位の年頃の時の自分の経験の一々が生き返ってその猜疑心《さいぎしん》を煽《あお》り立てるのに自分から苦しまねばならなかった。あの年頃の時、思いさえすれば自分にはそれ程の事は手もなくして退《の》ける事が出来た。そして自分は愛子よりももっと無邪気な、おまけに快活な少女であり得た。寄ってたかって自分を欺《だま》しにかかるのなら、自分にだってして見せる事がある。

「そんなにお考えならお出下《いで》さるのはお勝手ですが、愛子をあなたにさし上げる事は出来ないんですからそれは御承知下さいましよ。ちゃんと申上げておかないと後になっていさくさが起るのはいやですから……愛さんお前も聞いているだろうね」

そう云って葉子は畳の上で貞世の胸にあてる湿布を縫っている愛子の方にも振り向いた。首垂《うなだ》れた愛子は顔も上げず返事もしなかったから、どんな様子を顔に見せたかを知る由《よし》はなかったが、岡は羞恥《しゅうち》の為めに葉子を見かえる事も出来ない位になっていた。それは然し岡が葉子の余りと云えば露骨な言葉を恥じたのか、自分の心持ちを発《あば》かれたのを恥じたのか葉子の迷い易《やす》くなった心にはしっかりと見窮《みきわ》められなかった。

これにつけかれにつけもどかしい事ばかりだった。葉子は自分の眼で二人を看視して同時に倉地を間接に看視するより外はないと思った。こんな事を思うすぐ側から葉子は倉地の細君の事も思った。今頃は彼等はのうのうとして邪魔者がいなくなったのを喜びながら一つ家に住んでいないとも限らないのだ。それとも倉地の事だ、第二第三の葉子が葉子の不幸をいい事にして倉地の側に現われているのかも知れない。……然し今の場合倉地の行衛を尋ねあてる事は一寸《ちょっと》むずかしい。

それからと云うもの葉子の心は一秒の間も休まらなかった。勿論《もちろん》今まででも葉子は人一倍心の働く女だったけれども、その頃のような激しさは嘗《かつ》てなかった。しかもそれが毎時《いつ》も表から裏を行く働き方だった。それは自分ながら全く地獄の苛責《かしゃく》だった。その頃から葉子は屢《しばしば》自殺という事を深く考えるようになった。それは自分でも恐ろしい程だった。肉体の生命を絶つ事の出来るような物さえ眼に触れれば、葉子の心はおびえながらもはっと高鳴った。薬局の前を通るとずらっと列《なら》んだ薬瓶《くすりびん》が誘惑のように眼を射た。看護婦が帽子を髪にとめる為めの長い帽子ピン、天井の張ってない湯殿の梁《はり》、看護婦室に薄赤い色をして金盥《かなだらい》にたたえられた昇汞水《しょうこうすい》*、腐敗した牛乳、剃刀《かみそり》、鋏《はさみ》、夜《よ》更《ふ》けなどに上野の方から聞えて来る汽車の音、病室から眺められる生理学教室*の三階の窓、密閉された部屋、しごき帯、……何んでもかでもが自分の肉を喰《は》む毒蛇《どくじゃ》の如《ごと》く鎌首《かまくび》を立てて自分を待ち伏せしているように思えた。ある時はそれ等をこの上なく恐ろしく、ある時は又この上なく親しみ深く眺めやった。一疋《いっぴき》の蚊にさされた時さえそれがマラリヤ*を伝える種類であるかないかを疑ったりした。

「もう自分はこの世の中に何の用があろう。死にさえすればそれで事は済むのだ。この上自身も苦しみたくない。他人も苦しめたくない。いやだいやだと思いながら自分と他人とを苦しめているのが堪えられない。眠りだ。長い眠りだ。それだけのものだ」

と貞世の寝息を窺《うかが》いながらしっかり思い込むような時もあったが、同時に倉地が何所かで生きているのを考えると、忽《たちま》ち燕返《つばめがえ》しに死から生の方へ、苦しい煩悩《ぼんのう》の生の方へ激しく執着して行った。倉地の生きてる間に死んでなるものか……それは死よりも強い誘惑だった。意地にかけても、肉体の凡ての機関が目茶々々になっても、それでも生きていて見せる。……葉子はそしてそのどちらにも本当の決心のつかない自分に又苦しまねばならなかった。

凡てのものを愛しているのか憎んでいるのか判《わか》らなかった。貞世に対してですらそうだった。葉子はどうかすると、熱に浮かされて見界《みさかい》のなくなっている貞世を、継母がまま子をいびり抜くように没義道《もぎどう》に取扱った。そして次ぎの瞬間には後悔し切って、愛子の前でも看護婦の前でも構わずにおいおいと泣きくずおれた。

貞世の病状は悪くなるばかりだった。

ある時伝染病室*の医長が来て、葉子が今のままでいては迚《とて》も健康が続かないから、思い切って手術をしたらどうだと勧告した。黙って聞いていた葉子は、すぐ岡の差入れ口だと邪推して取った。その後ろには愛子がいるに違いない。葉子が附いていたのでは貞世の病気は癒《なお》るどころか悪くなるばかりだ（それは葉子もそう思っていた。葉子は貞世を全快させてやりたいのだ。けれどもどうしてもいびらなければいられないのだ。それはよく葉子自身が知っていると思っていた）。それには葉子を何んとかして貞世から離しておくのが第一だ。そんな相談を医長としたものがいない筈《はず》がない。ふむ、……甘《うま》い事を考えたものだ。その復讐《ふくしゅう》は屹度《きっと》してやる。根本的に病気を癒してからしてやるから見ているがいい。葉子は医長との対話の中に早くもこう決心した。そして思いの外手取《てっとり》早く手術を受けようと進んで返答した。

婦人科の室*は伝染病室とはずっと離れた所に近頃新築された建物の中にあった。七月の央《なか》ばに葉子はそこに入院する事になったが、その前に岡と古藤とに依頼して、自分の身近かにある貴重品から、倉地の下宿に運んである衣類までを処分して貰わなければならなかった。金の出所は全く杜絶《とだ》えてしまっていたから。岡が頻《しき》りと融通しようと申出たのもすげなく断った。弟同様の少年から金まで融通して貰うのはどうしても葉子のプライドが承知しなかった。

葉子は特等を選んで日当りのいい広々とした部屋に這入《はい》った。そこは伝染病室とは比べものにもならない位新式の設備の整った居心地のいい所だった。窓の前の庭はまだ掘りくり返したままで赤土の上に草も生えていなかったけれども、広い廊下の冷やかな空気は涼しく病室に通りぬけた。葉子は六月の末以来始めて寝床の上に安々と体を横《よこた》えた。疲労が回復するまで暫《しば》らくの間手術は見合せるというので葉子は毎日一度ずつ内診をして貰うだけでする事もなく日を過した。

然し葉子の精神は昂奮《こうふん》するばかりだった。一人になって暇になって見ると、自分の心身がどれ程破壊されているかが自分ながら恐ろしい位感ぜられた。よくこんな有様で今まで通して来たと驚くばかりだった。寝台の上に臥《ね》て見ると二度と起きて歩く勇気もなく、又実際出来もしなかった。唯《ただ》鈍痛とのみ思っていた痛みは、どっちに臥返って見ても我慢の出来ない程な激痛になっていて、気が狂うように頭は重くうずいた。我慢にも貞世を見舞うなどと云う事は出来なかった。

こうして臥ながらにも葉子は断片的に色々な事を考えた。自分の手許にある金の事を先《ま》ず思案して見た。倉地から受取った金の残りと、調度類を売払って貰って出来た纏《まとま》った金とが何にもかにもこれから姉妹三人を養って行く唯一つの資本だった。その金が使い尽された後には今の所、何をどうするという目途《あて》は露ほどもなかった。葉子は普段の葉子に似合わずそれが気になり出して仕方がなかった。特等室なぞに這入り込んだ事が後悔されるばかりだった。と云って今になって等級の下った病室に移して貰うなどとは葉子としては思いも寄らなかった。

葉子は贅沢《ぜいたく》な寝台の上に横になって、羽根枕《はねまくら》に深々と頭を沈めて、氷嚢《ひょうのう》を額にあてがいながら、かんかんと赤土に射《さ》している真夏の日の光を、広々と取った窓を通して眺《なが》めやった。そして物心附いてからの自分の過去を針で揉《も》み込むような頭の中でずっと見渡すように考え辿《たど》って見た。そんな過去が自分のものなのか、そう疑って見ねばならぬ程にそれは遥《はる》かにもかけ隔った事だった。父母——殊《こと》に父の嘗《な》めるような寵愛《ちょうあい》の下に何一つ苦労を知らずに清い美しい童女としてすらすらと育ったあの時分が矢張り自分の過去なのだろうか。木部との恋に酔い耽《ふけ》って、国分寺の櫟《くぬぎ》の林の中で、その胸に自分の頭を托《たく》して、木部の云う一語々々を美酒のように飲みほしたあの少女は矢張り自分なのだろうか。女の誇りと云う誇りを一身に集めたような美貌《びぼう》と才能の持主として、女達からは羨望《せんぼう》の的となり、男達からは嘆美の祭壇とされたあの青春の女性は矢張りこの自分なのだろうか。誤解の中にも攻撃の中にも昂然と首を擡《もた》げて、自分は今の日本に生れて来べき女ではなかったのだ。不幸にも時と所とを間違えて天上から送られた王女であるとまで自分に対する矜誇《ほこり》に満ちていた、あの妖婉《ようえん》な女性はまがう方なく自分なのだろうか。絵島丸の中で味《あじわ》い尽し嘗め尽した歓楽と陶酔との限りは、始めて世に生れ出た生甲斐《いきがい》をしみじみと感じた誇りがな暫らくは今の自分と結び付けていい過去の一つなのだろうか……日はかんかんと赤土の上に照りつけていた。油蟬《あぶらぜみ》の声は御殿の池*をめぐる鬱蒼《うっそう》たる木立ちの方から沁み入るように聞えていた。近い病室では軽病の患者が集って、何かみだらしい雑談に笑い興じている声が聞えて来た。それは実際なのか夢なのか。それ等の凡ては腹立たしい事なのか、哀しい事なのか、笑い捨つべき事なのか、歎《なげ》き恨まねばならぬ事なのか。……喜怒哀楽のどれか一つだけでは表わし得ない、不思議に交錯した感情が、葉子の眼から留度なく涙を誘い出した。あんな世界がこんな世界に変ってしまった。そうだ貞世が生死の境に徨《さまよ》っているのはまちがいようのない事実だ。自分の健康が衰え果てたのも間違いのない出来事だ。若《も》し毎日貞世を見舞う事が出来るのならばこのままここにいるのもいい。然し自分の身体の自由さえ今はきかなくなった。手術を受ければどうせ当分は身動きも出来ないのだ。岡や愛子……そこまで来ると葉子は夢の中にいる女ではなかった。まざまざとした煩悩《ぼんのう》が勃然《ぼつぜん》としてその歯噛《はが》みした物凄い鎌首をきっと擡げるのだった。それもよし。近くいても看視の利《き》かないのを利用したくば思うさま利用するがいい。倉地と三人で勝手な陰謀を企てるがいい。どうせ看視の利かないものなら、自分は貞世の為めに何所か第二流か第三流の病院に移ろう。そしていくらでも貞世の方を安楽にしてやろう。葉子は貞世から離れると一図にそのあわれさが身に沁みてこう思った。

葉子はふとつやの事を思い出した。つやは看護婦になって京橋あたりの病院*にいると双鶴館から云って来たのを思い出した。愛子を呼び寄せて電話で探させようと決心した。

四十六

真暗な廊下が古ぼけた縁側になったり、縁側の突当りに階子《はしご》段《だん》があったり、日当りのいい中二階のような部屋があったり、納戸《なんど》と思われる暗い部屋に屋根を打抜いてガラスを箝《は》めて光線が引いてあったりするような、謂《い》わばその界隈《かいわい》に沢山ある待合*の建物に手を入れて使っているような病院だった。つやは加治木病院というその病院の看護婦になっていた。

長く天気が続いて、その後に激しい南風が吹いて、東京の市街は埃《ほこり》まぶれになって、空も、家屋も、樹木も黄粉《きなこ》でまぶしたようになった上句《あげく》、気持ち悪く蒸し蒸しと膚《はだ》を汗ばませるような雨に変ったある日の朝、葉子は僅《わず》かばかりな荷物を持って人力車で加治木病院に送られた。後ろの車には愛子が荷物の一部分を持って乗っていた。須田町*に出た時、愛子の車は日本橋の通りを真直《まっすぐ》に一足先きに病院に行かして、葉子は外《そと》濠《ぼり》*に沿うた道を日本銀行から暫らく行く釘店《くぎだな》の横丁に曲らせた。自分の住んでいた家を他所《よそ》ながら見て通りたい心持ちになっていたからだった。前幌《まえほろ》の隙間《すきま》から覗《のぞ》くのだったけれども、一年の後にもそこにはさして変った様子は見えなかった。自分のいた家の前で一寸車を止らして中を覗いて見た。門札には叔父の名は無くなって、知らない他人の姓名が掲げられていた。それでもその人は医者だと見えて、父の時分からの永寿堂医院という看板は相変らず玄関の楣《ひさし》に見えていた。長三洲*と署名してあるその字も葉子には親しみの深いものだった。葉子が亜米利加《アメリカ》に出発した朝も九月ではあったが矢張りその日のようにじめじめと雨の降る日だったのを思い出した。愛子が櫛《くし》を折って急に泣き出したのも、貞世が怒ったような顔をして眼に涙を一杯溜《た》めたまま見送っていたのもその玄関を見ると描くように思い出された。

「もういい早くやっておくれ」

そう葉子は車の上から涙声で云った。車は梶棒《かじぼう》を向け換えられて、又雨の中を小さく揺れながら日本橋の方に走り出した。葉子は不思議にそこに一緒に住んでいた叔父叔母の事を泣きながら思いやった。あの人達は今何処《どこ》にどうしているだろう。あの白痴の児《こ》ももう随分大きくなったろう。でも渡米を企ててからまだ一年とは経《た》っていないんだ。へえ、そんな短い間にこれ程の変化が……葉子は自分で自分に呆《あき》れるようにそれを思いやった。それではあの白痴の児も思った程大きくなっている訳ではあるまい。葉子はその子の事を思うとどうした訳か定子の事を胸が痛む程厳しく想《おも》い出してしまった。鎌倉に行った時以来、自分の懐《ふところ》ろからもぎ放してしまって、金輪際忘れてしまおうと堅く心に契《ちぎ》っていたその定子が……それはその場合葉子を全く惨《みじ》めにしてしまった。

病院に着いた時も葉子は泣き続けていた。そしてその病院のすぐ手前まで来て、そこに入院しようとした事を心から後悔してしまった。こんな落魄《らくはく》したような姿をつやに見せるのが堪えがたい事のように思われ出したのだ。

暗い二階の部屋に案内されて、愛子が準備しておいた床に横になると葉子は誰れに挨拶《あいさつ》もせずに唯泣き続けた。そこは運河の水の匂《にお》いが泥臭《どろくさ》く通って来るような所だった。愛子は煤《すす》けた障子の蔭《かげ》で手廻りの荷物を取出して案配した。口少なの愛子は姉を慰めるような言葉も出さなかった。外部が騒々しいだけに部屋の中は猶更《なおさ》らひっそりと思われた。

葉子はやがて静かに顔を挙げて部屋の中を見た。愛子の顔色が黄色く見える程その日の空も部屋の中も寂《さび》れていた。少し黴《かび》を持ったように埃っぽくぶくぶくする畳の上には丸盆の上に大学病院から持って来た薬瓶が乗せてあった。障子際《ぎわ》には小さな鏡台が、違い棚《だな》には手文庫と硯箱《すずりばこ》が飾られたけれども、床の間には幅物一つ、花活《はない》け一つ置いてなかった。その代りに草色の風呂敷に包み込んだ衣類と黒い柄《え》のパラゾルとが置いてあった。薬瓶の乗せてある丸盆が、出入りの商人から到来のもので、縁の所に剝《は》げた所が出来て、表には赤い短冊《たんざく》のついた矢が的に命中している画が安っぽい金で描いてあった。葉子はそれを見ると盆もあろうにと思った。それだけでもう葉子は腹が立ったり情けなくなったりした。

「愛さんあなた御苦労でも毎日一寸ずつは来てくれないじゃ困りますよ。貞ちゃんの様子も聞きたいしね。……貞ちゃんも頼んだよ。熱が下って物事が分るようになる時には私も癒って帰るだろうから……愛さん」

毎時《いつ》もの通りはきはきとした手答えがないので、もうぎりぎりして来た葉子は剣を持った声で、「愛さん」と語気強く呼びかけた。言葉をかけるとそれでも片付けものの手を置いて葉子の方に向き直った愛子は、この時ようやく顔を上げておとなしく「はい」と返事をした。葉子の眼はすかさずその顔を発矢《はっし》と鞭《むち》った。そして寝床の上に半身を肘《ひじ》に支えて起き上った。車で揺られた為めに腹部は痛みを増して声を挙げたい程うずいていた。

「あなたに今日ははっきり聞いておきたい事があるの……あなたはよもや岡さんとひょんな約束なんぞしてはいますまいね」

「いいえ」

愛子は手もなく素直にこう答えて眼を伏せてしまった。

「古藤さんとも？」

「いいえ」

今度は顔を上げて不思議な事を問いただすと云うようにじっと葉子を見詰めながらこう答えた。そのタクトがあるような、ないような愛子の態度が葉子をいやが上にいらだたした。岡の場合には何処か後ろめたくて首を垂れたとも見える。古藤の場合にはわざとしらを切る為めに大胆に顔を上げたとも取れる。又そんな意味ではなく、あまり不思議な詰問《きつもん》が二度まで続いたので、二度目には怪訝《けげん》に思って顔を上げたのかとも考えられる。葉子は畳みかけて倉地の事まで問い正そうとしたが、その気分は摧《くじ》かれてしまった。そんな事を聞いたのが第一愚かだった。隠し立てをしようと決心した以上は、女は男よりも遥かに巧妙で大胆なのを葉子は自分で存分に知り抜いているのだ。自分から進んで内兜《うちかぶと》*を見透かされたようなもどかしさは一層葉子の心を憤《いきどお》らした。

「あなたは二人から何かそんな事を云われた覚えがあるでしょう。その時あなたは何んと御返事したの」

愛子は下を向いたまま黙っていた。葉子は図星をさしたと思って嵩《かさ》にかかって行った。

「私は考えがあるからあなたの口からもその事を聞いておきたいんだよ。仰有いな」

「お二人とも何んにもそんな事は仰有りはしませんわ」

「仰有らない事があるもんかね」

憤怒《ふんぬ》に伴ってさしこんで来る痛みを憤怒と共にぐっと押えつけながら葉子はわざと声を和げた。そして愛子の挙動を爪《つめ》の先きほども見逃すまいとした。愛子は黙ってしまった。この沈黙は愛子の隠れ家だった。そうなるとさすがの葉子もこの妹をどう取扱う術《すべ》もなかった。岡なり古藤なりが告白をしているのなら、葉子がこの次ぎに云い出す言葉で様子は知れる。この場合うっかり葉子の口車には乗られないと愛子は思って沈黙を守っているのかも知れない。岡なり古藤なりから何か聞いているのなら、葉子はそれを十倍も二十倍もの強さにして使いこなす術を知っているのだけれども、生《あい》憎《にく》その備えはしていなかった。愛子は確かに自分をあなどり出していると葉子は思わないではいられなかった。寄ってたかって大きな詐偽《さぎ》の網を造って、その中に自分を押しこめて、周囲から眺めながら面白そうに笑っている。岡だろうが古藤だろうが何があてになるものか。……葉子は手傷を負った猪《いのしし》のように一直線に荒れて行くより仕方がなくなった。

「さあお云い愛さん、お前さんが黙ってしまうのは悪い癖ですよ。姉さんを甘くお見でないよ。……お前さん本当に黙ってる積りかい……そうじゃないでしょう、あればある無ければ無いで、はっきり分るように話をしてくれるんだろうね……愛さん……あなたは心から私を見くびってかかるんだね」

「そうじゃありません」

余り葉子の言葉が激して来るので、愛子は少し怖《おそ》れを感じたらしく慌《あわ》ててこう云って言葉で支えようとした。

「もっとこっちにお出で」

愛子は動かなかった。葉子の愛子に対する憎悪は極点に達した。葉子は腹部の痛みも忘れて、寝床から跳《おど》り上った。そしていきなり愛子のたぶさを摑《つか》もうとした。愛子は普段の冷静に似ず、葉子の発作を見て取ると、敏捷《びんしょう》に葉子の手許《てもと》をすり抜けて身をかわした。葉子はふらふらとよろけて一方の手を障子紙に突込みながら、それでも倒れるはずみに愛子の袖先《そでさき》を摑んだ。葉子は倒れながらそれをたぐり寄せた。醜い姉妹の争闘が泣き、わめき、叫び立てる声の中に演ぜられた。愛子は顔や手に掻《か》き傷を受け、髪をおどろに乱しながらも、ようやく葉子の手を振放して廊下に飛び出した。葉子は蹣跚《よろよろ》とした足取りでその後を追ったが、迚も愛子の敏捷さには叶《かな》わなかった。そして階子段の降口《おりぐち》の所でつやに喰い止められてしまった。葉子はつやの肩に身を投げかけながらおいおいと声を立てて子供のように泣き沈んでしまった。

幾時間かの人事不省の後に意識がはっきりして見ると、葉子は愛子とのいきさつを唯悪夢のように思い出すばかりだった。しかもそれは事実に違いない。枕許の障子には葉子の手のさし込まれた孔《あな》が、大きく破れたまま残っている。入院のその日から、葉子の名は口さがない婦人患者の口の端《は》にうるさく上っているに違いない。それを思うと一時でもそこにじっとしているのが、堪えられない事だった。葉子はすぐ外の病院に移ろうと思ってつやに云いつけた。然《しか》しつやはどうしてもそれを承知しなかった。自分が身に引受けて看護するから、是非ともこの病院で手術を受けて貰《もら》いたいとつやは云い張った。葉子から暇を出されながら、妙に葉子に心を引付けられているらしい姿を見ると、この場合葉子はつやにしみじみとした愛を感じた。清潔な血が細いしなやかな血管を滞りなく流れ廻っているような、すべすべと健康らしい、浅黒いつやの皮膚は何よりも葉子には愛らしかった。始終吹出物でもしそうな、膿《うみ》っぽい女を葉子は何よりも呪《のろ》わしいものに思っていた。葉子はつやのまめやかな心と言葉に引かされてそこにい残る事にした。

これだけ貞世から隔ると葉子は始めて少し気のゆるむのを覚えて、腹部の痛みで突然眼を覚ます外には他愛《たわい》なく眠るような事もあった。然し何んと云っても一番心に懸るものは貞世だった。ささくれて、赤く干《かわ》いた唇《くちびる》から漏れ出るあの囈言《うわごと》……それがどうかすると近々と耳に聞えたり、ぼんやりと眼を開いたりするその顔が浮き出して見えたりした。それればかりではない、葉子の五官は非常に敏捷になって、おまけにイリウジョンやハルシネーション*を絶えず見たり聞いたりするようになってしまった。倉地なんぞはすぐ側《そば》に坐《すわ》っているなと思って、苦しさに眼をつぶりながら手を延して畳の上を探って見る事などもあった。そんなにはっきり見えたり聞えたりするものが、凡《すべ》て虚構であるのを見出す淋しさは例えようがなかった。

愛子は葉子が入院の日以来感心に毎日訪れて貞世の容体を話して行った。もう始めの日のような狼藉《ろうぜき》はしなかったけれども、その顔を見たばかりで、葉子は病気が重るように思った。殊《こと》に貞世の病状が軽くなって行くという報告は激しく葉子を怒らした。自分があれ程の愛着を籠《こ》めて看護してもよくならなかったものが、愛子なんぞの通り一片の世話で治る筈がない。又愛子はいい加減な気休めに虚言《うそ》をついているのだ。貞世はもうひょっとすると死んでいるかも知れない。そう思って岡が尋ねて来た時に根掘り葉掘り聞いて見るが、二人の言葉が余りに符合するので、貞世の段々よくなって行きつつあるのを疑う余地はなかった。葉子には運命が狂い出したようにしか思われなかった。愛情と云うものなしに病気が治せるなら、人の生命は機械でも造り上げる事が出来る訳だ。そんな筈はない。それだのに貞世は段々よくなって行っている。人ばかりではない、神までが、自分を自然法の他の法則で*弄《もてあそ》ぼうとしているのだ。

葉子は歯がみをしながら貞世が死ねかしと祈るような瞬間を持った。

日は経《た》つけれども倉地からは本当に何んの消息もなかった。病的に感覚の昂奮した葉子は、時々肉体的に倉地を慕う衝動に駆り立てられた。葉子の心の眼には、倉地の肉体の凡ての部分は触れる事が出来ると思う程具体的に想像された。葉子は自分で造り出した不思議な迷宮の中にあって、意識の痺《しび》れ切るような陶酔にひたった。然しその酔《よい》が醒《さ》めた後の苦痛は、精神の疲弊と一緒に働いて、葉子を半死半生の堺《さかい》に打ちのめした。葉子は自分の妄想《もうそう》に嘔吐《おうと》を催しながら、倉地と云わず凡ての男を呪《のろ》いに呪った。

愈《いよいよ》葉子が手術を受けるべき前の日が来た。葉子はそれを左程恐ろしい事とは思わなかった。子宮後屈症と診断された時、買って帰って読んだ浩瀚《こうかん》な医書によって見ても、その手術は割合に簡単なものであるのを知り抜いていたから、その事については割合に安々とした心持ちでいる事が出来た。唯名状し難い焦燥と悲哀とはどう片付けようもなかった。毎日来ていた愛子の足は二日おきになり三日おきになり段々遠ざかった。岡などは全く姿を見せなくなってしまった。葉子は今更らに自分の周りを淋しく見廻して見た。出遇《であ》うかぎりの男と女とが何がなしに牽《ひ》き着けられて、離れる事が出来なくなる、そんな磁力のような力を持っているという自負に気負って、自分の周囲には知ると知らざるとを問わず、何時《いつ》でも無数の人々の心が待っているように思っていた葉子は、今は凡ての人から忘られ果てて、大事な定子からも倉地からも見放しが見放されて、荷物のない物置部屋のような貧しい一室の隅《すみ》っこに、夜具にくるまって暑気に蒸されながら崩れかけた五体を頼りなく横《よこた》えねばならぬのだ。それは葉子に取ってはあるべき事とは思われぬまでだった。然しそれが確かな事実であるのをどうしよう。

それでも葉子はまだ立ち上ろうとした。自分の病気が癒《い》え切ったその時を見ているがいい。どうして倉地をもう一度自分のものに仕遂《しおお》せるか、それを見ているがいい。

葉子は脳心にたぐり込まれるような痛みを感ずる両眼から熱い涙を流しながら、

徒然《つれづれ》なままに火のような一心を倉地の身の上に集めた。葉子の顔にはいつでもハンケチがあてがわれていた。それが十分も経たない中に熱く濡《ぬ》れ通って、つやに新しいのと代えさせねばならなかった。

四十七

その夜六時過ぎ、つやが来て障子を開いて段々満ちて行こうとする月が*瓦屋根《かわらやね》の重なりの上にぽっかり上ったのを覗かせてくれている時、見知らぬ看護婦が美しい花束と大きな西洋封筒に入れた手紙とを持って這入って来てつやに渡した。つやはそれを葉子の枕許《まくらもと》に持って来た。葉子はもう花も何も見る気にはなれなかった。電気もまだ来ていないのでつやにその手紙を読ませて見た。つやは薄明にすかしすかし読み憎そうに文字を拾った。

「あなたが手術の為《た》めに入院なさった事を岡君から聞かされて驚きました。で、今日が外出日であるのを幸いにお見舞します。

「僕はあなたにお目にかかる気にはなりません。僕はそれ程偏狭《へんきょう》に出来上った人間です。けれども僕は本当にあなたをお気の毒に思います。倉地という人間が日本の軍事上の秘密を外国に漏らす商売に関係した事が知れると共に、姿を隠したという報道を新聞で見た時、僕はそんなに驚きませんでした。然し倉地には二人程の外《がい》妾《しょう》があると附け加えて書いてあるのを見て、本当にあなたをお気の毒に思いました。この手紙を皮肉に取らないで下さい。僕には皮肉は云えません。

「僕はあなたが失望なさらないように祈ります。僕は来週の月曜日から習志野《ならしの》*の方に演習に行きます。木村からの便りでは、彼れは窮迫の絶頂にいるようです。けれども木村はそこを突抜けるでしょう。

「花を持って来て見ました。お大事に。

古藤生」

つやはつかえつかえそれだけを読み終った。始終古藤を遥《はる》か年下な子供のように思っている葉子は、一種侮蔑《ぶべつ》するような無感情を以《もっ》てそれを聞いた。倉地が外妾を二人持ってると云う噂《うわさ》は初耳ではあるけれども、それは新聞の記事であってみればあてにはならない。その外妾二人と云うのが、美人屋敷と評判のあったそこに住む自分と愛子位の事を想像して、記者ならば云いそうな事だ。唯そう軽くばかり思ってしまった。

つやがその花束をガラス瓶《びん》に活けて、何んにも飾ってない床の上に置いて行った後、葉子は前同様にハンケチを顔にあてて、機械的に働く心の影と戦おうとしていた。

その時突然死が——死の問題ではなく——死がはっきりと葉子の心に立ち現われた。若《も》し手術の結果、子宮底に穿孔《せんこう》が出来るようになって腹膜炎を起したら、命の助かるべき見込みはないのだ。そんな事を不図思い起した。部屋の姿も自分の心も何所《どこ》と云って特別に変った訳ではなかったけれども、何所となく葉子の周囲には確かに死の影がさまよっているのをしっかりと感じないではいられなくなった。それは葉子が生れてから夢にも経験しない事だった。これまで葉子が死の問題を考えた時には、どうして死を招き寄せようかと云う事ばかりだった。然し今は死の方がそろそろと近寄って来ているのだ。

　月は段々光を増して行って、電灯に灯《ひ》も点《とも》っていた。眼の先きに見える屋根の間からは、炊煙だか、蚊遣火《かやりび》だかが薄《うっ》すらと水のように澄み亙《わた》った空に消えて行く。履物《はきもの》、車馬の類、汽笛の音、うるさい程の人々の話声、そういうものは葉子の部屋をいつもの通り取り捲《ま》きながら、そして部屋の中は兎《と》に角整頓《かくせいとん》して灯が点っていて、少しの不思議もないのに、何所とも知れずそこには死が這《は》い寄って来ていた。

　葉子はぎょっとして、血の代りに心臓の中に氷の水を瀉《そそ》ぎこまれたように思った。死のうとする時はとうとう葉子には来ないで、思いもかけず死ぬ時が来たんだ。今まで留度なく流していた涙は、近づく嵐《あらし》の前のそよ風のように何所ともなく姿をひそめてしまっていた。葉子は慌てふためいて、大きく眼を見開き、鋭く耳を聳《そびや》かして、そこにある物、そこにある響きを捕えて、それにすがり附きたいと思ったが、眼にも耳にも何か感ぜられながら、何が何やら少しも分らなかった。唯《ただ》感ぜられるのは、心の中が訳もなく唯わくわくとして、すがり附くものがあれば何にでもすがり附きたいと無性にあせっている、その目まぐるしい欲求だけだった。葉子は震える手で枕を撫《な》で廻したり、シーツを摘まみ上げてじっと握り締めて見たりした。冷たい油汗が掌《てのひら》に滲《にじ》み出るばかりで、握ったものは何の力にもならない事を知った。その失望は形容の出来ない程大きなものだった。葉子は一つの努力ごとにがっかりして、又懸命に便りになるもの、根のあるようなものを追い求めて見た。然し何所を探して見ても凡ての努力が全く無駄《むだ》なのを心では本能的に知っていた。*

周囲の世界は少しのこだわりもなくずるずると平気で日常の営みをしていた。看護婦が草履で廊下を歩いて行く、その音一つを考えて見ても、そこには明かに生命が見出された。その足は確かに廊下を踏み、廊下は礎《いしずえ》に続き、礎は大地に据《す》えられていた。患者と看護婦との間に取交わされる言葉一つにも、それを与える人と受ける人とがちゃんと大地の上に存在していた。然しそれらは奇妙にも葉子とは全く無関係で没交渉だった。葉子のいる所には何所にも底がない事を知らねばならなかった。深い谷に誤って落ち込んだ人が落ちた瞬間に感ずるあの焦燥……それが連続して止《や》む時なく葉子を襲うのだった。深さの分らないような暗い闇《やみ》が、葉子を唯一人真中に据えておいて、果てしなくそのまわりを包もうと静かに静かに近づきつつある。葉子は少しもそんな事を欲しないのに、葉子の心持ちには頓着なく、休む事なく止る事なく、悠々閑々《ゆうゆうかんかん》として近づいて来る。葉子は恐ろしさにおびえて声も得上げなかった。そして唯そこから遁《のが》れ出たい一心に心ばかり焦《あせ》りに焦った。

もう駄目だ、力が尽き切ったと、観念しようとした時、然し、その奇怪な死は、すうっと朝霧が晴れるように、葉子の周囲から消え失《う》せてしまった。見た所、そこには何一つ変った事もなければ変った物もない。唯夏の夕が涼しく夜に繋《つな》がろうとしているばかりだった。葉子はきょとんとして庇《ひさし》の下に水々しく漂う月を見やった。

唯不思議な変化の起ったのは心ばかりだった。荒磯《あらいそ》に波又波が千変万化して追いかぶさって来ては激しく打摧《うちくだ》けて、真白な飛沫《ひまつ》を空高く突き上げるように、これと云って取り留めのない執着や、憤りや、悲しみや、恨みやが蛛手《くもで》によれ合って、それが自分の周囲の人達と結び附いて、訳もなく葉子の心を掻《か》きむしっていたのに、その夕方の不思議な経験の後では、一筋の透明な淋しさだけが秋の水のように果てしもなく流れているばかりだった。不思議な事には寝入っても忘れ切れない程な頭脳の激痛も痕《あと》なくなっていた。

神がかりに遇った人が神から見放された時のように、葉子は深い肉体の疲労を感じて、寝床の上に打伏さってしまった。そうやっていると自分の過去や現在が手に取るようにはっきり考えられ出した。そして冷かな悔恨が泉のように湧《わ》き出した。

「間違っていた……こう世の中を歩いて来るんじゃなかった。然しそれは誰れの罪だ。分らない。然し兎に角自分には後悔がある。出来るだけ、生きてる中にそれを償っておかなければならない」

内田の顔がふと葉子には思い出された。あの厳格な基督《キリスト》の教師は果して葉子の所に尋ねて来てくれるかどうか分らない。そう思いながらも葉子はもう一度内田に遇って話をしたい心持ちを止める事が出来なかった。

葉子は枕許のベルを押してつやを呼び寄せた。そして手文庫の中から洋紙でとじた手帳を取出さして、それに毛筆で葉子の云う事を書き取らした。

「木村さんに。

「私はあなたを詐《いつわ》って居りました。私はこれから他の男に嫁入ります。あなたは私を忘れて下さいまし。私はあなたの所に行ける女ではないのです。あなたのお思い違いを十分御自分で調べて見て下さいまし。

「倉地さんに。

「私はあなたを死ぬまで。けれども二人とも間違っていた事を今はっきり知りました。死を見てから知りました。あなたにはお分りになりますまい。私は何もかも恨みはしません。あなたの奥さんはどうなさっておいでです。……私は一緒に泣く事が出来る。

「内田の小父さんに。

「私は今夜になって小父さんを思い出しました。小母様によろしく。

「木部さんに。

「一人の老女があなたの所に女の子を連れて参るでしょう。その子の顔を見てやって下さいまし。

「愛子と貞世に。

「愛さん、貞ちゃん、もう一度そう呼ばしておくれ。それで沢山。

「岡さんに。

「私はあなたをも怒ってはいません。

「古藤さんに。

「お花とお手紙とを難有《ありがと》う。あれから私は死を見ました。

七月二十一日＊　葉子」

つやはこんなぽつりぽつりと短い葉子の言葉を書き取りながら、時々怪訝《けげん》な顔をして葉子を見た。葉子の唇は淋しく震えて、眼にはこぼれない程度に涙が滲み出していた。

「もうそれでいい難有うよ。あなただけね、こんなになってしまった私の側にいてくれるのは。……それだのに、私はこんなに零落した姿をあなたに見られるのがつらくって、来た日は途中から外の病院に行って仕舞おうかと思ったのよ。馬鹿だったわね」

葉子は口ではなつかしそうに笑いながら、ほろほろと涙をこぼしてしまった。

「それをこの枕の下に入れておいておくれ。今夜こそは私久し振りで安々とした心持ちで寝られるだろうよ、明日の手術に疲れないようによく寝ておかないといけないわね。でもこんなに弱っていても手術は出来るのかしらん……もう蚊帳《かや》を垂《つ》っておくれ。そして序《つい》でに寝床をもっとそっちに引張って行って、月の光が顔にあたるようにして頂戴《ちょうだい》な。戸は寝入ったら引いておくれ。……それから一寸《ちょっと》あなたの手をお貸し。……あなたの手は温い手ね。この手はいい手だわ」

葉子は人の手というものをこんなになつかしいものに思った事はなかった。力を籠めた手でそうっと抱いて、いつまでもやさしくそれを撫でていたかった。つやも何時か葉子の気分に引入れられて、鼻をするまでに涙ぐんでいた。

葉子はやがて打開いた障子から蚊帳越しにうっとりと月を眺《なが》めながら考えていた。葉子の心は月の光で清められたかと見えた。倉地が自分を捨てて逃げ出す為めに書いた狂言が計らずその筋の嫌疑《けんぎ》を受けたのか、それとも恐ろしい売国の罪で金をすら葉子に送れぬようになったのか、それはどうでもよかった。縦令《よしん》ば妾《めかけ》が幾人あってもそれもどうでもよかった。唯凡てが空《むな》しく見える中に倉地だけが唯一人本当に生きた人のように葉子の心に住んでいた。互いを堕落させ合うような愛し方をした、それも今はなつかしい思い出だった。木村は思えば思う程涙ぐましい不幸な男だった。その思い入った心持ちは何事もわだかまりのなくなった葉子の胸の中を清水のように流れて通った。多年の迫害に復讐《ふくしゅう》する時機が来たというように、岡までをそそのかして、葉子を見捨ててしまったと思われる愛子の心持ちにも葉子は同情が出来た。愛子の情けに引かされて葉子を裏切った岡の気持ちは猶更《なおさ》らよく分った。泣いても泣いても泣き足りないように可愛《かわい》そうなのは貞世だった。愛子はいまに屹度《きっと》自分以上に恐ろしい道に踏み迷う女だと葉子は思った。その愛子の唯一人の妹として……若しも自分の命が無くなってしまった後は……そう思うにつけて葉子は内田を考えた。凡ての人は何かの力で流れて行くべき先きに流れて行くだろう。そして仕舞には誰れでも自分と同様に一人坊《ぼっ》ちになってしまうんだ。……どの人を見ても憐《あわ》れまれる……葉子はそう思い耽《ふけ》りながら静かに静かに西に廻って行く月を見入っていた。その月の輪廓《りんかく》が段々ぼやけて来て、空の中に浮き漂うようになると、葉子の睫毛《まつげ》の一つ一つにも月の光が宿った。涙が眼尻《めじり》から溢《あふ》れて両方の顳顬《こめかみ》の所を擽《くすぐ》るようにするすると流れ下った。口の中は粘液で粘った。許すべき何人もない。許さるべき何事もない。唯あるがまま……唯一抹《いちまつ》の清い悲しい静けさ。葉子の眼はひとりでに閉じて行った。整った呼吸が軽く小鼻を震わして流れた。

つやが戸をたてにそーっとその部屋に這入った時には、葉子は病気を忘れ果てたもののように、がたぴしと戸を締める音にも目覚めずに安らけく寝入っていた。

四十八

その翌朝手術台に上ろうとした葉子は昨夜の葉子とは別人のようだった。激しい呼鈴の音で呼ばれてつやが病室に来た時には、葉子は寝床から起き上って、認《したた》め終った手紙の状袋を封じている所だったが、それをつやに渡そうとする瞬間にいきなり嫌《い》やになって、唇《くちびる》をぶるぶる震わせながらつやの見ている前でそれをずたずたに裂いてしまった。それは愛子に宛《あ》てた手紙だったのだ。今日は手術を受けるから九時までに是非とも立会いに来るようにと認めたのだった。いくら気丈夫でも腹を立割る恐ろしい手術を年若い少女が見てはいられない位は知っていながら、葉子は何がなしに愛子にそれを見せつけてやりたくなったのだ。自分の美しい肉体が酷《むご》たらしく傷《きずつ》けられて、そこから静脈を流れているどす黒い血*が流れ出る、それを愛子が見ている中に気が遠くなって、そのままそこに打倒れる、そんな事になったらどれ程快いだろうと葉子は思った。幾度来てくれろと電話をかけても、何んとか口実をつけてこの頃見も返らなくなった愛子に、これだけの復讐をしてやるのでも少しは胸がすく、そう葉子は思ったのだ。然《しか》しその手紙をつやに渡そうとする段になると、葉子には思いもかけぬ躊躇《ちゅうちょ》が来た。若し手術中にはしたない囈言《うわごと》でも云ってそれを愛子に聞かれたら。あの冷刻な愛子が面も背けずにじっと姉の肉体が切りさいなまれるのを見続けながら、心の中で存分に復讐心を満足するような事があったら。こんな手紙を受取ってもてんで相手にしないで愛子が来なかったら……そんな事を予想すると葉子は手紙を書いた自分に愛《あい》想《そ》が尽きてしまった。

つやは恐ろしいまでに激昂《げっこう》した葉子の顔を見やりもし得ないで、おずおずと立ちもやらずにそこにかしこまっていた。葉子はそれが堪《たま》らない程癪《しゃく》に障った。自分に対して凡《すべ》ての人が普通の人間として交ろうとはしない。狂人にでも接するような仕打ちを見せる。誰《だ》れも彼れもそうだ。医者までがそうだ。

「もう用はないのよ。早くあっちにお出で。お前は私を気狂《きちが》いとでも思っているんだろうね。……早く手術をして下さいってそう云ってお出で。私はちゃんと死ぬ覚悟をしていますからってね」

昨夕《ゆうべ》なつかしく握ってやったつやの手の事を思い出すと、葉子は嘔吐《おうと》を催すような不快を感じてこう云った。汚たない汚たない何もかも汚たない。つやは所在なげにそっとそこを立って行った。葉子は眼で嚙《か》み付くようにその後姿を見送った。

その日天気は上々で東向きの壁は触って見たら内部からでもほんのりと暖味《あたたかみ》を感ずるだろうと思われる程暑くなっていた。葉子は昨日までの疲労と衰弱とに似ず、その日は起きるとから黙って臥《ね》てはいられない位、体が動かしたかった。動かす度毎《たびごと》に襲って来る腹部の鈍痛や頭の混乱をいやが上にも募らして、思い存分の苦痛を味わって見たいような捨鉢《すてばち》な気分になっていた。そしてふらふらと少しよろけながら、衣紋《えもん》も乱したまま部屋の中を片付けようとして床の間の所に行った。懸軸《かけじく》もない床の間の片《かた》隅《すみ》には昨日古藤が持って来た花が、暑さの為めに蒸れたように萎《しぼ》みかけて、甘ったるい香を放ってうなだれていた。葉子はガラス瓶《びん》ごとそれを持って縁側の所に出た。そしてその花のかたまりの中に無図《むず》と熱した手を突込んだ。死屍《しし》から来るような冷たさが葉子の手に伝わった。葉子の指先きは知らず知らず縮まって行って没義道《もぎどう》にそれを爪《つめ》も立たんばかり握りつぶした。握りつぶしては瓶から引抜いて手欄《てすり》から戸外に投げ出した。薔薇《ばら》、ダリヤ、小田巻、などの色とりどりの花がばらばらに乱れて二階から部屋の下に当る汚たない路頭に落ちて行った。葉子は殆《ほと》んど無意識に一掴《ひとつか》みずつそうやって投げ捨てた。そして最後にガラス瓶を力任せに敲《たた》きつけた。瓶は眼の下で激しく壊れた。そこから溢れ出た水が乾き切った縁側板に丸い斑紋《はんもん》をいくつとなく散らかした。

ふと見ると向うの屋根の物干台に浴衣《ゆかた》の類を持って干しに上って来たらしい女中風の女が、じっと不思議そうにこっちを見つめているのに気がついた。葉子とは何の関係もないその女までが、葉子のする事を怪しむらしい様子をしているのを見ると、葉子の狂暴な気分は益募《ますます》った。葉子は手欄に両手をついてぶるぶると震えながら、その女を何時《いつ》までも何時までも睨《にら》みつけた。女の方でも葉子の仕打ちに気付いて、暫《しば》らくは意趣に見返す風だったが、やがて一種の恐怖に襲われたらしく、干物を竿《さお》に通しもせずにあたふたと慌《あわ》てて干物台の急な階子《はしご》を駈《か》け下りてしまった。後には燃えるような青空の中に不規則な屋根の波ばかりが眼をちかちかさせて残っていた。葉子は何《な》故《ぜ》にとも知れぬ溜息《ためいき》を深くついてまんじりとそのあからさまな景色を夢かなぞのように眺め続けていた。

やがて葉子は又我れに返って、ふくよかな髪の中に指を突込んで激しく頭の地をかきながら部屋に戻った。

そこには寝床の側《そば》に洋服を着た一人の男が立っていた。激しい外光から暗い部屋の方に眼を向けた葉子には、ただ真黒な立姿が見えるばかりで誰れとも見分けがつかなかった。然し手術の為めに医員の一人が迎えに来たのだと思われた。それにしても障子の開く音さえしなかったのは不思議な事だ。這入って来ながら声一つかけないのも不思議だ。と、思うと得体《えたい》の分らないその姿は、その囲《まわ》りの物が段々明らかになって行く間に、たった一つだけ真黒なままで何時までも輪廓を見せないようだった。謂《い》わば人の形をした真暗な洞穴《ほらあな》が空気の中に出来上ったようだった。始めの間好奇心を以てそれを眺めていた葉子は見詰めれば見詰める程、その形に実質がなくって、真暗らな空虚ばかりであるように思い出すと、ぞーっと水を浴せられたように怖毛《おぞけ》を震るった。「木村が来た」……何と云う事なしに葉子はそう思い込んでしまった。爪の一枚々々までが肉に吸い寄せられて、毛と云う毛が強直して逆立つような薄気味悪さが総身に伝わって、思わず声を立てようとしながら、声は出ずに、唇ばかりが幽《かす》かに開いてぶるぶると震えた。そして胸の所に何か突きのけるような具合に手を挙げたまま、ぴったりと立止ってしまった。

その時その黒い人の影のようなものが始めて動き出した。動いて見ると何んでもない、それは矢張り人間だった。見る見るその姿の輪廓がはっきり判《わか》って来て、暗さに慣れて来た葉子の眼にはそれが岡である事が知れた。

「まあ岡さん」

葉子はその瞬間のなつかしさに引き入れられて、今まで出なかった声を吃《ども》るような調子で出した。岡はかすかに頰《ほお》を紅《あか》らめたようだった。そしていつもの通り上品に、一寸畳の上に膝《ひざ》をついて挨拶した。まるで一年も牢獄《ろうごく》にいて、人間らしい人間に遇《あ》わないでいた人のように葉子には岡がなつかしかった。葉子とは何んの関係もない広い世間から、一人の人が好意を籠《こ》めて葉子を見舞う為めにそこに天降《あまくだ》ったとも思われた。走り寄ってしっかりとその手を取りたい衝動を抑える事が出来ない程に葉子の心は感激していた。葉子は眼に涙をためながら思うままの振舞いをした。自分でも知らぬ間に、葉子は、岡の側近く坐《すわ》って、右手をその肩に、左手を畳に突いて、しげしげと相手の顔を見やる自分を見出《みいだ》した。

「御無沙汰《ごぶさた》していました」

「よくいらしって下さってね」

と、どっちから云い出すともなく二人の言葉は親しげにからみ合った。葉子は岡の声を聞くと、急に今まで自分から逃げていた力が恢復《かいふく》して来たのを感じた。逆境にいる女に対して、どんな男であれ、男の力がどれ程強いものであるかを思い知った。男性の頼もしさがしみじみと胸に逼《せま》った。葉子は我知らずすがり附くように、岡の肩にかけていた右手を辷《すべ》らして、膝の上に乗せている岡の右手の甲の上からしっかりと捕えた。岡の手は葉子の触覚に妙に冷たく響いて来た。

「永く永くお遇いしませんでしたわね。私あなたを幽霊じゃないかと思いましてよ。変な顔付きをしたでしょう。貞世は……あなた今朝病院の方からいらしったの？」

岡は一寸返事を躊《ため》らったようだった。

「いいえ家から来ました。ですから私、今日の御様子は知りませんが、昨日までの所では段々およろしいようです。眼さえ覚めていらっしゃると『お姉様お姉様』とお泣きなさるのが本当にお可哀そうです」

葉子はそれだけ聞くともう感情が脆《もろ》くなっていて胸が張裂けるようだった。岡は眼ざとくもそれを見て取って、悪い事を云ったと思ったらしかった。そして少し慌てた

ように笑い足しながら、

「そうかと思うと、大変お元気な事もあります。熱の下っていらっしゃる時なんかは、愛子さんに面白い本を読んでお貰《もら》いになって、喜んで聞いておいでです」

と附け足した。葉子は直覚的に岡がその場の間に合せを云っているのだと知った。それは葉子を安心させる為の好意であるとは云え、岡の言葉は決して信用する事が出来ない。毎日一度ずつ大学病院まで見舞いに行って貰うつやの言葉に安心が出来ないでいて、誰れか眼に見た通りを知らせてくれる人はないかと焦《あせ》っていた矢先き、この人ならばと思った岡も、つや以上にいい加減を云おうとしているのだ。この調子では、とうに貞世が死んでしまっていても、人達は岡が云って聞かせるような事を何時までも自分に云うのだろう。自分には誰れ一人として胸を開いて交際しようという人はいなくなってしまったのだ。そう思うと淋しいよりも、苦しいよりも、かっと取り上気《のぼ》せる程貞世の身の上が気遣われてならなくなった。

「可哀そうに貞世は……さぞ痩《や》せてしまったでしょうね？」

葉子は口裏をひくようにこう尋ねて見た。

「始終見つけている故《せい》ですか、そんなにも見えません」

岡はハンケチで頸《くび》の囲りを拭《ぬぐ》って、ダブルカラーの合せを左の手でくつろげながら少し息気苦《いき》しそうにこう答えた。

「何んにもいただけないんでしょうね」

「ソップと重湯だけですが両方ともよく食べなさいます」

「ひもじがって居りますか」

「いいえそんなでも」

もう許せないと葉子は思い入って腹を立てた。腸チブスの予後にあるものが、食欲がない……そんなしらじらしい虚構《うそ》があるものか。皆んな虚構だ。岡の云う事も皆んな虚構だ。昨夜は病院に泊らなかったという、それも虚構でなくって何んだろう。愛子の熱情に燃えた手を握り慣れた岡の手が、葉子に握られて冷えるのも尤《もっと》もだ。昨夜はこの手は……葉子は眸《ひとみ》を定めて自分の美しい指にからまれた岡の美しい右手を見た。それは女の手のように白く滑らかだった。然しこの手が昨夜は、……葉子は顔を挙げて岡を見た。殊更《ことさ》らに鮮かに紅《あか》いその唇……この唇が昨夜は……

眩暈《めまい》がする程一度に押寄せて来た憤怒と嫉妬《しっと》との為めに、葉子は危くその場にあり合せたものに噛み附こうとしたが、辛《から》くそれを支えると、もう熱い涙が眼をこがすように痛めて流れ出した。

「あなたはよく嘘《うそ》をおつきなさるのね」

葉子はもう肩で息気をしていた。頭が激しい動悸《どうき》の度毎に震えるので、髪の毛は小刻みに生き物のように戦《おのの》いた。そして岡の手から自分の手を離して、袂《たもと》から取り出したハンケチでそれを押拭った。眼に入る限りのもの、手に触れる限りのものが又穢《けが》らわしく見え始めたのだ。岡の返事も待たずに葉子は畳みかけて吐き出すように云った。

「貞世はもう死んでいるんです。それを知らないとでもあなたは思っていらっしゃるの。あなたや愛子に看護して貰えば誰れでも難有《ありがた》い往生が出来ましょうよ。本当に貞世は仕合せな子でした。……おおおお貞世！　お前はほんとに仕合せな子だねえ。……岡さん云って聞かせて下さい、貞世はどんな死に方をしたか。飲みたい死水《しにみず》も飲まずに死にましたか。あなたと愛子がお庭を歩き廻っている中に死んでいましたか。それとも……それとも愛子の眼が憎々しく笑っているその前で眠るように息気を引き取りましたか。どんなお葬式が出たんです。早桶《はやおけ》は何所《どこ》で註文《ちゅうもん》なさったんです。私の早桶のより少し大きくしないと這入りませんよ。……私は何んと云う馬鹿だろう早く丈夫になって思い切り貞世を介抱してやりたいと思ったのに……もう死んでしまったのですものねえ。嘘です……それなら何故あなたも愛子ももっとしげしげ私の見舞には来て下さらないの。あなたは今日私を苦しめに……なぶりにいらしったのね……」

「そんな飛んでもない！」

　岡がせきこんで葉子の言葉の切れ目に云い出そうとするのを、葉子は激しい笑いで遮《さえぎ》った。

「飛んでもない……その通り。ああ頭が痛い。私は存分に呪《のろ》いを受けました。御安心なさいましとも。決して御邪魔はしませんから。私は散々踊りました。今度はあなた方が踊っていい番ですものね。……ふむ、踊れるものなら見事に踊って御覧なさいまし。……踊れるものなら、ははは」

　葉子は狂女のように高々と笑った。岡は葉子の物狂おしく笑うのを見ると、それを恥じるように真紅《まっか》になって下を向いてしまった。

「聞いて下さい」

　やがて岡はこう云ってきっ、となった。

「伺いましょう」

　葉子もきっ、となって岡を見やったが、すぐ口尻に酷《むご》たらしい皮肉な微笑を湛《たた》えた。それは岡の気先きをさえ折るに十分な程の皮肉さだった。

「お疑いなさっても仕方がありません。私、愛子さんには深い親しみを感じております……」

「そんな事なら伺うまでもありませんわ。私をどんな女だと思っていらっしゃるの。

愛子さんに深い親しみを感じていらっしゃればこそ、今朝はわざわざ何日頃《いっ》死ぬだろうと見に来て下さったのね。何んとお礼を申していいか、そこはお察し下さいまし。今日は手術を受けますから、死骸になって手術室から出て来る所をよっく御覧なさってあなたの愛子に知らせて喜ばしてやって下さいましよ。死にに行く前に篤《とく》とお礼を申します。絵島丸では色々御親切を難有《ありがと》う御座いました。お蔭《かげ》様で私は淋《さび》しい世の中から救い出されました。あなたをお兄さんともお慕いしていいましたが、愛子に対しても気恥しくなりましたから、もうあなたとは御縁を断ちます。と云うまでもない事ですわね。もう時間が来ますからお立ち下さいまし」

「私、ちっとも知りませんでした。本当にそのお体で手術をお受けになるのですか」

岡は呆《あき》れたような顔をした。

「毎日大学に行くつやは馬鹿ですから何も申上げなかったんでしょうよ。申上げてもお聞こえにならなかったかも知れませんわね」

と葉子は微笑《ほほえ》んで、真青になった顔にふりかかる髪の毛を左の手で器用にかき上げた。その小指は痩せ細って骨ばかりのようになりながらも、美しい線を描いて折れ曲っていた。

「それは是非お延ばし下さいお願いしますから……お医者さんもお医者さんだと思い

ます」

「私が私だもんですからね」

葉子はしげしげと岡を見やった。その眼からは涙がすっかり乾いて、額の所には油汗が滲《にじ》み出ていた。触れて見たら氷のようだろうと思われるような青白い冷たさが生《は》え際《ぎわ》かけて漂っていた。

「ではせめて私に立会わして下さい」

「それほどまでにあなたは私がお憎いの？……麻酔中に私の云う囈言でも聞いておいて笑話の種になさろうと云うのね。ええ、よう御座いますいらっしゃいまし、御覧に入れますから。呪いの為めに痩せ細ってお婆《ばあ》さんのようになってしまったこの体を頭から足の爪先きまで御覧に入れますから……今更らお呆れになる余地もありますまいけれど」

そう云って葉子は痩せ細った顔にあらん限りの媚《こ》びを集めて、流眄《ながしめ》に岡を見やった。

岡は思わず顔を背けた。

そこに若い医員がつやを伴れて這入って来た。葉子は手術の仕度が出来た事を見て取った。葉子は黙って医員に一寸挨拶《ちょっとあいさつ》したまま衣紋をつくろって直ぐ座を立った。それに続いて部屋を出て来た岡などは全く無視した態度で、怪しげな薄暗い階子段を降りて、これも暗い廊下を四五間辿《たど》って手術室の前まで来た。つやが戸のハンドルを廻してそれを開けると、手術室からはさすがに眩《まぶ》しい豊かな光線が廊下の方に流れて来た。そこで葉子は岡の方に始めて振返った。

「遠方をわざわざ御苦労さま。私はまだあなたに肌《はだ》を御覧に入れる程の莫連者《ばくれんもの》にはなっていませんから……」

そう小さな声で云って悠々《ゆうゆう》と手術室に這入って行った。岡は勿論《もちろん》押し切って後に跟《つ》いては来なかった。

着物を脱ぐ間に、世話に立ったつやに葉子はこうようやくにして云った。

「岡さんが這入りたいと仰有《おっしゃ》っても入れてはいけないよ。それから……それから（ここで葉子は何がなしに涙ぐましくなった）若《も》し私が囈言のような事でも云いかけたら、お前に一生のお願いだからね、私の口を……口を抑えて殺してしまっておくれ。頼むよ。屹度《きっと》！」

婦人科病院の事とて女の裸体は毎日幾人となく扱いつけている癖に、矢張り好奇な眼を向けて葉子を見守っているらしい助手達に、葉子は痩せさらばえた自分をさらけ出して見せるのが死ぬよりつらかった。ふとした出来心から岡に対して云った言葉が、葉子の頭にはいつまでもこびり附いて、貞世はもう本当に死んでしまったもののように思えて仕方がなかった。貞世が死んでしまったのに何を苦しんで手術を受ける事があろう。そう思わないでもなかった。然し場合が場合でこうなるより仕方がなかった。真白な手術衣を着た医員や看護婦に囲まれて、矢張り真白な手術台は墓場のように葉子を待っていた。そこに近づくと葉子は我れにもなく急におびえが出た。思い切り鋭利なメスで手際よく切り取ってしまったらさぞさっぱりするだろうと思っていた腰部の鈍痛も、急に痛みが止ってしまって、体全体がしびれるようにしゃちこばって冷汗が額にも手にもしとどに流れた。葉子は唯一つの慰藉《いしゃ》のようにつやを顧みた。そのつやの励ますような顔を唯一つの便りにして、細かく震えながら仰向けに冷やっとする手術台に横《よこた》わった。

　医員の一人が白布の口あてを口から鼻の上にあてがった。それだけで葉子はもう息気がつまる程の思いをした。その癖眼は妙に冴《さ》えて眼の前に見る天井板の細かい木理《もくめ》までが動いて走るように眺《なが》められた。神経の末梢《まっしょう》が大風に遇ったようにざわざわと小気味悪く騒ぎ立った。心臓が息気苦しい程時々働きを止めた。

　やがて芳芬《ほうふん》の激しい薬滴が布の上にたらされた。葉子は両手の脈所《みゃくどころ》を医員に取られながら、その香を薄気味悪く嗅《か》いだ。

「ひとーつ」

執刀者が鈍い声でこう云った。

「ひとーつ」

葉子のそれに応ずる声は激しく震えていた。

「ふたーつ」

葉子は生命の尊さをしみじみと思い知った。死若しくは死の隣りへまでの不思議な冒険……そう思うと血は凍るかと疑われた。

「ふたーつ」

葉子の声は益震えた。こうして数を読んで行く中に、頭の中がしんしんと冴えるようになって行ったと思うと、世の中がひとりでに遠退《とおの》くように思えた。葉子は我慢が出来なかった。いきなり右手を振りほどいて力任せに口の所を掻《か》い払った。然し医員の力はすぐ葉子の自由を奪ってしまった。葉子は確かにそれにあらがっている積りだった。

「倉地が生きてる間――死ぬものか、……どうしてももう一度その胸に……やめて下さい。狂気で死ぬとも殺されたくはない。やめて……人殺し」

そう思ったのか云ったのか、自分ながらどっちとも定めかねながら葉子は悶《もだ》えた。

「生きる生きる……死ぬのはいやだ……人殺し!……」

葉子は力のあらん限り戦った、医者とも薬とも……運命とも……葉子は永久に戦った。然し葉子は二十も数を読まない中に、死んだ者同様に意識なく医員等の眼の前に横わっていたのだ。

四十九

手術を受けてから三日を過ぎていた。その間非常に望ましい経過を取っているらしく見えた容態は三日目の夕方から突然激変した。突然の高熱、突然の腹痛、突然の煩《はん》悶《もん》、それは激しい驟《しゅう》雨《う》が西風に伴われて嵐《あらし》がかった天気模様になったその夕方の事だった。

その日の朝から何んとなく頭の重かった葉子は、それが天候の為めだとばかり思って、強《し》いてそう云う風に自分を説服して、憂慮を抑えつけていると、三時頃からどんどん熱が上り出して、それと共に激しい下腹部の疼《とう》痛《つう》が襲って来た。子宮底穿《せん》孔《こう》⁈　なまじっか医書を読み噛《かじ》った葉子はすぐそっちに気を廻した。気を廻しては強いてそれを否定して、一時延ばしに容態の回復を待ちこがれた。それは然し無《む》駄《だ》だった。つやが慌《あわ》てて当直医を呼んで来た時には、葉子はもう生死を忘れて床の上に身を縮み上らしておいおいと泣いていた。

医員の報告で院長も時を移さずそこに駈けつけた。応急の手あてとして四個の氷嚢《ひょうのう》が下腹部にあてがわれた。葉子は寝衣《ねまき》が一寸肌に触るだけの事にも、生命をひっぱたかれるような痛みを覚えて思わずきゃっと絹を裂くような叫び声を立てた。見る見る葉子は一寸の身動きも出来ない位疼痛に痛めつけられていた。

激しい音を立てて戸外では雨の脚が瓦屋根《かわらやね》を敲《たた》いた。むしむしする昼間の暑さは急に冷え冷えとなって、にわかに暗らくなった部屋の中に、雨から逃げ延びて来たらしい蚊がぶーんと長く引いた声を立てて飛び廻った。青白い薄闇《うすやみ》に包まれて葉子の顔は見る見る崩れて行った。痩せ細っていた頬は殊更らげっそりとこけて、高々と聳《そび》えた鼻筋の両側には、落ち窪《くぼ》んだ両眼が、中有《ちゅうう》の中を所嫌《きら》わずおどおどと何物かを探し求めるように輝いた。美しく弧を描いて延びていた眉《まゆ》は、目茶苦茶に歪《ゆが》んで、眉間《みけん》の八の字の所に近々と寄り集った。かさかさに乾き切った唇からは吐く息気ばかりが強く押し出された。そこにはもう女の姿はなかった。得体《えたい》の分らない動物が悶《もだ》え藻掻《もが》いているだけだった。

間《ま》を置いてはさし込んで来る痛み*……鉄の棒を真赤に焼いて、それで下腹の中を所嫌わずえぐり廻すような痛みが来ると、葉子は眼も口も出来るだけ堅く結んで、息気もつけなくなってしまった。何人そこに人がいるのか、それを見廻すだけの気力もなかった。天気なのか嵐なのか、それも分らなかった。稲妻が空を縫って走る時には、それが自分の痛みが形になって現れたように見えた。少し痛みが退《ひ》くとほっと吐息をして、助けを求めるようにそこに附いている医員に眼ですがった。痛みさえ治してくれれば殺してもいいという心と、とうとう自分に致命的な傷を負わしたと恨む心とが入り乱れて、旋風のように体中《からだじゅう》を通り抜けた。倉地がいてくれたら……木村がいてくれたら……あの親切な木村がいてくれたら……そりゃ駄目だ。もう駄目だ。……駄目だ。貞世だって苦しんでいるんだ、こんな事で……痛い痛い痛い……つやはいるのか（葉子は思い切って眼を開いた。眼の中が痛かった）いる。心配相な顔をして、……うそだあの顔が何が心配相な顔なものか……皆んな他人だ……何んの縁故もない人達だ……皆んな呑気《のんき》な顔をして何事もせずに唯見ているんだ……この悩みの百分の一でも知ったら……あ、痛い痛い痛い！　定子……お前はまだ何所《どこ》かに生きているのか、貞世は死んでしまったのだよ、定子……私も死ぬんだ、死ぬよりも苦しい、この苦しみは……ひどい、これで死なれるものか……こんなにされて死なれるものか……何か……何所か……誰れか……助けてくれそうなものだのに……神様！　あんまりです……

葉子は身悶えも出来ない激痛の中で、シーツまで濡《ぬ》れ透《とお》る程な油汗を体中にかきながら、こんな事をつぎつぎに口走るのだったが、それは固《もと》より言葉にはならなかった。唯時々痛い痛いと云うのが惨《むごた》らしく聞えるばかりで、傷《きずつ》いた牛のように叫ぶ外はなかった。

ひどい吹き降りの中に夜が来た。然し葉子の容態は険悪になって行くばかりだった。電灯が故障の為めに来ないので、室内には二本の蠟燭《ろうそく》が風に煽《あお》られながら、薄暗くともっていた。熱度を計った医員は一度々々その側《そば》まで行って、眼をそばめながら度盛りを見た。

その夜苦しみ通した葉子は明方近く少し痛みから遁《のが》れる事が出来た。シーツを思い切り摑《つか》んでいた手を放して、弱々と額の所を撫《な》でると、度々看護婦が拭《ぬぐ》ってくれたのにも係《かかわ》らず、ぬるぬるする程手も額も油汗でしとどになっていた。「迚《とて》も助からない」と葉子は他人事《ひとごと》のように思った。そうなって見ると、一番強い望みはもう一度倉地に会って唯一眼《ただひとめ》その顔を見たいという事だった。それは然し望んでも叶《かな》えられる事でないのに気付いた。葉子の前には暗らいものがあるばかりだった。葉子はほっと溜息《ためいき》をついた。二十六年間の胸の中の思いを一時に吐き出して仕舞おうとするように。

やがて葉子はふと思い付いて眼でつやを求めた。夜通し看護に余念のなかったつや

は眼ざとくそれを見て寝床に近づいた。葉子は半分眼付きに物を云わせながら、

「枕の下枕の下」

と云った。つやが枕の下を探すとそこから、手術の前の晩につやが書取った書き物が出て来た。葉子は一生懸命な努力でつやにそれを焼いて捨てろ、今見ている前で焼いて捨てろと命じた。葉子の命令は判《わか》っていながら、つやが躊躇《ちゅうちょ》しているのを見ると、葉子はかっと腹が立って、その怒りに前後を忘れて起き上ろうとした。その為めに少しなごんでいた下腹部の痛みが一時に押寄せて来た。葉子は思わず気を失いそうになって声を挙げながら、脚を縮めてしまった。けれども一生懸命だった。もう死んだ後には何んにも残しておきたくない。何んにも云わないで死のう。そう云う気持ちばかりが激しく働いていた。

「焼いて」

悶絶《もんぜつ》するような苦しみの中から、葉子は唯一言これだけを夢中になって叫んだ。つやは医員に促されているらしかったが、やがて一台の蠟燭を葉子の身近かに運んで来て、葉子の見ている前でそれを焼き始めた。めらめらと紫色の焔《ほのお》が立ち上るのを葉子は確かに見た。

それを見ると葉子は心からがっかりしてしまった。これで自分の一生は何んにもな

くなったと思った。もういい……誤解されたままで、女王は今死んで行く……そう思うとさすがに一抹《いちまつ》の哀愁がしみじみと胸をこそいで通った。葉子は涙を感じた。然し涙は流れて出ないで、眼の中が火のように熱くなったばかりだった。

又もひどい疼痛が襲い始めた、葉子は神の締め木にかけられて、自分の体が見る見る痩せて行くのを自分ながら感じた。人々が薄気味悪げに自分を見守っているのにも気が付いた。

それでもとうとうその夜も明け離れた。

葉子は精も根も尽き果てようとしているのを感じた。身を切るような痛みさえが時々は遠い事のように感じられ出したのを知った。もう仕残していた事はなかったかと働きの鈍った頭を懸命に働かして考えて見た。その時ふと定子の事が頭に浮んだ。あの紙を焼いてしまっては木部と定子とが遇う機会はないかも知れない。誰れかに定子を頼んで……葉子は慌てふためきながらその人を考えた。

内田……そうだ内田に頼もう。葉子はその時不思議ななつかしさを以《も》って内田の生涯《しょうがい》を思いやった。あの偏頗《へんぱ》で頑固《がんこ》で意地張りな内田の心の奥の奥に小さく潜んでいる澄み透った魂*が始めて見えるような心持ちがした。

葉子はつやに古藤を呼び寄せるように命じた。古藤の兵営にいるのはつやも知っている筈《はず》だ。古藤から内田に云って貰《もら》ったら内田が来てくれない筈はあるまい。内田は古藤を愛しているから。

それから一時間苦しみ続けた後に、古藤の例の軍服姿は葉子の病室に現れた。葉子の依頼を漸《よう》く飲みこむと、古藤は一図《いちず》な顔に思い入った表情を湛えて、急いで座を立った。

葉子は誰れにとも何にともなく息気を引取る前に内田の来るのを祈った。

然し小石川に住んでいる内田は中々にやって来る様子を見せなかった。

「痛い痛い痛い……痛い」

葉子が前後を忘れ我れを忘れて、魂を搾《しぼ》り出すようにこう呻《うめ》く悲しげな叫び声は、大雨の後の晴れやかな夏の朝の空気をかき乱して、惨《いた》ましく聞え続けた。

注解

ページ

六 ＊"Not till……" この序詞は、アメリカの詩人ホイットマン（一八一九―九二）の"To a Common Prostitute"（一八六〇）のうち、第一連の後半部の抜粋であり、『有島武郎著作集第八輯・或女（前編）』（大正八・三）の巻頭に掲げられたものである。有島はこの詩を、「名もない淫売婦に」という題名で日本語訳をしている（講演「ホヰットマンに就いて」同九・一〇）。

九 ＊新橋　芝から銀座方面へ入っていくために、汐留《しおどめ》川に架けられた芝口橋の俗称。明治三二年五月に土橋から、長さ約二三メートル、幅約一八メートルの鉄橋に架け替えられた（現在、中央区銀座八丁目と港区新橋一丁目との境界に当たる）。

＊葉子　早月《さつき》姓。佐々城《ささき》信子（明治一一―昭和二四）がモデルとして想定されている。「或《あ》る女のグリンプス」（「白樺」明治四四・一―大正二・三、以下「グリンプス」と略称）では田鶴子と命名。

＊停車場の入口の大戸　明治五年に開業した新橋駅（大正三年に汐留貨物駅となる）では、「中央の平屋建の部分へ駅前から階段によって上ると、この広間の正面にはホームをうしろにして出札所があり、その両側の改札口から乗車するようになっていた。発車前に

正面の戸をしめたことでもわかるように、いまとちがって汽車に乗るためにはずいぶん前からお客は駅へあつまったもので、駅というのはむしろ待つところだと言ったほうがいい。」（藤島茂氏による）。

*青い切符　列車の等級によって乗車券が色分けされていた。ここでは二等車の乗車券。

一〇 *セル　羊毛などからより分けた梳毛糸《そもうし》で平織りにした和服用の毛織物。オランダ語で serge のこと。

一一 *デッキ　客車の出入口の床で、この部分は開放式になっている。

*古藤　名は義一。有島武郎（明治一一—大正一二）がモデルとして想定されている。

一二 *シェード　車窓の日除《ひよ》けの戸。

*書生下駄　明治・大正期に学生間に流行した朴歯《ほおば》の高下駄。

一三 *品川　新橋駅から約五キロメートルの所にあった駅。

*木部孤笻　国木田独歩（明治四—四一）がモデルとして想定されている。佐々城信子との恋愛・結婚・離婚の経緯については、日記『欺《あざむ》かざるの記』（同二六—同三〇）に詳しい。独歩はまた、『おとづれ』（同三一・一一）や『鎌倉夫人』（同三五・一〇）に信子と新橋駅で出会ったことを取り上げている。後に芥川龍之介は、独歩を評して「鋭い頭脳を持つてゐた。同時に又柔らかい心臓を持つてゐた。しかもそれ等は独歩の中に不幸にも調和を失つてゐた。従つて彼は悲劇的だつた。」（『文芸的な、余りに文芸的な』）と書いている。

一四 ＊まんじりと　まじまじと。

一五 ＊日清戦争　朝鮮の東学党の乱（明治二七）に清国が出兵したのに対して、日本も天津《てんしん》条約（同一七）に基づき出兵、二七年七月豊島《ほうとう》沖海戦を契機に八月に宣戦布告。翌年三月には遼東《りょうとう》半島を制圧して北京《ペキン》に迫る勢いを示したので、清国は講和を要請した。四月に下関条約を締結。清国は朝鮮の独立を承認し、遼東半島、台湾、澎湖《ほうこ》島を日本に割譲した（七一四ページ「臥薪嘗胆」参照）。

＊ある大新聞社　明治二三年二月に徳富蘇峰が創刊した「国民新聞」の発行所、国民新聞社（京橋区日吉町―現、中央区銀座八丁目）が想定されている。独歩は明治二七年九月に記者となり、一〇月には日清戦争の従軍記者として派遣された。

＊心力のゆらいだ文章　独歩が明治二七年一〇月から翌年三月まで「国民新聞」に発表したルポルタージュで、独歩の死後『愛弟通信』（明治四一・一一）としてまとめられた文章が想定されている。

＊葉子の母　佐々城信子の母豊寿《とよじゅ》（嘉永六―明治三四）がモデルとして想定されている。明治一九年一二月に発足した東京婦人矯風会《きょうふうかい》では豊寿は「書記」となり、同二六年四月から全国規模の日本基督教《キリスト》婦人矯風会へ解消発展した最初の総会では、「名誉会頭」の称号が贈られた。因《ちな》みに「会頭」は矢島楫子《かじこ》（天保四―大正一四）が歴任した（六七五ページ「五十川女史」参照）。この会の設立の目的は「社会の弊風を矯《た》め道徳を脩《おさ》め飲酒喫煙《きつえん》を禁じ以《もっ》て婦人の品位を開進する」ことにあった。

*白皙　皮膚の色が白い。

*タクト　如才なく機転を利《き》かせること。特に葉子の場合は、男性の好奇心を惹《ひ》きつけながらも、自分の方には落度のないようにして相手の弱みをつく、きめこまかな才知の働き。

*尾錠　帯、紐《ひも》、革などの一端につけ、他端を嵌《は》め入れて締める金具。

*ケーベル博士　Raphael von Köber（一八四八—一九二三）。明治二六年に来日し、大正三年までの二一年間、東京帝国大学で哲学を講じた。そのかたわら、明治三一年から一二年間、上野音楽学校でピアノと音楽史の講義をした。なお、葉子の年齢設定になぞらえれば、オーストリアのヴァイオリニスト、ディートリッヒが同二一年から音楽学校に招聘《しょうへい》されていた。因みに、早月貞世のモデルに想定されている「信子の妹ヨシエは、上野音楽学校声楽科に入学したが、気が強く、教授に叱《しか》られて半年ほどで退学した」（阿部光子氏『「或る女」の生涯』〈昭和五七・一二〉による）。

一七 *六月のある夕方　独歩の「唯暗を見る」（明治二九）によれば、同月九日（日）のことである。

*日本橋の釘店　信子の父・本支《もとえ》は日本橋区品川町裏河岸八（現、中央区日本橋室町一丁目）で脚気《かっけ》専門の内科医として診療所を開業していた。この地域では「旧時鉄器を売る者多かりしを以て里俗釘店《くぎだな》」（『東京案内』上、明治四〇）と呼ばれた。因みに、豊寿が「国民新聞」や「毎日新聞」の従軍記者を招いたのは、「芝区三田四国町」（現、港区芝

三丁目）の自宅であった（阿部氏）。

一八 ＊清教徒風　イギリス国教会がローマ教会的制度慣習儀式に満足せず、純粋にカルヴァン主義に基づく改革を主張して、厳格で純粋な生活態度を持するところから、ピューリタンと呼ばれた。

一九 ＊秋のある午後　明治二八年一一月一一日（月）に、独歩は麴町《こうじまち》区 隼《はやぶさ》町（現、千代田区隼町）の、衛戍《えいじゅ》病院裏の狭苦しい住居で、植村正久司式のもとで信子と結婚式を挙げた。

＊葉山　神奈川県三浦郡の逗子《ずし》町の南隣にある町。独歩は逗子の柳屋に一一月一九日以降幽居したのであって、葉山（現、三浦郡葉山町）は台所用品を求めに行ったところに過ぎない。

二〇 ＊後ろから見た木部　平野謙は、この言葉には、「世のいわゆる女房というものによって眺《なが》められた男性の弱点はほぼ典型的に収斂《しゅうれん》されてある。そして、その辛辣《しんらつ》骨を刺すリアリズムが後ろから見た女房的視点に支えられている事実こそ、今注目すべき最大の徴表が横たわっていた。」（「女房的文学論」昭和二一・一二）と述べている。この「視点」は「十三」（本文の章小見出し。以下同）においても、葉子が倉地の「心の裏を引繰返して縫目を見窮《みきわ》めようとした」という表現で生かされている。

二一 ＊突然失踪して　モデルの信子は結婚して五か月後の、明治二九年四月一二日、独歩と行った一番町教会からの帰途、姿を隠した。

＊高山という医者　京橋区采女《うねめ》町二六（現、中央区銀座五丁目）に病院を開業していた浦

島堅吉がモデルとして想定されている。独歩が信子を訪ねたのは明治二九年四月二三日のことであった。

二二 *定子　明治三〇年一月一〇日に、独歩と信子との間に生まれた浦子（浦島病院の「浦」をとった命名という）がモデルとして想定されている。浦子は豊寿の子、信子の末妹として入籍され、千葉県下のある農家に里子に出された（山田昭夫氏による）。

*葉子の父は死んだ。母も死んだ　父・本支は明治三四年四月九日に、また母・豊寿は同年六月一五日に死亡した。葬儀はともに、釘店に近い日本橋区本銀町《ほんしろがねちょう》一丁目一九（現、中央区日本橋本石町四丁目）の日本橋教会で営まれた。「グリンプス」の「四」には「五月に母が死んだ」とある。

二三 *衆議院議員の候補　明治三四年三月頃、独歩は星亨《ほしとおる》と提携して千葉県から政界に出馬しようとした。

*純文学に指を染めて　独歩は、明治二九年八月二六日、文学で身を立てることを決意して以来、『たき火』（同・一一）、合作詩集『抒情詩』（同三〇・四）、『源叔父』（同・八）、『おとづれ』（同・一一）、『今の武蔵野』（同三一・一―二）、『忘れえぬ人々』（同・四）などを発表した。

*旅僧のような放浪生活　独歩は、明治二九年六月から八月まで京都滞在、同年九月上渋谷村宇田川一五四（現、渋谷区宇田川）に転居、翌三〇年四月から六月まで日光滞在、その後東京市内を転々とした。明治三五年になると、八月まで鎌倉で不安定な生活をした。

*妻を持ち子を成し　明治三一年八月六日、榎本治《えのもとはる》との婚姻届を出し、翌年一〇月二九日、長女貞が生まれた。
*雑誌の発行　明治三四年一一月三日に、毎日曜日刊の週刊誌「家庭文学」第一号を創刊した。第三号で廃刊か。
*ある由緒ある堂上華族の寄食者　竹越三叉の周旋により、明治三四年一一月二八日ごろから妻子を実家に帰して、翌年二月初旬まで西園寺公望侯爵邸《きんもちこうしゃくてい》（神田区駿河台《するがだい》―現、千代田区神田駿河台）の「離室」で過した。

或る女

二四 *木の屑　与謝野鉄幹の『鉄幹子』（明治三四・三）所収の「盆祭」に「かねてこの世に木屑《きのはし》と／くちぎたなくも罵れる《ののし》」という用例がある。ここでは、人情を理解しない者の意か。
二五 *大森田圃　新橋駅から約九・三キロメートルの所にあった大森駅周辺の、当時大森町一帯の田園風景（現、大田区大森北あたりか）。大森駅―川崎駅間の時速は平均約三四・八キロメートル。
二六 *Simpleton　機転のきかぬばか正直。「三十四」の比喩《ひゆ》に「挿す花もない青銅《からかね》の花瓶」とある。
*六郷川の鉄橋　東京府と神奈川県の境を流れる多摩川の河口辺りを六郷川と呼び、明治五年に鉄道開設のためにこの川に架橋された。
二七 *パンネル　panel　枠《わく》取りされた中の部分。羽目板。鏡板。

＊「中将湯」　津村順天堂（日本橋区通四丁目七―現、中央区日本橋三丁目）から発売された婦人病専門の漢方の煎《せん》じ薬。

二八 ＊川崎停車場　新橋駅から約一六・二キロメートルの所にあった駅。

＊インバネス　inverness　長くてゆったりした、袖《そで》なしの男子用で、二重まわしと呼ばれた外套《がいとう》。

三〇 ＊神奈川　新橋駅から約二六・二キロメートル、横浜駅までは約二・八キロメートルの所にあった駅。

＊横浜の停車場　明治五年に開設されたが、同三一年東海道線が路線を変更して開通したために、この停車場を通らなくなり、大正四年八月に現在の横浜駅が開設された後は、桜木町駅と改称された。

＊八時を過ぎた　葉子が乗ったと想定される列車は、文中に鶴見駅の記載がないところから見て、午前八時三〇分新橋駅発、同九時二〇分横浜駅着（この列車は鶴見駅には停車しない）か、あるいは、各駅停車の午前七時五五分発の列車か（明治三五年七月発行の「時刻表」による）。

＊紅葉坂　桜川（現、桜川新道）にかかる紅葉橋から伊勢山の右辺を伊勢町三丁目（現、西区伊勢町一丁目）の方へ登っていく坂。「二十二」に再登場。

＊「むすめ」　前田勇編『江戸語の辞典』によれば、「娘分」という語の説明として、「深川の岡場所語。各茶屋で身分はその家の娘の扱いで、客・舟宿などの応対や芸娼妓《げいしょうぎ》の取持

ちなどに当たった女。『娘』とのみも」とある。

*「らしゃめん」『横浜開港五十年史』（肥塚龍著、明治四二・五）によれば、「娼妓以外にして洋妾《ようしょう》たらんとするものは、一旦《いったん》公娼の籍に入るの必要あり。其《その》給料は一ケ月二十両、十五両、十両の三等にして、内毎月一両二歩を会所に徴するの定めなりき、時人之《これ》を『ラシャメン』と呼ぶ」とある。

*停車場の前方の川　大岡川。

三一 *小さな運河　明治二年以後、桜木町、裏高島町等の埋立の際に、大岡川から帷子《かたびら》川へ舟漕利便のために開かれた桜川のこと（前ページ「紅葉坂」参照）。

*ある狭い穢い町　桜川添いの花咲町、あるいはその奥の野毛町あたり（現、中区）を指すか。

*嘉永頃の浦賀　ペリーの浦賀来航は、この時点から四八年前のことである。

三二 *大きな銀貨　五〇銭銀貨のことか。

三三 *風通の単衣物　縦糸、横糸の色を違えて裏表に反対の模様になるようにした風通織で作った夏着のひとえの着物。

三五 *親佐　佐々城豊寿（六六八ページ「葉子の母」参照）のこと。仙台出身。二四歳（明治一〇）で本支と結婚。三二歳（同一八）、新栄町教会のタムソン師により受洗。翌年には東京婦人矯風会設立に参加して「東京婦人矯風会雑誌」の主筆・編集に当たり、また『婦人言論の自由』を訳出した。豊寿は信子の離婚を契機に、日本基督教婦人矯風会から身を引いて北海道に移住したが、開墾に失敗した。晩年は内村鑑三に師事した。本文との間には信子のほかに一男二女があったが、『或る女』には、「一男」に当たる人物は登場しない。また、仙台移住は「虚構」である。

三六　*リバイバル　キリスト教で信者の信仰が励まされ、未信者が信仰に導かれるようにするための信仰復興運動。

三七　*慇懃を通じている　男女の交際の親しみを深める。

*素封家　官職や土地は持っていないが、たくさんの富を蓄えている者。

*木村　名は貞一。森広（明治九―大正四）がモデルとして想定されている。札幌市出身。二五歳（明治三四）で札幌農学校を卒業。その後「農商務省実業練習生」として農業経済研究のため渡米。二九歳（同三八）で北太平洋貿易会社を創立して副社長となる。信子との婚約は渡米前に、札幌農学校教授宮部金吾によって整えられたという（山田氏による）。

三八　*五十川女史　矢島楫子がモデルとして想定されている。三九歳（明治五）の時、熊本に三児を残して上京、四五歳で新栄女学校教員、翌年には新栄町教会でタムソン師により受洗。五六歳（同二二）の時、桜井女学校と合併して創立された女子学院の校長に就任、八一歳（大正三）まで勤めた。一方、全国組織に発展した日本基督教婦人矯風会が明治二六年に発足した際に、六〇歳でその「会頭」に推挙された。徳富蘇峰、蘆花兄弟の叔母に当たる。

四〇　＊一蝶　江戸中期の画家・英《はなぶさ》一蝶（承応二―享保九）。狩野派から風俗画へ転じて、洒脱《しゃだつ》な描写で風俗精神を表現する一画体を確立した。晩年は花鳥画、風景画が多い。京都出身。

四一　＊居留地　前掲『横浜開港五十年史』によれば、「横浜居留地中元治（一八六四―六五）の条約に拠《よ》らずして、建設したるものを旧居留地と称し、之《こ》れに拠りて取り拡《ひろ》げたるものを新居留地と称し、之れに山手居留地を加へて三箇に区別すべし」とある。しかし、明治三二年には各国との通商航海条約の実施とともに、外国人居留地は撤廃された。この場面はそれから二年目に当たる。

＊正金銀行　明治一三年「国立銀行条例に準拠して設立された外国為替専門の横浜正金銀行」のこと。明治三二年五月一日、日本橋区本両替町一（現、中央区日本橋本石町二丁目）にその東京支店が開設された。釘店の葉子の生家から約二〇〇メートルほどの所にあった。東京銀行の前身。

四三　＊郡内の布団　夜具地として用いられるのは、山梨県郡内地方特産の絹織物の縞海気《しまかいき》のことを指す。縦糸、横糸ともに練絹で織られているので、滑らかで光沢がある。

四四　＊roguish　いたずらっぽい。旧全集本では「rougish」とあるが、意味不明。

四六　＊矢頃　古藤に対応するのにふさわしい時機。

＊五本の骨　『風俗辞典』（昭和三二、東京堂出版）に、明治中期以降「骨の数などに流行の変化があった」とあるが、「五本の骨」のパラゾルが実在したという証拠はない。

四七 ＊初七日　死んだ人の死後七日目に行う仏式の法事。キリスト教徒の家庭でも法事をしたか。

五一 ＊てっせん　中国原産の鑑賞用植物。きんぽうげ科の落葉つる性の低木。葉柄で物に巻きついて伸び、五、六月に青紫、または白の六弁花が咲く。

五三 ＊最終列車　横浜駅発午後一一時一五分、新橋駅着午前〇時二〇分の列車があった（「時刻表」）。

＊五十円金貨　明治三〇年三月二六日施行の「貨幣法」によれば、金貨幣は、二〇円、一〇円、五円の三種類だけで、五〇円金貨は存在しない（貨幣博物館による）。

五四 ＊九月二十五日は明日に迫った　明治三四年九月二四日は秋分の日（秋季皇霊祭）である。因《ちな》みに、「グリンプス」連載中の「白樺」明治四四年六月号には、「四月号に此《こ》の小説に、田鶴子（六六六ページ「葉子」参照）の出発する日を九月十五日としてあつたのは、九月二十五日の誤」とある。

五五 ＊木村の父　森広の父・源三（天保六―明治四三）がモデルとして想定されている。札幌農学校第二代校長（明治一四―一二）を勧めたり、第七回衆議院議員選挙（明治三五）で当選しているが、欧米「漫遊」の事実は見当たらない（山田氏による）。

五六 ＊帯しろ裸かな　「叔母」が細帯を締めただけのだらしない姿をしている。

六〇 ＊ひたと共鳴する不思議な響　葉子の意識の深層を表現するために、「不思議」という言葉が全編にわたって頻出《ひんしゅつ》している。とくにこの場面では、この言葉を含む「同じ胎を借りてこの世に生れ出た二人の胸には、……その響に心を集めていた」とまったく同じ表現が、六二ページにも出ている。葉子が大きな力（本能的または運命的）に衝《つ》き動かされていることを暗示する。

*「国民文学」「青年文学」（明治二四・一―二六・三）が擬せられると見る人もあるが、葉子の成長過程から見て「国民之友」（徳富蘇峰主宰、同二〇・二―三一・八）が想定される。

*「文学界」　明治二六年一月創刊され、同三一年一月全五八号で廃刊された。巌本善治主宰の「女学雑誌」（同一八・七―三七・二）を母胎として、キリスト教と欧米のロマン主義の影響の下に創刊された初めてのロマン主義雑誌。同人には北村透谷、島崎藤村、馬場孤蝶《こちょう》、平田禿木《とくぼく》などがいた。樋口一葉、幸田露伴らも執筆している。

六三　*唐紙牋　中国南部地方で作られる書画用の紙を書状に使用したもの。

六五　*日本銀行　「日本銀行条例」により明治一五年一〇月に日本橋区箱崎町（現、中央区日本橋箱崎町）で開業したが、同二九年四月一〇日、同区本両替町一〇を中心とした敷地（現、同日本橋本石町二丁目）に新築移転した。それから三年後に横浜正金銀行東京支店がその向い角に開設された。

*大塚窪町　現、文京区大塚三丁目から小石川五丁目あたり。

*内田　内村鑑三（文久元―昭和五）がモデルとして想定されている。プロテスタントキリスト教・無教会派の始祖。札幌農学校在学中に受洗。明治一四年札幌独立基督教会創

立に参加。アーマスト大学留学中(明治一八―二〇)に回心を体験。「聖書之研究」(明治三三・九創刊)などで宣教活動を貫く。不敬事件、非戦論活動にその特徴がみられる。内村は小石川区上富坂町や同区同心町(現、文京区小石川二丁目、同区春日二丁目)に住んでいたことはあるが、「大塚窪町」に居を構えたことはない。因みに、明治三四年の頃《ころ》には、東京府豊多摩郡淀橋《よどばし》町字角筈《つのはず》(現、新宿区西新宿)の聖書研究社を本拠地としていた。

六七　＊あの木部との結婚問題　「グリンプス」では、「かの木田(後で改作の時に木部と改姓された)との離婚問題」とある。

＊基督に水をやったサマリヤの女　イエスが、長い間ユダヤ人と反目しているサマリアに住む女に答えた言葉。―サマリアのスカルという町のヤコブの井戸から汲《く》み上げた「この水を飲む人は皆、またのどが渇く。しかし、わたしが与える水を飲む人は、永遠に渇くことがない。それどころか、わたしが与える水は、その人の中で泉となって、永遠の命に至る水が湧《わ》き出る」(「ヨハネ福音書」四・一三―一四、フランシスコ会聖書研究所訳)。

七〇　＊束髪　明治一八年に婦人束髪会が創立されてから流行し、昭和初期まで続いた婦人の洋髪の一つ。

七一　＊由緒ある京都の士族に生れたその人　明治二五年一二月二三日に内村が三度目の妻に迎え入れた、京都の判事岡田透の娘しづがモデルとして想定されている。

七二 ＊七度を七十倍　使徒ペテロはイエスに「主よ、兄弟がわたくしに対して罪を犯したならば、何回まで許したらよいのでしょうか。七回までですか」と尋ねた。イエスは答えた。「わたしはあなたに言う。七回どころか、七の七十倍までもと。（以下略）」（「マタイ福音書」一八・二一―二三同訳）―後出の「ペテロと基督との間に取交わされた寛恕《かんじょ》に対する問答」の中の文言。

＊植物園　明治一〇年以降、東京帝国大学理科大学附属植物園（小石川区白山御殿町―現、文京区白山三丁目）を指す。通称小石川植物園。

七三 ＊中有　四有の一。前編では、現実の中に自己を確証できず、倉地によって「過去と未来とを絶ち切った現在刹那《せつな》の眩《くら》むばかりな変身」（十六、傍点引用者）を自覚するまで、「幻想《レヴェリー》」（九）との間をさまよう葉子の意識の不安定な様子。なお、傍点部と共通な言葉が、「七」の終りや「十七」の倉地にあてた手記の断片にも見られる。この言葉は「グリンプス」にはない。

七六 ＊下谷池の端　ここでは下谷区不忍池《しのばずのいけ》の南側にある池端仲町（現、台東区上野二丁目）の西端のあたりと推定される。ここまでの葉子の足どりを辿《たど》ると―大塚窪町の内田の家を出た葉子が、その東の方角にあるはずの「植物園の森の上に春」く夕日を眺《なが》めたというのは、理解に苦しむところであるが、作者が大塚窪町を設定しながらも、モデルの内村が実際に住んでいた上富坂町が念頭にあったと仮定すれば、いくらかでも地理的条件が理解しやすくなる。少なくとも、そこから池端仲町までの約二・五キロメートルの道のりを、葉子は「傘《かさ》を杖《つえ》にしながら思いに耽《ふけ》って」歩いて行った。

七七　*めれんす　薄く柔らかく織った毛織物で、メリンスのこと。

八〇　*小半時　昔の時間の単位「一時《いっとき》」の四分の一に当たる約三〇分間。

*大時計の角の所　池端仲町の東側の入り口角地に当たる、下谷区上野元黒門町六（現、台東区上野二丁目七）に、明治三〇年の暮れに、鈴木時計店が建造した櫓《やぐら》時計型の時計塔。関東大震災で焼失した（平野光雄『明治・東京時計塔記』昭和四三・六による）。

*広小路　明治三四年頃には、時計塔の、電車道をはさんだ向こう側を南の方へ細長く上野広小路町（現、上野四、三丁目の西側の部分）があった。

八一　*禁酒会の大道演説　明治三一年に、日本基督教婦人矯風会は東京禁酒会と合同して、日本禁酒同盟会を設立した。その街頭演説会のことか。

八三　*擲身報国　「官吏服務紀律」（明治二〇・七・三〇）の第一条によれば、「凡ソ官吏ハ天皇陛下及天皇陛下ノ政府ニ対シ忠順勤勉ヲ主トシ法律命令ニ従ヒ各其職務ヲ尽スヘシ」とある。

八四　*赤坂学院　モデルの信子は、メソジスト系海岸女学校（後に青山学院・女子系に改称）や女子学院で学んだという。葉子と五十川女史との関係から見て、後者が想定されているとも考えられる。因《ちな》みに有島の住居は、女子学院の所在地から約三〇〇メートルほど西側に当たる。

八六　*笹縁　ここでは「角帯のようなもの」の端を藍《あい》と白を組み合わせた紐《ひも》で縁どること。

九一　＊煉瓦の通り　現在の銀座通り。明治一〇年に竣工した新橋—京橋間の煉瓦通りの、幅十五間道路（約二七メートル）。葉子の住む日本橋の釘店から京橋まで約七〇〇メートル（六九九ページ「煉瓦建て」参照）。

＊日本橋を渡る鉄道馬車　明治一五年六月に新橋—日本橋間に鉄道馬車が開通したが、路線を上野、浅草または品川方面へ延ばす一方、明治二八年四月に電気鉄道の開業によって漸次《ぜんじ》その交通の利便を譲り、同三六年一一月には日本橋を本銀町三丁目（現、中央区日本橋室町四丁目）まで電車が通ることになった。従って、葉子の生存中は鉄道馬車が走っていたわけである。

九二　＊七月十六日から先きは剝がされずに残っていた　この日はお盆の仏事で、送り火で霊を送り出す日となっていて、当時はすでに東京では「西洋暦」すなわち太陽暦で行なわれていた。この部分は「グリンプス」にはない。

＊本牧　横浜市の本牧鼻（現、中区本牧）が東京湾に突き出ているあたり。

九三　＊田川法学博士　鳩山和夫（安政三—明治四四）がモデルとして想定されている。東京帝国大学教授、早稲田大学総長、衆議院議長などを歴任。アメリカのイェール大学の名誉教授に招聘《しょうへい》されて、明治三四年九月四日、鎌倉丸で夫人とともに渡米した。その船に同乗した信子を、有島は見送った。

＊プロメネード・デッキ　promenade deck　汽船の遊歩甲板。

＊田川夫人　鳩山春子（文久元—昭和一三）がモデルとして想定されている。東京女子師

範学校卒業後、明治一四年に鳩山和夫と結婚。同一九年に共立女子職業学校設立に参加。また大日本女学会創立にも参加して、著書『婦人の修養』（明治四〇・一二）を刊行した。

＊サルン　saloon　上級の船客のための談話室。大広間。

九五 ＊五つ紋　ここでは背中に一つ、左右の表袖と両肩の前にそれぞれ対《つい》をなして一つずつ、紋が染め出されている羽織。

九七 ＊フォクスル　fore-castle（fo'c'sle とも）　船の前甲板。

一〇〇 ＊鹿島立って　長い旅に出ていくこと。

＊竜をも化して牝豚にする　渡米に際して定子に会うまいと決心した葉子は、田川夫人に、三人の子供との別れの光景を見せつけられた。その俗っぽさに対する皮肉の表現。

一〇九 ＊始めてアダムを見たイブ　『旧約聖書』の「創世記」に、「（ヤㇵウェ神は）また言った。／『人が独りで居るのはよくない。彼のために恰好《かっこう》の助け手を作ってやろう。』（中略）そこでヤㇵウェ神は、人を睡魔に渡して、こんこんと眠らせた。それから、肋骨《ろっこつ》を一本抜き取ってそのあとを肉でふさいだ。そして、抜き取った肋骨で女を作った。その女を人の所へ連れてくると、人は言った。／『これこそ、わが骨の骨、わが肉の肉！／これを〈女《イッシャー》〉と呼ぶことにしよう。／これは〈男《イーシュ》〉から取られたのだから』／それゆえ、男は父母を離れて妻と結びつき、一体となるのである。人とその妻は二人とも裸であったが、恥ずかしいとは思わなかった」（二・一八―二五、中沢洽樹氏訳）とある。

*居留地の鼻　旧山手外国人居留地から本牧鼻にかけての海岸線のあたり。

一一一　*ダブル・カラー　double collar　ワイシャツのカラーで取り外しができるもの。

一一二　*倉地三吉　武井勘三郎（慶応二―大正一〇）がモデルとして想定されている。栃木県下都賀郡牛久村（現、大平町牛久）に生まれ。明治二一年、慶応義塾卒業。同二九年、日本郵船会社に入社。同三一年、事務長。同三六年二月、依願解傭。日露戦争の時の輸送船勤務の功績で勲《くん》六等瑞宝《ずいほう》章受章（渡辺厚子氏による）。因みに、日本郵船会社は明治一八年一〇月開業。アメリカ航路は同二九年開設。絵島《えのしま》丸は、実際に信子が乗船した鎌倉丸（六、一二六トン）がモデルとして想定される。

一一四　*チャイニース・ステアレージ　Chinese steerage　中国人の乗る三等船室。

*旧の二八月の八月　旧暦の二月と八月は天候の急変しやすい月。出航日の九月二五日は旧暦八月一三日に当たる。

一一七　* Devil take it! No tame creature then, eh?　こら！　あんまり勝手なまねするなよえ？

一一八　*金華山沖　宮城県の牡鹿《おじか》半島の東側にある島の東方沖合の海域。日本の代表的な漁場の一つ。

一一九　*海から来る一種の力　この力は、倉地の中で「強く烈しく海上に生きる男の力」（十）を培養し、「何所《どこ》までも満足の得られない心」（十一）を託《かこ》ってきた「地上の生活」（十四）者の葉子に、「眩むばかりな変身」（六八〇ページ「中有」参照）を自覚させる重要なモチーフとなった。

一二一　*国分寺跡の……甘い場面　独歩の『欺かざるの記』に認《したた》められた明治二八年八月一一日(日)の記述に基づいたものと思われる。

*左岸の崕……仙台の景色　有島の日記『観想録』に記録された明治三六年六月一七—二〇日の仙台滞在中の、ことに一八日(木)の記述が素地となっているか。

一二二　*「我れ既に世に勝てり」　イエスが弟子たちの信頼に応えて、「あなたたちはこの世では苦しむ。しかし、勇気を出しなさい。わたしは既にこの世に打ち勝ったのである」と話した後、天を仰いで言った。「父よ、時が来ました。子があなたに栄光を帰することができますように、あなたの子に栄光を与えてください」(「ヨハネ福音書」一六・三三—一七・一)と。——イエスの死と復活によって、定子の出産に自己再生を願う葉子の気持ちを表わす。

一二五　*百五十弗の米貨　明治三四年では、ニューヨーク向けの為替相場は一〇〇円につき、平均で最高四九・六三—最低四九・一三ドル。従って、約三〇三円七七銭。因みに、明治三〇年の銀座の地価は売買価格で、一坪(三・三平方メートル)当たり三〇〇円であった(『値段の明治大正昭和風俗史』下、朝日新聞社)。

*後詰め　応援するために後ろに控えている軍勢。ここでは、葉子に手助けをしてくれる人たち。

一二六　*八幡に避暑をして　明治三四年八月一〇日頃、南房総の千倉《ちくら》温泉で有島は初めて信子と出会った。そのことになぞらえて東京湾沿いの八幡に設定したのか。

一三一　＊ケーク・ウォークの足つき　cake-walk　四分の二拍子のワンステップでタンゴに似た踊り方をするような足の運び方。

一三五　＊モンロー主義　第五代アメリカ大統領モンロー（James Monroe　一八一七—二五在任）が、一八二三年年次教書で述べた外交方針。すなわち、南北アメリカは自由と独立を維持しているから、ヨーロッパが将来アメリカを植民地と見なすことは、アメリカの権利と利害の原則から許されない。またアメリカもヨーロッパ諸国の植民地や属領地に対して、将来にわたっていささかの干渉を試みる意志もない。しかし、アメリカが独立を承認した国家に対してヨーロッパが圧迫や干渉を試みた場合には、アメリカはこれによって非友好的意図を表明したものと見なす、という。

＊マッキンレー氏　第二五代アメリカ大統領（William McKinley　一八九七—一九〇一在任）。保護関税金本位制を政策として当選。一八九八年のアメリカ・スペイン戦争では、キューバ、ハワイ、プエルト・リコ、グアム、フィリピンを併合し、九九年には中国の門戸開放政策を推進して、アジア侵出の口火を切った。一九〇〇年には対立候補のブライアンを破って再選されたが、その翌年九月六日にニューヨーク・バファロー汎《はん》アメリカ展覧会に出席した時、無政府主義者に狙撃《そげき》され、同月一四日死亡した。

＊クリーブランド　第二二、二四代アメリカ大統領（Stephen Grover Cleveland　一八八五—八九、九三—九七在任）。関税引き下げ、行政改革に努力した。一旦はハリソン

(Benjamin Harrison) 候補に敗れたが、次の選挙ではマッキンレー関税法に反対して再選された。一八九三年の大恐慌《きょうこう》収拾に努め、関税引き下げ、銀購入法の撤廃を推進した。しかし、民主党急進派と意見を異にし、また九四年のシカゴのブルマン鉄道ストライキ鎮圧のために連邦軍隊を出動させるなど、保守的傾向が強くなった。外交問題ではモンロー主義の立場をとった。

一三六 ＊Teddy　第二六代アメリカ大統領ルーズヴェルト (Theodore Roosevelt 一九〇一―〇九在任) の愛称。アメリカ・スペイン戦争が起こったとき、海軍次官を辞して、長官に無断でデューイ提督をマニラに急航させ、自らは第一志願騎兵隊 (Roughrider) を組織してキューバに出征した。一九〇〇年に副大統領、翌年のマッキンレー暗殺後は大統領に昇任した。

＊You mean Teddy the roughrider?　あなたはテディを荒馬乗りとおっしゃるんですね。

＊Good hit for you, Mr. Captain!　ずばり、うまいことをおっしゃるわ、船長さん。

一三七 ＊insolent　傲慢《ごうまん》な。横柄《おうへい》な。無礼な。

一三九 ＊盗風　『易経』によれば、表に現われないように隠れひそみ、気のすきまから入り込んで、人を害する不気味な気配、と理解される。有島の造語。「グリンプス」では、「伏兵」とある。

一四二 ＊スコッチ　スコットランド産の手織りの毛織物。

一四八 ＊無月の空　陰暦八月一五日の月が雲に隠れて見えない空 (出航から足掛け三日経《た》った)。

「グリンプス」では「暗い空」とある。

一四九 ＊ハッチ　hatch　船の甲板の昇降口。

一五〇 ＊トレモロ　tremolo　ここでは震えるような音。

一五二 ＊赤い衣物を裾長に着て、眩い程に輝き亙った男の姿　明治・大正期には、重罪の受刑者は、赤い獄衣を着せられたことから、「赤い衣物」を着るとは、刑務所で服役することを意味していた。葉子は意識の深層に、「赤い衣物」を着た男の姿を見て、その男が木村であるのは「あんまりおかし」く、倉地ならば「似合わし」いと感じている。このことは、対照的な二人の男の存在が、「罪」を媒介として、それぞれの意味合いで、葉子と実存的に深くかかわっていることを暗示している。

一五三 ＊岡　『観想録』明治三六年八月三一日のアメリカ航路・伊予丸船上での記録には、「藤岡ト云ヘル青年アリ。彼ハ久満君ト共ニ米国ニ至ルモノナリ。眉目《びもく》清秀一日ニシテ神経質ノ人ナルヲ知ル。久満君ノ云フ所ニヨレバ性陰鬱《いんうつ》ニシテ沈想ニ親ミ易《やす》キガ故《ゆえ》ニ家人之レヲ憂ヒテ彼ヲシテ実地的ノ学業ヲナサシメントスルナリト。余ハ彼ヲ見テ胸中同情動カザル能《あた》ハザリキ。」とある。この藤岡がモデルとして想定されているか。

一五五 ＊diabolic　悪魔のような（六九二ページ「nonchalant な」参照）。

一五六 ＊禁断の木の実　「創世記」に、（蛇《へび》の問いに）「女は答えた。／『ええ、園の木の実はどれを食べてもよいのです。ただ、園の中央にある木の実、これだけは決して食べてはならぬ、さわってもいけない、死ぬから、と神様は言われました』／蛇は言った。／『死ぬことなんか絶対にありませんよ。それを食べるとすぐ、あなたがたの目があき、善悪を知って神のようになることを、神はちゃんと知っているからです』／見ると、その木(の実)はいかにもおいしそうで、目を楽しませ、賢くなりそうに思われた。とうとう女はその実を取って食べた。そして、ともにいた夫にも与えたので、夫も食べた。」(三・一―六　中沢氏訳)とある。

一五七　＊シカゴ　『観想録』の明治三六年九月一四日の記録には、「Chicago 市ハ人口二百五十万ニ近カントスル大市街ニシテ、而《し》カモ其《その》発達ハ僅々《きんきん》四五十年ノ事ニ係ルガ故ニ、恰《あたか》モ正ニ大人期ニ入ラントスル強健ナル青年ノ如《ごと》ク、其活力ハ四辺ニ磅礴《ほうはく》(みちふさがる)シテ大善事大悪事共ニ此市内ニ行ハル、モノアルガ如シ。余ハ生来未カ、ル Energy ノ発展ヲ見タルヿ《こと》ナシ。(中略)此市ハ実ニ一種ノ monster ナリ。」とある。

一五八　＊delirium　ひどい興奮状態。うわごとや幻覚を伴うほどの精神錯乱状態。

一六一　＊戸板を返えす　歌舞伎の仕掛物の一つで、事態や場面が急変すること。「立役は幕明きから舞台に出ているものではない」(十一)という表現を考え合わせると、有島は船中を一種の舞台仕立てとして描く意図があったとも思われる。

一六七　＊犬儒派　古代ギリシャのキニク学派の異称「犬儒学派」の略。禁欲的生活、知識よりも実行、嘲笑諷刺《ちょうしょうふうし》、反社会的態度がこの派の本領であった。倉地の「秘密な仕事」(三十八)の伏線。この言葉を含む、「誰れ云うとなく……気のおける連中だと思った。」の部分は、「グリンプス」にはない。

一六八　＊モロッコ皮のディワン　モロッコ産の山羊《やぎ》のなめし革で作った長いす。
一七〇　＊ボストン　Boston　有島は明治三七年九月二七日、ハーヴァード大学に入学するためにボストンの郊外にあるケンブリッジに到着し、それ以来、翌年六月まで何度もボストンを訪ねている。
一七一　＊オレゴン松　アメリカ松ともいわれ、ロッキー山脈を中心に産する、高さ一〇〇メートルにも及ぶまつ科の巨木。『観想録』の明治三六年九月七日の記録には、「午後陸漸《ようや》ク近シ。山ハ中々ニ高キナリ。而シテ全山悉《ことごと》ク密林モテ蔽《おお》ハレ、海岸ノ僅《わず》カナル岩石ノ外ニハ殆《ほとんど》全ク余地ナキ迠《まで》ナル様驚ク可《べ》シ。樹《き》ハ亜米利加松ト称スルモノ甚《はなはだ》多シ。」とある。これはバンクーバー島に伊予丸が近づいた時の描写である。
一七二　＊シヤトル　同じく翌日の記録には、「Seattle ハ今人口十七万ト称ス。数年ノ進歩実ニ著シキモノアリ。日本人モ時期ニヨリテ多寡《たか》アレ圧《ども》大抵二千四五百人ヲ上下スルモノ、如シ。」とある。
一七七　＊weird　不思議な。気味悪い。運命を支配する。
一八二　＊金口煙草　マニラ煙草会社（M. C. C.）の製品。口にくわえる部分を金紙で巻いた両切煙草。
一八三　＊荊妻と豚児　自分の妻や子をへり下っていう言葉。
一八四　＊assault　肉欲に身を任せた衝動的な行為。
一八五　＊＊　＊　＊　この部分は、「グリンプス」の「十五」の最後から二段落目に相当する。前編として書きかえる時、どのように書かれていたかは明確にできないが、少なくともその部分が検閲の段階で削除されたと推定される。「グリンプス」ではその相当部分は次のように書かれている。

一度は氷になつたと思つた田鶴子の体の内は春のやうな暖かみを覚え出した。田鶴子は懸命に最後の抵抗を試みた。声を挙げやうとすると喉《のど》は恐怖とdesireとで既にひからびて居るのを発見した。根かぎり両手を前につゝぱると倉地の体と稍《やや》はなれたが、同時に倉地は前にも増した力を籠《こ》めて徐かに強く温く田鶴子を抱きすくめた。田鶴子の知覚は魔酔された人のやうに朦朧《もうろう》となつて来て、顔を振り仰いで、喘《あえ》ぐ魚のやうに口を開けた。其《その》口は熱い〳〵倉地の唇《くちびる》を感じた。田鶴子はもう一度手を延《のば》して死物狂ひに夫《そ》れを撲《なぐ》つた。

一八九　＊自分の生まるべき時代と所とはどこか別にある　男性中心の明治の社会では、女性としてのアイデンティティを持ち得ないという意味で、「何所《どこ》か外国に生れていればよかった」（六）と対応する。また、「世が世ならば、……事務長なんぞをしている男ではない」（十六）という倉地への見方にも反映している。

一九二　＊妖力　葉子が男たちの肉欲を惹《ひ》きつけて、思いのままに絡《から》めとる、その力。

一九三　＊法力　親佐が社会活動で身につけた、自在に発揮できる、その実力に勝る力。

一九四　＊ぞんざいな躊らい　「ぞんざいな」は増補であり、木村の、「東北人のねんじりむっつりした」「気象」に我慢ならない葉子が、木村に対して一貫してとり続ける態度を象徴する形容動詞である。そもそも、「躊らい」があればそれに対して何らかの形で決着をつけるべきであろうが、葉子は放任し続けた。その態度は、「三十」の「『つつもたせ』の所業」として具現化されることになる。

一九六　＊資本　「十五」で倉地が葉子に、検疫医には酒を飲ませ、ポーカーには負けてやり、「美人がいれば拝ましてもやらんならん」と言ったのを受けて、男性遍歴を重ねるうちに、葉子に備わった男性を魅了する資質のこと。

一九七　＊うまい坪に　つごうよく壺《つぼ》（急所、図星）に（あたる）。

二〇四　＊nonchalant な diabolic な男の姿　倉地についてのこの描写には、「脚を開いて akimbo をして突立ちながら、ちょいと無邪気に首をかしげて見せた」（十七）とか、「恐ろしい大胆な悪事を赤児同様の無邪気さで犯し得る質の男」（同）という表現とともに、有島の「ホイットマン像が重ね焼きされている」（鈴木鎮平氏による）という。

二一八　＊ビクトリヤ　Victoria　有島の乗った伊予丸は検疫《けんえき》を終えて四〇分後に、バンクーバー島のこの港についた。（ビクトリヤ港の桟橋《さんばし》の）「橋上ニアルモノ支那人ト日本人ト多ク、洋人モ亦尠《またすく》ナカラザリキ。桟橋ニ沿フテ架セラレタル倉庫アリ "Cars to City, in 7 minutes, fare 5 cents"（車で市街まで七分、料金五セント）ト書カレタルヲ見ル。」と『観想録』に記している。

二二一　＊ビスマーク　Otto Eduard Leopold Fürst von Bismarck（一八一五―九八）。ドイツの政治家。六二年プロシヤの首相となり、「鉄血演説」をして議会を無視したまま軍備を拡張した。七一年ドイツ帝国を成立させて首相となった。七八年には社会主義鎮圧法を制定した。八八年に皇帝ウィルヘルム一世退位後は、即位した二世と意見がことごとく衝突し、九〇年に引退した。

＊Charmin' little lassie!　wha' is that?　うっとりするようなご婦人だ。どんな方かね。

二二二 ＊ポート・タウンセンド『観想録』の九月八日の記録には、「午前八時頃Port Townsend ニ入リ、此ニ《ここ》医師来《きた》リテ inspection ヲナス。此町モ亦美シキ町ナリ。海鷗《うみかもめ》ノ長閑《のどか》ナル様ナド面白キヿ様々ナリ。家ノ赤ク塗ラレタルモノナド自然ノ様ト甚ヨク配合セラレタリ。」と記している。

＊チャート・ルーム　海図（他に地図、天気図など）が展示されている部屋。

二二三 ＊失われた楽園を慕い望むイブ　前掲「創世記」に、「（ヤハウェ神は）次に女にむかって言った。／『おまえの苦しみと渇きをぐんとひどくしよう。おまえは苦しんで子を産むのだ。しかもおまえは夫を渇き求め、彼はおまえを従えるのだ。』（中略）こうして神は人を追放した。そしてエデンの園の東に、ケルビムと回る剣の炎を置いて、生命の木への道を守らせるようにした。」（三・一六―二四、中沢氏訳）とある。

＊One more over there, look!　むこうにもうひとり、ほら。

＊Here we are!　Seattle is as good as reached now.　さあ着いたぞ。もうシヤトルには着いたようなもんだ。

二二五 ＊甲斐絹　海気、改機、海黄とも。近世初期（安土桃山時代か）当時の明《みん》から入ってきた絹布。後、甲斐（山梨県郡内）で生産されるようになった。六七六ページの「郡内の布団」と同じ絹織物とも推測される。

二三六　＊とつかわ　あわて急ぐ、せかせかする。

二三九　＊フラット　flat　同一階を一家族で住めるようにしてある建物。

二四二　＊ぶまさ加減　不間さ。間がぬけていてぶざまな様子。

二四七　＊奮闘生活「三十」の葉子宛《あて》の木村の手紙には、ルーズヴェルト大統領の著書の題名の訳語で、シカゴでは流行語となっている、とある（七〇三ページの「Strenuous Life」参照）。

＊うそうそしく　木村の話に集中せずいらいらした調子で。

二五一　＊boudoir　女性のプライヴェイト・ルーム。

二五四　＊あなたは丑の刻参りの藁人形よ　葉子にとって、木村は、過去のいっさいの敵（「母の虐《しいた》げ、五十川女史の術数〈はかりごと〉、近親の圧迫、社会の環視、女に対する男の窺《き》覦《ゆ》〈隙をうかがってひそかに身分不相応のことを願い望むこと〉、女の苟合《こうごう》〈迎合しへつらうこと〉」）に対する反撃の標的であり、そのために呪《のろ》い殺される運命にある、という意味。

二五五　＊当時の大統領マッキンレーは兇徒の短銃に斃れた　「時事新報」によれば、狙撃《そげき》事件のニュースは九月九日に、死亡のニュースは同月一六日に報道されているから、「この船の航海中シヤトルに近くなったある日」に聞かされたというのは、約二〇日間の誤差があって不正確である。横浜出航の日付を「グリンプス」から一〇日ほど遅らせたのを、そのままにしたせいである（それでも約一〇日の誤差がある）。なお、「当時」という言葉は話し手の存在を予測させる。

二六一　*オリエンタル・ホテル　有島が明治三六年九月八日にシヤトル港に上陸して、宿泊したところは、同市の、「東京ニテ云ヘバ、馬喰《ばくろ》町トモ云フ可《べ》キ」ジヤクソン街の日本人経営のジヤクソン・ホテル（後出「二十一」）であったから、「立派な一室」のあるこのホテルは、仮想のものであろうか。

二六七　*絞盤　捲揚機の一種。キャプスタン。

*手っ払い　持っている金をすべて出し尽くす。

二七四　*オークランド　Oakland　サンフランシスコ市の東岸にある港町で、その衛星都市として発展途上にあった。

二七八　*十九日の朝の十時だよ出航は　明治三四年一二月号の「時刻表」によれば、例えば、旅順丸は、一〇月二日横浜出航、同月一八日シヤトル港着、同月二九日同港出航、一一月一五日横浜港着の予定となっている。従って、シヤトル港での繋留《けいりゅう》期間が足掛け「一二日」というのは正確であるが、往路、復路とも三日ほど短縮されていることになる。

二八三　*木村……「恐ろしい凶夢」（二十一）の中で続く幻聴を無限級数的な三角形に形象化したのは、有島が強い関心を寄せていたゴシック建築様式の、尖頭《せんとう》アーチを頂点とした表象の中に、木村に対する葉子の「心の痛み」（三十）を暗示するためであろう。「グリンプス」にはない。

二八七　＊料理屋を兼ねた旅館　「報知新聞」掲載の「鎌倉丸の艶聞《えんぶん》」（四—明治三五・一一・一一）によれば、信子は帰国しても東京へ帰ろうとはせず、「神戸の常盤屋旅店」や横浜の「伊勢山の新松楼」にそれぞれ武井と一泊した、という。『和英横浜案内』（明治四一）によれば、「新松旅館」は紅葉坂近くの宮崎町（現、西区宮崎町）にあり、その写真も掲載されている。

二八八　＊天長節　「祝祭日の布告」（明治六・一〇・一四）で一一月三日に定められた。明治三四年のこの日は、明治天皇満四九歳の誕生日。

二九二　＊双鶴館　前掲「鎌倉丸の艶聞」にある「京橋区数寄屋《すきや》町の対山館」（京橋区の場合の正式の町名は元数寄屋町）がモデルとして想定されているが、上掲『東京案内』上によれば、「対山館」の所在地は同区南鍛冶《かじ》町四（現、中央区八重洲《やえす》二丁目）である。ところが、渡辺氏によれば、明治二九年に武井勘三郎は「元数寄屋町三丁目六渡辺方」（「銀座文化研究」第三号〈昭和六三年九月〉には同番地の居住者は安部広助とある）に住んでいたということであるから、「双鶴館」は「対山館」のことではなくて、武井の下宿から八軒目の、電車通りに面した西側の「角地面」（元数寄屋町二丁目九）にあった「対鶴館」（亀岡幸経営、同地に同じ屋号の旅館現存）がモデルとして想定されていると見たほうが、後出の葉子が「双鶴館」へいく道順の描写（六九八ページ「尾張町の角を左に曲る」参照）から見ても、信憑《しんぴょう》性が高いと思われる。

二九三　*品川台場　嘉永六年（一八五三）アメリカ艦隊の浦賀来航の際、江戸幕府が江戸防衛のために、江川坦庵に設計、斎藤弥九郎に工事監督を命じて、隅田川《すみだがわ》から約三・五キロメートルの地点に設置させた六基の砲台のこと。

二九四　*伊藤内閣と交迭して出来た桂内閣　第四次伊藤博文内閣は、星亨《とおる》の汚職、増税問題さらには予算問題で総辞職に追い込まれ、明治三四年六月二日に第一次桂太郎内閣と政権交代をした。

二九五　*福田と云う女の社会主義者　福田（旧姓景山）英子《ひでこ》（慶応元―昭和二）。一七歳で自由民権運動に参加して大阪事件に連座、二四歳で出獄後、福田友作と結婚したが死別、明治三四年一一月三日に角筈《つのはず》女子工芸学校、日本恒産会などを設立して、女性の自活の道を教授した。福田が社会主義運動をしたのはその後である。『妾の半生涯』（同三七）、雑誌「世界婦人」創刊（同四〇）などがある。

*与謝野晶子女史　旧姓鳳《ほう》（明治一一―昭和一七）。一八歳の時、堺敷島会、二一歳の時、関西青年文学会などに入会して短歌を詠《よ》み続け、明治三三年から発足した新詩社に入社して機関誌「明星」に寄稿した。与謝野寛と出会い、恋愛に進展する中で歌集『乱れ髪』（同三四・八）を刊行した。その年の秋、二三歳の時、内妻と別れた寛と結婚した。有島は明治三六年四月八日に『乱れ髪』を読み（七一〇ページ「乱れ髪」参照）、大正五年に初めて晶子と知り合った。

*某大汽船会社船中の大怪事　前記「鎌倉丸の艶聞」がモデルとして想定されているが、

鎌倉芳信氏によれば、この記事が「報知新聞」に掲載されたのは、明治三五年一一月八日付であり、この事件を告発したのは、武井勘三郎の妻トメである。因《ちな》みに、この新聞の同三四年一一月三日付の紙面には、二面の「恭《うやうや》しく本日の天長節を祝し奉《たてまつ》る」の記事はあるが、この作品に書かれている記事はいっさい見当たらない。
二九七 *野毛山の大神宮　宮崎町（現、西区宮崎町）の伊勢山皇大神宮。
二九八 *税関波止場　横浜税関の後方に設置されている埠頭《ふとう》。有島の父武は明治一五—二四年の間、税関長を務めていた。
二九九 *グランド・ホテル　山手町海岸通り二〇番地（旧外国人居留地—現、中区山手町）にあった外国人経営のホテル。因みに、明治一六年には、北村門太郎（透谷）はこのホテルのボーイをしていた。
*あま　外国人の家庭に雇われている日本人のメイド。
*絡繹　道路には人馬の往来の絶え間のないこと。
三〇三 *デコルテー　décolleté　女性の正装の夜会服ローブデコルテのこと。首から肩にかけて露出させたワンピース。
*唐桟　紺地に浅黄《あさぎ》、赤、茶のたて縞《じま》を配した綿織物で、通人向きの羽織着物に仕立てられる。
*箱丁　客席に行く芸妓《げいぎ》に従って、三味線を箱にいれて持っていく男。
三〇四 *尾張町の角を左に曲る　銀座四丁目の電車の交叉《こうさ》点《てん》の一つ南側の、尾張町新地と尾張一

丁目（現、中央区銀座五丁目）との間を左に入っていく道が「暗い細い通り」と推定される。その道の右側は元数寄屋町四丁目から三丁目へと続くが、その三丁目を通り抜けた所（武井の下宿していた六番地が想定される）を右折して、「双鶴館」に着いたと跡づければ、地理的にもわかりやすい（六九六ページ「双鶴館」参照）。

*煉瓦建て　藤森照信氏によれば、京橋、新橋、数寄屋橋、三原橋で囲まれた銀座地区には、明治一〇年に煉瓦街が完成した、という。それから二四年目に葉子が初めて訪れた「双鶴館」も、煉瓦作りで建てられた後に改造されている、という設定である。

三〇五　*八畳　三一〇、三四六、三八五の各ページには「十畳」とある。

三〇七　*あずま下駄　台に畳表をつけた薄歯の女性用の下駄。

*伝法に　粋《いき》で勇み肌《はだ》の様子で。

*合乗りらしい人力車　藤沢衛彦氏によれば、明治六年頃《ごろ》に合乗りの人力車が工夫され、一時は男女が合乗りするのに刺激されて、「乙だね節」まで流行するほどであったが、同二九年あたりから次第に減少し始め、四、五年のうちに東京では見られなくなった、という。おそらくこの場面の時代が最後だったと思われる。

三一二　*眼鏡橋　明治六年に、神田川の、神田区連雀《れんじゃく》と旅籠《はたご》町三丁目（現、千代田区須田町二丁目と外神田一丁目）との間に架けられた万世橋《よろずよ》は石造りのアーチ型をしていたので、「眼鏡橋」と呼ばれた。同三六年に新しく万世橋が少し川下の現在の位置に架けられてから三年目に撤去された。

＊岩崎の屋敷裏　下谷区茅《かや》町一丁目（現、台東区池之端一丁目）に岩崎弥之助の邸宅があり、その裏（西側）は本郷区竜岡町（現、文京区湯島四丁目）となっている。つまり葉子は、岩崎の屋敷の北側にある通称「無縁坂」を上って裏側の細道へ左折して、同区湯島切通坂町（現、同上）の方へ行く途中で人力車から降りたことになる。

＊小さな寺の境内　本郷区湯島切通坂町四八（現、文京区湯島四丁目）にあった浄土宗・涼智院か。

＊高野槙　すぎ科の常緑樹で、大きいものは高さが三〇メートルにもなる。

三一三 ＊人間力　有島独特の語彙《ごい》の一つで、『小さき者へ』（大正七・一）の「無劫《むこう》」、『生れ出づる悩み』（同・九）の「感力」、『或る女』の「盗風」（六八七ページ「盗風」参照）に類するか。ここでは、人間の持つ力量には限界があるという認識を前提として造語されたと思われる。

三二〇 ＊愛子の眼「詩的な霊的な一瞥」（二十四）とも「奇怪な無表情の表情」（三十二）の眼とも、葉子に「かくまで執拗なまでに」（宮野光男氏による）意識されている、その愛子のまなざし。

三二一 ＊湛念の行く　葉子の心をこめた深い思いが受け入れられる。

三三〇 ＊匹田の昼夜帯　匹田《ひった》鹿子《かのこ》絞り（四角形の絞りが四五度の角度で一面に並んでいる模様）染めで作られた、表と裏の別布地の女帯。

＊鼻じろみ　気おくれした表情をする。

三三一 ＊薩摩絣　紺地に白いかすり模様の入った綿布。

三三二 ＊大北汽船会社　大北汽船会社の汽船がシヤトル—横浜—香港《ホンコン》間に就航したのは明治三八年以降のことである（『横浜開港五十年史』下）。

三三五 ＊築地のある教会堂　モデルの関係から言えば、京橋区新栄町七—二三（当時は明石町—現、中央区明石町）にあった新栄町教会のことと思われる。

三四三 ＊穏当ないい奥さん　このモデルは、武井勘三郎の妻トメではなく、虚構である。渡辺氏によれば、トメは「佐賀県佐賀郡高木瀬村大字長衛（現、佐賀市高木瀬町大字長瀬—傍点は〈瀬〉の誤り）森永雄蔵ノ五女」として慶応二年一二月一〇日に生まれた、という。

三四八 ＊芝の紅葉館　芝区芝公園二〇号地一番（現、港区芝公園四丁目）の徳川家康開基になる金地《こんち》院《いん》の境内の紅葉山に、明治一四年二月に開業された料亭。会員制で客筋は限られていたが、後には尾崎紅葉らの文学者も利用するようになった。

＊苔香園　芝区芝公園五号地二番（現、港区芝公園一丁目）にあった。

＊二階建の家　渡辺氏によれば、明治三五年一〇月頃には、武井勘三郎は芝公園内の二一号地一四番（現、港区芝公園三丁目）に住んでいた、という。したがって、地理的条件から見て、ここで「苔香園」といっているのは、二一号地一〇番の「薔薇園」のことと推定すれば、紅葉館とはまさしく「道一つ隔てた」場所にあったというのも理解しやすくなる。

三五九 ＊「何を私は考えていたんだろう……こんな事はついぞない事だのに」　この言葉は三六一

ページにも再度書かれている。葉子が帰国後初めてヒステリー症状を自覚したことが強調されている（後編では、葉子の「中有」意識は、ヒステリー症状を伴って起こるようになった）。

三六七　＊ハーキュリース　Hercules　ギリシャ神話の、剛力無双のヘラクレスのこと。倉地の「nonchalant な diabolic な男の姿」（六九二ページ同項参照）と等しい。

三七〇　＊生命さえ忘れ果てて肉体を破ってまでも魂を一つに溶かしたい　「十六」の「変身」の経験（六八〇ページ「中有」参照）以来、葉子が求め続けてきた願望。因《ちな》みに、未定稿「惜しみなく愛は奪ふ」（大正六・六）には、「個性が強烈であればあるほど愛の活動も亦《また》目ざましい。（中略）肉体の破滅を伴う永遠な自己の完成をこそ指すのではないか」とある。

三七二　＊岩戸の隙　『古事記』の「神代紀」で、天照大神《あまてらすおおみかみ》が素戔嗚尊《すさのおのみこと》の乱暴な振舞いを怒って隠れたという天の岩戸の伝説を比喩《ひゆ》的に用いた表現。

三七五　＊江戸川紙　明治三四年には小石川区小日向町（現、文京区関口一丁目）に新設された江戸川製紙合資会社で作られていた手漉《す》き紙。書簡用巻紙に用いる。

三七七　＊エボニー色　熱帯産の黒檀《こくたん》のように黒い色。

三七九　＊東照宮　ここでの所在地は、芝区芝公園一号地一番（現、港区芝公園四丁目）。慶長三年（一五九八）に浄土宗・増上寺がこの芝公園の地に移ってから、徳川家康の援助によって大造営され、その菩提《ぼだい》寺となった。東照宮も徳川家の霊廟《れいびょう》とともに建立《こんりゅう》された。

三八〇　＊能楽堂　能楽の振興・維持を目的とした能楽社の発議により、明治一四年四月、芝公園二〇号地三番に落成した能楽上演専用の、木造瓦葺《かわらぶ》きの建造物であった。

三八三　＊倉地はその近所に下宿するのを余儀なくされた　渡辺氏によれば、武井は明治三八年頃には、芝区芝公園二一号地三番（現、港区芝公園四丁目）に住んでいたことがある、という。なお、有島の「軍隊手帖《てちょう》（一）」にも同地番の記載（明治三五）がある。

三九六　＊ハミルトン氏「十九」に「そこ（シカゴ）で日本の名誉領事をしている可なりな鉄物商」と書かれている人物である。

＊イリー湖　アメリカ合衆国北東部にある五湖のうちの一つ、エリー湖（Lake Erie）のこと。ミシガン湖西岸にあるシカゴ市から約四〇〇キロメートル以上も東にある。

＊聖《セント》ルイスに開催される大規模な博覧会　明治三七年に開催されたこの世界博覧会がセントルイスを国際的に有名にした。この作品では、二年早めて同三五年開催予定となっている。

三九七　＊緊褌一番　大いに心を引き締めてとりかかる。

＊高島屋　明治二六年に京都から京橋区西紺屋町一（現、中央区銀座二丁目）に、呉服織物刺繡《ししゅう》の店として進出してきた。

三九八　＊Strenuous Life　第二六代大統領T・ルーズヴェルトが一八九九年（明治三二）四月一〇日にシカゴ市のハミルトン・クラブ前で演説したテーマ。このテーマを第一章として全三三章からなる論文をまとめて、一九〇〇年（明治三三）に出版したその著作の標題。

六八七ページ「Teddy」、六九四ページ「当時の大統領マッキンレー……」も参照のこと。
＊ロングフェロー　Henry Wadsworth Longfellow（一八〇七―八二）。アメリカの詩人。ボードゥン大学卒業後、ヨーロッパ留学。帰国してハーヴァード大学教授となり、一八三九年に処女詩集『夜の声』を発表した。代表作『エヴァンジェリン』（一八四七）、『ハイアワサの歌』（一八五五）、『路傍の宿屋の物語』（一八六三、七二、七四）があるほかに、ダンテの『神曲』の翻訳（一八六七）がある。詩風は教訓性に富むといわれる。
＊エヴァンジェリンの忍耐と謙遜　同名詩集の「五」に、「（エヴァンジェリンは）決してギャブリエル（彼女の夫）を忘れはしなかつた。心の中には其面影が、／最後に相見た時のやうに、愛と若さの美に包まれて、／しかも、死のやうな沈黙と不在のために、一層美化されて写つて居た。／彼の思ひ出に時ははいらなかつた。時は存在しないのであつた。／彼には年も力もなかつた。彼は化身した同じギャブリエルであつた。／彼の女の心には、彼は死んで、而《しか》も傍《かたわ》らを離れなかつた。／忍耐と、自己の滅却と、人のための奉仕とが、／苦しみの生涯《しょうがい》の、彼の女に教へた教訓であつた。」（斎藤悦子氏訳）とある。
三九九　＊韜晦　葉子が自分を隠し通して木村の目をくらましていること。
四〇〇　＊ライシアム座　Lyceum Theater　この劇場は、当時ニューヨーク市の East 24 st. Fourth Ave. にあったが、「復活」劇とは関係はない。

＊ウエルシ嬢　Blanche Walsh（一八七三―一九一五）。ニューヨーク市のライシアム演劇学校で学び、一九〇三年（明治三六）九月一三日（日）から三週間、シカゴ市のマクヴィカー劇場で上演されたトルストイの『復活』（H・バタイユ脚色）のマースロワ（カチューシャ）役で大成功を収めた。有島は開演の翌日森広に連れられて観劇した。木村の手紙から一年九か月後のことになる。

＊トルストイ　Leo Nikolaevich Tolstoy（一八二八―一九一〇）。ロシアの貴族地主の出身。カザン大学中退後、農業改革を試みたが、失敗した。一八五一年、軍務に服するかたわら、自伝小説を執筆した。結婚後は所有地で創作に専念して、『戦争と平和』（一八六九）、『アンナ・カレーニナ』（一八七七）を完成した。ところが、その後、宗教的求道の生活に入り、原始キリスト教的思想に立って無抵抗主義を唱えた。この時期には、『懺悔《ざんげ》』（一八八二）、『クロイツェル・ソナタ』（一八九〇）、『芸術とは何か』（一八九七）、『復活』（一八九九）などを書いた。晩年は全所有地を農民に解放し、また全著作権を放棄して漂泊の旅にでたが、アスターポボの官舎で客死した。

＊「復活」　貴族地主出身のネフリュードフは、ある殺人事件の裁判で陪審員となった時、その被告席に立たされているのが、かつて誘惑して捨てた小間使のカチューシャであることを知り、過去の罪を悔いた。彼女は無実であるにもかかわらず、結局は淪落《りんらく》の女であるために、シベリア流刑《るけい》の判決が下された。彼がいっさいの社会的地位と富とを放棄した行為に、彼女は大いに開眼《かいげん》するところがあった。しかも、彼は彼女とともにシベリ

アに向かった。しかし、彼女は彼の幸福を願って、革命家のシモンソンと結婚した。ネフリュードフは『聖書』に復活の道を見出《みいだ》した。

*「懺悔」トルストイは五〇歳になる前から自殺の衝動に駆り立てられていたが、その絶望的状況を救ってくれたのは、信仰に生活の力を得ている労働者であった。彼は信仰を実践するために、三年間、正教会の教義の研究を続けた。しかし、教会同士が憎しみ合い、殺人を暗黙のうちに承認しているその宗教を受け入れることはできなかった。結局、信仰の真実と虚偽とを発見した、という苦衷の中で擱筆《かくひつ》している。この作品は、「福音書」の、とくに「神と隣人とを自分のように愛せよ」という聖句に辿《たど》りつくまでの、信仰探求四部作の第一部をなすものと見られている。なお、「K氏の邦文訳」は明治三五年九月に刊行された警醒社版の加藤直士訳出のものを指しているから、木村の手紙から九か月後のことになる。

*苦しみがあれば……悲しむものがここに一人　明治三七年一二月一三日付の有島家宛《あて》の有島の書簡に「血ト涙トアル生命ト相成 候《そうろう》 マデハ如何《いか》ナル信念モ宗教トハ申サレ間敷《まじく》候」とある。

四〇三 *「つつもたせ」女が夫（または情人）と共謀して別の男を誘い、その男と姦通《かんつう》する寸前で夫（または情人）が現れて、男をゆすること。馴合姦通《なれあいまおとこ》とも。

四〇四 *上等の支那墨　麝香《じゃこう》を加えて作った中国産の墨。唐墨《からすみ》ともいう。

*眼　端渓硯《たんけいすずり》の表面に入っている同心円の紋様のこと。輝緑凝灰岩が水中で生成される時

に混入した石蓮虫《せきれんちゅう》の化石と同種のものである。この眼《がん》の数の多いほど珍重されている。
*雁皮紙　雁皮（じんちょうげ科）の皮をはいで、煮て取った繊維ですいた上質の和紙。
四〇七　*飯倉にある幽蘭女学校　麻布《あざぶ》区永坂町一（現、港区麻布永坂町）にあった香蘭女学校が想定されているか。聖公会系の今井寿道（文久三―大正八）が明治二一年四月に創立した女学校である。
四〇八　*地蔵肩　丸みを帯びたなで肩。
四一六　*たぼ　日本髪を結った時、後ろの方に張り出た部分。
四二二　*いさくさ　双方の意思のもつれからうるさく苦情を言うこと。
四二九　*ピーボデー　George Peabody（一七九五―一八六九）。アメリカの実業家。イギリスとの商取引をするうち、四四歳でロンドンに永住して外国為替専門の銀行を設立した。ヨーロッパの資本をアメリカ企業に導入してその信望を海外に高め、二千万ドルの財産をほとんど慈善事業に使った。また彼の基金などによって、バルチモア協会では図書館、美術館、音楽学校を、マサチューセッツでは歴史博物館、図書館を、イェール大学では自然史博物館を、ハーヴァード大学では考古学博物館を設立した。さらに全人種の子供の教育のために三五〇万ドル、ロンドンの労働者用住宅建設のために二五〇万ドルの資金を提供した。
*シカゴ・トリビューン　Chicago Daily Tribune　一八四七年六月一三日創刊で、アメリカでもっとも歴史のある共和党系の新聞。日曜版は日刊版の発行部数の二倍を越えるこ

ともあったという。排日的態度はとっていない。
*日本の移民問題が……排日熱が過度に煽動され出した「一九〇〇年（明治三三年）前後の数年間は、排日運動も局部的で、日本人のアメリカ本土向け移住者は非常に増加した」が、同年「サンフランシスコ職工組合の首領らが発起して、市民大会を開き、サンフランシスコ市長フィーランらを交え」た排日決議が「組織的な排日運動の発端」となった（『日米交渉史5　移住編』洋々社）。

四三〇　*猿臂を延ばして　腕を長くのばして。

四三二　*支那鞄　外側を白色の皮または紙で貼《は》った木造りの中国風の櫃《ひつ》型のかばんで、施錠もできる。
*満月に近い月　明治三五年二月二二日の夜が満月であった。
*竹柴館　芝区金杉新浜町一（現、港区芝浦一丁目）にあった旅館兼料亭の竹芝館がモデルとして想定されている。前掲『東京案内』下によれば、「春は汐干《しおひ》狩《がり》を以《もっ》て名高く、夏は暑を避くるに適す。浜海に竹芝館海水浴鉱泉見晴亭料理大光館料理大の屋生洲《いけす》料理松金 鰻《うなぎ》屋等の浴楼水亭等あり。誠に亜字欄《あじらん》に凭りて遠望すれば、碧瀾漾々《へきらんようよう》、房総の諸山雲鬟《うんかん》の如《ごと》く、白帆点々として去来するを見る」とある。

四三八　*底潮　海底のあまり流れない潮。ここでは、倉地が世の中の動きから除《の》け者《もの》にされていること。

四四一　*下見板　家の外部の壁を横板で張る時、板の端を少しずつ重ね、縦に細い木を打って押える、その横板のこと。
四四二 *沮洳地　土地が低くて水にひたりやすい、湿気の多い土地。
四四二 *懺悔の門の堅く閉された暗らい道　イタリア中世の僧フラ・アルベリーゴは、同宗の法友を裏切って刺客に殺させた罪で第九地獄の氷原の世界に霊魂だけ落とし込められながら、肉体は地上に残って悪魔の宿りとなってさまよっている、その「懺悔の声—懺悔しても懺悔しても、未来永劫《えいごう》救ひを受ける事の出来ない懺悔の声—が心の髄をわなゝかして聞こえて来る」という幻想を、有島はダンテの『神曲』（一三〇四—二一成立）の「地獄篇」第三十一歌からとりあげて、『迷路』（大正七・六）序編「首途《かどで》」の主人公の「僕」に思い描かせている。これは葉子の意識の深層と対応している。
四四五 *極印附きの兇状持ち　動かし難い証拠のある前科者。ここでは、倉地が「祖国の軍事上の秘密」（七二一ページ「露国や……秘密」参照）に係わるスパイ活動をしていることをいう。
四四八 *今日は水曜日　明治三五年二月二六日か、三月五日または一二日。「梅の蕾《つぼみ》がもう少しずつふくらみかかった」（三十四）とある。
四五〇 *一つ木の兵営　赤坂区一ツ木町（現、港区赤坂五丁目）には近衛歩兵第三聯隊《れんたい》が駐屯《ちゅうとん》していた。因《ちな》みに、有島は麻布区新竜土町（現、港区六本木七丁目）の、第一師団歩兵第三聯隊に入隊した。
四五三 *三縁亭　増上寺の山号に因んでつけられた屋号で、芝公園二〇号地二番にあった西洋料理店。紅葉館の南東の方角に当たる。
四五九　＊桜炭　千葉県佐倉地方の櫟《くぬぎ》を素材として作った良質の木炭。佐倉炭とも。
＊sun-clear　日記『観想録』明治三七年九月四日の記録に「此書（『George Fox ノ伝』）ノ注釈者ハ Fox ノ性ヲ云ヒ顕《あら》ハスニ sun clear ナル語ヲ以テセリ。余ハ此 expression ヲ好ム」とある。この記録がこの言葉の使い始めである。「十九」で古藤が葉子のことについて、「明白に云うと僕はああ云う人は一番嫌《きら》いだけれども、同時に又一番牽《ひ》き附けられる、僕はこの矛盾を解きほごして見たくって堪《たま》らない」という願望に通じている。
四六〇　＊来世……過去世　仏教のいわゆる三世のうち、前者は未来の世（死後の世界）、後者は前世（人がこの世に生まれ出る前にいたといわれる世界）のことである。
四六八　＊枕　結髪を張り出すための芯《しん》。明治三〇年前後には、俗称「アンコ」と呼ばれる頭毛の切りくずなどを丸めたものが使用されていたという（『理容美容学習事典』昭和五四・九）。
四六九　＊越後屋　呉服商越後屋が日本橋本町一丁目から駿河町（現、中央区日本橋室町一丁目―三越の現在地）に移ったのは天和《てんな》三年（一六八三）であった。明治初年には三越の名称が流布《るふ》し、明治二八年からは合名会社三井呉服店と組織を改めたが、葉子の生存中は越後屋が通称となっていたのであろう。明治三七年には三越呉服店と改称された。葉子の生家から二五〇メートル程度の距離である。
四七一　＊「乱れ髪」『観想録』の明治三六年四月八日の記録に、「朝夙起《しゅっき》セシ時『みだれ髪』ヲ読ム。余ハ到底此《この》思想中ノ人タルヿ《こと》能《あた》ハズ。然《しか》リ余ハ多クノ点ニ於《おい》テ此思想家ノ如《ごと》ク放縦ニシテ自我的ナルヿ能ハズ。余ハ此思想ノ上ニ余ノ行為ヲ置クヿ能ハズ。彼女ノ云《い》フ所ハ余ニ取リテハ一面ヨリハ異邦人ノ声ナリ。而《し》カモ『感ズル』ト云フ方面ヨリスルトキ《とき》ハ、余ハ彼女ニ於テ少ナカラザル感興ヲ受ク。彼女ノ思想ハ余ガ専門的研究ノ参考書ナリ。余ハ彼女ヲ以テ余ガ経行ノ伴侶《はんりょ》トナスヿ能ハズ。而カモ余ガ苦旅ノ途上時ニ彼女ト相遇《あ》フトキ彼女ノ振冠リタル乱髪ノ中ニ云フ可《べか》ラザル清純深奥ノ姿アルヲ認メテ、茲《ここ》ニ『新シキ者』ヲ拾ヒ得タルノ感ナクンバアラズ。首ヲ挙ゲテ四《あたり》ヲ見レバ凡《すべ》テノモノ皆古シ。此時ニ当リテ『新シキ者』ノ価何ゾ尊キ。」とある。因みに、『乱れ髪』は東京新詩社から明治三四年八月一五日に発行された。

*鳳晶子　六九七ページ「与謝野晶子女史」参照。

*「明星」　文学史的には、与謝野鉄幹が結成した東京新詩社の機関誌として、明治三四年四月から同四一年一一月まで全一〇〇号にわたって刊行された短歌の専門雑誌（第一次）であり、三〇年代のローマン主義文学の拠点と目されている。この機関誌によって、鉄幹、晶子を初めとして、石川啄木、岩野泡鳴、蒲原有明、北原白秋、木下杢太郎、薄田泣菫、相馬御風、高村光太郎、萩原朔太郎、堀口大学、山川登美子、吉井勇などが輩出した。

*春雨　中村吉蔵（明治一〇—昭和一六）の雅号。明治三〇年、浪華青年文学会を起こしたころ、キリスト教の洗礼を受けた。同三二年に東京専門学校（現、早稲田大学）に入

学して、坪内逍遥や島村抱月の指導を受けた。同三四年には「大阪毎日新聞」の懸賞小説（選者は、逍遥、紅葉、露伴）で「無花果《いちじく》」が一等当選を果した。同三九年、欧米に留学してから信仰を失い、一方ではイプセンに関心を深めて劇作家への道を切り開いた。以後、大正・昭和時代の演劇史に大きな足跡を遺した。

＊「無花果」 大笹吉雄氏はこの作品について、「主人公はアメリカ人の妻を伴って帰国した青年牧師鳩宮庸之助である。その妻エミヤが姑《しゅうとめ》にいじめられるという点では家庭小説の範疇《はんちゅう》にあったが、この作品の特異な点は、大詰で全員がキリスト教に光明を見い出すということにあった」と評価しているが、この観点に立てば、同時代の徳冨蘆花（明治元—昭和二）の作品のうち、家庭小説という点では『不如帰《ほととぎす》』（明治三三）、また光明小説という点では『思出の記』（同三四）に近い性格を併せ持った作品と見ることもできる。

＊兆民居士 中江篤介《とくすけ》（弘化四—明治三四）の雅号に、一二月一三日に逝去《せいきょ》したことから戒名《かいみょう》の下につける「居士」の称号をつけたもの。土佐藩出身の明治の代表的思想家。明治四年からのフランス留学で学んだルソーの『社会契約論』やフランス自由主義や民主主義思想を、仏学塾で体系的に教授して、自由民権運動左派の理論的指導者となった。著書に、漢訳『民約訳解』（同一五）、『維氏美学』（同一六）、『三酔人経綸《けいりん》問答』（同二〇）などを刊行した後、明治二一年からは「東雲新聞」を創刊して、政府の施策を多角的に批判した。遺著には、門下生幸徳秋水の尽力で出版された『一年有半』（同三四）

とその続編があり、この著作によって、明治国家に対する自由民権の立場からの批判や、兆民の人間像や思想傾向（自由民権の哲学）などを相対的に知ることができる。

四七四 ＊下手糞なぬた 古藤宛《あ》ての愛子の手紙に書き添えられた短歌は、『乱れ髪』などの歌集から抜き取って掻《か》きまぜて作ったものに違いない（と葉子が推測したことば）。

四七五 ＊袖にする 無視して振り向こうともしない。

四七六 ＊御殿女中風な圧迫 葉子が sun-clear でないやり口で愛子の気持ちを心理的に塞《ふさ》ぎこませようとしていること。

四七九 ＊堕落した天使 岡と葉子とは、「岡の眼の上には葉子の眼が義眼《いれめ》されていた。葉子のよしと見るものは岡もよしと見た。葉子の憎むものは岡も無条件で憎んだ」（三十二）という関係にあった。それにもかかわらず、「愛子と納《い》れ合わなかった」（同上）葉子の気持ちがその関係を壊そうとしている。

四八三 ＊全盛期を過ぎた伎芸の女に……凄惨な蠱惑力 「三十四」には「葉子は自分の不可犯性（女が男に対して持つ一番強大な蠱惑物《こわくぶつ》）の凡てまで惜しみなく投げ出して、自分を倉地の眼に娼婦《しょうふ》以下のものに見せるとも悔いようとはしなくなった。二人は、傍眼には酸鼻（むごたらしく、いたましいこと）だとさえ思わせるような肉慾の腐敗の末遠く、互に淫楽《いんらく》の実を互々から奪い合いながらずるずると壊《くず》れこんで行くのだった。」とある。

＊コケット coquette 有島の檜山京子宛書簡（大正八・九・二九）には、「葉子が祖先から本能的に伝へられた淫乱の血（男子を征服せんとする女の強大なる武器）を働かせ

る所にはいかにも非人間的な悪魔性の心があらはれてゐます」とある。

四八四 ＊日露の関係　日清戦争終結を目的とした下関条約が明治二八年四月に開かれた時の講和条件のうち、遼東半島の割譲について、ロシアがドイツとフランスの援助を得て、東洋の平和のために放棄するよう干渉に乗り出してきた。日本政府はこれに対抗するだけの軍事力を持ち得ていなかったことから、放棄することを約束せざるを得なかった。この事件は戦勝国日本を政治的恐慌《きょうこう》に陥《おとしい》れる結果となり、ロシアに対する根強い反感が培《つちか》われていった（六六八ページ「日清戦争」参照）。

＊日米の関係　一九世紀末に、アメリカはモンロー主義を修正して帝国主義の段階に入り、対スペイン戦争を契機に遅ればせながら太平洋側に侵出して、フィリピンやハワイなどの諸島を併合した（六八六ページ「マッキンレー氏」参照）が、先の三国干渉ではイギリスとともに中立的な立場に立っていた。しかし、対ロシアの思惑が対日本の関係と一致することもあり、またフィリピンの支配権を安全にするためにも、例えば、明治三八年の日露講和の仲介の労をとることになるという、日本にとってアメリカは友好関係を保持していた。

＊臥薪嘗胆　例えば、明治二八年一月創刊の総合雑誌「太陽」では、「臥薪嘗胆」と題して「三国の好意、必ず酬《むく》いざるべからず、わが帝国国民は決して忘恩の民たらざればなり」と憤懣《ふんまん》を述べ（隅谷三喜男氏による）、あるいは、三宅雪嶺は同年五月に雑誌「日本」に「嘗胆臥薪」を掲げて、「清国に勝たんとせば、清国より大なる者に勝つの覚悟

ありて後可……慢心は良き所にて挫《くじ》けたり、此に挫けざれば必ずや或所に挫けん、此に挫けしは即ち後日大をなす所以《ゆえん》なり」と論じた。三国干渉のもたらした波紋は大きく、これらの説に唱道されて国民の間に広くこの言葉が流行した。

*漸く調整され始めた経済状態　日清戦争後の明治三〇年代は金融資本の蓄積の時代、産業資本主義への過渡期（いわゆる産業革命進行期）であった。しかも、それは国家資本・官僚の主導によって推進された。この経済構造の変化が幾多の社会的矛盾を惹起《じゃっき》する一方、知識人およびサラリーマンを中心とした中産階級を生み出した。実はこの層の人たちが経済の調整役を果たすと同時に、大衆的基盤を持ち得ないながらも個人主義思想を芽生えさせた。

*自然主義　naturalism　明治三〇年代前半期の自然主義には二つの立場が見られる。一つは、フランスのゾラ（一八四〇―一九〇二）の影響によって人間の現実を遺伝と環境に規定されたものと見る立場と、二つには、後出の高山樗牛の本能賛美論、主我主義の傾向を継承しようとする立場である。この二つの立場は相反する人間観を提示しながらも、ともに個人主義思想と関連して醸成された。実際に文壇の中心勢力となったのは、日露戦争後のことである。

*高山樗牛　（明治四―三五）　東京帝国大学文科大学在学中（同二六―二九）からすでに「太陽」の文学欄主筆格となり、時評を書いていたが、明治三〇年には、国家道徳の原理としての日本主義の論陣を張った。当時盛んに喧伝《けんでん》されていた社会小説を否定し、ニ

イチェ（一八四四—一九〇〇）との出会いから、「文明批評家としての文学者」（同三四・一）や「美的生活を論ず」（同・八）などを書いて、その主我主義的哲学の本領を発揮した。その具体的イメージを平清盛に見出した（「平清盛論」同・一一）。吉田精一氏によれば、「明治三四年以後の彼は個人主義時代に入ったが、『美的生活を論ず』を中心とする彼の言説が、個性に目覚めはじめた当時の青年を動かしたことは非常なものであった」という。

*ニイチェの思想　その思想経過は三期にわけられる。すなわち第一期（一八七二—七六）はアポロ的、ディオニュソス的二重層としての生の直接肯定の時代、第二期（—八二）は神の死を宣言してキリスト教道徳から発する「永劫回帰《えいごう》」としてのニヒリズムの時代、第三期（—八八）はニヒリズムによる否定そのものをあえて絶対肯定する「運命愛」の境地への到達の時代（そこでは天上からの意義を拒絶して、あくまでも地上に忠実であろうとする「超人」が「権力の意志」を発揮して生かされるという創造の時代）である。前出の樗牛がとらえたニイチェは、キリスト教が背景となっていないだけに、ニヒリズムの問題とはまったく無関係な個人主義、天才主義の文明批評家の一面にとどまっていたことがわかる。

*女優らしい女優を持たず　川上貞奴《さだやっこ》（明治五—昭和二一）の帝国女優養成所が芝区桜田本郷町（現、港区新橋一丁目—西新橋一丁目）で開所されたのは、明治四一年九月一五日であった。翌年七月には、当時麹町区丸ノ内三丁目（現、千代田区丸の内三丁目）に

建築中だった帝国劇場の同会社の経営に移り、帝国劇場附属芸伎学校と改称された。
四八六 ＊カフェーらしいカフェーを持たない カフェーとは女給のサーヴィスのついた酒場風の飲食店のこと。カフェーが初めて開店したのは、明治四四年三月、京橋区日吉町（現、中央区銀座八丁目）の「カフェー・プランタン」であった。その年には、同区銀座尾張町角（現、同区銀座五丁目）の「カフェー・ライオン」、同区南鍋町（現、同区銀座五―六丁目）の「カフェー・パウリスタ」も開店した。
＊玳瑁の飾り櫛 玳瑁は長さ約一メートルになる海亀《うみがめ》の一種。その甲羅《こうら》を煮て細工を施して作った櫛。江戸時代には玳瑁で装飾品を作ることが禁じられたので、これを「べっこう」と称していた、という。この場合は「舶来品」であろう。
四九〇 ＊婦人待合室 『新撰東京名所図会』（平成四・七、東京堂）によれば、新橋駅の構内には「前面に三等切符の売場あり。此に対して、北の方即ち左右入口の中央に、一、二等切符及び寝台附並びに回数切符の売場あり。左即ち東の方には、一、二等客と貴婦人の待合室。右即ち西の方には、三等客の待合室と、小荷物取扱所あり（以下略）」とある。
四九五 ＊谷々 「やち」または「やつ」とも。複数の言い方。低湿地の意。『鎌倉のすべて』（貫・三山共編、昭和六一・一〇）によれば、「鎌倉は三方山に囲まれた地形で、峠を越えて後背地に繋《つな》がる大小さまざまな谷筋が多く、それぞれにつけられた谷戸の名称も複雑で、それがまた幾通りもの地名伝承を伝えている。」とある。例えば、扇ヶ谷、月影ヶ谷など。

四九六 ＊日朝様　鎌倉郡東鎌倉村小町（現、鎌倉市小町一丁目）滑川《なめりがわ》西岸にある日蓮宗《にちれんしゅう》本覚寺の俗称。「一乗房日出が天台宗を日蓮宗に改めたのが当寺のおこりで、開創は永享八年（一四三六）という。第二世日朝は、のちに身延山久遠寺十一世となり、当寺を鎌倉の弘通所と定め、日蓮の遺骨を分与して東身延と俗称した。」（『歴史大辞典』吉川弘文館）。

＊屛風山　現、鎌倉市小町三丁目と雪ノ下四丁目の境にある。本覚寺の北東の方角に当たる。

＊江の島　鎌倉郡江の島（現、藤沢市江の島一―二丁目）。江島神社ほか、橘屋という西洋風の酒楼もあって賑《にぎ》わっていたという。倉地と葉子が昼過ぎから夕暮れ近くまで何の目的で行ったのか、皆目わからない。「水先案内業者」組合（三十三）の用件のためか。

＊極楽寺坂　律宗の僧忍性（一二一七―一三〇三）が正元元年（一二五九）に極楽寺（西鎌倉村極楽寺―現、鎌倉市極楽寺一丁目）を開山したとき、切通しを開いた。その切通しの名称を極楽寺坂切通（同―現、同市極楽寺三丁目）と呼んでいる。

＊稲村ヶ崎　極楽寺から南西の方角にあって、相模《さがみ》湾に突出する岬《みさき》の名称。元弘三年（一三三三）に北条高時を破った新田義貞（一三〇一―三八）の古戦場。葉子の現在地から南西の方角に当たる。

＊小坪の鼻　三浦郡田越村字小坪（現、逗子市）の西側の、相模湾に突き出た所にある巌島崎。葉子の現在地からは南東の方角に当たる。

四九七 ＊光明寺　寛元元年（一二四三）に浄土宗第三祖然阿良忠（一一九九―一二八七）が北条

経時（一二二四―四六）の創建になる佐助谷の蓮華寺を現在地（東鎌倉村材木座―現、鎌倉市材木座六丁目）に移し、光明寺と改称して開山した浄土宗総本山。

四九八 ＊あの寒い晩の事 「十三」の絵島丸甲板上での、「無月の空」（六八七ページ参照）の夜の体験。

四九九 ＊大島 伊豆七島のうち最北端にある最大の島。中央にある三原山は常に噴煙をあげている。

＊滑川 その主流は、東鎌倉村（現、鎌倉市東部）を東から蛇行《だこう》して、砂浜の官有松林（現、由比ヶ浜）の東端の、若宮大路が一三四号線と出合うところで相模湾に注ぐ川。

＊稲瀬川 佐々目谷山あたりを源流として南下し、西鎌倉村長谷（現、鎌倉市長谷五―二丁目）を経由して、由比ヶ浜の西端で相模湾に注ぐ川。

五〇〇 ＊弁慶蟹 イワガニ科の、約三センチ方形の甲羅を持った蟹。河口や海岸の湿地・草原に穴を掘って住む。東京湾以南の沿岸に分布している。

＊乱橋 文政一三年（一八三〇）に、それまで争いの絶えなかった乱橋村と材木座村の和解が成立し、乱橋材木座と称するようになった。材木座から大町、小町へ通じる小町大路の、向福寺（現、鎌倉市材木座三丁目）門前付近にある古川にかかる重要な橋梁《きょうりょう》であったらしく、新田義貞の鎌倉攻めの際、幕府軍がこの橋あたりから乱れ始めたという伝承がある。現在は明治四三年に整備されたとみられる約一メートルほどの小橋となった。

五〇四 ＊防風草 せり科の多年生植物で、海岸の砂地に生える浜防風《はまぼうふう》のことか。若い葉柄は赤色で香りがあり、若い茎や葉は食用になる。

五〇五　＊徹底した運命論者　国木田独歩の『運命論者』（明治三六・三）の主人公高橋信造がモデルとして想定されている。異父同腹の里子との恋愛、近親相姦《そうかん》の矛盾に悩む。有島は戯曲『断橋』（大正一一・三）でこの場面を再度取り上げた。

五〇八　＊夕月が……姿を見せたのだった　明治三五年四月二二日（旧暦三月一五日）前後と思われる。

五一三　＊太古の人のような必死な心　後の「四十」、「四十一」に「結願《けちがん》」とある。心に誓うこと。

五二〇　＊婦人病に関する大部な医書　葉子の生存中になぞらえて、例えば、佐藤勤也編『実用婦人科学』前・後編（明治二五・四）をあげると、そのうち、「第六編　子宮ノ疾患　上」によれば、「第二章　子宮ノ転位」→「（一）子宮ノ転傾及屈曲」→（乙）の「（三）産《さん》褥《じょく》子宮後屈症」のうち「（丙）分娩《ぶんべん》後数月数年ヲ経テ発シタル後屈症」の解説中、「……宜シク子宮頸《けい》ヲ漸次《ぜんじ》ニ拡張シ。手指。若《も》シクハきゅれってヲ送入《ママ》シテ。子宮壁ヲ爬《は》除《じょ》スベシ。然𪜈《しかれども》不熟ノ手ニアリテハ強力ヲ用ヒザルモ。屢々《しばしば》子宮壁ヲ穿通《せんつう》スルヲ以テ大ニ慎戒ヲ加ヘザル可《べか》ラズ。若《も》シ誤テ穿通シタル𪜀《とき》ハ速ニ手術ヲ中止スベシ。是レ単純ナル穿通ハ甚《はなは》ダ危険ナラザレ𪜈。示指ヲ送入シ或ハ格魯児鉄液ヲ注射スレバ。恐ルベキ腹膜炎ノ症状ヲ発スレバナリ。」とある。また「第三章　子宮粘膜ノ炎症」の項では、「子宮内膜炎」は「頸管加答児」として説明されている。なお、社本武氏の「『或る女』（有島武郎）の構造」（「信州白樺」第二四号）の最後には、「婦人科医の吉田弘氏」による

「医学から見た葉子診断」が掲げられていて参考になる。すなわち、「穿孔の危険を有島が伏線にあげ、終章でやはり子宮底穿孔を繰り返している点から、作者は葉子を死なせるべく書いたと考えてよい。」と結論づけている。

　このように見ると、葉子は定子を産んで「やみがたい母性の意識—『我れ既に世に勝てり』（『ヨハネ福音書』一六・三三）とでも云って見たい不思議な誇り」（六八五ページ「我れ既に世に勝てり」参照）をさえ感得していたにもかかわらず、結局、「中将湯」を服用しながらも、産後の治療が不十分なままであったということになる。

五二六　＊露国や米国に向って漏らした祖国の軍事上の秘密　明治三二年七月に制定された「軍機保護法」のうち、倉地らの行為は、「第四条　許可ヲ得スシテ軍港、要港、防禦《ぼうぎょ》港又ハ保塁《ほるい》、砲台、水雷衛所、其《そ》ノ他国防ノ為建設シタル諸般ノ防禦造営物ヲ測量、模写、撮影シ、又ハ其ノ状況ヲ録シタル者ハ、一月以上三年以下ノ重禁錮《きんこ》ニ処シ、又ハ二円以上三百円以下ノ罰金ニ処ス。」に牴触《ていしょく》するものと思われる。しかも、日露戦争を二年後に控えた時期であっただけに、例えば、明治三六年一〇月二六日付「報知新聞」によれば、「露国探偵らしき者、近頃《ちかごろ》に至って続々入り込み申候《そうろう》。露国人はもとより、米国人、仏国人、英国人、独逸《ドイツ》人、いずれも油断すべからず候。（中略）また日本人にても例の『注意人物』として見るべき者多く徘徊《はいかい》致し候」とある。

五二七　＊純然たるヒステリー症の女　有島は、「グリンプス」の改作の動機として、H・エリスの『性の心理学的研究』（明治三三、初版）の第一巻から、「性的生活に就いての女性の心理、ヒステリーと性本能との関係等の諸事実を知った」ことを挙げている（『観想録』大正五・三・二八）。その著作の「自己色情」の章では、ヒステリーは"sex-hunger"（性的飢餓）に関連がある、と述べている。

＊その年の気候はひどく不順で　気象協会編『東京都の気候』（昭和三一・三）によれば、明治三五年一月から七月までの気候は左記の通りである。（ただし、気温は不明）

月	快晴	晴	曇《くもり》	小雨	雨	雪	雷
1	19	9	0	1	0	2	0
2	11	12	2	1	0	2	0
3	9	7	3	7	2	2	1
4	7	8	4	5	6	0	0
5	3	7	6	6	8	0	1
6	4	9	4	4	8	0	1
7	0	7	8	9	5	0	2

五三七　＊鶏頭　小銃には、雷管を打って発火させ、弾丸を発射させるはじき金の装置があるが、そのはじき金が鶏のトサカに似た鶏頭状になっているのをいう。

五四七　＊伍長　旧陸軍の下士官のうちで最下位の階級に当たる。

五五一　*米国三界　「三界」は接尾語で、遠く離れたところ。アメリカくんだり。
五六〇　*因循　古藤は自分を、古い習慣によりかかって決断力に欠けた性格、と見ている。後出の「姑息《こそく》な心」（その場しのぎばかり考えている質）と類似している。
五六一　*僕はあなたが何所か不自然に見えていけないんです　古藤は、倉地と生活を共にしている葉子を、「sun-clear」（七一〇ページ参照）な視点から「不自然」と評しているが、このことは、倉地と二人だけの場面（十五）での「葉子の性格の深みから湧き出る怖《おそ》ろしい自然さがまとまった姿を現わし始めた」のと対応する。
五六七　*コティロン　cotillon　パートナーを次々にかえながら踊るダンス。コティヨンとも。
五七一　*腸チブス　法定伝染病の一つ。潜伏期間は一―三週間で、高熱、舌苔《ぜったい》、バラ疹（紅色の発疹）、白血球減少症などの症状を呈する。隔離治療が義務づけられている。
五七二　*大学病院の隔離室　本郷区本富士町（現、文京区本郷七丁目）にある東京帝国大学医科大学（現、東京大学医学部）附属病院の北の一隅《いちぐう》にあった。因《ちな》みに、有島は、『観想録』によれば、大正六年八月一日にこの大学病院に行き、市川厚一氏に実験室や解剖を見せてもらったことがある。
五七七　*ディフテリヤ　法定伝染病の一つ。潜伏期間は二―五日で、主として子どもが感染しやすく、呼吸器粘膜が冒されることが多い。隔離治療が義務づけられている。
五七九　*内紫という柑類　果肉が紅紫色のザボン類の一種。
五八一　*稜針　鍼灸《しんきゅう》で使う、三つの稜のある三稜鍼《さんりょうしん》（針）の俗称。

女

五八二　*ポケットブック　pocket-book　財布（アメリカで使われることば）。
五八三　*大規模な増築の為めの材料　『東京大学百年史』資料三（昭和六一・三）によれば、明治三二年六月三〇日「本郷の寄宿舎は医科大学教室と附属病院等の増築のためすべて閉舎」とある。
五九五　*餓鬼　生前の「貪婪《どんらん》」などの罪により、常に飢えや渇きに苦しんで痩《や》せひからびている亡者。因みに、「地獄」（四十、四十五）という言葉が使われているのも、この言葉からの連想と思われる。
六〇四　*寛濶　この言葉が、思わしく行っていない倉地の仕事とは関係がないかのような葉子たちの「暮らし向き」を形容すると同時に、後出の、絵島丸で語り合った時の倉地の様子を表わすためにも用いられているのは、葉子と倉地との関係の推移を暗示している。

る

六〇八　*絽の羽織　糸目をすかして織った絹織物で作った夏ものの羽織。
六一七　*昇汞水　法定消毒薬の一つ。塩化第二水銀という毒薬（昇汞）と食塩とを等量に混ぜて、水で千倍に薄めた溶液。
　　*生理学教室　「明治三四年に至り赤門内に講堂を中央に生理・医化学を両翼とする煉瓦《れんが》建二階建物」に生理学教室は移っている（『東京大学百年史』）。

或

六一八　*マラリヤ　ハマダラカによって媒介される伝染病。熱帯地方に多く高熱の発作などを起こす。
六一九　*伝染病室　この病室は附属病院の最北端に位置し、隔離室に隣接していた。

*婦人科の室　この病室は、明治二九年六月二三日に、法科大学仮校舎跡に「新築された木骨レンガ平屋建の建物」に、眼科、小児科、皮膚科および黴毒《ばいどく》病病室などとともに移転した。

六二二 *御殿の池　この池は構内にある庭園「育徳園」の心字の池のことであり、加賀藩前田邸の名残りをとどめている。俗に、夏目漱石の『三四郎』（明治四一）に因んで「三四郎池」と呼ばれている。

六二三 *京橋あたりの病院　以前、葉子のもとで下女奉公をしていたつやが、看護婦として勤めているのが、「加治木病院」という設定になっている。その病院の地理的な位置や周囲の風物などの描写から判断して、①明治三〇年開業の、産婦人科医木村順吉経営の木村病院（同区三十間堀一丁目六―現、中央区銀座四丁目）、②同三四年開業の外科医（診療科目には皮膚科、梅毒、淋病《りんびょう》、痔疾《じしつ》、婦人科がある）加藤時次郎経営の加藤病院（同区木挽町六丁目一〇―現、同区銀座七丁目）という二つの病院（前掲『東京案内』上）が想定される。①は三十間堀（注、六二五ページには「運河」とある）の西側にあるから「打開いた障子から蚊帳《かや》越しにうっとりと月を眺《なが》め」（四十七）ることもできるが、②は①とは反対に東側に位置しているので、月は大変に見えにくい。しかし、「その界隈《かいわい》に沢山ある待合の建物に手を入れて使っているような病院」（四十六）に関して言えば、京橋区全体で一七軒の待合のうち九軒までが木挽町に集中している点では②の可能性が高くなるが、やはり月の見える位置にある①が有力か（因みに、木村順吉は「中将湯」の新聞広告で推奨者の一人となっている)。

*待合　男が芸者などを呼び入れて遊興するところ。待合茶屋とも。

六二四　*須田町　万世橋を南へ渡れば、神田区須田町(現、千代田区神田須田町一—二丁目)に出るが、当時は、どの方面へ行くにも交通の要所とされた(六九九ページ「眼鏡橋」参照)。

*外濠　皇居の周囲にめぐらされている外濠に沿って走る道を、葉子は通っていった(お茶の水から土橋までの外濠線の電車の開通は明治三七年のことである)。

*長三洲　豊後国(大分県)出身の漢学者、書家(天保四—明治二八)。初め広瀬淡窓に学び、のち尊王運動に従事。明治維新後、木戸孝允により権大史となる。顔真卿の書風に関心をもつ。著書に『楷書天地帖』『真書千字文』『行書孤憤帖』がある。

六二八　*内兜　内輪の事情、とくに弱点、内実。

六三一　*イリウジョンやハルシネーション　illusion, hallucination　いずれも、現実と非現実、真実と偽りがはっきりと区別されない、あるいはできないこと。前者は、感覚や想像力によってできた、多くは一時的な、現実に存在するものに対する誤った知覚・印象・概念をいう。ある時は、現実に存在しないものを存在するもののように信じる、という場合もある。また後者は、精神異常によって起こる、外からの刺激なしに、あたかも現実のことのように物を見たとか、音や声が聞こえたとか、ものに触れたとかの感じとり方をいう(荒木他編『英語表現辞典』研究社出版)。

六三二　＊自然法の他の法則　「魂を締め木にかけてその油でも搾《しぼ》りあげるような悶《もだ》え」（二十六）とか、「神の締め木にかけられて、自分の体が見る見る痩せて行く」（四十九）という表現と対応している。

六三四　＊段々満ちて行こうとする月　明治三五年の七月二一日は旧暦では六月一七日に当たる。因みに、この日以降の実際の天候は、二一日小雨、二二日曇、二三～二四日小雨、二五～二七日曇、であった（前出『東京の気候』）。

六三五　＊習志野　千葉県北西部にある地名。元津田沼町台地に近衛師団の演習地があり、明治六年に明治天皇が指揮した時、習志野と命名した、という。古藤が所属している一ッ木の兵営の歩兵聯隊《れんたい》もその管轄《かんかつ》にあった、と思われる。

六三七　＊葉子は一つの努力ごとにがっかりして……無駄なのを心では本能的に知っていた　この部分は、葉子の「努力」が空虚感を払拭《ふっしょく》できないでいる心情を描出している。ことに補助動詞「して見た」は全編に頻出《ひんしゅつ》して、その「努力」が結局は試行に終わって報いられないことを示して効果的である。

六四一　＊七月二十一日　葉子が遺書に書き込んだ日付の設定は、大正五年八月二日に妻の安子が逝去《せいきょ》した、その二週間ほど前の症状と重ね合わせようとする作者の創作意図に因んだものか。例えば、同年七月二〇日付の松尾修一宛の書簡には、「この頃食欲全く尽きて衰弱極度に達居候得共果物はおいしくいたゞく事と存申候」とあるが、翌二一日付の原久米太郎宛の書簡によれば、「妻の病気は少し持ちなほした。然し大嵐の前の calm のような気もする」とある。

六四四　＊静脈を流れているどす黒い血　『或る女』を書きあげて一年八か月後に、「お恥かしい話ですが私には『或女』以外にも毒血がまだ〳〵抜け切れません」（野口幽香宛、大正一〇・一・四）と作者が感想を洩《も》らしたことは、葉子造型の内実を窺《うかが》わせる言葉として注目される。

六六〇　＊鉄の棒を真赤に焼いて、それで下腹の中を所嫌わずえぐり廻すような痛み　『クララの出家』（大正六・九）において、クララが出家する前の晩に見た夢の一つに天使ガブリエルとの出会いが描かれていて、「ガブリエルは爛々《らんらん》と燃える炎の剣をクララの乳房の間からずぶりとさし通した。燃えさかった尖頭《せんとう》は下腹部まで届いた。クララは苦悶《くもん》の中に眼《め》をあげてあたりを見」ると、十字架のキリストが見やられた、と続く。表現の発想が極めて共通している。

六六四　＊内田の心の奥の奥に小さく潜んでいる澄み透った魂　葉子にとってこのような意識のもち方は、①「唯凡てが空《むな》しく見える中に倉地だけが唯一人本当に生きた人のように葉子の心に住んでいた」ということ、②木村の「思い入った心持ち」が「葉子の胸の中を清水のように流れて通った」ということ（四十七）とともに、七〇九ページの「懺悔《ざんげ》の門の堅く閉された暗らい道」と対応している。このことは、作者が「『或る女』広告文」に、「畏《おそ》れる事なく醜にも邪にもぶつかって見よう。その底には何があるか。若しその底に何もなかったら人生の可能は否定されなければならない。私は無力ながら敢《あえ》てこの冒険を企てた」と書いた意図とも触れ合っている。

江頭太助
中島美奈子

解　説

——愛の孤独と破滅

加　賀　乙　彦

アンナ・カレーニナやボヴァリイ夫人と言えば、一人の女性像があざやかに浮かびあがる。そのように、早月《さつき》葉子と言えば、ああの女性だと、きっかりした像が生き生きと目の前に現れてくる。有島武郎の『或る女』の何よりの功績は、そのように一人の女を、小説の主人公として鮮明に定着しえたことにある。明治以降の日本の近代小説のなかで、そういう意味では一番の小説だと私は思う。そして、作品の出来具合においても、傑出している小説なのだ。

日本の近代小説のなかで、何冊かの傑作を選ぶという遊びを私はしたことがある。一九七六年には『日本の長編小説』（筑摩書房）を出し近代日本の十大小説を選んで解説したし、一九九三年には『私の好きな長編小説』（新潮社）を上梓《じょうし》し世界の十二大小説を論じたが、そのいずれにも『或る女』を入れて、分析し解釈し賛嘆の念を述べている。私にとってはこの小説が長編小説の模範のようにずっと思われてきたのである。今度、この解説を書くために何度目かの読みなおしをしてみて、やはりこの作品の完成度の高さに脱帽した。何度読んでも古びない、どんな年齢になっても興味深く読める、『或る女』はそんな小説である。

小説の面白さにはさまざまな局面があるだろうが、私はまず第一に、独特な性格を備えた人物を描きえた点に注目する。性格と一口に言うけれども、この造型は案外にむつかしい。きまりきった類型によって、陽気な人、根暗な人、理知的な冷たい人、気の弱い人などと、一言で要約できうるようなものでは、性格は絶対にない。もっともそのような単純な性格描写は現今の流行小説にもうんざりするほど出てくるので、読者はそういう安易な性格の提出に馴《な》れてしまい、そういう小説のほうが、安心して読めるのかも知れないけれども。

しかし、現実の世の中にそのような単純な人間は、私たちの周囲をちょっと見回しても存在しやしないし、どんな人間ももっと複雑で矛盾した傾向を持っている。別に小説家は現実の人間をそのまま写す必要はないけれども、文学が人間性の奥深い真実を示すことを志す以上、現実の人間に乗り越えられてしまう程度の造型には小説家は満足できないはずである。優れた小説家かどうかの評価の分かれ目は、余人には描けない性格を創出しうるかどうかに懸《か》かっている。

冒頭の場面から葉子は際《きわ》やかに登場する。新橋から汽車に乗るのに、わざとのろのろして改札係をいらいらさせ、派手な振る舞いが周囲の人々の目を引きつけ、気位が高い高慢さを示しながら、しかも極めて傷つけられやすい。この強さと弱さの混じりあった矛盾した性格が小説の始めの十数ページで見事に表現されている。他人を見下している葉子は、じつのところ、「今は車内の人が申合せて侮辱でもしているように」思うような自信のない女なのだ。(二四頁)

こういう性格の女性が、一人の妻子を持つ男を愛してしまい、そのために悲劇が生じる。それはなによりも性格の悲劇であるが、それだけではない。彼女を取り巻く人々との闘いがあり、挫折《ざせつ》がある。どんなに強がっている彼女も一人では生きられない。世間が男が時代が彼女と重層した構図で接触している。純粋な愛に生きようとする彼女を、四方八方から引き裂こうとしている。彼女を破滅させる不気味なものが、まざまざと表現されているのが、この小説の面白さである。読みだしたら巻措《お》くあたわずという気持ちになって小説の世界に引きずりこまれてしまう。

この小説は、一九一一年から一九一三年にかけて雑誌「白樺《しらかば》」に連載され、補筆のうえ一九一九年に刊行された。ところが今読んでも、文章がすこしも古びて感じられない。あとで、すこし引用した箇所でも明らかなように、まるで現代に書かれたように新鮮な、きびきびした文章である。私は自分で小説を、とくに長編小説を書く場合に、有島武郎の文体を理想としている。まずは、無理なく、抵抗なく、すっと読めて、しかも簡潔に対象の姿を読者に提出してくれている。あまり長い文節はなく、論理がきちんと通っている。

もう一つ文章の特徴として指摘したいのは、随所に自然描写が挿入《そうにゅう》されて、人事と自然とのたくまざる交響がおこなわれていることである。精妙な心理が表現されているのに、抽象名詞がすくなく、具体的な自然の有り様によって暗示されている。しかも自然は所を変え、季節を変えて、読者を飽きさせない。

早月葉子は世間に背を向けている。と言うより、世間の人々が彼女を爪弾《つまはじ》きにしている。普通の女性であったらば、絶望して恐れいって世間に頭をさげるところを、彼女は昂然《こうぜん》として世間に反旗をひるがえしている。世間とはなにか、それは偽善的なキリスト者である母の圧迫、社会的身分やら名声やらを重んじる親戚《しんせき》の人々の蔑視《べっし》、女同士の嫉妬《しっと》や中傷、平凡で才気のない退屈な生活である。母を失った葉子は、世間なみの結婚を、母の友人や親戚、つまり、葉子の保護者然とした人々から強《し》いられる。許嫁《いいなずけ》の木村はそういう人々が推薦した相手でアメリカに滞在している。葉子が心ならずもアメリカ行きを決意した所から、この小説は始まっている。葉子のような矛盾した性格の女が、これからどのような道を歩んで行くかに、この小説の興味がかかっている。

物語の時間は、きっかりと一九〇一年（明治三十四年）の九月初旬から翌年の夏に限定されてある。すなわち秋、冬、春、夏の一年間にすべての出来事がおこるように設定されてある。葉子の乗った船が渡航中にアメリカのマッキンレー大統領が襲撃され（一九〇一年九月六日）死亡している（九月十四日）から、それが分る。このように小説の時間が歴史的時間とはっきりと同時に進行していることが、この小説の特色である。いつの時代、いつの時とも知れない抽象的な世界ではなく、現実を踏んまえてフィクションの世界が展開している。

現実の歴史的出来事とフィクションとが平行して、あるいは交錯して書かれている小説と言えば、トルストイの『戦争と平和』やフローベールの『感情教育』が思い出されるが、有島武郎は熱烈なトルストイの読者であって、その影響がここにも見いだされる。ついでに言えば自然描写への執着にもそれが感じられる。

小説は或る女を描くと同時に或る時代をも描いているのだ。

小説の時代を作者はつぎのように要約している。

日清戦争を相当に遠い過去として眺め得るまでに、その戦役の重い負担から気のゆるんだ人々は、漸《ようや》く調整され始めた経済状態の下で、生活の美装という事に傾いていた。自然主義は思想生活の根柢《こんてい》となり、当時病天才の名を擅《ほしいま》まにした高山樗牛《ちょぎゅう》等の一団はニイチェの思想を標榜《ひょうぼう》して「美的生活」とか「清盛論」と云うような大胆奔放な言説を以《もっ》て思想の維新を叫んでいた。(四八四頁)

つまり、戦後の経済発展のさなかに、享楽《きょうらく》主義や美的生活が花開き、そういう風潮のなかで葉子は〝飛んでる〟女であった。才気と美貌《びぼう》で若い女性のあこがれの的であった。ところが、木部という作家と結婚し、離婚し、私生児を作る、すなわち世間の道徳に反する行為をしたために、古い道徳感を持ちつづけ、新思想や流行に反対する人々からうさん臭いという色眼鏡で見られることになる。この世間は、自分こそ道徳の権化《ごんげ》であると信じていながら、そのじつは虚栄や金銭欲にこり固まった人々で、彼らのほうこそ、葉子にとってはうさん臭い虚偽の塊に見える。葉子は世間に反発し、自分独自の道を歩もうとするが、日清戦争後間もない時代にはまだ女性の地位は低く、二重三重の差別があって、なかなか困難である。そこで葉子は木村というキリスト者との結婚を承知する。この心ならずもの行為に、彼女の弱さがあり、世間に反発しながら屈伏していく、この小説の重要なモチーフが生れるのである。

葉子は木村に会うためにアメリカまで行きながら、船の事務長倉地に引かれて行き、ついに彼と肉体関係を持つ。倉地はそれまで、彼女が会ったことのない男の属性を持っていた。体格のいい巨漢で運動神経抜群で、「始めてアダムを見たイブのように」(一〇九頁)彼女をとりこにしてしまう。

葉子が男に引かれていく過程は、船が日本からアメリカに移動するなかで、詳細に語られている。気位の高い葉子は、最初倉地を無知で恥知らずの男としてさげすむが、アメリカが近づき、愛してもいない許嫁の木村に会う時が迫ってくるにしたがって、野性的な倉地に魅力を覚えてくる。そうしてシヤトルの港に着きながら、ついに上陸せず、倉地と一緒に日本に帰る決心をする。おのれの心も体も一人の男にささげる愛が彼女をのみこんでしまう。

このあたりの葉子の揺れ動く心は、絶えず動揺する船旅の描写とともに、精妙に描かれている。灰色の霧、雲、波、夜、波音という船のまわりの景色や物音が、葉子の心を表現していく手法は見事である。なにげなく描かれた自然が、女の心の底を写しだす象徴になっているという筆致は、作者の好きなトルストイを始め、彼の同時代人である日本の自然主義作家が好んで用いた技術であるが、有島武郎もその技術に熟達している。

天長節、つまり十一月三日に葉子は横浜に帰り着いた。ここから、妻子ある男、倉地との恋の逃避行が始まる。彼と彼女の道ならぬ関係はすでに新聞によって報道されており、彼ら二人は世間の目を避けて住むように追いやられていたのである。最初は横浜の港近くの旅館に逗留《とうりゅう》する。それから数日して尾張町《おわりちょう》の旅館に隠れる。さらに十一月末の嵐《あらし》の日には芝の一軒家に移る。芝への引っ越しの日、葉子の心と嵐の激しさが対応しているあたりが、全編のクライマックスである。

雲はそう濃くはかかっていないと見えて、新月の光が朧《おぼ》ろに空を明るくしている中を嵐模様の雲が恐ろしい勢で走っていた（中略）倉地は矢張り何所《どこ》までもあの妻子と別れる気はないのだ。唯長い航海中の気まぐれから、出来心に自分を征服して見ようと企てたばかりなのだ（中略）葉子の心は幌《ほろ》の中に吹きこむ風の寒さと共に冷えて行った。（三五〇―一頁）

葉子は無性に自分の顔を倉地の広い暖かい胸に埋めてしまった。なつかしみと憎しみとのもつれ合った、嘗《かつ》て経験しない激しい情緒がすぐに葉子の涙を誘い出した。

ヒステリーのように間歇《かんけつ》的に牽《ひ》き起る啜《すす》り泣きの声を嚙《か》みしめても嚙みしめても止める事が出来なかった。(三五五頁)

一途《いちず》な愛の道を突き進んできた葉子の心に疑惑の念がおこった。男の妻への嫉妬が巣くってきた。自尊心の強い彼女は、男の妻より愛されたいと思う。しかし、彼女の弱さは、絶え間のない疑惑を呼び覚まして自分を傷つける。強がれば強がるほど、弱さの傷が大きく開いてくる。

ここまで小説が進行した所で、それまで野性一方の男と見えていた倉地が別な側面を見せてくる。庭の片付けをいい加減な態度でおこなっていたのが、意外に要領がいいのだ。倉地は葉子に向かって、離縁状を「嬶《かかあ》に向けてぶっ飛ばしてあるんだ」と言って安心させる。そう言う倉地は、船会社を首になり、なにか後ろ暗い仕事をひそかに始めるのだ。

葉子の二人の妹が同居するようになり、葉子は妹の愛子と倉地の仲が気になりだす。男の妻への嫉妬と疑惑もまた彼女を苦しめだす。そういう葉子を倉地はだんだんにうとんじるようになり、それが彼女の苦しみを増す。こういう恋の破綻《はたん》が、年が明けたころからつのってくる。冬から春へ、雪から花へとうつろいいく季節とともに、葉子の葛藤《かっとう》はひどくなっていく。季節の変化と女の心境の変化とが絶妙な対応をしつつ小説は次第に暗い結末へとなだれ落ちていく。葉子は張り詰めた自分の心を持ちこたえられず、健康を害してくる。梅雨時についに最後がくる。

長く天気が続いて、その後に激しい南風が吹いて、東京の市街は埃《ほこり》まぶれになって、空も、家屋も、樹木も黄粉《きなこ》でまぶしたようになった上句《あげく》、気持ち悪く蒸し蒸しと膚《はだ》を汗ばませるような雨に変ったある日の朝、葉子は僅《わず》かばかりな荷物を持って人力車で加治木病院に送られた。（六二三・四頁）

雨、湿気、暑さ、じめじめとした気持ちの悪い季節に葉子は病んでいる。世間と闘ったかつての心意気も若さも健康も失い、恋人の倉地にも見捨てられて、孤独のさなかで終末をむかえようとしている。秋に始まり、横浜、太平洋、アメリカ、横浜と旅をつづけ、冬から春、夏という時間の推移のなかで、横浜、尾張町、芝、本郷の大学病院と転々と移ってきた葉子は、いま下町の薄汚い病院にたどり着いたのだ。

彼女の強さを今や弱さが飲み込もうとしている。自殺がそこからの唯一《ゆいいつ》の出口のように思えるのだった。病んだ心は奇怪な幻覚に襲われる。彼女は正気を失っていく。

この地獄絵図を作者は、正確で冷徹な筆致で描ききっている。

この作品についてはモデル探しが盛んに行われていて、いくつかの定説もできている。葉子は国木田独歩の最初の妻佐々城《ささき》信子、木部は国木田独歩、古藤は作者自身、木村は作者の同窓の友森広、五十川《いそがわ》は教育家矢島楫子《かじこ》、田川は法学博士鳩山和夫、内田は内村鑑三……というわけである。しかし、小説を読むのに、モデルの詮索《せんさく》は無用であると私は思う。むしろモデルを考えることで小説の純粋性、フィクションの面白さが損なわれるのだ。第一この小説で葉子についで重要人物である倉地にはモデルらしい人がいないのである。しかも葉子のモデルといわれる佐々城信子が一九四九年まで生きて、七十一歳で生涯を閉じたとなると、モデル探しの虚《むな》しさは極まっている。

（平成五年九月、作家）

表記について

新潮文庫の文字表記については、原文を尊重するという見地に立ち、次のように方針を定めました。

一、旧仮名づかいで書かれた口語文の作品は、新仮名づかいに改める。
二、文語文の作品は旧仮名づかいのままとする。
三、旧字体で書かれているものは、原則として新字体に改める。
四、難読と思われる語には振仮名をつける。
五、漢字表記の代名詞・副詞・接続詞等のうち、特定の語については仮名に改める。

本書で仮名に改めた語は次のようなものです。

入らっしゃい→いらっしゃい　入来→いらっしゃい
偖は→さては　而かも→しかも　そうか知ら→そうかしら
而して→そして　遂→つい　如何→どうして、どんな
所→ところ　丸きり→まるきり　丸で→まるで
許り→ばかり

有島武郎著
小さき者へ・生れ出づる悩み
病死した最愛の妻が残した小さき子らに、歴史の未来をたくそうとする慈愛に満ちた「小さき者へ」に「生れ出づる悩み」を併録する。

阿川弘之著
春の城
読売文学賞受賞
第二次大戦下、一人の青年を主人公に、学徒出陣、マリアナ沖大海戦、広島の原爆の惨状などを伝えながら激動期の青春を浮彫りにする。

阿川弘之著
雲の墓標
一特攻学徒兵吉野次郎の日記の形をとり、大空に散った彼ら若人たちの、生への執着と死の恐怖に身もだえる真実の姿を描く問題作。

阿川弘之著
山本五十六
新潮社文学賞受賞(上・下)
戦争に反対しつつも、自ら対米戦争の火蓋を切らねばならなかった連合艦隊司令長官、山本五十六。日本海軍史上最大の提督の人間像。

阿川弘之著
米内光政
歴史はこの人を必要とした。兵学校の席次中以下、無口で鈍重と言われた人物は、日本の存亡にあたり、かくも見事な見識を示した!

阿川弘之著
井上成美
日本文学大賞受賞
帝国海軍きっての知性といわれた井上成美の戦中戦後の悲劇——。「山本五十六」「米内光政」に続く、海軍提督三部作完結編!

大江健三郎著

死者の奢り・飼育

芥川賞受賞

黒人兵と寒村の子供たちとの惨劇を描く「飼育」等6編。豊饒なイメージを駆使して、閉ざされた状況下の生を追究した初期作品集。

大江健三郎著

われらの時代

遍在する自殺の機会に見張られながら生きてゆかざるをえない〝われらの時代〟。若者の性を通して閉塞状況の打破を模索した野心作。

大江健三郎著

芽むしり 仔撃ち

疫病の流行する山村に閉じこめられた非行少年たちの愛と友情にみちた共生感とその挫折。綿密な設定と新鮮なイメージで描かれた傑作。

大江健三郎著

性的人間

青年の性の渇望と行動を大胆に描いて波紋を投じた「性的人間」、政治少年の行動と心理を描いた「セヴンティーン」など問題作3編。

大江健三郎著

空の怪物アグイー

六〇年安保以後の不安な状況を背景に〝現代の恐怖と狂気〟を描く表題作ほか「不満足」「スパルタ教育」「敬老週間」「犬の世界」など。

大江健三郎著

見るまえに跳べ

処女作「奇妙な仕事」から3年後の「下降生活者」まで、時代の旗手としての名声と悪評の中で、充実した歩みを始めた時期の秀作10編。

白洲正子著
日本のたくみ
歴史と伝統に培われ、真に美しいものを目指して打ち込む人々。扇、染織、陶器から現代彫刻まで、様々な日本のたくみを紹介する。

白洲正子著
西行
ねがはくは花の下にて春死なん……平安末期の動乱の世を生きた歌聖・西行。ゆかりの地を訪ねつつ、その謎に満ちた生涯の真実に迫る。

白洲正子著
ほんもの
―白洲次郎のことなど―
おしゃれ、お能、骨董への思い。そして、白洲次郎、小林秀雄、吉田健一ら猛者と過ごした日々。白洲正子史上もっとも危険な随筆集！

白洲正子著
白洲正子自伝
この人はいわば、魂の薩摩隼人。美を体現した名人たちとの真剣勝負に生き、ものの裸形だけを見すえた人。韋駄天お正、かく語りき。

牧山桂子著
次郎と正子
―娘が語る素顔の白洲家―
幼い頃は、ものを書く母親より、おにぎりを作ってくれるお母さんが欲しいと思っていた――。風変わりな両親との懐かしい日々。

白洲正子著
私の百人一首
「目利き」のガイドで味わう百人一首の歌の心。その味わいと歴史を知って、愛蔵の元禄時代のかるたを愛でつつ、風雅を楽しむ。

藤沢周平著

竹光始末

糊口をしのぐために刀を売り、竹光を腰に仕官の条件である上意討へと向う豪気な男。表題作の他、武士の宿命を描いた傑作小説5編。

藤沢周平著

時雨のあと

兄の立ち直りを心の支えに苦界に身を沈める妹みゆき。表題作の他、江戸の市井に咲く小哀話を、繊麗に人情味豊かに描く傑作短編集。

藤沢周平著

冤(えんざい)罪

勘定方相良彦兵衛は、藩金横領の罪で詰め腹を切らされ、その日から娘の明乃も失踪した……。表題作はじめ、士道小説9編を収録。

藤沢周平著

橋ものがたり

様々な人間が日毎行き交う江戸の橋を舞台に演じられる、出会いと別れ。男女の喜怒哀楽の表情を瑞々しい筆致に描く傑作時代小説。

藤沢周平著

神隠し

失踪した内儀が、三日後不意に戻った、一層凄艶さを増して……。女の魔性を描いた表題作をはじめ江戸庶民の哀歓を映す珠玉短編集。

藤沢周平著

春秋山伏記

羽黒山からやって来た若き山伏と村人とのユーモラスでエロティックな交流——荘内地方に伝わる風習を小説化した異色の時代長編。

新潮文庫最新刊

瀬戸内寂聴著
老いも病も受け入れよう
92歳のとき、急に襲ってきた骨折とガン。この困難を乗り越え、ふたたび筆を執った寂聴さんが、すべての人たちに贈る人生の叡智。

新井素子著
この橋をわたって
人間が知らない猫の使命とは？　いたずらカラスがしゃべった？　裁判長は熊のぬいぐるみ？　ちょっと不思議で心温まる8つの物語。

近衛龍春著
家康の女軍師
商家の女番頭から、家康の腹心になった実在の傑物がいた！　関ヶ原から大坂の陣まで影武者・軍師として参陣した驚くべき生涯！

片岡　翔著
あなたの右手は蜂蜜の香り
あの日、幼い私を守った銃弾が、子熊《あなた》からお母さんを奪った。必ずあなたを檻から助け出す、どんなことをしてでも。究極の愛の物語。

町田そのこ著
コンビニ兄弟2
―テンダネス門司港こがね村店―
地味な祖母に起きた大変化。平穏を崩す美少女の存在。親友と決別した少女の第一歩。北九州の小さなコンビニで恋物語が巻き起こる。

萩原麻里著
巫女島の殺人
―呪殺島秘録―
巫女が十八を迎える特別な年だから、この島で、また誰かが死にます――隠蔽された過去と新たな殺人予告に挑む民俗学ミステリー！

或《あ》る女《おんな》

新潮文庫　あ-2-5

平成　七　年　五　月十五日　発　行
平成二十五年　八　月二十五日　十四刷改版
令和　三　年十二月二十五日　十　八　刷

著　者　有《あり》島《しま》武《たけ》郎《お》

発行者　佐藤隆信

発行所　株式会社　新潮社
郵便番号　一六二―八七一一
東京都新宿区矢来町七一
電話　編集部(〇三)三二六六―五四四〇
読者係(〇三)三二六六―五一一一
http://www.shinchosha.co.jp

価格はカバーに表示してあります。

印刷・株式会社光邦　製本・株式会社植木製本所
Printed in Japan

ISBN978-4-10-104205-3 C0193